国家出版基金项目
NATIONAL PUBLICATION FOUNDATION

"十一五"国家重点图书出版规划项目

COMPLETE COLLECTION
OF CHINESE OPERA
中国戏曲艺术大系

中国戏曲艺术大系

COMPLETE COLLECTION OF CHINESE OPERA

国家出版基金项目
NATIONAL PUBLICATION FOUNDATION

陈墨香 著
李世强 编订

活人大戏

京剧卷

外史篇 Stories of Beijing Opera Renowned Actors

【春秋部】

中国戏剧出版社

COMPLETE COLLECTION
OF CHINESE OPERA
中国戏曲艺术大系

图书在版编目（CIP）数据

活人大戏 / 陈墨香著；李世强编订. --北京：中国戏剧出版社，2015.1
（中国戏曲艺术大系. 京剧卷）
ISBN 978-7-104-04212-9

Ⅰ. ①活… Ⅱ. ①陈… ②李… Ⅲ. ①纪实小说—中国—当代 Ⅳ. ①I247.5

中国版本图书馆CIP数据核字(2014)第249370号

活人大戏

策　　划：李鸣春
责任编辑：黄艳华
责任校对：孙雅曼
书籍设计：正是设计
责任印刷：冯志强

出版发行：中国戏剧出版社
出 版 人：樊国宾
社　　址：北京市海淀区紫竹院路116号嘉豪国际中心A座10层
网　　址：www.theatrebook.cn
电　　话：010-58930221 58930237 58930238
58930239 58930240 58930241 (发行部)
传　　真：010-58930242 (发行部)

读者服务：010-58930221
邮购地址：北京市海淀区紫竹院路116号嘉豪国际中心A座10层 (100097)

印　　刷：北京鑫海达印刷有限公司
开　　本：787mm×1092mm 1/16
印　　张：32
字　　数：530千
版　　次：2015年1月 北京第1版第1次印刷
书　　号：ISBN 978-7-104-04212-9
定　　价：68.00元

Beijing Opera Volume

Stories of Beijing Opera Renowned Actors

京剧卷

Stories of Beijing Opera Renowned Actors

《活人大戏》系陈墨香根据自身早年观戏，而后学戏、演戏、编戏的经历改编的长篇纪实小说。本书以亲历者的视角生动记述了近代北京戏剧圈里的人和事，对于诸多剧目的编排和演绎进行了详细的评述。文笔从容流畅，展现了陈墨香对于戏曲艺术的丰富而深入的解读。既具有一定的史料价值，又具有可读性和趣味性。《活人大戏》连载于《三六九画报》，未竟作者即逝，但后来有心人寻访到家属所存余篇的遗稿，在《新天津画报》上刊行完毕。本书对上述报刊发表部分进行整理校订，《活人大戏》终以完璧面世。

目录

京剧卷

楔 子

李世强

细述人生，悟佛理，看戏原要学问真。月旦伶与票，排场套子，梨园旧规纸上存。

列位，上面这个似引非引的长短句，专道《活人大戏》的好处，这部书非但写尽戏场百态，备载菊部掌故，得意处让人脸颊飞彩，更讲人生哲理，戏曲宗旨，参透者自能受用无穷。开卷有益，必有所获，读书人都有法眼，我就不多口了。

这部书是安陆陈墨香先生所著，安陆，隋时称吉阳，因城在吉阳山下得名，故署名"古吉阳陈墨香"。先生淡泊名利，只好读书观剧，人都尊他为安陆才子、剧学大师。他的戏剧文字，最早读的是《梨园外史》，那在二十多年前了，宝文堂书店出的书，后面还附了他的《观剧生活素描》（按：宝文堂版附了九部，实际是十部，这次与此书同时印行的《梨园外史》，以宝文堂版为底本再版，我另将第十部抄出补上，以便全览。又，根据书中第四十四回所言，《梨园外史》后经先生删改，止于"死长庚，生瑶卿"，共三十多回，且"独著墨香之名"，由此便知宝文堂版《外史》并非足本），可谓旁征博引，酣畅淋漓，机趣幽默，更解人颐。其中《观剧生活素描》是在南京戏曲音乐院北平分院研究所出版的《剧学月刊》上连载的（第二卷第三期至第三卷第八期），内容是其人生三部曲——看戏、票戏、编戏，可称这部书的简本，这部书的创作，也正基于《观剧生活素描》的撰写。两者的内容有重叠，由于体裁不同，所以写法与关目也就两路。《观剧生活素描》略写处，这部书里详写，《观剧生活素描》里浓笔重彩的，这部书就一笔带过，两者相同的情节，写法上又各自不同，备觉精彩。《观剧生活素描》里设的哑谜，能在这部书中能找到答案，这部书隐匿讳言的人与事，《观剧生活素描》里却予以揭载，所以这一篇文、一部书结合起来读，才倍感有趣。据书中第六十五回所言，"有一位朱先生（就是朱复昌）开个报社，约墨香去作小说”，则这部书应当写作于《三六九画报》创刊之后。

《梨园外史》的后记里面提到过这部书，我在十年前才第一次读到，那是《三六九画报》上的连载，从1941年1月3日第七卷第一期开始，由于图书馆的藏书不全，我那会子读的只是几个篇章，从此便留了个心眼。访求多年，好不容易把第七卷第一期到第十五卷第二期（1942年5月6日发行）的《三六九画报》收齐，哎呀，才发现由于陈先生于1942年5月1日病逝，这部小说的连载便戛然而止，仍旧是个残篇，而且时局动荡，战争频仍，如何顾得上出版单行本，不觉浩叹良久，深以为憾。谁想功夫不负有心人，为编写《马连良艺事年谱》，需要翻阅大量的民国报刊，在查找资料时，突然发现《新天津画报》在陈先生过世后，续载了书的后半部，居然凑了个整的。

事情是这样的。这部实事小说一经连载，就吸引许多读者，《三六九画报》最后一期连载完，登了一个小启：本报特约编辑陈墨香先生于本月一日逝世，《活人大戏》小说即自下期起中止。《活人大戏》的读者闻此消息，悼惜之余，心情和我是一样的，总以为不能一窥全豹了。《新天津画报》的主编潘侠风是个有心人，他听说这部书先生生前已经完稿，便亲赴北京，探访先生家属，请求将未刊余稿，续刊于《新天津画报》，其家人慨然同意，遂于1942年6月25日第1327号起连载，为与《三六九画报》衔接，仍从第四十五回开始，共计211期，只第四十五回中间缺失一节，所谓“少许已为其家族遗失，无法补叙”，此外堪称完璧。为了收齐全部连载，从上海跑到京城，临了还是有点小缺憾，只好再麻烦孙大乐兄去国图补漏，这里要谢谢他的。

1941年某月，景孤血与先生在丰泽园宴上晤谈，先生告诉他，这部书仅限六十回，天若假年，六十回后当另起炉灶。又说什么时候杜绿依、景孤血（即书中提到的那位古雪）露面，这部书就要结束了。经过《新天津画报》连载的整理，发现实际为七十一回本，结语所谓“前集到此脱稿”，便知这七十一回本是部完整的书了，虽然预告了后部的关目，但并未动笔续写，先生遽归道山，果然天不假年。陈先生与王瑶老之间真叫友于情笃，其绝笔便是替瑶老撰写的《先外祖郝君蓝田小传》，这是因朱复昌要求，为即将刊行的《同光十三绝》图谱作的文辞。逝前一日，他叫女儿取来文稿，数了下，才九百余字，叹道：“瑶卿嘱作千余字，尚不足也。”即动笔续写三百余字，并修润原稿，真算“尽心章”了。陈先生常言前世是个和尚，所以他逝前神志莹澈，合掌坐化，也是入得了传奇的。

这部书的大概就交待了，下面还要啰嗦几句，这是校点整理必要的老例，而我这样写来已经是造魔了。

限于当时的印刷条件、纸张质量，两刊连载均有模糊难辨的地方，再加手民之误，错字、缺字、讹字等现象必然存在。凡错字、讹字，由我径直改了，字有缺少的，按照上下文意酌补，用［］标出，如“都出了［力］”，若无法妄补或模糊难辨的，用“□”替代，以上有特殊情况的，附注说明。凡异体字及个别词语，如“他”与“她”、“座”与“坐”之类，均改作现代通行文字，以便阅读，有些术语，如“脚色”等，仍按原文，不作修改。凡书中引用诗文，字句与今本不同的，仍按原文。这部书纵横上下近六十年，所涉人物、事件繁多，我选注了几条，主要为了显现这部书的时间脉络，对一些故意隐去名姓及代远陌生的人与事，也作了小注，这是有考据癖的毛病。当然这部书的字数四十七万有奇，我边看边读边录，虽加数遍的校读，错误必然存在，而且原书只简单分句，重新标点、分段也是个繁事，外加水平有限，也有不当之处，还请大家原谅、指正，这里先作揖了。

还要说一下原版连载中存在的错排、脱漏情况。《三六九画报》连载第 2 期，插入《咏王瑶卿开篇体》一首，因与书中内容无关，不予采用。连载第 77 期最后，从“竟多半是扫边旦应活”至第 79 期开头“看过鑫培的戏”，由于错排，误将第二十六、二十七回部分内容插入，造成上下文不通，第 81 期起，先生重新编撰第二十六、二十七回部分文字，因此有两个版本，此次整理，只采重新编撰者。又第 138 期中，第四十三回末，“是血诏”以下脱漏，未见补刊。《新天津画报》连载第 195 期后，应接第 206 期后半段，至第 211 期再接第 196 期，再续至第 206 期前半段，才算通读。由于错排，致使部分回目有误，第 196 期，回目应为第七十回，误为第六十七回，第 200 期，回目第六十八回，应为第七十一回。

好了列位，我这开场闹腾快三页纸，后台催场管事已经嚷“陈墨香照场”了，大伙儿还是瞧角儿的戏吧，好一本连台《活人大戏》啊，哈哈。正是：

檀板声息氍毹冷，场上古人化灰尘。
忽喇已过七十载，于今清头更何人。

癸巳年冬月朔日写于常德路石蒲间

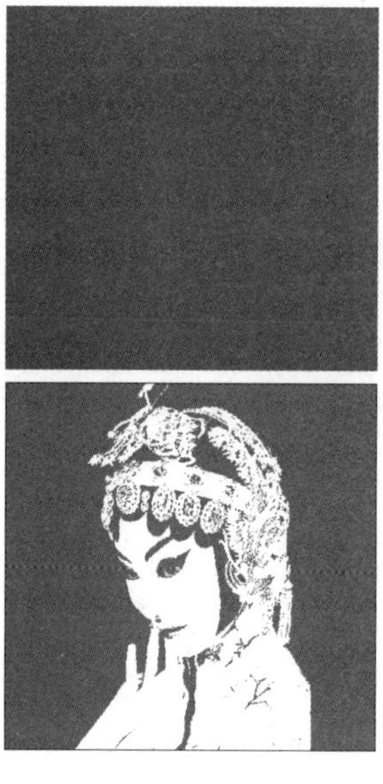

第一回

宴佳宾衣冠大会 述旧事父子闲谈

锣鼓丝弦声断续，路歧好作生涯。

男装女扮闹喧哗，清歌兼妙舞，铁板配铜琶。

古事何曾真如此，演来锦上添花。

移金易俗便堪夸，问他真与假，早不是行家。

这首俚词，《调寄临江仙》，专为咏那路歧生涯而作。你道甚么是路歧生涯，原来就是活人大戏。宋元以来，没有戏馆，只在大路口边搭台演唱，明清之后，各家戏馆林立，却也没有一家在背格刺里，仍是守着路口，故此这行生意，唤作路歧生涯。近数百年，大戏北京最盛，作书人陈墨香，又在京中久住，知道的稍为清楚，今日少不得要从北京一面说来。照例说书，必得有个主人，俗名唤作书胆，墨香一时想不起用谁为妙，只好自己占了。慢来慢来，昔者明末有位名士董若雨先生，曾经说道：说别人是有颜话，说自己是无颜话。墨香竟自占书胆地位，岂不弄成一大篇"无颜话"么？然而不然。若雨因见当时人好自夸，每逢自序生平，总把自己抬得太高，恨不能站在云端里面，一派胡乱吹牛，只顾自己口快，不管别人肉麻，才笑他说话无颜。至于墨香，不过说的本身戏馆阅历，本是游戏小节，就想乱吹，也无从吹起。虽也不免无颜，比董若雨说的，似觉稍有分别。只墨香戏曲之学，不甚精透，难免贻笑大方罢了。说到此处，要入正传，先引宣瘦梅的诗，作个发科：

几人滴泪赋盲词，若个临风舞柘枝。

身在戏中还看戏，自家面目哪曾知。

墨香是湖北安陵人[1]，先父觉分居士，由翰苑出身，久做京官，因此墨香生在北京城内。居士是有名的一个拙宦，生平错认圣贤的话可以实践，不肯十分徇世人的好恶，奔竞钻营，一概不会，闹得二十年，不迁不调。好容易，凭着资格，耗到翰林院侍读学士，

[1] 即清德安府治安陆县。

便是这年秋间，生的墨香[1]。待墨香七岁，居士才到卿贰，已经白发苍苍，是一位老翁了。那时住在宣武门外大街路西一座大宅里面，门前有大槐八株，人唤作八槐陈家，称居士为八槐大夫。

墨香入塾攻书，未曾延师，是居士亲自授课，四书五经以外，还讲些性理。墨香有个劣弟两石，也随着用功。居士讲的性理学问，却是偏重王阳明一派。阳明曾说戏能感发人的良知，居士深信其言，便不禁止子弟在戏馆出入，这便是墨香兄弟能在戏中讨出生活的原因。若论两石，此刻是个小孩，后来也学过老生，听戏是真正行家，与那一知半解的不同，在戏曲一面说来，是个人材。不过他早回故里，不住京师，况且一生与墨香分道扬镳，二人做的事，不相联属，这部书中表过有他这么一个人，下文便不再见，免得被人笑墨香家庭标榜，又加一层无颜。

后话不提，只讲当日墨香功课不多，早晨背过三篇新上的书，便不再上新的，只在书房温习旧课而已。居士虽然官高，一些权柄没有，除了衙门照例公务，一切大政，自有军机大臣料理，居士是文学侍从官员，不能越职过问，每日颇得闲暇，方能闭门课子。

这一天，墨香书将背完，门丁杨顺进来禀道："周老爷来了。"居士吩咐请入书房坐定。寒温了几句，那周老爷道："癸未同年在财盛馆团拜，订三月三日，找小荣椿科班，唱一天一夜的戏，不知老前辈可搭桌否？"

居士道："我正想搭桌请客，反正四两银子一桌，你在下场门小池子，给我留两桌就是。"周老爷答应而去。

墨香问道："甚么是团拜？又怎么叫搭桌？"

居士道："每年春秋两季，各科翰林同年、各省同乡官，都要找了戏班，大家乐一天。各省同乡官自有他的本省会馆，各科翰林就要借个地方，每人出上京钱四十枚，戏价和预备酒席的费用，也就差不多了，倘有不足，自有包葫芦头的，这便叫做团拜。他们常找非同乡非本科的官员，让给人家几张桌子，由人家别请宾朋，入座看戏，只付他桌子的价钱，别事通不相干，这便唤作'搭桌'。只搭桌不止一类，庙里僧尼借着神佛生辰，唱戏庆祝，遍请各宅太太小姐，每桌京钱千枚，不许男宾入座，也叫搭桌。各班名脚有时白唱一天，得的戏价，帮助他们戏班穷人，也叫搭桌。我搭的桌，是第一类。"墨香听了，又长了一种见识。

过不几天，已是三月三日，居士早间清理了墨香的功课，午后一同坐车往财盛馆而来。正是：

将相功名竟若何，不堪急景似催梭。

[1] 光绪十年甲申九月十六日，即公元1884年11月3日。

人间万事今休管，且向樽前听艳歌。

到得那里，下车进去，走到正厅前，看见里面，塑着一尊神道，凤目美髯，认得是汉寿亭侯，神前匾额，是“绝伦逸群”四字，对面戏楼。忙奔到那边，已经开锣，这是在门外已闻锣鼓之声，不是此刻方知。

居士带了墨香走至搭桌之处，满场都是方桌，每桌两椅四凳，通是六位，一律绣花帏垫，桌上盖碗六只，戏单一张。梁上挂着锡蜡台，约有七八个。这种蜡台的样子，与家里用的不同，一根短杆，四面倒须篾儿，杆头系了长绳，用滑车送到梁上，再把绳头拴在两旁抱柱上面，除了戏楼里，这物件是没处用的。

墨香从吃奶时，便在戏楼打混，年复一年，见识日增，此刻已认得戏，并知演戏脚色是谁。看那台上恰演的《也是斋》，花旦李紫珊，将扮了皮匠老婆出来，这是外搭班的好脚，不是科徒。墨香见是这一出，心中好生不快，两眼不往台上盯，只看向四下瞭望。只见衣冠济济，那边官员，差不多挤满，都是本科同年翰苑，由长班举着名片引入，一揖就坐。居士这边请的客，也陆续来到。台上戏文又唱了几出，才摆酒席。早见台上跳起加官，台下由茶役用铜盘递过赏封，台上扮个红人，出来磕头谢赏。

那戏接二连三唱的是些《戏妻》《进宫》《牧羊卷》，都有旦脚，在那里哼个不了，墨香最不喜的是旦戏，他们偏出出有旦。正是：

旦脚虽有妙趣，儿童自应不知。

墨香不喜看旦，日后却不如斯。

原来墨香自幼染了重男轻女的习气。当时风俗，幼孩不论男女，都擦脂粉，梳抓髻，墨香偏要本来面目，梳一个小辫，你若给墨香擦脂粉时，墨香便道：这是女孩子擦的东西，我是男孩子，不擦不擦！纵然大家按着头皮，给墨香擦了，墨香自会走向洗脸盆边，掬水洗掉。仆妇们偶尔同墨香取笑，叫一声“小姐”，墨香立刻暴跳如雷。三岁时节，居士正作福建学政，墨香随到福州，住在学院，这些笑话，都是那时闹的。

福州庙宇甚多，常有人找了戏班，在庙内唱戏敬神，做那古来的路歧生涯。与今时路歧生涯不同，福州戏班，归学政管辖，朔望到辕，由武巡捕官点名，本地人唤他们作儒家班。他们有戏，学院的人可以预先知道，家丁们常抱墨香去看。墨香那时比现时更小，哪里知道甚么叫做戏，只到了戏台底下，便觉高兴，却只见不得旦脚，见了时，好似五百年前的冤家，一定要叫家丁抱着走路。倘若不走，墨香捏起小拳便打，虽然不疼，只打得不能睁眼，只得依着墨香，抱了便走，学院内传作笑谈。待居士北返，事隔数年，墨香见着旦脚，仍然讨厌，只勉强坐得住罢了。正是：

莫信如今面目，未知向后心肠。

当日财盛馆，正唱得热闹，天色已晚，摆上晚饭，满座换了便服，茶役托着木盘，那盘底都有铁钉，插些点着的大蜡，走进来，解开柱上长绳，顺着滑车，放下锡蜡台，把蜡插好，一扯绳头，蜡台又上去了，茶役托着空盘走开，倒也照得满台通明，看得见人物。

台上改上一出戏，是青衣旦郑盼仙，扮了个乡下女子，被一凶僧抢进庙去，勒逼成亲不允，凶僧又掳来一个少年书生，是小生陆华云扮的，正要杀害，却得武旦余玉琴，扮了个侠女来到，杀死凶僧，救了这一男一女，给他做媒，配为夫妇，送他们上路。满台下，十人倒有九个，不认得是一出甚么，莫说墨香了。

只听居士道："这一出戏，虽是初见，这件故事，是《儿女英雄传》里的，郑盼仙扮的是张金凤，陆华云扮的是安龙媒，余玉琴扮的是十三妹。这一段，是十三妹在能仁寺，弹毙凶僧，刀歼余寇，成就安、张龙凤姻缘，顺手杀了不要脸妇人，就是小花脸赵宝琳扮的那个自称'赛西施'的和尚元配大奶奶。这部小说，是文铁仙手笔，没有刻板，只隆福寺聚珍堂，用活字印行，上海同文书局，也有石印。董醖卿尚书曾有批注，同文是连董批印出，我倒看过，只不知这戏是谁编的，看他一切穿插，倒还紧凑，总算不错。"

座间有位贵筑李学士道："这件故事，本来惊人，恰是戏料，不过乱弹的穿插，另是一路，专求火炽，我总觉不及昆腔风雅。"

有位宜兴徐太史，坐在学士身旁，拍手称是。居士和这两人交谊极厚，晓得李学士曲子唱得甚精，徐太史能够制谱，更善吹笛，都是被昆腔迷到十足，便不和他辩驳。只这种意思，是居士回来说出的，墨香彼时尚幼，焉能察言观色，晓得老人家的用心。

说到此间，墨香要学文铁仙《儿女英雄传》套子，加一段议论：要知天下人乐与不乐，没甚真凭据。我说是乐，你未必乐，你说不乐，他又说是乐。即如听戏，原是取乐的事，今日墨香不爱看旦，偏旦脚戏太多，便觉不乐，李、徐二公专爱昆曲，台上只唱乱弹，二公也就有些不乐了。这是墨香知道的，至于满场宾客，人各一副面貌，正是古人所说心之不同如其面，他们或乐不乐，墨香便不能知。一个戏台之下，人的乐与不乐，已经十分复杂，请问到底乐者是，不乐者是，大约都是由着人心造成，你往哪里寻真凭据去？

当夜又唱了几出，只见正中的场面桌儿，移到上场门，便知要演有大切末的灯彩戏。果然是一出《盘丝洞》登台，虽非西皮二黄，据李、徐二公说，也不是昆曲，只是一种有牌儿名的吹腔，与《昭君》是一类玩艺，比《奇双会》细致。

《盘丝洞》唱到一半，后台有人出来，拨那锡蜡台上的蜡，插在小纸灯笼里，仍往后台去了。这是不相干的配脚，已没用他配搭的戏，提灯步行回家，省得买蜡的小算盘。

茶役摆起灯果，只是早晚饭的剩菜，添些荤素小包子，煮几碗面，宾客知戏将散，纷纷吩咐家丁看车，各自离了财盛馆，回归寓所。居士带墨香回来，看那座钟，将十一点。正是：

一霎人间箫鼓收，羊灯无焰三更碧。

次日，功课已毕，墨香问道："那馆门的匾，写的是'财盛馆'，怎么人多半作'财神馆'呢？"

居士道："那是叫讹了，实在本是财盛馆。出了这座馆的大门，向东一望，正与铁门的文昌馆后门相对，'文昌财盛'四个字，恰是对偶。文昌馆塑的是文昌帝君神像，财盛馆你昨日看见的，是关圣大帝，这两座馆子，都是大饭庄，专预备翰林老爷们团拜的地方。从嘉庆以来，朱文正倡信箕仙，讲三教同源，由衰了凡立命之学，加出多少花头，至今不息。你的年伯，现做顺天府尹的扬州陈六舟，也是其中巨擘。他们信孔子，不如信佛，却不信真正佛法，只信福利之说，与我不同。但他们信佛，又不如信文、武二位帝君，文帝即文昌，武帝即关圣，这两处既是他们常来常往，便塑了这两位尊神。京中人又以关圣为财神之首，故此匾题'财盛'，只也为这个原因，又讹成财神了。"

墨香道："一向看戏，三国的戏最多，怎么不唱关爷？"

居士道："京里关圣香火最旺，无论商民人家，必画家堂轴子，头层观音大士，二层碧霞元君，三层关圣。若是铺户，就止画关圣了。没一个庙，不塑关圣的像。唱戏轻易不见扮关圣登台，这是从明朝传下来的老例。道光时，米喜子很唱了一阵子关圣，咸丰、同治两朝，程长庚接着也唱。不料有一次唱《战长沙》，把周文勤公吓了一跳，于是吩咐御史严禁，不准亵渎神明，至今北京的戏台，除了一出《青石山》，是关圣成神以后的灵迹，不在禁例，此外再也不见关圣的金面。我还是十几年前，在财盛馆看过长庚的《华容道》，文昌馆看过《战长沙》，是卢胜奎，俗名卢台子，给他配黄忠，此后不曾再看这两出。光绪七年，长庚便死了，正当关圣戏禁得利害的时候，堂会偏要找小生徐小香唱戏。小香正丁母忧，推辞不来，一般士大夫说是不妨，穿白袍，扮周公瑾，不算违礼，便派了《临江会》。到得唱的那一天，也是在财盛馆，方有人想起《临江会》有关圣的事，是他保护刘玄德，才把周郎吓得不敢动手，只怕不能唱的。后台人说：优人们早有预备，不然，也不敢答应唱这一出了。待此戏开演，原来关圣改作张桓侯，本是生脚勾脸，却改作净脚了。桓侯一喝能退曹瞒百万雄兵，实在也有此威风，可以吓得周郎的。他们想头不错，只还有个笑话，也可作谈助的。"正是：

武庙头门朔望开，纷纷士女进香来。

关公忠义传奇著，偏不容他上戏台。

要知是何笑话，且听下回分解。

第二回 正礼制两湖修馆 骋游观上海听歌

话说居士对墨香道："湖北在前明万历年间，有个刘应同。"将说到此处，人报衙门有批回的公事送到，居士打住话头，去办公务，待得办完，又有客来，便把那话搁起。这一夜，居士进内廷值班，睡得极早。次日，由内廷而归，奉旨派了西陵佐工大臣，忙着出京。等到回来，已半个多月，便把刘应同的话放慢，墨香也未曾再问。

转瞬一年，墨香又看了多次的戏，到得二月初三日，湖广会馆同乡官公祭文昌帝君，并本省乡贤，这是例不唱戏的，只是清香祭祀，居士却也带了墨香前去。

这座湖广会馆，坐落在虎坊桥，也是大路口上，路南车门，那大门却是在西。门前贴些红纸条子，都是本省京外官衔，除了翰林是不问品级，可以写入，便是御史，虽止五品，也要写的。此外部曹，因其太多，便不写了。

进了大门靠东，有几间房子，再往西走，路北三间神殿，中塑文昌，东塑奎星，西边龛内，是荆楚先贤神牌，挂着四张画像，一是刘忠宣大夏，一是李文正东阳，一是张文忠居正，一是杨忠烈涟，都是明代名臣，隶籍湖广。路南便是戏楼，各省会馆戏楼都是四面，只这湖广会馆里，却止正面有楼，东西都是格扇，局面不甚好看。

当下众官都到大殿行礼，墨香早到戏楼下乱跑，料得众官礼毕，方到殿中，也叩了头。正是：

神所凭依将在德，心之对越不以文。

众官到西院宝善堂坐定，墨香也坐在一旁，心中暗想文昌塑像，比戏中《四进士》扮的，威武得多。又记得看过梆子《假金牌》，张居正勾粉脸，满嘴的奸臣话，跟严嵩弄成一流人物，老辈都说太过，如今本馆画像祭祀，想必他是好人，戏上演的不对。

只听一官道："各省湖广会馆，多塑大禹，何以京里是文昌？"

又一官道："禹是帝王，臣子不敢奉祀，才改文昌。这文昌虽是海内有庙，只在四川香火更旺，与灌口二郎、张桓侯，都是川中显赫神祇。"

居士道："文昌不利漳州，张桓侯不利汉中。康熙时，漳州人蔡宫闻，曾在礼部上条陈，说文昌是五通社鬼一类，请把学宫塑像禁止，部议准行。明朝万历年间，汉中巫者托说桓侯娶妇，好像战国的河伯，恰值我们湖广人刘应同，做汉中知府，亲到庙内，看着神像，笑了一笑，说难道张桓侯就是这个模样不成，这是戏台上的样子，决定不是昔日桓侯丰采，况且桓侯忠义之士，断不强娶民女，吩咐人役把庙烧掉。岂非这一神，于漳州、汉中是不顺利么？三国关、张齐名，没想到正当神宗尊崇云长、封为大帝天尊、禁止优人扮演、敬礼到十分之日，张桓侯会闹出毁庙之祸，无怪戏台，有桓侯，无关公了。"

墨香听毕，解了一个旧疑团，不觉快活起来。正是：

能知今古事，大算读书人。

一官道："会馆年久失修，现在同乡京外大官不少，知县虽小，是有出息的官儿，何不大家凑笔巨款，重修一回，岂不是好。况且一面楼也别扭，似乎须改成四面才合体。"

一官道："本来是四面有楼的，因曾九帅要禁女座儿，拆了三面，究竟女客没有禁住，太太小姐们照样还来，并把后面座位占去，大碍观瞻，是修起妥当。要知同乡官团拜，不比各科翰林，人家科甲，从兴团拜的那一天，就不准太太入座。从前各衙门，类似九卿察院，也有团拜典礼，不过现在不每年举行，他们也例不容妇女，这些太太无话可说。同乡团拜，因乡谊之故，不能外头人认同乡，里头人不认，才准太太们来，偏戏园不卖女客，太太只等本省团拜和各庙善会，才有戏看。旧习如此，中腰里要禁，太太们有词可措，如何禁得成功。修楼之议，正合情理。"

又一官道："正殿塑着不相干的神，本省乡贤奉祀在角里，也不合式，似乎也应当改正，方合敬重先哲之意。"

居士道："这话都不差，二君一主人情，一主天理，都是良知。依我主见，大殿上修起阁子，把文昌、奎星移上阁去，先贤占大殿正位，诸君以为何如？"

众官道："是极是极。"

当下有那精于算盘的，算了一算，若是按这样修理，得用五六万银，便由京官们按照品级，先各自分担，然后回家。

居士和几位官高的，羼上御史，写了公函，分致同乡外吏，请他们帮助款项。那些外吏，好义的不少，见了这种函件，自必捐资成美。就有些悭吝之人，看见有御史列名，湖广御史都不好惹，湖南尚可，湖北更凶，最爱参人，也最会参人，谁也害怕，只好一跺脚，大批的吐银子。御史的劲头儿，比那些掌文衡、不司政柄、一般清贵大员，还胜好几倍，纠察灵官的香火，胜于阿罗汉，就是这宗道理，非止一日。

各省都有回书，答应捐钱助工，京官大悦，请出干练官儿，做了监修，忙着找木厂子，择了吉期，挑了会馆的屋顶，另行翻盖。正是：

风雨绸缪早，松云气象新。

那位癸未翰林周老爷，是罗田人氏，亦是湖广同乡，到居士宅中，笑道："前者谭制军，由粤督任内来京，正值生辰，在湖广会馆演戏，因一面楼，容人太少，便改作两天。头一天男宾，唱的四喜班，有一出《五彩舆》，是景四宝的海瑞，杨桂云的冯莲芳，余紫云的鄢夫人，接连四本，甚是整齐。第二天是小丹桂班，戏就乏了，好在是请女客，只要有人在台上跳进就行了。假使会馆早些盖起楼来，谭制军只花一百两四喜班的戏价，省下小丹桂的六十两了。听得说同治末年，三庆、四喜的戏价，只用铜钱，飞不过京钱三千枚，拿当十钱来说，是三百千，十枚算一千，俗呼一吊，合的银数，比现在戏价相差好些，足见世风渐已奢侈。三百千当十钱，不过三十两银，哪有动辄百金的戏，只我来京甚晚，那种俭朴之风，已看不见了。"

居士笑道："莫忙，恐怕过些年，戏价还要增长，你先不要嫌今日的戏价昂贵。"周翰林似信不信的去了。正是：

几之将动，智者先知。

揣情度理，岂曰神奇。

居士对于修理会馆事件，不算甚忙，却也有时得和众官计议。

次年春间，他们又来说了些工程的话，将把他们送走，接到汉阳万氏的来函，居士打开一看，却是一件喜事。原来居士有一女，是墨香的姐姐，许给汉阳万撝伯，尚未过门，如今万家有信催娶。于是进内，与先母毛夫人商量道："我是京中有差使人员，不能出京，只好太太亲身送女儿前去，儿子虽小，带着他，好招呼来贺喜的男亲戚。"毛夫人想了一想，便点头答应。赶紧备置妆奁，挑了出行吉日，带了墨香姐弟，乘船到天津，由塘沽上轮船，奔了上海。下得船时，住在泰安栈，差家人去觅往湖北汉阳的船只。家人回报，还得等几天，只得安心住下。

忽报袁太太来了，夫人忙命请入，分宾主坐定，袁太太道："前次大驾赴闽，来回住的都是我家开的盘吉栈，怎么今番住起泰安栈来了，我们这里常有人到京，我久知大驾启程，算定是今天明天可到，将才有人送信，知大驾已临，我特来进谒，还是请到盘吉栈去住。"

夫人道："我不久就走，住在哪里都是一样。"

袁太太哪里肯听，还是让个不已，毛夫人再三推辞，袁太太方才罢了。夫人叫儿女都与袁太太见礼，袁太太自然要夸赞几句。又说了些闲话，袁太太道："明天四下钟，请到舍下吃饭，晚上请在天福园看戏。"夫人推辞不得，只好应允，袁太太告辞而行。

次早，忽有报德庵的姑子道源来拜，毛夫人想了一想道："是了，我在京中，曾在昆中堂太太座间，见过一位徐小姐，是广东人，拜昆太太作干娘，这是前几年的事，后来听说徐小姐从一块大石镜内，照出前身是个僧家模样，到上海出家，正是这个法名，倒不能不见。”吩咐请入。

果然是那徐小姐，夫人和她道过契阔，道源问过昆太太的好，夫人道：“昆年嫂甚是安健，她宅里唱戏，小儿倒是常去，现在她娘家从兄荣仲华，也在京当差，太后很欢喜，不久必要大阔。”

道源道：“我在俗家时，奉祀的神佛，一尊白衣大士，一尊弥勒菩萨，一尊孚佑帝君，一尊王元帅，还有一尊马前威勇周大将军，就是关夫子部下的周元丰。这五位，也有塑的，也有画的，也有用黄纸写的。我出了家，都寄放在昆宅，不知如何？”

夫人道：“都由她第三个少爷祭祀，三少爷不会说话，医治不好，中堂叫他当了道士，拜在泡子河吕公堂某炼师门下，中堂想给他单修一庙，放他去修炼，还未曾举办。年嫂因从前生大少爷占鳌时候，正在福建，往临水陈娘娘驾前，求过保佑，想在这座庙的正殿，塑陈娘娘圣像，有人说不如塑纯阳，尚未议决。”

道源道：“昆干娘待人甚亲热，大弟号柱臣，二弟占凤号栋臣，这个哑巴兄弟占鹏，没有号，他们积善之家，儿孙不该有哑巴，恐他根器太深，真人不露像。”夫人点头不语，那道源送了几部善书，方才告辞。

墨香见一部书签，写着“庶几堂今乐”，打开一看，乃是些戏本子，生旦净丑写得纵横满纸，墨香便道：“尼姑是修行人，连戏都不听的，怎么拿戏本子来当礼物？”

毛夫人接过，翻了两篇，笑道：“你哪里懂得，这是劝善的戏，编戏的叫做余治，因通行戏文，不合天理，有背于《箕仙圣训》的地方，才编这些戏，纯用《太上感应篇》的意思，一味劝人行善，和梁敬叔作的小说，是一类文章，故此尼姑才拿来送礼。”墨香方才省悟。

待得四下钟，袁宅催请，毛夫人带了儿女，乘坐马车，顺着马路前往。上海风景与京中不同，满街大半是玻璃楼房，还是西洋式，无一家不挂保险灯，间或有用电灯的。此刻天未甚黑，灯都未亮，只看着已经新奇。马路甚是平稳，马车又快，转弯抹角，早到袁家门首。

下车进去，上了楼，袁太太婆媳二人，接待甚是周洽。就在楼中摆起西餐，只用刀叉，不用筷子。天已黑透，坐在楼中一望，万家灯光，如同白昼。袁家是水月电灯，照得满楼通亮，街上人烟凑集，也比白天热闹。正是：

六街人语杂，万户月轮盈。

几番丝管急，到处马蹄轻。

饭毕，袁家备了轿子，同往天福园而来[1]，到得那里，上楼进了包厢。看那园内，电灯、保险灯都有，照得人二目缭乱。包厢都有格扇隔断，十分严整。楼下一律男客，墨香未满十岁，因此可以在包厢坐的。

台上那一出已毕，改了《金山寺》，出台是四大天王，十八罗汉，如来我佛升座，赐与法海钵盂。这个时节，墨香不晓得甚么，只看着新鲜，是在北京未见。倒是毛夫人曾看《雷锋塔传奇》，知道这一段，叫做“赐钵”。待此场演完，便是许仙烧香，毛夫人说他是截搭文章，不是传奇原样。墨香听了，一毫不懂，直到日后，墨香二十多岁，也看了方成培《雷锋塔传奇》，才得明白。慢来，这话就不对了，毛夫人既是看过《雷锋塔传奇》的，难道不向儿子说么？还得等墨香自看。要知昔年父母教子，只谈六经、二十四史，连风云月露的诗词，都不挂口，莫讲小说传奇了。

后话休提，只说当日台上一展眼，白娘子乘船，青儿鼓棹，出了古门，台下有人叫好，知是名脚。墨香虽不喜看旦，幸亏满台灯彩，又有武工陪衬，还不甚讨厌。底下一出《翠屏山》，墨香却不耐烦，坐着几乎睡去。接着一出《文昭关》，那扮伍子胥的老生，头大身小，叫做汪桂芬，人称“汪大头”，是由北京来的；将一出台，叫好真似打雷。据说他是程长庚晚年用的琴工，唱的腔调，纯摹长庚，再好不过。墨香此刻不懂得戏中奥妙，别人说好，想必是好，真叫做“人云亦云”。那配东皋公的，叫做李兴斋，听说是上海的一个硬里子，肚子很宽，墨香也不介意。

《文昭关》演到子胥过关，看看要起【尾声】，于是毛夫人向袁太太道谢，起身告别，早有家丁们雇好马车，伺候着主人出园回栈安寝。

明日，道源请在报德庵吃素斋，毛夫人带了墨香前往，见大士旁有善财塑像，墨香道：“这是《火云洞》戏里的圣婴大王。”

毛夫人道：“非也。善财是个长者之子，五十三参，遍访佛菩萨，成了正果，事在《华严经·入法界品》，《火云洞》是由《西游记》小说摘出来的，不能作准。”道源在旁听了，深赞夫人熟悉内典。

夫人在庵中，盘桓至晚而回。次早夫人将起来，同儿女吃点心，忽然北京有电报来到，忙取电报本子，翻出一看，原来万宅有电到京，撝伯病得很重，不能完婚，故此京里本宅催这一行人北旋，不必再向南走。夫人道：“这真是徒劳往返。”

又住了几天，带着墨香姐弟，仍由海道，回转京师，袁太太等一番饯送，不必细表。这一次，墨香总算到过上海，看过那地方的戏，没有白跑。要知回京以后，更有何事，且待稍歇片刻，慢慢的细讲。

---

[1] 光绪十九年五月初五日夜戏。

第三回 畅谈杨猴子遗闻 追述李象寅妙对

话说墨香随了毛夫人回到京中，将入本宅，早见舅父毛十爷在上房，与居士对坐。毛十爷看见毛夫人，连忙站起，叫声“七姐”。

夫人道：“你是几时来京？”

毛十爷道：“我是今天将到。”

夫人笑道：“这倒巧得很。”便叫儿女都拜了舅父。

原来毛十爷号叫稚云，是墨香外祖两广制府毛定直公少子，戊子科的孝廉，屡次会试，不曾中得进士。住在历城西关神堂巷，是山东世界，常为了同乡同事，到北京来。他老人家最爱听戏，前十几年，历城有个如意班，老板叫做田八，是个二路老生，从京里约了一个脚色，叫做孙永才，又名孙顺，是老生的好手，文武不挡，在大明湖水中搭台卖戏。毛十爷每天去看，记得戏词烂熟，虽也和戏班人相识，不过只有两三人而已，还没出过十分的大风头。那个孙永才的《胡迪骂阎罗》，比北京冯柱还强，大明湖戏报子常贴《大骂阎》。偏遇阎文介做山东抚台，出门拜客，在轿中一眼看见了，笑道：“我不曾得罪本地绅民，为何贴着纸条，写出骂我字样，还要大骂，倒也可笑。”阎文介不过是句笑谈，历城县官闻知此事，少不得在上司面前买好，要办理如意班毁辱长官的罪名，捉了田八到衙，吓得管事人姚七马二，手足无措，来求毛十爷想法。毛十爷去见县官，正言责备，问得县官无言可答，才把田八释放。从此山东戏班，都晓得毛十爷大名。毛十爷屡次来京，总在戏园出进，最爱看的是名脚杨月楼。凡认识毛十爷的，无人不知毛十爷是看戏的能手。

当下说了些要紧的话，不觉说到天黑，毛十爷住在莲花寺湾莲花寺内，即告辞而去。

又过一月，万家信来，撝伯病已痊愈，不敢再请这边送女，明春准定来京迎娶。恰好毛十爷正在座，毛夫人叫他明年来帮忙，毛十爷应诺。不数日，毛十爷山东公务已完，回故乡去了，临行，订下明春准来料理甥女出嫁之事。

毛十爷走后，又过多日，墨香在各处听过不少次的戏，同乡官才把湖广会馆重修的工程交代，总计忙了二年，昼夜加工，总算没甚耽误日期。居士同众官去看了一次，又和他们回至本宅坐下，墨香也在旁侍立。

只听一官道："会馆既已重修告竣，应当唱一天戏，作个庆贺。"

一位御史道："若要唱戏，必须我来做个戏提调，不是我夸口，北京城的官儿，说到看戏在行，我得首屈一指。一般唱戏的，见我在座，格外卖力气，不敢偷工减料，连好脚杨月楼都向我请教。我的内人、小女也是十分懂戏，自古耕当问奴，织当问婢，现在有我这么一个行家在此，倘把提调之权委派别位，似乎诸君有不知人之过。"

一位京卿道："懂戏亦是小事，老兄何必如此夸张。但凡外有余者，内必不足，恐老兄未必真能懂戏。"

御史道："你敢小视我么？反正提调一席，我自问总比你强些。"

京卿道："我一向以不懂戏自居，就是狗做戏提调，也比我强，只你这宗口气，太不谦恭，听着令人肉麻。"御史正要辩驳，京卿早告别出门而去。

一位翰林道："提调多半请察院，就只我们同乡都不喜用自荐之人，提调一席，理应付之公议。"

那御史见众官都有不忿之色，晓得自己犯了众怒，登时气焰平了一半，坐在旁边，由着众官另推举一位部曹，做了提调。议定七月七日，订四喜班，在会馆唱戏。那御史一言不发，上车走了。

众官还在这里计议，只听居士道："列公此番恐要多淘些气。自古宁得罪量大的，不得罪量小的，这位御史必有掣肘的计策。"

众官道："一不扭众，怕他何来？"又坐了一会儿，也各自回寓。正是：

世途多横逆，口实惧贻留。

次日，戏提调来了，见过居士，坐下便道："果被大人猜着，司官昨夜找了四喜老板杨桂云订戏，桂云说已经七月七日应了一家堂会，不许分包。司官问是谁家，原来就是那位御史公，七月七日，要给他老太太做寿。司官记得他老太太不是乞巧之期生辰，他无故要在这一天做起寿来，硬派他母亲和《翠屏山》潘巧云同日降生，定要唱戏，偏又订的四喜班，分明是掣肘之计，此人气量果真太小了。司官因他是位都老爷，与他争执不得，特来请示大人，该如何办法。或是由大人和同乡官向他说理，叫他家等他老太太真正生日再唱，或是会馆另订一班，请大人定夺。"

居士道："此是同乡公事，还得付之公议。"即派跟班关升快去把几位要紧的同乡官儿请来。

不多时，陆续都到，戏提调又把前话说了一遍。众官也有要去找御史和他争辩的，也有要另订一班的，并有怒目横眉，大骂御史做事欺人，非上门骂他不可的，大家议论纷歧，闹了半晌。正是：

众怒难犯，违天不祥。

有那老成的，力主另找一班，不必因此小节，和妄人计较，况且北京城之大，难道除了四喜班，就没戏可唱不成。

戏提调道："四大名班，三庆最盛，程长庚死后，杨月楼接办，不幸月楼短命，三庆就算拉倒。这杨月楼的事，容我商议完了公务再谈。如今且讲春台，是胡喜禄当权，后来俞润仙进去，文武不甚相洽。喜禄是唱旦的，年纪快老，便歇了手，润仙一人撑持，又添了汪桂芬。这个人性情怪诞，难与同事，他奔了上海，春台又算散了。和春早已报散，只剩个四喜，此外都是小班。那唱武生的杨荣寿，原是四喜的脚色，他起了一个小荣椿，很应了几本堂会，又羼上迟韵卿，约了个武旦，叫做余玉琴，请了举人李钟豫，给他排了八本《儿女英雄传》，唱得甚是热闹。去年不知闹甚么别扭，这一班又散。现在迟韵卿正想起大人班子，还没头绪。小丹桂虽也常有堂会买卖，脚色没甚好的，此刻订戏倒不容易。"

一官道："都怨阁下办事迟钝，被他迅雷不及掩耳，先抢了四喜班，如今还说甚么大班小班，难道他家倒唱四喜，会馆倒唱起小班来不成？义顺和、宝胜和也是大班，可惜是梆子腔，也不和局，莫若找个无名班，凡京里好脚，都找来唱一出，倒是个主意。"

居士道："这是内务府官员家里唱戏老例。从前工部侍郎恪勤公明善，现在户部侍郎立山，每逢家有喜庆，都是这宗办法，各省各科都还没人仿办，因用钱稍多之故。如今我们倒可依样葫芦，在南城堂会中，也算别开生面。只是也得找个戏班人，叫他承头办理，莫如把迟韵卿唤来，派他当个来手，方能集事。"即叫跟班张福，快到韩家谭韵秀堂，找迟韵卿来，有要紧话说，张福答应上马而去。

大家还坐着闲谈，又说道杨月楼，那戏提调道："此人我知之甚悉，列公可知他临死前数月，在恭王府闹了一个大笑话儿。"

众官道："这倒不知。"

戏提调道："总因月楼声名太大，才招出来的，虽非大错，却是微疵。"正是：

名高有毁，树大招风。
洋沟失舵，淹死英雄。

众官道："愿闻其详。"

戏提调道："要说此事，必须先知杨月楼素日唱戏的劲头儿，和恭王府的好尚，列公恐未周知，待我慢慢细讲。"

众官都坐着静听，自他们来到，墨香早已出来，站在居士身旁，于是也侧着耳朵听他讲论。

只听戏提调道："杨月楼是安徽人氏，幼年入京学戏，拜在老生张二奎的门下，习学武生，能唱孙悟空，翻得觔斗绝妙，大家给他起了个绰号，叫做'杨猴子'。"

一官道："不错，他这绰号，倒是无人不晓，比'月楼'二字还传得远，跟谭金福的'小叫天'一样。有人拿这'杨猴子'三字，对'李象寅'。杨李是树木，猴象是兽，子寅是支干，可算工稳，与'青龙棍'对'朱凤标'工力悉敌。有用'三白瓜'对'万青藜'的，字面虽说得下去，末一字，'瓜''藜'都是平声，犯了大忌，上二字可以将就，末字平仄非调不可。这种对法，一望而知，是不念书、不学诗、混充文人的浑小子干的，比起杨猴子、李象寅，差得太远了。李象寅是河南人，官不过内阁中书，不比朱凤标、万青藜，中堂的中堂，尚书的尚书，只自从有了这三个对子，虽是有工有不工，李中书的大名，竟与朱万二公，不差上下，倒时常有人提起的。"

居士道："朱文端、万文敏都是我的老师，文端是二甲第四，我蒙他取中，也放在二甲第四，翰林院中说我是文端衣钵弟子，今日不讲翰苑掌故，仍是讲杨月楼有趣。"

戏提调道："月楼的父亲大刀杨，是个武旦，也在二奎家，替他教徒弟，教了个俞润仙，又名菊生，也是武旦，后改武生，杨月楼却改了老生。二奎死后，他搭了三庆班，有一天唱戏，错穿行头，好像该穿布的，他穿了绸缎，被程长庚看见，给了一个大钉子。他俯首受教，谢过不遑，长庚说他有出息，极力提拔。三庆原有一个后起老生的俊杰，乃是我们湖广同乡，祖居江夏，便是谭金福，字鑫培，小名望重儿，他曾给长庚磕头，算他门人。看见长庚重用月楼，不免心中不服，一般三庆旧人，也对长庚说：金福出力多年，杨月楼是后搭班的，大老板似乎还应该重用金福，才合道理。长庚先只笑而不言，后来说话的多了，长庚说：我的心事，众位去问卢先生，便知明白。众人果然见着卢胜奎，向他盘问。卢胜奎说：你们可晓得《三国》？众人说：我们天天唱《三国志》，怎么会不晓得？卢胜奎说：既晓得《三国》，可知姜伯约与魏文长？众人说：这是《战长沙》《天水关》《七星灯》《铁笼山》几出戏的花脸，本班除了不唱《铁笼山》以外，那些戏都有，我们怎么不知？胜奎说：二人谁先降汉？谁先立功？众人说：魏延在先。他是刘备老爷的旧人，在长沙，早就跟黄忠一块儿归顺圣贤爷，比姜伯约可在先得多，功劳也立得很大。胜奎说：孔明为甚么不重用魏延？众人说：他心里不服诸葛亮，谁敢重用？胜奎说：将今比古，将小比大，谭金福虽不至于不服大老板，他的心眼，也比魏延好些，只是他本事太高，性气太傲，不如月楼和众，所以大老板重用月楼。众人听毕，方不言语。待程长庚死后，月楼便掌了三庆班，谭金福赌气，辞班不干，搭了四喜，恰遇老生王九龄病故，孙菊仙人称'孙大个'，架了四喜大梁。大轴子，唱一出《斩黄袍》，穆凤山，人称小穆，是最出名的花脸，来一个郑恩，金福来一个高怀德。戏是真整齐。只杨月楼这边，仍都是长庚旧日的辅佐，小生有徐小香，硬里子老生有卢胜奎，戏也不弱。金福自己一想，不居杨月楼之下，何必受孙大个的压，便又辞了四喜，在各小班里乱转。

“月楼的声势，一天比一天盛，有人常在恭王府，夸他唱得高强。恭王素来专讲昆腔，不喜欢二黄西皮。他府中立个科班，招些小孩，习学曲子，教师都是昆腔名宿。旦脚朱莲芬，小花脸杨鸣玉，都是那里的教戏老师，还有曹春山，十门脚色，他都会教。一天到黑，王府里只闻笛子声，不见胡琴响。恭王听人说杨月楼的好处，有些不大耐烦，便要看一看杨月楼是怎么一个脚色。一日府里唱戏，格外破例，传月楼到府演唱。月楼吃了一惊，暗想：那个府里头，是不唱乱弹的，为何传起我来？只得前往。入府见着恭王，少不得要请双腿安。恭王见他面似银盆，身躯高大，说话声音宏亮，也甚欢喜。派了一出《秋胡戏妻》，后台场面，虽是应昆腔来的，除了曹春山之子曹沄，字心泉，他可以检直算是乱弹外教，其余有好几位，昆乱不挡，说到《戏妻》，更是人人都会。月楼忙去扮戏，有个陈德霖，字瘦云，小名石头，是程长庚儿子程章瑚起的三庆小科班的徒弟，习学旦脚，虽不过二路人材，乱弹、昆曲、正旦、花旦、刀马旦，他都学过，因没扮相，有嗓子，才归入正旦一门，这日是应昆戏而来，便派了他一个罗氏。他虽与月楼同班，只在戏园里，身份抵不住曹春山的徒弟张紫仙，月楼这一出，是跟紫仙的对儿戏，轻易不派陈瘦云的。当下各自装扮，又找个老旦扮了秋母。头场秋胡先上，月楼偶尔疏神，没向打鼓人道劳驾，打鼓人故意催得小锣甚快，月楼心中大怒，戴着纱帽，穿着官衣，走至台口，念引子，将念了句‘归心似箭’，忽见恭王正在台边，闭目凝神，在那里端坐，月楼不免矜持，更加原带着怒气，两下夹攻，早把戏词忘掉。挣了半天，恭王已不住摇头，好容易挣出一句‘辞王驾’来，又忘了下文。恭王睁开眼，直视月楼。月楼一时情急，抖起丹田气力，大声念了句‘要丧黄泉’，前后台没一人不听得真，也没一人不笑，只碍着王府，不敢哄堂罢了。恭王早笑得闭不上嘴，却也未出声。月楼这一出勉强唱完，好生扫兴，恭王还没笑够。月楼回去，心中不乐，不久果往黄泉路上去了。”

一官道：“听说梅巧玲和月楼唱过《东昌府》，可有此事？”

戏提调道：“月楼没搭过四喜，巧玲没搭过三庆，这话是没有的。只巧玲确实唱过《东昌府》，却不和月楼同场。”

一官道：“巧玲也在恭王府承应，只唱的是昆腔。据巧玲说，那位恭王爷的犯恶二黄，如同我们犯恶梆子，只从前尚书毕道远，和现在张中堂，都爱梆子如命。有个十三旦，又名五百红，姓侯，名喜麟，号峻山，张家口人，是梆子有名花旦，张中堂最为赏识，北五省同乡也都称赞。只有李象寅的父亲宏谟，是位御史，人很风力，曾有亲手书信给朋友云：近来堂会多有十三旦，需银四两，始唱一折，风气亦云奢靡矣。到了今日，十三旦要唱一出挣八两了，李御史要看见，又该说甚么。这位李御史，一生不合时宜，也不止此。太后不愿听的话，他竟敢写在折子上面，往上递，染了钱南园等一般书呆子习气，闹了个回原衙门行走。这样人物，无怪议论迂一点儿。还有个梆子花旦响九霄，又叫想九霄，真姓名叫做田虎，定兴人，是涿州赵家科班徒弟，现在是玉成班老板。他这玉成班是小孩大人都有，二黄梆子俱全，北京没有那宗班子，纯是上海派，主持风雅的士大夫，甚不以他为然，只他的买卖不错，恐京中戏班风气，要因他大变。由道光朝，米喜子开了路，余三胜、程长庚继起，二黄西皮大盛，这一来，怕要稍衰。”

一官道：“不然，梆子力量不足，才加皮黄帮忙，恐田虎之计，反要断了梆子。”

又一官道：“余三胜死时，有挽他对联云：菊部无人惟喜子，梨园减色剩长庚。似乎米喜子在他以后。”

戏提调道：“那说的是后起老生张喜子，与米伶名同姓异，另是一人，你不要弄错。当日还有个张子玖，也有重名，有位御史曾参曾文正，夹片附参张子玖，其实张子玖另是一案，与文正无干，他这夹片不伦不类，未免好笑。当日有人给他作了一首竹枝词云：春方禁止贴高墙，和尚尼姑闹一场。更有老生张子玖，也随曾相入弹章。”

一官道：“这位御史，虽参得不伦，只张子玖，人不老成，远非三胜、长庚之比，也参得过儿。”

正说着，只见一人走入。要知是谁，且看下回分解。

第四回 湖广馆破台开锣 俞润仙演戏逞技

话说来的那人，正是跟班张福，只见他禀道："迟老板来了。"随后迟韵卿跟着进来，向众官请了安。

居士道："本省会馆重修告成，要仿内务府各宅办法，唱一天无名班，遍找好脚，要你做个来手。"

韵卿道："不知会馆重修以后，可曾破台？"

居士道："不曾。"

韵卿道："既不曾破台，须在开锣前一日，办理此事。"

一官道："甚么叫做破台？"

韵卿道："新修的台，必有煞气，唱戏怕不吉利，必得先行禳解之法。照例是在夜子时，台上台下，只点一对小绿双包，场面只用一鼓一锣，一个旦脚，勾了脸，流血吐舌，戴凤冠，穿蟒袍，扮个女鬼，上台去跳，别看样子难看，名目可很好听，叫做女加官。然后花脸扮了煞神，和《琼林宴》的一个扮相，只是手拿双刀，和《琼林宴》不同。跑上台去，追这女加官。又有花脸五人，扮了五方灵官，各拿鞭锏，也上了台。七个人儿从台上赶至台下，女加官躲了，灵官画符念咒，杀鸡祭台，便算完结，这就叫做'破台'。往往女加官闹出两个，便是那地方真有女鬼，这可得看灵官本事。一不要害怕，二要认得清真假，直管轮鞭去打。我们后台把子有四样辟邪的，一是老爷使的青龙偃月刀，二是灌口二郎神使的三尖两刃刀，三是护法韦驮使的降魔杵，四是王灵官使的打神鞭，不怕是厉鬼，也挨不起。只要你敢去打，必能打得鬼怪潜逃，逢凶化吉。相传女加官是杨贵妃，五方灵官有陈玄礼在内，因此制得住她，这叫一物降一物。"

居士道："不错。道家的灵官，是五百员，这五方灵官，也在其内，为首的是火府玉枢天将豁落王元帅，其次是邱、陈、钟、白，这灵官里面，是有一位姓陈，却不曾听得他是陈玄礼，今日又多知一个不登大雅之堂的俚典。"

众官听了，有三五人摇头道："破台之举，荒唐极矣，此朱子所谓妄诞者也。"正是：

流俗人心尊神鬼，儒林开口说圣贤。

居士道："这也是《周礼》方相氏的意思，乡人傩，孔子还要朝服，自古入境问俗，他们既有破台俗尚，我们不必别扭。"

一官道："不错，周朝是有个方弼、方相。日前看玉成班，六六旦唱《费仲计害皇后》，还听见两个花脸报这名字。"

居士笑道："我讲的是《周礼》，你怎么扯到《封神榜》上去了。"

一个科甲官道："王已山《四书朱子本义汇参》，引《周礼·夏官》，方相氏掌蒙熊皮，黄金四目，玄衣朱裳，执戈扬盾，率百隶而时傩，以索室殴疫。司徒公说的一定是这典故。"居士笑而不言。

那罗田周翰林却忍不住了，大声道："陈司徒说的明白，是《周礼》上面的话，足下何必拉出王已山来？可见足下不读《周礼》。"

那戏提调听这话头不妙，怕打吵子，连忙打岔道："迟老板既说应该破台，就烦迟老板去找破台的人。"

韵卿道："破台是高腔班里人干的，我们是徽汉戏班，一干花脸多半不会画符念咒，我还得去找高腔班子商量。现在醇王府有个高腔班，还得去找他们，不过我等之辈，只是优人，跟王府说话可也能行，到底稍欠，最好找一位跟醇王府熟识的大人老爷，替搭个岔儿，可以省事省钱，最为上策。"

居士道："昆中堂与我是壬戌同年，都是倭文端、万文敏的门生，相交甚厚，他是豫王后裔，和麟中堂是近本家，醇王府支派虽远，却走得亲密，中堂太夫人董鄂氏在世之时，是正月生日，宅中例唱三天戏，一天乱弹，一天恭王府的昆腔，一天醇王府的高腔，我都看过，如今正好去托昆中堂，替我们办理。"

众官都道甚好，居士即写信，派关升给汪家胡同昆宅送去，这里又同迟韵卿商量找各名脚的事。戏提调写出戏目，派好脚色，交付韵卿，韵卿接过走了。

众官各散，只剩周翰林一人，叹口气道："科甲不读《周礼》，连《十三经》也闹不清，只知王步青作的教小孩的书，未免可笑。"

居士笑道："似乎比那开口就说《封神榜》的，还算彼善于此。"周翰林叹息上车而行。正是：

荒经蔑古，贻笑大方。

问其所学，高头讲章。

天晚关升回报，昆宅已答应替办，并有中堂亲笔回书，居士便命关升去报知戏提调。

过了两天，戏提调来说，据迟韵卿之意，台上煞气，似乎未尽，最好先唱一天梆子，做个镇压，现在想找宝胜和，价钱便宜，只消二十两，连夜戏都有了。居士即通知同乡官，大家因非正期，梆子亦可，便也无别议，戏提调即找宝胜和去了。

他将出门，有个北京住户姓吴名英，是个武弁，送来一份请帖。只因从前他母亲请贞节旌表，顺天府的胥吏，十分勒索，他不知受了谁的指教，来求居士，给他疏通，居士找了府尹陈六舟，说知此事。

陈府尹大吃一惊道："冥中最重节孝，阳间官吏若是屈了节妇，司命之神定要到玉皇大帝驾前参奏，玉帝也定派关帝文昌查勘，敕付阎罗，大彰报应，近在己身，远在儿孙，决无漏网。我奉行太薇仙君功过格，已经三十余年，一毫恶事，也不肯做，岂肯造这个业？这些猾吏，误人不浅。"即把吏胥唤至，吩咐把吴家请旌一事核准，具褶入奏。

吴英感激非常，便拜居士为师，常来趋候。居士见他人极诚朴，相待甚是亲热，他和墨香呼兄唤弟，也甚投机。今日送到请帖，请墨香七月六日，在广德楼看戏。居士叫收下帖，应允他前去。他请听戏的日子，恰是湖广会馆唱梆子的那一天。

展眼到了日期，墨香早饭后，坐车往大栅栏广德楼而来。到得那里，下车走入，上了楼，问知吴宅官座在上场门，即赶过去，那吴英忙来迎接。入了座，看那台上是玉成班，正唱《荐诸葛》，都是小孩。那扮徐庶的老生，叫做李玉珍，扮刘玄德的叫做李玉奎，俱不过十来岁。这一出完，便是《马上缘》，那旦脚叫做如意，是由上海来的。这底下是一出《长阪坡》，张飞、赵云一块儿出台，各带一个马童，糜夫人不"跑箭"，只走出来，被曹洪从背后赶上射倒，也不用张郃，完全另是一个路数。扮赵云的，是黄胖儿，这个人，专能叫最下等的座儿，另是一工，声名甚大。《长阪坡》唱到张飞断桥为止，下面是出《大登殿》，田虎的公主，六六旦的三姐，杨娃子的薛平贵，是一出梆子腔的整齐好戏。

天色已晚，墨香告辞出门，上车回家，吃了饭，又奔了湖广会馆，直入里面。只见四面保险灯，光明夺目，虽不如上海戏园，比从前各处戏楼的蜡台，已强了不止十倍。墨香在大池坐定，见着众官，方知居士另有宴会，已经走了。

此刻台上演的是《东平府》，宋公明义释双枪将，情节与施耐庵《水浒》不甚相符。《水浒》只史进一人被擒，因此唤作"误陷九纹龙"，戏中却添出孙新、时迁，一个假言姓臭，一个假言姓稀，与史进同作奸细，凑成"臭稀屎"三字，插科打诨，太嫌没理。是小花面刘七扮的孙新，刘七台下人缘不错，若论本领，后台老前辈自有公论。虽然此刻到不了墨香耳中，再过十几年，墨香是听得见的。

这一出完，台上改了一出，十分眼生。一位女王升殿，通名是武则天，一个二花脸扮了武三思上来，武则天要让帝位，文武百官不敢违拗，只有程咬金与狄仁杰不服，于是则天的位没有让。咬金是大花脸，仁杰是老生，穿插全与二黄班《大保国》相仿。墨香问那戏提调，方知戏名叫做《鸡爪山》。

底下接连不断，都是梆子，其中有十三旦一出《九莲岛》，真武大帝降妖，那大帝嘴里，有几句词儿云：年年有个三月三，武当山上会神仙。足踏龟蛇二员将，三十六将来站班。确是梆子口吻。

墨香没等散戏，便回了本宅。次早交代完功课，又随居士来至馆内。入门甚早，尚未开锣，台中两张桌子，落在一处，都挂了极新的桌帏。上面一桌，悬了小帐，摆着印盒笔砚，令箭架子。桌子两旁，四张椅子，都有帔垫。台栏杆上边，插着旗伞，这唤作摆台。

官员们已来的不少，楼上太太们更多，还有争座打架的，孱上小儿啼哭，倒是比楼下热闹。

戏提调先已来到，忙向居士施礼道："大人真降临得甚早。"

居士道："同乡公宴，焉可迟来。今日衙门没甚公事，我可以不去的。"戏提调略谈几句，往下场小池子账房去了。

墨香还随居士在大池子中间，居士道："这里是正经座位，不是你坐得的，你到账房去罢。"墨香领命。

到得账房，只听得锣鼓齐鸣，后台打起头通来，却是高腔点子，这唤作高通。打毕稍歇，二通又响，是昆腔点子，现在二黄班沿用，这唤作苏通。少刻场面桌移至前台，吹打一番，这唤作吹台，算是三通。检场人把台上摆设和旗伞撤掉，台中只留一桌二椅，大家便知开锣已近，料想堂会三通之后，必然接着《天官赐福》。谁知一把火彩，锣鼓响处，王灵官执鞭早上，又有四位灵官跟着上来，五人跳舞。

戏提调道："这是戏园新破台规矩，只每年正月元旦，纵是旧台，也先跳灵官的。"

灵官已下，加官又上，接着跳过财神，奏起细乐，童子扫台，才是《赐福》登场。

戏演至天晚，掌了灯，那位御史忽然带着两名雏作来了。先在大池内，略为周旋，又到小池子，坐在账房外面，向戏提调道："今天家母做寿，我本不能分身。家母说这里是同乡公事，命我到此，方见得出我的公而忘私。只我今天将选了两个花旦，都已在我那里唱过，年龄虽小，玩艺很好，我已带了他来，你可给他派出戏码，叫他各唱一出，每人二两银，你给他出账，他伺候了我会子，我给他们找个外财，我向来令出山岳动，你千万不要驳我的回。"

戏提调道："我如何敢驳回，只不知诸位乡先生之意如何。"

御史道："你不必管，只与他两人派戏，有人说话，我自替你担承。我是翰林出身的御史，先君曾任封疆，是本省第一个世家，你所说的乡先生，没一个不敬重我的人品学问、文章门第，谅都不好意思，为这点小事，来得罪我的。况且是个做官的，都有小错，谁要跟我别扭，我的白简无情。"便叫那两个花旦都给戏提调请了安。

戏提调没奈何，命人找韵卿来商量。韵卿见了御史，施了个礼，两花旦都赶着韵卿叫爷爷。原来论起行辈，都算是韵卿徒孙。

韵卿板着脸说："小孩子们，就学会钻外事，纵挣了钱，也不体面，哪一个望成名的人，肯做这宗勾当？人家不找，决不自行投到。"

御史道："是他二人求的我，既然我已带他来了，你只给他派戏就是，最好这就叫他唱。"

韵卿道："不行。场上这出《探母》完了，便是小叫天、小桂凤的《乌龙院》，底下是俞润仙的《长阪坡》，再底下是孙菊仙、刘春儿的《断密涧》，他们要唱，必得派在《断密涧》以后，叫他去送客。"

御史道："俞润仙虽然有个'俞毛包'的外号，跟我很有面子，你去对他说，叫他让一让戏码，这两人派他一出《闯山》，一出《打樱桃》，戏都不大，无论如何，是我带来的，不能叫他送客。"

韵卿道："润仙很难说话，都老爷何妨叫他到前台，亲自跟他商酌，最好您派管家去找他。"

御史忙命跟班去把润仙找来，墨香是初次看见不扮戏的润仙，只见他身躯雄壮，面大腰圆，穿得十分整齐，倒是有些旗下武官模样。

御史又把让码的话说了一遍，润仙道："《长阪坡》的人，都扮齐了，让不下来。"御史说之不已，润仙瞪眼道："既都老爷爱看孩子，一定我的戏没有可瞧，我不唱了，反正唱戏的不唱戏，不能问剐罪。"御史方不再言。

戏提调道："俞老板，《乌龙院》已经上台，你扮戏去罢。"

润仙将要转身，御史道："回来！我知你上台毛手毛脚，你前次在天寿堂，因场门矮些，碰了你的扎巾，你举条板凳，望场门乱打，被谭叫天说损话，那也是你自不小心，究竟场门没罪。今日你要多留神，我这里的保险灯不便宜，你可不准碰坏一盏。"

润仙大怒，厉声答道："姓俞的唱了半辈子武戏，大小堂会，应了一千一万，没有毁过人家东西，都老爷放心，我若毁一盏保险灯，赔您百盏。那日在天寿堂，因碰扎巾，打了场门，小叫天说损话，实有其事。我唱的《艳阳楼》，他唱的《定军山》，他将说完，不多一会儿，他的扎巾也碰了。那个场门本矮，不是我毛手毛脚。"说毕，直入后台，韵卿带着二旦也退，那位御史只落得目瞪口呆，摇头叹气。正是：

堪笑空劳三寸舌，可怜不值半文钱。

御史对戏提调道："此人无礼！他和二路武生田导，都好打架。前些年，在戏园内，同时被仇人用刀子扎伤，幸而不死，怎么还不改脾气。"戏提调不答。

少刻《长阪坡》登台，头场，花脸黄三扮的曹操，升帐起兵，二场，老生刘桂庆扮玄德，配脚青衣扮甘夫人，陈瘦云扮糜夫人，润仙扮赵云，他们同上。直到玄德奔了当阳景山，花脸钱宝峰，才扮张飞，保护百姓出来，也没有甚么马童。玄德有“叹五更”，后几场，糜夫人有“跑箭”，放箭用张部。虽是一出春台派《长阪坡》，却与三庆班的派头大致相同，故此桂庆等一般三庆旧人都能与他配演。当日墨香无此见解，是听在座懂戏京官说的。

唱到赵云大战，润仙的枪，离那保险灯只差一分，眼看要打着了，忽的撤回，如此三四次。耍下场添个丢枪势，枪从台心挂的保险灯上面，绕过落下，润仙伸手接住，只把那位御史，闹得心骇目炫，连夸：“好本事！真有功夫！不是说着玩的。”

要知润仙还弄甚么花样，且看下回分解。

第五回 毛孝廉茶园逢故友 李毓如酒肆说奇闻

上回书，说到俞润仙在湖广会馆唱《长阪坡》，大逞身手，满场喝彩，他也没再弄新鲜花样，这件事，就算交代。底下的戏，没甚奇谈，也不必详为铺叙。这一天如何散场，也不过两名龙套，戴了纱帽凤冠，出去一拜即下，美其名曰“金榜”，也就完了。众官便各回住宅，谁也不在会馆住宿。

无话即短，明年，毛十爷、万撝伯都已来京，撝伯娶了亲，回了汉阳，只毛十爷住在京里，并未另寻寓所，就居士客厅厢房下榻，墨香朝夕可以侍侧请教，不但书本上长些学问，并且戏曲的见识，也添了不少。

这一日，墨香放了学，毛十爷偶然高兴，要带墨香到戏园看戏。先往上房，与居士并毛夫人说知，二位都已答应。

毛十爷道：“今日粮食店中和茶园，是同春班的转儿。这个班子，是迟韵卿去冬起的，架梁老生是谭金福[1]、许荫棠，青衣是郑盼仙、陈瑞麟，这两人都是韵卿徒弟，花脸何九、钱宝峰、冯玉丰，小生朱素云、陆华云，花旦田桐秋，即小桂凤，还有个梅二琐，是巧玲之子，小花脸罗寿山、赵宝琳，武生薛桂喜，武旦余玉琴、李九，老生给谭许二人跨刀的刘桂庆、李顺亭、贾洪林、刘春喜、张涌泉、王仙舟、程芝亭，二路青衣李棣香，花旦李宝琴、张彩麟，小花脸唐玉喜、高士杰，最能应活儿的，要算花脸唐永常，文戏武戏，正脚配脚，昆曲乱弹，无一不能，他是玉喜养子，玉喜总算抱了个好孩儿。又有上海新来的昆旦小桂林[2]，并一黄姓昆丑[3]，加上京中老牌底、十门脚色无一不能、一出《梳妆·掷戟》，董卓、吕布、貂婵都敢扮上的那个杜蝶云，这一班，文武昆乱俱全，都是好手，我们就看同春班罢。”墨香连声应诺。

[1] 光绪十九年九月，三庆班报散，十月，谭鑫培再入同春社。

[2] 光绪十九年十月入京，搭同春班，在沪时搭天仙茶园，光绪二十年冬月回沪，搭天仪茶园。

[3] 黄玉泉，专与小桂林配戏。

毛十爷即带墨香奔了中和茶园，也不进官厢，就在楼下上场小池子，买了散座。看那台上，正是刘春喜和李棣香的《武昭关》。

毛十爷道："春喜是吴桥人氏，虽唱老生，却是著名旦脚胡喜禄的徒弟。戏班师傅、先生是两件事，师傅是带路的，无师戏班不要，先生是教戏的，春喜教文戏的先生，是他师哥贾丽川，乃洪林叔父。春喜小时，在四喜出台，那时四喜第一名老生，是王九龄。这天戏码，派了出《探母》，王九龄向来不唱四郎，便叫春喜扮上了，九龄却扮了六郎，春喜居然唱得很好，九龄很欢喜。待春喜变嗓，离了师门，才改搭三庆，习学靠把。一日唱这出《武昭关》，管事人迟玉泉，笑了一笑，说这也叫做《武昭关》么？春喜没作理会，迟玉泉大生其气，说这小子太不虚心。春喜忙到玉泉家里请教，玉泉给他重新下刮，春喜算另学一回《武昭关》。有个老生周长山，是从山东来的，得过孙永才传授，文武不挡，嘴里讲究，春喜又跟他学了不少玩艺。并从武行崇富贵，人称'崇剥皮'，练习把子，又拜谭金福的门，习成一个文武全材的脚色。后搭荣椿，如今才入同春，只因这两班都有迟韵卿当老板，韵卿是喜禄女婿，又与玉泉同族，和春喜有些渊源，故此待春喜很好。"

毛十爷正说得高兴，那旁一人叫声"稚云久违了"。正是：

方谈旧事，忽遇故人。

伊何人斯，伶之上宾。

这个人是江苏举子李钟豫，字毓如，因他瞽了一目，自号了然，别人却叫他李五瞎子。他的父亲做过遵化州知州，谭金福跑野台的时候，曾和东陵的看陵兵打架，守陵的贝子奕劻，发下文书，要捉金福问罪。金福逃走了，贝子命官吏海捕，李知州也奉有公文，各官都拿金福不得，李知州也禀称无处捕捉。后来京里有明善、师曾等一般旗官，替金福写信疏通，贝子赦金福无罪，撤销捕捉文令，金福当时便露了面，原来一向躲在李知州衙中，那时毓如不过十岁。待贝子入京，进封庆王，金福也在北京成了名脚。李知州已经病故，毓如中了乡举，常在京中闲住，认得戏班朋友甚多，不止一个金福，只毓如最相好的，要算余玉琴，才给他编了八本《儿女英雄传》。

有一次麟中堂家办喜事，毓如去贺喜，中堂喜事办完，亲自坐了八人大轿，戴着珊瑚红顶，穿着仙鹤补服，挂了朝珠，足蹬上朝的官靴，带了十几名仆人，骑马的在前，跨骡的随后，这就叫做"顶马跟骡"。又用廠车一辆，装了换班的轿夫，跟在后边，这就叫做"班儿车"，除了一品大员，没有这宗威风。由麟宅出来，给那日贺客道谢，到了人家门外，丢个名片就走。从王公大臣，翰詹科道，六部司员，进士举人，一家又接一家，沿门大跑，差不多要像外省城隍出巡的一般。连跑三日，只找不着李毓如的住处，回去叫门公呈上门簿一看，李钟豫住在韩家谭，中堂次日即往韩家谭而来。谁知找遍一条街，没个李宅，打顶马的仆人，只得向居民访问，从上虞会馆出来一个老人笑道："你问李五瞎子么？他住在余玉琴家里。”仆人忙去禀了中堂，招得中堂哈哈大笑道：“我若穿着便衣，倒是可以往余玉琴家里去的，玉琴也是我的熟人，若是这个穿章，带这些人，到余玉琴门外投帖，被都察院的朋友知道了，一篇小白折子，说大学士麟书，与伶人交游，我的乱子，就算来了。前些年，工部尚书蒲圻贺寿慈，做的好好儿的官，在宝铭斋书铺，停放大轿，还被翰林院的讲官参掉。如今讲官是不管闲事了，都察院可利害。山东翰林王懿荣，讲尚书用今文，不用古文，湖北御史洪良品，上折子参他‘非圣无法’，请皇上杀了他罢。讲经学，开杀戒，真是未有的奇闻。若知我跟戏班来往，一定要请旨问我的剐罪，可不是闹着玩儿的，我别招麻烦。”叫跟骡仆人，赶紧到余家，去说一声：我来给李老爷道谢，我是不能亲自上门的。吩咐起轿回宅而去。从此士大夫们都知毓如是戏班的上客。麟中堂已经递过遗疏，予过卹典，毓如仍在玉琴家居住。

当日他来看戏，遇着毛十爷，都是常看戏的，故此熟识。他隔座招呼，于是毛十爷也向他欠了欠身，仍各坐着看戏。

这边有一人走了，空着一位，他便过来坐下，问毛十爷道：“这小学生是谁？”

毛十爷道：“你先跟他论个哥们，你的年长，你叫他一声兄弟，我再告诉你，他是谁家之子。”

毓如道：“我明白了，家兄是陈少司徒门生，你住在陈府，这定是陈老师的少君。”

毛十爷道：“然也。”便叫墨香给他作揖。

毓如道：“我闻这位世弟，很好看戏，他是你的外甥，可云酷似其舅，有何无忌之风。”

毛十爷道：“他看戏，似懂非懂，和你一样，只他不爱旦脚，却正与你相反。”

毓如道：“人心之不同如其面，我的爱憎，如何能和别人尽同。”

毛十爷道：“你自编《儿女英雄传》以后，可又弄甚么新鲜笔墨？”

毓如道：“我给迟韵卿、余玉琴又编了八本《十粒金丹》，是用一个弹词作的底稿。戏中要紧人，高梦鸾是余玉琴扮演，韵卿扮他父亲廷赞，华云扮他丈夫寇云龙，他夫妇一个男扮女装，一个学了木兰故事，后来颠倒成亲。只因高家敬奉吕祖，感得吕祖显圣，赐了十粒金丹，他们离合悲欢，颇与丹药有些关系，才以此名书，我的戏，也就用此四字作个题目，却又起个别名，叫做《义节联姻》，今春已经排演过了。我现在正给他们编《粉妆楼》，打算是迟韵卿扮柏文连，瑞麟扮柏玉霜，洪林扮祁子富，盼仙扮祁巧云，张涌泉扮罗增，春喜扮罗灿，华云扮罗焜，冯玉丰扮奸相沈谦，赵宝琳又扮沈廷芳，又扮玉霜的继母，唐永常扮胡奎，脚色也不错，只玉琴扮的程玉梅，不算正脚，和那武生陈春元扮的裴天雄，差不甚远，未免是大材小用。”

说了半晌，方打住话头看戏，台上又唱好几出，许荫棠与陈瑞麟的《桑园会》唱完之后，便是大轴《取南郡》。正是：

此曲只应天上有，人间能得几回闻。

谭金福的鲁肃，朱素云的周瑜，李顺亭的刘备，贾洪林的诸葛亮，钱宝峰的张飞，唱的是第四本，是《三国演义》第五十二回，诸葛亮巧辞鲁肃，要算《取南郡》的文余。

戏散，毛十爷带了墨香，拉着毓如，往兴盛馆而来，找个座位坐下，跑堂儿的走过招呼，毛十爷和毓如都点了菜，跑堂儿的去告知灶上，做好端至，摆在桌上，都不饮酒，便举箸大嚼。

毛十爷道："从前看杨月楼唱《取南郡》，周瑜是王楞仙，孔明是刘桂庆，现在楞仙搭在别班，所以换了素云，只桂庆却是同春班有的，何故改用洪林？"

毓如道："你还不知么？桂庆死了。"

毛十爷道："前五日，还听得人说桂庆在城里走堂会，派了他一出《文昭关》，怎么就死得如此之快？"

毓如道："桂庆就是那一天死的，只我听韵卿说，他死时，有一段奇闻，可以入得袁子才《子不语》、汤用中《翼稗编》一类小说书的。"

毛十爷道："愿闻其详。"

毓如道："有个唱武生的侯春兰，你可晓得？"

毛十爷道："他是俞润仙的徒弟，我怎么不晓得，只你将说刘桂庆，怎么岔到侯春兰身上去了？"

毓如道："这一段奇闻，是由侯春兰起的，只因春兰害病死了。"

毛十爷道："我昨天还在街上看见春兰，难道春兰今日死的？却又与桂庆何干。"

毓如道："春兰死是死了，却又活了，桂庆却活不成了，春兰病了多日，桂庆是一点病没有。这日春兰病得发昏，忽见两个公差来到，不由分说，拉着就走。春兰恍惚之间，到了前门大街，只见对面又有两个公差，带着一人过来，正是刘桂庆。春兰心中着忙，不知甚么案件，怎么专逮唱戏的。他们六个脚不点地，早到了南下窪子江南城隍庙，一齐站定，春兰忽然省悟，哎呀，姓侯的，莫非死了？正在心中难受，听得庙里大声叫'传刘桂庆'，两个公差领着桂庆进去，却有一个老道士，白发银须，从庙里走出，两眼盯着春兰，看个不住。他看了好半天，忽的摇头说是错了，错大发了，这个人还有二十多年的阳寿，怎么把他勾了来了？说着挥起袍袖，向春兰脸上乱洒，春兰一声大叫，猛然惊醒，原来还卧在自己床上。想了想，方才所经的境界，似梦非梦，他的妻子正围着他啼哭。他把城隍庙的话说了一遍，妻子听毕说你这只怕是做梦，一些也靠不住。据你说的情形，刘桂庆先生是死了，今天他有城里的外串，他欢迸乱跳进了城，怎么会到城隍庙？春兰尚未回答，外面有人叩门，春兰的妻子出去问时，原来是桂庆的儿子来报丧。桂庆在堂会唱《文昭关》，只唱了一场，陡得暴病，赶紧送他回来，将到门口，没有上车就死了，方信春兰真被城隍捉去放回。你道奇也不奇？当日春兰病就好了，桂庆接三，他居然去吊祭，遇着韵卿，把此事讲了个有头有尾，后台人差不多都已晓得，你看这可是小说的材料。”正是：

余试妄言君妄听，不妨孤寓号诗人。

一面说，一面吃，眼看盘碗俱空，毛十爷给了饭钱，别过毓如，带了墨香回宅。

次日到居士书房，毛十爷把昨天听的新奇故事说了一遍，居士道：“我来问你，北京城为甚么有江南城隍庙？”

毛十爷道：“都城隍庙里，各省城隍都有，北京是五方杂处的地方，哪一省的人都不少，因此各省城隍俱可以有香火。”

居士道：“为甚么江南城隍不塑在都城隍庙，却单在南下窪子，另立庙宇，难道头本《双铃记》演的天下城隍来参谒都城隍，只有江南城隍后到，守城神将不肯开城，放他进来，他才住在南下窪子，是实有其事不成？”

毛十爷道：“齐东野人之语，何足为凭？戏中用小花脸扮江南城隍，明是北京人拿江南人开心。这一出本是个旗人手笔，因此有这一段诙谐，明是捏造，万靠不住。只江南城隍塑在城外，一定另有原故。我虽没有实在考据，只是我的意思，却替他想出一个道理来。这座庙宇，恐怕是明朝修的，明朝南京、北京同算京都，至今南北两京并称，还是明人留下的话头。本朝北京定鼎，奉天算是陪都，南京已不是都城了。明朝北京有吏、户、礼、兵、刑、工六部，南京也是有的，北京有都察院，南京也设有都察院在彼，两京体制一样。在皇上家原无轻南重北之意，不过南京离皇上远，一班尚书、侍郎、总宪不能日近天颜，不能握住朝廷行政权柄，才都不愿做南京的官，谁到了南京，就算谁黑了，实与立法原意不合。阳间南北京既然并重，阴阳一理，自然南京不比北京小，那时江南城隍便是南京城隍，他的位份，与此地的都城隍一般大，不能把他塑在旁边，才另立庙宇，不知是与不是。”

居士道：“你的心思不错，写在笔记里，一定有人附和，只是考据差了。我看吴长元《宸垣识略》，这座庙宇，是本朝康熙年间修造，不是明人修的。”

毛十爷道：“既是本朝人修得，我说的原由，就不可靠了，不知果是何故，老兄可能晓得？”正是：

晋人皮里语，鲁史舌端锋。

要知江南城隍的庙宇，为甚么修在南下窪子，且听下回分解。

第六回 陶然亭高唱昆山曲 张之洞细究玉堂春

话说居士笑道："吴长元只写个都城隍庙，他的意思，因江南城隍，不能受北京香火，他觉着这庙内的神，就是北京都城隍了，只人俱说是江南城隍，也未见得大家尽错。大约本朝初年，明朝遗老尚多，他们仍然照胜国旧制，南北两京并重，才另给江南城隍修造庙宇，亦是有的，你说的原故，依然有三分可靠。况且敬神塑像，凭人臆断，没理的去处，说也说不完。泰山只有山东的一座名山，古人不祭境外山川，怎么如今走遍天下，都有东岳行宫。依此而论，江南城隍庙，弄到北京城里头来，也就不必十分考究，多惹葛藤。至于都城隍庙，没有江南城隍神像，你说的原故，一点不错，谁也驳你不动。南下洼子孤坟多的紧，民人怕鬼，城隍是管鬼的，故此这地方，才有城隍庙。吴长元不写'江南'字样，一肚子正经，笔下要合乎祀典，不得稍滥，乃儒者之见，与世俗信神之心，弄不到一块儿。"

毛十爷道："正是。如今的神庙，若说合于祭法，只怕百无一二，不必十分考究，且丢在一边，我们先说别的。方才谈到《双铃记》，这一出里的海会寺，可实有其地？"

居士道："一客不烦二主，我仍用吴长元来作凭据。这海会寺在马家村，明嘉靖年间修造的，本朝顺治、乾隆年间，都曾重修，有御书匾额，御制碑文，孙廷銓有一首诗，题目是'丙申长至驾在南苑被命斋宿大红门张幕海会寺和李坦园学士'，他作的是首七律，其诗曰：

御宿迢遥接泰坛，微微钟漏夜将阑。
双林月上金轮静，七校风清玉幛寒。
宜室夜谈梁太傅，桂宫晨敞汉祠官。
由来郢曲高难和，徒傍卿云借日看。

"这位孙老先生，是明末进士，本朝相国，足见那时，士大夫也在海会寺出入，如现在白云观、法源寺、天宁寺一般，不似下斜街土地庙，专是个集市。《双铃记》演的马思远一案，那马思远茶馆，至今尚在，海会寺自然不是假设。”

毛十爷道：“那一座茶馆，就开设在大栅栏西头路南，和广德楼斜对过儿，我倒是常从他门前经过，我也料这马思远既实，海会寺必然不虚。谅马家这场官司，也是实事，如若不然，马家子孙是不许唱的。”

正说着，外面递进一封信来，上写“京师宣武门外大街八株槐户部右堂陈宅毛老爷甫稚云启历城西关神堂巷毛芗林寄”。毛十爷道：“五哥的信来了。”忙拆开一看，原来有件家务，要毛十爷回去商量。毛十爷即到内宅，向毛夫人告辞，毛夫人知不能留，便叫厨下备席送行。又给毛五爷买些食物，托毛十爷带去。毛十爷在三日之内，雇好二套车，出京回历城去了。

展眼又是半年，一日居士由衙门回来，门人报李大人到，居士忙命请入。这来的李大人，就是财盛馆看戏的那位李学士，如今也升做刑部侍郎了。他的科分比居士晚，年纪却长，居士与他结为兄弟，十分相善。

当下坐定，李侍郎道：“我们本省要办团拜，在南横街贵州会馆举行，找了四喜班唱戏，我正好借此请客，便在会馆下场门小池子，留下一桌，请不是同乡的几个熟人，去聚会一天。我亲来奉约，谅你必不推辞，并且要带侄儿们去。”居士应了。

李侍郎道：“今天没事，我们可到饭馆，去吃个晚饭。”

居士道：“教场胡同义胜居，离这里最近，那里的葱烧海参、汤包儿，都好得很。今天的主人，老哥让给我，咱们吃一回义胜居如何？”李侍郎点头道好。于是带了墨香，并家丁们，步行向义胜居而来。

吃过饭，家丁禀知李大人的车，已赶到义胜居门外，李侍郎订下明日去逛陶然亭，才上车而去，居士父子却仍步归。

次日午后，李宅家丁来催请，居士命他先回，即吩咐套车，父子都奔了陶然亭。

这座亭子坐落南下洼子，在慈悲禅林之内，是康熙年间，汉阳江藻修建，检直是间小屋，既不靠山，又不近水，没真正风景。只那慈悲禅林，修在土台之上，四面苇塘，倒还不俗。又因王渔洋、汤西铭一干名流，都曾到此饮酒赋诗，于是京里的人，提起“陶然亭”三字，妇人孺子也都晓得，成了京师名胜。乾隆时，仁和杭大宗，有首七言绝句云：

溪风吹面霾晴岚，苇路萧萧鸭满滩。

六月陶然亭子上，葛衣先借早秋寒。

当日到得那里，进了路南车门下了车，顺着石阶，上了土台，往西几座小小山门，写着“慈悲禅林”字样。跨了进去，南北都有殿宇，北是观音、文殊、普贤三大士，南是地藏、准提。那三大士殿后，另有高阁，塑着文昌。

一直向西，一个院落，北边西边都是厂厅，李侍郎早站在北厅门口，迎接入内落座。

只见还有一客，是财盛馆见的那宜兴徐太史，如今升任学士，也不是昔年气象。

大家说些闲话，李侍郎吩咐摆席，通止四人，却设了五位，居士道："不知还有何人？怎不等他来，便摆席入座？"

李侍郎道："我找了小桂林了，可以不必等他的。"

于是宾主入席坐定，吃不得一两道菜，早见小桂林走了进来，向诸位打过千儿，挨着李侍郎坐了。

又吃了半晌，李侍郎唱瘾发作，要唱《琴挑》的【懒画眉】，便请徐学士吹笛，李侍郎拈着白须，唱将起来，小桂林不住接唱旦曲，三人各奏尔能，倒也音韵悠扬。正是：

凭谁能记曲，只此足移情。

小桂林唱过，徐学士道："我吹惯清曲了，桂林的气口，是戏台上的，与清曲不甚相同，我吹着有些别扭，大约他唱着也不舒坦。"

小桂林道："徐大人的指法口风，都太好了，比我们戏班场面强得多。"

徐学士笑道："这是你恭维之词，我不受的。"

小桂林又坐了一会儿，起身而去，李侍郎道："京中士大夫都自称懂戏，见了戏班中人，总要现出顾曲周郎神气，弄得戏班的伙计，人人害怕，见了他们，总要夸赞一番，这些士大夫也就受之不疑，到处以懂戏骄人。方才小桂林，竟错认我们也是那一派，把我们足恭维一气，未免可笑。要知戏曲虽是小道，尽有难处，咱们焉能比他们干这个的强。我们昆腔学问，大半是从《纳书楹》《缀白裘》得来，他们戏班却有两句口号：上场莫看《缀白裘》，吹笛莫看《纳书楹》。只因《纳书楹》的腔儿太板，台上唱着不动听，《缀白裘》的曲子，有割裂地方，介口也不准成。古人云：取法乎上，仅得乎中。我们所取法的，已非昆曲上品，焉能俯视一切？更有一般人，只在清曲上用过功，以为除唱以外，都很容易，便也不去讲求身段，居然扮装串演，闹出种种笑话。《刺虎》的费宫人，不知那李虎该怎么杀，那扮李虎的性子又急，刀剑没沾身，就倒下死了，这真是看事容易做事难，一朝大意，能损十年知音的重望。要知自己本不是个中人，素常大言不惭，虚骄之气，人心早已不服，正可见景生情，自保虚名，怎么就忘了形？敢到戏台上去惹祸，斯亦妄人而已矣。"

徐学士道："确论也，吾亦云然。这宗人现在确是不少，我不知他是何用心。"

李侍郎笑道："他的心思极浅，不过平日专说过头的话，自居昆曲第一流，不免有人笑他只能坐言，不能起行，他有些不愤，才有这宗举动。他也未尝不想学一学身段再唱，只他眼中早看得是个上台的，都不如他，你叫他向谁去学？"

居士笑道："老兄真有一面照妖镜，魑魅魍魉，休想逃遁。"

李侍郎道："我唱，徐子静吹，你只坐听，倒是你不会唱又不会吹的，占了便宜。只你谈起昆腔，也很在行。”

居士道：“我陈家在洪杨大乱以前，拴过戏班，一个是太和部，专唱昆曲，一个是桂林部，专唱乱弹。现在太和已散，只剩桂林了。故乡昆曲甚为不竞，只我从小就听昆曲，虽不能甚懂，自然可以知其皮毛。”

说话间都已酒足饭饱，便到陶然亭上，站了片刻，又登文昌阁，观望四面风景。这座庙，地势本高峻，再到杰阁上边，真个是凭高观下，附近的不消说，就连远处也都一目了然。正是：

欲穷千里目，更上一层楼。

看那阁中文昌像前，另有一尊小像，也是软翅乌巾，袍服玉带，和那大像，都是遍身贴金，只除帽子胡须是黑的。先还认作也是文昌，细看眉目，杀气腾腾，不是儒者气象，方认出是关帝。又到准提殿，见旁侍一将，包巾美髯，大刀金甲，也是关帝。再往三大士殿，案前有一小龛，内塑豆大金身，仍是关帝，旁边却多了关平周仓。顷刻便在一庙，看见关帝圣像三尊，京中的关帝香烟，可算极盛，无怪戏班不敢演唱。

那小龛柱上，有副三寸长的对联，写着蝇头细楷，甚是工巧，其联语曰：

淘洗得来惟净业，消磨不尽是雄心。

李侍郎道：“这两句熟得很，好像哪本传奇里面有的。”

徐学士道：“这是屠隆《昙花记》里的话头，写这对联的人想必也是个戏迷。”

居士道：“只个两句，写在佛寺关帝神前，甚为合式，此人不但戏熟，他的文心也还可取。”李徐二人点头称是。

一行人出了佛殿，走至山门，徐学士道：“天不甚晚，我的游兴未尽，何妨到龙爪槐走一趟。”于是又都上车往龙爪槐而来。

到得一座庙前，车子停住，墨香方知龙爪槐也在庙里。大家跳下车时，只见先有一辆红托呢大鞍车，在庙外停放，仆人车夫或蹲或坐，看见这边的车马，跟他们一样，他们才肯站起。这边家丁忙过去一看，才认出是兵部堂官、广东杨蓉甫少司马手下碎催，便知杨少司马在内，回头禀告：兵部杨大人在此。

李侍郎道：“不想又遇着个朋友。”便和居士、学士一同进去，墨香也跟在后面。

那杨少司马正在槐下徘徊，见三位走入，忙过来招呼，墨香也给杨少司马见了礼。

杨少司马问：“三位从何到此？”

李侍郎道：“我们从陶然亭来的，阁下怎么一人在此？”

杨少司马道：“我到南横街圆通观，回拜一个朋友，又到龙泉寺，吊了一家的孝，顺便到此闲游。”

徐学士道：“可算高雅得很。”

杨少司马道:“你们三位，久占陶然亭，士大夫称为‘陶然三友’，才算高雅。”

徐学士道:“那地方也不见得雅过龙爪槐。”

居士道:“纵然地雅，我们人未必雅。”

杨少司马道:“这南下窪子，要算陶然亭最雅，江南城隍庙最俗，公等若非雅人，何以不久占江南城隍庙？”

李侍郎道:“我还不知江南城隍庙的大门，向南向北，既说是最俗，不知俗到如何地步？”

杨少司马道:“无非是个集市，到了七月，庙门大开，做买卖的，大摆摊子，和东城隆福寺，西城护国寺，下斜街土地庙，正月的吕仙祠、白云观，三月的朝阳门东岳庙，都是一样。只有些还愿的，扮做罪囚，前去烧香，却是各处所无。我去年和某部左堂某阔老闹出意见，就因此庙而起，并且其中还羼着一出旦脚的戏。”

李侍郎道:“不知是怎么会因此庙与某阔老意见不合，又怎么扯上旦脚？”

杨少司马道:“去年七月江南城隍庙，正当开庙之期，我因有事，坐车从庙前经过，不想车夫糊涂，不从照壁外绕着走，一鞭子把骡子由西边的辕门，赶到照壁后面去了，那里游人甚多，就算岔了车。忽见对面一辆红托呢大鞍车，赶了进来，车中坐一少妇，两边游人齐声叫好。我定睛细看，早认出仆役车夫都是这位左堂家里的，这少妇定是他的宅眷，只那打扮，太也扎眼，因此大家叫起好来。”

李侍郎道:“不知怎么一个打扮？”

杨少司马道:“只见这少妇披头散发，满面脂粉，身穿红绸罪衣罪裤，项戴鱼形玻璃枷，手系银链，好似戏台上的玉堂春，真比那些旦脚还扮得花哨。由仆人扶她下车，一步一个头，磕向庙中而去。我的家丁倒是认得，说这是某部左堂某大人的少奶奶，扮做囚犯，前来还愿。我看着不成事体，十分有气。待回了家，给这左堂写了一封信，措词还给他留着面子，劝他约束子妇，不可到千人万人面前现这个眼。况且御史们是利害的，倘若被他们知道，玩个折篇，甚么刻薄尖酸的话，都写得出来，未免是明公一生之玷。谁知道这老东西，十分护短，回书说他这儿媳妇，孝顺贤德，是因公婆丈夫害病，许的愿心，不用外人干预。你道此老是否糊涂？”

李侍郎道:“此老是豪杰中人，非圣贤中人，可以不必挑剔他这些小节。”

杨少司马道:“古来也没他这种懵懂豪杰，此老早晚要闹出不好来的。我和他闹意见，都是江南城隍庙与玉堂春，两下加攻，釀出来的。若无城隍庙，他这儿媳妇，往哪里去装犯人？若没玉堂春，这个无耻之妇，也未必想得出这么一个打扮来。”

大家闲话一回，天色渐黑，便各自登车回宅。后来那位某部左堂，果然闹出杀身之祸，不在话下。

且说居士回来，将入书房，有一位同乡官来到，先商量了一件本省公事，然后坐在那里，秉烛闲谈，早说到杨蓉甫少司马。

同乡官道："杨大人因为一件玉堂春的笑柄，和某阔老闹翻，大人可曾晓得？"

居士道："方才在龙爪槐，听他说过了。这一出《玉堂春》，当年是喜禄的好戏，后来要算余紫云，只因名脚场唱得热闹，才招得这些不守礼法的人，依样画葫芦。"

同乡官道："玉堂春本无其事，竟能令人如此，戏的力量，真个不小。"

居士道："不然，玉堂春这件事，一些不假，张制台曾仔细考究过的。"

同乡官道："敢是官印之洞、现做我们本省总督的么？"

居士道："然也。前些年，他放了山西巡抚，到任以后，一切政事，雷令风行，一天把九个知府一齐撤任，闹得大小官员，人人害怕。忽的一日，一个五百里加紧的文书，递到洪洞县，只吓得县官，屁滚尿流，说是不好了，祸事来了，顶子戴不成了，张大人找上本县的岔儿了。及至拆开文书一看，原来是张大人久知玉堂春一案，是明朝洪洞实事，这一案的文卷，现藏洪洞县署，张大人要调去细看。县官才放了心，便把文卷察出，呈送到省。"

居士说到此处，笑道："说起张制军，我想起一个对子来，他的官印，有人用'陶然亭'作对，倒还工稳。"同乡官坐了片刻，告辞而去。

过不数日，已是贵州会馆唱戏之期，要知此番的戏，是否可听，待墨香听过回来再讲。

第七回 宾筵听中堂诙谐 戏场见神圣威肃

话说南横街贵州会馆，甚是窄小，只有戏台，没有戏楼，倒有些与砖儿胡同谢公祠的体制相仿。那日唱的戏，有一出《打瘟司》，是由全本《十全福》里面摘出的。通戏昆曲，墨香是听不懂的，又没人在旁提醒，如陶然亭的《琴挑》，李、徐二公先就说破，不然，谅墨香焉能听得出是甚么戏来。话又说回来了，当日的墨香，岂但不懂昆曲，就连西皮二黄，也是自命为懂罢了，何曾真正懂得。直到后来，墨香出入戏场，好几十年，并且自己登台，唱了多日，你若问墨香戏中深奥，墨香答应出来的，也不过是戏评的可看文章，究竟没摸着真正的窍门子，就不必论那幼年的墨香了。这日听戏的事，表过不提。

光阴似箭，又过了新年，湖广会馆春季团拜，找的同春班，唱的戏，也有一出罕见的，却是乱弹，唤作《德政芳》，迟韵卿扮的海瑞，贾洪林扮的邹应龙，陆华云扮的吴璋，陈瑞麟扮的钱春烟，赵宝琳扮的沈一贯，钱宝峰的穷不怕。这一出，头绪极为复杂，只唱了前两本，好像是小说的第一二回，正写缘起，离收场还早，看戏人不甚明白，墨香回来，也少不得纳闷。

展眼过了二月、三月，通没看戏。四月八日，昆中堂生辰。这位中堂，世代信佛，因是佛诞，总是改在九日做寿，总要唱戏，墨香每年总是去的，于是又往昆府而来。他们住在崇文门内北新桥北汪家胡同，上了车，要走好半天，方能得到。

下车进了大门，早听得锣鼓之声，便知已开锣了。进了二门，上了甬路，这里便是后台。甬路尽头，一座垂花门，跨了进去，顺着游廊向东，走到东厢房。那去处，烛光香气，绕眼扑鼻，缎幛锦屏，挂满了两壁，正是寿堂。墨香进去叩头，有中堂二子，占柱臣、占栋臣在旁还礼。墨香又到天棚下，见过中堂，又到正房廊子上，见过太太，才来看戏。

他家没有万年台，只在正房对面搭了个台，听戏的客人都在天棚内坐，廊子上垂着竹帘，是女客的坐处。

台上演的是出昆腔《功臣宴》，那扮金日殚的是大净何桂山，人称何九儿，乃三庆班的旧人，现搭同春，只那扮卫青的，是四喜老生冯金寿，不是同春管事人陈春元。其余公孙弘、韩安国等，哪一班的人都有，便知是无名班了。

底下接着小桂林的《游园惊梦》，小金虎的《刺虎》，孙藕香的《昭君》，除了昆曲，就是有牌儿名的吹腔，都不是西皮二黄。只闻羌笛声，不见胡琴响，这倒是戏场少有的事。

墨香不免心中不快，本不爱旦脚，又不懂曲子，真有些坐不住。中堂却叫柱臣来向墨香说："仍须按每年老例，住几天，听完了戏，才放出城，你家的车，已打发回去了。"墨香只得应了。

不多时，台上改了一出《打棋盘》，老生陈寿峰扮的陈循，小生杜蝶云扮的高毅。那扮高夫人的旦脚，叫做朱莲芬，年约五十。这个人年轻时，很有声名，字写得甚好，曾给已故工部尚书吴县潘祖荫代笔，在潘尚书面前，说一不二，两人十二分的相投。待过了四旬，再往潘家，尚书竟不肯见，写个字条，付给门公，转交莲芬，打开一看，上面只有"你老了"三字，莲芬便和潘氏断了来往，只在恭王府和各大老门下出入，大家却仍和他一处盘桓，他因此还立得住脚。

那出《打棋盘》，将一出台，门公郑兴禀道："两位陈大人到。"中堂忙亲往寿堂招呼，须臾齐由寿堂出来，墨香看时，前面正是父亲觉分居士，后边是陈六舟大京兆，墨香忙着站起。

中堂让二客入座，笑道："台上正唱的是陈年伯，不料二位年兄到了，正是舍下的陈年伯，好在小弟纳妾王菊庆，已经多年，内人也久生子，用不着陈年伯打棋盘了。"

大京兆道："慢说打棋盘，我连下棋都不行的，倒是司徒公，在一二品大员里面，要算个围棋的能手，旗汉红顶子恐怕没有比他强的。"

居士笑道："我也只能无佛处称尊，若论围棋一道，我还差得太远，如何当得起'能手'二字？官场中有个定信，官虽有高，棋狠不低。"

中堂道："人越有所长，越不矜夸。大凡吹牛跨背的人，必然无用。"

陈大京兆坐了片刻，他不爱看戏，告辞而去，中堂道："六舟还是如此的方板。从前做翰林之日，我们常有文酒之会，本科状元是徐颂阁，这个人与我一般，讲究吃喝，一肚子的食谱，我和他很说得来，见了面，少不得要谈些吃东西的方法，只不过于伤残物命，也没关紧要。不料六舟听了，便要生气，说我和颂阁，肉食者鄙，有时竟当面抢白，闹得合座不欢，全仗探花太谷温味秋，和司徒公给我们做鲁仲连，排难解纷。如今已有三十年了，六舟也久于宦途，只是仍旧不随和，古人说的姜桂之性，到老愈辣，一点不错。只他这种人物，我也十分佩服，真正古道照人，我是学他不来的。我家年年唱戏，就是平常无事的日子，也有唱戏的来往。朱莲芬、孙藕香，和乱弹正旦孔元福、武旦余玉琴、梆子花旦响九霄，还有个十来岁孩子，叫做吴彩霞，也是乱弹正旦，都短不了来的。若被六舟晓得，又要说我失了宰相身份，难免要招他说闲话。”

居士道：“人各有心，不能勉强。究竟我辈习气未除，士大夫口不言戏，原是应该的。”

中堂道：“这话也是。即如宝坻王侍讲，太懂得戏，历城张少宗伯，太不懂戏，二人做翰林之时，到馆子里吃饭，喝了几杯，王侍讲唱起来了，学那杨月楼，十分有九分的相似。恰遇毅皇帝微行，听入耳中，问知是王、张二翰苑，却闹不清唱的是谁。次日即同奉旨派入宏德殿，毅皇帝当面盘诘，才知张英麟是个听戏外行，便重用姓王的，不久升到侍讲，替毅皇帝抄写戏词。毅皇帝驾崩，陈六舟正在言路，一折子把他参掉，他便是吃了懂戏的亏。张少宗伯倒升起来了，正是占了不懂戏的便宜。”

说话间，天色将晚，摆过酒饭，跳过加官，满院点起灯烛，照旧演唱，正是：

娇舞酣歌深院，绣幕锦屏香软。珠履客三千，集群贤。

月若有情留住，人若有情休去。莫听晓鸡鸣，只三更。

戏至十二钟，宾客各散，主人也都归寝，墨香在东厢房套间睡了。

次日九钟，大家起床，早有人在戏台上换了门帘台幛，摆起台来。到了十一钟，打过三通开戏，原来是醇王府的高腔班。

第一出演的《点魁》，五个魁星出来跳舞，文昌帝君高坐而歌，文昌勾着金脸，倒有些像陶然亭的塑像。高腔只是干唱，不用丝竹，话白也用京音，不一定是中州韵，前台人唱，后台有人帮腔，听着十分别致。

那日的戏，有出《哭城赐带》，正旦扮孟姜女，不擦脂粉，不梳大头，戴个牛犄角髻儿，额上一条勒子，青衣白裙，也不甚难看。那《梦榜》的莺莺、《思春》的五面公主，便也脂香粉气，鬓影钗光，不是那宗怪相。墨香对于这几出，实觉一些兴会没有，好生讨厌，只也因讨厌之故，反能记在心里，多年还不曾忘掉。

然而有一出最看着得意的，却也历久不忘。你道是出甚么？正是乱弹也曾演过的那出《青石山》。

墨香第一次看这一出时，是在湖广会馆，罗百岁扮的王老道，余玉琴扮的九尾玄狐，李顺亭扮的龛瓤子。

慢来，甚么叫做“龛瓤子”？

这个名目，也太诡异了，墨香莫打哑谜，须得注解一番。

“龛瓤子”者，关老爷也。《青石山》的关老爷，应当坐在神龛里面，因此称为“龛瓤子”。只缘老爷有“瓤子”土称，称平将军为“平子”，周将军为“仓子”，都是专为《青石山》一戏而发。若是三国戏，京里此刻不唱关公，当年程长庚演《华容道》《战长沙》，也不能称为“龛瓤子”的。墨香虽生得晚，没有赶上，却曾听人说过。

那日湖广会馆，平子是吴和吉，仓子是钱宝峰，脚色总算整齐，并且李顺亭勾的红脸，穿的绿袍，居然扮出老爷来。第二次是在湖南会馆，是张涌泉扮这脚色，金脸黑袍，扮成真武，只满口说的是老爷的话。

这高腔《青石山》的穿插，与乱弹倒没甚差别，只他们的切末讲究。“坐龛”一场，扯的云幕，画成神殿样式，殿门画作闭而未开，上书一匾，写着“亘古一人”，旁画二柱，上有对联云：

先武穆而神，大汉千古，大宋千古；

后文宣而圣，山东一人，山西一人。

云幕开处，便似殿门开了一般，当中一座神龛，金碧辉煌，圣帝冕衮秉圭，端然正坐，金面美髯，蚕眉凤目，说不尽的威严，真令人肃然起敬。左有竭忠王关平，抱着金印，宣义侯赵累，捧着敕书。右有威灵忠勇公周仓，持着大刀，昭忠侯王甫，执着宝剑。另有两个宰相装束的，左边髯白右边髯黑，正笏垂绅，在旁侍立，这是明神宗敕封伏魔左相陆秀夫，伏魔右相张世杰。案上木雕五供，香烟烛焰，真似庙中景象。每神面前都有绢扎灯牌，写着封号姓名，不然，谅此时的墨香，焉能认得这些神道。案前八个马童，屹如泥塑，面目丑俊不一，个个都有神气。又有两匹绢扎马灯，一红一白，与庙中一般。那龛上有灯匾灯联，匾上写着“万世人极”，联上写的是：

至大至刚，是集义所生者；

宜兄宜弟，其为人之本欤。

中堂看了点头道：“好哇！究竟王府班，扮戏讲究些。你看圣帝金脸，平将军只揉油粉脸，周将军只揉黑脸，现在乱弹扮出来的，往往圣帝红脸，平周二将，一个银脸，一个乌金脸，走遍二十一行省，大小关帝庙，只怕没有正神只装五彩，站班的反装金身的道理。”

说着回头把仆从们看了一眼，又拈须道：“不过阎王好见，小鬼难缠。修关帝庙，给帝将军贴金，虽与正理不合，也是人情。”满座人都笑了，中堂却板着脸，一点笑容没有，反更满面正经。

《青石山》描摹关帝神威，本已到了十分，加以切末点缀，更加出色。说到此，有高仲瑊先生《关帝赞》云：

嶷嶷关侯，早识真主。义炳丹青，气吞熊虎。

奄有巴蜀，坐镇荆襄。阿瞒鼠窃，往斧其吭。

天不祚刘，恨咽江浦。正气一朝，丹心千古。

大星坠地，两曜垂天。作庙翼翼，亿万斯年。

又有曹寅的诗曰：

上徹重霄下九垓，英灵无地不安排。

三分事业今何在？又见沧桑几度来。

《吕仙乩笔》云：

读《春秋》，讨魏征吴大节留。

奸雄今在否？将军庙貌满神州。

又有人作诗咏那周将军，只那措辞用意，连平将军，并王赵等，一干为关帝殉义之人，都可算在其内，诗曰：

人名留似豹皮留，千古英雄貉一邱。

料得麦城临难日，也同勒马望荆州。

这个时节，墨香肚内没有这些赞颂诗词，都是日后晓得的，引来做个文章点染，也是说书的老例。只墨香幼年，有段小小笑柄，此刻猛然想起。

原来墨香在福州之时，忽有一天，毛夫人把墨香唤至面前，吩咐道："今天初一日了，你可到本衙小庙，烧香拜佛。"墨香应了，早有奶妈宗婆，引着墨香前往。

先到一庙，是尊慈眉善眼的圣像，只是有几分女气，旁边站一小孩，宗婆道："这是观音菩萨。"墨香虽然重男轻女，见了这尊圣像，也知起敬，便磕了头出来。

又入一庙，将一进去，墨香不由得吓了一跳，当中坐的金身神圣，已是威武可怕，香案右边，一个黑人，顶盔贯甲，瞪眼立眉，挺胸凸肚，手拿一柄大刀，站在那里，更令人慑魄惊魂，墨香几乎要哭，只得闭了眼睛，爬在地下，磕头已毕，急拉了宗婆跑回。见了毛夫人，还是满脸发青，是个害怕模样。毛夫人问其原故，宗婆道："他见不得周将军，才吓得成了这个样子。"

毛夫人道："周将军生为正人，没为正神，你怕甚么？况且你看戏，不怕花脸，怎么又怕庙中泥像？"

于是毛夫人把罗贯中《三国演义》，关公、周仓的事迹，从头至尾，说了一遍，墨香大喜，从此敬重关公，也就不怕周仓了。

这一天，家丁郭盖，抱了墨香，去到三皇庙看戏，偏遇旦脚钟紫云演唱《火龙牌》，他虽是福州出名好脚，人人爱看，却不合墨香的脾气，便打着郭盖叫他走路。出得庙时，见一家画铺，挂着一张关公夜看春秋小像，旁有周仓持刀侍立，墨香不但不怕，还定要请了回来。待到衙中，毛夫人说神像不可亵渎，家中久奉关帝，也不必挂两幅金容，叫郭盖速去退还，如退不掉，另换一张仕女。郭盖去了半晌，换了一张白娘子拿回，墨香好生不快，到如今好几个年头了。正是：

无情有恨何人觉，月晓风清欲坠时。

要知墨香还起甚么念头，且看下回分解。

第八回 引《品花宝鉴》评旦色 谈真灵位业证戏文

话说墨香乱想了一阵，《青石山》演完，戏便打住，客人告辞，一班仆人摘寿幛，卷对联，台上也有人收那唱戏器具，和昨夜一样，墨香仍在昆宅住下。

次日他那里又唱了一天同春班的戏，却没有谭鑫培的戏码。问起柱臣，方知中堂从昔年听惯程长庚一派，喜欢真气力，说鑫培是小巧，不甚合意，不叫他登场，并且嫌他架子大，不给他好面子。这在当日士大夫里面，真叫绝无仅有。正是：

不要文章高天下，只要文章中试官。

这一天无甚可记的事，到晚散戏。次日家里派车来接，即告辞回去。

五月十一日，中堂太太生辰，又去看了一昼夜的戏，也是同春班。入门时，场上正是迟韵卿的《铁莲花》，那扮定生的娃娃生，叫做李库，不过十来岁，很有气神。余玉琴和李顺亭唱了一出《湘江会》，玉琴扮的无盐，擦脂抹粉，十分俊俏。人都说无盐丑，戏中吴起一口一个“丑丫头”，玉琴太不丑了。有个老生唤作王仙舟，唱了一出《天水关》，冯玉丰扮的姜维，末一场，仙舟多一大段唱词，诸葛公对着新收降将，吹了一阵牛，词句甚为不妥，只仙舟唱得倒还动听。

自这日戏完回来，直到次年春间，没怎么在戏场出入，只闻得人言，同春班报散，谭鑫培另起同庆，花脸行里，死了一个钱宝峰[1]，三庆班的旧人，越来越少，钱宝峰人称“活张飞”，这一下子变成“死张飞”了。

一日有几位官员，前来商量一件事务，计议已毕，坐着闲话。

一官道：“好笑么，江西巡抚德中丞衙门里，一天到黑，锣鼓齐鸣，除了西皮，就是二黄，通宵不歇，被京中都老爷们打听着了，玩了他小小一篇白折子，奉上谕把老德革了职，因听戏坏官，也算风流话柄。”[2]

---

[1] 光绪二十一年六月二十一日卒。

[2] 光绪二十一年七月二十三日上谕云：“且于筹办防务之际，兼旬演戏，一味酣嬉，实属辜恩溺职，若即革职。”系御史高燮奏参，经谕令张之洞按欵查确。

又一官道："究竟督抚难做，京官从前似秦老胡同内务府大臣工部侍郎明恪勤公，也曾天天唱戏，怎么没人参了？就是现在经板库户部侍郎立杨四，也是以戏为命。从山东来了个花旦，叫做路三宝，是刘和坤科班的徒弟，先跟和坤学武老生，后改旦脚，闺门一派，是跟叶小云学的，刺杀一派，是跟王小艳学的，到京之后，又拜赵宝琳学玩笑戏，现搭承庆班。立杨四见了大喜，待他甚厚，恰值小桂林出京，卖了些行头，立杨四都替三宝买了。立杨四宅内，三宝不断地去，大有昔年明家和昆旦王绚云的意思。立杨四也算戏迷入骨，也没见老都们说话，足见京官比督抚容易。"

御史彭述在座，笑道："好哇，我们改了老都了，没叫我们疯狗，总算便宜。你不晓得，京官只有照例公事，不似督抚，又管兵，又管民，忙还忙不过来，哪有功夫听戏。若是听戏太勤，公事必懒，封疆重寄，岂容若辈久占，因此我们衙门的朋友，就要参他了。京官你便是中堂，也没耽多少沉重，慢说侍郎。"

有位左郎中道："看戏不误正事，参他做甚？你也常看小天仙科班，谁又说你不是。"

又一官道："莫这样说，我就要说他不是。"

彭御史道："我的不是何在？"

那官儿道："小天仙有何好看，你总看那班子的戏，他转在哪个园子，你便进那个园子，这就是你的不是了。"

彭御史道："我并不懂戏，比那位抢着做戏提调的某御史不同，只看人的眼睛，却比他高。他那一年，在湖广会馆，硬添了两个花旦的戏码，那两个真正丑八怪，一辈子不行的。我在小天仙，看见一人，是个青衣旦，真是一个天仙，我常看那个班子，就是这一人的原故。"

众人道："你可知此人名姓？"

彭御史道："我打听了，他的姓各省都有，是太原一系。"

众人道："是姓王了，他叫何名字？"

彭御史道："他的芳名，与陈石函《品花宝鉴》的一个名旦相同。有《品花宝鉴》诗曰：瘦沈腰肢绝可怜，一生爱好是天然。风流别有消魂处，始信人间有谪仙。"

众人道："这一部《品花宝鉴》，有五六十回，装订成十五六本，其中诗词多得很，知道这首诗是说的哪一个。况因叙的旦脚，通是十人，添个杜玉侬，成了十一个，又添一个女郎，凑成十二花神之数。我们看过，就丢在一边，谁也不走心，怎能记得这个名旦是谁。"

彭御史道："诸君既看过《品花宝鉴》，连开篇第一回，都忘了不成？"

一官道："我倒记得。《品花宝鉴》确止六十回，写得旦脚太肉麻了。他那第一回的目录，已把旦脚骂苦，他那目录是：史南湘制谱选名花，梅子玉闻香惊绝艳，直头拿旦脚当了下等女人，这也太伤雅道了。”

彭御史道：“你既记得目录，可记得花选第一人是谁？”

那官儿道：“是袁宝珠。”

彭御史道：“宝珠的号是哪两个字？”

那官儿道：“他号叫瑶卿。难道你说的此人，叫做王瑶卿么？”

彭御史道：“不错，这个旦脚，正叫王瑶卿。”

众人道：“我们只知孙怡云，是后起青衣旦的好手，现搭承庆班，倒不晓得小天仙会有绝好的正旦。”

彭御史道：“孙怡云一条好嗓子，若论模样，却远不及瑶卿。若说到看旦脚，不能专讲唱工，也得略观姿色。他扮的多半古之美人，若是太憨蠢了，未免唐突西子，便叫看戏人心中不快起来。我不知王瑶卿别项好处，只就扮相而论，确是太好。”

众人道：“究竟怎样一个美人儿，你竟这般倾倒？”

彭御史念出一首唐诗云：

青丝高绾石榴裙，肠断当筵酒半醺。

置向汉宫图画里，入胡应不属昭君。

众人道：“你也恐怕是阿其所好，未必便好到如此。”

彭御史道：“只怕比这还有好的去处，我说的还有未尽。”众官大半不信。

彭御史道：“今天真好似《品花宝鉴》的第一回，我就是史南湘，列位就是梅子玉。史南湘的曲台花选，被梅子玉骂了一个不吐核儿，他二人差一点儿翻脸。到得闻香惊艳以后，梅子玉变了一个人，和杜琴言闹出不少的话柄。一部书，竟是因梅杜而作。大凡这宗事，不能以口舌争的，今天我没功夫和诸君打嘴架，我晚上还要巡城，我不陪了。”说着向合座打了一恭，出门而去。

大家仍笑他说话太过，不信小天仙里面真出了天仙，若果有这样一个天仙时，我们这些人，都有眼睛，怎么都不曾看见？

大家一面说，居士一面在那里写对子，他们说了多半天，居士便写了多半天，因没一句要紧话，故此你说你的，我写我的，不曾开言。

此刻对子写过十来幅，放下笔笑道：“天下贤才美色，往往出入耳目之外，他的话，未必不然。即如汉末刘景升，一世名士，在荆州多年，竟不知自己境内，有诸葛武侯那样一个惊天动地的人物，可见贤才容易交臂失之。说到美色，也是如此，他引那《品花宝鉴》作比，很有道理。”

一官道：“《品花宝鉴》不过笔墨尚好，写这些事，很在情理以外，怎么大人说老彭比得不错？”

居士道："《品花宝鉴》，虽然有不近情理的地方，只梅子玉的行为，世上却是有的。陈石函意中是有这样的人，也实曾看见这样的事，才写出来，不一定便在情理之外。诸君留神，莫紧自笑彭向青了，恐日后难免抱梅子玉之悔。他今日不与诸君斗口，一笑而去，足见他没甚么虚骄之气。越是如此，恐怕他越看得真，拿得稳，他未必输，诸君未必赢。"

众人道："我们的输赢，以何为凭？"

居士道："以彭向青赏识的人儿，能否成名，做个凭证。此人若是成了大名，便算诸君输了，此人若是不能出名，便算诸君赢了。这是最公允，最确实，一个老大的证见。"

众人道："是极，我等谨记不忘。"

又坐了一会儿，众人也陆续散去，这一天的事，又算交代。

当时的墨香，虽然已经能看小说了，却只看的是罗贯中《三国志通俗演义》、杜纲《北史演义》、褚人获《隋唐演义》、吴少阳《西游记》、施耐庵《水浒》、俞万春《荡寇志》、熊大木《精忠传》、钱彩《说岳传》、郭勋《云合奇踪》、吕文兆《女仙外史》、文康《儿女英雄传》各类的玩艺。凡无名氏《金瓶梅》、曹霑《石头记》这一派的说部，都不能寓目，不消老人禁止，自己本不相近，不必说到陈氏《品花宝鉴》，就连这个书名，也是听那彭御史说出，方才晓得。墨香素不喜旦脚，听得书中是旦脚故事，便不想看。只墨香记性甚强，彭御史说的书中人名，并他念的诗句，墨香倒是记住了。

光阴似箭，又到夏日，墨香到经板库立杨四大人宅内，看了一次戏。

这位立杨四大人，是内务府的官儿，又做着户部侍郎，十分有钱。戏台修在客厅里面，方圆可抵湖广会馆一个半台，足见他那客厅宽敞。没有戏楼，男在前，女在后，座位有几百个。台的对面，悬着大镜，照得唱戏人，眉目甚是清楚，自台口看去，好像唱对台戏的，一切讲究，比昆中堂胜强十倍。

那日是个无名班，谭鑫培唱的《定军山》，孙菊仙唱的《一捧雪》，高嗓子老生龙长胜唱的《让成都》，有几个小孩唱的《回笼鸽》，俞润仙唱的《青石山》里的关平，李顺亭的龛瓤子，黑面皂袍，扮作玄坛神像。原来皇太后在宫里，每逢青石山圣帝坐龛，便移开宝座，不肯相对。内务府官员觉得皇太后尚且这般，臣工们岂不要下跪，因此吩咐后台，不要扮作关公。这是他们小心谨慎，尊敬神明，便是尊敬皇上，不似别的官员，只是大德不踰间，小节可出也。这日还有一出《马上缘》，便是那个路三宝唱的。他出台时节，立杨四大人站在台前，那高兴的神情，画也画不出，两人的缘法，真个不浅。

当夜十二钟，墨香回家，那立杨四大人的戏，却还未散。这立杨四大人，除了到内廷，上衙门，无一刻不与朋友有戏酒之会。正是：

东家一笑醉红颜，又向西邻开玳筵。

每日碧桃花下卧，牡丹开处总堪怜。

当年内务府的官员，京中人说起他们来，都是名姓倒置，如立杨、崇蒋、文索、文田，不止一家。这宗风气，旗汉都不如此，就止内务府罢了，也算一段小小的掌故。

墨香自经板库回来，展眼入了秋天，湖广会馆又举行同乡团拜，找了戏班唱戏，墨香照例是要去看戏的。

到得那里，京官已来了不少，只那彭御史告假回原籍修墓，不在京都，自然没有他的影子。看那台上，许多小孩儿，是个科班的规模。问起京官，方知是福寿科班，是迟韵卿办的，韵卿和玉琴等，也在这班子里演唱，是大人、小孩混合的戏班，和昔年小荣椿一样。

戏唱了半天，居士方由衙门到来，坐在池子之内。这日账房外面，有贵筑李侍郎搭桌，没了同乡官的坐处，因此连墨香也到大池子占了一个正经座儿，却是在居士的身旁。听过几出戏，居士带了墨香，来和李侍郎周旋。这里的客人走了一两人，恰空出父子的座位，居士便和墨香坐下。台上演的是一出《安天会》，那扮孙大圣的武生，叫做张长保，又名淇林，是从前三庆脚色，扮天王的是何九。

李侍郎道：“这一出，孙猴子嘴里是一套【醉花阴】，天王嘴里是一套【混江龙】，通戏昆曲，很不易唱，这二人都还不错。”

居士道：“上年太后万寿，我曾奉懿旨赏入座听戏，便有这一出，也是长保唱的，只何九没有内廷差使，另有人扮天王。那个人外边没见过，似乎不如何九。人都说内廷百事比外边强，亦不尽然。”

侍郎道：“这话极通。”

一客在旁问道：“这些神将，怎么有一个戴纱帽、披铠甲、青面紫髯、手拿长柄蒺藜，好一个古怪样子，不知是何神祇？”

侍郎道：“你没听得天王叫他温天君么？这四员天将，是马赵温刘，天王嘴里都是有的。”

居士道：“四大天将，称提点宫观，这是宋代官制，恐怕是宋时道士的话。”

此刻徐学士也在座，便道：“我记得元人《碧桃花》、明人《双珠记》，都是马赵温关，《玉燕堂·梅花簪》，是马赵温岳，这都是曲子一类的书。至于平话、小说，《金瓶梅》是马赵温黄，《石头记》是马赵温周。现在有人唱的戏，这一出《安天会》，和大内的《劝善金科》《昭代箫韶》，又都是马赵温刘，不知是何原由。总而言之，荒唐而已。”

李侍郎道：“虽是荒唐，只怕也有原故，陈司徒《真灵位业图》最熟，当知其详。”

居士道：“本是马赵温关，明神宗封关公为三界伏魔大帝神威远震天尊，才改为岳少保。后人又用明将大刀刘綎、周遇吉、黄得功替代。《金瓶梅》崇祯刻本，还是关王，张竹坡批本，才改黄将军，好在黄姓甚多，黄得功成神，亦非人所共晓，可以另算一黄，与这《安天会》的大刀刘綎一般，可以不算他是刘綎。你要说是岳爷，谁也知他在孙猴子、西门庆以后，岳姓的神明又少，早被人挑剔出来了，不如黄、刘容易蒙混。只我这李大哥，说的《真灵位业图》，相传是梁朝陶贞先生所作的，并没有这些话，我是从王复礼《季汉五志》、赵吉士《寄园寄所寄》各种杂史琐记，并道士互相传说得来。我想宋人已敬重关大王了，岳武穆大约是向着他行过礼的，岳武穆曾重修富池昭勇庙，那庙里的神明，是东吴大将甘兴霸，庑下有关公神像，陆放翁《入蜀记》，叙过此事。这座庙的关公，有人说是岳武穆添塑，放翁虽未写出，似乎可信。明朝军营中，真武大帝香火最盛，真武旁边，多有马赵温关，后改马赵温岳。刘周黄三公，更一定都给四大天君磕过头的，没想到自己死后，竟顶了末一位天君的缺，也算奇事，也算佳话。”

李侍郎道：“你说到此处，我却想起几句话来。”要知是甚么话，且听下回分解。

第九回 观淫戏正言训子 见美伶乱性着魔

话说李侍郎道："我曾在德化万家，看见一幅画儿，有陈老弟的画像。"

居士道："不错。那幅画儿叫做《偲村消夏图》，只因万文敏公，是壬戌会试主考官。那年夏天，在本宅花园大宴新门生，那座花园，就叫做'偲村'。当日师生们，都由一位画师给画了像，我是那一科中的，亦画在其中。"

说着把墨香一指道："小儿聘的，就是文敏孙女，是文敏二少君英生工部的女儿。大哥何以想起这幅画来？"

李侍郎道："我记得你自家作的像赞云：我观之为我，人观之为人，人观之，不知作何语，千百年后观之，又不知作何语，我知惧矣，敢不勉之。方才你论岳忠武、刘忠壮、周忠武、黄忠桓，居然能代关神勇成了天将，正是四公能够自勉，也做出一番事业，千百年后，敬仰他们，方肯奉以为神。"

居士道："老哥的见解甚是。"

徐学士道："关公原谥壮缪，我朝高宗纯皇帝，曾纳沈廷芳之言，下诏改为神勇，待四库修书之日，又特旨改为忠义。洪兆江称为神武，是弄错了，如今称为神勇，却是不差。"

李侍郎道："缪与穆通，也并不是恶谥，沈椒园也错了，正不必上折子，改古人的谥号。高宗只是敬神，因此照准。我又记得《金佗粹编》里面，载着岳王的话云：飞不惜死，欲与关张比烈。今人尊重岳王，真不在关公以下，可见人拿定主意，要做那一路的人物，没有一个做不到的。我新近看那《品花宝鉴》。"

居士笑道："前几个月，正与同乡谈《品花宝鉴》，怎么大哥也谈起《品花宝鉴》来了？"

李侍郎道："士大夫公余都看小说，曾文正还说《金瓶梅》是绝妙文章，在《石头记》以上。只这番话，知他看过这两部书了。《品花宝鉴》也算二三等小说，无事的时候拿来消闲，又何足为奇。"

居士道："大哥且讲《品花宝鉴》如何？"

李侍郎道："那书中的杜琴言即屈琴仙，本是唱小旦的，死力往士大夫一边钻，待得认了屈道翁为父，竟自出了旦党，入了士党，也算有志者事竟成。比那岳王等，本是武夫，一心要与古来名将争雄，也成了一代名将，似乎岳王诸人顺而易，琴言逆而难，但也始终做到了，虽是小说附会，能添人多少志气。"在座之人听了，无不点头。正是：

人能立志，可以通神。

孟子垂训，舜也何人。

说话间，台上《安天会》已完，改了一出《双钉记》，余玉琴扮的白金莲，赵宝琳扮的贾有礼，那扮裁缝吴能手的，叫做周长顺，是老生周长山的胞弟，长山是老大，长顺是老五。长顺本工是老旦，吴能手是小花脸，掉句传奇的文，叫做"丑"，长顺只算反串，也叫做抱演。扮包公的是吴和吉，仵作照例是吴能手带演的，仍是用长顺，仵作老婆是二路花旦张彩麟。这一台人，也算齐整，无如墨香不喜这一路的玩艺，早已露出不快之色。

李侍郎早一眼看见，笑道："你是不爱看旦脚的，这一类的旦脚，更不合你的式了。"

徐学士道："古来也有不爱旦脚的人，明朝陆菽园先生最甚。他的《杂记》有一段云：如今的戏，必有一个妇人，这个妇人必得要哭，导欲增悲，实是人心世道的祸害。历来文人，都是受旦脚的牢笼。你看他们作的诗词，总是替旦脚吹嘘，肉麻的字眼，不知要写几车在内，还以屈原美人香草自比，文人自己替自己开后门，未免可笑。似这位陆先生，居然奋笔说旦脚不好，话虽太激，总算不随杓。我却另有一种见解，也不学别人的肉麻，也不学陆先生的道学腔调。我也看戏，我并且唱曲，我家的曲子，还是一门功课，小孩儿背完了书，我就给他拍曲。只我自命是随意消遣，不往牛犄角里钻，也不犯恶旦脚，也决不受他笼络，落那《品花宝鉴》众名士的窠臼。"

居士道："这是持平的办法，阁下真是一个通人。陆菽园大概不很懂戏，宜黄谭襄敏，就与他不同，是第一作兴唱戏的。王阳明一代大儒，也不甚犯恶戏曲，他那《传习录》，曾说戏能感人的良知，又比戏曲是舜之韶，武王之武，看得戏曲何等之高。陆菽园的话，嫌其太过。他说戏中妇人哭不好，谭襄敏曾说：高则诚《琵琶记》，写那赵五娘的哭，该哭不该哭，老兄的意思以为如何？"

李侍郎道："五娘为舅姑而哭，自然是该哭的，戏中妇人的哭，何曾一律是导欲增悲，陆菽园本只是一偏之见。"

居士道："不但赵五娘不是导欲增悲，就连台上这一出乱弹的《双钉记》，也有不能一笔抹倒的地方。"说到此，回头看着墨香，他道："你犯恶这一路的戏，也有你的见解，只这一路的戏，实是血气未定的子弟，顶门一针。你看贾有礼，和白金莲私下往来，白金莲要钉死丈夫吴能手，贾有礼怕日后犯案，一定不肯，白金莲再三挟制，弄得贾有礼要跑，白金莲却说出等贾有礼走后，即将她丈夫钉死，不犯案就罢，犯了案，总要招出贾有礼来，贾有礼欲罢不能，才依了白金莲的主意。贾有礼不能下手，白金莲乘吴能手熟睡，连绑带钉，都是她一人干的。待犯在包公案下，贾有礼满口呼冤，白金莲直认不讳，并且一口咬定贾有礼不放，写得淫妇，如蛇如蝎，如虎如狼，如奇鬼，如巨魔，沾也沾不得，稍一亲近，祸患无穷。贾有礼若是早有把握，不和淫妇相好，白金莲也不能硬拖他下水，闹得性命不保，还被人笑骂。少年子弟遇着这一类的戏，应当从此等处着眼，拿定主意，终身不做非礼之事，决不闹成贾有礼一流人物，方算会看戏，方不负那编戏的苦心，不可只看花旦的媚态，小花脸的滑稽。若是专看这两样时，就容易学坏，这一出《双钉记》，就是害人的东西，官府早该禁止，不许伶人演唱，才是个道理。今日台上演的是《双钉记》，因此我就本地风光，说这一番话，实则凡属这一类的玩艺，都应作如是观。"

李侍郎道："这一类的戏，用意虽也有深刻之处，只戏样儿太也不雅，乱弹不如昆曲，这也是一个凭证。昆曲里面，这宗穿插，是没有的。"

居士道："这也不然。《义侠记》武大郎服毒，也不见得怎么高雅。《南楼传》，也是昆曲，后改乱弹，却是按照原样，没甚么更动。我昔年在上海，都看过的，其中不雅之处，直同一丘之貉。稽留山作的《双报应》，描写奸淫，也不甚含蓄，只可算是他老先生的败笔罢了。况且乱弹淫戏，淫在面貌，昆曲淫戏，淫在骨髓。"

便又看着墨香道："你不爱看传奇一类的书，也算一件好处。传奇除了几部出名著作以外，大半千篇一律。写一才子，写一佳人，却写得才子没品行，佳人没节操，才而不才，佳而不佳，花前密约，月下偷期，作出踰闲荡检之事，还说他是好人，直头诲淫，没一些戒淫的意思。日后封赠团圆，天锡淫人以福，更不像人话，比《双钉记》又差多了。王阳明、刘蕺山都要删改戏曲，就是为的这个原故。李榕村索性上折子，请旨收毁淫曲，更比先儒干得结实。这一类书不看为是。"

李侍郎笑道："我竟说错了，这番议论，果然不差。"

徐学士道："传奇果多有此病，如《鸳鸯梦》之类，立意大谬，不能代他遮掩。"

居士又坐了一会儿，带着墨香仍回大池子，只见台上四个衙役，引着个小生，状元打扮，过了一个场，花脸扮一神将出来，状元到了，向着下场门烧香，原来是出《祭塔》，墨香早又腻烦起来。这一出是青衣旦单挑戏，一个人儿，坐在那里，哼哼唧唧，干大半天，一点意思也没有，不懂今天的戏提调，为何要派这宗玩艺。

正不高兴，绣帘挑处，早有一个小旦扮了白娘子，从下场门走出，墨香眼前觉得一亮，由不得两眼的神光，向那小旦身上，直射过去。你道他怎生模样，正是：

自有闲花一面看，脸檀眉黛一时新。

殷勤为报梁家妇，休把啼妆赚后人。

只见那小旦，一副吹弹得破的脸儿，两道修眉，一双俊眼，身裁虽未长成，还是个十来岁的孩童，却是袅袅娜娜，无一些蠢拙之气，真似个绝艳女郎。他梳着云髻，由髻旁垂下散发一缕，满身缟素，手戴银链，越显得楚楚可怜。只有些美中不足，他却是个隆准，张子房的面目，汉高祖的鼻子，妇人好女带出几分英雄骨格，未免不伦，然而只算小疵，掩不住他的真色。

墨香见了他时，早把平日犯恶旦脚的念头，陡然改变，竟有些神志摇动，不能自主。哎，我错了，原来旦脚里面，真有这等上好的人材。我一向看见旦脚出台，就昏然欲睡，今日纵然困倦，也被他把我的睡魔赶去。虽然我没看过那甚么《品花宝鉴》，只也常听得有人讲说，梅子玉不爱小旦，宁看外末，见了杜琴言，才换了一副心肠，只怕也和我今日神情一般。

正在乱想，一个官员走过来，向居士说话，墨香借此起身，把座位让给这官员坐下，墨香却走向台栏杆前站定。众官都赞墨香懂得应酬的礼节，哪知墨香另有算计，为的是走近一步，看那小旦，更觉清楚。好在本就坐在靠台第一层桌旁，这一站，倒是不露一点痕迹。此刻白娘子已开了反二黄，墨香竟自聚精会神，在那里侧耳细听。素日嫌这一段太长，白占了别的好戏的功夫，今日却又嫌这一段太短，怕这小旦唱完，就要进去卸妆，眼前便不能看得见他。只戏词向来是唱一句少一句，唱一段少一段，总是唱完的，万不能任你一个人，把这戏台永远包占。

此刻那官员已走，这出《祭塔》眼看着已经交代，这小旦竟自进后台去了，墨香回归原座。又隔几个戏码，这小旦又唱了一出《女斩子》，锦袍绣裙，又是一种姿态，只依然令人心醉。他既然是唱个码的脚色，不比碎催，两码已过，决不会派他唱三个码儿，这一天他算没了唱戏的责承，定不出台了，只好是改日再见。正是：

此时欲别魂俱断，自后相逢眼更狂。

大家都不知这小旦是谁，墨香更是急于知他名姓，取过戏单一看，偏又只注着他是哪里的徒弟，不写他的真名实姓，好生气闷。

摆过晚饭，台上改了许荫棠和陈瑞麟的《牧羊卷》，墨香心性既改，连瑞麟都看着比从前顺眼，只是觉他不如那个小旦罢了。《牧羊卷》底下，是外串路三宝的《也是斋》，墨香竟自仔细看将起来。花旦虽与正旦路数不同，三宝另有他的好处，也不可厚非。墨香看了好些年的戏，起码一百回上下，今日方知旦脚之妙，总算那个不知名姓的小旦给播弄的。《也是斋》唱到后半出，皮匠弟兄前来捉奸，那路三宝披头散发，穿着小衣裳，连翻带滚，描摹女人狼狈神情，十分的相似。跪着向他丈夫、小叔告饶，不住地抢着散发叩头，也觉动人。这都是墨香素不经心的地方，并且还有些厌恶，不知怎么一股子劲儿，此刻的墨香，另是一个墨香了。慢说是前几年，更不必说到在福州时节，就连方才看那余玉琴的《双钉记》，还不是这般，自己想着也觉好笑。

戏又唱了半天，眼看又快到末一出，众官各散，居士也带着墨香回宅。已经夜半，墨香脱衣睡倒，翻来覆去，竟睡不着。心中只放不下那个小旦，才一合眼，便见他立在面前，似有似无，疑远疑近，足闹了一夜。看那窗棂已经发白，知道天已将明，要起来上学了。索性不睡，披衣下床，也不去叫仆婢，自己打水洗脸，开了房门走出，向书房而来。坐在书桌上，把昨早的旧课，默默地背诵，谁知一心挂着昨日见的妙人儿，才隔一夜的旧功课，竟有许多忘记。不多时，天已大明，喜鹊、乌鸦叫成一片，打杂儿的，拿着笤帚，来扫院子。阳光已射入窗内，墨香忙把昨日功课展看，按下心去，默读了几遍，掩卷再背诵时，居然比方才熟了好一半。

居士到书房内坐下，墨香先交代旧课，毕竟错了五六句，而且吞吞吐吐，时断时续，不能一气联贯，冲口而出。

居士道："你怎么忽然这般该打，俗语说的好：听一日戏，散十日心，小孩子万不宜常看戏的。你只平素不曾有这宗坏毛病，听戏回来，次日功课，你没有耽误，就是头一天的旧课，你也背诵如流。今天怎么改了常态，记打十板，再若犯时，准打不饶。"墨香不敢答言。当下居士命把旧课又读了十遍，方改授新课。说也作怪，今天的新课，也不一定艰深，不知怎么，就是念不熟。好容易方能上口，背诵已完，却比每天迟了一个钟头，居士又给记下十板。

用过饭，居士往衙门去了，墨香在他老人家书桌上面，信手一翻，早翻着一本书，签上写着"人谱"二字，打开一看，是刘念台先生所著。其中有戒人看戏的话，却又引着王阳明说戏能感人良知的那段议论。墨香暗想：究竟这一段说得圆，果然不愧通儒见解，无怪父亲常挂在口边。翻了半卷，便放下了。陡的一件事涌上心头，眼前仿佛又有那个小旦的倩影，没奈何，只好仍是用书来驱遣。随手在书桌上，抽出一本小册子，却是《宸垣识略》。翻开时，恰是记广安门外天宁寺一段。这个地方，是去过的，那座塔是见过的。《识略》引王渔洋《天宁寺观浮图诗》曰：

千载隋皇塔，嵯峨俯旧京。
相轮云外见，珠网日边明。
净土还朝暮，桑田几变更。
何当寻法侣，林下话无生。

墨香看到此处，不觉一时困倦，伏在书桌上面，竟睡着了。昨夜总是睡不塌实，此刻又睡着得太快。正是：

莫想睡着，莫怕睡不着。
无心睡着，自然睡着。

要知墨香这一场睡梦，几时得醒，且看下回分解。

第十回 太史第谈心述往事 琉璃厂无意遇名伶

话说墨香正在酣睡，忽听有人大叫“老爷回来了”，墨香一惊而醒。只见跟班关升、张福捧着帽盒，一面嚷，一面走。不多时，居士缓步而入，墨香忙迎了出去，父子同入上房。又过几个钟头，吃了晚饭，这一天，就算没甚要事，专等睡觉。

一连几日，功课总不十分交代得好，毛夫人道：“古人易子而教，孩儿不小了，应该请个先生。”

居士道：“经师易得，人师难求。只有滕县高仲瑊，是丙戌翰林，却是我典试山东，收的副贡门生。此人品学兼优，若叫孩儿从师，请仲瑊最妙。”

于是订了日期，请高翰林来家，设帐教读。从此墨香功课加紧，不能随便看戏。只这高翰林，也和戏曲有缘，他是位古文家，曾有一篇文字云：

> 余不愿为节孝文，曰：得勿疑其詟言乎？曰：非也。余尝观优稷下，见老伶曰孙顺者，演《一捧雪》，为忠义之仆，老伶仰天一哭，四座无不忍泪。为文亦然，执笔时，不能如老伶之哭，则不能下观者之泪，文亦卒不工也，甚矣，子欲孙顺我，而使为老伶之一哭也，余所以不愿为者，正吝此一哭耳。

高翰林的好看戏，即此可以想见。

到得次年三月，毛夫人辞世，墨香在家守孝，越发不能到戏场了。不久居士放了浙江学政[1]，墨香随父赴浙。那浙江也有戏班，也有戏园，只墨香孝服未满，不能去看的。居士出棚考试，总带着墨香跟随，浙江多半是水路，墨香曾在官船里，看见有人酬神演戏。岸上是庙，唱戏的在船上，船舱是后台，船头是前台，倒是别开生面。墨香因穿着孝，官船又一冲而过，其中详细，却是不曾领略。

过了多时，居士不曾满任，却值皇太后临朝，皇上称病，居士奉旨回京。明年，墨香孝满，娶了万氏为妻。又过了一年，国家有件大事，居士已升尚书，跟着皇上西入长安，

[1] 光绪二十三年九月十七日上谕云：“浙江学政，著陈学棻去，钦此。”

在潼关病逝。遗折奏了上去[1]，皇上十分悼惜，派官护丧，赏陀罗尼经被，命灵柩由驿站回籍，墨香便扶柩回了安陆。又有恩旨到来，追赠故尚书陈某为太子少保，予谥文恪[2]，这年冬十二月初一日，安葬于安陆文武店。

看看两年，皇上已经回銮，墨香孝服快满，便仍往北京，住在岳丈万荚生太史家中。次年，孝已满了，出去当差，本有恩荫，又奉了一道“难荫赏官”的恩旨，便分在工部屯田司，做了司官。

万太史笑道：“文恪公做过工部正堂，我是由举人得的工部虞衡司员外郎，后中进士，才改入翰林院，你又到工部来了，咱们两家，可算跟这衙门有缘。只你分到屯田司，从前宋朝有个柳耆卿，是替伶人作词出的名，你爱看戏，到这司里，倒正可作柳耆卿的私淑弟子。”

墨香道：“柳屯田千古出名的文士，如何比得？”

万太史道：“孟子愿学孔子，毕竟成了亚圣。柳屯田比孔子，又差得不知几万倍，怎么做不到？”墨香唯唯而退。

此时高仲瑊先生已传御史，公务甚忙，不似翰林闲散，没功夫教书，于是墨香便随了万太史温理旧业。每天不常到衙门，常在万太史左右，讲论经史子集，只不背诵罢了，也没一定课程，与小时用功不同，却得的益处，比小时为多。万氏虽非藏书之家，比不了范氏天一阁、黄家五桂楼，却也有许多的书籍。除了《十三经》《廿四史》以外，各种子书文集，应有尽有。就连小说传奇，也收藏得不少，由着墨香的性儿翻阅。当年文恪公本是博览群书，墨香自幼耳濡目染，已算打了底子，又跟高万两先生，前后研求，总算晓得学问的门径。只墨香天资既笨，用功又不十分勤苦，因此不能十分通达，却看了好些消闲遣兴、没甚用处的小品文章。正是：

只缘忘幼学，竟尔懈师承。

哎呀，忽然想起一个人来，前些年，在湖广会馆，看见的那个绝色小旦，现在也有二十岁了，不知搭了班没有，也不知成了名不曾，这倒要留心打听，只是不知名姓，从何处去访？乱想了一阵，也便丢开。

万家有个同乡而又亲戚的人，唤作彭晓峰，就在万宅前院居住，这个人很懂得戏，会拉胡琴，能唱老生，兼演花脸，曾在票房客串，不过没甚大名罢了。又有万太史的两位小舅林四爷、林七爷，都是会唱的。每逢聚在一处，只听他们讲究戏中奥妙，墨香竟茫然不解，方知以前的戏，是白看了。

一日，晓峰到墨香屋里闲谈，不觉谈起目下京里的戏班，晓峰道：“自从孙菊仙往上

[1] 光绪二十六年九月十九日抄奉上谕云：“伊长子从二品廕生陈辂著加恩以主事用俟服阕后分部行走”。

[2] 《申报》光绪二十七年三月二十三日奏疏汇录云：“奉朱笔圈出文恪”。

海去了，四喜班便算歇锣，他那班里的要紧脚色，龙长胜是死了，青衣吴顺林是哑了，花旦杨桂云即杨朵仙，是老了，他儿子小朵，早搭别班了。四大名班，三庆、春台、和春早就报散，四喜一完，就算全完了。同庆的谭鑫培，此刻也在上海，听说不久就要回来，只现在京里可没有他这个人，也就没有同庆班。京中真正二黄班，如今只剩福寿班一家，老板迟韵卿已死，科班改成大班，老板换了人，却是五人合股，一是许荫棠，一是陆华云，一是余玉琴，一是胡素仙，一是王瑶卿。这个班子，戏很规矩，只嫌不很热闹。如今戏班，都各占一个戏园，不似从前四天一转，福寿占的是肉市广和楼。"

墨香道："'瑶卿'这个名字，我曾听彭向青说过的，只未见其人。"

晓峰道："唱工、扮相都好。"

墨香道："不知这福寿班，还有些甚么脚色，最出名的是谁？"

晓峰道："除了方才说的五个老板，武戏是俞毛包、张长保、朱四十，老生是贾洪林、李库儿、王凤卿，这个人是瑶卿胞弟，专学汪大头的，还有沈全奎、王福寿，小生自华云以外，有他胞兄薇仙、族兄杏林，花脸何九、郭四、唐永常、吴和吉，小花脸赵宝琳、唐玉喜、高士杰，老旦周长顺、谢宝云、罗福山，正旦陈瘦云，花旦李宝琴、张彩麟，都是学有根底的人材，不过一道箍儿唱二黄，不及玉成、宝胜和梆子、二黄两下锅，能合现在听戏人的耳朵、眼睛，更加老唱熟戏，不如玉成，有好些从上海偷来的新玩艺，时常变换，容易叫座。"

墨香道："福寿班从前也有几出新鲜戏，难道都不唱了？"

晓峰道："福寿近几年来，排了一出《荡寇志》，是迟韵卿的陈希真，余玉琴的陈丽卿，都很对工，自迟韵卿死后，便没再唱，凡他们所排的戏只剩《儿女英雄传》了。"

墨香道："《荡寇志》是我快到浙江的时候排的，我那几年功课紧，不常看戏，只昆中堂府里，是要去的，在他那里，这一出倒是看过，惟安乐村一段，最是热闹。除韵卿、玉琴以外，是周长顺的刘母，李顺亭的刘广，陈瑞麟的慧娘，刘春喜的云天彪，个个都有一下子。"

晓峰道："陈瑞麟上了历城，王瑶卿唱过慧娘，比瑞麟更强。"

墨香道："瑞麟我小时常看他的戏，他和昆明举子萧大庸交谊甚厚。大庸是北闱中试，中在先父手里，我和他是世兄弟。他在京时，住在西河沿东头路北万寿关帝庙，与瑞麟无一日不见，我在他的座间，见过瑞麟。大庸久官山东，差不多要落户，瑞麟历城之行，就是去找大庸。这些事，我倒略知一二。若论瑞麟在京的名头，远在吴顺林、孙怡云之下，只据懂得戏的人们谈起来，说他的本事不错，我是门外汉，不敢下确实断语。"

晓峰道："我也久闻萧君之名，他是萧质斋之子，质斋在山东年久，因此大庸也便想出方法，不离山东。大庸听说很懂戏，可惜不曾晤面。"

墨香道："大庸实是听戏的好手，不但懂乱弹，而且懂昆曲。有个唱昆腔外末脚色的郝秋桂，在历城，全仗大庸吹嘘，方能立足。迟韵卿立福寿班，曾约秋桂来京，做昆曲教习。那时大庸也恰在京中，一日湖广会馆有人办堂会，是大庸的戏提调，派了秋桂一出《弹词》，正在晚饭后，秋桂登场，早有一个看蹭戏的，走至台口，闭目凝神，侧耳细听。《弹词》唱完，他连头也不回，竟自去了，大庸深以为奇，说不想还有这样听戏的人，看他衣履并不十分整齐，浑身布素，竟是一个昆曲里面的知音，正合了最熟的两句俗话：人不可貌相，海不可斗量，真叫做何地无才。"

晓峰道："我就是个昆曲的戾笨，一句也听不懂的。我们江西同乡京官，从前也有一伙昆腔的死党，永不听乱弹。有一年西砖儿胡同谢公祠办堂会，一天只钻笛眼，没有开弦。那时正是同治末，光绪初，我还是个小孩，听了好生闷倦。有人找了余紫云去，紫云不会昆腔，竟不能上台，你说他们尊重昆腔，到了甚么地步。就是你这位老岳丈，我这位同乡老姻叔万老先生，和他令兄已故泉州太守大老爷，他令弟、我的姑丈，已故刑部员外郎三老爷，也是只懂昆腔的。他们小时，常到梁敬叔家，那梁敬叔正不做官，到京中小住，年已八十，聚些朋友，唱曲消遣。你令岳在他那里，学会吹笛子，梁敬叔集了一部曲谱，名为《昆山玉屑》，也给你这老岳了。京里旗官，已故尚书延烈，侍郎明善，是昆腔、乱弹都喜欢的。明家架弄已故昆旦王绚云，到了十足，绚云的儿子瑶卿，却是乱弹好手。回銮以前，魏家胡同景泰园，唱了一次《探母回令》，许荫棠的四郎，路三宝的公主，陈瘦云的太后，周长顺的杨令婆，沈全奎的六郎，瑶卿扮了一个四夫人，实比老一点的正旦吴顺林强些。"

说到此间，晓峰忽的问道："哎呀，说起这个路三宝，我想起他一件好事来，你可晓得？"

墨香道："不知三宝有何好事？"

晓峰道："他这件事，知恩报恩，算得义举，正应了宋朝郑毅夫先生《过朱亥墓诗》云：高论唐虞儒者事，卖交负国岂胜言。世人莫笑金锤陋，却是屠沽解报恩。"

墨香笑道："这是十三元的韵，作诗正押，不曾出韵。要是戏词，就算串了辙。"

晓峰道："你先莫谈这些话，待我先讲路三宝。"

墨香道："愿闻。"

晓峰道："三宝和经板库立杨四爷最是要好，立杨四才升户部尚书，就遇见国家那场大乱。立杨四知道执政大臣没用，准给皇上家惹祸，便在太后面前，说了几句砸他们的话。有位王爷，即参奏立山私通外国，要谋我主江山，真乃大大的奸臣。若论国法，就该将此贼推出午门，斩首示众。念了一大段的话白，足见这位王爷是个戏迷。"

墨香道："这位王爷的口吻，果然像戏上的道白。"

晓峰道："戏班叫做话白。凡那说这是'道白'，或是'白口'，或是'说白'的，都是外行。别瞧'说'字与'话'字，写出来相仿，换个'兑'字，弄成'说'字，便是外行嘴里的词儿，必得用个'舌'字，念出来，是个'话'字，才是他们内行的习惯语。这立杨四本无反意，不知怎么，里头的大人物们，居然依了那王爷主意，把立杨四真给问成斩罪，不分皂白，拿到菜市口。立杨四的亲朋，都躲得没了影子，立杨四正在叹息，忽见三个人穿白挂孝，赶了来，跪在地下，放声大哭。为首一人，正是路三宝，后面一个是朱四十，一个是茹莱卿，立杨四也不禁流下泪来。不多时，刽子手过来，送上手巾，请大人净面，立杨四戴了没顶子的官帽，穿了玄青外褂，望阙叩头，谢过朝廷杀他的恩。刽子手用红绒绳，把立杨四的手松松的绑了，抡刀照准脖子上，只砍了一下，立杨四就算尽了忠。这几个伶人在戏台上挨刀，立杨四是看惯的，不想今日，他们真看见立杨四挨刀了。他们又哭了一场，朱茹二人先走，三宝用带来的棺木，装殓了立杨四，送到老墙根广慧寺去了，这岂不是一件义举。"

墨香道："立大司农死的时节，先父正住化石桥，他是先下刑部监，后才斩首。那时宜兴徐学士，先就被人陷害，拿在刑部监禁，立大司农将一下监，就害了病，徐学士知医，给他治好，待问斩的上谕下来，徐学士跺足说：早知如此，我给立豫甫耗子药吃。这是我晓得的，却不知三宝的这一段。当日贵筑李公与徐学士，都与先父至交，先父往浙江去了，李公升了礼部尚书。闹出乱子，昆中堂面奏太后，说李端棻罪止革职，太后嫌太轻，叱退昆中堂，众官以为李公的首领不保，居然只问了个充发新疆，总算便宜。那时饶子维做新疆抚台，先父曾有密书，托付他照应李公。如今徐学士已赦归田里，李宗伯也准其还乡，先父与李徐二公交好，有'陶然三友'之称，被人比作'刘关张'。当年先父若非有浙江之行，必受二公连累，二公都是将要大用，就弄砸了。二公被祸之日，立尚书差使当的正红，学士陈秉和上折子，说了立尚书一句砸词，太后大不愿要，立尚书一天比一天阔，没想到，二公都幸而免了上市口，立尚书反倒玩了一个即行正法，真出人意料之外。"晓峰听了，叹息不已。正是：

福兮祸所倚，祸兮福所伏。

晓峰又道："我听得花旦秦五九和一个官儿相好，那官儿充了军，亲戚都不去送，只五九送他到天宁寺。这个地方，也是士大夫与伶人宴会之处，只充军的官员，第一天出京，必在这里住宿。五九与那官儿，不知到过多少次天宁寺了，独这一回，心里难受，当时人也称五九是义伶。又有跟杨小朵相熟的一个穷京官，身死以后，小朵替他买棺。秦杨二人，也不减路三宝，现在宛平人奉立杨四做城隍爷，他死得也值。"说了一回话，晓峰自去。

又过了几天，墨香无甚要紧公务，吃过早饭，忽然动了看戏的念头，即雇了人力车，往肉市广和楼而来。这种车子，是京里从前没有的，倒是方便。

正走在琉璃厂西门，对面一人也坐的是人力车，只听他在车上，问声："陈大爷哪里去？"墨香看时，却是余玉琴。他久在昆中堂府中出入，因此和墨香熟识。车夫听得坐车的交谈，即将车打住，玉琴、墨香便都下了车。

墨香道："我是到广和楼，看贵班的戏，不想在这里遇着。"

玉琴笑道："幸亏遇见我，不然您得白跑一趟，今天官工，是没有戏的。"

墨香道："甚么叫做'官工'？"

玉琴道："'官工'是放假。"

墨香道："今天为何放假？难道各戏班都放假不成？"

玉琴道："今天正是各班放假的日子。"

墨香道："非年非节，为甚么放假？"

玉琴道："越是年假节假，我们戏班越忙得利害，因为各衙门的官和书办，都不办公，大小铺眼儿的掌柜、伙计，也都放出来玩一天，正都得了看戏的功夫。那些有戏瘾的，都忙着去看戏，就是戏瘾不大的，也跟着去哄，我们正做好买卖，焉有官工之理。若似我和谭老板、汪大脑袋、王瑶卿、朱四十、王楞仙，内廷有差使的，还得进宫当差，更忙不过来。惟独今天，不是年，不是节，我们倒能潇洒一日的。"

墨香道："为甚么单要今天官工？"

玉琴道："您白在戏场跑了这些年，敢情连这规矩都不懂，等我告诉您。"正是：

要知事自何起，须访人来问之。

毕竟这日因何官工，且听下回分解。

第十一回 书肆逢师聆正论 歌楼听戏识佳人

话说玉琴笑道："今天三月十八了，是我们敝行祭祖师的日期，因此各班没戏。我有点小事，办完之后，我还要去给祖师磕头，咱们改日见。"说完，上车而去。

墨香回头看了看街上贴的报子，果然都是"十九准演"，墨香暗想既没戏可听，不如逛一逛书铺，即付了车夫十枚当十大钱。本是二十枚雇往广和楼的，如今不去了，还差一半路，只付价一半。

把车夫打发走了，墨香缓步在各书铺中走出走进，只见图书满架，由《十三经》《二十四史》、诸子百家、各大名人的文集、考试应用的小本子、小说传奇，刻本、石印、铅印、钞传，无一不全，真个是：

古翠琅环室，奇香翰墨林。

墨香走到文友堂，掌柜的老魏，正和一位官员闲谈。那位官员生得黑面长身，凛然可畏，威肃之中，带出儒雅气象，穿着一身便服，不是别人，正是墨香的业师滕县高御史。

墨香忙向前见礼，高御史道："近来有人向你借钱么？"

墨香道："这是做官人家免不了的事。"

高御史道："你想是没借给他。"

墨香道："先人遗产太少，本身官小，挣不了钱，自顾不暇，焉能顾人。况且这些借钱的，也有些世家子弟，现在六部当差，并不都比门生穷，不过想多用门生一文，他自己就省一文。而且他们看见门生，居然也有官可做，有地方挣钱，跟他们一般，他们起了忌心，总想拆了门生的台，他们看个笑话儿。他们借了钱去，不但不是救他的急，而且连损人利己都说不到，只是拿去嫖赌，或是装不相干的虚体面，检直损人又不利己，谁有闲钱借给他们。"

高御史道："我知你是得罪人了。我接了一封匿名信，说你是个膏粱子弟，坐拥先人遗产，又有现成的官做，你却不懂挣钱的艰难，有时到戏园花个十来枚钱看戏，还是人情之常，惟有大批买书，不加节制，而且专买甚么《论语注疏》《孟子赵注》，和《史记》《两汉》《三国志》，没人看的书。又说你买的《三国志》，全与通行本不同，第一篇不是‘桃园结义’，是甚么‘武帝本纪’，实乃好怪，不近人情。求我管束于你，不许你买书，省下钱来，周济贫乏亲友，因此我知你必是因借贷不遂，得罪人了。这个人，我也不知他是谁，字居然写得干净，只以有用之书，指作没用，又不知陈寿《三国志》，只晓得《演义》，其学问也就可想而知。”

墨香道：“人若是真有学问，谁肯因银钱细故，和人翻脸的。大凡好争钱财的人，多半不曾读甚么书。即如某公宅里有个塾师，终日用尽心机，算计人家的家当，甚至于挑唆人家兄弟不和。偏那些耳软心活、没主张的人们，肯听他的话，闹得一门水火。这厮一日在塾，给学徒讲宋朝事迹，闹出郑子明来，被东家听入耳中，即写一封小简，说是：妇有七出之条，塾师则有一出之条而已，曰不通古今。足下讲《宋史》，而述及郑恩，此元人杂剧伪托，史无所谓恩也，足下犯一出之条矣，请勿再入塾。这厮看了，还骂东家不通，连《飞龙传》都没看过，卷起行李走了。可见因钱财与人纷争，或阴谋陷害的，都是不曾真读过书的。”

高御史道：“这个人岂但不会读书，而且不会看戏，他虽因看戏知有郑恩，却不晓得戏是劝善惩恶。古人不读书，肯做好人的，指不胜屈，大半得天独厚，资质太强。今人不读书肯做好人的，也数不过来，却有大半是因看戏得的益处。不读书的好人，我不敢说是没有，真读书的，决没坏人，不看戏的好人更多。只真把戏当做一回古事，细心体贴的，也走不上坏道儿去的。”

老魏道：“听戏讲究，要算票友了，怎么也不都是好人？”

高御史道：“票友多半只讲的是戏中唱法，并一切技艺，不问戏中旨趣，譬如读书，只讲文章，不求义理。扬子云、华子鱼、谯允南，都是文士，有的剧秦美新，有的破壁出后，有的卖主以求富贵，难道他们没读过书不成？只他读书的路子已错，便不得力了。票友不能得戏的力，也是这般。”

墨香道：“吾师真是正论。”

高御史道：“我再告诉你一件事。从前有一位某老先生，问儿子听戏、读书，哪一件好。一个儿子说听戏有趣，老先生说该打。又一儿子说，自然是读书好，老先生说太迂腐，恐是门面话。他最大儿子说听戏就是读书，读书也算听戏，老先生大笑，拈着白胡子说：孺子可教。大凡听戏，须有这种见解，若是专从唱的腔调，与手眼身法步上用心，那是唱戏人应尽之责，不是听戏人应尽之责，前台听戏专讲究这些末节，只怕非徒无益，而又害之，古文《尚书》五子之歌云：甘酒嗜音，峻宇雕墙。有一如此，未或不亡。”

高御史说着，回头向老魏道："他陈家有一位霭臣比部，是文恪公的伯父，少年丧了父母，跟着叔父退庵先生过日子，待长大，入了学，不甚听退庵先生的教训，退庵先生做整生日，家里唱桂林班的戏，派老生詹大有，小生沈六，唱了一出《打侄上坟》，霭臣比部看了，痛哭一场，改过自新，不久中举人成进士，做京官。霭臣比部的胞弟硕臣先生，年纪最小，退庵先生无子，便立硕臣先生为嗣，生了文恪，他陈家的上辈，可算是会看戏的。"老魏一面听，一面点头咂嘴，作了好些神气。

高御史说了半晌，老魏拿出许多破烂不全的书来问道："这些残书，不知都老爷要也不要？"

高御史翻了一翻，笑道："但凡关于经史子集的，我都要得，若是小说、传奇，一齐给我挑检出去，我是一本不留。我这几年，买的残书多了，往往这里凑一本，那里凑两本，竟凑起一部全书来，却比买一整部价钱便宜，只是费事。"

老魏闻言，立刻叫进几个伙计，把那里头的不全《五毒传》、不全《封神榜》，有上卷没下卷的石印《长生殿》，有上函没下函的《三国演义》，四套只剩两套的李笠翁的《曲子》，都挑出放在一旁，只把不全阮刻《十三经注疏》、不全李焘《续资治通鉴长编》，只存前两函的《汉魏丛书》，六家剩了一家的《唐宋诗醇》，归在一处，讲好价钱，给松江银六两，叫人挑着，先走出去。

高御史把墨香一看道："你看戏，可犯了票友习气，改之为上。"说毕出门走了。

老魏道："这是有名的'烂书高'，我和文光楼的老张，专做他这一号买卖。"

墨香道："这是我从小跟着念书的老师，本是寒士出身，受业于黄公振先生名来麟之门。我那位黄太老师，学品兼优，我这高老师，得其传授，也是好学问。我这老师原籍山阴，他老人家的胞叔文保，号叫砚臣，排行第四，是用山阴籍，弄了一个佐杂官，在山东候补。只因峄县的知县，诈取民财，被人告发，巡抚文格派砚臣察办，他不肯徇私，知县急了，差人行刺，他的力大，打倒数人，无奈那边人多，毕竟把他弄死了。那时我这老师还没中举，跑到京里，在察院告状，总宪潘祖荫亲坐大堂审讯。有位给事中王君替他帮忙，竟自打了上风官司，峄县官儿问了斩罪，尚书载龄还给高家请了一个恤。那王给事是我的年伯，现在已早殁了，他的儿子，叫做王雨田，爱唱老生，以谭鑫培自命，先前玩票，很有声名，后来下海，就不行了。这王雨田因听戏才学戏，正是我老师菲薄的那一派。"

老魏道："少爷唱戏，究竟不该，王都老爷不死，决不准的。"墨香不答。

看那半部李笠翁《曲子》，是袖珍小册，刻得甚工，纸也很白，只有《怜香伴》《风筝误》《意中缘》《比目鱼》《玉搔头》《巧团圆》，其余都阙。看前边总目，十种以外，附刻笠翁改过的汤若士《南柯记》《邯郸梦》，通是十二种，分成元亨利贞四集，所存只元、利二集罢了，是大知堂的刻本。

墨香道：“这卖多少钱？”

老魏道：“您是熟主顾，从您府上做尚书的老大人，就照顾我，咱们不要诳，这是残本，您给六十枚京钱如何？”

墨香道：“六十枚京钱不贵。”即从腰间掏出钱票，付给老魏，墨香亲手拿了书，出门雇车而回。

到得万宅，进了自己住的那门房，把书放在案上，几天没上街，就算看完，正是：

读佛经尚云遮眼，看戏曲何必用心。

这日墨香又要前去看戏，尚未出门，有万太史的胞侄中騄，号叫季六，是已故刑部侍郎万三爷之子，年才十六，生得又肥又大，走将进来，向墨香问了几个不认识的字，转身走出，往彭晓峰那边去了。墨香才得走到门外，仍用二十枚京钱，雇人力车，直奔肉市广和楼。万宅在宣武门外校场头条胡同，离肉市不算甚近，走了半晌才到。下车付钱，走至广和楼前，见一副门对云：

广乐奏钧天，和声鸣盛世。

墨香记得梁芷林《楹联续话》，有人给和春班写过一副对子，上联便是这个下联，他那下联是：春色满皇州。梁芷林赞他壮丽，今见这一联也对得甚好。走入大门，早望见卖苏造肉和豆腐脑的，两个挑子，都在那里停放，这是京中出名的两家食物。墨香没吃早饭，肚子正饿，便每样买些吃了，通用十枚京钱，方走入戏台之下。

看那台上，是一出《紫荆树》，张彩麟的田三嫂，正唱得热闹。墨香找了下场小池子的座位，将入了座，只见彭晓峰、万季六都到，三人便坐在一处，各人付了戏价。场上已改了《战蒲关》，沈全奎的王霸，贾洪林的刘忠，那扮徐艳贞的正旦，十分肥胖，一条好嗓子，墨香却不认识。彭晓峰道：“他叫王琴侬，正是王怡仙的儿子，他的先生是陈瘦云，可算有其师，必有其徒，都没长好模样，恐其成不了头等脚色，决计赶不上那个色艺俱佳的王瑶卿。”

《战蒲关》演完，改了《也是斋》，戏中脚色是胡素仙、赵宝琳、陆华云，并那二花脸何通海，都算不弱。宝琳满嘴新名词，甚么“义务”“程度”“目的”“普通”，他说个不了。

隔座一个老者道：“这都是从前没听见的话样儿，他是由报纸学来，只这些话，现在是个人都会说了。古人说的好：言语五百年一变，这才是大变化。”

又一老者道：“我最犯恶这些话，听了就要生气。”

先一老者摇着头道：“你太不开通，检直是顽固党，这个世界必然没有你的位置。”

后一老者道：“老兄偌大年纪，怎么也染少年浮薄之习，小弟要与你绝交了。”

先一老者道：“这一类话，目下流行，你焉能禁止，其实我也听见这些就头疼，觉着不惯，只有时拿来醒脾，并且随众。”后一老者方不再言，却仍带怒容。

说话间，台上《法门寺》出场，韩二貂扮的刘瑾，唐玉喜扮的贾贵，那边有人道：“老生定是许荫棠，青衣可不知是瑶卿，还是陈瘦云？”

那犯恶新名词的老者道：“若是瘦云我倒愿意听的，因他前台人缘中平，没多人叫好，我听着心平气和。我是恼前台人缘好的脚色，一举一动，都有人叫好，真把我气昏了，我的文章道德，倒没人称赞，难道他的戏，比我这两样还强不成。”

正说间，彩声如雷，绣帘掀处，宋巧姣已出古门，晓峰道：“这正是王瑶卿。”

墨香定睛看时，觉着他美丽非常，虽不是浓妆艳裹，只他那披头散发，青衣白裙，打扮也极其雅素，正是：

薄罗轻翦越溪纹，鸦翅低从两鬓分。

料得相如偷见面，不应琴里挑文君。

只那脸庞儿好生厮熟，仔细端详，认得他了，原来就是前数年，在湖广会馆，唱《祭塔》扮白蛇的那个小旦。只如今身材长成，更觉增一分太长，减一分太短，恰恰合式。眉目一毫不改，嗓音益加清脆，半出《法门寺》，把墨香听了个不亦乐乎。近来的墨香，饱看小说，那《品花宝鉴》，是看过的了，大约梅子玉初见杜琴言，和那田春航乍遇苏蕙芳，被陈石函一枝生花妙笔，写得他们入迷神情，穷形尽相，也不过与今日的墨香一般。墨香自家的狂态，自家看不见的，自家也说不清的，倘若定要知墨香此刻是怎生一个模样，请看《品花宝鉴》这两段，便明白了。

唱到宋巧姣回家见父，瑶卿下去，墨香陡的站起，季六道：“你要走么？”

墨香道：“不走。我有一件小事，出去一会儿，就回来的。”

一面说，一面转身，奔了后台。向梳头桌一望，瑶卿已脱了行头，在那里卸他头上的假髻等物，墨香便知不带“大审”了。只因人生面不熟的，不好意思拢过去，站在远处，看着瑶卿洗尽脂粉，换了一件华丽男衣，露出他庐山真面，只那一种女人的气息，从骨子里面透将出来，却是不能遮掩。正是：

手如柔荑，肤如凝脂，

领如蝤蛴，齿如瓠犀，

螓首蛾眉，巧笑倩兮，美目盼兮。

墨香饱看了他一番，见他往外边去了，墨香方回前台。场上《阳平关》，恰将是曹操坐帐，那扮曹操的正是何九，吴和吉扮的徐晃，别人扮这个脚色，都是黑髯，只和吉例挂苍髯，本来徐晃年纪与曹操不相上下，曹操髯已苍了，徐晃似不能仍挂黑的，和吉这个扮相不差。俞润仙在这一出戏里，扮了个赵云，王凤卿扮的黄忠，墨香与他是初见，并不知其为谁，问过晓峰，方才知晓。看那凤卿，一把大刀，不很出奇，还有几个亮相，不大好看，墨香、晓峰都觉着他武功平常。

《阳平关》演完，戏便打住，大家都抢着先行，拥挤不堪，有那力气大的，挥拳打人，晓峰、季六、墨香偏站着不动，晓峰笑道：“这打人的，真叫浑蛋到了家。他从后面打前面人的后心，喝令走快些，不知前面的人，不是走不快，是被更在前面的人挡住了，欲进不能，你只管的打他，岂不打得冤枉？况且后心是致命伤，倘若打死，岂不是人命官司？不如晚走一步，等人散一散，也不去打人，也免得无妄之灾，去挨这凶横忘八蛋的拳头。”

三人站没片刻，人散大半，三人缓步而出，晓峰、季六一齐说声“家里见”，忙着走了，墨香正待雇车，只见后面一人把肩膀一拍，叫声“老弟！”要知此人是谁，且看下文分解。

第十二回　占柱臣对酒谈心　余玉琴劝人唱戏

话说那个人，正是占柱臣，后面还有一人跟着，却是余玉琴，墨香忙施过礼，问柱臣道："老兄何来？"

柱臣道："衡亮生弄了个湖北知府，即日出京，我早晨请他吃天福堂，给他饯行。吃完了饭，到广和楼看了三出戏，他另有饭局走了。我遇着玉琴，正想同去吃馆子，没想到碰见老弟，我们何不一块儿去吃一顿。"

墨香答应了，柱臣的车夫，已从鲜鱼口车厂子，把车套好，赶了来，玉琴的马夫，也牵了他的马赶到，柱臣道："咱们往杨梅竹斜街万福居如何？"

玉琴道："好是好，只那馆子买卖兴隆，忙的很，不容易有座，我们没先留地方，我得先下去占间屋子，免得到了那里，找不出个坐人的地处。"说毕上马加鞭而去。

柱臣拉墨香上车坐定，仆人也上了骡子，车夫摇着长鞭，赶得牲口放开四蹄，直奔万福居。

柱臣只是个礼部员外郎，官阶不大，只能用跟骡，不能用顶马，却因他是昆中堂的大少爷，昆中堂刻下虽已告病家居，究竟还扯得起架子来，柱臣方能有跟骡一匹。车虽小鞍，也甚宽敞，而且是家里自养，不是雇的，若是别的礼部司官，那衙门很是清苦，没有多少出息，慢说比管财的户部，万分不及，就连工部还比他们稍强。礼部穷到当裤子的老爷，不止一位，雇车还嫌钱多，更不必谈到养车了。六部司官养得起车的，可就太少了，户部虽富，也不人人都发财，无论其余。然而戏园、饭馆，总有司官出入，本来一场戏，只十来文钱，一顿饭，好银子用不了几块，他们都能给付的。

闲话休提，言归正传。当日车到万福居门前停住，玉琴已在那里站着等候，柱臣、墨香都下了车，跨了进去，好一座酒肆，怎见得：

闹市人家，临街酒店。车马纷纷门外，冠裳济济座中。飘来酒旗舞轻风，点起花灯当明月。磁盆架上，白冷冷满贮香醪；瓦瓮灶前，热腾腾初烹新肉。未必开樽香十里，也应隔壁醉千人。

三个人同至后面一间屋子里坐定，跑堂儿的泡上茶来，柱臣吃了一口，忙都喷了，摇头道："这茶叶不好。"吩咐仆人快到前门大一点的茶叶铺，买些好茶来，仆人领命如飞而去。

墨香说起王凤卿的武功，加了两句菲薄的话，玉琴道："您是外行不懂得，凤卿的武功有根。您看他跟扮徐晃的吴和吉，扮张郃的李顺德，扮王平的侯春兰，一干真武行，打起来，谁也赶落不趴下他的，可惜外行专瞧亮相，甚么叫手里，甚么叫脚底下，一概莫名其妙，就看不出凤卿的好，单看得出凤卿的坏。凤卿就是亮相没脆头，他的武功可有根。"

柱臣道："《阳平关》是常见的戏，吴和吉的徐晃髯口挂苍白的，却特别另样。前几年在我们宅里，他唱过一次，是黄三的曹操，刘春喜的黄忠，周长山倒扮了赵云，我看着和吉髯口新鲜，又觉春喜、长山也应该翻一个过儿。"

玉琴道："那个年月的春喜还没学赵云，周长山是老前辈，肚子宽绰，便把赵云扮上了。若论长山，专唱宋士杰、马义一路，扮黄忠都可以算是例外，何况赵云，老先生们真有能耐。春喜也要强，从那一天回去，就跟周长山把赵云学会了。一日南横街粤东会馆堂会，又是《阳平关》，把春喜跟李顺亭拴在一块儿，李顺亭将要扎白靠扮赵云，春喜说：'李五先生，您的脸膛儿比我苍老，你扎黄靠扮黄忠罢，您把赵云让给我。'李顺亭说：'我记得你是不会赵云哇？怎么敢说要来这个脚儿？'春喜说：'我有地方去学，焉能永远不会。'李顺亭点了一点头，两个换着扮上了。"

柱臣道："唱戏总称赵子龙是四将军，似乎没有根据。"

墨香道："关张行二行三，正史没有，也是小说造的。子龙与玄德亦是患难之交，派他行四，未为不可，大哥不要偏信《演义》，要知平话、戏曲是一类，平话可以捏造，戏曲也可以捏造。"

柱臣正要开言，跑堂儿的来问还等客么，柱臣道："就是三人，没有客了，你摆桌罢。"跑堂儿的忙着去取杯筷，买茶叶的仆人已提着茶叶包回来，禀道："是由汪正大茶叶铺买来的。"柱臣叫用水泡好，吃了一杯道："没有花钱的不是，比饭馆的乏茶好多了。"说着又连饮数杯。有词为证：

这细茶的嫩芽，生长在春风下，不揪不采叶儿楂，但煮着颜色大。绝品清奇，难描难画，口儿内时常呷，醉了时想他，醒来时梦他，原来一篓儿千金价。

墨香、玉琴也饮了些，方才入席。跑堂儿的问吃甚么菜，玉琴道："到了你们这里，自然得吃葫芦羹。"只这一样不够，便又配了三五样菜肉。问喝酒不，柱臣道："一壶五加皮就够了，你可检些门钉、菜篓来。"跑堂儿的答应下去。

少刻先上了一碗本馆子的敬菜，才端客人点的菜上来，陆续端齐，酒也拿到，墨香早把自己面前的杯子反扣在桌上，柱臣知墨香不好饮酒，也不勉强，便和玉琴各吃数杯。

墨香道："余老板今天戏馆子里怎么不露？"

玉琴道："脚儿多了，唱不开。我们几个，除许荫棠是架梁老生，天天得露，此外常有没事的日子，最懒的是瑶卿，一月总有十天不唱，若论他上了台，可真卖一气。前几天，《大保国》他跟许荫棠足嚷一气，《银空山》他扮的黛詹公主，还扎了大靠，跟陆华云扮的高嗣继，足对一气枪。我们那一班，《银空山》原先只有陈瘦云唱，有一天瘦云临期告假，管事人很着急，瑶卿自告奋勇，要抵这个活儿，管事人谁也没料到他有这一下子，就让他扮上去唱，从此瘦云便把这一出让给他了。他一个晚出来的年轻的后辈，也跟瘦云一样，都得说是文武双全，能耐真瞧的过儿，就是爱告假没法办。"

柱臣道："'黛詹'二字不连，戏里假造的人名，惟这一个最没讲章，本来王三姐的故事就荒唐，家父素不喜欢，舍下唱戏，永不派王三姐的。"

玉琴道："不错，府上真没见过王三姐出台。"

墨香道："先父曾经考究，北魏时，娄昭君是富家之女，高欢没得地的时候，当守城的兵，昭君从城门经过，看上他了，说这是个英雄，定要嫁他。娄家不肯，昭君主见甚坚，毕竟嫁了高欢。后来高欢又娶蠕蠕公主，很有武艺，高欢身登王位，这是李百药《北齐书》、李延寿《北史》都叙过的，杜纲《北史演义》，更写得绚烂。王三姐似乎是由这一段附会出来，黛詹的'詹'字，必有鲁鱼亥豕之讹，不过既属荒唐，也就不必管他。"

柱臣道："老年伯生前考据之学，是讲得好，我没看甚么史书，只《北史演义》是看过的，是一部木板大书，前面有图，这一部书没有《三国演义》热闹，也还不如《隋唐》。他那后几回，太嫌文绉绉，叙事没趣，只比《列国》头绪清楚，比《西汉演义》来得硬些，而且洁净，总算做得不错。"

墨香道："现在的戏，由各演义摘出的不少。周朝是《封神榜》《列国志》，还加《白马春秋》《英烈春秋》、前后《七国志》《剑锋春秋》；汉朝是《西汉演义》《双凤奇缘》《东汉演义》《三国演义》；晋朝是《两晋演义》，却止一出《奇女福》，演的荀灌娘故事，刻下久没人唱，我没见过，只听人说罢了。周处虽是晋人，戏上《除三害》，另依别的小说编撰，与《演义》不同。《南北史演义》没戏，只有《因果报》，演的南朝梁武帝，又与《演义》不合，也不是《梁武外传》的话，倒是《禅真逸史》，演北魏林澹然，其人其事，全出杜撰，却有连台昆曲，我也没见过人唱，只看过抄本。隋唐的戏，出在演义里的也少，倒多一半是《说唐》三传。宋朝小说太多，宋人作的没戏，后人作的有戏。大凡有戏的杂书，多不是他们那一朝人的笔墨。明朝郭勋虽有《英烈传》，又名《云合奇踪》，只戏上都大半照平书馆的《英烈传》编排，与郭勋不十分合符。"

柱臣道：“你说前朝人编的他那一朝的杂书，编戏不很采取，只我朝却不尽然。”

墨香道：“大哥说的定是《施公案》，那是本朝人作的本朝杂书，戏可不少。”

柱臣笑道：“正是。”

墨香道：“戏多半是由演义得来，我们看戏，可以多看演义，互相比较，增长知识。”

玉琴把拇指一伸道：“高哇！我虽然一肚子屎，听不很明白，也晓得您眼睛很阔，肚囊儿也不窄憋。”

柱臣道：“他总算书熟戏也熟，只可惜他一句不会唱，是个缺点。”

玉琴道：“陈大爷既常听戏，何不研究唱工。”

墨香道：“我天资是不能学唱的，若换一人，似我这么常在戏场出入，听也听会了。”

柱臣道：“你听唱虽不行，你看武戏似乎比别人明白，虽不懂把子，却是你说出来的好歹，除了方才批王凤卿，被玉琴驳了，此外都有道理。你记戏上的地方，谁该站在哪里，谁该坐在哪里，也一目了然，你有你的天资。”

玉琴道：“我看您的绰个儿甚好，一张鹅蛋脸，削肩细腰，身量不高，您又喜欢武的，您的相貌，不能学靠背老生，扮上保管不威武，您不如学几出刀马旦的玩艺，遇着机会，上台消遣，也不枉听这些年的戏。”

墨香道：“我看武戏，何曾在行，占大哥的话，是阿其所好，我若真去学武戏，也未必行，况且法令森严，凡在官人员，谁敢登台。从前死鬼龙长胜，是个骁骑校，爱戏如命，偶尔在家里软台上，唱了一出，被本旗都统知道了，一折子把他参掉，弄了个革职处分。也亏他有一条云遮月的细高嗓子，笨手笨脚，虽不如李顺亭灵活，唱得比顺亭好听，他就下了海，吃了戏饭。他是老生，还参了官，莫说是唱旦。”

柱臣道：“不然。延树楠宗伯年轻时，也唱过戏的，而且扮《探母》的铁镜公主，并未耽误功名，龙长胜是撞着敬昌敬都统，才把他参了。那个敬都统素爱看《包公案》，又爱听《铡侄》《断后》一路的戏，以包老爷自命，讲究铁面无私，是旗下一个正人。龙长胜倒霉，偏犯在他手，闹了个回家抱娃子，若换一位，也没了事。如今更不比那个年月，王公贝勒上台的很多，近支宗室，像侗五爷，就常唱着玩儿，远支宗室，有个将军春元，号叫仲仁，是康郡王的后人，也是爱唱的。他们都挂衣扮演，都不曾名挂弹章。我的叔伯大哥霖沛，号雨田，是汪桂芬的徒弟，可是唱谭鑫培一派的戏，上台也不含糊，他是吏部司官，也没人参。依我看，你要肯学这玩艺，倒只管放心去学，不见得就惹出螺螺钢来。”

玉琴道：“年月改了，您别认死扣儿，做官的唱着玩儿，算不了甚么。”墨香听了，低头不答。正是：

欲知无限心中事，尽在含情不语时。

柱臣道：“余老板说到瑶卿、瘦云都唱《银空山》，他二人都是青衫子，这一出是花旦，他们似乎唱不得。”

玉琴道：“也不尽然。紫云又唱《进宫》，又唱《戏凤》，也是青衣、花旦两门都唱。我又唱武的，又唱文的，将唱完《演火棍》，就扮《醉酒》，我也是两跨。老生谭鑫培，也是不分彼此，是个生脚的戏，就敢扮上的，似那《失街亭》《战太平》《一捧雪》，不是一工。总而言之，能唱就唱，为甚么分那些界限？我们的人，好说不准抱演的话，是他办不了，自己护短，您别听他的那一套。”杜臣点头。

跑堂儿的端了门钉、菜篓来。那门钉是白糖一半，豆沙一半，做成的阴阳馅，用面一包，比别家卖的，又大又甜，十分好吃。菜篓是韭菜包的，也还可口，三人都用过了。

杜臣道：“这个馆子的东家，好像是姓张。”

墨香道：“不错。这馆子是番禺张老五开的，他是南山先生名维屏的曾孙。张老五的伯父延秋太史，名鼎华，放过福建副主考，那年的正主考，是先父文恪公，因此我两家交谊甚厚。张老五先不爱戏，后来也爱了，只不很着迷。他有两个兄弟，老六老八，现在都只十几岁，却爱戏入骨，我和他们都见过的。”

玉琴道：“京里从皇上到百姓，不爱我们这宗玩艺的，没有几个，老太后从长安回京，越爱得利害。从前宫里唱戏，是传班子，现在改了挑脚色，去当长差使了，初一十五准传差。我们有差使，忙的不得了，我跑惯了的人，也觉很累。似瑶卿那一类的人物，除了进内以外，就是应各官家堂会，再加上往戏馆子做买卖，只累得他上气不接下气，连朋友都不见了，比我更乏。偏那姜丽云先生的儿子妙香，也唱青衫子，今年十六岁了，是田宝琳田先生教的，妙香虽是有师傅，有传授，却爱上瑶卿台上的俏头，常想找他指教。瑶卿先住在东椿树胡同，到他家里很远，妙香去不了，后来瑶卿出城，住在韩家潭，妙香这个孩子，便得了计，每夜总到王家，瑶卿躺在帐子里，给他说门道。他走了，瑶卿可嚷累得慌，好在除了妙香，也没跟他学的，并且是文戏，到底不用连踢带打。我们教武戏，就办不了，要是躺下，就教不成，故此我近来不能教徒弟了，实在累不起，这又算我比瑶卿乏的地方。然而我们两人，要换一个过儿，他更不行的，还是他乏，我不算怎么乏。”

三人连说带吃，都吃饱了，还坐着闲谈，又说起青衣、花旦的分别，玉琴道：“上一次在西河沿正乙祠，我唱《翠屏山》，扮戏的时候，才晓得管事人一不留神，把能扮迎儿的二路花旦，都放走了，大家一阵瞎抓，正找不着人，恰好瑶卿在后台，他是青衣又是头路，居然对管事人说：‘你们不用忙，我扮上就得了。’于是他扮了迎儿，算是救了场。这么一看，后台花旦、青衣两门，是不用太分别的为是。”

杜臣笑而未答，跑堂儿的走来，算了账，只二两多银，杜臣要付给，墨香道：“这个馆子跟我最熟，上了我的账罢。”杜臣也不虚让，即道了谢。三人同出门外，杜臣上车，玉琴上马，各自去了。墨香提着个白纸小灯笼，缓步而归，那灯笼真个是：

冷焰迎风转，琼英带月浮。

由杨梅竹斜街过了尺半大街，早到琉璃厂，走到文友堂门前，一不留神，把灯弄灭，此刻文友堂已上了板子，墨香倚仗是熟人，便去拍门。文友堂的伙计，隔着门扇，问是谁呀，墨香道："我姓陈。"文友堂的伙计，听出是墨香声音，开门放入。墨香向老魏借了个火纸，点好了灯笼里的蜡烛，猛一回头，见有一部《点石斋画报》，即时买了。拿着出来，拔步回到万宅。夜已深了，万家的人，却分做好几桌，在那里打麻将牌，都不曾睡。墨香素与打牌没缘，回往自己住的房中，撇下灯笼，吹熄蜡烛，却把桌上煤油灯剔亮，坐在桌前，展开《画报》细看。原来不是真正石印本，是个学画的人，照石印本临摹的，却也摹得甚工。忽然看见一幅画图，不觉心里一动，引起一个念头。正是：

三光有影谁能待，万事无根只自生。

要知是甚么念头，且待下回分解。

第十三回　心乱神昏一宵感梦　兴高采烈连日听歌

话说墨香看那《画报》，有一幅丈夫杀奸的故事，情形有些似戏中的《也是斋》。画那淫妇，披发裸身，跪在地下。墨香心中一动道：哎呦，这女的好面善，一张鹅蛋脸儿，削肩细腰，熟得紧，熟得紧。啐！想起来了，原来如此。咳，余玉琴劝我学刀马旦，我想那一工活儿太少，不如兼演刺杀旦，路子宽一点儿。哼，唱戏岂是我办得到的，何论唱旦脚，更莫说刺杀旦了。不然不然，非也非也，从来天下事，只要拿定主意去做，照着愚公移山、精卫填海，用水磨功夫，一步一步赶向前去，决不退悔，哪有做不到的道理，我倒不可自馁。想了一回，心中闷倦，抛下画报，脱衣就寝，正是：

睡至二三更时，凡功名俱成幻境。

想到一百年后，无少长皆是古人。

说到这里，要加几句闲话。此是邯郸卢生祠的对联，乃明末麻城陈石泓先生笔墨。先生名以闻，与杨大洪交好，得罪魏阉，幸而不死，后来官至刑部侍郎。你看他这副对联，吐属已经不凡，可以知其胸中所学了。

这一夜，墨香竟自梦见自己扮了《也是斋》的花旦，前半出裙布钗荆，后半出披头散发，唱得好生热闹。待醒来时，已是日上三竿，墨香披衣下床，洗面漱口，心中还想那梦中景像，这真叫做“梦是心头想”。昨日听了余玉琴的一番言语，又看那画报，便招出这个梦境。然而又非也，记得在杭州时节，曾做过一回梦，我披着头发，青衣腰裙，踹着木跷，扮了《杀山》的潘巧云，那杨雄、石秀分立两旁，怒目横眉，拿刀动仗，我跪在他们面前，洒着我的散发叩头。忽的一声大响，如鸣钲鼓，把我惊醒，只听得大堂的更鼓声音，传入内宅。那时我没甚妄念，已经梦境迷离，昨夜的这个黄粱子，也不一定是由妄想招出来的。不然，又一个不然，我没见瑶卿以前，重男轻女，犯恶小旦，何以不做这样的梦，我想到杭州，恰在既见瑶卿的那几天，看起来，我自己还没体察，恐其已经心中不净，伏下个想唱旦的动机，才招出那场梦幻，与昨夜正是一般。只瑶卿是唱青衣，我何以两次都梦扮花旦？这个原故，又不可解。哼，我明白了，没甚不可解之处。我自见瑶卿，改了脾气，对于三宝等都不讨厌，见他们演戏，也很喜欢。我在杭州之日，有人送了一部《愿体集》，是史搢臣编撰，李仲麟增补，其中有一段谈戏的议论，说：《翠屏山》，先写潘巧云入寺行淫，后面便有杀身之祸，作者是戒淫，不是诲淫。我觉着他这见识很高，念念不忘，我感梦的原因，就在这部《愿体集》上面了，不错是的。至于昨日瑶卿那一出的前头，正是素仙唱的《也是斋》，我又看了《点石斋画报》杀奸图像，并且对那画中淫妇的小模样子，另有所感，故此梦魂颠倒，不是无因而至，我又何必疑惑。你若问那淫妇的模样，与我何干，我不但今日不便说出，就是他年有闲功夫作平话，也不便明言，只请细心人，把余玉琴说的，我是甚么脸儿，甚么身量，和我眼中这淫妇一比，就明白了。我想古今文集、说部，载那古人做梦应验的，不计其数，正史也有这种事迹，经书如《礼记》，那《檀弓》各篇，大书文王、孔子梦兆的征应，也不止一段。我既有这两次的好梦，未必不应验，我以后倒要在旦脚一边，多下些功夫。不过唱旦须得年轻，我已经是二十岁的人了，赶紧努力，还怕来不及，却是再也不可迟延。有诗为证：

劝君莫惜金缕衣，劝君惜取少年时。

有花堪折直须折，莫待无花空折枝。

纪文达《阅微草堂笔记》记载那方俊官，汪葵愚《寄蜗残赘》载那朱双喜，都是头一年，梦见自己变作女子，作了新嫁娘，同个男人拜堂，正在害羞，便已醒了，第二年，便入了学班，唱了旦脚。我的这个梦，和他二人也差不多。虽不敢说明年准可登台，大约为期不远。我是必须努力向前，决不往后退却的。哎呀，我又想起来了，宋元时，已有活人大戏，唤作“路歧生涯”，是说他们演唱必在路口，只我若果然登台，这几个字儿，就我本身一面，又可多个讲义。我本是书香子弟，读书是正路，唱戏是岔道，这“岔道”二字，文话可以写作“歧路”，但“歧路”与“路歧”，只是倒一个过儿罢了，讲义原差不多。我登了台，便算舍正路而不由，走向歧路一边而去，这是我本身的“路歧生涯”。凡客串的朋友，都可跟我算在一处，况且我是男子，果真唱了旦，脂香粉气，鬓影钗光，满口妾身奴家，岂不歧路之中，又有歧路么。你看我这“路歧生涯”，要“歧”到个甚么田地。再就小节而论，我喜的是王瑶卿，他是青衣，我此刻却在花旦一边着想，给他个师其意，而易其词，岂不又把路走歧了，然而不歧。正是：

论画以形似，见与儿童邻。

赋诗必此诗，便知非诗人。

话虽如此，但是青衣旦，也是人唱的，我若定往青衣队里钻，也未必钻不进去，倒不一定限于唱花旦，不过要想学戏，却一时无门可入。听昨天玉琴之言，他是断不教戏的，此外又没甚熟人可找。坐在那里呆想了半晌，妻室万氏是个实人，识字无多，对于戏之一道，更是莫名其妙，她与墨香做了几年夫妻，连墨香的脾气，还未摸清，今日墨香呆坐，她也不问，只做她的女工罢了。墨香吃过早饭，仍到广和楼，去看瑶卿的戏，有诗曰：

声色移人信有之，清歌妙舞记当时。

王郎果是天然好，颠倒陈生不自持。

墨香看戏照常，只添了一个新毛病，到了戏园里，总往后台去看瑶卿上妆卸妆，不过七日，后台的人混熟了好几个，似那老伶沈全奎、陈春元、贾丽川等，都和墨香点头过话，全奎并且细问墨香名姓、里居，很套拉拢，墨香也和他坐在一处，听他说些戏班旧事。知他是绍兴人，他的父亲沈小庆，是咸丰年间，春台班出名武生，常在书馆听《施公案》，曾用三十六张牛骨牌，插套子，编了一出《恶虎村》，又编“八大拿”：一《青草凹拿于六》，却与目下流行的《洗福山》，又名《洗浮山》，穿场不同，也不是外江的那一出《青草凹》，这出《洗福山》，是后来黄胖的戏，与小庆无干。二《霸王庄拿黄龙基》，三《独虎营拿罗四虎》，四《东昌府拿郝文》，五《双盗镖拿郎如豹》，六《殷家堡拿殷洪》，七《骆马湖拿李佩》，八《淮安府拿蔡天化》，都是施公由山东到淮上一路办的案件。

说到此处，墨香要加个小考证。“骆马湖”三字，清朝河臣靳辅的奏议、儒臣吴锡麟的日记，乃是有的。“骆”是“骆姓”之“骆”，非“跌落”之“落”也。大约是骆、马二姓开的此湖，才有此名。湖在宿迁，虽然李佩非真，此湖却是不假。

小庆这八出戏，一出接一出，都连得上的。头二本《连环套》，也是小庆所编，只因小庆和杨振纲、任七几个上等武行，去走帘外，谁知那里武行不济，唱不成大块武戏，每日洒汤露水，眼看要砸，小庆急中生智，编了这么一出武戏文唱的玩艺，倒成了一篇绝妙好词，足见小庆的本事了。

墨香长了这些见识，越发高兴，后台去得越勤，只与瑶卿尚未冒昧交言。正是：

佳人未肯迴秋波，幼舆欲语防飞梭。

奈何舍我入尘土，退食谁与同委蛇。

墨香耽迷瑶卿，到了极处，只那瑶卿眼中也有墨香这么一个人了。

展眼进了五月，福寿班开了连台《混元盒》，墨香去饱看瑶卿的《金针刺蟒》，那扮天师的是沈全奎，扮渔翁傅长兴的是周长山，扮渔郎傅年的是陆薇仙。这是《混元盒》第三本，天师路过扬子江的故事。旦脚有唱有打，可真不轻省，瑶卿演得十分精彩，假变难女一场，瑶卿披发裸身，挂一幅肚兜，真有个相儿。他虽不是个成精的雌蟒，只他那勾魂摄魄、迷人之处，恐真正蟒精，还不及他。这并不是糟践瑶卿，实是夸他台上本领，装个妖精，就得像个妖精，才见他的揣摩入细。

《混元盒》自“刺蟒”以外，没瑶卿正戏，只瑶卿在这时节，未曾告假，每天总唱出别的戏，墨香因此也日日必到，只座儿上的比平常踊跃，落了座，不能起身，四面有人拥挤，休想由着性儿乱走，墨香没往后台罢了。回得家来，心中未免小有不快，夜间睡觉，便辗转反侧，不十分的香甜，词曰：

虫切切，哀吟不肯休；

愁人处，多在五更头。

这个牌儿名，叫做【十六字令】。墨香连看几日的王瑶卿，却听得人言谭鑫培已经回京[1]，不久要唱。墨香此刻迷着瑶卿，得此消息，也不十分理会。

十一日，昆中堂的太太瓜尔佳氏六旬正庆，墨香进城，前去拜贺，见院中搭起戏台，唱得好生热闹。宾客来的甚多，中堂的二位少君柱臣、栋臣，在寿堂招呼，没功夫看戏。

墨香到棚下坐定，中堂的侄儿霖沛号雨田的，过来相见，笑道："奇么，我们这个门头儿，今天会弄了个无名班，找起谭鑫培来了，也派出王三姐的玩艺，与往年不同。只因今年是荣中堂替办，算是荣中堂送的戏，一切戏码脚色，都由荣中堂指派，我们叔太爷不做主意。凡他老人家不喜的，荣中堂都不犯恶，尤其荣中堂爱听谭鑫培，于是给我家破了例了。"

墨香暗想不错，这荣仲华相国，是昆太太娘家叔伯哥哥，他算昆公大舅子，今日他们姑太太的寿辰，他也是应当帮忙的。

雨田又道："只是戏价闹到八百两，可比从前多了两倍。"墨香未答。

当下坐在那里，看台上是一出《孝感天》，一个二路旦脚，唤作陈素卿，扮了太叔段将走出来，跟着就是夫人同上，原来正是福寿班的名旦王瑶卿。墨香见了他时，不由得心花大放，一志凝神，看了他一整出。这一出的太叔段，虽本工应当是小生，只旦脚都抱演的。待《孝感天》唱完，又唱过五六个码儿，忽听一声雷响，早已大雨倾盆。但见：

乌云生四野，黑雾布长空。刷剌剌漫天遮地飞来，一点点击得芭蕉声碎。狂风相助，侵天老桧掀翻；霹雳交加，泰华松乔震动。洗炎驱暑，润泽田苗。正是：江淮河济添新水，翠竹红榴洗濯清。

正在盛热，这场雨怕下得不好，只昆相府没有万年台，只在天棚之下，搭台演唱。那雨骤风狂之际，台上台下，淋淋漓漓，戏便唱不成，只得打住，棚下的客，都躲向东院大客厅而来。那座客厅，中间是木炕，两边茶几椅子，若是中堂会客，那能够在炕上去坐的，至不济也得是位侍郎，还得是中堂的平辈，此外只可坐把交椅罢了。贴墙条案，摆些玻璃盒子，装着汉玉，大小块不等。

此刻众客之内，有那位万太史，看了看诸般陈设，笑道："旗门子与我们汉官，原来大不一样。"这位万太史，本身功名，虽只是个编修，只因是吏部尚书万文敏公的少爷，

[1] 光绪二十八年二月十一日，天仙茶园夜戏，谭鑫培演唱《桑园寄子》，次日起辍演，系在沪最后一场演出。

他家客厅，也有个局面，他才敢出此言。

他看了半晌，见雨仍不住，有车马的客，都先走了，他又占了是原任冢宰后裔的光，也养得起车，便也出门上车而去。一般没拴车的穷官，也冒雨雇车，溜了十之七八，只剩最亲密的人，似墨香一流，无论如何，是不能走的，倒还有十几位，总算不少。有位内阁中书，唤作宋廷模，旗朋友的嘴缺，都叫他“宋穷魔”，他的学问甚好，那年昆中堂做北京留守，一切事件，和他商量。今天他也在座，也没有走，不过他于戏之一道，不算在行，能帮中堂办大事，这件琐务，他却插不上手的。

占柱臣、占栋臣因寿堂里此刻没人来，便也到客厅，和雨田、墨香商议道：“倘若这雨不住，戏便唱不成，然而荣二舅的戏价，是要付的，莫如改了清音，就教他们在客厅坐唱。”

雨田道：“雨已比方才小了，再歇一会，若还不住，改清音不迟。”

不多时，只见日色慢慢地闪出，天早放晴，柱臣、栋臣大喜，忙教雨田、墨香去催促开锣，并请没走的客，仍回棚下，已有仆人把桌椅的水拭干，撒去的帔垫，照旧铺陈，棚中寿幛寿联，却没完全重挂。

开锣唱了几出，天色昏黑，摆饭掌灯，大家换了便服，谭鑫培的《失街亭》已登场了。黄三的马谡，李顺亭的王平，那扮司马懿的花脸，唤作陈清泰，也是三庆班的老脚。台下对于谭黄十分赞美，就是顺亭也没人说甚么，却三五成群，批评陈清泰，说他太乏。

雨田悄向墨香道：“这陈清泰，字正腔圆，板槽结实，嗓子也宽，只不耍巧腔儿，不使鼻音，太不捆羊了，他可忘记前台，羊毛比不羊的多，他这个唱法，实合老规矩，但是绝不入时人之耳。陈清泰肚子也宽，老谭唱《战北原》，从头到尾，陈清泰也扮的是司马懿，真有准谱，换了别人，就不免蒙事，连何九都是只会郑文，要找真会《战北原》司马懿的，只有陈清泰一个人了。”墨香点了一点头。正是：

只因不入时人眼，多买胭脂画牡丹。

《失街亭》完，是余玉琴的《青枫岭》，下边是王瑶卿、沈全奎的《击掌》，果然派出王三姐来了。又续了几出，便是谭鑫培、王楞仙的《八大锤》带“断臂”。那扮岳爷的老生，唤作李寿峰，小名六十，人都叫他李六，扮兀术的花脸，唤作李寿山，小名七十，人都叫他李七，其实是李大、李二。他家李三，唤作寿安，小名魔子，是个武行。他家李四，唤作寿臣，小名库儿，是正工老生，拜谭鑫培为师，现搭福寿班，今日却没他的戏码。李六、李七是上等配脚，后台专找来捧这出《八大锤》的，这就是唱戏用无名班便利的地方，故此荣中堂今番不用福寿、玉成，却弄了个杂凑。

四员锤将，一是花脸钱金福，二是花脸范福太，三是武旦朱四十，四是花脸吴和吉。别人第一将，通名严成方，钱金福却通是何元庆，本来照小说上面，严成方是岳云朋友，何元庆与岳爷交好，应该是何元庆为首。这一出的岳云，例应武旦抱演，因此朱四十扮上了，只武旦若比小生强些，便该武旦来陆文龙。此刻墨香虽不懂戏，却是久在戏场，这些规矩，是听人说过的。

《八大锤》完，天已快亮，戏便打住，众客各散，栋臣拉墨香到他那院子里去。那院子在客厅之东，是所四合房，只有大门，只比中堂正门狭窄，院落也还宽绰。栋臣此刻已是内阁侍读学士，娶的荣中堂侄女，断了弦，又娶侍郎崇勋的女儿。论他的官阶，虽没老子阔，却比乃兄局面大得多。他住了北房，南边的几间，做了他的客厅，墨香当夜就在这里住下。四钟上的床，一觉醒来，已是九钟了，忙披衣下床。昆宅唱戏，多半不止一天，何况太太六旬整寿，自然还要接唱，却仍是无名班，也仍是荣中堂替办。

到了十钟，栋臣与墨香用过甜饽饽，同到正院里来，十一钟开锣，客比昨天少些，柱臣、栋臣倒有功夫看戏。中堂少年好酒，一辈子每饭必饮，待八分醉了，吃些火腿蒸食，成年不见大米粒。上次国家出大乱子，中堂是旗首相，正要发两句正论，不想有位徐中堂，官是汉亚相，资格可比昆爷更深，瞪着眼道：你只管吃肉喝酒，唱你的高腔，朝廷大事，不用你操心。昆中堂便不能发言。待事已平定，徐中堂死了，昆中堂因酒病发作，腿不能动，告职家居。现在坐在亮椅上边，由家人抬至西厢房，隔门看戏，唤墨香进去，陪坐了半出的功夫，才放出来。

这日戏也不弱，开场《富贵长春》，第三是花脸何九，和后进老生陈嘉璘，唱了出《风云会》，宋中书很夸嘉璘嗓音脆亮，霖雨田附着墨香的耳朵道："宋穷魔虽是外行，这个鉴赏不错，陈嘉璘实是三路脚的上选。"

当日白天，有俞润仙一出《挑华车》，周长山扮的岳爷，便是那个钱金福扮的兀术。这"华车"二字，出在钱彩《说岳传》中，有人定要改做"滑车"，实是自作聪明。

夜间有一出《能仁寺》，全是福寿班的脚色，余玉琴、陆华云，一个不换。王瑶卿扮的张金凤，这是昔年郑盼仙、陈瑞麟都唱过的，依墨香看来，瑶卿实在郑、陈二人以上。当时座上客，也十有八九是这般说。演到十三妹下地窖子，去救张金凤一场，瑶卿披着头发，与众不同，却合乎情理，并且文铁仙《儿女英雄传》原书这一段，说"张姑娘哭得粉光惨淡，云鬓蓬松"，瑶卿的扮相，是大有来历，并非杜撰。那谭鑫培，唱了一出《定军山》。正是：

三国于今多少年，黄忠犹斩夏侯渊。
何人以此称绝技，江夏名伶小叫天。

从前黄忠多半戴帅盔，鑫培却是软扎巾，据说鑫培是学的王九龄，并非创办。墨香小时，在财盛、文昌、全浙、河东各馆，看姚齐山唱《定军山》，戴硬壳扎巾盔，待见刘封一场，卸靠换开氅，"斩渊"穿箭衣，另是一样，谁也不与他一个路子。此刻墨香虽已认得盔头、衣甲的形式，却不知其名目。平话是追叙之词，实则昆中堂府座上的墨香，还无此本事，你若问墨香，何时才说得出这一类东西的名目来，必须认识老伶沈全奎以后，才长了这种见解。

这一出《定军山》，有文有武，最不易唱，鑫培却是游刃有余，既不剑拔弩张，也不偷工减料，真唱得太好。墨香虽是门外汉，不深知其中甘苦，也看得出他的过人之处。那扮诸葛亮的，是四喜旧人吴连奎，扮严颜的，是郭春元，若论二人资格，吴连奎老些，只他没学过靠背老生，刀枪剑儿不灵，才把严颜让了春元。扮夏侯渊的，是吴和吉，配脚个个结实。《定军山》底下，是出《艳阳楼》，待这一出完，鑫培又唱了出《乌盆记》，接着又是一出《水帘洞》，只那唱《艳阳楼》和《水帘洞》的两个武生，墨香都不认识。毕竟他是谁，且看下文。

第十四回 大栅栏重建戏园 宝胜和广邀脚色

且说那两个武生，都很年轻，墨香看他路子，都是俞润仙一派，忙去问霖雨田此二人是谁，雨田道："那唱《艳阳楼》高登的，唤作杨小楼，小名三元，是故伶杨月楼之子，月楼死后，他入了杨荣寿的科班，与程长庚的孙子程德子，都习武生。他们排全本《陈塘关》，是德子的哪吒太子。从哪吒出世，一直唱到燃灯赐塔，切末新奇，堂会总要派的。待到出了科，德子改名继先，改了小生，专学王楞仙一派。小楼也找了沈全奎，在给孤寺立工房，学唱老生，因嗓子不搭调，又改回武生来，跟姚增禄学了几出，并且认叫天做干大东西，叫天的儿子，都是嘉字派，他也起名嘉训。俞毛包和月楼是师兄弟，小楼又拜了毛包的门，专演毛包的戏。他娶的是王帽老生周春奎的侄女。今天给他配花逢春的黄九，配青面虎的方二群，都陪毛包唱过。那扮呼延豹的侯春兰，恰是俞家徒弟，扮小可怜的李丽秋，小名官儿，也是二路花旦的好手。这唱《水帘洞》的，是毛包之子振庭，排行第五，人都叫他俞五，又称小毛包。这二人俱是梨园家，将来必有造就，不过杨小楼更佳，他的气派，太捆羊了。脸膛白，身量高，话白响，老毛包尚且不及，何况小毛包，他是一定成大名的。一干看戏人谈武戏，总说俞、黄两派。死鬼黄胖儿，能耐不弱，一出《绝燕岭》的定燕平，扎靠旗，耍双枪，很能唬人，只是外江玩艺。李吉瑞、马德成，是他那一支的高徒，都只能搭梆子班，不可跟俞派比在一块说的，若把俞、黄并论，准是一个羊毛无疑。要想瞧真正京派的武戏，俞润仙、谭鑫培可称两大宗。鑫培一出《英雄义》，'水擒'一场，抢背下桌子，改扑虎落地，太好看了，连润仙都不及他，更不必说这些后生之辈。鑫培、润仙的《连环套》都好，有人嫌二位作工太火炽，不沉稳，不知黄天霸，只是江湖好汉，不是大将，不能唱成赵子龙的派头，这正是谭、俞的好处。现在人谈戏，只是一个混，如昆腔、二黄、梆子、北京、上海、城里、乡下，各有一派，你得弄清楚了。又如京中各脚各班，也有许多不同，俞、黄的武戏，正是一个比例，千万不要金银铜铁锡，混在一个炉子里面的。"墨香听毕，只点头罢了，并不能回答。

那夜唱至三钟打住，栋臣仍拉墨香到东院，住过一宵，方才出城回去。

过了些时，墨香搬在宣武门大街路西一所小房居住，京中大栅栏的戏园，如广德楼、庆和园、三庆园、庆乐园，并门框胡同内的同乐轩、粮食店的中和园，大乱之时，都曾烧毁，此刻只庆乐园修复[1]，是宝胜和占了，次年，中和园也重修告成。

谭鑫培的同庆班，先在西珠市口天和馆，又移天寿堂。墨香曾应朋友之约，到天寿堂看戏，进门时，是武旦靳湘林的《取金陵》，李库儿扮的曹良臣，鑫培唱的《铁莲花》，那陪着他唱的娃娃生是高士杰之子，唤作庆奎。这是去年的事，如今同庆进了中和园，福寿班却移至天寿堂里面，墨香便向天寿堂，一天到黑，跑个不休，总是为瑶卿的原故。正是：

曾经沧海难为水，除却巫山不是云。

从上海来了一个花旦，唤作王巧云，搭入福寿班，唱了不多的日子，出京去了。又有一个陈祥云，也是上海来的，青衣花旦都能招架，也在福寿演唱，嗓音太矮，大家给他起个绰号，叫做“话匣子”，他也没在京久站，不久回南。若把两人本事比较，王巧云文武不挡，大有昔年李紫珊之风，陈祥云只专唱文戏罢了，虽然各有长短，墨香好奇嗜博，是欢喜王巧云的。巧云和陆薇仙唱了一次《烈火旗》，这一出戏不捆羊，没落出甚么好来。又和周长山唱了一次《坐楼杀惜》，倒是有许多人夸赞，只那周长山“杀惜”时节，一时慌疏，拔刀不出，闹了个廠笑。正是：

虽然姜是老的辣，不道老姜也塞牙。

事虽极小，却是长山终身的一个笑柄。

那福寿班，在天寿堂，唱了数月，便停了锣。隔了有大半年，广德楼又修起来了，福寿班也算是散而复成，占了广德楼。开市的头一天[2]，墨香便到，进门时，台上是一出《打渔杀家》，老生是一小孩儿，唤作王荣山，别号麒麟童，旦脚是他哥哥，唤作五盏灯，是前一年，由上海来的，都是王巧云同父异母之弟。他二人初到时节，福寿班还在肉市，第一天打泡，都闹了个平常。

彼时班中开了八本《雁门关》，王瑶卿的青莲公主，陈瘦云的碧莲公主，陆华云的杨八郎，许荫棠的四郎，李宝琴的萧太后，周长顺的杨令婆，张彩麟的孟金榜，朱四十的蔡秀英，沈全奎的六郎，李七的孟良，韩二貂的焦赞，俞振庭的韩昌，吴和吉的耶律休格，娃娃生高庆奎的香郎，瑶卿从弟丽卿的香姐，并且羼演《红羊塔》，余玉琴的杨七姐，胡素仙的殷夫人，只减了一个铁枪公主，此外都很完备。

戏太整齐，唱完之后，没戏可接，便排了《杀子报》，玉琴的王徐氏，荣山的官保，五盏灯的金锭，周长山的钱正林，沈全奎的通州牧查良臣，也没把他弟兄捧起来，更闹得

[1] 光绪二十九年闰五月初三日建成开台，第一天安庆班昆弋，第二天宝胜和班，梆黄“二下锅”。

[2] 光绪三十年十二月廿一日。

头朝下，戏码一天比一天往前挪。现在搬进广德楼，竟把他两个派到开场的码儿上了。

《打渔杀家》完，又隔了几出，便是《打金枝》，又名《满床笏》，是张二奎、杨月楼一派王帽老生的正工戏，谭鑫培唱着不对工，每逢演唱，必然掉座，因此鑫培不大唱这一出。他和周春奎同搭一班，总是让春奎唱的，老谭却来一个郭子仪，倒是许荫棠一条粗大的嗓子，唱着合式，不在周春奎以下，这日正是荫棠扮的唐代宗。前半出是升平公主正戏，也不轻省，是王瑶卿扮的。他的扮相、唱工、神情，都到恰好的地处，台下好声不绝，墨香更看得入迷。徽班这一出，讲究的是华贵雍容，扮这公主，真得大方，若是一身的贱骨头，可万来不得的。加上陆华云的郭暖，陈瘦云的皇后，沈全奎的郭子仪，周长顺德郭夫人，都不含糊，更显出瑶卿、荫棠的好来，足见唱戏，独脚班是不行的。

大轴《青石山》，俞润仙、王凤卿、李顺亭、朱四十、钱金福，都拴在这一出上，连那个老苍头，都是姚增禄扮的，戏码可算很硬。那凤卿扮的吕仙，相貌堂堂，气力也足，虽唱工不多，却十分卖劲，墨香看了个心满意足。只因人多坐满，没到后台，不免是小小缺憾。广德楼对过的马思远茶馆，墨香小时还开着呢，此刻却早关闭，改成大观楼了，内有小饭馆，墨香听完了戏，去吃了一顿方回。

转过年头，入了正月，墨香的广德楼，却去得回数很少，你道为何？原来从元旦起，大内天天传差，王瑶卿是有差使的，要进内当差，不能到戏园来唱，墨香便不去看了。万宅有个亲戚，与墨香同辈，唤作刘寿芙，是任邱县一个盐商，本身纳资做了户部郎中，他到衙门之日，文恪公还在，正做户部堂官，寿芙算是陈家属吏，和墨香十分要好。这个人，广有家财，为人老实，却是个酒色中的好汉，很爱看戏，比墨香更加外行，虽然终日在戏园出入，他连西皮、二黄都分不清，只看个热闹罢了。墨香对于他，虽是五十步笑百步，究竟墨香在五十步的地位。

这日寿芙请到庆乐园，看宝胜和的戏，客有十几位，有墨香与彭晓峰在内，墨香不大爱看梆子、二黄两下锅的班子，不很愿去，却又碍着主人的情面，只得前往。寿芙定的座位，在下场门包厢，墨香与晓峰前后进门入座，场上是小生德珺如的《射戟》，晓峰道："珺如是票友出身，他的曾祖父穆中堂，在道光年间，很有权势，挨了大骂，若论学问，在旗人里头，也算好的。刻过一部韩昌黎的《诗集》，校勘甚精，颇有价值。珺如却不很念书，从小喜欢唱着玩儿，是票上的花脸，专唱《锁五龙》一类的戏，后来长大，变了嗓子，改了青衣。东佛爷国孝期内，在铁门文昌馆，与唱老生的纪寿臣，同日下海，曾搭四喜班。他和孙菊仙、穆凤山，拴了一出《二进宫》，待唱完，到后台一看，墙上画着一个苏武，写着'苏武牧羊''三阳开泰'，却没画一只羊，三人都明白了，是挖苦他三个羊毛出身。问是谁画的，答是张胜奎，三人便不敢言语。后台说票友是生羊毛，若是自小学戏，却到老没得戏中三昧，甚至不如票友，只好叫他'熟羊毛'了。张胜奎这宗举动，只骂生羊，不骂熟羊，也不算是主持公道。珺如过了四十岁，改的小生。他和金秀山，并金门弟子郎德山，还有孙菊仙的门人韦久峰，同搭宝胜和，人称‘四大金刚’，今天大内有差使，秀山师徒都是供奉，谅不能露，四大金刚要变哼哈二将。珺如好走鼻音，韦久峰一条细嗓，却要学孙菊仙，有时张着大嘴，放‘哈’字音，髯口也遮不住他那嘴的难看，说是一哼一哈，也不冤枉。他们两个都不脱票习，不过珺如是真能唱，这一出《射戟》，用不着抬腿动脚，正对他的工，若改一出《镇潭州》，他可赶不上王楞仙、朱素云，这就是我们票友没有幼工的原故。王雨田他们琢磨谭鑫培，始终问不动《定军山》，陈子方是票友旦脚头等人物，连一出《穆柯寨》都不玲珑，正和珺如受的一种病。珺如武玩艺，虽然平常，拿根枪，还会比画比画，在四大金刚里头，算他最强，本来四位，都是票友，也难怪他不能文武昆乱一脚踢，然而安敬之、文载之都能够唱刀马旦，又单有兵部武票，也不能一律而论。”

《射戟》底下，是韦久峰的《硃砂痣》，扮吴娘子的孙喜云，是怡云之弟，嗓子也不错，扮相与怡云一般，只稍瘦一点儿。扮吴惠全的是刘景然，他是故伶张胜奎的徒弟，也是先走票，后入戏班，也不脱票友的样子。

晓峰笑道：“‘叫街刘’干了几十年了，比吴连奎、周长山、曹文奎可差得多，究竟根底两样。张胜奎一生藐视票友，收他为徒，未免自相矛盾。他学胜奎，一点也不像的。吴连奎说：‘张胜奎自不小心，拉了一堆屎，受了日精月华，变了个刘景然。’也骂的太苦了。然而他可比连奎、长山、文奎捆羊，一个吴惠全，会比韦久峰的好儿多出一倍，他也算不含糊。别听他这条破嗓，有粗有细，他来哈哈腔，倒是能招出狗咬。”

寿芙道：“戏园里还有狗咬人么？”

晓峰道：“戏界缺嘴的朋友，管叫好叫狗咬，这是一句皮科儿，不是正话。”

墨香听了，心中一动，墨香后来看戏，永不给人叫好，就是因此而起的。正是：

好心叫好，反要招骂。

未免稍冤，不叫也罢。

晓峰又道：“刘景然本事不算出色，为人可是老实，在后台不咬牙，人缘很重。李八海起班时，有景然在内，八海每逢开戏份，就说：‘刘景然，咱们是朋友，今天座不好，送你五个小制钱，你拿去喝茶罢。’他也笑着接过来，总算有气量的。”

《硃砂痣》完，改了梆子腔《阴阳扇》，那花旦叫做玻璃钻，一点嗓子没有，可是扮相不错，连翻带滚，也很有功夫，墨香倒觉不很讨厌，便道：“原来梆子腔，不是全不好，也有他不容磨灭的地方。二黄班除了武行，若叫花旦这么大摔活人，只怕那摔不起的，可就指不胜屈了。”

晓峰道：“梆子腔土气是重的，与昆曲太雅，正是相反而相类。我听得人说，昆腔若到山格剌里去，也能变成俗不可耐的一种东西，莫说梆子，原是土玩艺了。然而梆子是应该土俗的，不土俗，不成其为梆子，虽土俗何害？昆腔是不应该土俗的，若土俗，何能算昆腔？故北京容得住梆子，容不住染了俗气的昆腔。京里人毕竟懂戏的多，倘若土俗昆腔，也能来混一气，京中人的懂戏资格，可就损失了。”

一客道：“彭先生可不懂的，那山里昆腔，比城里的好，火炽着呢，一点也不瘟。”晓峰笑而不答。

看那台上，又是大五月仙，又是小五月仙，又是六六旦，接连三四出梆子，晓峰笑道：“好哇，今天的戏，都是半出，本来戏班老例，每天至多九出戏，他们偏要十一二出，梆子的玩艺又磨蹭，可就唱不开了。”

这几出唱完，才改了出《战宛城》，乃是唱的西皮，不是梆声震耳，晓峰道：“这扮曹操的冯黑灯，是梆子花脸，虽唱西皮腔调，仍是用梆子字眼，念的话白，更是怯的有趣。从前他找吹笛子的曹心泉，给他说《阳平关》，吓得心泉抱头鼠窜，就知他怯到甚么田地。张绣是黄派传人马德成，他们这一派，就不讲嘴里，只取他一个神似黄胖儿，能够招狗咬，便已经够一个脚色，不必吹毛求疵。只平心而论，今日听的，德珺如、韦久峰、刘景然，也不一定咬文嚼字，抱定中州韵不放，德成又胡可厚非。扮贾诩的张长顺，虽是扫边老生，当年搭过三庆班，那个班子的主顾，比听别的班不同，都是延树楠尚书一流，没有几位生羊毛，他们专在中州韵上着意，你敢有一字之差，他们早大笑起来，说这个脚儿，满嘴是腿，不说人话，甚至于给你叫个倒好，那才叫严格。”

墨香道：“这个闹法，是前三十年的风气，我还没出世，没有赶上这宗阵仗，只久已听我舅父毛十爷和萧大庸一般人讲论，谅是不假。”

晓峰道：“你没赶上，我赶上了。长顺既然搭过那种戏班，受过座上客的赶落，他嘴里自然讲究。”

此刻贾诩正在劝降，彭晓峰听他念到好处，不住点头道：“这小子，才真是干这个的。我说他讲究字眼，果然是讲究的。你听他的嘴里，尖团分明，不在周长山以下，比曹文奎还强。别瞧是零碎，倒有传授，真算个好的，不赖不赖，可真不赖！刘景然、韦久峰都输给他了。”

墨香固然不很在行，没像晓峰用过一番功夫，只听戏多年，也有一线的明路，听了晓峰之言，不由得拍手称是。

晓峰叹道：“今天的唱戏人，只有长顺嘴里好，拿钱就是他少，他跟谁叫冤去？这正叫做‘可为知者道，难向外人言’。”

典韦破火牌，是【九锤半】的锣鼓，不用【急急风】，墨香当日只听得出他们的音节，与二黄班不同，却不晓得名色，晓峰锣经很熟，墨香问过他方才明白。

少刻花旦孟小如，扮了邹氏出台，扮相不错，两只眼尤其秀媚，只身段呆板，比起路三宝一流人材，就差多了，晓峰道：“他的路子与福寿班的胡素仙不差甚么，都是道学派的花旦，不很招人的。”

一客道：“素仙是青衫子改制，因此脸上不带骚气，只素仙嗓子比他强，青衫子戏还能唱的。”又一客道：“青衫子毕竟是女脚儿，与花旦只有贞淫邪正之分。小如将学戏时，学的是老生，是个男脚儿，嗓子坏了，改了花旦，居然拉拉捏捏，上台去充娘们，总算改的不错。”

又一客道：“近十几年的花旦，我只喜欢小桂凤，又名田桐秋，他上了妆，真像女的，杨桂云面目便是男人，他儿子小朵，扮相虽比大东西强些，只细腻之处，不及小桂凤远矣。一般人都嫌小桂凤肚子窄，会的少，我们只看的是人，能娱目便佳，管他会的多少。即如老生，我也最爱听出京的孙菊仙，比叫天嗓子痛快，有人说他是票友出身，嘴里不如叫天，身上也没叫天好，那也不一定是确论。我只管耳朵里头震得响，就算我过了戏瘾，我花的钱就不冤。甚么叫字眼，又哪叫手眼身法步，都不是我们来听戏的人必然需要的，我一概不讲。”

晓峰、墨香都没回答，只听隔座有人道：“著名丑脚刘七，怎的不露？今天的钱花的太冤。”

晓峰听了笑道：“刘七也有人捧，这个人，只能唱小曲大鼓，外道天魔，真正本事，不见怎的，后台老脚色，都不作兴他，不过他能捆羊，戏班里才肯叫他唱一出，可见唱戏，捆羊是最要紧。”

一客道：“听阁下的话，是很不以捆羊为然。”

晓峰道：“生意买卖，又焉能禁止唱戏的捆羊。我们听戏人，各从所好罢了。”正是：

与其誉尧而非桀，不如两忘化其道。

他们这里说话之间，看那天色已经昏黑，《战宛城》将唱了一半，晓峰早立起身来，向寿芙道谢告辞，一个客人道：“这一出还有好半天才完，您何不听完了再走？”

晓峰摇着头道：“天到这般时候了，这一出笨重不灵的《战宛城》，还有游街抢美，探信醉韦，盗戟刺婶，好些节目，谅是唱不完的。你看曹操已经进城了，只怕就要煞台。”他将说毕，台上果然打住。

当日戏是打住了，如今这回书，也费了不少的话，而且于当年戏园、戏班情形，也算说了一个大略。那宝胜和，只因老板杨香翠，魄力大，约的脚色，梆子二黄，人真不少，戏唱不开，才闹了好几个半出。这一出《战宛城》，将到张绣投降，就算搁下。孟小如虽然露了面，匆匆一场，跟不露也差不多。何况说书的费的事，已比小如加了好几倍。小如明天再唱，报子已贴出他的《也是斋》，墨香也下回再说，要讲福寿、同庆两班的故事，列位歇一歇，再来听罢。

第十五回 初与美伶交言 屡观名班演戏

话说当日戏散，因在正月初间，各大饭馆，都没有开张，故此主人不约同吃，宾主一揖而别。

次日，墨香到琉璃厂散步，在书摊子上面，买了一本上海《申报》馆铅印的《三十六声粉铎图咏》，一本天津石印的《梨园百咏》，两本上海石印的《京尘杂录》，两套石印的《缀白裘》，都是与戏曲有些关系，拿了回家，慢慢披阅。原来那《三十六声粉铎图咏》，是天长宣鼎字瘦梅作的，这个人，生在咸同之世，会作曲子，学的汤若士一派，做过一部《返魂香》传奇，他曾有诗曰：

闲将珊笔写优伶，痴念何曾让小青。
稽首临川称弟子，买丝欲绣《牡丹亭》。

只那《返魂香》，倒底不如《牡丹亭》的。他又能作小说，有《夜雨秋灯录》正、续两部，笔意做仿《聊斋志异》。这部《三十六声粉铎图咏》，是他自己画了三十六出南北曲的故事，各题古体诗一首，铅印却有诗没画，其中《刺汤》一首曰：

汤裱褙，是何物？龌龊儿，狡狯贼，严东楼家一清客。助元凶，杀忠直，如此嗾狗身，只合乞丐釜中炸尔骨，犹讨佳人手诛死真值。夜何其，三鼓初，朦胧醉眼娈童扶。月黑天边鬼车泣，昆仑夜索骷髅枯。红烛摇摇白虹起，佳人厉声呼贼奴。贼奴听我语：今日之事吾与汝。既受我主恩，奈何陷我主。我主头虽假，幸汝头尚真。我主虽不死，汝莫想得生。妾一女子耳，杀汝当分明。明目张胆正其罪，然后挥刃一决头颅轻。呜呼，莫家一巾帼，一臧获。身可戕，志不辱。小丑歼，大仇复。视彼狡狯之贼龌龊儿，一在天堂一地域。留下床头人，又伴他人宿，留下骨董珍，又入他人椟。想见灯昏夜雨时，淫魂捧首啾啾哭。

在三十六首里面，最作得好，掉句文，是可称压卷。《梨园百咏》，署名醉薇居士，所咏的戏，乱弹居多，用的五言八韵体裁。一个太遵古，一个太从俗，倒也好笑。《京尘杂录》，是杨掌生手笔，有倪云癯的跋语，大半是小旦传。《缀白裘》世所同晓，差不多的人家，都有一部，最通大路。墨香得了这几种书，好生高兴，白昼跑戏园，晚间正好拿来消遣，正合了宋代陆放翁的几句诗云：

挑灯夜读书，油涸意未已。

亦知夜既分，未忍舍之起。

放翁读的经史子集，墨香却是这一类小玩艺，用功虽同，只读的书，相差太远。墨香的成就，比起放翁，不止天渊，固然天资远逊，亦是择术不精。

这几天，又看了不少的戏。内廷差使已完，当差各伶都赴戏园演唱，一般戏迷，个个精神抖擞，在大栅栏一带，步出走进。墨香知瑶卿已露，更跑得勤。

一夜拿着《京尘杂录》，坐在房中，看了半部，看到叙老郎神一段，暗想：老郎究竟是谁？虽不得知，汪堃说《山海经》颛顼之子名老郎，却太荒谬，《山海经》实在是老董，不是老郎，杨掌生没采汪堃的话，总算慎重，不是草率下笔。

看毕，又取过一本《缀白裘》，恰是一出《占花魁》的"独占"，墨香见了，仿佛心有所感，翻来覆去看了十来遍，自言自语的道："'秦重'者，'情重'也。他一个卖油郎，只因羡慕辛瑶琴，用了一番苦心，万做不到的事，居然被他做到了。人生在世，千万不可自馁。"叹息了半晌，方丢下去睡。

次日起床，除了吃饭饮茶，仍只是去看瑶卿罢了。墨香忽又生出一个念头：哎，我自肉市以来，追着瑶卿已经好几年，却不曾说过一句话，总因无人介绍，不便冒昧交谈，怕他的架子大，若不很酬答，我就僵了。他又是老板身份，不近应条子的雏伶，我羡的是他戏料，不专慕色，太也持重，才有这一番耽误。但我每次见他在那里上妆，有时也回头向我一望，我也不必过于胆小，再遇着他时，我便向他开口，谅不会碰多大的钉子。正是：

人生如春蚕，作茧自缚裹。

一朝羽翼成，钻破亦在我。

还有一事，是找人学戏，也不能太缓，只机会更不容易，戏班的朋友，我究竟认识的太少，一时也难找合式的教习。若跟票友去学，又怕学不到好处。我听得人说过两句话云：票教票，瞎胡闹。足见他们票房里面，是学不出甚么来的，我倒得稍微慎重一点，别叫那一伙豆汁腿给蒙了。乱想一阵，也就丢下。

这一天，是正月二十五日，墨香走到广德门前，见一张大报子，写着斗来大一个"俞"字，下面列着"许荫棠、王瑶卿、陈德霖"三人姓名，底下又写"何桂山、钱金福"许多小字儿，戏目是"长板坡"。这个"板"字错了，应当是阜字旁，俗呼耳朵旁的那个"阪"字，不知怎的，戏单、戏报子，都写"木"字旁，连醉薇居士作那《梨园百咏》，也随了他们的杓，写作“木”旁了。那醉薇咏这一出云：

骨肉流离甚，追兵又苦侵。
夫人先殉节，我主剧伤心。
文褓孤儿托，危坡劲敌临。
喧鸣山谷响，转战戟矛森。
直捣军如火，狂摧旅若林。
斗声盈耳閧，睡梦入怀深。
风卷旌头彩，云迷井上阴。
一身能却众，伟绩尚传今。

墨香再看旁边，还有一张报子，写着“王瑶卿李顺亭汾河湾”，哎呀，大正月里，润仙卖真力气，瑶卿又唱两出，真是十年不遇，今天可来着了。忙走进去，买了座儿，只见人山人海，拥挤不堪，便料得今日又不能去看那瑶卿扮妆。场上正是沈全奎的《清官册》，陈清泰扮的潘仁美，两个都是老手，自然不差。别项一概不论，单说他们台上纯熟，一点血筋儿不带，真见得出功夫，却也因太不矜才使气，都捆不住生羊毛，也得算他们的短处，故此都到不了头等好脚的地位。

底下一出《双沙河》，两个花旦是玉琴、彩麟，两个小生是薇仙、华云，小花面是赵宝琳，二花脸是屈来顺，小名狗和尚。这一出完，《汾河湾》上场，瑶卿的柳迎春，实在太好。

只听有人说道：“这是四喜班时小福的拿手，多年没人唱了，自大驾回銮以后，戏园子里头，这是第一次。老生、青衫子的对儿戏，《秋胡戏妻》《跑坡》跟这出《汾河湾》，有犯重复的地方，可是唱《秋胡戏妻》的最多，《跑坡》已经少了，《汾河湾》检直没人会。瑶卿也是因大内要这一出，偏那些有差使的旦脚，都不玲珑，连陈德霖即陈瘦云，文武昆乱不挡，都不敢答应。瑶卿从小爱躲在前台看戏，时小福的玩艺，他心里佩服，看的最熟，他便应了，和李顺亭在内廷唱过，今天才在戏园子里露一露。若论这薛仁贵，连唱带念，不比柳迎春少，不知怎么打入二路老生队中。时小福就用吴连奎，如今又用李顺亭，永没见头路老生扮演，也不可解。”

又听有人问道：“《长阪坡》只贴‘俞’字，不贴名号，是何道理？”

那人道：“润仙是精忠庙四大庙首第一位，因此戏园格外尊重他，才只姓而不名。第二位谭鑫培，便不这般，不必说那第三、四的余玉琴、响九霄了。”他们一面说，台上一面唱，众人一面听，各不相扰。

那出《汾河湾》，早已唱完，改了王凤卿的《硃砂痣》，旦脚是张凤云，乃已故扫边旦芷荃之子。那芷荃会的不少，京中《女起解》，自瑶卿以下，都是他教的。吴惠全是张文斌，他是凤云的哥哥，两人却是三路，倒都还不出规矩，只文斌的神气太像小花面，不够一个老生。这一出是压轴子，下面便是大轴子《长阪坡》，润仙不消问，自然是赵云。前年肉市封箱，也是这一出，瑶卿扮的糜夫人，今日因唱过正戏，又因资格的原故，他便扮了甘夫人，却把糜夫人一脚，让了陈瘦云。许荫棠的玄德，何桂山的曹操，钱金福的张飞，真算人才济济。

上得早了，天将四钟，就算打住，墨香出园，遇着霖雨田，往中和园去看同庆班，拉了墨香同行。到得那里，大轴子《失街亭》将上，雨田道："老谭在三庆时，因卢台子把住《失街亭》，不许他唱，他曾起誓，非把这一出唱好了不可。如今果应其言，真是有志者事竟成。"当日墨香又听了会子谭鑫培，方才回家。

过不十来天，湖广会馆有个衣冠宴会，墨香在被邀之列，他们演戏助兴，找的是福寿班，又派的有王瑶卿、李顺亭的《汾河湾》。晚饭后，脱了官服，都换便衣，墨香趁台上没唱自己爱看的戏，早溜入后台，走至帐桌前，见个华服少年，坐在那里。正是：

丰姿生小便苗条，淡淡眉痕细细腰。

杏也嫁兮梅也聘，汝无夫婿为谁娇。

这个人正是瑶卿，墨香搭讪着，和他对面坐了，四目相视，好半天，墨香问道："老板贵庚？"

瑶卿道："二十五岁。"

墨香道："您是辛巳生人，比我是大三岁了。"

说至此，忽的想起西方庚辛金，辛属金，是白色，巳在十二属相中属蛇，他原来是条白蛇。我第一次见他的戏，他恰扮的白娘子。我小时请了一张关公像，因怕亵渎神明，换了一张白娘子来家。我先犯恶旦脚，见着他以后，才改的脾气，那张画儿，也似乎是个先兆，倒也巧得很。

墨香正在寻思，只听瑶卿问声贵姓，又问台甫，墨香俱已回答，便都没的可说。又坐了一会儿，墨香看那帐桌上面，摆块木板，上嵌小牙牌，写着本日的戏名，墨香没话找话，问道："是甚么？"

瑶卿道："这叫戏规。"说着，向戏规一看道："还隔两个码儿，又该我了，小李，打水扮戏。"即起身往梳头桌而去。他的跟包，忙着给他支开了镜奁，正是：

明月当空开宝镜，春风吹绿上眉峰。

瑶卿前面走，墨香在后面跟定，只见瑶卿脱去青洋绉夹袍，露出蓝色小夹袄。他的辫子很粗，头皮剃得极净，挽起辫子，成了一个疙瘩髻儿。洗过脸，坐下，对着镜子，擦脂抹粉，画目描眉，取过些头发做成的东西，问起名目，原来叫做水鬓水折。他头上先缠一条七尺来长的带子，把这些物件，用鹿角菜水，贴在额前，再用带子一绕，然后再脑后拴一挂黑线，墨香问他这是甚么，瑶卿道："这叫线尾。"拴得好了，戴上网子，加上假发，梳头人给他通了几梳，挽起云髻，一个美男子，已变成美妇人了。正是：

莫道风流无宋玉，好将心力事妆台。

墨香看瑶卿扮妆，已经好些日子，只有今夜看得亲切，又问明多少名目，长了见识，好生高兴。不觉想起杨掌生《京尘杂录》有一段，说是昔年旦脚戴网子，名曰包头，今之旦脚梳水头了，与妇人无异，不当仍袭包头之名，他哪里晓得水头也戴网子的。

瑶卿勒好水纱，他鬓上原留一缕散发，又在额上勒块蓝色绸帕，穿了罪衣罪裤，系条白裙，两角向上一扎，墨香又问知这唤作"燕儿窠"。他足下换了彩鞋，项戴鱼枷银链，早扮做了一个玉堂春。墨香在戏规上面，已看见这个戏名，因在前台，没有戏单，不知是谁唱，待他扮戏，方知是他。待得扮齐，墨香暗想：上次《汾河湾》，他带了个甘夫人，太也轻省，今番《汾河湾》之后，却带演这一出重头，今天不花一钱，比花钱更值。

台上那一出已完，陆华云已扮了王景隆上去，墨香忙回前台坐了原位。瑶卿早已登台，只见蓬松云髻，插几支银簪，袅娜娇躯，穿一身赭服，伶人扮作囚人，男子诈为女子，玉堂春未必有如此容颜，好脚色果然是天生丽质：

装成病雨愁云，恰似怀忧积恨。

若非群玉山头见，会向瑶台日下逢。

真个色艺俱佳，一时无匹。墨香看完了这一出，天已十二钟，即起身回家。

展眼又是四月初九日，昆中堂七旬寿诞，唱了两天戏，第一天福寿班，润仙演的《晋阳宫》，这是《说唐传》故事，润仙扮李元霸，沈全奎扮李渊，花脸高得禄扮宇文成都，十分整齐。余玉琴唱的《双凤缘》，就是后来改名《弓砚缘》的那段《儿女英雄传》，彼时尚无《弓砚缘》之名。玉琴照例是何玉凤，那安公子、张金凤，依然是华云、瑶卿，邓九公是润仙扮的，别人都勾粉红脸，他却本来面目。瑶卿又与许荫棠唱了出《御碑亭》。第二天，是玉成班，晚间外串汪桂芬，唱了一出《捉放》，是从"公堂"唱起，黄三扮的曹操，吴连奎扮的吕伯奢。

众客道："汪大头从上海回京，没正式搭班，也不很走堂会，今天怎能找了他来？"

有那知其底细的，答道："中堂的侄少爷霖雨田，跟他相好，因此找得他来。"众客方知其故。

墨香凡昆宅喜庆，无一次不到，这两天，自然在那里的。又是汪桂芬，又是王瑶卿，听了个心满意足。

霖雨田道："黄三扮曹操额插结子，即是梆子班的面牌，似乎怯一点。曹操照例，只戴风帽，凡结子、慈菇叶，都插不得的，连金秀山都遵古炮制，别说何九了，黄三可不对。"

一人道："你说起秀山来，可知中和园同庆班现在约了金秀山、德珺如，脚色比从前多了，只原来的那个郑盼仙身故，青衫子没人。"

雨田道："我是听见说过的。"

当夜末一出是《五福堂》，"吕洞宾三戏白牡丹"，戏完，墨香住下，次早方回。

一连数日，工部屯田司内，恰有些公务，未到戏园，却听得福寿班报散的消息，墨香一时没有瑶卿的戏看，不免懊恼。那同庆班正旦，邀了个杨韵芳，扮相、嗓子都好，只肚子太窄，当不了大用。

一日墨香偶到中和园后台，见那管事人正和韵芳捣乱。原来派了他一出《大保国》，他说不会，管事人道："已死的赵吟香，肚子就窄，还会《保国》呢，你可太难。"只得改了《进宫》。那杨博恰是沈全奎，倒是《保国》《进宫》都来得的。他是鑫培第五儿子嘉宾字小培的教师，又是二路的好手。此番搭班，专为给鑫培做配活儿的，今日鑫培戏中不用老生，他便跟韵芳拴了一出。此刻李六、李七、李库儿，也入了同庆，李库儿有几出学鑫培最似，登时这个班子，比前些日子，热闹了两三倍。

墨香偶尔也去看他们一半回，只不及从先的福寿跑得勤罢了，因此才在后台看见韵芳改码。墨香暗想：原来唱戏，肚子窄了不行，我若有日学这玩艺，总要多学几出的。

五月十一日，昆太太生辰，墨香又去拜贺，他们那里仍是有戏，请的是些票友。老生王雨田，已经下海，没甚么起色，又走他的回头票。又有个贵俊卿，倒比雨田有一下子。旦脚是陈子方，年已四旬，唱的不错，嗓子不顶劲了。昆中堂的侄儿霖雨田，也唱了一出《失街亭》，当着老叔，不免矜持，不敢撒欢，落了个平平妥妥，算是没砸。散了戏，昆宅又留墨香住在东院，墨香因见票友登场，不觉更动了学戏的念头，从前只有一百分的热度，如今是一千分、一万分、一亿分，也不止了。正是：

白云本是无心物，屡被清风引出来。

不但意在学戏，还拿定主意，要学旦脚。又在昆宅住了一天，方雇了人力车回来。天已将黑，路过正阳门，见那瓮城里的人格外来的多，都拥在右边关老爷庙外，墨香的车，竟不能前进。当日正阳、宣武各门，都有瓮城，后来才拆掉了，似这岔车之患，便不会再有的。墨香在车上，忽的想起今天是五月十三日，俗传是单刀赴会之期，那戏曲刻本载的《关公训子》科白里，是有这句话的。又有人说是关公圣诞，冯山公又说非也，关公生于六月二十四日，今天是关平将军生辰，虽然都不一定可信，只官民都要祭祀。王圻《续通考》，说明朝这一天，派太常寺官，到关庙，献铁刀纸马，后来虽没这宗儿戏典礼，香客却有增无减。墨香于是跳下了车，取出钱来，把车打发了，走入庙中。怎见得好座庙宇，有诗为证：

玉河金锁正阳门，

高坐西偏守帝阙。
万历末年封号上，
将军身被冕旒尊。

又有诗曰：

来往人皆动拜瞻，
香逢朔望倍加添。
京都亿万关夫子，
偏到前门喜问签。

“关夫子”三字，只是俗称，然而作这一派竹枝词体的诗，倒是可以使得。至于刘曾作正经文章，闹出一篇《关夫子春秋楼记》，可是个笑柄，无怪受吴敬梓的挖苦。范锴把此文选入《汉口丛谈》，也小有不当。

闲话休提，且说正阳门这座庙宇和东边观音大士庙，修造年月，当初文恪公都曾考察过庙中碑记，俱是元朝人干的。刘继庄道洪经略松山之败，明朝误报殉节，崇祯爷在正阳门立忠臣祠，以配关公，后知老洪降清，改塑大士，是靠不住的老谣。庙中神像，戴的帽子，如圣帝的日月冠，关平的岔子，周仓的倒缨盔，王甫、赵累、关兴、廖化的扎巾盔，并周将军手中的青龙偃月刀，一律和戏台相同。墨香这些年，久在戏场，常向伶人打听，很认六箱上的东西，十有九，问的是沈全奎，除了旦脚头上脚下，问他是不行的，这叫做“隔行如隔山”。

墨香在神前行过礼，在院中走了一转，想起文恪公说过一个灯谜。那谜面是“正阳门关帝庙”，射《西厢》一句，谜底是“那边是南海水月观音院”，倒也贴切。回头看那殿阶之下，有人在那里施舍善书，无非《感应篇》《觉世经》之类，都是些小本子，只有一套《皈元镜》，本子稍大，墨香顺手拿了。只听得香客行道：“今天本庙是有神戏的，因本庙院子小，搭不得戏台，另借地方演唱，年年如此。从前是借财盛馆，现在财盛馆关闭，改在取灯胡同的那个同兴堂里去了。财盛馆也塑的圣贤爷的金身，同兴堂可得另设神像。”

墨香徘徊了好半晌，看那香客渐散，墨香缓步而出，一直到正阳门外，又催了车，已是满街灯光，猛抬头，望见同庆班一块戏报子，不觉大喜。正是：

可许千金买，留将一顾时。

要知喜从何来，且看下文分解。

第十六回 名伶呈色相 古圣显神威

话说墨香出了正阳门，灯光之下，望见金字报子，大写“中和园同庆班特约王瑶卿准演吉祥好戏”。只因那个班子，贴脚不贴戏，故此没写戏名。墨香大喜，这可好到家了，有了老谭那样一个老生，加上瑶卿，这么一个当戗的青衫子，比已死的郑盼仙，有过之无不及，这同庆的戏，可真瞧的过儿。我自从福寿班报散，惟恐瑶卿搭了两下锅的戏班，不去看他，我是丢不开，常去看他，那些高明听戏的，似林氏兄弟等人，必要碎豁，我为了个瑶卿，连梆子都听起来了，虽没甚相干，只他们板着脸，那一种义正词严的神气，也很可怕。如今瑶卿和谭鑫培捏在一块儿，我每天可以放心大胆前去看戏，还落个懂得看小叫天的名头，任何人也不能菲薄我的，岂不大妙。回到家里，欢喜得一夜不曾睡稳。

次日下床，取过《皈元镜》一看，原来是达智和尚作的曲子，演的远公、永明、莲池三祖故事，大意是阐扬净土。

吃了早饭，即奔了中和园，看了谭、王二人一出《御碑亭》，是花旦郭季香，人称水仙花，扮的王淑英。这个人，原是小荣椿科班的徒弟，后走外江，改唱梆子，回京搭了老谭的班，在天和馆演唱。他还唱过《新安驿》《紫霞宫》，死乞白赖，撒开了一学十三旦，弄得谭家这个班子，也变成两下锅了。只配脚都是徽班人物，老生李福林等，一句梆子不会，也跟着上去充数，闹的笑话实在不少。许多老听戏的，都皱着眉毛，叹气摇头，互相议论道：“从前只有玉成，梆子、二黄夹杂着唱，过了多少日子，宝胜和才添二黄，如今真正梆子班，只剩义顺和了，但是二黄班，向没羼梆子的，没想到从谭家开始，倒也有趣。”这些人只管说，水仙花只管唱。他唱了多时的梆子腔，比起路三宝等人，又是一个路数，即以扮戏而论，梆子花旦戴抱头莲，二黄班花旦没有这件首饰，二黄班，凡那髻上插抱头莲的，必是青衣，水仙花却仍按梆子扮相，不料后来竟有人依样葫芦，好在这是极小的地方，不必定说他错。只这番沿革，《活人大戏》平话中，不能不叙，掉句文讲话，二黄花旦之有抱头莲，自光绪朝水仙花开始也。只又有些旦脚，垂着散发，还插抱头莲的，连梆子班带水仙花，都不如此，不知是谁创兴，再掉一句文，是散发之旦，尚插抱头莲，非水仙花之咎也。

墨香问起园中人，方知瑶卿已经与老谭唱过一天《跑坡》，万不料三日昆宅，放走一出好戏。瑶卿是青衣正工，自然髻上是用抱头莲，额上一个珠子盘肠儿，鬓边髻下四支押簪，髻的中腰横插一支大扁簪，耳悬小珰，男人不穿耳眼，珰圈中有一缝，把人的耳朵塞在缝里，那条缝子甚紧，箍得耳朵生疼，也够受的。这个罪过，此刻墨香还不曾受，却也看得出来。又见他蓝帔白裙，打扮得十分雅淡，文人们见了，定要夸他有幽静之容。这个脚色，只宜如此妆束，若再加花样，就不合乎戏中人孟月华的身份。

这一出完，便煞了台，众人各散，差不多一千出头，不信《御碑亭》竟卖满了，自这日起，墨香又改了天天跑中和园。鑫培居然陪着瑶卿，大唱《汾河湾》，那瑶卿送了薛丁山出窑的唱词，是“见他踊跃多饶兴，不枉抚养十七春”，虽非雅音，尚不熟烂。后来有人唱做“一见娇儿出窑门，倒叫为娘挂在心”，就似乎差些。薛仁贵自被鑫培扮演以来，便算这一辈古人走了好运，升成正脚。鑫培是找沈全奎给他说会的，他谭家儿子的先生，连老子都带手儿教起来了。谭鑫培功成名就，见了李顺亭、沈全奎一般肚子宽绰的二路人才，还满口叫“沈三哥”“李五哥”，遇着不玲珑的玩艺，极肯低头向他们领教。他虽没学问，这宗举动，真称得起“敏而好学，不耻下问”了，若遇孔夫子，必然称赞他的。不似后出的票友，肚里没三出半戏，唱也没板，只仗着扮相漂亮，扮上旦脚，有人说好，便高自位置，连向瑶卿学一句腔儿，都自以为可耻，比起老谭，未免相差太远。

墨香连日奔驰，不想夏天是下雨的时节，这一夜不曾打雷，从一钟滴起雨点，启明越下越大，不能出去，躺在床上，心中只揣摩瑶卿台上神情，好生不快。正是：

士悲秋色女怀春，此语从来信不真。

若是两情成眷恋，四时天气总愁人。

那雨一连数日不止，墨香虽则不悦，一般近人，有十分畅快的。只因世间的人物，存心不得一样，单有一路朋友，喜欢主持高论，他见墨香每夸瑶卿色艺，他早已不忿道：“旦脚多得很，焉见瑶卿便好到这个地位。”墨香去看瑶卿，他们总要讪笑，如今墨香在家发闷，形之词色，他们自然称心。他们的话，也不尽错，只是人各有所好，何必多此一举。

又隔一日，天色已晴，墨香仍到中和园。那瑶卿告假的脾气，是改不了的，一个月，总有十天不唱。墨香倘先有风声，便不前往，若不知晓，可就算叫他蒙了。好在鑫培比他唱的勤，偶尔不看瑶卿，只看鑫培，虽不算十分得意，那钱总算花的不冤。

他两人的对儿戏，也真唱了个不少。《战蒲关》是鑫培扮王霸，瑶卿扮徐艳贞，沈全奎扮刘忠。《宝莲灯》，他两人一个刘彦昌，一个王桂英。《打渔杀家》，一个萧恩，一个萧桂英，又加开口跳王长林，小名拴子，扮个教师。若论王长林，文武丑脚都能扮，大有从前德子杰之风，都算小花脸的好手。长林别戏俱逊子杰一头，只长林天生的人性，和那在后台的能屈能伸，扮这教师，却太也合式。就连鑫培揣摩那不遇时的英雄，到底有些强勉，不必论瑶卿是男扮女妆了，他两个也不及长林出于自然，这一出得让长林最像。然而鑫培一个得意的名伶，瑶卿一个大老爷们，能把萧家父女唱活，可也得算不易。萧桂英原来扮相，是戴渔婆罩，满头的穗子，项搭云肩，身穿绣花袄裤。瑶卿改了髻，上了一个小草帽，袄裤不用花绣，再穿蓝布茶衣，比原来似乎近理。《牧羊卷》，一个朱春登，一个赵锦棠，这一出，是用的巫师宝卷材料，因此仍其原名，唤作《牧羊卷》，戏报子写作“圈”字，却是错了。

他两个又唱《南天门》《桑园寄子》《辕门斩子》《探母回令》《秋胡戏妻》《赶三关》《芦花河》，一时也说不尽，并且扮脚不争正副。鑫培演《南阳关》，瑶卿扮个伍夫人，瑶卿演《玉堂春》，鑫培扮个刘秉义。鑫培扮这个脚色，是穿紫官衣，不穿蓝色，同时吴连奎，还穿红的，与藩司潘必正一般，不过髯口是一苍一黑罢了。后来刘秉义，一律穿蓝，前后台都唤他作蓝袍，实在从前刘秉义，不一定穿蓝的。李六也跟吴连奎一派，待墨香与瑶卿熟识以后，曾闻瑶卿道：“那个路子，叫做‘满堂红’，只自吴连奎、李六以外，就算断种了。”不必紧自考论扮相，且说鑫培、瑶卿老拴对儿戏，他们两人真叫做彼此帮衬。那同庆班，不但戏园买卖日见其佳，各处堂会，也十有九次是订这个班子，鑫培、瑶卿可算珠联璧合。

他们班中，早有一人，心中不快，你道是谁？原来是杨韵芳。他是陆华云弟子，与瑶卿同岁，只生日晚一个多月，他自负不在瑶卿以下，如今见瑶卿公然压了他一头，自然有些不忿。这日鑫培、瑶卿又演《跑坡》，两人都已扮齐，场上是压轴子，李氏兄弟的《伐东吴》，眼看大轴子要上了，韵芳忽的跑到瑶卿跟前，借着玩笑道：“你该歇一歇了，我替你唱罢。”说着伸手来摠瑶卿的头上假髻。这东西，梳着难，摠着易，一碰就掉。吓了瑶卿一身冷汗，两手把头护住，便往一旁躲闪。后台管事人冯金寿、崔露春等，一齐大惊，忙把韵芳扯住了，都嚷道：“这是生意买卖，不是闹着玩儿的。”大家七手八脚，横拖竖曳，把他拖了出去。这杨韵芳真叫做：

春恨秋悲皆自惹，花容月貌为谁妍。

众人拖走韵芳，瑶卿还在芳心突突，娇喘微微，只见那谭鑫培叹了口气，看着管事人道：“韵芳这孩子，有些疯病，在本班又没多大用处，明天不必派他的戏了。”管事人连声答应，便把韵芳搁起，后台的笑谈，叫做“斩了”，又叫“挂起来了”。

大家乱了一阵，《伐东吴》已完，鑫培、瑶卿方才登场，只这么一点子事，前台竟会有人知道，前台人的耳朵，倒是不聋。正是：

辟门虞以达，宣律旷之聪。

这日墨香也在园内。墨香近来与李六兄弟混得厮熟，李六最讲究嘴里，不论是谁，在台上错一个尖团，被他听在耳内，定要有一句半句的损话，连李库儿偶然有错，他也摇头碎豁。哪怕老谭撞着他时，他也要捉字眼，后台没人不怕的。

李六曾对人说道：“你们别嫌我讨厌，我是好心，等我死后，我们老李家，可就没这个一个人了，你爱怎么胡说都行，绝无人来多口，就是我的至亲，不说人话，我也就不能管了。”众人听了，也有笑的，也有恼的。

当时中和园台上那出《伐东吴》，正是李库儿的黄忠，李六的刘备，李七的潘璋，他们三个正在卖力气，墨香坐得离台太近，他们是看得见的，不好意思丢下他们，往后台跑。而且李库儿自改字鑫甫以后，功夫日有长进，墨香颇爱看他的戏，因此坐住了，韵芳的笑柄，不曾目睹。

只那鑫甫改字，也有个原故，事在从前，却是前文未叙，如今补在这里。只因他可摹仿老谭，有个写报子的，和他取笑，要给他写作“李鑫培”，“鑫”字已写，被他看见，走来问知原由，他嚷道：“我是谭老板的门徒，又搭这个班子，这可使不得，你不准任意乱闹。”写报子的没法，便不写“培”字，写了个“甫”字，从那一天起，他就叫做“李鑫甫”。他对人说起这件事来，还笑个不休，墨香也是不曾目睹，和韵芳这场小风波一般。

韵芳出了同庆班，一日走到延旺庙街林宅，把这话对林四爷说了一遍，林四爷道：“瑶卿诚然还好，只依我看来，你实不比他弱。第一，他的嗓子，比你似稍差；第二，他性情太懒，《祭塔》《祭江》，都不常唱；第三，他在台上有好些小神气，小身段，不板着脸唱戏，这些毛病，你都不犯，这就是你胜他之处。不过普通看戏的眼光，都不跟我一样，可惜我们老七往上海去了，没人帮我说话，不是我夸口，京里真听衫子唱工的人，此刻只有我了。你不必介意，只要我肯夸你一声，比一万戾笨给你叫好都强。瑶卿干瑶卿的，你干你的，你焉能算被他打败。”韵芳听毕，鼓起高兴，便和林四爷研究唱法。

正说得入港，墨香也到，林四爷把方才一番议论，又说了一个详细，哈哈大笑。少刻林四爷差人把教戏人吴菱仙找来，这吴菱仙是时小福的门人，梳了半辈子长头，除了宫人，就是丫鬟，老了改入教戏一途。当下来到，林四爷叫他拉着胡琴，四爷自己唱了一首《石头记》林黛玉《葬花诗》，韵芳佩服得五体投地。

墨香道：“这要搁在戏台上，一个旦脚唱这半天，怕有些瘟罢。”

四爷道：“我向来只同行家打架，不和外行说话。你虽听了多年的戏，我只认你是外行，这些地方，你不必多言。你在一干外行里面，还算稍微明白的，只对于衫子一门，我可不奉承。”墨香不答。

林四爷又道：“话又说回来了，也不止衫子，恐怕别的行道，你也有许多地方不算透彻。即如‘知’‘之’二字，‘知’字是尖，‘之’字是团，谭鑫培给念翻了，倒是沈三、李六不错，你也未必听得出来。”说罢，又笑了一阵。又坐了一会儿，墨香告辞而去。

这一年之内[1]，瑶卿排了四本《梅玉配》，是用四喜旧本，由老票友松茂如删改而成。贾洪林起了洪奎班，在大栅栏三庆园演唱，洪林能够编戏，自己动手排了一出《循环报》，是《聊斋志异·金生色》故事，洪林自扮金生色，余玉琴的木氏，周长顺的金母，那个邻子捏造了个名姓，叫做吴二横，是唐玉喜扮的，那二横之妻，马彪之妹，被丈夫错杀的，是派给了田桐秋，又由赵宝琳扮浪子董贵，人才总算不错，只不及同庆的《梅玉配》叫座。

当时开了唱本戏风气，便有人笑道："戏是单出的好，有头有尾，倒嫌没劲。即如《问樵闹府》《打棍出箱》，虽是突然而来，嘎然而止，何等紧凑，上海有改成全本的，可就不好了。"

又一人道："少说这没考据的话，上海这一出，诚然是诌谱，只老路《琼林宴》，实在是四本，我还见过胡喜禄唱这范大娘，有躺在地下的反二黄，怎么说只有'问樵'以下四段。若果如此，戏的总名取作《琼林宴》，又作何讲解？"那人倒也服善，听得此言，便不再说。光阴是最迅速，展眼又到新正，真个是：

春光看满眼，节气溯从头。

这一年，大内忽然屡派汪桂芬、谭鑫培的《战长沙》来，于是各家堂会，也点这一出。玉成班主田虎，即响九霄，乘此机会，从上海约了个老生，唤作王洪寿，即三麻子，在广德楼，撒开了大唱关公[2]，今天《古城会》，明天《水淹七军》，唱得不亦乐乎。官府因大内已经开禁，便不管了。正是：

城中好高髻，四方高一尺。

城中好长眉，四方且半额。

城中好大袖，四方全匹帛。

有个武生黄九道："三麻子的老爷，虽然添了花样，实是跟北京唱戏老先生学的。当初景四宝在上海，跟傻奎唱《白马坡》，景爷的老爷，奎爷的颜良，各有各的绝活，三麻子就得的景爷规模，不过大有变化就结了。"大家听了，撇嘴不信，黄九也不再言。

此刻洪寿在京，名誉日起，京中人的敬信关公，比各州府县都加了好几倍，一般年老人，都摇头叹气道："这可真是年头赶的，圣贤爷都弄到戏台上去了。他老人家生为正人，殁为正神，伏魔荡寇护国佑民，称为协天大帝，岂是可以亵渎得的。从前有个程长庚，在全浙会馆，唱《华容道》，晴天大太阳，忽然一道电光，跟着一个大雷，下起雨来。再看那台上，和西四牌楼双关帝庙一样，两位圣贤爷，并肩而坐，一位是长庚扮的，那一位却是圣贤爷的真身。长庚扮圣贤爷，最为威武，跟真圣贤爷一比，可就差多了。那扮曹贼的周开月，只唬得跪在地下，磕头无数，口中只念'三界伏魔大帝'，台下无不下拜，长庚也

[1] 光绪三十一年乙巳。

[2] 光绪三十二年五月进京，出演天乐园。

不敢唱了，忙入后台，卸了装，赶紧跑向前门老爷庙，磕头烧香，自己请罪。这里戏台上，圣贤爷的法像也收了，雨也不下了，雷也不打了。好臭哇，熏得人只掩鼻子。大家仔细察勘，敢则是曹操身上臭，他是怎么臭了？哈哈，周开月拉了一裤子的屎，曹操这老贼真正遗臭万年。这是实在的事，决不是迷信，哎呀，圣贤爷可真唱不得。”

又有人道：“这是小事一端。蕲水有个游撍笏，是明末的人，作过一部《神武传》，专叙关公事迹，多有异闻，如关平字坦之，关兴字元之，关索字维之，都是一百二十回《三国志》中没有的，很可以长人的见识。有人说关兴字安国，是《三国志》张苞嘴里说过的，疑心游撍笏弄错，然而世人往往有两个号，关兴就不准两号么？一干文人说游撍笏与陈寿正史背谬，我们素来就不知陈寿是谁，他作的书，也未必全真。这部《神武传》，明朝只有抄本，康熙年间，浙江布政使黄明，是咸丰朝总督黄宗汉的祖宗，曾给刻板，收藏在西湖照胆台。那部书，也谈关公灵应，有一段云：明朝福建绿□屿，有伙海寇，要来劫掠，恰好关庙唱戏，唱的是《月下斩貂婵》，这扮貂婵的小旦，是海贼的内线，关公的神，附在大净身上，用木头宝剑，把那旦脚的螓首，给砍将下来，提在手中，骑了庙中泥马，奔了庙外，海贼才到，被关公大喝一声，都给赶散。你看关公灵到甚么地位，区区吓得曹操拉屎，又算得了甚么。关公的戏，不唱为是。”

有些旗人道：“关老爷是那明朝护国之神，只因老汗王跟明朝要神像，明朝人送了一尊老爷的真容来，从此大清敬重老爷，尊为武圣人，还画在祖宗板上祭奠，各府州县，连一乡一镇，没有不上老爷庙的。老爷是盖天古佛，只怕是唱不得的，要是常唱老爷戏，恐怕大清朝的国运有碍。老一辈的，都懂这个忌讳，我们不可不知，也不可不信。”

又有几个汉籍士大夫道：“乾隆世，沈文慤公最敬关夫子，每日清晨，必跪在夫子像前，念《觉世真经》三遍，遇着戏场，扮夫子圣像，文慤一定托故告辞，倘不能走，便站而不坐，以示尊崇，这才是推尊圣人的道理。《愿体集》有吴朔作的《戒酒筵戏演关帝引》，说得甚好，周耕崖给他删润，更为谨严，周文勤曾给雕板，只原板已失，我们何不重刊儆俗？”于是把吴朔这篇短文钞出，交杨梅竹斜街永盛斋刻字铺，刊板刷印，拿来送人。其词云：

> 忠孝有传，亵渎是戒，况侑觞属陶情，何演戏不思顾义，如今日酒筵，戏演关帝者。维帝正气既已赞成，遐方更多钦仰，岂必往牒相传，丕著声而赫奕。试观今时崇祀，聿昭庙貌以辉煌，未审何物；枪父传奇，漫缀声容于剞劂，遂令从来。俗士宴会，箕踞玩赏于俳优，观者竟以逢场，何妨游戏，演者猥为当局，愈入迷离。令亘古英雄，作当筵优孟，于理不顺，于心不安，伏愿贤主，移奉客之诚心，以奉忠义，讵使殢欢投辖。更祈佳客，推敬主之雅志，以敬神明，安可取媚称觞。肃此遍告，共凛同心。

未知这篇文字，有何功效，关公的戏，演与不演，且看下回分解。

第十七回 太史氏评吴朔文 众伶官演关公戏

话说这一篇吴朔作的《戒酒筵戏演关帝引》，有人送了墨香一张，此刻高御史已放了甘肃宁夏府知府，出京上任去了，墨香虽然少了一个明师，好在久已跟着岳翁万太史，讲求学问。这位万太史，是个通儒，不止会写小楷，作应试文，四教十流，无所不晓，不在高御史以下。慢来，自古都说“三教九流”，万太史何以多出“一教一流”来了？原来万太史看过庞迪我的《七克》，并后人作的《理窟》，这两部都是西洋的教书，因此说是四教。万太史讲究昆曲，这是九流以外的，岂不是“十流”了。万太史少年跟着陈六舟读书习文，只人极圆通，与六舟的耿介，不是一般。若论学问，实不愧六舟弟子，墨香常在他的身旁，凡有疑义，还不至于没地方去请教。

这日墨香来至万宅，见书案有张字帖，正是吴朔那篇短文，墨香问道：“这篇文字的讲论如何？”

太史道：“他的议论，诚然也算有理，只演唱关公的戏，也非大过。戏中只说关公好处，要叫一般不识字人，都效法关公，也是或一道。后世人心诡诈，自三代以后，找一个直心人，要算关公第一，真能一些手腕也不用，一往直前，凭着他的直心，放开手做去。慢说别人不及，就连诸葛孔明用心太深，也有些愧色。世人若都学了关公的直心，岂不都成了光明磊落的君子。唱关公，正是表扬关公的直心，也正是叫人学他的直心，唱又何妨？即如这一出《战长沙》，虽然正史不载，然而关公确是这样的人。他信陆逊的假书，撤荆州的防兵，一点机心没有。单刀聚会，处处让鲁子敬占上风，真能在用兵的时节，讲退让之礼。戏中演的义释黄忠，正是他老人家素所优为，不为过誉，也正可叫后人师法的。记得令尊文恪公，曾改周栎园《仙霞岭关庙对联》，凡与仙霞岭相干的话，都给去掉，另成一副通行的联语，其词云：

拜关老爷，要学关老爷，莫糊涂磕了头去；

看《三国志》，休泥《三国志》，须仔细睁起眼来。

“依我看来，凡听关公的戏，也得存一个学关公的意思，才不亵渎神明。要知关公不比别的圣贤，除了存心正直，待昭烈有礼节，交朋友有信实，此外没甚细腻，最易学的。山东有个丁兰皋，因平日敬重关公，每日站在哥哥身旁伺候，十几年不改，他兄弟之间，居然是关公对于昭烈的样子。历代都立关庙，本朝尤盛，咸丰朝升入中祀，与孔子并尊。国家用心，就是以孔子为文人的师范，关公为粗人的师范。戏也是教化粗人的，唱关公戏，和老学究讲《孔子圣迹图》原是一样。这位吴老先生，算是只看了一面，虽是正论，不是通论。要知看戏最能增长见识，李秉衡做小官时，解饷到京，不给户部书吏一文钱，领不下批文来，李秉衡跑到户部衙外，要给他禀堂官，书吏慌了，立刻付了批文，他就是跟《打严嵩》的邹应龙学了来的。李秉衡尚且受戏之益，何况粗人，邹应龙可学，关公更可学了。”

座间有一人唤作周芗蕖，乃河南武涉人氏，也是个都曹，是万太史的侄婿，正是那已故三老爷的东床，听了此言，便问道：“学岳武穆，似乎更妙。”

太史道：“非也。武穆一者才高不易学，二者武穆有时用计，其直不及关公，三者武穆的事业，偏重君臣一伦，不是寻常百姓学得到的。后人不服关公，只是荆州一败，只那东吴，无论如何是不会助刘灭曹的，他派吕蒙取荆州，与派周瑜烧赤壁，是一样心思，反正只是自利罢了，又何必归罪关公。”墨香、芗蕖一齐道是。又说了一会儿闲话，各自告退。正是：

与君一席话，胜读十年书。

此刻王凤卿也搭洪奎班，他从笛工曹心泉学了《单刀会》，贾洪林要他排演，竟未排出，自此再有唱《单刀会》的，多半是上海改本，真正《单刀会》，只剩高腔班了。

过了几个月，洪奎班报散。陆华云、胡素仙立了一个长春科班，入了三庆园。李鑫甫出了同庆，却搭了长春，虽然文戏、武戏，他都玲珑，只前台总认他是靠把老生。他的《定军山》《凤鸣关》，前台都道大有鑫培意思，他也兼唱武生，《阳平关》他的赵云，前台很是作兴，只要唱到《失街亭》《洪洋洞》，前台就摇起头来。

他家有《战长沙》的本子，鑫甫要想排演，那班里恰有李顺亭，鑫甫去同他商量，要自扮黄忠，让顺亭扮关公，顺亭道：“那可不行。你要知道这一出的老爷，是大老板的脚儿，汪大头学的是大老板，他也成了头等好脚，可以唱得。我是二路老生，来个黄忠，倒没甚不可，我是不来老爷的。虽然黄忠唱也不少，打也不少，可没被老前辈唱出定而不移的俏头来，有个躲闪，比老爷好办。”鑫甫不答，便把此事搁起，他二人算闹了小别扭。不料鑫培和汪桂芬，却因这一出，闹起大别扭来。

鑫培走这一出的堂会，挣到一百两银，与桂芬同价，桂芬道：“黄忠是配脚，挣了整数，我非一百二十两不干。我轻易不走外串，戏园子也不唱，现在为这一出要失传，我想给祖师爷跟大老板传一传道，才出来唱了几回，我是出家人，谁不晓得我是智圆和尚，我不贪财，只讲公理，再要把我跟鑫培拴在一出《战长沙》里，不给我长钱，是不行的，我和他得分个上下。”

这话传到鑫培耳中，鑫培道：“矮小子的根底，我是晓得的，他是春茂堂陈家的徒弟，唱戏不行，改了文场，拿着一把大锯，搭了我们的三庆班，锯了两天大老板，偷了大老板三出半戏，要讲《天水关》《骂曹》，他实没有死鬼李顺奎唱得好，而且身量不够，哪里配唱老生。同治爷国服，他在裕胜轩说白清唱，大胆玩了一出《昭关》，算把前台蒙蔽了，才有他这么一号。就单说这一出《战长沙》，莫非大老板拿刀，也按他那个样子不成？他检直是开搅。宫里有佛爷的旨意，我没法子，外头不跟他唱了。我是捧他，当初余三爷，也扮过黄忠，捧过大老板，他别不知好歹，拿我当配脚，他别给大老板现眼了。留下这一出《战长沙》，等我姓谭的给祖师爷传道，看是谁是干这个的，谁不是干这个的，叫矮小子歇了罢，别说那些没斤量的话。我这一出的黄忠，不过仗着后半出可以开搅，能够捆羊，我自己觉着不怎么实授，我倒是老爷有谱，我得唱几回。”于是鑫培告知管事人，往前台吹风：谭老板要排《战长沙》。

就在这个时节，长春找了票友老生张毓庭，唱了几天，专唱《失街亭》《洪洋洞》等戏，后台都说他不如李鑫甫，前台却说他这几出，比李鑫甫强得多。李鑫甫一怒，出京往外码头去了。李鑫甫活儿太宽，除武生戏不算，单说老生一面，已经是五花八门，无一不备，毓庭如何抵得住？长春便添了王凤卿，又约正旦姜妙香，跟凤卿唱对儿戏。

凤卿少年，跟崇富贵用过武功，翻觔斗，是最为有谱儿。搭福寿时，跟李鑫甫拴一出《磐河战》，因鑫甫的面目比自己苍老，便让鑫甫扮公孙瓒，凤卿却扮赵云。俞润仙的《飞叉阵》，凤卿来个马援，大刀双刀，见攒子，见荡子，足招呼一气。后来又给桂芬磕过头，算他门生，桂芬不搭班，凤卿便用汪派号召，他也是文武不挡，不在鑫甫以下，除唱以外，比桂芬可会的宽绰。

凤卿听得同庆班要排《战长沙》，他也会这一出，便跟老板说了，他也要唱这出老戏，于是长春也贴出“王凤卿战长沙择日开演”的报子，两边摩拳擦掌，谁不让谁。正是：

当场不让故人，举手不留情面。

倒是那专唱关公的三麻子，知道利害，自己的嗓子欠佳，这一出《战长沙》，容易败名，始终没唱，人家真有自知之明，知人之智。后来曾有人说：谭鑫培唱《战长沙》，虽没有十分唱好，却是要了几个刀花，吓走三麻子。真是无稽之谈，三麻子唱工不行，刀却会要，不是老谭吓得走的，只三麻子出京，恰在老谭唱完这一出以后，因此有这种谣言，不值一笑。

此话表过不提，且说这年八月，鑫培《战长沙》登场，刘春喜扮的黄忠，金秀山扮的魏延，沈全奎扮的韩玄，陈连贵扮的刘备，鲍吉祥扮的诸葛亮。这一天，倒第三中轴，是水仙花、王长林的《小放牛》，这是梆子班的玩艺，不唱梆子，只唱小曲，昔年十三旦、刘七最为出名，有些人因唱用笛子，说他是昆腔，太懵懂了。倒第二压轴，是王瑶卿、谭小培的《赶三关》，瑶卿带着宝剑，手指跨着马鞭，走了一个踢枪花，任甚么不碰，真有功夫。鑫培唱的大轴，他的身份、把子，果然应了他自己的话，拿起大刀，比汪桂芬好了十倍，脸虽比桂芬小，身躯却比桂芬高大，可惜没有桂芬那么一条云遮月的嗓子。凡他胜于桂芬的去处，后台看得出，前台不甚留意，他那不如桂芬的去处，人所同知。

他这一出，砸是没砸，却没压倒汪桂芬，并且鑫培素以巧腔取胜，这一出遵古炮制，干板垛字。关老爷是个诚实人物，一生不会取巧的，用兵还不尚巧诈，他老人家的戏，自然应当一句巧腔没有的。然而汪桂芬素来唱硬腔，前台听惯，到得鑫培，前台就另是一副耳朵了，倒有一半人说他这一出唱的最坏，也算浑到极处。正是：

路逢剑客须呈剑，不是诗人莫献诗。

当日还有一种别扭人，并不作兴汪桂芬，只旁人夸鑫培好，他就抬起桂芬，来压鑫培。假若你说桂芬高强，他又捧起鑫培来了。你若汪谭一齐夸赞，他必引出三胜、长庚，跟你抬杠。这路朋友到处都有，因此鑫培的这一出，更讨不出一个公道来了，但也不止这一出为然，凡好脚的戏，总有人摘毛的。正是：

无论好歹，总受讥评。

圣人不免，莫与相争。

一时说不尽众人心理，只这时节的墨香，看那动刀枪剑的戏，心里是一本明白账，不和小孩子一样，专瞧热闹。你道是何原由？只因墨香听了余玉琴之言，拿定主意要学刀马旦，恰好那个周芗蕖，认得张彩麟，墨香便托芗蕖给请了彩麟来，用起刀马旦的功夫，已有半年，学了好些把子，故此看这一路的玩艺，颇能晓得门道。

这日鑫培唱《战长沙》，墨香坐在台下，默记他和春喜是如何开打，台上王瑶卿站在上场门，也目不转睛，看他两个交手。若论墨香此刻未曾走票，原算看客，只已经是旦脚行的人了，鑫培也想不到，台上台下，竟有两个女脚色，研究他这关老爷。

鑫培登场，天已昏黑，那个年月，戏园是奉有官府禁令，不准继烛，幸亏楼上坐着许多旗下哥儿们，带有电灯，都用着了，四面照耀，只照得满台亮如白昼，戏中人须眉毕现。鑫培脸上遍抹胭脂，不使银朱勾脸，与三麻子不同，和汪桂芬一样，只他抹的比桂芬更淡。桂芬戴扎巾盔，加个青后兜，鑫培打扎巾，小额，绿后兜，都和三麻子脑袋上两样。三麻子戴的，叫做夫子盔，北京没有那一种盔头。何桂山曾笑三麻子，脑袋太花哨，不像圣人。鑫培虽不那么固执，却也往朴素一面打扮。

老爷是第三场见黄忠，老爷先上，桂芬是念一句“夺取长沙”，便二龙出水，与黄忠会阵，两人说翻了，一个合，两个合，就算完事。第四场，拖刀计，第六场，二次交战，俱是简单办法。

鑫培第三场，也是老爷先上，探子报黄忠挑战，老爷念“迎上前去”，二龙出水会阵，老爷在左，黄忠在右，对着脸冲到台口，用刀架住，与桂芬丝毫不差。两人对面冲出，越显得威风凛凛，你不信，若用黄忠先上，上来个钥匙头会阵，再上老爷，两人来个斜冲，就减了声势。墨香曾听李氏兄弟说，老路这一场，有先上黄忠的，却是向右转，老爷不走上场门，是由下场上，仍是二龙出水。凡走钥匙头的，就叫没准谱。两人说翻，鑫培不按通大路使刀削脸过，他改做老爷走里头，黄忠走外头，背靠背，回来时，也不削脸归本位，免去一过两过，却拖着刀，领黄忠一个小圆场，一磕，两边兵卒钻个烟筒，再照前领黄忠一个小圆场，对起大刀花，一磕，老爷往下场内角翻身，黄忠往上场外角翻身，老爷举刀亮高相，黄忠亮矮相，再对起大刀花，一磕，架住，先前是【急急风】锣鼓，此刻改了【乱锤】，先往外三绕，后再往里三绕，各三锣，起个“巴搭仓”，老爷用刀往外一推，又改锣鼓，黄忠奔上场外角，右手提刀，左手勒马，似蹲非蹲，亮个相，老爷两眼向黄忠一望，站个丁字步，青龙偃月刀向左胁一横，后把高擎，前把平端，也亮个相。前台看鑫培神气十足，虽然脸瘦身小，只那“威阔儒雅”四字，却揣摩得有些意思，不由得大家提起丹田气力，齐声叫好，比方才跑过来，走过去，白费气力，可差得多，那真叫没人承情。

鑫培先撤右足，后撤左足，向后一退，刀柄向里，刀头向外，翻身进了后台，春喜要一个大下场追下。这几下子，真琢磨得好，后来有那没准谱的，走起四门斗来，未免落俗，又只走半个，把老爷放在上场门了，不能先下，黄忠又不能勾老爷的走马腰锋，要是那么一勾，戏样可不大顺眼，闹得两人僵在台上，听说是那个黄忠出的主意，哼，真正该打。这是三十年后之事，谭刘都已死去，若不死时，也叫这蒙事的黄忠给活活气死。

后话慢表，还是说鑫培、春喜的把子要紧。第四场，拖刀计，老爷先在场上，黄忠追出，小漫头，一磕，老爷奔下场内角，黄忠奔上场外角，领个大圆场，斜过合，老爷奔上场内角，黄忠奔下场外角，横刀刺脖走过，老爷归中场，黄忠归上场，老爷打黄忠的腰锋，再翻身削黄忠的头，黄忠两脚站齐躲过。墨香暗想：黄忠的腿，若是一斜，靠旗一定歪了，这步法有理。只见两人向内两盖，黄忠的刀撇向下场外角，走抢背落马。这刀撇向下场，又有道理：老爷义释黄忠以后，黄忠若回上场找刀，可就笨了。

第六场，黄忠已蒙释放，又来挑战，先的几下子，跟三场相仿，兵卒先下，不钻烟筒，两人仍领一个小圆场，对起大刀花之后，不亮相了，背靠背，老爷站里边，黄忠站外边，用刀刃砍马头，刀杆扎马眼，对翻身，大刀花，起提柳，对翻身，捧印，再起提柳，黄忠归左，老爷归右，出刀，对翻身一兜，架住，两个人的刀，又绕上了，只先里后外，与第三场，小有不同。老爷用刀刃斜砍，黄忠横着刀杆一搪，后台的行话，叫“怕打鼻子”，再抓黄忠的头，黄忠败下，老爷追下。老爷是儒将，要不得大下场，凡那要大下场的，就叫做不懂老爷戏的规矩。这一出的武把子，就算没了，此外只是唱工、做工，归到文的上面去了。

鑫培第三场，初见黄忠时，唱的二六，不改快板，与桂芬从说到张飞，就往快里催的，不得一样，却是各尽其妙。鑫培武工根底甚厚，春喜也还不弱，打鼓人李得胜，两支鼓箭子，打了个严丝合缝。正是：

牡丹花儿虽好，还得绿叶扶持。

好花没有好叶，也没多大意思。

这一出，虽不是大武戏，只上下手是要用的，要知后台文行，例用龙套，羊毛话叫做“打旗儿的”，后台又呼为“手下”。若是武戏，便添四个黄虎头帽，名为“上手”，四个黑虎头帽，名为“下手”，这“下手”与“手下”，不得一样，两字一颠倒，是两行人。

《战长沙》，关公、韩玄各带龙套四名，黄忠带上手，魏延带下手，人用得不少，又添四名武行，扮了校刀手，也跟着关公，只照例关公的龙套，不拿标子，是用月华旗的。这一出，穿插紧严，气象威阔，墨香看了个满意而归。

不久凤卿也唱了，墨香却没去看。次年春天，凤卿湖广会馆堂会，又唱这一出，是他长春本班，墨香坐在正楼，却看了一个清楚。黄忠是李顺亭，魏延是黄三，韩玄是三路老生朱天祥，他乃出名昆旦朱莲芬之子，也算个好配脚，亚于沈全奎、李顺亭一等，刘备是张荣奎，诸葛亮是李春福。凤卿连马援都能唱的，武功自然有结实根底，他的刀法在桂芬以上，可惜没摸着捆羊的门道，虽然骨里有劲，外面光不甚惊人。他推开黄忠的刀，骑马式，举刀脸向里，就不如鑫培会斗前台叫好。他的路子，与鑫培不差甚么。顺亭落马抢背，是拿着刀翻的，只起的范儿比春喜矮些。如今墨香稍懂武戏，比在肉市看《阳平关》时不同，不再说怯话，暗想：王氏兄弟，不但瑶卿是一个天仙化人，凤老二又岂可厚非，不赖，真好。

当日戏散归家，墨香早把鑫培、凤卿两人的异同，牢牢记准，再也不忘。并搜得两班全出的戏词，黄魏归降，同庆一边，唱的是后台说的衣期辙，长春一边，是言前辙，本不一路，后台叫做“两道味儿”。不料日后，竟自有把两辙串着唱的，实是诌谱，后台叫做“诌七哥”，这也是个笑谈。

鑫培等虽不至于如此，只也有人不服，何桂山看见鑫培、桂芬唱这一出，便对同行人说道：“《战长沙》是不念引子的，老爷出台，就念四句诗，坐小座，不升帐，大锣打上，不发点。小叫天、汪大头全不对。我瞧大老板，瞧了七百多回了，叫他们别蒙事。”

沈全奎道：“何大哥说的虽不差，只现在的路子火炽，要按老派，嫌瘟一点儿。”

桂山道："得了，你别捧他们了，大老板又何曾不火炽呢。"全奎便不再言。

全奎正给绪贝子，即庄清逸，教这一出，宗法汪谭，不依桂山的话，桂山算是白说。那张荣奎，此刻虽尚扮刘备，待后三十年，他飞升起来，也唱了黄忠，并且前台十分恭维，他真算肯努力上进的。

过了些时，工部奉旨裁撤[1]，将一干司员，另分别部，墨香改入度支部漕仓司。同司有个顾七，也是戏迷，只他专看谭鑫培，一力在老生身上用功，与墨香宗旨微有不同罢了。两人也只在公所相见，私下没甚往来。墨香官兴本不甚浓，又见时势不甚佳妙，拿定主意，不去拼命做官，只来拼命学戏。原来文恪公一世在京，没做过封疆，家财甚少，幸亏墨香的叔父九老爷，替墨香打算，把文恪遗金二千，在上海做了个纸业买卖，墨香自己再卖些文章，也就敷衍着能够度日。

世家子弟多好无谓的虚荣，又从小被仆人老妈捧惯了，自己毫没才学，却个个自命不凡，看得万事容易，不纳忠言，刚愎自用。一不遂心，便走入下流，甘心自暴自弃，甚么卑鄙龌龊的行为，都做得出来。他们都喜欢倚赖旁人，又不愿居那倚赖之名。最可恶的，是专一吃里爬外，先得自己人，惟恐出一个好的，形容出本身不济，宁可拖累自己栽跟头，决不准骨肉稍微得志。他也不怕人笑祖宗没有家教，一味蛮缠，不可理喻。嘴里也会说些孝弟忠信，但遇着义利关头，总要见利忘义，占些小便宜，他才肯罢休。自己人有了好事，他纵没法破坏，也要当面说几句歹话，弄得你不但休出得意之言，而且莫带高兴之色，你道他利害不利害，十家倒有九家这般。那稍能读书作文，识得些微好歹的，又走向索隐行怪一路上去，不得中正之道。

墨香不至于十分卑污，却不免怪僻，虽然师父教训甚严，无奈墨香生的时世不好，不能按部就班，也就走不到先儒所说的圣域贤关去了。何况受瑶卿的传染太深，一心只想唱旦，不但学了刀马旦的玩艺，而且学了几出刺杀旦了。正是：

人心各自是，我是良在兹。

迴谢争名客，甘从君所嗤。

要知墨香何时方能真个登台唱旦，且看下文分解。

[1] 光绪三十二年九月二十一日上谕云："并入商部改为农工商部"。

第十八回 派戏起争端 观优生烦恼

话说墨香学会了十来出戏，再与人谈起此道，便要仰面朝天，带出骄傲意态，自称行家，动辄瞪着眼骂人，好似自盘古以来，只有自己深通戏曲，别人是不行的。偏墨香出入戏场，年深日久，耳目周偏一干人，能和墨香抬杠的太少，越发惯得墨香俯视一切。只亲友里边的几个老辈，敢于直言责备，因此墨香还有五分收敛，不敢一意的狂逞罢了。

这一年又过，俞振庭起了庆寿班，长春班挪了广德楼，庆寿班入了三庆园，那个票友贵俊卿，已经在玉成班下海，此刻转入庆寿班了。班中自他以外，老生有许荫棠，并新由外省回京的李鑫甫，正旦孙怡云，花旦路三宝，小生朱素云，花脸何九、关玉、李七，二路老生沈全奎、李六、陈福胜，二路旦脚韩雨田，人头儿也不错。同庆班添了贾洪林，拿着头路老生，改了二路，抵了全奎的关，叫他给鑫培配戏，自然格外精彩。

李鑫甫在庆寿班，也大唱关公戏，他嫌外江本粗糙，找墨香给他润色，墨香后来编撰戏本，这是试笔，虽然改正与创作不同，只用心却也没大分别，可以算是破题儿第一遭了。

一日，墨香到中和园看戏，见着一个三路老生，唤作鲍吉祥，是小生鲍老黑之子，他问道："您知道李老四大唱老爷么？"

墨香道："我每天在戏院里出进，而且满街戏报子，我焉得不知。"

吉祥道："老爷的正戏，北京只有《华容道》《战长沙》通大路，像《汉津口》，老爷也算旁边的，《斩华雄》就得说是失传，李四是哪里来的本子，莫非跟三麻子偷的，可词句又不一样，定有人给他改正。"墨香一笑而去。这正是：

但说三分话，休抛一片心。

那个梆、黄两下锅的玉成班，先在广德楼，此刻移往肉市广和楼内。这个时节，后孙公园安徽会馆，有个堂会，找林四爷做戏提调。林四爷定的同庆班，大家在林四爷宅中会议，要派鑫培、瑶卿的《汾河湾》，鑫培再带一出《战长沙》，瑶卿再带一出四本《雁门关》，杨延顺哭枕。

林四爷有个朋友陈十二便道："三出的唱都少，花上好些钱，耳朵不过瘾，未免太冤。"这陈十二，是四川人氏，久在历城，新近到京，他的耳音最好，听了不过二三十次鑫培，装了一肚子谭腔，他没嗓子，唱不出来，便拉了胡琴。那时鑫培的琴工，唤作梅雨田，乃已故名花旦梅巧玲之子，是北京第一把胡琴，称为"圣手"，陈十二便挣了个"赛雨田"的绰号。他和林四爷都负了个"懂戏"的盛名，凡他们说的话，谁也不敢驳回。若敢驳他一句，就算犯了众怒，都说这个人定是听戏的戾笨。

林四爷本不喜欢这三出，听了陈十二之言，越发要改，有人道："前者打磨厂福寿堂，有个祁宅堂会，唱了一出《战太平》，就是南方湘汉班的《太平厂》。这件事，是《明史》有的，不过朱文逊只被擒挨了刀，戏中要反衬花云的忠勇，形容得朱文逊太不成东西，也算一个冤案，好像唐朝人抬举张睢阳，压倒许远一般，可惜少个昌黎韩子，来作篇文章替他辩白。又有许瑗、王鼎，与花云同死，戏中无此两人，也和张、许双庙，不塑姚訚，《明史•周遇吉传》，并《虎口余生》传奇，不写老将王好智，事同一例。这出戏穿插甚紧，那一天的戏中脚色，是谭鑫培的花云，王瑶卿的二夫人孙氏，金秀山的陈友谅，朱素云的朱文逊，姜妙香的大夫人部氏，小花脸罗寿山，即罗百岁，扮的花安，唐玉喜扮的邹普胜，钱金福扮的陈友杰，真个整齐，我们也派这一出如何？"

林四爷道："这比《战长沙》《定军山》有点情节，又有两个青衣，合唱慢板二黄一段，似乎稍强，只老生没有三眼慢板。"

陈十二道："五十步笑百步，也没意思。"

有人道："此话也未尽然。侗厚斋将军，是登场票友，跟鑫培学老生、楞仙学小生、瘦云学旦，常川教习，一个姚增禄，一个钱金福，他的玩艺，可算六场通头，文武不挡，他也说鑫培的戏，《定军山》最好。"

此刻墨香在座，点头道："不错，《定军山》比《战太平》，只有难唱的地方，不比《战太平》软。"

陈十二道："厚斋有厚斋的偏处，何必执为定论。"

那人道："侗五爷又岂可厚非。"

林四爷道："厚斋博而不精，生旦净丑无一行不唱，也没一行甚佳，我看了他几回戏，觉着他没独到之处，我也佩服，也不佩服。"

那人道："四爷不佩服他则可，我是不配。"

林四爷道："你自然够不上。依我说来，看戏各走一工，各有各的眼光，今日的提调，又不是厚斋，我们爱派甚么，就只管去派，反正有我和陈十二先生，都不算十分劣蹶，我们派出的戏码，总比老当提调的朱伯勋、胡果臣在行。"

墨香听了，抿着嘴一笑，虽没说出甚么来，脸上已带不然之色，林四爷却没理会。

大家道："如此，四爷看鑫培、瑶卿该派他甚么？"

林四爷道："各家堂会，派鑫培的单边戏，总是《托兆碰碑》《失街亭》《洪洋洞》，跟瑶卿拴的戏，总是《御碑亭》《汾河湾》，嫌太热了，我已算是看腻，太不新鲜。他的《探母》，又不见佳，那是一出宽嗓子的戏，他太不对工，连'站立宫门叫小番'，都改了嘎调，这是杨月楼等没有的，虽也有人说好，究竟不合我的心思。我今番派他一出《奇冤报》，从'行路'唱到'公堂'，瑶卿派他一出《六月雪》，再给两人拴一出《跑坡》，列位看是如何？"

墨香道："不行。我虽与瑶卿不熟，却稍知他的事。他有两出戏不唱，一出是《二进宫》，一出《六月雪》。他在广德楼唱《二进宫》，闹了一个小别扭，在谢公祠唱《六月雪》，嗓子哑了，从此他不唱这两出的。"

林四爷道："他既不唱《六月雪》，给他派一出《玉堂春》。"

有人道："《跑坡》的唱是比《汾河湾》多，《汾河湾》快成玩笑戏了。这三出，四爷改得真高。"

又一人道："《战长沙》是亵渎圣帝的戏，本不应唱。苏州昆曲班子，所到之处，大净饮食比别人丰盛，因他是要扮圣帝的，此之谓'无礼之礼'，虽有敬神之意，不如不唱更妥。"林四爷笑了一笑，没说甚么。

陈十二道："若论老谭是个全材，没一样不好，唱工有人说只算余事，这话也通，只我们都是爱听唱的，自然以派唱工戏为妙，我们不派《战长沙》，与敬神无干。"

大家道："唱戏的卖的是唱，不听他唱两句，又听甚么。"林四爷点一点头。

墨香道："说到瑶卿的《六月雪》，我又想起来了，'探监'一场，老旦出监，有一个发楞的神气，女禁卒一个嘴巴，把旦脚由上场门打下，老旦随后也进上场门，都不走下场门的。瑶卿是这么唱法，与众不同。"大家未答。

少刻大家走了，林四爷对陈十二和墨香道："明天我在中和园包楼请客，你们二位早临。"

陈十二道："准来准来。"墨香也应了，便亦各自回去，天色已经不早。正是：

鼓角传更箭，清宵碧宇空。

落花风定后，啼鸟月明中。

一夜无话，次日，墨香到了中和园，进了门，到后台，先看了戏规，才往楼上，找着林四爷的官座，林四爷还没来，墨香看那楼上楼下，座位已经不少。武花脸许德义，是荫棠之子，正演《铁笼山》，虽及不得俞润仙，功夫也就甚好，丢刀攒，四套单刀枪，打八件儿，都十分的卖力气。底下是刘春喜的《十道本》，这虽是说做老生的玩艺，不是他靠背正工，只春喜嘴里讲究，尖团分明，虽然压不下周长山、吴连奎一干老伶，只比那刘景然，可强多了。这一出完，便是水仙花、德珺如的《得意缘》，只听得隔座客人道：“珺如的姑娘，给了谭小培，他和谭家，是至亲了。”

《得意缘》正在“教镖”，林四爷同着陈十二、周芗蕖、彭晓峰，还有一个天津王君直，一齐来到。

林四爷道：“这个戏班，不贴报子，不知今天是甚么戏？”

墨香道：“我到后台看过戏规，瑶卿的《探窑》，鑫培的《连环套》。”

那王君直跌足道：“怎么老谭唱起这种戏来了？今天来的不值，不值。”

林四爷道：“你是清音桌上的谭鑫培，你唱的跟鑫培一丝不错，可算知老谭最深，你说不值，我也觉得不值，只瑶卿这一出，倒听得过的。”

《得意缘》下去，周春奎唱了一出《战樊城》。别人子胥得凶信一场，还是纱帽开氅，待要起兵，家将在场上备马，子胥到后台赶靠。春奎这一场将上，便披蟒扎靠，戴一顶帅盔，家将用不着备马。后头武城黑回马鞭，却添出打盔。

林四爷道：“春奎是一条宽嗓子，唱王帽对工，这是长庚一派的玩艺，他唱来很不合式，似乎还不如那个王凤卿。”

墨香道：“春奎不通大路，您可曾留心？”

林四爷道：“倒没留心去看。”

墨香说了，林四爷道：“不错，你看得不差，你总算有一点意思，可以学着听戏的，我请你来不冤。”

说话间，《探窑》的老旦已上了台，林四爷道：“原来是谢宝云。”回头向陈十二道：“宝云是老生改造，上台只卖一句，有个‘谢一句’的外号。请问十二爷，那个先在四喜，今搭玉成，老旦龚云甫，颇有叫座能力，好些人赞不容口，声价远在宝云以上，真有时一出《滑油山》，能唱大轴子，阁下看他比宝云如何？”

陈十二道：“小龚只能捆羊，满嘴京腔大字，他是玉器行出身，不是干这个的。论起真的来，还不及无名罗福山，小名罗庚儿，玩艺地道，焉能比得谢搭拉。”

林四爷道：“高哇！十二爷真懂行，这宗见解，除了我们二三知己，只怕别人都不以为然的。罗庚儿是罗百岁的兄弟，总算稳当。还有个老旦全子，道行也比云甫强。”

墨香道：“全子是荣中堂乳母之子，如今死了。”

须臾瑶卿扮了王三姐，走了出来，满园彩声如雷，芗蕖道：“我看戏虽然不多，这一出《探窑》是见过的，怎么今天我看这王瑶卿老板的打扮，扮相与别人不同。”

林四爷道：“也不见得两样。”

陈十二道：“我也看着有些岔眼，只他也是青衣白裙，他的歧异地方，好像是头上矮一点儿，只我一时看不出来是怎么矮的。”

墨香道：“别人挽观音斗，插抱头莲，瑶卿披着一缕散发，从髻上垂下，这就是他与众不同之处。他不挽观音斗，也不插抱头莲，因此头上矮一点儿。”

林四爷道：“这比方才研究《战樊城》，更加细致，我竟不知，你看戏能如此留心，瑶卿分别的清楚，你看的也太不含糊，你真有一套。你说的观音斗、抱头莲，我今天才晓得这宗名词。昨天你说瑶卿《六月雪》是由上场门下，我已觉你有些道理，今天越显出你的长处来了。”

墨香道：“《六月雪》的旦脚，头上一条蓝布，短箍，用绸也可，却不用大方蓝帕扎在额上，为的是与《玉堂春》不同。况且是穿青衣时如此，待换了罪衣罪裤，便把布箍去掉，头发蓬松，比《玉堂春》凄惨得多。本来《玉堂春》只是察院审问，窦瑞云绑赴市曹，就要挨刀，情形是瑞云苦些。现在伶人对于此等处，往往忽略，扮成一道汤，瑶卿可分别十分清楚，决不雷同的。”

芗蕖道：“你原来另有你的本领，我竟不知，几乎交臂失一人材，从此以后，我要聘你做一个听戏顾问。”墨香听了，早带出得意之色，看着芗蕖发笑。

不大一会儿，台上《探窑》唱完，《连环套》没等鑫培露面，金秀山正唱《盗御马》，林四爷便拉众人去吃福兴居，墨香又到后台，问了管事人小生冯惠林，探知明天的戏码，才赶到福兴居来。

这是京中“四大名居”之一，与广和居、东兴居、万福居，都是上好酒肆，真个是：

泛蚁开陈酿，呼鱼佐晚餐。

大家入座，林四爷还抱怨今天鑫培的戏太软，墨香道：“今天头本，演到黄天霸见彭鹏为止，鑫培是没甚么，明天二本，倒是可看，并且还有瑶卿的《银空山》带《大登殿》，也是一出好戏。”

林四爷道：“二本《连环套》也不见奇，《银空山》瑶卿扮公主，打多唱少，似还不如《探窑》。”

墨香道：“鑫培的《连环套》，不算很软。”

林四爷道：“那一出，文不文，武不武，实在没劲。”

墨香道：“这一出的难唱，正在此处，文的不多，得会念话白，武的不多，拿起刀来，得是样儿。”

林四爷道：“我只讲究听唱，连《打棍出箱》，我都嫌唱少，不必说《连环套》了。”墨香没有答言，只是摇着头冷笑。

跑堂儿的摆上酒菜，大家吃起活儿来，林四爷道：“去年老谭唱过《战长沙》以后，打磨厂福寿堂，办了两回义务戏[1]，第一次，桂芬唱的《洪洋洞》，还是卖力气的玩艺，我有事没去。第二次，竟和楞仙大唱《群英会》，归了包堆，没几句唱，我更不去了。听得《洪洋洞》的那一天，有个票友，大唱《取金陵》的武旦，可是有的？”

陈十二道：“我没到京，不知其详。”彭晓峰道：“不错，是有这么一个人。”

墨香扬着脸笑道：“那日我在座，这个人叫做张元善，是个酒铺的少掌柜，扮相很好。开打的时候，先见汤和、邓愈，把二人打败，耍个大下场，追了下去。他这边女将和明朝将官开一荡，然后武旦单上开出手，用的老例，不是一见汤和、邓愈，就丢起家伙来，而且功夫也瞧得过，只前台看不出来的，可就太多了。”

林四爷道：“你看武戏，倒像行家。”

芗蕖笑道：“老姻丈不知，他正学刀马旦，焉能不在行。”

林四爷道：“你也会《取金陵》么？”

墨香道：“不会。因这一出，虽然原是刀马旦的活儿，现归武旦，我不学了，我学的是《湘江会》《杀四门》《竹林记》《穆柯寨》一路玩艺。”

林四爷大喜，拉着手道：“我们这一帮里，就少一个明白武戏的，我说一句实话，我不爱靠背戏，实是我不懂，陈十二先生和君直，也犯此病，故此我们遇着唱少的戏，总觉不过瘾。”

墨香道：“我听唱可劣蹶，四爷不要奖赏。”

林四爷道：“我也知你唱工没研究，我才说你外行，今日才知你有你的一门，不过我总觉戏是唱词多的好，别的我不敢打倒，却也决不能改了我的脾气，去崇拜那唱以外的技艺，咱们各走一条道路，未为不可。”正是：

离之双美，合之两伤。
各从所好，两不相妨。

当夜各散，次日墨香又去看了《银空山》，那瑶卿见着高思继的一场，两人一过两过，向里一盖，向外一盖，对面拉开，旦脚起唱，不靠着膀子亮神。墨香暗想有理：这位公主，心无私欲，光明正大，与《穆柯寨》的穆小姐不同，那膀子是靠不得的。这一出完，顺带看了二本《连环套》。

过不几天，安徽会馆堂会唱毕，林四爷回来，只气得面目改色，拍着桌子道：“小叫天竟托有病，《奇冤报》只唱‘讨盆’，瑶卿的《玉堂春》，出台摇板，就跟我唱的两样，后边才唱几句慢板，就改了原板，尺寸太快。我是听余紫云听会的，敢说是地道玩艺，北京听《玉堂春》的人，恐怕没有人能跟我比赛的，就是唱《玉堂春》的，只怕十人有九，也

[1] 田际云发起为直顺水灾募集赈款，于光绪三十三年七月廿六、廿八日、三十日举办三场义务夜戏，汪桂芬参加两场，廿六日汪桂芬系演唱《让成都》，廿八日与王楞仙、罗寿山、金秀山、王雨田等合演《群英会》代打盖。

不是我的对手。这位好脚王瑶卿的这一出，我可不能捧。等我在旦脚队里，挑一个有材料的，把我胸中所学，仔细传授给他，叫他唱一回，给瑶卿听一听，也叫瑶卿晓得座上客大有人在。他别自倚是个好脚，他那不好的地方，旁人不知，却瞒不得姓林的，只是他的名望太盛，要找一个能够学会我的腔儿味儿，便压他一头的，也很不容易。若用错了人，不必说被他打败，即跟他摔个平跤，我都觉着不上算。瑶卿陪老谭唱《硃砂痣》，不过是配脚，竟有刘寿芙那一路的座客，带着电灯入戏馆子。倘若上的稍晚，馆子里发黑，即打开电灯，专射瑶卿。老谭见电光从身后而来，挪开椅子，故意放那电光照在瑶卿的脸上。一日瑶卿告假，换了张凤云，前台大叫倒好，凤云气得吐血而亡。现在的旦脚，都不是瑶卿的敌手，况且自古用人最难，诸葛亮老先生那么谨慎，还错用了一个马幼常，山上扎营，失守街亭。今番要和瑶卿招架，真得仔细，《失街亭》有话，‘今逢大敌，非比寻常’，我倒得费一点心机。”想到此处，数日闷闷不乐。正是：

出门俱有碍，谁谓天地宽。

林四爷是福建世家，他的先人是位太史公，曾做同治皇帝的师傅，放过江苏学政，已故礼部尚书李芝龄先生宗昉，崇祀乡贤，就是林老先生奏请。那位李尚书是山阳人氏，嘉庆壬戌探花，道光朝，官至正卿，要算一代的名臣，又讲理学，又工文章。他做贵州学政，作过一部《黔记》，叙那黔中的风土甚详。抚台要奏请丈量，他道这是昔年学政邹一桂上过的条陈，实则黔中并无隐匿之田，经言官包祚永驳过的，方把此事按下。他在江西，严禁溺女陋习，全活多少性命，生平的好处，一时也说不尽。因是告病回家，在籍病逝，没有终于任所，未邀易名之典，已经是士林中一个大缺憾，不知李次青《先正事略》，怎么会把他遗漏了，闹得一般学者更是叹息，经林学政一番表扬，众望咸服。如今林老先生殁已多年，四爷的几位兄长，都是仕途里有些名望的干员，只四爷不喜做官，专心看戏。他家厨子，做得极好的福建菜，四爷这日吩咐厨下整备酒肴，发出帖子，请陈十二、王君直、彭晓峰、周芗蕖，还有个吴江沈七，是故相沈文定公的侄孙，保定丁九，是四爷的徒弟，只他学的不是诗云子曰，正是西皮二黄，加上墨香，都在林宅便饭。墨香幼年到过福州，很爱吃福州菜的，便兴高采烈的来了。那些客人陆续到齐，杨韵芳也跟着进来。四爷吩咐摆筵，让大家入座。正是：

鸡已操刀割，鱼还溉釜烹。

大家吃着菜，谈起上次鑫培的《连环套》来，说到施公，林四爷道：“施漕督有部《南堂集》，我记得其中《壮心》一首云：

壮心不自抑，屡向五更愁。
岁暮公孙被，天寒季子裘。
关山多雨雪，江海少归舟。

昧爽披衣起，钟声在寺楼。

"施公的为人，也算风雅，不是俗吏，只黄天霸一事，实没来历，不知怎么捏造出来。最可笑的，宣化总兵黄懋澄，是海澄公的正支，一般俗人，硬派他是黄天霸的本家，倒也可笑得很。"

韵芳道："您说到黄天霸，我想起俞家来了。俞振庭买了西珠市口天和馆，改为文明园[1]，他的庆寿班，挪进去了，并且呈报官府，准卖女客，从此太太小姐容易有戏听，不必专等堂会。我搭了他的班，第一天，派了个《长阪坡》，我说不会，改了《女斩子》，我又不会，再改《戏妻》，或是《牧羊卷》，我都不会，管事人袁子明说韵芳不是干这个的，把我搁下了，我现在搭了田八的玉成班。田八起了一个科班，叫做小吉祥，在鲜鱼口天乐园演唱，架梁老生陈葵香，也是小孩，是绚春姜丽云老板的徒弟，原是小花脸，专跟他师兄弟诸茹香唱玩笑戏，搭过长春班，现在改了正工老生，跟贾丽川先生学戏，是外搭班的，不是科班徒弟，人缘很好。他这班子，是两下锅，您猜梆子头等旦脚是谁？说起来，可真奇怪，是古来没有的笑话儿，也不是他本班徒弟，却是我们二黄班好脚的门徒，并且是老先生的后人。他是从前三庆班罗七先生的小儿子，他哥哥春友，现在同庆班，当武行头，两代武生，他可是旦脚，他叫小宝，提起他的师父大名，人所同晓，不是梆子班的十三旦、灵芝草，却是同庆出名青衫子王瑶卿，您说奇也不奇。"

说话间，大家都已吃饱，福建人请客，例不备饭，只预备各样肴馔，如红糟鱼、红糟肉之类，点心有葛粉包、葛粉糕、肉燕，都很精致。林四爷用京里老例，格外给盛了饭来，大家已吃不下，都要了粥，喝过下席。

沈七道："方才说那黄天霸，我想起我家有位祖宗，单讳一个'汉'字，明朝做到太常寺正卿，因《清明上河图》，得罪严嵩，现在《一捧雪》，就演的此事，倒比黄天霸有根。"

墨香道："戏不尽假，王三公子也有可考的。"

林四爷听了王三公子的名儿，忽的想起一事，拍着磕膝道："此事正可用这个人，何必远求。"正是：

踏破铁鞋无觅处，得来全不费功夫。

不知何人何事，且待林四爷说出，便知分晓。

[1] 光绪三十三年正月十六日动工，八月完工，九月开台。

第十九回 伶人哭旧君 歌馆演佳剧

话说林四爷心中的事，正是那出《玉堂春》，意中的人，正是这个杨韵芳。便把此话对他说了，要他替自己传余紫云的道行，跟瑶卿见个高下，韵芳一口应诺。

墨香正要开言，早听得那彭晓峰道："且慢，瑶卿的好歹，先丢在一边，林四叔的这一出，我是知道的，只能叫真正行家夸好，不是普通人所能懂得，究竟听戏的，是普通人多，四叔倒要慎重。"

林四爷道："京师听戏的，有一大半晓得我的本事，若知是我传授，自然有人来捧，一定压倒瑶卿，你倒不必多虑。"

韵芳道："慢说还有四爷在里头，只我也能胜得过瑶卿。"

陈十二道："此事还有个小问题，只我已有了解决。"

林四爷道："不知有何疑问？你又何策以解之？"

陈十二道："四爷掉起文来了，这'何策以解之'五字，是古文句法，四爷是行家，一定明白这出《玉堂春》，旦脚以外，拉胡琴的最吃重，非梅雨田不可。只雨田现傍着瑶卿，每天夜间，拉着瑶卿逛小班，是瑶卿一党，要是叫他给韵芳拉这一出，他未必来。依我之见，四爷不必嚷出是跟瑶卿打架，方为上策。京里拉胡琴的，除了我，就是雨田，那个孙佐臣虽好，总差一萝葡皮儿，我是外界，不能上台做活，撩下雨田，凡四爷这一路腔儿，怕没有人接得住。"

林四爷道："不妨，雨田见了我，也很恭顺，我自己跟他去说，谅无不依。"

韵芳道："说到梅家，那雨田的兄弟二琐早死，有个儿子很小。"

晓峰道："这孩子是甲午年生人，是属马的，杨小楼在给孤寺立工房，跟沈全奎学文戏，这孩子才五六岁，小楼抱他到工房去过的。"

韵芳道："这娃娃现在学青衫子，跟吴菱仙用功。这孩子天生小嗓，长得活脱是个小姑娘，周身柔媚得很，取名叫做兰芳，还没正式出台，将来未见得比我强，只一，能跟瑶卿去捧平跤，碰巧在他以上的。”

林四爷道：“巧玲积了一辈子的德，二琐搭过小丹桂，重排《富贵全》，二琐的晏二姑，许荫棠的黄道周，黄三的金钩李胡子，朱素云的朱大典，沈全奎的陈新甲，吴连奎的吕仙，朱四十的聂隐娘，众星捧月，也没把二琐捧起来，入了同春，就成了二路脚。二琐人也忠厚，他梅家的后人应该发旺，或者应在这孩子头上。”

王君直道：“可惜是个衫子，无论如何，总被老生压一头。”

彭晓峰道：“老生后起之秀，我意中也有一人，就是余紫云之子，叫做小云，号叫叔岩，排行第三，今年不过十七八岁，在天津、河南都唱过。紫云死后，他回了京，变了嗓子，将来嗓子要能复原，必不在李鑫甫以下。”

君直道：“若只能抵个李鑫甫，也算不得甚么人材，何必提他。”

陈十二道：“人就怕不用功，若是肯用功时，没有学不成的技艺。梅雨田将在四喜拉胡琴，天天出错，唱戏的人，拿他起誓，说要做了亏心事，上台遇见梅雨田。没想到，如今北京拉胡琴的，他成了好手，坐了第一把交椅，而且能吹笛子，真不含糊。我虽吹笛子比他差一点，只说到胡琴，似乎我更高些，不过我是外行，只能让他在梨园称尊。”

墨香道：“要跟瑶卿较量，怕不容易，晓峰之言不差。”

林四爷道：“胜固欣然，败亦可喜，这又何妨？”

说了半晌，大家各散，从次日起，韵芳跟着林四爷习学《玉堂春》。正是：

看他票友教伶工，直似僧徒师居士。

林四爷这里给韵芳教戏，一日教完，说起《刺汤》来，早有人问道：“明人记载，都说王忬因《清明上河图》，被严嵩所害，怎么沈老七说是他家的事？”

林四爷道：“此图现在沈家，恐明人笔记不无讹错。考之《明史》，当日沈汉实是太常寺正卿，明末李玄玉，大约已认为是沈汉，不然他那《一捧雪》传奇，何以必写莫怀古是太常呢？”

又有人道：“《一捧雪》是真事，蓟州还有莫成的坟，何必拉扯沈汉、王忬？”

林四爷道：“万苋生到过蓟州，那莫成的坟是个和尚骨塔，信不得的，莫怀古实是假名。”那人冷笑不信，还作些怪相。

待他去后，林四爷叹道：“俗人之俗，竟至如此。”

过了半个月，那韵芳的《玉堂春》已经熟悉，林四爷找了梅雨田来，叫他拉着胡琴，命韵芳唱了一遍，雨田道：“四爷的腔儿，好是好到一百分了，字眼也讲究，只尺寸太往后搬，若唱单段，倒是使得，搁在场上去用怕瘟，我看似乎得催着点，才能合式。”

林四爷道：“唱本听个款式，催了可没意思。”雨田笑了笑，无言而去。

又过数日，林四爷托人找了玉成管事人，烦他派韵芳的这一出，照例付了烦戏钱一百吊，依林四爷主意，要派韵芳大轴。玉成管事人，一个是段友明，一个是李玉柱。那段友明是外行出身，这个人最难说话，绰号人称“段要命”，一定不答应，派了倒第四，放在中轴子之前。林四爷托雨田来帮韵芳一天忙，雨田问是何时，四爷说了，雨田道：“哎呀，那一天大内有差使，我来不了。”林四爷忙找人向玉成管事人去商量改期，又是段友明不依，林四爷好生有气，只好由韵芳自己去找拉胡琴的。

到得那一天，林四爷拉了这一干戏友，同往肉市广和楼，去捧韵芳。偏值墨香闻得昆中堂病故[1]，到昆宅忙白事去了，不曾前往，究竟韵芳唱的如何，是否压倒瑶卿，墨香不得而知。虽然日后有人说那出《玉堂春》，正与三庆园庆寿班李鑫甫的《火烧战船》带“挡曹”撞上了，三庆园卖了一个严上严，广和楼只三百多人，不够半堂座，却是林四爷等，都没向墨香细谈，墨香不敢轻信传闻，据为实录。

那韵芳的鱼枷银锁、罪衣罪裤，都是林四爷出钱替办，老生衡乐亭扮的刘秉义，唱完向人道：“姜妙香这一出，尺寸就慢，吴连奎叫他‘姜八刻’，不想杨疯子比妙香又慢了好些，每句慢三分，检直是‘杨十二刻’，可受不了。”一班人对于这一出，褒贬不一，墨香耳中听的，可是真不少，究竟谁是谁非，不能武断，只好存个疑案。

不久玉成报散，广和楼是奉天财主牛子厚，和四喜老生叶春善，新起的喜连成科班占了，与小吉祥成了对峙的形势，正阳门以东，成了小孩子世界。喜连成也用外搭班的，那梅兰芳便在这个班内登场，还有四喜武旦贯紫林之子大元，是个小老生，也是跟贾丽川学戏，搭入演唱，文戏比小吉祥的葵香会的多，武戏更是玲珑。这一生一旦，居然是喜连成的两个好脚色。还有个花脸，人缘更好，一出《进宫》，总是花脸占上风，到得后来兰芳成名，大元不失是个好脚，这花脸却打入零碎中去了。

此刻陆华云身死，长春归了一个外行人李雨臣[2]管理，改为承平科班，入了文明园[3]，也约外搭班的，并且与长春一例，加上些老脚色，不专约小孩。他约的架梁老生唤作刘鸿升，本是唱花脸的，他搭过三庆，却不是程长庚、杨月楼的原班，是月楼死后，三庆旧人，凑的那个重兴三庆。鸿升是常二庄之徒，头一天，唱《天水关》，是刘春喜的诸葛亮，叫鸿升没费事，就给啃趴下了。老板曹心泉问：“这花脸挣多少钱？”答言：“只挣二十枚。”心泉道：“太少了。”给了他四十枚。不久报散，鸿升才搭别班，四喜、玉成，他都搭过。如今改了生脚，一条嗓子十分响亮，孙菊仙南下未回，汪桂芬已经病亡，要听能嚷的，要算鸿升第一。

庆寿班移入大栅栏广德楼。又过了些时，皇太后、皇帝同时出了大事，奉官谕，各戏园

[1] 光绪三十三年三月二十六日上谕云：“加恩追赠太子少保衔，入祀贤良祠，照大学士例赐恤。”

[2] 外馆李毓臣，文明园股东。

[3] 光绪三十四年四月十八日亮台，时刘鸿升由沪新回，正式改工老生。

都停了锣。新皇帝即位，宫中召僧念经，内廷有差使的伶人，也在西珠市口天寿堂，找了和尚，立起太后并先帝神位，诵起经来。

就有几位跪在神位面前，放声大哭，还有人嚷道："圣上哦我主，太后哦娘娘，微臣在这厢哭你，不知娘娘与万岁，可曾听见，可曾晓得，你是怎的不言，你是怎的不语，哎呀，我那难得见的国太与皇爷呀。我哭哇，哭一声龙国太，我叫哇，叫一声万岁爷，我的万岁爷呀。哎，万岁呀万岁，想万岁一生能够打鼓，造下光绪牌子，流传不折，到如今牌子在来人不在，怎不叫微臣痛伤怀，怎的不痛杀小臣也。"

梅雨田跪在那里，听着好生扎耳，又不能拦，又不敢笑。回头看时，有一两人也在那里摇头叹气，便知这一两人也听不下去。雨田出来，恰遇几个外行人，便把这些事说了一遍，外行人也忍不住长叹。

展眼百日，开了说白清唱[1]，却都是些二路脚色，没一个头等架梁人物，鑫培、瑶卿都没有露。不到一年，仍准挂衣装扮，好角方肯上台，各戏园的买卖，比前更盛。只那二三路的脚色，准其一人，搭两三个戏班，是由这个时节起的。

那个杨小楼久搭宝胜和，他脸膛白，身量高，嗓子响，已成了京中第一武生，果应了昆相侄儿霖老大当年的话了。小楼在内廷当差，也极蒙上头赏识。小楼是老谭义子，又和瑶卿是结义兄弟，于是由瑶卿出头，拉他搭入了同庆班，与鑫培、瑶卿同在一处。一个班内，三个头等人材，也真不容易。

鑫培与小楼同唱《八大锤》，有些老头儿们道："徐小香在三庆班，唱这一出，鑫培就来过王佐，杨月楼虽是架梁老生，只来一个岳帅。如今小楼竟扮上陆文龙了，总算跨了月楼的灶。"

唱了半年，小楼因事出了同庆，只鑫培与瑶卿都是前台最重的脚色，少了一个小楼，倒还主持得住。一日，鑫培、瑶卿商量戏码，想唱《斩子》，鑫培道："咱这个班里，每次唱这一出，总从《穆柯寨》起，可是唱过'烧山'，就接上'斩子'了，似乎不贯气，咱们得想法子。"

瑶卿道："当中原有'宗保招亲'一段，只编的太坏，杨家杀了穆天王，桂英可去嫁仇人，太没人心，故此不唱，咱们可以改一本的。"鑫培应诺。

瑶卿回去，一夜功夫，改了一本《枪挑穆天王》。次日拿来，给鑫培看，鑫培大喜道："穆天王不死，太合天理人情，你真聪明。"

于是挑选配脚，排练起来，恰遇鑫培患病，瑶卿演了四天《梅玉配》，座很踊跃，却一个戏份没有拿着。待鑫培病好，便把《穆柯寨》《枪挑穆天王》带"斩子"，派将出去。时

[1] 宣统元年二月二十一日起，由三庆园、燕喜堂两家先行开演，宣统三年正月十六释服。

值隆冬，瑞雪纷纭，怎见得，好大雪：

貂帽狐裘气不温，银装世界玉乾坤。

若还下到三更后，料得千山不见痕。

虽然雪大天寒，中和园仍与《梅玉配》一般，又卖了一个满，只是瑶卿仍是不名一钱。瑶卿心中不快，便与俞振庭，往广德楼，创办夜戏[1]，同庆从此报散，鑫培以后，只给人帮忙演唱，自己不弄戏班了[2]。

这个时间，墨香移居教场三条胡同路东，万太史放了河南归德府知府[3]，出京去了，墨香越发撒开手，预备登台，只是没有机会，勉强忍住，每日为了此事，不免着急。

城里修了东安市场，内有丹桂、吉祥各园，余玉琴占了丹桂，约了瑶卿，重排《五彩舆》。瑶卿扮了冯莲芳，贾洪林扮了海瑞，路三宝扮了鄢夫人，其余脚色，也都不错[4]。这是四喜班的老戏，那四喜演唱时节，是宋万泰的顾慥，此刻是赵宝琳，四喜是董夔龙的戚继光，此刻换了凤卿。玉琴扮戚夫人周氏，彩麟扮女寇徐摩云，连游击宗礼，没甚要紧，四喜只派扫边脚色，如冯金寿一流，如今都派了出名武老生瑞德宝。摩云之父徐海，四喜是叶中定、金秀山都来过的，此刻派了德宝的师父、二花脸李连仲。这个人又名黑熊，打下手出身，翻觔斗很出名，大路“夹关”的范儿很矮，他能“夹关”上桌子，改矮为高，也算不易。后改架子花脸，喜欢开搅，人都叫他“连哄”，也算当日好手。

有个新进花脸郝寿臣，极力摹仿黄三，比从前四喜的“假黄三”麻穆子，强得太多，派了他一个胡宁。从前四喜就不派麻穆子的胡宁，不信，你敢派他上去，他就敢留一点古迹儿，只此一端，便知寿臣在麻穆子以上。前台单有一路看客，说到老脚，都是好的，也是一偏之见。一样的“假黄三”，却是积薪之势，后来居上了，这种见解，可以不攻自破的。老生张文斌，新拜在罗百岁门下，已改小花脸了，派了他一个赵文华，带扮赵面糊，这在四喜，都是百岁的活儿。末本有个林润，虽止读一篇圣旨，却是全剧的结果，在他一人的嘴里，非派个好手不可。沈全奎资深格老，话白响亮，素云对管事人屈来福道：“这林润一脚，派了沈三先生罢。”来福应了。

《五彩舆》通是十六本，要唱十六天，唱到十一本上，来福才钞下林润的单头，圈了句子，送与全奎。全奎照他圈的念时，四字一句，越念越糊涂。全奎先在广和楼后台，虽与墨香过话，不算真正认识，直待后来，才渐渐往来，成了最熟识的朋友，交情甚密。墨香常问他后台一切，他也问墨香文字的疑义。今番遇着这个疑团，忙拿着本子来找墨香。

[1] 宣统二年九月初一日起演。

[2] 宣统三年正月，谭鑫培再组同庆，杨小楼搭班演出，七月小楼退出，八月同庆班报散。

[3] 宣统元年七月二十九日，内阁奉上谕，着万本端补绶。

[4] 宣统元年九月十五日起演。

给他仔细一看，哈哈，原来是一篇四六，都四字一圈，算砸到家了。墨香摇头一笑道："这可是阴人。"于是取笔更正过来，全奎再念，便能上口，向墨香作谢而去。正是：

事各有所司，人皆有不知。

良平与韩信，俱有不能时。

贾洪林扮那海瑞，不知比王九龄、景四宝如何，大约胜过孙菊仙。瑶卿的冯莲芳，只怕梅巧玲、杨桂云也未必压得下他去。但那些老脚，有墨香没见过的，有虽然小时见过，尚不懂得戏中甘苦，不晓得人家好歹的，不敢妄下断语，评论今人与昔人，究竟谁强谁弱。只路三宝与余紫云，各成一派，各有好处，墨香倒敢凭着胸臆，硬给他断定。

这一出，有冯莲芳、王汝贤"水战"一场，武花脸刘顺奎，扮的王汝贤，这个人年轻力壮，虽不及范福太之子宝亭肚子宽，手里可不弱，幸亏瑶卿幼年，跟着崇富贵用过武功，后来又常跟钱金福打把子，气力虽弱，手里脚下都不戾笨，强勉敌得住。

《无双谱》有冼夫人的画像，瑶卿看了高兴，出了个新花样，制了一顶女夫子盔，身上披的玻璃肚子，"水战"的冯莲芳，居然画中冼夫人了。后台说他学的关公打扮，女人不该如此，是没看过《无双谱》。

四喜唱这一出的时候，多半只唱一小半，轻易唱不完，今番却足唱了十六天，一段也不剩，连许多老看客，都算开了一个眼。自迟韵卿重排《德政芳》以后，戏班里面，久已无此举动，瑶卿对于这一本老戏，不为无功。总计一出《五彩舆》，除了扮鄢懋卿的小花脸陆金桂，人称陆大肚，扮汪鋐的花脸徐立棠，是四喜旧人，此外都是新的。并且此刻二三路的脚色，可以随便折用，决没人下传单，说"某乙某丙与本班首尾不清，不许在别班登台"，掀翻搭班如投胎的老例。《五彩舆》要用哪一个，便找那一个来，不受限制，开了排戏未有的风气，都是朱素云的主张。他在这一出里，只扮个冯三元，算是歇工。

《五彩舆》天天卖满，只因嚼裹儿，被素云放的太大，众零碎脚色，颇沾实惠，好脚没甚敷余。凤卿在这园子里，唱过多次《战长沙》，春喜、顺亭、德宝都来过黄忠。从前黄忠、魏延是双起霸上，春喜给改了披蟒站门，顺亭、德宝觉着大方，而且省事，便也照办。从此这《战长沙》有二将披蟒的一派，是由他三人兴的。后来高庆奎也走这一工，贯大元才又起霸了。只这一出，起半个霸就行，因是文戏之故，若起整霸，倒不合局，不但像大武戏，而且失了老将黄汉升的身份，反减了戏的成色，演者倒要留意。

这年冬间，瑶卿排了四本《庚娘》[1]，是《聊斋志异》故事，演到庚娘杀贼报仇，瑶卿披头散发，洗去脂粉，做得十分真切，看客无不赞美，足见那主张旦脚不可毁妆，扮那《审头刺汤》，满头红花绿叶，也是偏见。穿青衣、系腰裙，少戴花为妥。正是：

[1] 宣统元年十一月初一日白天演出。

脱身壮穆终归汉，奋志荆卿竟报秦。

美彼庚娘人品洁，王郎亦自善传神。

这日大风，飞沙走石，仍卖了满座。后来瑶卿把这本《庚娘》，给了荀慧生，第一次演唱，也是在东安市场，也是大风，也卖了满座儿，也算奇事。

此话表过不题，且说瑶卿唱完《庚娘》以后，展眼又到明年，瑶卿入了文明园，排了八本《儿女英雄传》[1]。瑶卿扮十三妹，那扮张金凤的，唤作王蕙芳，是武生王槐卿之子。他本身习的花旦，张金凤自郑盼仙以来，都是青衣，这是第一次由花旦扮演。安学海是贾洪林，安公子是素云，华忠是凤卿，只赵宝琳的赛西施，李顺亭的纪大将军，还是二十年前小荣椿的旧人。邓振彪荣椿是钱宝峰，同春先是穆凤山，后是冯玉丰，都已死了，福寿是润仙，虽然未死，久不登场，换了李连仲。黑风僧以前各班都是范福太，如今是连仲兼演。连唱八天，墨香都去看了，想起从前财盛馆、昆中堂宅一切情形，不觉有今昔之感。就在这一年，瑶卿排了《福寿镜》[2]，他扮的义婢寿春，怎见得他的好处，有诗为证：

娇花娇在早春时，风是轻纨雨是丝。

不爱无情玉瓻插，单教云鬓一枝枝。

瑶卿这里正唱得热闹，那个杨小楼起了四喜班，重排《战冀城》，在中和园唱过几次，谭鑫培又在新丰市场同益园，重排《珠帘寨》，都是多年未见的玩艺，前台耳目一新。

那李鑫甫见小楼的《冀城》叫座，便道："谁又不会这一出呢，我也可以唱得。"

李六道："不行，你别跟他撞，你前台的人缘差得多。"

鑫甫笑道："我唱不好时，不过落一个不如他罢了，有何关系？"便在文明园唱了一次。

出台按老路穿箭衣，不扎靠，嘴里一套【锁南枝】的曲子，前台道：呸！他连"含羞带愧西羌道"四句摇板西皮都减了，哼哼了半天，不对不对，检直蒙事，下次再唱，可不听了。果被李六猜着，鑫甫算是闹了一个大扫兴。

又过了些时，武昌事起，清朝逊政，改了民国，一般官僚都换了人。京中戏班，不知是何原故，家家唱起《杀子报》来。廊房胡同第一楼茶馆，立了个大舞台，这出《杀子报》，是路三宝演唱[3]。宝胜和已改太平和，由庆乐园搬入广德楼[4]，这出《杀子报》，归了大五月仙，那花旦孟小如，已改老生，这个班子，是他架梁。《杀子报》唱完，怕别戏接不住，便由小如唱一出《探母》，却是王蕙芳的公主，胡素仙的太后，老旦陈文启的杨令婆，刘

[1] 宣统三年七月排演。

[2] 宣统二年十一月二十四日起演。

[3] 宣统三年十二月十八日夜戏。

[4] 壬子正月初一日出演广德楼。

春喜的六郎，张宝昆德宗保。宝昆是彩麟胞弟，由旦脚改的小生，只此刻彩麟和那青衣姜妙香，也都改唱小生了，不止宝昆一人，不过宝昆在他们以前。这一出，人很整齐，卖的座儿不错，比起《杀子报》，到底差着一百多人。

俞振庭见各班《杀子报》唱得热闹，来找瑶卿道："我这班子，自改为双庆以后，全仗你一人支持，不但排了好些戏，就连我俞家父子相传的《混元盒》，经你根据滦州影，添了苏巧云琵琶缘一段，更见精彩，你添的很贯串，一点不像补的。有些浑蛋，瞪着眼睛硬说这一段是原来有的，足见你的本事。你各样旦脚都行，《庚娘》虽是贞节，也是刺杀旦一派。我想请你唱一回《杀子报》的王徐氏，梅兰芳现搭我的班子，叫他配个金锭，你看如何？"

瑶卿道："我不愿唱太风流的戏。从前搭同庆班，谭老板要排《五彩舆》，当着谭老板商量派脚，水仙花说应该姓郭的扮着冯莲芳，叫我唱鄢夫人，当年是余紫云的活儿，凡能唱《玉堂春》，跟紫云是一工的，就得扮这脚色。我说鄢夫人须得冶荡，我办不了，我要唱就唱冯莲芳，余先生是踹跷，我可不玲珑，要是大脚片，扮鄢夫人，多难看哪。水仙花再三争执，我一定不让，他挤我来鄢夫人，我也挤他来鄢夫人。水仙花大怒，从腰里拔出刀来，跟我拼命，谭老板正拿着海瑞的本子，一声没言语，把本子烧掉，大家闹了一个不痛快，各自的回去。谭老板这个班子，这一出算没唱成。等我入了东安市场，水仙花已得了神经病，我到底唱了冯莲芳。我连鄢夫人都不唱，莫说是王徐氏，我若肯抓这一路的活儿，早陪谭老板唱过《坐楼杀惜》了。谭老板跟我说过，可不是一回，我都没答应，我不能前后说两样的话，你另请高明，有的是人。你若指着我唱王徐氏，可叫做找错了人，不行不行，我宁可辞你的买卖，也不唱这个脚色。"振庭不答而去，瑶卿便告假不上戏园。

那俞振庭另派武旦兼花旦阎岚秋，人称九阵风，唱了《杀子报》，那王楞仙即王桂官，此刻已死，大儿子松龄，当了后台头目，小儿子取名小王桂官，唱了武生，专演悬在台上，或耍兵器，或唱小曲，一切野蛮玩艺。现搭双庆，派了他个王官保，梅兰芳的金锭，贾洪林的钱正林，唱了几回，也卖满座。俞五踵事增华，戏报子大写"金锭探监""梅雨田胡琴""官保托兆""孙佐臣胡琴"，连文场都贴出来了。

不久官府觉得这一出，关目残忍，出示禁止[1]。有人说《杀子报》是实事，这却不然。这是俞曲园听得剃头匠讲的新闻，并说亲眼看见淫妇绑赴法场，曲园听他说得活龙活现，问他是几时的事，剃头匠答是今早，曲园忙到衙门一探，原来并无此案，曲园大笑。后来写在自己笔记里面，不知是谁给编了戏，却是屡唱屡禁，也屡禁屡唱。正是：

[1] 壬子三月初二日传知各戏园，禁止演唱淫邪各戏三十出，《杀子报》名列其间。

母杀亲儿太狠，官惩淫戏应当。

戏文只论大体，小有疵瑕无妨。

若是专挑细故，假充懂戏内行。

恐其不中肯要，露出自家老羊。

此事多由票友，未闻出自官场。

本身存心两样，不能一处较量。

俞振庭家传的一出《挑华车》，唱过多次，确实不及杨小楼。这一出，六将起霸，是高宠、周青、郑淮、张奎、何元庆、张显，后来岳爷派郑淮、张奎跟高宠守大旗，不知何时去掉周青，把张奎升了第二，汤怀补在第三，郑淮降了第四，守旗的，也改汤、郑二将。小楼、振庭两班，都是如此，别班也随了他们的杓了，这也是一个小小的沿革。

明年，俞振庭约了天津女脚，开办男女合演[1]，京中戏班，久无女子，大概已经一百多年了，振庭总算给女人又开了个吃饭的道路。

女人虽已在京唱戏，男旦脚势力一毫不减。前两年，三庆园庆寿和，从河南约了个梆子花旦贾璧云[2]，模样很好，一般文人天天去看，有那吴江沈七在内。到得现在，他们又看重了兰芳，也亡命去捧。那兰芳真是应运而生，模样儿太好了，一干真女人谁也赶不上，故此前台宁可丢下真娘们，不丢他这假妇人。沈七不看真女人的戏，益发只捧兰芳了，那兰芳真个是：

颠倒英豪多少人，欲从画里唤真真。

风鬟雾鬓颜如玉，谁道红裙是幻身。

贾璧云走后，兰芳势焰更盛，沈七住在南横街，墨香也搬到这条街上来了，林四爷已经亡故，沈七和墨香少了个聚会所在，只住得甚近，来往反更亲密。两人性情不甚相投，沈七好作诗，也能作文，而且忘不了自己门第，还想当差。墨香只在戏曲小说上用功，只沈七喜欢看戏，又爱买书，这两下子，却和墨香投机。

一日墨香在家，沈七来了，坐在书房，渐渐谈到戏上。近来的墨香，性情更傲，一来跟彩麟又添学了几出，二来受那些说大话的朋友传染，更深了几倍，三来高先生由宣化府任上，回了滕县，起誓不干预世事，入山惟恐不深，容易遮掩他的耳目，万先生虽由河南回京，因墨香已不在宦途，不甚干预墨香的举动。墨香没了忌惮，加倍养成责人不责己的脾气，说起一个“戏”字，更要张牙舞爪，口出不逊。前几番，对于林四爷，尚且炫露自己的长处，要想迈他的毛儿，就不必说到别人了。那时还怕被高先生晓得，不敢十分自逞，如今检直狂到一百二十分，岂但十分而已。

[1] 壬子年二月开禁。

[2] 宣统三年五月初一日白天，在三庆园初次出台。

当下沈七道："城里松树胡同，有个李公子，立了票房，王君直是架梁老生，其次是王帽老生票友恩禹之，青衣一个是'赛瑶卿'章晓山，一个是丁九，小生是宗室春仲仁，现改汉姓，叫做金仲仁[1]，花脸是书子元、贾福堂，场面，胡琴是陈十二，打鼓是俞伯襄、樊迪生，并有内行资格最老、曾跟花旦方松林配戏的小生江耗子、比他晚出的小花脸王长林、场面锡子刚作顾问，人才济济，常有人请他们的局，倒是热闹。"

墨香道："哼，这个乏人大会。前两天，周芗蕖跟我说过了，芗蕖也在那个票房，应老旦，这些人，我不认得的不算，凡我认识的几个，学戏资格，都比我浅。王君直、丁老九只能坐清音桌，上台检直是胡闹。他们敢唱我也敢唱，保管比他们强。"沈七点头而去。

过不数日，有个票局，约墨香去唱，墨香应诺，戏码订了《破洪州》，张彩麟闻知道："不如唱《穆柯寨》，这一出《破洪州》，可太碎，你头次登台，怕唱不下来。"

墨香冷笑道："张先生不用担心，您瞧我的。"彩麟再三拦阻，墨香哪里肯听。

到得日期，便去唱了这出《穆桂英大破洪州》。没上台，还在自夸本事，目空一切，上台以后，竟昏了场，大砸特砸。哎呀，原来这个玩艺，实在不易。这一下子，丢了多年的名望，扪心自问，是一个"骄"字的毛病，墨香自己追悔不及。

此刻那王君直、陈十二久负大名，走了几回局，虽有人恭维，也有人指摘。君直曾问陈德霖："我下海如何？"德霖笑道："您最好是玩一辈子的票，戏饭可不易吃。"君直恍然大悟，辞了票房，往天津去办盐务，不干这营生了，他真算是急流勇退，到死名望不衰，够一个人物。君直已经醒了，墨香却未明白，还往这里头钻，如醉梦一般，任谁也拦阻不住，一个劲儿，挺着身子，贾勇而前，一万匹水牛，也拉不回来的，好似唐僧取经，誓不退转。这真叫做：

春蚕到死丝方尽，蜡炬成灰泪始干。

毕竟墨香钻到甚么时候，方才回头，且看下回分解。

[1] 壬子八月登报声明改名。

第二十回 受讥嘲吞声忍气 捐愧耻披发毁容

话说墨香弱冠早负懂戏虚名，待在广和楼福寿班后台，见着老伶沈全奎，虽问过“八大拿”，与他并不往来，不算认识。由昆宅看过他和瑶卿《击掌》以后，常到他家，便成了朋友，常问他后台盔头等物，长了见识，更自得意。《活人大戏》第十三回，先写与全奎过话，后写后来认识沈全奎，因先只点头之交，不算相识也。

墨香认得后台的东西，比别人多，看的冷戏，又复不少，于是自负通材。近来跟彩麟学戏，眼中实瞧不起彩麟，觉得彩麟只配给自己说一说不会的戏词，台上俏头，用你不着，因此粗心浮气，来了个速成科，一出也没实授。头次出台，就弄砸了，方才省悟，发了狠，要重新用功。偏那彩麟搭了好几个班子，事务冗忙，又因墨香手紧，月规太少，不过四元，告了长假，不再私宅见面。墨香虽有自奋的志气，没下手的地方，一干票友见面时节，冷嘲热讽，好生难受。

有的道：“玩票是要有天分，若天分不够，大可不必。即如我没跟内行学过，全凭脑筋灵敏，坐在戏园子里，一听就会。我上了台，十年的内行，也不及我漂亮，不似那没天分的笨货，跟内行学死了，也不行。”

有的道：“玩票跟唱戏一样，第一要紧的是内心表演，只要喜怒哀乐，都体会得出来，哪怕唱的不够板，念白不讲高矮音，都是好脚。倘无内心表演的本事，不必干这营生。即如朱四十的儿子桂芳，和女婿九阵风，也都唱武旦，桂芳的内心表演不好，任你武功如何高强，总输九阵风一头。我自走票以来，全仗内心表演，成的大名，比那木头穆桂英，就高多了。”

有的道：“戏分人唱，《樊江关》的樊梨花，不一定是正脚，王瑶卿扮上，就是正工。《穆柯寨》《破洪州》，两出都是旦脚的正活儿，乏票友上去，照样没劲，本不是干这个的，何苦挨这个骂。”

有的道：“学戏是得学文的，现在新出旦脚荣蝶仙，也是长春徒弟，跟朱桂芳同一科班，长春报散，归入承平，李雨臣死后[1]，他才搭班，也跟张彩麟学戏，刀马旦的本领，比新学乍练的乏票友，好多了，无论如何，不会在台上忘词。《反延安》，他也会梆子的路数，虽然没学全，不会'产子'，却是大刀很玲珑。《竹林计》一类玩艺，都算能对付。在大舞台，跟小生满子善，唱了一阵儿，满子善可不是他的对手。他唱《湘江会》，连刘春喜都说这个生小子真凶，他总算是有一气，然而前台并没十分人缘。又如票友张元善，死乞白赖的用武功，只落得吐血而死，若学文的，何至如此。看起来，票友想唱刀马旦，慢说不行，就是行了，你又算老儿，不如歇手为妙。"

有的道："现在是'衣帽年'，唱戏也罢，走票也罢，得有好行头，扮个穆桂英，扎张彩麟的旧靠，不问本领如何，就算砸了。只有唱刺杀旦，做一身新蓝布大袄，红布紧身，绿布裤子，还能敷衍。从前春台班，有个王长贵，便是这般，如今也能仿办，因三宝等人，有时穿布，前台看惯。不过刺杀旦，扮的多是淫妇，太也下贱，不是票友干得的。"

你一言他一语，墨香一总记在心里，并不驳辩，待没人之时，自己躺在床上，慢慢地打算。正是：

过情君子耻，责实圣人心。

咳，他们劝我不再玩票，话虽说得不错，存心却有些可恶。假若在我没上台砸锅以前，便如此说，谁能疑他不是好话，如今忽然有这宗话头，分明是说必须似他们，方可玩票，我是够不上做这营生的，欺人太甚。我若从此丢开，他们一万年笑我无能，我算枉负多年懂戏之名，竟给他们垫了舌头板子，我连再到戏园，遇着他们，必受挖苦，实在受不了。我拿定主意，非唱不可，再者天下有两种人最没出息：一种是别人说我不行，我总自觉我已经是很行的，你说你的，我干我的；一种是别人说我不行，我自己也就自以为不行了，情愿受人的挖苦，不去求学。我是不做这两种人的，人家说我不行，我得想法，叫他改了口吻，才算我争回面子。只这不是嘴能争的，得下功夫，求学问，才有效验。正是：

救烦无若静，补拙莫如勤。

话虽如此，只是他们说唱戏得行头好，倒是句话。老生花脸还可将就，我们唱旦的，可一点也将就不了。他们说刺杀旦可以省行头，话也有理。我以后就先专唱这一工，不但做行头容易，而且可以暂时在票上卖个独门，唱他些时，再看机会，改别的旦脚。只没了教习，自己用功，可不是一件事。我的家道并不富足，要请教戏的人，自彩麟以外，自然还有，就是钱财上面为难，恐又蹈了彩麟覆辙。

正在乱想，有人叫门，请了进来，却是周芗蘪，坐下茶罢，芗蘪道："陈十二拉丁九到上海唱戏，唱的好歹，另是一说。丁九自己不会贴片子，上大发，上海后台没梳头的，丁

[1] 光绪三十四年五月初六日病故。

九扮不上，未曾出台，就算砸了，看起来，君直有些见识。倒是金仲仁，拜了德珺如，在北京正式下海，傍上瑶卿，做了他的配脚，混得不错。本来仲仁武功有根，跟着切末张七，练了多年把子。张七专给内廷做切末，廊房胡同灯铺，很得他些切末样子。他本人唱老生，靠把很好，仲仁很得他的益处。”

墨香道：“我也没唱出个道理来，正没功夫替丁九着急。”

芗蕖道：“你好在是走票，丁九是想干这个，你们二位，情形不同。后起青衣梅兰芳，很有人缘，丁九是拜陈瘦云为师，都说他得了瘦云真传，比兰芳唱的规矩，嗓子也比兰芳响，他也以压倒兰芳自负，没料到栽这么一个跟头，他剁了网子，不干了。从前陈清泰唱《空城计》的司马懿，守老例，不使鼻音，挨了个冤枉倒好，他便拿起网子，砍个稀烂，永不登场，丁九竟步了陈清泰的后尘。”

墨香道：“陈清泰则可，丁九则不可。”

芗蕖道：“不然。陈清泰是二路花脸，他不挨倒好，难道金秀山挨倒好不成？他砍网子，虽有一点风骨，实则不砍亦得。丁九久经林四、陈十二和我，几个懂行人，定为远胜兰芳，却因这点小过节，损了英名，这个气受不了。”

墨香道：“我也回敬你一个不然。陈清泰有了真本领，有了资格，栽这一下子，实在不值，故此一怒歇手。若是我们这一干人，本事没学全，资格也太浅，逮了苦子，正应该奋志用功，以复一蹶之耻，岂能从此不唱，落一个笑柄。我因此才说陈清泰则可，丁九不可，你的话敢是颠倒了。”

芗蕖道：“你有你的偏见，若说丁九资浅，我不能跟你抬杠，若论丁九能耐，确乎在兰芳以上，难道你的耳朵，胜似陈十二不成？姓周的不能信你的话。”

墨香大怒，正想发作，忽然想起《破洪州》的事来，自己正不得意，动不得肝火，勉强压住。正是：

忍字心头一把刀，为人最是忍为高。

张良进履传千古，不愧天生盖世豪。

芗蕖人极机警，见墨香颜色不善，忙改了口，扯些没要紧的话来说，便把这个争端，给岔开了。又坐了半晌，墨香道：“方才说到切末张七，我想起来了，他号叫小山，还有个唱花脸的票友，与他同姓同号，也叫张小山，倒也可以入票友同姓名录的，可惜没人作那么一部书。这张七脾气极大，有个票友，想学《美人计》，去问张七：‘我是学刘备，还是学乔玄、赵云或学鲁肃？’张七冷笑说：‘你一个也不像。’把那票友给干走了，他真有个劲儿。赵子珩有一次约他去唱，他说配脚不行，竟自不去。”

芗蕖道：“哎呀不错，我也想起一件事。今天晚上椿树三条胡同赵宅，有个票会唱戏，咱们可以去听一听，你不说到子珩，我还忘了。”

墨香道："我唱《破洪州》的那一天，正是赵家这一伙，他们都认定我的本事平常，我何必去惹他们嫌恶。"

芗蕖道："你又不是去唱，只坐在台下看戏，你去又何妨？在家也是闲着，不如去散一散心。"

墨香听他说得有理，便答应了。坐到掌灯，留芗蕖吃了晚饭，同到赵宅，看了几出。忽见旧同官顾七，与刘春喜在座，问起根由，方知顾七现跟春喜学戏，年给柴，月给米，春喜好酒，顾七大坛子给他买酒喝。顾七住在草厂七条胡同，春喜由百顺胡同搬到芦草园，为的是离顾七家相近，并且立有工房，招纳票友，今天赵宅慕顾七大名，请他串一出《当锏卖马》。顾七也问了墨香近况，春喜是在中和园便和墨香熟识，彼此道了个久违，便有人从中拉拢，要墨香搭入顾七工房，两人都很愿意。少刻顾七扮戏登场，究竟得过春喜传授，两条锏耍得不错，满场无不喝彩。

当晚各散，过了数日，墨香果然搭入顾七工房了，每天早七点钟起床，念过佛，吃了烧饼麻花，从南横街步行到芦草园，往春喜家里。原来顾七的工房，就设在刘家，人不甚多，自顾七以外，有个包丹亭，学的是武生，也用功甚勤。别人只提嗓子，打把子，墨香多了踹跷，总闹到过午方回家用饭，风雨勿阻，永不歇息。

一日东大市药王庙，有个票局，墨香与丹亭唱了一出《湘江会》，墨香费了好些事，才借了一身女靠并额子、翎子来，花钱不少，墨香也是把无盐扮成美的，与余玉琴一般。丹亭人缘甚好，墨香又算输了。正是：

人各有所好，物固无常宜。

谁谓尔能舞，不如间立时。

自药王庙归来，没得几个月，丹亭与顾七闹了个小别扭，跟这工房脱离，另找老伶王福寿，学习玩艺。这里工房，却添了一个王升甫，一个张展云，人材总算不缺。说也奇怪，墨香这些时，又改了气派，行动坐卧，都带几分旦脚的样子。正是：

低头闷把衣襟拈，佯佯拢鬓偷迴面。

忽然事自心中来，分明一任傍人见。

有人对墨香指出这个毛病，墨香处处留神，好在习染不深，便都改了。

那升甫是老生，展云是小生，展云曾道："我这一行，别人是照例要扮儿子的，我却拿定主意，不叫人家是爹，凡儿子戏，一概不演。他们唱老生的朋友，想占我的便宜，万不能够。"

有人道："你不给老生做儿子，倘若旦脚都齐了心，不唱你的媳妇，你就没的可唱了。"

展云道："没那宗事。凡唱旦脚的，都不以此为意，他若不愿做人妻妾，他不唱旦了。票友纵然能单不跟我凑，我可以花钱找内行，我怕者何来。"

一日拴马桩史宅，有个票局，是田虎新起的翊文社[1]，做了班底。此刻王蕙芳、梅兰芳都给瑶卿配了四五年的戏，本事都算长进，一齐搭入翊文社中，成了两根台柱，翊文社专仗他们叫座，不过兰芳力量更大。当时虽有“兰蕙齐芳”的口号，究竟“蕙不如兰”。

展云这日是个提调，便派他二人合演《穆柯寨·枪挑穆天王》，外请顾七一出《恶虎村》。

顾七道：“我老生比武生地道，改一出《捉放》罢。”

展云道：“不行。票友唱《捉放》的多，请不到你头上，你没见包丹亭么，一出《对刀步战》，走了不少的局。我请你这出《恶虎村》，实是长你的身价，你别任性乱改。”

顾七大怒，要推辞不去，春喜道：“谭老板年轻时，也唱《恶虎村》。有一年，在天寿堂，李五的《凤鸣关》，谭老板听他念话白，笑了一笑，说：‘李五哥改老生已经多年，怎么赵云会念出褚彪的味儿来了。’不防被李五扫到耳朵里去。少刻谭老板唱《打棍出箱》，李五说：‘好哇！鑫培真高！范仲禹能羼上黄天霸的身段。’在李五虽是损话，足见谭老板的黄天霸有根。票友学谭派的，除了七爷，谁也问不动黄天霸，您是真正谭派，这一出可以唱。”顾七方肯应允，这日往史宅而去。

王升甫另有同兴堂的票局，也去唱了一出《战太平》，只剩墨香，无精打采，挨过一天，也不能说甚么，只得在家里看书解闷。咳，总是《破洪州》唱得不好，虽然上次的《湘江会》没有出大错，也没唱出一朵花儿来。人都说我唱戏不行，这是我躁进之过。本来是我错了，上台一下子咬人的地方没有，怎能怪没人来约。天下惟有走票不得意，没处诉苦，你跟票友去诉，他扬着脸，说你的玩艺本来不高，人家为甚么找你去，闹个堵心。你若告诉寻常朋友，他笑掉大牙，说你本不该唱戏，真言语不得。我只能耐心学艺，待时而动，千万莫露声色的。

次日到得工房，知顾七昨夜露脸而回，满座都说王君直票中之圣，这出《恶虎村》却不玲珑，顾七爷本事不弱。春喜带出高兴，拍着胸脯道：“我教的票友，焉能输给王君直。”

顾七叹气道：“不派我的《捉放》，明是说我唱工不行，我已经输给姓王的了，我总要唱一次文玩艺，才压得倒王君直。”

墨香听了，心中暗想：顾七真有横劲，居然跟君直干上了，不过他不如君直捆羊，而且上台也有忘词的时候，恐其未必能压得倒君直，只他的能耐，一定学的出来。看那展云，却只笑而不言。

过不多时，顾七要在家里挂衣彩唱，操演文戏，约众人帮忙。正是：

[1] 甲寅正月起，北京各戏班名字，均改班为社。

人人擦拳摩掌，个个扮女装男。

到了那日，齐集顾宅，并找内行花旦诸茹香捧场。他是昆旦诸桂枝之子，能耐不弱，派他跟升甫唱了出《探母》，又陪展云唱了出《贪欢报》，他扮的老鸨，把那妓女李湘兰，派了墨香。虽非刺杀旦正活，末场披发挨刀，全是刺杀旦的路数，墨香倒是曾跟彩麟习学，一些不蒙。没有行头，向茹香借了一份，连大发头面，也是茹香的。妆扮已齐，大家登场演唱，待唱到浪里白条张顺找上门来，照例张顺是花脸，谁知是刘春喜扮上了。

这一出，墨香出台时节，满头珠翠，遍体绫罗，唱词有两句云："奴本是烟花女全凭脂粉，并没有西施美狐媚勾人"，这算是把李湘兰骂了个不值一钱。跟着老鸨向安道全逼索嫖资，也形容得十分不堪。戏中似《玉堂春》之类，多写妓女有情，《东平府》的花娘在有情无情之间，不甚透彻。自郑若庸《玉玦记》以外，只这一出，写烟花无义。这两出戏，都也算别出手眼。

演到张顺杀院，墨香披散头发，穿着小红袄，被他赶得连滚带爬，又是抢背，又是乌龙搅柱，闹得满台尘土飞扬。墨香觔斗功夫不见甚好，只能敷衍了事，算是摔不着自己就是了。张顺杀死湘兰，这一出算完。

刘春喜是每日在一处的，深知墨香本领平常，一切都替遮护，墨香唱了一个舒坦。张展云演那安道全迷恋烟花，也还不差，只张顺赶杀湘兰，安道全向前护庇，墨香不免被他搂抱，好在墨香既唱这一路脚色，倒不以为意。说到此间，想起百回本《水浒》有诗曰：

红粉无情只爱钱，临行何事再流连。
冤魂不赴阳台梦，笑煞痴心安道全。

戏中穿插，实是依照原书本旨，只李巧奴改作了李湘兰罢了。

有人说春喜管外活，春喜道："从前杨月楼在三庆班，曾经唱过张顺的，他也是文武老生，怎么说我就唱不着呢？武老生抱演的玩艺最宽，《天水关》的姜维，《白良关》的尉迟宝琳，武老生都替花脸跨刀。一出《无底洞》，天王、金吒、木吒、哪吒、二郎、孙猴子，短一个，就该武老生贴补，岂止这张顺而已。"大家听毕，又都长了见识。

待墨香作这部《活人大戏》，写到此处，便有个朋友道："你怎么自己写出上当的文字来了？"

墨香道："上台是女，下台是男，我的脂粉气，都在台上，敢说下了台，一些也没有的，这不算上当。况且我作践自己，总比作践别人存心厚道，这是我经过的实事，我是不能隐讳的，我本身写出，自然立言有个分寸，若是别人替写，就怕骂得更狠了。"那朋友一笑而罢。

闲话勾开，且说当日顾七本人，唱了一出不带"公堂"的《捉放》，大家唱完，展云道：

“陈老大居然不僵，下次有局，倒要约他一回。”

过了半年，展云到工房，等顾七走后，向升甫、墨香、春喜道：“铁狮子胡同有个堂会，我约了个无名班，没有大武戏，我不请顾老七了，他的文戏，再等一年两载，我才让他唱，此刻还早。这一次本主儿点了出《武松杀嫂》，刘先生辛苦一趟，并约墨香来一个潘金莲。再过半月，就是正期，墨香可以自己备下头面衣服，反正用得着的，免得老跟人去借。上次史宅，我因又是外串天庆班刘鸿升的《斩黄袍》，又是翊文社孟小如的《硃砂痣》，又是贾洪林的《状元谱》，才没约升甫。这一次约你一出《探母》，仍找茹香，来捧你一捧。我上次约过的，这一次不约，总算公平，没有偏心。”升甫、墨香、春喜都答应了。

当日墨香回家，从十间房朝邑会馆经过，想起自己学过的《也是斋》，正是朝邑故事，不知何日才唱得成。此刻恰值秋令，一阵秋风劈面吹来，觉得浑身寒冷，不由心内凄然。正是：

频添团扇恨，记取夹衣情。

又有诗曰：

草枯根不死，春到又敷荣。

独有愁根在，非春亦自生。

墨香在那里，呆立半晌，方才举步。回到家中，吃饭睡觉，不消细表。

连日预备唱戏应用东西，花了二三十元大洋，都已完全。展眼已到那一天，忙往铁狮子胡同，恰好只隔两个戏码就是了。走向梳头桌扮妆，那梳头人伺候过文明新戏，便道：“这一路脚色，可以不上大头，给您备下两份头套，一份挽个圆髻，一份散着头发，您换着用，岂不火炽？我们有的是东西，您给我们一块大洋，我们尽心给您扮一扮。”

春喜在旁代答道：“好！就这么办！”梳头人应了一声，动手给墨香扮起活儿来。

扮毕，穿好衣裙，春喜扮的武松，已竟出台。墨香挽髻抹粉，穿件小红绸紧身，下面青绸裤子，樱白色跷鞋，走了上去，撞着武松，又复跑回，在上场门内，头裹孝巾，身穿白布长袍，下系布裙，腰间拴了麻，赶紧把面上脂粉洗掉，春喜自会慢念慢唱，容墨香改了孀妇热孝衣服，再与武松相见。“杀嫂”一场，墨香披散头发，抹了一脸香油，作出好些狼狈的神情。可怜那潘金莲，只落得：

手到处，娇娃丧命，刀落时，荡妇伤生。七魄悠悠，已赴森罗殿下，三魂渺渺，应归枉死城中。扑倒香躯，直挺挺尸横地上，飞扬秀发，湿津津头落身边。从来美兴一时休，此日娇容堪恋否。

墨香到后台卸妆，问明梳头人名姓地址，对他道：“下次我再有局，就找你给我做个私梳头的了，每次给洋一元，官中不找你，我也找你，反正你挣官中的钱，至多五毛，甚至给你铜子，虽说现在的铜子，比十年前的京钱挡用，总不及洋元更妙。”梳头人连声应诺。

墨香又问道："若是不换头套，解髻散发，要和老生洒发一般，不按通大路的旦脚，髻上留发，可办得到？"

梳头人道："办得到之至。汉调就是解髻散发的，不像北京、上海等处，都是由髻上披下散发一绺，我梳过汉调的头，很知他们的门道，故此说是能办。"说着，看了墨香一眼，才问道："您如今剪了发，不知您剪下的真发可在？"

墨香道："现在家里收藏。"

梳头人道："您的头发真旺，您剪下的发，谅必不少，您可拿来，我给您做个头套罢。"墨香含笑应了。此刻升甫登台，墨香便回了家。

次日检出头发，交与那梳头人，去做头套。不多几天做成，拿来，墨香甚喜，与大头放在一处，留作扮戏之用。

墨香这日又到工房里来，只见几个面生的人，问其姓名，是外路来的票友，谈了半晌方散。次日春喜同他们来找墨香，说在郊外有个票局，要唱《双枪将》，约墨香去扮个妓女李睡兰，墨香道："我从前在湖广会馆并各戏园看过这出戏的，《水浒》原书，她叫李瑞兰，是'祥瑞'的'瑞'字，不晓得戏里怎么闹成'醒睡'的'睡'字，改作'睡兰'了，好在事本是假，人也不真，叫甚么名字都行的。这个脚色，没甚么要紧，她家告发史进，她也不主张出首，也不救情人，是个没用之物。这一出，我虽然不十分会，我倒敢冒昧答应，况且有刘先生在头里，我也不能推辞，只列位可得给我说一说，别在台上磕头，彼此不得劲儿，而且这一出，各路班子是不一样的。"

众票友道："到了后台，一对介口就行，反正没多少。"

当下他们先走，春喜问墨香行头如何，墨香笑道："我有办法。"春喜便也告辞，墨香即往草市故衣摊子，花了六块大洋，买了一件青洋绉旗袍。

到得日期，出城，奔了郊外，进了后台，见这戏规上面，写着"双枪将准带开铡"。哎呀，这倒没见过，我只看到擒住董平就完，不知是铡谁。

少刻众票友给墨香说了戏中的词句，站好地方，他们的路子，又另是一工，与墨香所见，一概不同。他们说完了戏，墨香才知铡妓女。待得妆扮，墨香没上大头，只戴头套，梳了个圆髻，穿件旗袍，下面却是窄小金莲，扮得不新不旧。扮齐上去演唱，演到宋江捉了妓女，问她陷害史进之罪，墨香披散头发，穿着小袄，戴着假刑具，跪着挨一顿鞭子，方才招承。宋江命把狗贱人腰斩，左右答应一声，墨香散发一洒，跌倒在地，被他们推进场门去了，留下宋江在场上，有收服董平一段。

墨香到后台改妆，一人道："你似乎应当洗粉。"又一人道："不可。洗了粉去，便欠娇媚，挨刀时，喷了血彩，必得要粉血交融，更显着你可怜。"墨香果不洗粉。

再一场，喽兵抬着妓女直奔台口，在台栏杆边向下倒控，只见墨香散发直垂，弓足高举，身着红布罪衣罪裤，用芦席包卷只露头脚，在那里亮了一个相儿。被喽兵搭在铡床上面，早有梁山众将，在前围绕，击鼓锣响，钢刀落处，众将两边一闪，好苦哇，李睡兰粉颈纤腰齐断，血肉纵横，好生可惨。台下齐声喝彩，原来先有两个打女兵的武旦扎扮好了，在那里藏躲，此刻各露半身，脑袋仍都不露，墨香却藏身露首，三人算是一人，刀痕都是红色湿面做成，再喷些血彩，胆小的人真不敢看。这是《铡美案》的戏法，台上惯见，不足为奇，不过他们稍有变通，不尽和《铡美案》一般，然而他们也还是采取乡下班子的意思，并非他们的创造。他们的铡床，不用切末，只用几张桌子拼凑，却是《铡美案》的路子。这种戏样儿，太嫌残忍，是要不得的，且待后文书内，说到那出《循环报》，杀人的去处，自有驳议。大凡旧戏，此类病痛，都应改正，墨香昔日好奇，虽经演唱，今日不免后悔，写在《活人大戏》里面，也是禹鼎铸奸的意思，并非替他传播。

墨香的散发，未铡以前，早咬在口内，此刻作出忍痛的模样，咬得更紧。那发从上绕下，成了一个发圈，一个喽兵伸手套入圈中抓住，还从墨香口角拖下一大段发来，不住飞扬，虽挨了刀，仍是十足的女人神态。墨香的头套，原是自己头发做成，没想到，满抹女人梳头油，又这么一咬一抓。

唱完同入后台，墨香卸妆，旁有人道："李睡兰未必不冤。她家去告发史进，由梁山来，乃是强盗，她如何敢去阻拦？即如清朝某公子犯法，躲在司坊家，也被告发，实不是他那所爱的某郎亲去报信，是某郎家下人所为。李睡兰事同一例，焉能说是存心陷害史进？况且为捉强盗而死，这李睡兰倒死得其所，比《贪欢报》的妓女值得。"

又一人道："说到李睡兰，便勾起司坊，足见司坊是梨园之玷，废的有理。只你们可知那大名鼎鼎的青衣兼刀马旦王瑶卿，他曾为这司坊的事，挨过一顿打，真打得荣耀。"

墨香听得"王瑶卿"三字，早提起兴头，忙问其详细，那人道："瑶卿挨打，比方才说的那戏中的李睡兰捉强盗，更来得硬气。"于是从头至尾说了一遍，墨香也替瑶卿荣幸，回得家中，还点头称赞。正是：

声华同月朗，附和耻云同。

要知瑶卿挨打的详情，且待下回另起炉锤，从瑶卿一面说来，便知分晓。

第二十一回 兄弟齐肩登帝阙 宾朋携手入王门

话说王瑶卿，亦名瑞臻，乃清江人氏，他的父亲绚云，又名采菱，因避兵来京，年纪正轻，一点依傍没有，才做了梨园生意，是四喜班一个昆旦，住在韩家潭东头路南，门前自署“怡云堂”三字。那时有个老旦郝蓝田，原也习的老生，在戏园打泡，唱了一出《天水关》，唱工嗓子，都没甚么包涵，无奈天生的身量不够，才改了行。一出《断后》，翻起白眼装瞎子，前台无不喝彩。从前老旦没人留意，自此以后，才有人看老旦了，郝蓝田的功劳不小。他的女儿许给绚云为妻，过了门，倒也和睦。只这郝氏娘子，永不生男，戏班的旧习，不准纳妾，眼看王门香烟要断，绚云虽则着急，也是无法。绚云情性坦率，轻财重友，他和孙菊仙交情甚厚，菊仙在程长庚班里唱戏，打鼓人余鸭子阴了他个胡说白道，跪在祖师驾前，起了重誓，跑出京都。绚云年给柴，月给米，养他的家小，待菊仙回京，先搭嵩祝成，后搭四喜，成了大名，绚云也挣了个“义伶”的头衔。他在戏园，不常登台，只堂会却是常应的。一出《金盆捞月》，唱得最佳，当时都说他妆扮起来，艳夺明霞，一般文士都题诗赞美。他有一个最相得的友人，唤作李家瑞，字香萍，隶籍侯官，在京闲住，曾有六句口号云：

采菱采菱，在潭之滨。
其人如玉，其冷如冰。
虽则如冰，实获我心。

看这几句，便可以晓得绚云是怎么一个品格了。香萍不久出京，这口号，倒是有人传诵。香萍科名无分，捐了佐杂小官，做了风尘俗吏，在文人里面，算是不大得志的了。绚云学戏之日，昆曲尚盛，待他将要大出风头，已变了乱弹世界。一肚子梁魏余音，无从施展，他的不得志，也和香萍差不多。

香萍官运平常，却交了许多文士，如谢邦屏、陶鼎文、秦廷英、陈偕灿、张培仁、罗俊畴、王恩潼、林昌彝、李声澜、林惠臻、杨浚、旗人崇祐，都是好手笔，俱爱香萍的才华，和他来往甚密。文恪公也和香萍认识，不过那时还只是位孝廉，待文恪公官至部堂，香萍早已病故。他作了一部《停云阁诗话》，凡十四卷，记清人章什甚富，其中有李寒支《观剧诗》，张亨甫《王郎曲》，都与剧曲有关，琉璃厂倒有人发卖。

绚云在戏班没叫座的力量，一时名伶程长庚、徐小香都和他交情不错，程、徐同在三庆，有一年，不知怎么弄裂了，多亏绚云从中调停，才又和好。绚云的密友，自孙菊仙以外，有时小福、谭鑫培，也是当世之杰。还有个怀宁人曹春山，是昆腔老手，生旦净丑都说出个谱儿来，与绚云更是投机。绚云交结这些人，也与香萍广交文士一般。正是：

同声相应，同气相求。

不知其人，观其交游。

绚云有一女，给了旦脚朱桂元，郝氏有个侄女儿，自她祖父身亡，随着姑母度日，那曹春山之子心泉，是个笛工，精通音律，并讲韵学，绚云便把郝家这女孩儿，给心泉为室，一切妆奁，都由绚云备办，待心泉也和女婿一般的亲热。心泉说话极有风趣，孙菊仙曾道："我的嗓子，外行都说是黄钟大吕之音。"心泉摇头道："一定不然。"菊仙道："怎见得？"心泉道："黄钟、大吕，不是一个调门，有高有矮，若是唱起来，黄钟、大吕搅在一处，顾得了黄钟，顾不了大吕，顾得了大吕，顾不了黄钟，七纲八调，怕不好听罢。"菊仙大笑。时有工部侍郎明善，颇为绚云熟识，屡劝绚云改业，给了绚云几个当铺，绚云改字耀廷，从此不做戏班生意。纳了一妾，光绪辛巳八月初七日，生了个粉妆玉琢小孩儿，便是瑶卿。耀廷甚为高兴，取了大名，取字稚廷，他取的大名，就是"瑞臻"二字了。癸未，又生次子祥臻，此刻耀廷搬到城内椿树胡同居住。岁在庚寅，耀廷饮酒过量，生起病来，医治不效，呜呼哀哉，伏维上享。正是：

三分气在千般用，一旦无常万事休。

耀廷与东岳庙的道士相识，身亡以后，道士们指着十八狱外，一尊管账泥像，道是耀廷证此果位，耀廷一生尚义，大家也就深信不疑。正是：

神道无则已矣，有则善士为之。

耀廷既亡，可怜他王家孤儿寡母毫无倚赖，耀廷将出殡，他家就有强盗抢劫。自这一年，亲友们乘机欺骗，他家当铺生意，做不成了，瑞臻兄弟才又学戏，一个改名瑶卿，一个改名凤卿。瑶卿是谢双寿给开的蒙，这谢双寿虽只是二路青衣，早年教过余紫云，中年教过陈瘦云，晚年又教瑶卿，有这三个门人，真不含糊。

甲午年，三庆班重兴，瑶卿在那班子里，与凤卿同日出台，凤卿唱的《挡幽》。这一出，演的是周幽王宠褒姒，申侯犯镐京，幽王逃走，路遇申侯，幽王向他说了些好话，申侯放开一条道路，幽王和褒姒冲了过去，是"烽火戏诸侯"的末一段，与《挡曹》《挡谅》，称为"三挡"，老生足一翻高，真费气力，不是好吃的馍馍。凤卿台顶、红蟒，扮那申侯，一出戏唱得甚好，待幽王已逃，凤卿唱过西皮快板，只剩一句了，不料疏神，踹住身子后面的袍服，后台都道不好。这句唱完，应当倒退一步，加鞭而下，如今踹着了袍，一退就要摔倒，这要挨个倒好，可算出台就砸锅，一辈子的笑话。又是小老斗，不会改身段，准摔没挪，场面头儿曹心泉，与凤卿的教师贾丽川，格外着急。谁知凤卿不慌不忙，朝前迈步，再转身，进了下场门，前台没人留意，后台一齐喝彩道："这小娃娃，可真是干这个的，必成好手。"

瑶卿唱的《祭塔》，这一出戏，有醉薇居士诗云：

悔矣身迟伏，谁教忤此禅。
峰前雷未息，潭上月空圆。
今子成名早，良辰展礼处。
柳堤排彩仗，杏里驻花辘。
铃塔凄闻语，炉香淡冒烟。
非关题雁意，已老听莺天。
绕膝悲欢集，从头苦楚宣。
荣归难救母，惟有泪沦涟。

瑶卿也唱得甚好，不久三庆又散，他兄弟在各班转了些日子。

岁在戊戌，瑶卿十八岁，娶杨桂云之女杨恂为妻，孟秋七月十六日，花轿来到，众女人扶杨恂出轿，拜过天地，送入洞房。揭了盖头，好一个品貌，恰与瑶卿是一对玉人。记得李容斋《贺新郎词》云：

夫子门楣异，却赢来娇羞事业，风流经济。一向乔妆身是妾，此举差强人意。指山海，香盟粉誓，笑煞逢场花烛假，喜今尝花烛真滋味。贪美酒，恣尤殢，个侬休作男儿觑，料无非铅华伴侣，裙簪班辈。正自难分姑与嫂，漫道燕如兄弟，恐还是赵家姊妹。儿女温存原自惯，愿卿卿，怜妇如怜婿，今何夕，三生会。

李容斋久作古人，只此日的瑶卿，恰是这般光景。

杨恂偷眼看了瑶卿的丰姿，也甚合意。到得夜间，仆妇铺好了床，京中俗例，新郎用红被，新娘用绿被，他家自然也是如此。仆妇退出，杨恂脱衣入帐，早见绿被中，露出一副娇嫩面孔，柳眉杏眼，丽若天仙，卧在那里。杨恂吃了一惊，何方女子，来睡人家新娘的被窝，大不怀好意，我是明媒正娶，怕你何来？低头细看，啐，原来是他，占了我的地方。我平素以男人自负，你女声女气，也像个女的，今宵就算我是新郎，你是新娘，未为不可。你甘心做我的老婆，我也无妨做你的丈夫，笑了一笑，钻到红被里去了。这一夜，真个是：

屏开金孔雀，帐宿玉鸳鸯。

又有词曰：

睡鸭凄清夜未眠，银荷低照象床边，七襄锦被八蠶绵。

皐庋细拖纨枕上，诺龙私贮绣襟前。玉郎常得玉人怜。

他人怎么成亲，旁人不得而知。大凡小说叙到这些去处，若是加工细描，分明自认捏造谣言，这部《活人大戏》，写的都是实事，不能任意编造，只能糙糙的一表。纪晓岚曾笑蒲留仙，多写燕呢之词，狎媟之态，盛时彦佩服得五体投地，《活人大戏》也正用纪晓岚之意。

闲说休提，且说次日二人起床，梳洗已毕，杨恂越看得那瑶卿是个女的。到了正午，二人同案用饭，例应男左女右，瑶卿在台上坐惯右边，不由得又把右座占了，杨恂暗笑：活该他是给我做定了媳妇。便大模大样，在左边坐定，还不住睁睛向瑶卿平看。那瑶卿觉她那神情，有些像戏中的丈夫，心中这般一想，早露出新嫁娘的羞态，低垂粉颈，两颊通红。旁边伺候的人，都忍不住笑将起来，越笑得瑶卿脸儿无处藏。杨恂也越看得凶，只看得瑶卿秋水盈盈，几乎放声一哭，杨恂动了惜玉怜香的念头，扑嗤的笑了一笑，才不看他了。正是：

此妇居然多老干，新郎何事太娇羞。

二人天性原相反，从此玉郎低了头。

从此以后，二人除了那件事不能假借，此外的举动，一齐颠倒。过了半载，杨恂管了家务，大小事不与瑶卿相干，只饮食是瑶卿做主，好似替杨恂主持中馈一般。杨恂性如烈火，遇着不平的事件，开口便骂，谁见了她，都有些寒胆。瑶卿却甚是柔婉，受了人的气，只嘤嘤哭泣而已。

瑶卿搭过小天仙，杨桂云道："小班子练不出能耐来，不如改搭大班。"

恰值小天仙要排《铡判官》，派了瑶卿一个柳金蝉，瑶卿道："这个脚色能把人唱倒了运，我是不来的。"即辞班而去，搭了四喜。

谁知四喜青衣旦甚多，听说有了新搭班的人，他们一齐不悦。这日催了瑶卿一出《落园》，瑶卿自以为必是派的陈杏元，待入了后台，胡素仙早把杏元扮上了，瑶卿没法，只得去扮邹云英，给人家来了个配搭。次日管事人，写下黄纸的催单，索性催起瑶卿的《泗州城》的大士来了。瑶卿去见桂云，把这两件事说了，并道："我挺好的嗓子，怎么死乞白赖，往夫人、小姐一类零碎里打我？你老人家得给想个主意。"

桂云道："姑爷，凡搭大班，都得从这里过。况且你的本领，并不见高，你忍着罢。"

瑶卿再三求泰山作主，桂云大怒道："你别不识抬举，要没我的面子，哪一个大班，肯来约你。"

瑶卿也生了气，取过一根藤棍，一折两段道："我要不成头等好脚，誓不为人。"翁婿不欢而散。

瑶卿埋头用功，技艺日进，竟与谭鑫培作了同等人物。老生自谭衰，旦脚由王盛，也是桂云一激之力。瑶卿搭入同庆，虽有叫座力量，拿不了多少钱，瑶卿重名轻利，不甚计较，一连好几年，暂时隐忍。

瑶卿未入同庆以前，久已在大内当差，凤卿却还没挑上差使，待汪桂芬死后，凤卿才挑选入内，与瑶卿同值帝阙。太后最喜瑶卿，赏赐的珍奇异品，与近支王公无异。宣统年间，瑶卿因同庆戏份太不公道，才自己另成一班。

清朝逊位，伶人撤销精忠庙首，改立正乐育化会[1]，田虎到会，聚集众伶，提出一个议案道："京中向有司坊，乃伶界之污点，必须取消这一行人，方能提高吾人地位，此与戏剧前途，大有关系。梨园本有风化的责任，担负使命甚重，自有司坊以来，轻薄之人，把吾人当作玩物，任意污辱，实堪切齿。昔日有个镇洋毕沅，与司坊李桂官相识，毕沅未曾得志，桂官曾有资助，待毕沅中了状元，一干官僚，如史贻直、袁枚、赵翼，都称桂官为'状元夫人'，亵渎到了万分，今吾人思之，忍无可忍。此等怪现相，亦有一半由于司坊甘心自贱，不尊重人格，亦勿容讳饰。前者各戏班，因营业竞争，广邀坤伶加入，经本会纠正，男女分演[2]，实为一线之光明。男女尚不可混淆，岂容司坊玷辱戏界？若不打倒，非但贻羞中国，并且为海外友邦所笑，文明各国，无此野蛮营业。虽司坊盘踞有年，未易消灭，吾人若能积极奋斗，谅必达到目的，愿本界诸君努力。"他说便如此说，一般司坊，谁肯依从，闹了不少的日子，司坊仍自开设。

杨桂云此刻早就服了这个女婿，大非昔年面目，闻得这些事，自己一时没准主意，便问瑶卿道："姑爷你看此事如何？"

瑶卿道："田八的话不错，况且这个时局，已非昔比，倘若自家不知好歹，还做这没脸的买卖，难免官府不出告示，替我们禁止，那时可大家不好看。"

桂云拍手道："着哇，我也是这个意思。"于是翁婿二人都帮着田虎说起话来。

早有一家子，弟兄都仗着司坊发财，号称百万的[3]，闻之大怒。此刻瑶卿久已移居韩家潭，仍是他先人的老房，和那家子相离甚近。那家子的长兄，是个玩笑旦，这小子便来找瑶卿问道："你要不许人开堂子，可是实情？"

瑶卿道："这是给戏班露脸的事，我为甚么不做？"

这小子道："不开堂子，拿甚么混饭？"

瑶卿道："唱戏的，自然唱戏，这准饭落儿。"

这小子更不容瑶卿再往下讲，瞅冷子一拳，瑶卿闪不及，挨个正着，花朵般的人，哪

---

[1] 民国元年6月18日，在精忠庙开成立大会。

[2] 民国二年元旦起实施。

[3] 国春堂姚

里经得起，早已跌翻在地，被这小子按住乱打。王家的人赶出救护，这小子撒腿跑掉，瑶卿已是口中喷血，面如金纸，仰面朝天，卧在地下，不能言语。众人扶他到床上将养，都骂那小子太浑。书说至此，要引《品花宝鉴》的杜琴言，和瑶卿作个比较，正是：

琴言枉自争闲气，还逊瑶卿淫不缁。

一世不交梅子玉，何妨傅粉与涂脂。

瑶卿服药调治，卧床多日，方才痊愈。你道瑶卿愈后，是何情态？有几句话头为证：

青鸟去传言，只说人依旧。

腰带沈郎宽，禁得添消瘦。

瑶卿养得茁壮，便去对桂云道："这伙人是不能理喻的，莫若我们自行请官禁止。"

桂云即找了田虎，一纸呈子递到官厅。官中人见了，自无不准，批了下来，随后张贴告示，把司坊禁断[1]。这还是墨香未到刘家以前的事，不过墨香不曾知晓，直待唱过李睡兰，方听得有人讲论。墨香出世时，他们司坊还算兴旺，只墨香对于梨园，极有兴趣，对于此道，早就不以为然。李毓如作那《情天外史》，实在可以不必。邱菽园的笔记，写及花榜状元，也嫌失体。因此《活人大戏》前十几回中，决没提到"司坊"一字，掀翻文人作戏的窠臼，这便是墨香这部平话，短中的一寸之长了。

又过一年多，那刘寿芙约彭晓峰、周芗蕖和墨香，看富连成的戏。富连成即是喜连成，因牛子厚收手不干，转给外馆沈家，才改了班名，仍在广和楼演唱。看了高喜玉一出梆子《反延安》，功夫不错，大有昔年侯俊山的一点意思，比田虎却是强些，谁说前辈都好哇。

次日，又听王广福斜街民乐园三乐科班，有一出梆子《梅绛雪》，那扮狐女的花旦，唤作白牡丹，真姓名是荀慧生，好一表人材。有词为证：

六幅裙儿半挂，八字眉儿半画，笑问若耶人，

何事西施未嫁，长夜长夜，为语新妆休卸。

有位郭翰林，是闽中世家，颇好吟咏，他曾作《白牡丹诗》，其中有两句云：

富贵胜人饶本色，风流绝代谢浓妆。

他咏的是花，如今移赞荀伶，倒也恰合身份的。

墨香一面看戏，一面听得座客们道："他是东光人，是十三旦侯俊山的再传弟子，不是本班徒弟，本班有个二黄青衣尚小云，跟他都止十来岁，人缘都不错，可惜今天小云不露。听说荣蝶仙收了个门生，也唱旦脚，不知如何。"

一客道："他那门生，年龄更小，是个旗朋友，改了汉姓，叫做程艳秋，好扮相，却还

[1] 民国元年4月，外城巡警总厅出示严禁堂寓。早在宣统元年十二月十一日，精忠庙即举行梨园公议，议定不准私寓唱戏，王瑶卿、杨桂云均为发起人。

没出台，这三个将来一定追的上兰芳。”墨香听了，记在心里。正是：

莫漫轻少年，终须继老成。

这民乐园，是赁的汾阳会馆，大凡山西省的朋友修建会馆，十有九处，是造个老爷庙，那广安门河东会馆里面，两廊遍画老爷事迹，这汾阳会馆的匾，除了“亘古一人”，就是“浩然正气”，也都是恭维老爷的话头。墨香暗想他们山西人，倒是隆崇先哲，然而别省，想找这一个，能吓得人、降得鬼、走运的乡先正，可也当真没有，连张睢阳、岳武穆，都似差些，也无怪山西人给他修庙了。正是：

睢阳武穆少馨香，壮穆真如日月光。

自古鬼神亦听运，何须更问人行藏。

当日这民乐园，将散了戏，墨香走出园门，见个熟人，姓裘行大，一把扯住道：“我正找你有事。”

墨香道：“你有何事找我？”

裘大道：“我给你介绍一个朋友。”

墨香道：“不知是哪一位？”

裘大道：“这个人家住吴江，姓潘，名志蓉，字镜芙，在教育部有差使，住在宣武门外八宝甸，他看见过你的文字，说你倒还用过功，懂得章法，又知你精通戏曲，他对于此道，非常的爱，却是一窍不通，要找你去研究一研究。”

墨香道：“我读书无心得，学戏也不算有成，况且素懒酬应，劳你的驾，替我推辞。”

裘大道：“人家诚心敬意，只恐推辞不掉。”说着分手各散。

又过数日，墨香从工房回来，裘大同着潘镜芙来了，墨香只得让入书房。看那潘镜芙，相貌清奇，风骨凝重，不由心中佩服，彼此说些闲话。当晚镜芙约裘大与墨香，到前门吃一回致美斋。点的菜，离不了四做鱼等物，饭桌上说的话，也离不了西皮二黄、鑫培瑶卿、小楼兰芳。只墨香这时节，离晓得黄翠娘的故事，还早二十年，说不出西皮、二黄的来历。镜芙虽然问及此处，墨香也只含糊答应。吃饱各买些萝葡丝饼、闷炉烧饼带回，这是吃致美斋的老例。镜芙从此常找墨香闲话，墨香也不时去看镜芙，两人情谊一日厚似一日，竟成了莫逆之交，墨香也没想到。正是：

须收开径益，端篚出门交。

裘大又有个朋友，也姓陈，人都叫他戛戛，办了一种刊物，唤作《京华戏报》，约墨香前去帮忙。一日有人来投稿，谈《汾河湾》，错写“柳迎春”是“王三姐”，墨香给他更正过来。又有一稿谈《鱼篮记》，不知花脸扮的是龟将军，给他捏造了个名儿，叫做“绿甲天使”，也被墨香改正。戛戛笑道：“原来这些看戏的本领不过如此。”便有些懒了，却因报的销路尚好，才打起精神，仍旧去办。

岁月如流，过了不少日期，西珠市口修起第一舞台，墨香从门前经过，对面来了个无有胡子的老者，衣服阔绰，手里拄着一条文明杖，后面有人牵马跟随，见了墨香，道声“久违”，原来是在戏园后台常见的一个名伶，唤作谭鑫培。

墨香站住，同他略为周旋，他眼望舞台笑道：“门前这座大楼，满是红色，好像那年国孝用楼库，响器一动，恐怕要烧。”说罢走了。却又有一人到来，正是李六，又和墨香站在那里说了几句闲话。

李六道：“这舞台是杨小楼和花旦姚佩秋，还有个外行殿阆仙，集股办的。他们的台柱，有瑶卿在内，瑶卿现住大马神庙，上馆子太近了。只这里要开了市，文明园相离不远，定受影响。”墨香点了点头，各自走路。

不久舞台开张，果然应了老谭之言，堵门大火，把门前大楼烧掉，幸亏水会救得快，戏台毫无伤损。

水会众人正在扑救时节，见条大汉，气急败坏，跑将来，亡命往火中便闯，众人过来拦阻，大汉嚷道：“我叫何佩亭，是唱武花脸的，我的爸爸现在舞台里面，我要背他出来。”

众人道：“看你不出，倒有点人味儿。”即放他进去。

佩亭冲烟冒火，赶入后台，有人跟在后边。佩亭连叫几声“爸爸”，没人答应，佩亭急了，大叫道：“何桂山老小子，我何佩亭一个人的活爹，别装孙子，滚出来！儿子太爷背你回去！你要死了，我也活不成！只好去跳火，跟你老东西一处做鬼！”一面叫，一面放声大哭。众人正在东张西望，一人道：“哎呀，可了不得了，无怪乎闹火灾，原来有了火怪。”众人也看见了，发声喊，一拥向前，将火怪拖翻，只见赤发红须，红纱帽，红官衣，驼背方肩，挺着大肚子，好生狞恶。将要按住打，佩亭叫声“好也”，抢过那怪物，背起就跑。众人方才省悟，是何桂山扮的戏中判官。何佩亭虽是粗野，却见出他事到临头，有些至性。正是：

于礼不可，论情可原。佩亭救父，人无异言。

何家父子已去，那何桂山想必是到家中卸妆。当日何佩亭背着判官进门，他家必有一番惊讶，不必细表。

且说第一舞台，仗着人多势众，火已救灭，大家各散。因是第一天开张，不用上等脚色也能叫座，没有瑶卿的戏码，即便有时天色尚早，他也决不来的，故此没受这番惊恐。

舞台修理门面，暂不能唱，瑶卿在家歇息。这一夜，方掌上灯，跟包小李来报，长听戏的陈大爷，和一位潘先生，登门要见。递过名片，瑶卿说声“请进来罢”。少刻镜芙在前，墨香在后，一齐走入。来在会客厅房里面，看那厅房，当中木炕，旁设桌椅，壁上悬有名人字画，布置得十分雅致，没半分土俗之气，便知瑶卿人不很俗了。瑶卿亲出接待，问过镜芙台甫贵省，镜芙回答已毕，一同坐下。瑶卿向墨香道："我与阁下相识多年，从未光降，今日怎么忽然想起到我这里来了？"

当下墨香笑了一笑，说明原由。正是：

浮云令世变，旧雨故人希。

对酒山河在，看花岁月非。

要知墨香何故来访瑶卿，且看下回分解。

第二十二回　感事伤怀生幻境　逢场作戏斗新妆

话说墨香对瑶卿道："这位潘君，现入通俗教育研究会，那会中人，有侗厚斋和安徽人王劲闻、广东人罗瘿公，都不一定动笔，潘君是每日要编戏的，编好之后，送到戏班演唱。因王老板是有名望的好脚，将来总要送本子来，今天先专诚进谒。又知我和王老板很熟，才拉我同到府上。"

瑶卿道："好极了，我正嫌本子少。前者刘景然给我排了一本《奇巧循环报》，是四喜老戏，其中关目，好像鼓儿词的《巧奇冤》，又不全一样，穿插不紧，没十分唱好。我又得了一本《错中奇》，乍看戏名，好像梆子的《错中错》，只末了换了一个'奇'字，另是一出。明暗场子，全弄倒了，实不能唱的。二位若有新编戏本，请赏一看，再议排演。第一舞台聘了一位先生编戏，每月百元，此人素有懂戏名望，他编出来的玩艺，一本也不能用，反不如高阳齐二、闽县李三，都没甚懂戏的虚名，给兰芳编的《葬花》《撕扇》，倒能往戏台上摆。"

墨香道："《葬花》只能兰芳去唱，谁也不行，坤脚很有唱的，都不见佳，夏闰枝曾作《黛玉葬花背面图诗》云：如花原是镜中身，当面输心借一颦。满地落红不回首，怕看卤莽趁春人。真骂的不善。"

瑶卿道："这几出戏，总算别开生面，兰芳不上大头，梳的髻，和画上美人一样，衣裳按照画中样式，他们叫做古妆，想的法子不错，只这一下子，换了前台的眼睛，不能拿老戏的科模，去摘兰芳的毛儿，可就把兰芳捧上了天。这二位编戏人，真是兰芳的膀子，功劳太大了。本来戏是要跟着年月转的，老科模大有可改之处，我就不全守旧规矩。兰芳这种办法，我的主意，也觉着是应该的。"

镜芙道："通论通论，佩服佩服。"

墨香道："您说的那出《奇巧循环报》，我在广德楼看过一回，您来的那个女山大王，刘景然的李梦阳，贾洪林的王维善，花脸普世亨，人称普十，来的太监张永，戏是有些松懈。”

瑶卿道：“不但戏嫌太松，脚色也没派好，我排的戏，算这一出最乏。”

三人说了半晌话，猛一回头，见有一顶盔头放在那里，瑶卿道：“这是舍弟新制的台顶，太花哨了，我们女的也可以戴得。”镜芙笑了一笑。

又谈了些闲话，镜芙、墨香起身告辞，镜芙出门道：“原来唱旦的，一不留神，就说出可笑的话，虽贤者不免。”墨香笑而不答。

过了些时，给瑶卿送了些本子去，大半镜芙手笔，只一本《秦良玉割袖全贞》，是墨香编撰，不知何故，瑶卿都没演唱。更加第一台，已把门面重修告成，已开了锣，瑶卿起的甚晚，起来就忙着上园子，没功夫见客，镜芙、墨香便去得稀少了。

一日舞台，派了《汉阳院》《长阪坡》，杨小楼差人对管事人道：杨老板不唱《汉阳院》了，叫新收徒弟沈华轩抵两场。华轩大喜，立时答应。瑶卿派的是糜夫人，便道：“杨老板不唱《汉阳院》，我也不唱前几场。”于是也另派青衣抵了。

待《汉阳院》快完，小楼还没进来，瑶卿一面扮戏，一面笑道：“杨老板想必是‘跑箭’见夫人唱起，我也‘跑箭’才上。”管事人拗他不得，只好由他。果然刘备倒完了板，仍是华轩上去，前台盼望小楼心切，早已倒好连天，瑶卿在后台只是冷笑。直待瑶卿拈散头发，上去“跑箭”，才有正好。华轩本是票友，在票房内，居然是“杨小楼第二”，到过历城，也有人捧，这一次，小楼试一试他道行如何，他可栽了。究竟瑶卿唱戏多年，深知利害，看出小楼的心思，自己拿定注意，偏不与别人同挨倒好，然而瑶卿若肯先就出台，华轩十个倒好儿，或可剩了九个。只瑶卿决不会那么做的，反正自己与小楼齐肩，你何时上，我也何时上，决不早上一场，这是一定之理，易地皆然。正是：

同是老辈，各有辣味。

杨、王忽唱忽歇，这座舞台，也找过谭鑫培，此刻鑫培已过七旬，不搭长班，只偶尔在各戏园唱几天，他的琴工梅雨田，打鼓人李得胜，配戏花脸金秀山，二路老生沈全奎，都已陆续亡故，老谭的辅弼，另换新人。琴工是裘桂仙，或是徐兰沅，打鼓人是刘顺，或是杨双喜，配脚随时找人。又过一两年，他也殁了，从此老生一蹶不振，只有刘鸿升还抵挡一阵。他也进过第一舞台，待他出去，梅兰芳又入舞台演唱，恰值坤脚盛兴，京里纯阴的戏班很多，不过当日坤脚本领太弱，除了模样好，一无所长，都没打过这以男扮女的梅兰芳，因此男旦脚的势力日盛。同时有个朱幼芬，也有些姿色，一般妒忌兰芳之人，总想架弄起幼芬来，好压兰芳一头，无奈幼芬也与那些坤脚犯了一个毛病，没真正本领，连扎上腰裙，都喘不出气儿，根底既虚，唱念字眼含糊，如何是兰芳的对手。可惜他正当男旦脚得志之秋，他竟不得志，实是他自己不行，焉能怨天尤人。曾有偏护幼芬的人们，在酒席上忿然说道：“无论如何，幼芬可算个小姐，兰芳是丫头。”王瑶卿在座笑道：“幼芬诚然是小姐，恐其是《赵家楼》里，配脚扮的那个小姐。兰芳诚然是丫头，却是《虹霓关》的丫头。”满座大笑，那人方不再说。幼芬已故，那兰芳一天盛似一天。真叫做：

能将一笑使人迷，花艳何须上大堤。

疏属使同巫峡路，洛川真是武陵溪。

那俞振庭前些年打了一场官司，此刻久经没事，起了个斌庆科班，叫他养子唱旦，取名步兰，便是要追步兰芳之意。你道振庭怎么打起官司来了？只因有一伙人，假托公益名目，在戏园诈财，振庭正在广德楼唱《长阪坡》，同他们好说不行，吩咐众武行把他们打了，那伙人到法院去告，闹不清武行名姓，只得用戏中人顶缸。这个说被张飞打坏，那个说被许褚弄伤，法院出的传票，也是张飞、许褚，弄成一个绝大笑话。振庭受的罚，不算甚重，轻轻的就把官司完结，仍来做他戏班营业。只他这位令郎，前台人缘平常。有个武旦徐碧云，乃是小生徐三才之子，前台倒十分作兴，有人对三才道：“你唱了一辈子戏，给你甚么，都接得住，能耐真算不弱，只你身量太矮，扮上皇帝，活脱祖师神像。你又肚子宽，不但小生本工，可以算是不挡，连老生、旦脚，你都说的出个谱来，不但西皮、二黄，你能抵挡一阵，遇着昆旦唱《琴挑》，你扮个潘必正，真不含糊。你在天津，陪一个花旦唱《闯山》，人家是梆子，你也张的开嘴，你真算杂项，故此大家都叫你‘祖师爷’，算你的外号。唱戏人有不得外号的，姚增禄文武不挡，大家叫他‘姚一腿’，他就终身没有发迹。你也被人‘祖师爷’长，‘祖师爷’短，给叫干了。除了死鬼俞毛包、杨猴子、汪大脑袋，和现在西皮旦王瑶卿，没受外号的影响，其余都搁不住。甚么‘骑马贼’陆德山，后出的‘坛子花’梅荣斋，‘狗头旦’常荣福，和杨小楼新收徒弟‘铺盖卷’沈华轩，谁也没十分得劲。最可笑，是有几个花脸，都叫‘裕子’，都有外号，又是‘狗头’，又是‘狼猫’，也没一个是好脚，何况‘祖师爷’三字，更受不了。你的少君兰沅，胡琴不错，这位第四的碧云，在斌庆班，也算出了头，看起来你的儿子，人人要开过你去。唱戏的，没几家后人发旺，梅巧玲总算太不含糊，杨月楼也瞧的过，一个浣华，一个小楼，都成了大名。王绚云家，有一个瑶卿，也太出色。除了这几家，别人就不行了，李顺亭的儿子定安，早就死去，单留下一个饭桶，人称‘李四皇上’，听这外号，就知他的为人了。李寿山的大儿凤鸣，唱武生，小儿小山，先唱花脸，后改老生，本事都不错，都没升腾起来。沈全奎长子福山，只是扫边花脸，次子福海，一把胡琴，也没得意。刘春喜的儿子增庆，打了英雄，上台专一开搅，《招贤镇》扮个米龙，跟金大力较上真劲，硬把金大力给弄趴下了，招了个满园厰笑，大班不愿意用他，只落得到那天桥大棚去唱，居然来个《安天会》的孙猴子，去到无佛处称尊。似你总算有点造化，不过非叫令郎改文的不行，专唱武旦，挑不起大梁。朱桂芳小时，唱《水漫金山》，天已昏黑，那时戏馆子不继烛，台下看不见台上，早哄了起来，老板赶紧叫人点上两股香，站在台口，台下才不言语。他兼唱青衣，陪张毓庭唱《法门寺》，跟李老四到河南开封走外台，也大唱《跑坡》《进宫》，人缘好得很。可惜后来专心归了武行，没有加工往文戏里钻，到今天只能在兰芳手下听调，和兰芳徒第二路青衣姚玉芙，成了一对，后台权柄，还不及玉芙，你家碧云千万学文戏要紧。现在谭鑫培、李鑫甫、张毓庭、贾洪林都死了，许荫棠年纪已老，一天不如一天，王凤卿本事可观，太守王法，规规矩矩，不敢多这一步，拿定主意，不架大梁，眼看着要做二等的人物。此外孟小如，和时小福老板的儿子慧宝，都撑不住，老生甚是不振，旦脚要大翻稍。前一两年，梆子班的白牡丹也改了二黄，那时李鑫甫还没死，给他找花旦陈桐云，说些用的着的小戏，他又跟着张彩麟学了几出，他不怕绕着道儿走，你这儿子，以武改文，更直捷了。”

三才听毕，点头称是，碧云更是自命不凡，日夜在文戏上用功，拿定主意，要做“梅兰芳第二”，后来他娶了兰芳之妹，越发要学他大舅，这是未出的话，此刻不消细表。

过了些时，那椿树胡同三条赵宅，也立了个工房，约三才去做教习，墨香也常到这个工房里来，与三才又混得甚熟。

一日，墨香由顾家工房而回，正要再到赵家工房，人报前任副都统占栋臣病故，墨香忙去吊唁。此刻昆中堂的夫人久亡，姨太太也死，都葬在城外太平庄，这城里住宅，柱臣、栋臣移居正院，栋臣就在这正院上房死的。停着灵柩，宾客不多，祭帐、挽联不过十幅。霖雨田也死了，只柱臣在那里招呼，气象十分萧条，再看那两边厢房里面，连桌椅都无。前几年，中堂夫人瓜尔佳氏的丧事，还不失相府规模，现在可不行了，比起从前景况，何止一天一地。墨香想起幼年在这宅中看戏，一切繁华，算都拉倒，不由泪出痛殇，大哭不止。回家数日不快，连工房都去得甚懒。正是：

> 一国三公，车马长安殿阁中，鼎爵分班送，金印轮流弄，嗏，白首悬鸣钟。青山木拱，华表铭旌，断送黄粱梦，君看盖世功名总是空。

又有词曰：

> 笙歌云外迴，正烛烂星明，花深夜永。朝霞楼阁冷，尚牡丹贪睡，鹦哥未醒。戟枝槐影，立多少金龟玉笋。霎时间雾散云销，山外雀罗张迳。猛省，燕衔春去，雁带秋来，霜催雪紧。几家寒冷，又逼出梅花信，羡天公何限乘除消息，不是一家悭定。任凭他铁铸铜镌，终成画饼。

墨香在家，追念七岁时，曾到昆宅拜寿，他家唱的是醇王府高腔班。将一进门，从后台经过，只是那里摆着两个无常大鬼的切末，面前供些生白菜。墨香见那物件，一白一黑，都是一尺多高的帽子，极长的袖子，身量长大，面目狞恶，吓得往后倒退。栋臣才十来岁，从里边出来，见了这个神情，哈哈大笑，跑过去，把那物件打了几个嘴巴，丢掉白菜，拉着墨香进去。今年栋臣不过将到四旬，正在年富力强，竟自身死。醇王府高腔，早就散伙，目下天乐园，却有一班乡土高腔，兼唱昆曲，有个旦脚韩世昌，人缘不错。自醇王府高腔散了以后十来年，中堂已经告病，三麻子到京，中堂没看过他的戏，在院内搭个地台，找他来，唱了一出《盗宗卷》，又跟余玉琴唱了一出《翠屏山》，他在戏园，专唱关公，为的是容易捆羊，这一路活儿，不曾唱过，谁知还是真不错，人家够个好脚。如今也成过去陈迹，与醇王府高腔，也是一般。只这昆宅还有，却又换了局面，连昆宅带高腔、三麻子都大有转变，抚今追昔，真令人可叹。咳，也不止昆宅，我幼年见的一般大人先生，都何方去了？又岂但是高腔。这二十年来的二黄班，也变得利害。老生自汪、谭以外，周春奎、纪寿臣都死了，小生陆氏兄弟薇仙、华云一齐了账。他叔伯弟兄陆杏林，本事虽好，一生没大走运。花脸金秀山、何九并其子佩亭，也装了棺材。秀山之子少山，跑外码头，久不回来。旦脚吴顺林一条好嗓子，在财盛馆唱《因果报》，扮个凶恶女鬼，吓了我一跳，财盛馆也关了，吴顺林也哑了，纵然不死，也不能再唱了。福寿班从外江约来的王巧云，久不在京，李鑫甫跑外码头，还跟巧云打过官司，是鑫甫输了，巧云听说现下有些神经病。他兄弟五盏灯，混的跑了宫女丫鬟，再比五盏灯小的那个荣山，在太平和还唱《战长沙》的老爷，现在越混越不见起色，归入二路脚色里面，还在张荣奎以下。他小时候在天寿堂唱《伐东吴》，荣奎给他配吴班，连刘备都够不上，如今一升一降，大非昔比，荣奎要唱《伐东吴》时，王荣山纵然不至于来吴班，也得乖乖扮刘先主了。再说到梆子，崔、丁、李三个花旦，都叫灵芝草，可算盛极一时，如今死的死了，没死的，似崔灵芝，竟下了天桥。还有太平和的还阳草，改用本姓名，叫做杨韵谱，大教其坤脚，也算再不能上场。侯俊山回了张家口，田虎和他儿子武生田雨农，先后病死。似梆似黄，非梆非黄，特殊脚色，武生黄胖儿，武旦飞来凤，武花脸英玉，开口跳张黑，也很有人作兴。张黑爱唱老旦，反串过《钓龟》，这些人也一个不在人世上了。黄胖儿一派，虽有李吉瑞、马德成、李玉奎，此刻都没在京。昆宅从前唱昆曲，外脚陈寿峰，和他兄弟桂亭，都不短了去唱，桂亭是昆曲正生，两人都算稳当。老脚色杜蝶云，上海昆旦小金虎，北京昆旦孙藕香、乔蕙兰，也曾在那府中出入，现在也都已凋零。三麻子虽然无恙，久回上海，轻易不来的，想起来真不好受。郑所南先生诗云：

今日之今，霍霍栩栩。

少焉瞩之，已化为古。

正在胡思乱想，心里如野马一般，不知要跑到哪里，忽然睡魔找上身躯，自己做不得主意，和衣倒在床上，沉沉睡去，竟一直睡了，连晚饭都没吃。睡得正酣，又做起梦来，梦见许多旦脚，左右围绕，为头的是瑶卿和那个荀慧生，又有好些坤脚，有自称是瑶卿徒弟的，有自称瑶卿徒孙的，墨香好似山阴道上，应接不暇。闹到日头大高，梦还不醒，好容易才醒过来，觉那燕语莺声，犹在耳畔。正是：

隐几莺啼树，拈花蝶拂襟。

将吃过早饭，赵子珩来了，他是赵大司寇之子，昆明人氏，曾官刑部郎中，好放风筝，有一个“赵大风筝”的外号，颇读诗书，腹笥甚博，只笔下写不出来罢了。现在不再做官，只在椿树三条胡同东头路北自己宅内，立了工房，与墨香等讲究戏文。他是昆曲能手，却也会唱乱弹，因墨香数日没到工房里去，今天他恰有一件事，便找上门来。

只见子珩将走入墨香的书室，未曾坐定，先呵呵大笑，笑够多时，又喟然长叹，待他坐下，才说道：“你好几天没见，我们工房，闹出绝大的笑话来了。”

墨香道：“不知是甚么笑话？”

子珩又笑了一阵道：“我这工房，向来重朋友，来者不拒，不似顾家工房挑选甚严，故此新学乍练的甚多。他们又得少为足，自命不凡，你要劝谁下工夫，谁就瞪眼，说你瞧不起他，一个至十个，脾气一般，都是天生大圣，由娘胎就会唱戏。只看见孙悟空做那天宫反寇，地府豪宾，却忘了孙悟空在灵台方寸山，斜月三星洞，须菩提祖师座下，受的是甚么罪。我也不便十分多费唇舌，只好任其自夸，他们益发自信，不知天有多高，地有多厚了。日前有一家请清音局，这一路的朋友都去了，本主儿看见他们，吓得面无人色，说是耳朵受不了，要遭大劫，他们若唱一句，听主儿就有性命之忧，慢说一整出，给他们作揖请安，甚至于磕头，求他们千万行好，行些方便，积些阴功，最好是不要唱。他们憋足戏瘾来的，谁肯甘休善罢，只图自己嗓子受用，不管人耳朵遭瘟，任凭您说甚么，反正拿定了主意，要跟人家做个冤家对头。人家急中生智，捏了一篇假话，硬说没有报区，怕警察来禁止开弦，对不起，请诸位不必劳音了。实则这一家既请清音，断然没个不先到区上呈报之理，这分明是撒谎，决非事实。不过人家既不愿听，我们只能回来，其中有好几位，擦眼抹泪，哭着出来的，岂不可叹可笑。”

墨香道：“这也是只算寻常之事，阁下不必少所见，多所怪。”

子珩道：“今早另有一家，住在河泊厂，又到我那里请局，却是上场的局面，只灯晚十出戏。我因上次的跟头栽得凶，不肯答应。这一家的主人说，只要预先定好戏码，太不像的不要，也就不至再闹那宗大笑话。现在戏码已定，有你一出《也是斋》，我亲来给你送信，日期就在后天，徐三才先生给你配杨盛公，陆大肚的岳子齐，屈来顺的皮匠杨虎，你这一出，除你是外行，那三个都是真正唱戏的。我自己和朱杏卿的《琴挑》，老票友王佩连、杨德太的《骂曹》，刘凤叔的《弹词》，王升甫、诸茹香的《乌龙院》，张展云、李宝琴的《得意缘》，顾老七的《琼林宴》，祥秋圃的《戏妻》，罗氏是找的内行青衣唐秀亭，再加两出开场，算到一块儿，将够十出，你务必早去，我们实指开场。”

墨香笑道：“这一出《也是斋》，我就不像，只怕唱不好的。”

子珩道：“像不像，三分样，反正你是学过的，大约不会甚砸。”墨香想了一想，只得应了，子珩告辞而去。

次日墨香到工房，跟三才对了介口，并站了地方，三才道："您是彩麟给说的，不能有错儿，不过您学的不结实，等我给您下刮。彩麟这一路玩艺，倒是有根，要叫他说《得意缘》，可不及宝琴。当初福寿班，余玉琴和彩麟都不唱《得意缘》的，独这一出，是宝琴唱，有时换梅二锁，若带'下山'，彩麟更不玲珑。还有那个郎霞玉，例归二路青衣，跳不出李棣香去，现在被瑶卿唱成正戏。蕙芳的狄云鸾，前台看着比宝琴强。他们这一出，真算火炽。"

墨香道："戏在人唱，这句话一点不错。瑶卿的《得意缘》，我就爱看。有一次，有人约我往天乐园看谭鑫培，说他要唱《江东桥》，这是稀罕的事，非去不可。只那日瑶卿在广德楼，贴出《得意缘》来，我老实不客气，仍是看了瑶卿，老谭的《江东桥》也没唱，我因爱瑶卿，没有受诓。"大家谈了半天，到晚各散。

眼看是出局之期了，墨香找了那个梳头人，带了头套行头，雇人力车，奔了河泊厂。进门天才将黑，场上正唱《赐福》，看那戏规，第二《求寿》，第三《琴挑》，第四《戏妻》，第五《也是斋》，第六《弹词》，第七《乌龙院》，第八《得意缘》，第九《琼林宴》，末一出《骂曹》，王佩连笑道："我是不配唱大轴子的，好在堂会，照例有一出送客，就算为送客罢了。"

《琴挑》上场，墨香便去扮戏。你道这出《也是斋》是何关目？有醉薇居士五言八韵诗为证：

《也是斋》名好，双扉镇日开。
顷触知彼醇，纳履有人来。
波晕频频转，风情脉脉猜。
室中佳客在，门外莽夫回。
险被机关识，权将笑语陪。
杨花怀本性，棣萼羡多才。
鸳鸯魂惊夜，鸾刀血染埃。
除奸昭义愤，莫再恋樽罍。

这本是一出戒淫的戏文，实写"奸近杀"三字，比那才子佳人，花前密约，月下偷期，如《西厢》之类，似乎还要强胜十倍。只天下单有一路不会看戏的，专用贾天祥正照风月镜的眼睛，来看这出《也是斋》，可就差了。

当日墨香用的新制头套，是自己头发造成，上面已遍抹女人梳头的桂花油，挽起髻来，墨香不由暗笑：好哇，我的头发，想不到会挽了髻。我小时候重男轻女，有人给我擦粉，我就洗掉，今日却自己拿着粉和胭脂，对着镜子往脸上擦。那个时节，有人跟我起哄，叫我一声“小姐”，我定不依。如今连娼女、淫妇，我都承认，俗语说“由小看大”，竟自靠不住。追求细底，我实是入了王瑶卿的圈套。只这一路玩艺，又不是王瑶卿干的。越想越有个意思，我检直十年一变，也是一个令人不可捉摸的大笑话。一面想，一面扮，早已扮妆整齐，穿好衣服，对面有个穿衣镜，过去一照，噫，我往何方去了？镜中只有一个女人，梳着圆髻，满脸脂粉，略戴钗环，身穿青布袄裤，两只小脚，穿着大红弓鞋。这也奇得紧，眉目面庞，仔细揣摩，毕竟有九分像我，难道这女人就是我么？顷刻之间，我就受了男女轮回，此事太也有趣。我已三十多岁，这女人也像三十多岁的，只比我似乎少嫩几分。正是：

背时容色入深秋，各自风流一种愁。

此意旁人应未觉，几回抬眼又低头。

要知这出《也是斋》登场情景，且看下回分分解。

第二十三回 佛理悟是都是佛 魔头深处总逢魔

话说这出《也是斋》，虽已扮齐，场上戏还没唱完，顾七同了陈十二、刘春喜进来，方知顾七已换陈十二拉胡琴了。他们见墨香已变女相，便道："你快唱了？"墨香点头，他们坐下闲谈。

只听陈十二道："老谭晚年的胡琴，是裘桂仙或徐兰沅。桂仙是何九徒弟，现在嗓子复原，又唱花脸，兰沅替了茹莱卿，给兰芳做活。莱卿本是武生，给老俞配戏多年，也能唱正活儿，连《挑华车》的高王爷，莱卿都唱过，还是真不含糊，比现在的好几位名脚强些。他儿子茹锡九，是余玉琴的徒弟，入过福寿科班，却也唱武生，跟丑八怪武旦靳湘林是一对儿，湘林本事实在九阵风以上。光绪年间，大盗本德偷了景侍郎，官差追捕得紧，他路过韩家谭，福寿科班的徒弟们把他拿住，那时锡九、湘林都正在学戏，曾经协捉本德，两个小孩都出了[力]，没料到大了不行，只成二路。锡九能耐不错，肚子很宽，《蜈蚣岭》《探庄》《雅观楼》全有准根，只身子太胖，在第一舞台唱《招贤镇》的黄天霸，舞台置有油篓的切末，天霸被擒，装在篓内，待褚彪来救。谁知锡九撑满了油篓，拉不出来了，翻过篓来，用木刀打了半天篓底，锡九方得出来，闹得满台下大笑，这只是形体的关系，与台上本事没干。锡九之子富兰，是小生兼武生，其弟富蕙，是小花脸，现在富连成，将来必有造就。"顾七将要羼言，本家主人到后台来和他们周旋，便把话头打住。

陆大肚扮着岳子齐，来问墨香道："咱们素唱荤唱？"

主人在旁道："荤唱何妨。我们若有忌讳，不派这一出了，只陈先生肯荤唱么？"

墨香道："怕甚么的！我是替古人作传，并非我变成古人。施耐庵《水浒》，写那三个淫妇，已是不堪入目，兰陵笑笑生《金瓶梅》，写到淫欲的地方，更不像话。我站的是耐庵一辈人的地位，再荤一点，又干我何事。况且唱戏，一切都是写意，裤子是不能脱的，纵然说是荤，又荤到哪里去。古来屈子《离骚》，便写美人香草，唐末韩致光有诗云：

眉山暗淡向残灯，一半云鬟坠枕稜。

四体着人娇欲泣，自家揉碎研缭绫。

“他这四句，可算十足淫艳，只如今提起韩公，谁不说他是唐代正人君子，没有因此贬了他的风格。王次回作《疑雨集》，也都是香奁体的诗，待沈归愚选《国朝诗别裁集》之日，定出体例，不选次回一字，袁子才大不谓然，说《三百篇》开首就是《关雎》，是文王思后妃之作，归愚未免太迂。黄吾堂《香宵集》，是集唐诗而成，也是说的些浮艳话头，《四库全书》却收采了。我虽不敢妄比前贤，用心也是一样，管他荤唱素唱，我只是个我，不是得我就坏了品行，只怕看戏人存心邪僻，拿着我们戒淫的戏文，偏忘了末后结局，专向前边着眼，我们唱戏的，可就犯了诲淫大罪，故此我唱这一路玩艺，到末一场起杀的时候，这个淫妇，披发求饶，格外比别人火炽，就是怕人忘了淫妇死得甚苦，失了鉴戒的本意。人都说这一出戏样儿不好，收结太凶，然而他这凶恶的去处，正是他编的得法，末一场才有劲，才能叫看戏人觉得不松。我更有一个见解，这一出，不但戒淫，还能揭破旧日婚姻不良的罪状。这个女人若嫁个称心丈夫，焉能弄到身败名裂，昔年媒妁是不能逃其责的。”

子珩道：“话虽如此，只依我看来，还是素唱为妥，莫如连大帐子免去，一切改作暗场更妙。”墨香点头答应。

三才扮了杨盛公，衣服穿好，还未勒网子，正在那里坐着，便道：“既然要改，可得给大家说一说，连唱戏的，带打鼓的，带检场的都得说的。戏快上场，怕来不及，您给我说个大概，我去随时照应，好在这一出的人，都是干这个的，一说就明白，决不像那些没用的柴头，说死了，他也得给你砸个土平。”

于是墨香、三才略为计议，三才道：“行了，就这们办。”话将说完，陆大肚说声该上了，便奔往上场门。

那出《戏妻》将由下场门下来，这边陆大肚，矮方巾、绿褶子，随着小锣早上。念完半支【西江月】，通过名姓，表出他自己是朝邑小吏，公暇闲游，唱西皮摇板下。

小锣抽头，旦脚上台，唱西皮摇板两句，是“月老错点姻缘簿，伶俐佳人配愚夫”，坐下通名：“林玉兰，是朝邑皮匠杨虎之妻。丈夫好酒，不肯养家，幸亏自己会做鞋，开了座也是斋鞋铺，卖了钱还贴补丈夫的零用”，念到此处，用手绢抹一抹眼泪，底下接着念“今日天气晴和，不免把招牌挂起，好做买卖。哎，思想起来，我林玉兰好命苦哇。”唱西皮原板云：“林氏女生来多俊俏，油头粉面卖风骚，虽然无有西施貌”，唱到此处，拉个腔儿，胡琴起了行弦，做出挂招牌身段，坐在下场内角桌后，算是柜台，改唱摇板云“十个男儿九魂销”。这几句唱词，已不像话，全戏可知，到在禁戏之内，实不冤枉，写入《活人大戏》，仍是“禹鼎铸奸”主意，与写李睡兰相同。凡一切曲护此戏的话，只是偶尔之论，不为定评。

旦脚唱毕，上岳子齐，花了五两银，买了一双鞋，嘴里虽说的不像人话，却十分蕴藉，这就叫做素唱。这林氏动了心，告诉他有个后门可走，却摘了招牌，做了闭了铺门神气，转身而下。岳子齐说是奔往后门，也就下去。正是：

满前野意无人识，几点碧桃春自开。

小花脸才下，接着花旦又上，仍是小锣抽头，唱西皮摇板云“男有意来女有情，看起来他心是我心”。岳子齐溜到，二人成了事实，同向后台去了。一入下场门内，他是他，我是我，各不相干。岳子齐与淫妇做何勾当，小花脸与旦脚，是不管的，前台以为这女人失了身，究竟是虚无飘渺。俗话说“唱戏的是疯子，看戏的是傻子”，疯则未然，傻恐不免。即如这宗地方，看戏人似有五分傻气。

这一场底下，屈来顺蓝毡帽，忘八须，身穿布箭衣，拴条布带子，扮皮匠带酒而回，在门前喊叫，旦脚又上，此刻却敲一敲大锣。淫妇问明是亲夫回家，唤出情郎，由后门放跑，才开了前边铺门，放进他嫡亲丈夫来，盖一个喧，这一场又算演完。

陈十二在后台，迎着墨香笑道：“杨大嫂，你叫人家欺负了。”

墨香也笑道：“那是台上的话，咱们后台另是一件事，不必搅在一处。”

陈十二道：“此刻你还是女妆，等你恢复男相，我自然不说。”大家拍手称是。

徐三才罗帽箭衣，都是青色，白鸾带，厚底靴，插花披红，扮小叔杨盛公来探兄嫂。忘八、淫妇都来相见。问兄弟花红何来，盛公乃朝邑捕快，说出拿获大盗，太爷见喜，方有花红之赐。淫妇要这东西，盛公即时奉送。忘八上街沽酒，淫妇得了机会，便说些疯话，来撩拨小叔。正是：

叔嫂今番陋室逢，妖娆偏逞秀仪容。

私心便欲成欢会，仿佛潘娘戏武松。

谁知道这一个是潘金莲一流，那一个也是武松同类，早已闹翻了腔，大嚷起来。这婆娘正在羞惶，那盛公正在急躁，忘八已归，旦脚由上场门闪入。岳子齐来了，盛公因是同衙，留他饮酒。旦脚溜出，站在台角，向小花脸招手，杨盛公一眼瞧科，向女的拍桌大嚷，旦脚作出惊慌之状，向地下一跌，挣扎立起，又入了上场门。

陈十二又笑道：“香嫂子，你除丈夫以外，见一个爱一个，今番可惹了祸了，你好一对桃花眼。”

他这里说笑，杨盛公已打走岳子齐，弟兄二人定下计策，约就夜间杀这一男一女。陈十二道：“不好了，嫂子你快死了，你丈夫要杀你来了。”墨香忙着改装，未及回答，陈十二道：“你可得给丈夫多磕头，他虽到底不饶，你可不能不哀告的。”墨香也没答言。正是：

赌近盗兮奸近杀，古人之言不妄发。

丈夫虽是没能为，也不甘心做忘八。

这一出戏样儿不好，官府累次禁止，实在是维持风化的办法。当日墨香等演唱，连删带减，去其太甚，虽不如不唱为高，到底比原戏强了十倍，不过墨香有言在先，只去其淫，不改其杀，好叫奸人丧胆。这底下就该墨香不顾身份，演那淫妇挨刀的惨状了。

只见场上岳子齐黑夜来叫门，旦脚摘了花朵，穿着粉红小袄，由下场门溜上，开门放进岳子齐，随手把门关闭。淫妇便劝岳子齐不可再来，岳子齐不但不听，还要谋害杨家弟兄，淫妇含糊答应，做出不以为然的神气。岳子齐说我到套间等你，即往后台，旦脚正要随下，忽有人拍门打搅，正是亲夫的声音，这便是今日的改良唱法。若按老例，奸夫淫妇是当场入帐，忘八才来，甚不雅观，因此删去。不但戏样稍好，也给旦脚省去好些肉麻，况且扯大帐子，当场宣淫，久干例禁，如此一改，也见得票友奉公守法，不违拗条例。

当下淫妇开门放入亲夫，那小子晓得老婆有了私货，进门东张西望，像是搜检一般。淫妇左遮右拦，连忙问他找甚么，他大嚷找刀，淫妇吓得变了颜色，问你找刀做甚么，他道应了活儿，要刀去做工。淫妇忙取皮刀，付给丈夫，推他出去，关了门，向后台去了。正是：

杀心他已起，欲念我难禁。

又有词曰：

今宵何夕，月痕初照。等闲一见犹难，平白地两边凑巧。向灯前见他，向灯前见他，一似梦中来到，何曾心料。怕人瞧，惊脸儿红还白，热心儿火样烧。

一切淫邪，都归了后台，然而就前台看来，旦脚的上当，已经到了九分，只差一分儿，不够十分罢了。那这时节的墨香，正在好奇赌胜，倒也不以为意，陈十二笑道："墨香的人品，总算往高处走的，只他的戏品，可太低了。哪一个票友，肯这么干。"众人都笑。

戏唱到此间，场面上起了更鼓，屈来顺做出磨刀之状，早有人在后台忙着给墨香取下扁簪，紧了紧束发绒绳，脸上抹了香油，身上也改了妆扮，手忙脚乱，闹个不休。

徐三才已从大锣声中，提刀直出，见了皮匠，问他岳子齐可在里面，皮匠答的话，上不得纸面，意思是说岳子齐正在这里，跟你嫂子胡闹，是绕着弯儿跟小生玩笑，只旦脚却逮了苦子，盛公又派他老兄在后门看守，皮匠闪向下场门内角。有这些磨蹭，也就容出旦脚改扮功夫。

徐三才抖丹田，"呔"了一声，接着念"嫂嫂开门来"，大锣响处，墨香和陆大肚从下场门走出，女的在前，男的在后，只见陆大肚依然衣帽齐整，一点春意也是没有，这亦是通大路的办法，不止大肚今日是这般，戏本是假，这些去处，越发不可太也像真。

墨香披散着头发，两颊仿佛流汗，身上小袄已脱，露着一件汗衫，倒有五六分春色。这是唱戏人的俏门子，假若男脱女不脱，戏就不火炽。墨香手拈散发，问是谁呀，三才说是杨盛公。淫妇听得小叔子到来，早吓得手足无措，先还支吾，三才念出“兄长不在家，岳子齐可在里面？”墨香用手把散发一弹，叫声“哎呀，我的妈！”同野男人都滚在地下。老路子，花旦此时有洒鸡蛋清儿的，今日是素唱，便给免了。两人挣起，做出奔后门逃命的样子，转向下场门，恰和忘八一撞，三才已做出劈门杀进的凶相。墨香低头从他胁下一钻，奔到台口，三才奔向陆大肚面前，墨香把头一仰，洒起散发，又一低头，奔入上场门。哎呀，这新式头套的散发，垂在脑后，又无线尾打搅，敢则比髻上垂的那一绺洒着省劲。这半天都是【乱锤】的锣鼓点子，杨家兄弟把岳子齐拦住，一刀杀死，取了首级，是个纸壳，不用照例的红门旗包纱帽，这是票房，踵事增华，新出的主意，并非老路。那纸壳上边，有稀稀短发一丛，有眉有眼，也画着白鼻子，却是嬉皮笑脸，不是死人面貌，看着可笑，不甚可怕，正好算是他那路脚色的吃饭家伙。唱戏到此，有诗曰：

谁家少艾颜如玉，钟情故意迎人目。
多少贤豪善检束，到此关头便失足。
他女原非尔花烛，他妻原非尔眷属。
他女勾尔入她屋，尔莫从她暗相逐。
他妻诱尔同她宿，尔莫与她私相熟。
尔若欲火难相伏，请看岳子齐遭戮。
看到此间身觳觫，自觉心灰如槁木。

杨氏兄弟要追杀女的，便也由上场门而入，戏中规矩叫做“倒下”，又叫“反下”。大锣急敲，墨香散发遮面，从下场门反上，前扑后栽，小叔赶到，一拍肩窝，跟着一脚，墨香散发一洒，一个极矮的软抢背，翻向上场外角，由小叔胁下一钻，恰好亲夫正跟在小叔身后，夫妻一撞，亲夫将要来捉时，墨香已进了下场门，他两人又追下，这却是正下了。锣声照前，墨香和小叔都由上场门正上，扑跌和那一场一般，不过方向不同。续上亲夫，三人背靠背，绕着走，后台行话叫做“反抄”，女的抄到小叔面前跪着，小叔左手揪她右腕，却把右手的刀高举，墨香洒发膝行，三才骑马式步走，来顺在三才身后紧跟，三个人由上场内角，向左斜冲，小叔到了中场，在女的头上，虚砍三刀，行话叫做“漫头”，墨香的散发迎着刀刃三洒，小叔连叫三声“杀”，一松手，墨香又一洒发，趴倒，忘八却躺在淫妇身旁，两人“哎呦”成片，淫妇挣着跪起，向亲夫叩头如捣蒜，求他饶命。亲夫审问奸情已毕，便向兄弟替老婆讨饶，墨香也洒着散发，给盛公磕头。盛公毫不徇情，举刀就剁，吓得女的扑向丈夫一抱，被小叔劈开，一连两次，三才捞旦脚的扑虎，旦脚就势起了乌龙搅柱，小足朝天，盘旋不已。三才归右，旦脚跪在左边，三才又揪右腕，这女人的散发前垂，伸开粉颈，说时迟，那时快，刀已落将下来。正是：

断送桃花三月雨，摧残杨柳九秋霜。

戏中杀人，有刀真往脖子上剁的，有离着脖子甚远，一比划就算完事的。这一路戏，可得真气，不然，便不火炽。当时三才木刀落下，墨香的散发向后一洒，戏中女的头随刀落，检场人用块红绸当头一盖，小叔又一松手，他家浪嫂子没头尸身，向后跌倒，墨香还把两只跷踢了两踢，演出这女的心还未死、疼极惨状，方才爬起，弯腰向后台而去。这宗演法，是个最老的路子，后来一干花旦，不肯做这倒霉模样，刀才落下，便弯腰走入了。

检场人递与来顺一条扁担，左边拴着那纸糊岳子齐的首级，右边也拴一个纸圆壳儿，上边黑而且长的一大丛散发，眉眼倒插，鲜血淋漓，是个新斩女人螓首模样，好生可怜。这又是俏门子，旦脚本是吃亏的脚色，越可怜戏越有劲，不能跟小花脸去比。他们提头报官，忘八照例还对着女首级，叫着花旦台下姓名，说些混话，台上才起了【尾声】。

这一出，淫杀并重，如今《活人大戏》里，只写"杀"字，对于"淫"的一面，轻描淡写，虽说仍有语病，究竟彼善于此。也因墨香是唱女脚色的，不能太撒野，总要自留身份，又何况改了素唱，那"淫"字更无从细描了。

墨香到后台，正和那穿衣镜走个对面。哎呀，你看我披散头发，满脸发亮，十分的狼狈可怜，与方才的样子又不一般，这也算一个小变态。齐天大圣七十二变，也没这么利害，一个钟头，就会变的，方才我想到十年，岂不太迟缓。陈十二曾说，待我复了男相，便不同我玩笑，如今我在台上，已死在小叔之手，另有那个纸壳，抵那淫妇，我是不相干了。一面想，一面早摘头卸妆，露出本来面目。噫，我仍在这里，那女人又哪里去了？我家颇信佛法，佛爷曾有一部《华严经》，通是八十卷，号为万经之祖，内有觉林菩萨偈云：

世人欲了知，三世一切佛。

应观法界性，一切唯心造。

这四句，真说得好。我每逢上台，便现女相，只是当初此心一动，酿出来的，足见佛门不打诳语。先文恪公交的朋友，有位石埭杨仁山先生，专好讲马鸣菩萨大乘起信论，其中说真如生灭两门，最为透彻。我今天和那个女的，她生我灭，她灭我生，一刹那间，生灭得好生迅速。只我和她的生灭，都是我一心造出来的，马鸣的话，也真精湛，我算是佩服他老人家了。鸠摩罗什大师译的《摩诃般若波罗密大明咒》经云：是空法，非过去，非未来，非现在。玄奘法师改译此篇为《心经》，删此四句，高骧云说这是言心正旨，不该删去。这个议论很是有理，不是有意挑剔古德，先父文恪公《大明咒经讲义》，曾经采入，并引《金刚般若波罗蜜经》"过去心不可得，现在心不可得，未来心不可得"做他的证据。

我方才在台上，演那淫妇，只能自命是个女的，此刻不做此想，这便是"过去心不可得"，卸了妆，我在这里想到佛法，只此念少刻也要放下，却不知又想些甚么，看来这现在、未来两心，也果然是"不可得"，佛家言语，实是不差。世间迂儒，变着法儿，呵佛骂祖，只这种道理，却驳他不动。万英生先生也是佛学极深，曾说"日用寻常，都是佛法，不要往神奇一边钻研”。我今日唱了一出这一类的戏，竟悟出佛家许多奥妙，我这万老师也确有见解。他一天到黑，念“南无阿弥陀佛”，手注《金刚经》，原来不是迷信，不能诽谤他的。我虽家学渊源，又得明师传授，于佛教算是信徒，怎么干这营生，着起淫妇相来，我引那韩冬郎、施耐庵，究竟强词夺理，不算确定。记得先父文恪公诵那宋朝真山民作的《咏观音阁梅》诗曰：

毕竟花犹为色相，未应香解动闺思。

清霜绰约如冰雪，千手何曾折一枝。

大士现女人身说法，莲花都不爱，真是菩萨。我倒得勉力解脱，切莫拖泥带水，走差了路头，可不是玩的。想便如此想，只墨香尘心未净，离真如远，距生灭近，眼下又生出一件魔障来。只见子珩对佩连道：“场上《弹词》已经快完，《乌龙院》也扮齐，《琼林宴》的人，已在这里，张展云告假不到，《得意缘》取消，好在那一出的人，都归他找的，他都送了信，一个不到，你这一出提前，待《琼林宴》上，你就扮罢。”佩连答应了。

忽的本家主人道：“哎呀，我好荒唐，你们列位别多心，我此刻想起来了，《骂曹》可否改一出？家母娘家姓曹，我的外公舅父，今天都在坐，这一出怕招他们不愿意。”

子珩目视佩连，不答一言，佩连笑道：“我们是来找乐儿，不是找别扭，倘或他们前台，因这个闹翻了车，我们也不好看，我好在肚子宽，可以改一出。京里戏班，学王九龄的，有王仙舟、沈全奎、王玉芳即白眉九，票友就是我，算得了九龄一点意思，跟内务府裕王二学长庚一样，只学长庚的，还有个老票友周子衡。如今裕王二吹了灯，只剩他一人，与我这个‘假九龄’，可以算是一对儿。九龄的《换子》，前压长庚，后压叫天，我虽学得似是而非，唱来还不扎耳，我改一出《换子》如何？”

子珩道：“那得看一看后台配脚能凑不能凑，再做定夺。我今天的班底，是沈福山、冯金寿经手，等我跟他商量。”忙命人去到帐桌，把冯、沈两人找来，跟他说要改码。

金寿道：“《换子》的老旦，倒是有一个，说到花脸也不短，老生也有我的徒弟，就是没了旦脚。今天找的是胡三，他是素仙的兄弟，专跑宫女丫鬟，还有唐秀亭，是跟票友配《戏妻》的，因后半工没他们要紧的活，全都走了。《得意缘》的夫人，张二爷单找的赵芝香，张二爷告假不来，赵芝香没到，那一出的丫头，也归张二爷自找，如今也不用了，虽还上这里来伺候，偏《换子》得用一个挨刀旦、一个丫鬟，后台可没人。”子珩未答。

前台一个朋友，是律师王劲闻，素来和这些人熟识，此刻正在后台，听了笑道：“这有何难。赵大爷小生、旦脚都来得，而且不挑正脚、配脚，何妨凑一个？”

金寿道：“一个不够，非两个不可。”子珩想了想道：“我有主意了。”正是：

人皆无策矣，君独有谋焉。

要知他的主意如何，且看下文分解。

第二十四回 恩仇了了述前事 情意绵绵思故人

话说子珩向劲闻、墨香各作一揖道："我知劲闻能唱老生，兼演老旦，今天本主儿没请他走局，算我代约，那《换子》的徐夫人，不用后台老旦了，就烦劲闻扮演。那个花脸也可不用，仍请原应曹操的杨德太扮监斩官张泰。票友打鼓人余虎臣，能唱老生，烦他扮个犯官薛猛。有个老生票友叫做王小安，是大书办王佑安之子，文武不挡，爱扮零碎，原定扮《骂曹》的张辽，烦他来个院子。我赵某人来个丫鬟，烦墨香扮那犯妇马氏，这就是他们说的挨刀旦。一出《换子》，除了龙套，全用票友，岂不大妙，可得劲闻、墨香格外帮忙。"二人推辞不得，都答应了。

墨香听戏已久，这路脚色，虽没学过，初已听会，子珩知二人鞋脚不齐，拿出一双古铜色彩鞋，递给劲闻，试了一试，大不多儿，可以穿的。子珩又给墨香一双樱白色彩鞋道："知你只带跷，没带这东西，好在你的脚，跟我的尺寸相仿，一定能穿。"

墨香接过来，忙往梳头桌而去。那梳头人听知此事，便道："您只带头套，没预备大发、水纱、网子、线尾，您不是没有，是没带，扮这个挨刀旦，戴这头套是不行的，还得想法子。后台旦脚都走了，没法去借，不比王先生能用后台老旦的。"

刘春喜道："墨香你可知从前旦脚，扮这一路脚色，不擦粉，戴洒发，你何不遵古炮制。"

墨香道："也可。"

梳头人道："要检直按古式，现在后台可没有旦脚头上的勒子，是办不到，我给您变通妆扮如何？"

说话间，《琼林宴》早上，这出《换子》的人，忙着扮戏。墨香先贴水鬓，再戴了子珩小生的网子，用自己的一块黑绢，勒在头上，画了眉眼，两颊涂黄，一会儿，便算完毕，比扮哪一出都快，穿好行头，单等借顾七的大洒发。哎呀，记得小时在昆相府看高腔，正旦有不擦粉的，不料今天自己也是这个扮相了，在那个时节，万不作此想的。

少刻改了《换子》，老生、老旦唱了半天下去，张泰才带刀手登台，吩咐刀手押犯官、犯妇到市曹典刑。薛猛与其妻马氏，男左女右，都绑出坐下，等候挨刀。薛猛方巾青褶，马氏披发罪裙，薛猛面目如常，马士眉眼倒插，面色焦黄，腰里还拴个孩儿，薛猛也系罪裙一条，只戴着巾帻，便觉虽然狼狈，比马氏总强。墨香今夜扮的两个女脚色，虽都披发，却是一浓一淡，大不相同。有诗曰：

嫣红姹紫也相宜，高节清风是我师。

底事爱花兼爱竹，怕他花样太随时。

薛猛夫妻在这里等死，徐策换走他们的儿子薛蛟，唱完反二黄走了，张泰把他夫妻斩首，戏就算成功。

墨香卸妆回家，次日到上房，见着春喜，说到昨夜情景，不由得自己笑道："我本来也太难，陈十二拿我开心，是我自找的。却没想到，又扮了个马氏。"

春喜道："你还算有半条嗓子，何不兼唱青衣。"墨香一笑应诺。

回得家中，命人把沈福海之子玉秋找到，托他找个青衣教习，玉秋荐了唐秀亭，墨香月出四元，学了几出，唐秀亭赴津，墨香另找春喜师弟薄春秀给自己说戏。春秀是多年三路青衣，资格也算老前辈，虽没甚新奇，规矩不错，可笑墨香，扮了个马氏，又惹出青衣魔来了。正是：

一魔未了二魔生，都是自身心造成。

学到青衣方称愿，多年不枉看瑶卿。

一日刘春喜到墨香家来，偶然谈起从前有一出《大香山》，妙善公主出家，据说妙善即观音，墨香道："这也是句老话。史梧冈《西青散记》，常称观音是妙庄王女，即是这个典故。"

春喜又言这一出观音踹跷，有大段南梆子，墨香道："昔年有人纳妾，嫌那女子是大脚，女子即口占一绝云：

三寸金莲自古无，观音大士赤双趺。

问他弓足从何起，起自人间贱丈夫。

"如此说来，观音是不能踹跷的，只内典说观音现女人身说法，又说勇猛丈夫观自在，观音是男身女相。"

春喜道："若这般说，你们旦脚，当奉观音的了。"

墨香道："这话也不差。"

到晚春喜没走，墨香留他在书房住下，一连住有十几天，他儿子增庆来接，春喜方才辞去。

不久春喜应了钱粮胡同燕寿堂一家堂会，还未派戏码，王升甫上了江西，顾七上了申江，虽然顾七就要回的，不比升甫是个长局，只唱戏日期太近，决赶不上。展云又因有了紧要公务，暂不走局，子珩往武清，也不在京。

春喜道："好哇，我当来手，照例有别扭。记得前个小十年，我应了一回堂会，那时我正搭同庆，本来想订全班，人家一打听，得花三百两，外加谭老板的五十两，王瑶卿的三十两，差不多四百白花花，人家说：'好贵的戏，我们听不起，我们要花五十两，唱一天一夜。'我说不行，跟人家费了多少话，花说柳说，我的舌头差不多话短了大半截，好容易说的人家活了心，给我添了十两银，改了无名班，我只能当来手，后台另有管事的。那天是在织云公所，人家寿蜡点得挺旺，说这一天，是他祖父百龄整寿，他这祖父又不在京，只是遥祝，前台男女客人，来的不少。打完了通儿，《天官赐福》也扮起了，只差几分钟，还没开锣，寿堂内哭起来了，他家接着信，这一百岁的老头子，被阎老五请了去了。寿蜡是红的，此刻换了白蜡了，我们还唱个屁，往外拉戏箱罢。人家给了一半戏价，说甚么，那一半是不给了，他们势力大，惹不起。论后台又要整份，给一半不行，管事的跟我瞪着眼逼命，不准我拍巴掌，我倒赔了几文。今番未必如此，可是我现在专靠票友，没想到都撩了台，只剩墨香一人，我的戏可派不开。王佩连跟我没交情，杨德太也不熟，不能找的，只能我们本行的二路脚，去混一天。老票友陈子方，我倒请得动，算上他，我再往天桥抓几出梆子，再想法弄几个小坤脚来，可惹不动金玉兰、鲜灵芝、刘喜奎、富氏三友，那种颜色的，只能找三等之货。我再自己唱一出文的，唱一出武的，护弄着过去，就算结了。"

有人笑道："说到刘喜奎，倒有一个笑话。昨天从远处，看见戏报子，写着'特烦刘春喜准演斩黄袍'，走到跟前一看，原来是刘喜奎的《新茶花》。"春喜大笑。

于是想好了人，写个单子，去与那一家子商量。那一家派好了戏码，有刘景然的《宫门带》，郭春元的《绝缨会》，韩雨田的《探窑》，律佩芳的《别宫》，梆子武戏，是黄长凤的《反延安》，文戏是《辛安驿》《三疑记》，都是坤脚，春喜的文戏是《斩黄袍》，武戏是《长阪坡》，票友陈子方和他兄弟陈远亭，派的《乌龙院》，墨香和徐三才的《马上缘》。

春喜回来，同墨香说知，墨香道："我没制靠，从前借彩麟的，唱了一回《破洪州》，我还砸了锅。后来彩麟改了小生，他的靠也出售，我又借荣蝶仙的，唱了一次《湘江会》，很是费了周折，我不愿再去找麻烦了。"

春喜道："既然你没处借靠，你就改一出，我想烦你来个《长阪坡》的糜夫人，你意可否？"

墨香道："不会，而且薄先生也不清头，我虽学了多日青衣，只能算一时高兴，仔细想来，我的眉含凶气，说一句自己往脸上贴金的话，有三分似画上关公，只没威风，扮青衣怕欠柔媚之色。"

春喜道："此言差矣。你扮横死女人是像的，并且就好在你的眉毛上了，你披头散发，两眉透出倒霉的样儿，很有点意思。这麋夫人，也不得善终，你办得了，既是薄住儿不会，我给你说。告诉你，凡唱赵云的，不知旦脚介口，就是棒锤。我这一出，从三庆班看起，看的太多，旦脚'跑箭'的地方，我是说得出来的。告诉你说，这一出，我由难民升徐庶，又升刘备，才升赵云，我是这一出的虫儿，能抱总本。你看了多年戏，学唱笨，学地方灵，你身上虽板一点，抬手动脚，不很羊毛，我们瞧着真不难看，不过外行另有外行的脑筋，不十分夸赞，可也说不出你的坏处，就是看着你没一下子惊人，就算你输了。你的大病，是只像个旦脚，不像个真正女子，好在麋夫人这一路活儿，像了旦脚就行。你那出《也是斋》，若不是后半出弄的不错，更加披着头发，有个像儿，要只看你前半出，你就算砸了。你来罢，这个麋夫人，你决意唱得了，不会砸的。"说着，便给墨香说了麋夫人的地方和戏词。

春喜这个路子，是张郃由上场门，引着麋夫人，半个圆场，麋夫人归下场内角，张郃却站在上场外角，对面一个斜冲，张郃归下场内角，麋夫人归上场外角，张郃放箭，麋夫人起屁股坐子，与王瑶卿跟张郃一个整圆场即中箭的不同，墨香久看瑶卿，心中有他那一套，只春喜正颜厉色，在那里指示，墨香不能不依，你不信，倘若墨香问他一句道："刘先生，您怎么跟瑶卿两样？"就算把春喜得罪了。票友跟内行学戏，一不留神，便有别扭的，墨香倒是深知其病，不犯忌讳。

当日春喜这一套，墨香都记下了，春喜又道："我这可是另一工，麋夫人'跑箭'，解开头发，就脱帔，穿青褶子，中了箭，不要拔掉，等赵云来援，投井时，赵云不抓帔的，妇人袅娜身躯，要被五虎上将抓住，哪里挣得开，老俞卖的这着儿，有俏没理，故此他的徒弟们，替他回护，硬说老俞不抓帔。你去问德霖、瑶卿，都陪老俞唱过，谁说老俞不抓帔哇。他实在是抓，好些人把抓帔的罪过，派在杨小楼身上，我虽跟小楼有大别扭，我可不能冤枉人家孩子，并且小楼在宝胜和唱时，他倒不抓帔，后来他看见老俞抓帔，他才抓的。"

墨香道："不知刘先生跟小楼有甚么大别拗？"

春喜道："咳，从前他没走运的时候，我们搭过一班，我唱正，他唱偏，他唱哪一出都砸，绰号人称'象牙饭桶'。有一天我的《恶虎村》，他扮了个李堃，撞了一台。他这个脚色，是红眼王四说的，不通大路，我叫管事人郭春元、武行头罗友，把他辞了。那时他只挣四十枚京钱，通称四吊。待他成了龙，搭入同庆，我正在那个班里，还挣五百枚京钱，俗名五十吊，一文没长，他可挣到八十吊了，比我多三十，而且人缘太好，他打泡就要唱《恶虎村》，点名要我来李堃。我知他是报仇，不用说，找岔告诉管事人，刘春喜呀，我光棍不吃眼前亏，便告假不去，躲过这一关。我才到戏园，专抓大零碎，连《打金枝》的郭子仪、《蟠桃会》的吕祖，我都扮上了，离开武行，方保无事，这就是我二人的别扭。他恼我在其次，得罪他最苦的，是武生张永清，小名张八十。他扮《溪皇庄》的褚彪，八十硬剥他的行头，挤他扮尹亮。改一天，他扮尹亮，八十又剥了他，挤他扮褚彪。他搭同庆，八十也在那里，反正挣他那十吊京钱和外头钱一吊，小楼的戏，哪一出也不许八十扮旁边的，并没听见小楼说话，武行头就跟八十干上了。同庆班的《挑华车》，原是我唱，照例八十的岳帅，待小楼进来，我自然得让给他，可是八十从此就不用想扮这岳帅了，哪怕罗老友，都能将就，单不要八十，八十也只得歇手辞活，闹得比我更糟。你可别说小楼量窄，后台多半是那么一套。我在三庆班，将要扮开场《大保国》的杨博，死鬼张长顺说：'姓刘的，你是靠背老生，杨博是文老生应工，该姓张的扮。'把我剥了。后来在同春班，我升了二路脚，长顺可还是零碎，有一天堂会，老谭的《失街亭》，催我的王平，我虽到了，躲在一旁，看是谁抵我。要论资格，准是长顺，不出我所料，果然是他。我一声不响，看着他扮这王将军，我等他扮好，才走过去说：'这可是靠背活儿，没你甚么事。'我老实不客气，把他也剥了。他想起前事，一句话也回答不出，算我出了一口怨气，我也跟小楼一样。"说毕大笑。正是：

惟有感恩并积恨，千年万载不生尘。

当下各散，到了日期，往燕寿堂唱戏。墨香果没弄砸，前台都说："从前春喜唱《长阪坡》，这縻夫人，跳不出陈素卿和张凤云去，今天这个扮夫人的，很像素卿，大约是个内行的扫边旦，不是票友。"

原来墨香钱不敷余，置的头面，只抱头莲、扁簪、押簪、额上银钉、鬓上银蝠，其名曰银，实是白铜。大发长才一尺五寸，线尾将能及腰，彩鞋不很花哨，身穿箱上行头，太不像好脚了，而且循规蹈矩，不啃台栏杆，又没十足的火气，才有前台这番话说。只墨香自己看来，也像扫边旦，人家品题甚确。从这一日为始，墨香认真改做扫边旦了，只凡应该旦脚抱演的小王子、目莲僧一类的男脚，墨香一概不管，仍只专扮女的，并且偶尔也唱正戏，是后台上等扫边旦体格，不至于打入下三路，算是中等里子脚儿。只在票友多，可没几个人肯这么干的。老年自称陈瘦云，少年自称梅兰芳，两眼朝天，一个劲的自己架弄，谁也不做这一路的生涯，赵子珩又太肯将就，连丫鬟、宫女都跑起来，也扮男的，又与墨香不同。正是：

孙登不语启期乐，各自当情各自欢。

说话间，不觉有过了数年，春喜、三才都病死了，那著名花旦路三宝，与这两处工房无干，却给墨香说了几出戏，也是这个时候，患病而亡。正是：

人生天地间，太仓一梯米。

哀哉不自悟，役役以至死。

刘、徐二人已亡，顾、赵两家都没有再请教习，两个工房都散，却有王劲闻、陈痴疯、万季六，立了公余雅集票会，约墨香去帮忙。这票会的老生，是劲闻、痴疯、桂梦九、孙化成、彭晓峰，旦脚是彭涤凡、小杨子、杨南英、陈墨香，花脸是万季六，小生是沈葵阶、袁泽如，武生是李菊禅、果仲予，武净是刘仲仙、潘质忱，老旦是劲闻兼演，涤凡是武旦兼青衣，墨香却是青衣兼武旦，人不算少，都很高兴干这个。

那时樊迪生立的春阳友会，拉入内行老生余叔岩，在东大市挂衣演唱，声名大噪。其次是江西会馆，倜厚斋的言乐会，也有人称赞。独这公余雅集，不甚兴旺，就连城内南月牙胡同票房，也比这一会强胜。小杨子、仲予、化成、南英四人，自命太高，一个“胜兰芳”，一个“赛小楼”，一个“假叫天”，一个“陈瘦云第二”，只气得抓耳挠腮。正是：

相形见绌，发怒徒然。

高士杰之子庆奎，常和票友联属，倒与公余雅集的朋友往来甚密。有一次，在湖广会馆，一个票局，是化成承办，还请庆奎一出《乌盆记》。化成、菊禅在南横街圆通观立工房，庆奎也是常去。庆奎有个叔伯姐姐，嫁给李鑫甫，鑫甫病故[1]，这位高娘子，正在盛年，又没儿子，她却剁了指头，誓不改嫁，当时传为美谈。庆奎在鑫甫家，便和墨香认识，如今交情更密。正是：

久已忘形迹，今来托腹心。

这是春天的话，到得这年冬天，王劲闻当承头，替汪家胡同林宅，请了一局，大家前往。到了门前，墨香一个冷战，哎呀，这是昆宅偏院，占二爷就在这里住过的。走了进去，奔了后台。咳，这间屋子，是当年我陈墨香下榻之处，如今二爷已死，屋是人非，我到此，另是一件事了。想到这里，几乎要哭出声来，已经满眼泪痕。走到外面，去看中堂故宅，已改公寓。久不知大爷消息，皆因两人都穷，没有余钱应酬，他做公子已惯，怕人耻笑，越混越疏远，连搬家都不给送个信，他往哪里去了？忙向公寓寻人探问，却又没人说得清楚。没奈何，又回后台，坐着发呆，心中暗想：我和占老大，从小相交，没有想到半途而废，当年的情谊不薄，我焉能放得下。总怪我做了戏迷，疏亲慢友，也不能怪他不给我送信，就搬走了。公寓只是些打杂儿的，问他房东的下落，也无怪他不知。正在愁闷，劲闻过来，派墨香来了一个《审头》不带“刺汤”的雪娘子，墨香无精打采，扮上唱完，含泪而归。这是一生走票，没有第二次的情形。正是：

开府之堂将军宅，造未成时头已白。

逆旅重居逆旅中，心是主人身是客。

小杨子请人给他说《樊江关》的薛金莲，一个多月，连荡马都没清头，涤凡倒看会

[1] 李鑫甫，民国六年2月22日病故，年止三十五岁。

了，便在一个外局，拉墨香唱了一次。墨香来的樊梨花，总算没给他磕碰，只小杨子从此与涤凡不睦。

不久季六家里请局，竟派起墨香的《玉堂春》来，墨香戴洒发，不擦粉，面上涂黄色，抹香油，穿罪衣罪裤，扎布裙，手戴木杻铁锁，把玉堂春爱人的肉儿，给草灭了，足下却踹了跷。把话白中“冤状藏在行枷之内”，改念“藏在贴肉身边”，小生也改念“搜捡呈上”，不念“开枷”，解差不带斧子，因无枷可开之故。

墨香戴着假刑具，两手合在一处，唱了一出，居然有人说“合着手不是好办的，没资格不行”。墨香半条嗓子，腔儿又老，扮相又不漂亮，检直成心活挨骂，谁知会没弄砸，还落了句“犯妇应该是这个模样，别人太花哨，不合情理”，这也叫做不虞之誉。正是：

谁爱风流高格调，共怜时世俭梳妆。

这个时候，墨香披发锁手，是戏中犯妇，跪在台上，凡他们台下议论，是无功夫去听的，只他们坐得离台太近，一个大名士易实甫，一个二名士田北湖，说话调门甚高，便有一两句，入了墨香的耳朵。唱到王巡按命苏三退出察院，墨香站起，做那揉腿身段，哈哈，手上多个木杻，这身段可不大好做了，然而戴杻，也另有神态，不是没办法。只见墨香腕子把杻一颠，手搓一搓锁，手指略按膝盖，便把这身段交代。旦脚鬓上垂发，不易抡起，比男脚费劲，如今墨香戴的洒发，和老生的一样，虽也难抡，却省了一半力了。于是墨香的发，多抡了几下，只这种样式的洒发，不能用手拈弄，又少了多少姿势，凡事有利有弊，都是如此。

墨香唱完到后台卸妆，季六叹道：“周芗蕖病死在我家，已好几年，他的老太爷八十多了，不敢叫他知道，现在芗蕖停在广慧寺，还没入土，也算他周家未了之事。芗蕖就死在这间屋里，他也有戏瘾，昨天我在院内搭台，这屋子里面，仿佛有点响动，必是他的戏瘾发了，在这里显魂。”众人有认得芗蕖的，也叹息不已。

底下是高连奎的《定军山》，他是高庆奎之弟，玩艺甚好。又隔几个戏码，季六唱了一出《法门寺》，他扮的刘瑾，彭晓峰的赵廉，墨香的宋巧姣。通大路，宋巧姣先同老子出场，已经怀揣状纸，墨香却拿着状纸出来，望过门，还看一看，待“喊冤”一场，才揣在腰裙之内，这是瑶卿的路子，墨香是久看瑶卿得来，小名儿叫做偷会的。

唱完，晓峰道：“事有前定，并非偶然。十七八年以前，在肉市看瑶卿和许荫棠、韩二貂唱这一出，恰是咱们三人，不料今夜，咱们也唱起来了。如今荫棠、二貂都已了账，只剩瑶卿，光阴真个迅速。”

墨香道：“这一出里面，赵廉问宋巧姣：‘先前为何不告？’瑶卿答云：‘先前不知详情。’赵廉又问：‘如今呢？’瑶卿答云：‘如今才知就里。’别人多半念作‘先前不知，如今知晓’，详略不同，都还明白。近来有念作‘先前不知，如今不迟’的，嘴里字眼又含糊，前台听着，好似‘先前不知，如今不知’，闹了个先后两不知，倒也可笑。”

晓峰道：“这话不差，当初看这一出时，瑶卿还没跟老谭搭在一块儿，现在老谭也死了，老谭晚年收了个门生余叔岩，现在跟兰芳搭班，在香厂新明戏院，唱倒第三、四，甚么《打登州》《太平桥》《铜锤换玉带》，开场的活儿，他都会，肚子很不窄，只他另成一派，不专学老谭，他文像贾洪林，武像李鑫甫，比老谭女婿王又宸，似乎强些。戏班的局面，也大改规模，人材随时消长，跟国家气运一样。还有个二路脚色高庆奎，也唱老生，从前《失街亭》只扮赵云，后来升了王平，天桥大棚花十二吊钱，约庆奎去唱正戏，庆奎说：‘一到天桥，就算落了品，情愿挣六吊钱搭大班，唱配脚。’他这见解实在不差。有一天兰芳在文明园，唱《枪挑穆天王》，应该是王凤卿接唱《斩子》，凤卿不接，没奈何，挤在庆奎的头上，庆奎笑而应诺。偏那梅老板，是不带后头的穆桂英，另换杨韵芳，这是最没人缘的。庆奎虽是二路脚，可卖了真气力，见了杨宗保，就是一阵大嚷，听戏的人，都舍不得走，没被兰芳拉他个跟头，将来准成好脚，那出《失街亭》，准升孔明，这个脚色，不可厚非。方才唱《定军山》的高连奎，是他兄弟，从小会拉胡琴，也是真正聪明。李鑫甫唱《水淹七军》，连奎身量还没长成，坐在桌上当文场，拉那一段高拨子，还是真严，只他上台唱一出，却不及乃兄。咳，这近几十年来，沧海桑田，我看多了，戏界也是一理，‘盛衰’二字，谁料得定。即如戏价的低昂，从前我家唱四喜班，有王九龄在内，一天一夜，用当十钱三百吊，合银三十两。今天的票戏，票友是白唱，只开发配脚，已经五十元了。赁一份箱，从前也没有花到十吊当十钱的，如今得用二十元。我家盛时，尚小云还没下生，现在他成了头等的好脚色，我椿树二条的房，卖给他了，这又岂是人能预料。”

说话间，季六、晓峰都走开了，墨香此番没混出主意，是通大路的扮相，底下是外约武生兼老生包丹亭的《一捧雪》带“法场”，后台几个扫边旦，说不会雪娘子，墨香便不揌头，又去穿帔改扮。那外找花旦诸茹香，正走进来，知《一捧雪》下边是他的《红鸾禧》，忙去妆扮。

有个票友笑道：“我不解陈大爷，何以扮这雪娘子，太不见长了。”

又一人道：“你行家莫就戾笨话，这一出法场的旦脚，可不是好吃的馍馍，田宝琳说过的，这个雪娘子，真能磨破一条裤，跪着走可真不易。”

那票友道：“你这是捧他的话，我实看不出这个旦脚的难来。”

墨香正到后台，听在耳内，因忙着登场，无暇同他辩驳。《一捧雪》唱了一半，茹香扮齐，季六命人端了许多包子，并大碗鸡丝面，拿入后台，请大家吃，茹香眼望着墨香，叫声“哎呦”。要知他何故发出这种声音，且看下文便知分晓。

第二十五回 黄学会一曲高歌 正乙祠几番闲话

话说茹香道："陈大爷，他们怎么偏这一会儿端点心，这是成心跟咱们二位不来呀。"说着嫣然一笑。

季六道："二位怎么不吃？"

墨香道："我们贴着片子，一动嘴，片子就挪窝儿，吃不成的。"季六方才省悟。

这一出《一捧雪》的"法场"，雪娘子散发腰裙，有摔有进，连磕头，带跪着走圆场，真不好办，墨香勉强支持，倒没弄砸。这就是学过刺杀旦的便宜，这一出，总比"杀山"要容易些。

当夜有那二路老生李鸣玉等，又唱了几出打住，大家各回，不在话下。

到第二年，公余雅集改为黄学会，搬向西河沿路南正乙祠。这日王劲闻和墨香先到，见那祠内正厅塑着关帝，并正乙龙虎玄坛金轮如意真君赵元帅、增福神、五显财神，都只数寸金身，东院是文昌、三官、观音，王劲闻看了道："这似乎不伦。"

墨香道："我明白，这叫做'三教皈一'。"

劲闻道："这法身倒比正厅的大了好些，只如何不塑如来、老君、孔子？"

墨香道："不行。三教堂明朝最盛，大半是阉人干的，士大夫偏也有些主持三教皈一的人，不来厘正。到得清朝，皇帝先就明白三教各有门庭，不可混淆，屡次有旨，不许三教圣人塑在一处，道光年间，汪振基又疏请严禁。只那时士大夫有朱珪的徒子徒孙，仍主张三教同源，故此改塑了文昌、三官、观音，仍是三教并重，只三圣人都找了替身，跟俞润仙唱《汉津口》，不敢扮关公，改扮关平一样。润仙是由《长阪坡》演起，前半出他扮赵云，后头改了关平。那赵云在《汉津口》内，卖文不卖武，不用武行替代，是老生沈全奎上去抵换，但是这用关平替关公，润仙以前，已是如此。听得老一辈看戏的人说，《汉津口》是三庆班的戏，先是扮关公，后改关平，罗七十扮这个脚色，自称'寿亭侯之子'，前台虽不都是通品，没几位看过陈承祚《三国志》，却有一半看过毛序始改定的今本《演义》，晓得汉寿是地名，给了他个倒好，实在罗七十诚然错了，前台也不过‘演义之学’，只算五十步笑百步。周荇农学士曾与先父说及此处，相视大笑。荇农学士名寿昌，长沙人氏，作有《思益堂日札》，上海铅印本五卷不全，湖南有本版全书。他是极不主张三教皈一的，比那颜章敬、潘成谋、章宗源、甘雨施一流人的见解，就大相悬远。”

劲闻道：“我听说金鱼胡同三教庵，当年常唱戏，我没进去过，不知塑像如何？”

墨香道：“那是姑子庙，塑的三位老娘娘，一是佛母摩耶夫人，二是老君的妈，三是孔子的老太太，三教圣人的母亲，同坐一堂，滑稽得很。戏台四面没楼，后台塑着韦驮，东配殿，三尊关公，平、仓、王、赵，陆、张二相，都是两个，六位侍从，十二个像，倒也热闹。那殿里有几个书架，放着些经典，我记得的是石天基《金刚般若波罗蜜经注》、王椒园《金刚经溯源》、柴虎臣《太上感应篇直讲》、沈心斋《关帝觉世经图说》、周静臣《关帝全书》，大半是混合三教的著作。每一部书，都贴着纸签，写着目录，不消翻阅，可以一目了然。那个庙内的姑子，常借善会名目，找戏班唱几天，请女客，抓钱用。各园兴了女座，她那买卖，就算拉倒。迟韵卿、余玉琴、田虎都在那里唱过戏的，只官客不准入座，却不禁幼男。我是十五岁以前，去过多次，因此记得庙中景物。还有东四牌楼玉清观，也做这营生。张振卿总宪英麟，那时正做侍郎，他家的姨太太杨氏去听戏，带个山东笨仆，把通兵元帅的站班神将挤倒，庙中道姑往张宅，要他赔修，总宪说‘通兵是淫祀’，不但不准，连通兵都要毁撤，道姑不知听了谁的主意，捏称通兵供在关公座旁，挤倒的实是关帝的马童，前番误报，总宪才拿十吊京钱，把那神像给重塑了。那庙自此善会没怎么办，还没等到各戏园卖女客座儿，他就歇了。”

二人谈着话，到大殿前，看那殿外对子云：

进退汉魏一儒者，上下春秋几丈夫。

劲闻道：“这是专切关夫子，与财神无干。”

墨香道：“我幼年往浙江，后又到山西，这两条路上，进的老爷庙，不知多少。山西的关平，多半有须，他是依照王朱旦、冯景两篇《关帝祖墓记》，说关平生于光和戊午，亡四十二岁，因此塑作有须之像。那些庙里的对子，我记得一副云：

山河破碎三分国，天地昂藏一丈夫。

“与这一副音节相似，却在这一副之上。你看他用‘三分’对‘一丈’，何等工巧。”

劲闻道：“不错，果然比这一副强些。”

墨香道：“我又记得山东曾七如《小豆棚》里，有一副关庙对云：

未了一生事，已完万古人。

“对的也算不差，只诸葛公、岳老爷都可通用，不算甚佳。”

劲闻道：“然也，呀，哦，然也。”

二人猛一抬头，见有一块匾额，写着“天日人中”四字，劲闻道：“这匾上的话，是明朝郭子章采取关夫子《辞曹书》‘日在天上，人在心中’两句成语制成的。”

墨香笑道：“郭青螺着了诳也，这《辞曹书》何尝是关老爷手笔，只是戏词罢了。这是朱有燉《关云长义勇辞金》杂剧里的科白，并非《三国》文字，就此一事看起来，这戏曲的力量，可真正不小，连陈文庄刻《纲目》，都增入此篇，也只算上了朱有燉的当。”

二人一面闲讲，一面走，不觉走到戏台前，看台联云：

八千场秋月春风，都付与蝴蝶梦中，琵琶弦上；

百五副金筝檀板，尽消磨桃花扇底，燕子灯前。

背后有人大呼“好对子”，回头看时，劲闻不认得，倒是墨香认识，正是姑丈徐鞠主，是川中一个狂士，久住北京。他最爱和人玩笑，曾在一个会里，署名徐助中，那些口齿不清的人，便一口一个“徐祖宗”，叫将起来，实在他署的“助中”，只能怨别人的人话不大会说，不能拿他那占便宜的弊病，他算拿人家开了一回心。

当下墨香忙问：“姑丈何来？”

鞠主道：“我到这正乙祠，给关公烧香，没想到遇着你了。”

墨香忙给劲闻引进，鞠主道：“你们看这座台，大小如何？”

墨香道：“嫌小一点儿。”

鞠主道：“此台是为昆曲造的，不为二黄，若专唱昆腔，慢说生旦戏，就是《刀会》《山门》，也转得开，这确是一座昆曲台。”

墨香道：“怎见得？”

鞠主道：“你看这副对子就晓得了。他用了《蝴蝶梦》《琵琶记》《桃花扇》《燕子笺》，四个戏名都是昆腔，便是确证。”

劲闻拍手道：“确极。”

鞠主也问墨香到此何干，墨香说明原故，鞠主道：“你还唱么？你闹出小说来了。”

墨香道：“不知甚么小说？”

鞠主道：“有人要作《品花新鉴》，捧韩世昌，算他是杜琴言。”

墨香道：“从前有一伙专捧梆子花旦贾璧云的，曾说璧云是琴言一流，如今又改成韩世昌，似觉杜琴言太多了。”

鞠主道：“这正是林颖叔笑左季高的话，此诸葛亮所以为‘诸’也。”

劲闻道：“贾璧云的名字，取得不通，文人想给他改正，他一定不肯，这宗见解，已与杜玉侬两样。”

鞠主道：“这是捧脚家的文章，不是定评，跟现在捧韩君青的一般，他们又拉出那个给韩世昌改正曲子的赵子敬，算作屈道翁，某大总统的少爷，也会唱昆腔，跟世昌一块儿唱过，算他是徐度香，兼梅子玉，倜厚斋是华星北，梅兰芳是苏畹香，王瑶卿改姓不改名，拿他抵了袁瑶卿。”说着，看了墨香一眼道：“他派你是冯子佩，又派我们同乡善拉胡琴的陈十二是魏聘才，大名士樊增祥，是侯石翁，江苏举人李汝椿，最骂得苦，拿他当作李元茂，太冤枉些。这部书要作成了，可不是玩的，得罪的人就多了。不过颠倒是非的地方甚多，不必说李汝椿太冤，就连你带陈十二，都屈一点儿，你两人还不到得那个地位。”

劲闻道：“这也不算希奇。有个汪某，曾说他父亲是李元茂，这不更岂有此理。”

鞠主道：“此书还不至于那么荒唐。他写的奚十一，是员大将，能掌杀之权，潘三也是当过市长的，一个炙手可热人物，老实不客气，骂了个狗血淋头，还算痛快，他也算有胆气。”说毕大笑。正是：

史笔流传本不真，无稽小说更翻新。

柳麻子与季麻子，嚼烂古今多少人。

又看那别的对联，都不甚佳，鞠主道：“我记得有副关庙戏台联云：

顾曲小聪明，当日可怜公瑾；

挝鼓大豪杰，于今犹骂曹瞒。

“这天然是专挂在汉寿亭侯面前的，换个庙宇，除了张桓侯，还可相称，别的神明，就不合式了。这里正坐是关公，此联倒也用得的。”劲闻、墨香称是。

说话之间，季六等都已到齐，徐鞠主早一笑而去。当下众票友议就每月挂衣彩唱，要赁花脸于云鹏的戏箱，找了他来议价，云鹏道：“我这一份东西，可惹过事。有一回，那中堂在他花园里头办堂会，指名要我的箱，他们底下人，赁了裕丰协，将一摆台，那中堂往台上一看，人家是宰相之才，甚么眼睛，真是上知天文，下知地理，拿起鹅毛扇，就能抵个诸葛亮，早看出不是我这一份东西来了。好在没开锣，天也还早，叫了底下人骂了一顿，长了价钱，换我的箱。我的蟒靠全新，旦脚的东西也全，是真儆高人，真值一宿一百二十洋。”

陈痴疯道：“三十洋不少，我也会找裕丰协。”云鹏吐了一吐舌头，才不说了。

会中第一次开排，墨香唱的《击掌》，依着瑶卿路子，减了一段二六，倒觉紧凑。从此大家除了唱，就是听，跟戏扎上了，墨香的戏瘾，不愁没地方去过，只在票中地位，仍不甚高。正是：

心之忧矣，如匪瀚衣。

静言思之，不能奋飞。

余叔岩也应这一伙票友的外串，来唱了一次《定军山》，见着万季六，谈起他祖父万文敏公的字来，季六不喜与好脚交言，不甚答理，叔岩也不再说。万太史看了叔岩的戏，笑道："先父文敏公昔年办堂会，紫云还将出台，只十来岁，除了弹琵琶，别的不行。没料到，如今他的儿子，也是好脚了。"过不多时，余叔岩已自己成班，在三庆园演唱，京中又多一个戏班子，正对这一伙内的老生行的心思，没事便去。那青衣花旦，却都不前往，这就叫各有所好，不过两边互相菲薄，却是习气，大可不必的。正是：

若要人如我，除非两个我。

世间人有所偏重，是不能免的，却单有一路朋友，最不喜人偏重。譬如关帝、文昌虽都是祀典正神，但是一般人敬关帝的多，这路朋友见了，便故意去敬文昌，你若不到关庙，他也不给文昌烧香。凡看《三国志》，十有九人，袒护刘备，这路朋友听了，便故意说曹操的好处，你若不力争蜀汉正统，他也不一定的帝魏。敬神论古，尚且如此，何况看戏，自然在戏场中，变着方法，找人抬杠，于是这两伙人，又都受他的讥诮。平心而论，大凡有所偏重的，总不免许多肉麻，这路朋友，虽是无聊，却也畅快。这路朋友，只算不通世故，不能说他甚么的。

一日有人道："新近有个小青衣，唱的不错，长的也好，虽不及现往上海的白牡丹，也算有几分姿色，原来是荣蝶仙的徒弟。有个顺德罗敦融，字掞东，号瘿公，又号瘿庵，连名带号，干了一大串，真是名士的派头，他是清朝邮传部尚书张百熙的门生，曾做邮传部司官。张百熙很受皇上的恩典，等太后戊戌垂帘，荣中堂在太后面前，屡次举荐张尚书，太后也很给张尚书的面子，由内阁学士，一迸两迸，就起来了。又过了些年，张尚书得罪内扇儿的爷们，叫内扇儿给骂死了，罗掞东从此宦途不竞，专在后台出入，竭力替伶人帮忙。与齐二、李三，都做梅兰芳家的幕友，一般憎者之口，管他们叫做'忙子'。这个名色，古人叫做'勤儿'，《金瓶梅》说：谢希大、贲第传都是当勤儿的。罗、李、齐人品，可比谢子纯、贲老四高的太多，只'忙'与'勤'，确是一条道路，这就叫做'美恶不嫌同词'，然而终嫌刻薄，君子所不道。掞东一日看见这个小青衣，便又起了替他帮忙的念头，东挪西借，拉着大窟窿，凑了洋钱好几千，由荣家赎出他来，叫他另拜兰芳为师。这小青衣，志气很大，用功很勤，文戏是瑶卿教的，武戏是荣老大自己教的，都很实授，必成好脚。他是旗下德文庄公后人，德文庄是英中堂之父，他家很阔，他姓索绰络，现在汉姓是程，名叫艳秋，号叫玉霜。"

墨香听了，暗想此人与瑶卿既是一脉相传，谅必是个好手。我前在民乐园，看荀慧生的那一天，已经闻他名姓，可惜至今未见。只这"忙子"二字，果然有伤厚道，未免唐突才人，我是终身不挂在口上的，何况齐如山与大李将军，虽没十分的交情，都还与我认识，我是更不肯伤他的。我常跟伶人来往，日后未必不作他们入幕之宾，我不能提倡这个名目，免得打在里头。

过了半年，王劲闻拉了一人到正乙祠入会，一见墨香便很熟识，原来是老伶余玉琴，故旧相逢，不觉大喜，便问他的近状。

玉琴道："我久没弄戏班了，只仗东茶食胡同广兴园的买卖。先前是好脚都去，乙巳年，你在那里看过鑫培的戏。前几年，王瑶卿还去唱过，他正和蕙芳在一处。一日，瑶卿唱《木兰从军》，蕙芳倒第二的《棒打薄情郎》，张宝昆的莫稽，李琐儿即李敬山，来的金松。宝昆生得肥胖，李琐儿同他玩笑，说看你这一身肉，决不像个要饭的，闹得前台哈哈大笑。本来小花脸爱说甚么就说甚么，宝昆也不能怪他的。瑶卿出来以后，就没有几个人去唱，到了兰芳走了大运，嫌那地方下哨，不肯前去。小云等，也是人同此心，心同此理，就把广兴园给搁冷了。虽不像阜城门的阜成园，关了门，再也莫想开，只也闹成一个冷窝子。我是弄馆子的人，馆子闲一天，我得打一天的饥荒，没法子，我约了乡下一个高腔班，凑合了些日子。您别说，倒是不错。甚么郝振基、王益友，前台也有些人缘，后台嚼裹儿很小，他们吃窝窝头，也活得了，乡下人倒是本分，没习气。他们走了，再进京，就挪到天乐家去，韩世昌就是在天乐家起来的。我这里，找了花梆子，有个小莲花，一出《扇火炉》，也叫满座，可另卖一路座儿，不儆高人。他们又走，我只好找坤脚凑合，总算没有大塌秧儿，这可以勉强支持。只我那个唱武旦的儿子三元，得病夭寿而亡，我那唱武生的儿子连仲，也老没搭班，眼看功夫要搁回去，俗语说的好，'拳不离手，曲不离口'，干咱们这个的可搁不得。你们没看见郭春元么，跟汪大脑袋、老谭全配过戏，搁了十年，上台检直像外行，没一出不碰。我如何敢叫连仲在家里闲着，他是唱武戏的，更歇不得。前两天，见着劲闻，说这里立了个工房，并且时常挂衣彩唱，我托劲闻拉连仲来，借台练习，我也跟着凑个热闹。"

墨香道："好哇，你唱会子戏，又弄会子戏馆子，前后台的老板，你都当够了，又来抢票友的丸子吃，你真有一气，就算结了。"

玉琴道："你别那么说，请问你们外行下海抢我大饭的，该有多少。孙大个子、小穆、德处、双处、许处、龚处、金秀山、张毓庭，哪一个不是外行出身。"

劲闻道："不错，孙菊仙是陈大帅部下军官，陈文恪公与陈大帅是族兄弟，文恪公比大帅还年长。二位虽一个安陆籍，一个应城籍，实在是一家。当时还有个出名汉调老生陈丁己，可另是一陈，跟二位不同族，大家都说湖北省里有'三陈'：一文一武一优人。孙菊仙因陈大帅的原故，在文恪公面前，自称标下，孙处果是个下海的外行，不是从小干这个的。许三是老米碓房的朋友，原籍霸州，爱听杨月楼的戏，听会了几段，在街上唱着玩，叫小穆即穆凤山听见了，说'这一条嗓子，不在周春奎以下'，拉他搭的春台班。他没板没眼，上台没地方，都是现学的，他总算有造化，该吃戏饭，成了好脚色。"

玉琴道："这都是成了的，还有二路老生衡乐亭，花脸普世亨，也是外行，都没挣大钱，只二人能耐都不弱。至不济，还有个专闹笑话的麻穆子，也是由外行搭的戏班。近来王瑶卿嫌本行人难说话，专用外行，金仲仁是头一个，瑶卿闹的‘无羊不成班’了。理有个一来一往，我父子两个钻到票房里来，也就不算甚么奇事，我吃丸子，也算应该。”说完大笑。

劲闻道：“羼上你，我们得了个好教习。”

玉琴道：“我除了武旦、花旦、刀马旦，敢说大话，我会的不算少，敢给列位说一说，此外我连青衣都弄不玲珑。我知劲闻学的是老生、老旦，我可一句也不灵，您倒别指着我给诸位用功，我除本工，全都不行，请诸位另请高明。”

劲闻看着墨香，点了一点头，墨香微笑不言，玉琴也没介意。正是：

欲知山下路，须问过来人。

他会三门旦，恰都合我身。

劲闻道：“后日恰有一个票局，在后孙公园安徽会馆，余老板跟少老板，捧我们一捧，请订戏码。”

玉琴道：“是生日？是满月？可有武戏？”

劲闻道：“是生日，还是给老太太做寿。我们票房，照例有武戏。”

玉琴道：“既然是女寿，又有武戏，我们爷儿两个，来一出《蟠桃会》，我来猪婆龙，叫连仲来个二郎爷。”

劲闻道：“我来一个王母，你才将说的郭春元，正在我们票房里，又当教习，又算掌子，派他个吕洞宾，请墨香来一个嫦娥。”

玉琴望墨香笑道：“怎么着，你闹到贴三块片的行道里来了。”

墨香道：“我只算起哄，青衣、刀马旦、花旦都敢抓，可都不见佳。”

玉琴道：“记得前快二十年，我跟你在万福居吃饭，还有昆中堂的公子占大爷在座，我劝你唱旦，你说不行，如今你到底打进来了，可见我说的话不错，不知谁给你开的蒙？”

墨香道：“花旦是张彩麟，刀马旦也是他，青衣现在还跟薄住用功，没敢搁下。不过我是半路出家的和尚，天分又笨，是唱不好的。我头一次唱《破洪州》，就开砸了，真是一辈子的话柄。”

玉琴道：“唱戏的不砸，难道听戏的砸不成。这不算甚么，何况你是闹着玩儿，又不真吃戏饭。这个一个小跟头，也栽得起。”

说了一回，劲闻又与众人把戏码订好，方才各自回家。到了日期，都到安徽馆内，交代了这一个登场的局面。

过了数日，玉琴、劲闻、墨香，还有几位票友，在正乙祠闲话，有人道：“新近王蕙芳在汉口大约京脚，唱得很热闹，连轻易不出京的王瑶卿，都邀去唱过，已经回来。蕙芳约的有余叔岩，带的硬里子有李顺亭，才下火车，李顺亭就死了。”

众人听毕，除了不知戏为何物的假行家，漫不经心，凡稍懂一点这里头的事的人，都要叹息。正是：

地下汪谭添配脚，人间刘鲍望伸头。

刘是刘景然，鲍是鲍吉祥，都是比李顺亭次一等的脚色，顺亭亡故，北京硬里子要算他们了。只他二人，能文不能武，只抵得半个李顺亭，抵不了一个李顺亭。

玉琴道：“李顺亭是本京人氏，世代清音，人称‘清音李家’，他哥哥李顺奎，也唱老生，人叫他‘小李三’，唱得比顺亭强，可没顺亭皮实，武的更不及顺亭了，只算是个半边把式。顺亭的兄弟顺德，唱武花脸，能耐也高，一出文的不唱，也不如顺亭文武全材。顺亭跟我作了多年伙计，我唱《海潮珠》，顺亭来崔杼，我唱《战宛城》，顺亭来张绣，他会的是真宽。”

墨香道：“我小时候，在湖广会馆看余老板唱《战宛城》，是冯玉丰来的曹操，上海来了个老生李长奎，甚么都拿得起来，甚么都不合前台的眼睛，他来的张绣，顺亭来的典韦，他可真算不挡。并且那一次的贾诩是洪林，许褚是范福泰，连夏侯惇都是吴和吉，于禁也是陈春元，人才济济，戏是真不含糊，如今算起来，已二十多年，我脑子里头，还印着个影子。”

玉琴道：“看戏的记得住，我们唱戏的，一年三百六十天干这个，唱的都腻了，倒记不住的。”

一人道：“李五不过二路脚，算不了甚么人物。”

玉琴摇头道：“李顺亭唱《飞叉阵》的马援，扎巾，厚底靴子，到底不换，不露发髻，也不改穿抓地虎，见刘毛打大双刀，真有功夫，谁也不那么干，可也真有几位干不了，焉能说他不算人物。前些年，他害病，那时老谭还没死，叹了口气说：‘李五哥活着不见多，死了可见少，万一也死不得。’老谭都爱他这个人材，别说我等之辈了，死他这么一个，可显着别手。”

一人道：“顺亭倒是老把式，真能唱。”

玉琴道：“他的唱儿并不强，只嗓子响，能捆一半羊，可是羊毛也大半觉他不很好听，才打在二路脚内，夸奖李五，正说不到一个‘唱’字。”大家听了，也有点头的，也有摇头的，各自不一。正是：

所见有深浅，各存一是非。

一人道：“顺亭戏德平常，上台专爱阴人。”

玉琴道：“他岂但上台淘气，在后台也够瞧的。有一次，在南横街粤东会馆，是我们福寿班，老俞《飞叉阵》的刘毛，刘春喜来的马援，我哥哥春芳来了一个丑公主，勾着蓝脸红嘴，跟他们在台上卖力气。那一天，我哥哥是骑驴去的，把驴拴在后台院里。”

劲闻道：“不错，粤东会馆后台很宽，院子也大，跟我们的安徽会馆差不多，不比湖南会馆，后台窄得利害，翻不开身。不知李五先生闹些甚么把戏？”

玉琴道：“这一出，既另有马援了，顺亭便没有事，只见他在我哥哥的那匹驴面前，站了好大一会儿，谁也不留神他在那里干甚么。我那位哥哥，唱完卸妆，骑驴回家，天还没黑，一道上的小孩，都嚷‘好一匹花脸驴’，都追着瞧，闹得我哥哥莫名其妙，低头细一打量，敢则驴勾着脸了。回家下驴，再一细看，原来勾的脸谱儿，跟《飞叉阵》的公主一般无二，我哥哥又是笑，又是骂，却不晓得是谁干出来的。第二天，到了戏馆，李五先生迎头就问：‘余老大，昨天你的驴，勾的脸好不好？跟你勾的你自己脸，可是一个花样儿？’我哥哥方知是顺亭缺德。因他素来好闹的，就没跟他捣乱，只好笑而不言。你瞧顺亭淘气到了甚么份儿上了。他在台上，更了不得，连谭鑫培他也阴一下子。”

劲闻道：“想阴老谭，谈何容易，愿闻其详。”

玉琴道：“他跟老谭唱《盗宗卷》，老谭这一出，多一半是贾大狗陪他唱，不然，就是沈三先生，轻不派李五。不知怎么把他两个拴在一块儿了，李顺亭将一戴相貂，老谭就瞧着他不像，要想阴他。唱到陈平问张苍这部宗卷的来历，李顺亭是按着原词问，老谭可编了一套新词答的。在老谭之意，晓得田子春还得问陈平一遍，陈平可得照张苍的话，一字不错的答，试一试李五可能不抓瞎，这一着儿，老谭够利害的了。李顺亭一听，全不是这一出里的事，老谭念的又快，话头又别扭，一句也记不住。好李五，眉头一皱，计上心来，早有预备了：谭鑫培呀，谭鑫培，你今日阴生，明日阴净，阴来阴去，阴到李五的头上，若不给你个利害，你也不知李老五吃几碗大米干饭，嚼几斤窝窝头，抽几两鸦片烟，你等着啵。待唱到田子春问陈平一段，老谭净等听李五崩瓜，拿他老小子开个心。谁知李顺亭不慌不忙，向着那扮田子春的零碎老生鲁四，号叫鲁厚斋的白云：‘老夫方才问过张大人，怎奈年迈，他说得清，我记不明，想这宗卷的真假，非同小可，一字之差，老夫吃罪不起，趁着张大人在此，你还是问张大人罢。’鲁四只得又问张苍，老谭也不能不答，被李顺亭轻轻儿的，给老谭折回去了。你瞧李顺亭的心眼，来的够多么快，老谭都没阴过他去，更不必说是别人。只这不过台上的小节，他在春台班，有一次，连公事都开起搅来。只因有个唱花脸的，也姓李，叫做李溜子，也是阴人的祖师，跟李顺亭搭着钩，天天在台上起哄。老板恼了，年终祭神，不给他们二李下红白帖，小名儿，就叫‘辞了’。顺亭忙找溜子，同定计策，同去开搅。到得祭神之期，二人各拿高香，到了春台班祭神之处。二人走到里面，在祖师爷驾前，烧了香，磕了头，后台老配脚，正唱《召登荣归》《六国封相》——祭祖师照例的神戏，那边正在摆饭，二人入座，拿起筷子就吃。管事人一眼看见，大吃一惊，又不便问。待得饭已吃完，管事人拉二人到僻静所在，躲开大众的耳目，悄悄地问他二人，可曾见着红白帖，他二人都说：‘连个米色帖都没给我们送，别说红白帖了。’管事人说：‘岂有此理，我家又没出丧事，谁给你们下米色帖，只你二位都是老干这行的，应当懂规矩，怎么连红白帖都没接着，还来烧香祭神。’顺亭说：‘都是祖师爷的弟子，你们可以烧香，我们就烧不得香么？’管事人说：‘为甚么入座吃饭？’顺亭说：‘有点饿了，都是熟人，吃又何妨？’管事人越听越不像话，可也驳他不动，只气得翻白眼。二人说声告辞，就都走了。管事人忙把这宗情形，跟老板俞润仙说知，老俞说：‘想必这两个小子，舍不得我这春台班，跟《忠孝全》的安太是走的一条路，来吃赖粮，我这里反正得用人，正月初一，催他二人一出罢。’管事人答应一声，次日，给二李补了帖。正月初一日，恰好顺亭是老生，溜子是花脸，便给两块蘑菇，拴了一出《龙虎斗》。到了日期，二李登台，都学滦州皮人的身段，在那一亩三分地，搅了一个水浑，管事人只是跌脚叹气。明日，不用你说话，二李都不下馆子了，报了被搁之仇，他二人另搭别班。你说这搅得凶不凶，检直搅出圈子以外去了。又有一回，北京来了一伙摔跤的，在虎坊桥摔了个挺热闹。顺亭天天早晨去看，一连看了好几天，顺亭看出门道，走过去，要跟人家摔。人家还没怎么样，顺亭早拉住人家的手，顺亭自己倒下，摔跤的没见过这个阵仗，正在犹疑，早被顺亭一脚，给蹬出去了。他用的武行‘登夹关’的路子，人家可不会翻‘夹关’，算让他踢倒了，人家明天就走得无影无形，算是他踢了人家的场子。他连外行都搅过的，只他也上过开搅的当。宫里唱《铡判官》，他来了个柳员外，末本他念了句‘包大人要铡骗官’，老佛爷说：‘甚叫‘骗官’哇，这敢是胡说乱道’，罚了他一月的钱粮，他在宫里才搅得好一点儿，可说不到个不搅来。”

劲闻道：“他近几年在同乐园唱过一阵子，那时白牡丹还没到上海，顺亭陪他唱《枪挑穆天王》，足一使《伐东吴》送死将的身段，也搅了个不善。”

玉琴道：“白牡丹倒有人缘。后出来的旦脚，梅兰芳不必说了，尚小云、程艳秋，跟白牡丹，都说的下去，我们旦脚一行，总算后起有人。这几个，必能出一个大风头。”

说话间，回头一看，有几个票友，努目横眉，竟自向着劲闻、玉琴冷笑一阵，头也不回走了。玉琴道：“这是怎么了？我们没得罪他呀。”

劲闻道：“这几位向不愿听人说谁好。比如你说兰芳貌美，他也生气，你说叔岩艺精，他也翻腔。方才咱们夸旦脚后起有人，他就恼了，不必理他，明天就没事。”

玉琴道：“这是甚么心理？”

劲闻道：“这叫‘隔壁醋’。即如一般人，无故诃佛骂祖，谤圣毁贤，也不过吃醋罢了。”玉琴大笑。

墨香道：“顺亭是跟余叔岩往汉口死的，叔岩虽非汉口人，却是隶籍湖北，他与汉上诸公，也算同乡。我听得人说，他祖父余三胜，本是汉调老手，在罗田原籍，和一个乡民打架，几乎要成官司，同乡陈镛字笙舫，救他逃走，才到北京，成了大名。陈笙舫也由科目作了京官，余三胜每年请他看戏，算是报恩。这位陈爷，与先父是朋友，脾气太好，见了我，亲热之极。后来官至御史，活到八十多岁，一生很爱听戏，才有救余三胜的这件事。”

劲闻道：“这个报恩的方法，可算从古罕闻。只要多唱好戏，也算尽了心。只现在有一般名伶，唱戏不卖力，不知与谁有仇。”大家闻言，又复笑了。

有人道：“前有三胜，后有老谭，今有小余，湖北可算出生脚，若论旦脚不及江苏。”又一人道：“也不尽然，紫云不是旦脚么？”墨香道：“岂但紫云，据老先生们说来，北京乱弹，先也是最重旦脚，不是老生打头阵。那时最出名的正旦，王桂字湘云，就是湖北沔阳人氏。虞常泰作的《李翠官传》，说那翠官色艺俱佳，有名汉上，不过没来京就是了。”

大家说至天晚，都有些饿了，各自忙着回家，去吃那顿晚饭，方才各散。

不数日，陈子方六十正寿，就在正乙祠请大家唱戏庆祝。正是：

今日相乐，式舞且歌。
鹍弦铁板，白面青娥。
食膏以匕，盛酒以盆。
刀鳍已厌，何必河豚。
儒迂墨俭，跖非尧是。
善哉诸君，请入裈里。
读书不成，学仙寡效。
鼷腹鹪枝，从吾所好。

众票友各奏尔能，墨香戏码未到，在前台坐着，忽有一人走来，拍着肩，叫声“久违”。正是：

人生如驿骑，往复无停勒。
胸怀无尽丝，漫天作虚织。

墨香见了那人，不觉大喜。要知喜从何来，且看下回分解。

第二十六回 又搬《长阪坡》 初试《能仁寺》

看官们你道来人是谁？只听得他道："你跟潘镜芙这程子还见不见？你怎么老没上我那里去了。"

墨香道："我每天离开正乙祠，就和镜芙在一块儿，我因王老板事忙，故此没常到府上。王老板在中和园，跟尚小云搭一班，他唱《玉堂春》，王老板唱《五彩舆》，我带小儿宽骅去听，小儿才七岁，也很有戏瘾。你们班里，老生是谭五、贯大，加上富连成新出科的马连良，人头真齐整。此后我老没上戏馆子，近来我和镜芙到天乐家，听了几回艳秋，知王老板不跟小云一块凑了，搭了艳秋的班。我们前几天，还看你们二位的《棋盘山》，您的窦仙童，不必问，是真好，艳秋的薛金莲，双刀撇桃，走硬抢背，难为他，真没让你这资深格老的王瑶卿踹趴下，总算是一个好手。我久知这一出，不是旧有的，是您自编自唱，您真有一气，无怪老谭说'瑶卿真聪明'。前者孙菊仙来京，您跟他在新明戏院同唱，我去听了，您的这一出，那是初次排演，窦一虎是李连仲。第二天，他跟沈华轩唱《古城会》的张飞，戏中有张飞落马一段，连仲向来只打攒子，便跪下了，李寿山可是翻抢背。连仲少年翻觔斗很出名，看见寿山还走抢背呢，不觉高兴陡发，也翻起抢背来了。自古大将莫说当年勇，连仲一不留神，竟摔上一口痰来，到后台就不行了，这窦一虎，算他末一次跟您配戏。还有唱程咬金的张文斌，跟您配戏多年，别的好脚，勾您的人，贾大狗、路三宝都归了人家，文斌始终不变，很讲义气，如今也死了。那日菊仙、艳秋的《硃砂痣》，我有事走了没听，因此迟了多时，我才看见艳秋。"

瑶卿道："莫谈旧话，今天我正有事找你，我有一本《女儿国》的总讲，短一点，要你给我添个头场，兑一兑水。"

墨香道："您说一说意思，我叫您三日后领回文。"

瑶卿便把《女儿国》的穿插说了一遍，又把前面该如何增添也说了个大概，墨香道："行了，我虽弄不很好，可以下笔了，好在有我一个底稿，您再去添改。"瑶卿笑了一笑，坐下看戏。

这一次，墨香没唱正脚，实行做了个扫边旦。到了晚间，果仲予的《长阪坡》，子方扮了糜夫人，墨香扮了甘夫人。这个脚色，虽有好脚扮的时候，究竟是扫边旦脚应活时节为多。记得有人说那俞振庭，在文明园演这一出，后台有两个年轻旦脚，都比瑶卿资格浅，瑶卿扮这糜夫人，二旦都可扮甘夫人的，这一次，瑶卿正不在文明园内，后台因无瑶卿，便把这二旦都拴在《长阪坡》里头，为的是前台看着热闹。这二旦，一个纯粹青衣，一个本工花旦，叫他唱青衣戏，只算抱演。拴在一处，自然糜夫人该是那个纯粹青衣的，而且他的人缘在天字第一号，就连瑶卿也让他三分，莫说这个花旦，更差得太远。只这花旦，是一个不知天多高，地多厚，自命不凡的狂人，他张嘴就说瑶卿的玩艺，得过他的指教，其实瑶卿正盛之日，他将跟着路三宝用功，焉能够得上当瑶卿的教员。他醋劲儿极大，见那青衣人缘比他强，早已不忿。甘、糜二夫人的扮相，从头至脚，原来是一无二样，二旦都已扮齐，这花旦不去抱喜神，那青衣以为他是要来甘夫人了，便把喜神抱起，这花旦也不言语。只待刘备唱完倒板，起了【长锤】，这花旦怒冲冲的，瞅冷子，从那青衣怀中夺过喜神来，说是"小子，你给我跨一回刀罢"，那青衣低头一笑，便先拉着车旗，做出坐车样式，缓步登场，抵那甘夫人，这花旦随后抵着糜夫人上去。虽然前台没有起哄，只那甘夫人得的彩声，比这糜夫人不在以下，这花旦气了个半死，说"小子真走贼运"。这日墨香并未在场，此事也未目睹，只人都这样讲论，谅也有之。足见好脚色，前台有人捧，就唱甘夫人，也能得上风。若似墨香人缘欠佳，即令扮了糜夫人，也不一定讨好，倒不如甘夫人站在不耽沉重地方，没人指摘，反觉心安理得。正是：

处世何妨退步，上台也莫争雄。

自身既是走票，越发不抢上风。

墨香从先在燕喜堂，陪刘春喜唱这一出，是破题儿头一遭，后来在公余雅集的时节，丞相胡同袁宅走票，墨香又陪果仲予唱过，只都扮的是糜夫人，虽是半个正脚，墨香穿戴甚不讲究，是按照扫边脚色的扮相。今日扮的是甘夫人，却有极新的黄帔，头面也还整齐，里衬青衣，下穿白裙，都是上等的东西，扮了出来，倒像一个好一点的脚色，一些扫边气也是没有，前后相映，倒也有趣。正是：

莫以今时衣富丽，难忘昔日状贫寒。

演到二位夫人被曹兵冲散，赵云救甘夫人一场，墨香脱了黄帔，露出青衣，便学当初王瑶卿的派头，解开头发，披散下来，不似通大路的仍挽着观音斗。墨香一面演唱，一面暗想：这个甘夫人，瑶卿虽是扮过，只他扮糜夫人时居多。听说在内廷当差，他永远没扮过糜夫人的，哪一次，他也是把甘夫人扮上，合算西太后没见过他这最拿手的糜夫人。

咳，甘夫人也罢，糜夫人也罢，他这一出，我看了一个不亦乐乎。没想到今天我在台上挨这宗骂，他倒在台下看戏，我这看戏的，变成唱戏的，他那个唱戏的，反变成看戏的了，检直来了一个大翻膛儿。在昔日不但他不往这里想，我又何曾想到此处，人生在世，一切事，都是不能预料。不过他唱戏，没我甚么相干，他是世代干这一行，分所当然。我唱戏，虽然是自己情愿，却实是因看他着迷，才上这个跳板，只可算是他教我唱的。至于这一出《长阪坡》，更是叫他支使得我干的了。只是我虽迷瑶卿，没有唱戏的天料，一些捆老羊的俏门子也不懂，在票房里，落了一个边边沿沿，比宫女、丫鬟高一萝葡皮儿，还不定哪一天，真跑上一回宫女，或是丫鬟，那倒也是个大笑话。万般令人猜不着，只怕跑宫女、丫鬟，也轮得到我的头上。正是：

浮生不了悲欢事，作剧儿童总未知。

墨香又想起瑶卿唱糜夫人，中箭之时，能把箭藏在袖中，待张郃开弓，瑶卿的手挨着腿一翻，露出箭，摔屁股坐子。不像别人，箭在袖外，全仗着袖宽挡住，虽也有弄得好看的，似不及瑶卿神妙。轮到我陈墨香，索性歪着身子往后坐，决不起屁股坐子的，箭更在袖外了，可不敢学瑶卿弄险。箭翻不出来也糟，摔着屁股，也不得劲，要再一个不留神，坐了线尾子，弄撰了头，更是砸个土平，只求无过，切莫弄巧成拙。大凡台上的事，自己功夫不到，可得仔细的想一想，哪一下子不过门，就得变着方法，急早躲开，千万别逞能，往钉子上碰，自找不自在。

瑶卿中箭以后，走的瘸步，全是摆腰，摇胳膊，便像带了重伤、腿不磊落的样子，你要真瘸着腿，一步高，一步低，就像小花脸，不是正旦。瑶卿待赵云抓帔，不先褪袖，也不把线尾分向前边，只把头一偏，线尾就歪向一边去，一面解衣带，一面往后略一伸手，帔就抓下去了。这两下子，我倒凑合，不很劣蹶。子方资格虽老，比我强的地方虽多，这可稍欠玲珑，我也有短中之一寸长。墨香一阵乱想，戏已唱完，卸妆回家。

次日取出《西游记》，看了一遍，这部书，是明人吴少阳手笔，作得甚好，其中子母河、女儿国，都写得甚为滑稽。当年玄奘西行而回，曾有《大唐西域记》十二卷，也曾写到女人国这个地方，道是女子为政，丈夫只可当兵种田，因此有“女人国”之称，玄奘曾从此经过，与吴少阳所写，大不相同。

墨香按着《西游记》的原文，依那王瑶卿说的穿插，编撰成功，由邮政局给瑶卿寄去，并未亲身上门。瑶卿、墨香此刻不知是甚么原故，好似有阻碍一般，总有些不合拢。或者是墨香的心不坚固，自家退后，仔细地推敲，又不尽然。此中道理，连后来墨香与瑶卿交谊既深，追想前情，仍是莫名奇妙，只得以“不解”解之。正是：

相见不相亲，何如不相见。

过了些时，正乙祠又值彩排之期，墨香唱了一出《探窑》，只见果仲予走来，向大众说道："九月九日，是家父寿辰，在通县本籍，唱戏庆祝，不订戏班，只邀票友，奉请诸位赏音。"众人无不答应。

次日，仲予挨家送了帖，偏那九月九日，是万太史的千秋，墨香一大早前去，与季六都给太史磕了头，便起身前往通县，只季六另与别人搭伴，墨香却和余玉琴同行。原来季六有粗没细，墨香与他性情不甚相投，因此各走各的路，不来结伙。

到得通县，下了火车，来在果宅，他那里已经开锣，看见玉琴、墨香进门，便把原订好的《悦来店》《能仁寺》，写在戏规上面。小生德珺如，是应这一出的安骥来的，他会的不很结实，忙找玉琴给他说了一遍，珺如道："这是从前陆爽卿的活儿，瑶卿唱的时节，爽卿已死，才换素云去抵。路三宝、梅兰芳在天乐园也唱过的，小生是张宝昆。我有个徒弟金仲仁，这一出最熟，我可只有三成，并且从来没有在台上使过一回，不想今天挤在某家头上。"

玉琴看了一看，还只隔得两个戏码，便同墨香都去梳妆。玉琴是何小姐，墨香是张姑娘，墨香道："德二先生说他这一出，是初次登台，我这张金凤，也是第一回试办。"

玉琴道："我都唱烂了，只怕你还没学戏，咱们凑在这一出里，我做梦也想不到。"

墨香道："你想不到，我也想不到。"

说话间，玉琴已经扮好，戴了风帽，没上大发，去穿行头，他穿的月白布袄裤。待他登场，有人道："十三妹好像一身红，他这扮相，看着眼生。他是老脚，怎么连十三妹都给扮错，大约他是蒙事，恐怕他会不清楚。"

墨香道："他是北京最先唱十三妹的，他唱了有二十年，王瑶卿才唱的，此外路三宝等人，更在其后。光绪朝的十三妹，只他一个，并无第二。宣统年间，才有王大爷，怎么能说他蒙事。他唱的戏太多，诚然有蒙的时候，只他这一出可不蒙。他将唱之时，《悦来店》穿红，后来有人说：'书上十三妹这一段，不是红衣。'他才改穿月白。到了王瑶卿，又恢复旧制，如今都走王派，因此你看着他岔眼。"

那人道："他这穿章，岂不把《能仁寺》的张金凤给刨了么？"墨香笑而不答。梳头已毕，穿了一件毛蓝布的袄子，那人一看，果与十三妹不同，才不再言。

又一人道："陈大爷素来爱扮配脚，今天居然扮起正儿来了，并且是余玉琴给你当配活。"

墨香道："此话怎讲？"

那人道："梅兰芳、程艳秋都唱张金凤，荣蝶仙之辈，才扮十三妹，足见张金凤的身份，在十三妹以上了。"

墨香道："不然。这一出，实在是十三妹的正戏，至不济，也得荣蝶仙。至于张金凤，连王丽卿那一路的三、四等人物，都可以上去。就拿我说，也是一个票房扫边旦，倘若张金凤非好脚不可，我就不敢冒失揭榜。”那人一想不差，也便无语。

少刻墨香上台演唱，待被凶僧抢入寺中，囚在地窖，墨香披散头发，折了观音斗，上去与赛西施相见。等到说亲，玉琴写那“愿意不愿意”五字，他从前是写在手上，墨香早看的烂熟，不料今番竟往桌子上写，墨香低头道：“余二爷也学王瑶卿。”

玉琴也低声道：“你披下散发一绺，也是瑶卿的路子。”

二人低声极细，慢说台下座客，连同台的人，也没听得。只墨香原是个瑶卿迷，不在话下，玉琴肯舍己从人的去干，总算虚心。正是：

理贵虚能受，情宜戒满慾。

安、张二家联了姻，玉琴插科打诨道：“你们两个人，一个家里出过中堂，一个家里有位尚书，真正门当户对。我这个媒做着了。”

座客们有知二人家世的，一齐大笑，只玉琴这一句话，早触起墨香无限心事。

记得当年在财盛馆，看这出戏，先父官止侍郎，这一出是新编的，台下座上客，十人而九，都说不出戏名儿来，我是个未满十岁的小孩儿，更不能识。后来在各处堂会，又看了无数回，再也不料我也是一个戏中人张金凤了。一面想，一面唱，幸亏戏是烂熟，唱虽是初次，听的可以说是太多，还不至于被这些游思，搅了台上公务。

《能仁寺》完，早见仲予走过来，“请陈大哥说句话。”即拉墨香到了别院。墨香虽已脱了衣裙，还未摘头，不男不女，旁人看着好生刺目，只唱旦的，这也只算寻常。

墨香走入别院屋里，抬头看时，一个人迎了过来，叫声“陈大爷”，原来是杨小朵。墨香久在戏场出入，和他也甚熟识。

只听得小朵道：“小儿宝忠是唱老生的，现在拜余叔岩为师[1]，今天有他一出《南天门》，他这一出，由瑶卿说的，是照谭老板中和园的路子，与老谭晚年路子，不大一样，叔岩是按照后来派头，因此宝忠这一出，跟他师父不全相同。将才跟众位票友青衣一对，全不合窑性。仲予说请的有您，我想您久看瑶卿，大概许错不了多少。”

墨香道：“我只是看过王大爷的这一出罢了，太不实授。”

小朵道：“百学不如一看，我谅您一定能行。”即叫宝忠与墨香见了礼，对了戏，倒还凑合着不大离格。

只隔一码就是了，墨香忙去穿了青衣白裙，管箱人来给墨香打腰包，墨香把青衣略往上一提，伸直两臂，等他来栓，管箱人笑道：“别瞧外行，这可真有门道。”墨香的那一绺发，在《能仁寺》跟十三妹结义，已经盘起，此刻又折散下来。宝忠也扮得停当，一同上台，唱了一出，墨香方才卸下大发等物。一连三出戏的时候，当中是别人的码，墨香

[1] 民国十一年旧历三月二十日行拜师礼。

站在两头，勒的工夫，可就不小。

仲予让墨香并杨家父子入席吃饭，宝忠也换了便衣，墨香已不是小姐，宝忠也不是曹福，佛教讲轮回，戏场的轮回最快。正是：

顷刻纵横数万里，须臾上下几千年。

小朵道："陈大爷倒是久看瑶卿，上回在江西会馆，跟王琴侬唱了一次，他虽是内行，反不及陈大爷捧得严。"

墨香道："琴侬有条好嗓子，若论肚子里的活，比我自然强，却不及票友章晓山宽绰。票房的旦角，要算晓山打头了，我只是边边沿沿，何足道哉。"

小朵道："各人有各人的玩法，唱正脚虽难，来旁边的也不易，给甚么得接甚么，没资格可不成。"

旁有一人道："这话究竟不然。戏要唱得不好，会的多，又算老几。"

票友花脸潘质忱道："这可不能一律而论。好与不好，不是学问浅的人，可以下得考语。我就单说这位陈大哥，上了台，风头是不见佳，他就坏在这上头了。至于他的玩艺，实在下过功夫，比一般乏票友不同，乏票友检直不是这里的事，陈大哥除没捆羊的能耐，实在不弱。"

小朵道："此言不差。瑶卿久陪老谭唱《南天门》，我家宝忠与庆奎，这一出都是瑶卿说的，瑶卿真摸着老谭的俏门子了。唱旦的要是没准谱，可跟宝忠弄不到一块的。"

正说间，天色已晚，大家饭罢，在灯下对坐，果仲予又来向墨香道："陈子方跟我订下唱《长阪坡》，还跟孙化成唱《坐楼杀惜》，此时他还没到，他抽大烟，起得晚，想必误了火车，准不来了，倘若果真不来，这两出都求大哥抵一抵。"

墨香未及答言，早见一人口称来迟，从外面跑入，正是那陈子方。只听子方嚷道："我起晚了，火车已赶不上，我是坐长途汽车来的。"众人都道："六爷真好精神。"

墨香早想起清朝一员老将，画了一幅小照，文恪公题诗云：

顾盼气岩岩，指挥神落落。
壮哉马伏波，年老犹矍铄。

陈子方这老头儿，也算是矍铄的，可惜是旦不是将，自古老将倒有人作兴，旦脚一老，就算拉倒。王瑶卿近年已不是当初，田桂凤跟侗厚斋唱《战宛城》，越做得细腻，前台越恶心。陈瘦云每次出台，总有廠笑，这可不是倚老卖老的事。

果仲予忙给子方、化成把戏码派号，二人装扮齐整，去唱那一出《坐楼杀惜》，唱完下来，大家都说陈六爷真比行时当令的王蕙芳不弱。

杨小朵笑道："我父亲才过四十，就歇了，在下将三十，就改拉胡琴，六爷可真不含糊，你们票友老爷，实比我们有一气。"

子方听毕，甚是得意，揣头洗脸，拉墨香到前台坐定，恰值南月牙胡同票头恩禹之，正和他带来的一个票旦，唱《宝莲灯》，那票旦嗓子甚响，念白纯是京字，检直像滦州影。

子方道："这都是学梅兰芳的毛病。"

墨香道："浣华还不至于如此。"

子方道："你的道行虽然不错，可惜出世太晚，拿着瑶卿当祖师，自然比我差些。瑶卿、兰芳都有要不得的地方，兰芳更糟，检直不是干这个的，你如何听得出来。"墨香不敢答言。

此刻玉琴也在前台看戏，子方问他唱的甚么，玉琴道："我和陈大爷唱的《能仁寺》，陈大爷的张金凤，虽是初次，倒不劣蹶，这是久看瑶卿的好处。"

三人说了半晌，眼看台上《宝莲灯》还剩一半，这一回平话，也要暂歇一歇再说。这回书，由墨香在子方那里走局，遇着瑶卿起，到子方与墨香议论瑶卿结束，起也瑶卿，结也瑶卿，倒合了章法。

第二十七回 人材有废兴 学问分邪正

台上《宝莲灯》已完，果仲予到前台来说道：“再隔两码，就是《长阪坡》，六爷是糜夫人，大哥是甘夫人，都该去小扮着了。”

子方、墨香同往后台，洗脸扮妆，待得扮齐，戏码已到，便上去演唱。天已快亮，唱完打住，在果宅书房，打了一个盹，赶火车回京。

这一次，果宅所约票友，有春阳友会的，有南月牙胡同的，有正乙祠的。有自备车价的，有跟果仲予要路费的，人品不齐，不能一概而论。墨香仍和玉琴结伴，仍是各买车票，两不相扰。

到京下车，各自回家，墨香受了暑气，进门就倒了床，请医调治，病体稍痊。有那唱小生的票友张展云来了，墨香跟他多年未晤，谅有要事，即请入房中相见。

展云道：“我来的不巧，偏你病了。”

墨香道：“我已经算是好了，明后天就要出去。”

展云道：“既然如此，我此来不算虚行。我久已不走票，你是知道的，忽然有人要找我当承头，散约一天票友，地址在取灯胡同内路北同兴堂，只灯晚十出戏。我想不登台，人家不答应，我懒得唱通大路的玩艺，想唱一出冷活，思来想去，想了一出《也是斋》，约你去凑个热闹。日期是一星期后，你大约可以去了，我也打听过的，票友花旦，只你一人能应这一出，别位不会，你千万赏音。”说着取出请帖递过。

墨香笑道：“天下万事，有正有邪，这一路邪气戏，只能我去挨骂。不过我唱不好，你可得原谅。”展云一笑告辞。

到得那一天，墨香到了同兴堂，结束登场，又去披发短衣，挨了小叔子一刀，做了一回失节的嫂子。正是：

无非是戏，何必认真。

本是男子，暂充妇人。

唱完回来，将到一月，万季六在江西会馆应了一局，虽是连白天带黑夜，只白天是高腔，黑夜才是票友。订的戏码，有小杨子和陈痴疯的《汾河湾》，果仲予、万季六与墨香拴了一出《长阪坡》。

小杨子已梳好了头，忽见票友正旦章晓山、老生言菊朋一同走入，问他们干甚么来了，季六道："除非唱戏，还有甚么干的，今天有他二位一出《宝莲灯》。"

小杨子不听便罢，听了时一言不答，一伸手，把假髻摠掉，季六道："你怎么临场推委，这是犯革条的。"

小杨子道："晓山也是唱《汾河湾》的人，倘若前台有他的党类，我那句'好做夫人'的腔儿，没他玲珑，准落包涵，你请他就不该找我。"气冲冲，洗脸穿衣，出门走路。痴疯无奈，只得改了一出《当锏卖马》。

晓山道："他怎么又僵了？"

季六道："有他不多，没他不少，他爱僵不僵，反正他不是梅兰芳，我决不去挽留。"

《当锏卖马》底下，还有一个码儿，就是《长阪坡》，大家忙去装扮。这一次，墨香是糜夫人，那扮甘夫人的律佩芳，穿了蓝帔，留黄帔给墨香穿，墨香道："不行，你是正室，我是个小老婆，应该你穿黄的，箱上黄帔只一件，我穿蓝的罢，咱们没私行头，不能一对黄帔的。"二人即时掉换。

唱到"跑箭"，墨香披着头发，身上是件蓝帔，早听有人说不像，墨香暗想这都是看惯好脚，其实陈素卿、张凤云都陪小楼唱过，也都穿着蓝帔"跑箭"，这也不是自我作古。正是：

肝胆向谁是，风尘知己难。

《长阪坡》完，便是《宝莲灯》，那言菊朋，是名臣玛拉特文清公松筠的后裔，是个蒙古旗人，专学故伶谭鑫培，常与侗厚斋、陈十二等在一处考究，唱得甚好，真有一半鑫培的意思，偏他称呼是个"言"字，恰是"谭"字的半边，大家都唤他作"半谭先生"，他和晓山一个假老谭，一个假瑶卿，真唬得住前台。唱完之后，晓山卸了妆，和痴疯套了半天拉拢，方才各散。

过不些时，晓山，并那东南园的武票友赵子仪、刘竹溪、赵汉卿，都搭入正乙祠，晓山又介绍一个青衣票友田少濬，排行第五，人都叫他田五，也是常到王瑶卿家请教，因此晓山和他熟识，拉他前来，这二人是天天要迈王大爷门槛的。又有个樊杏茁，也搭入这一伙，他也唱青衣，却非王派。

正乙祠人才济济，每到排期，戏码不免拥挤，王劲闻便同一般旧人物，在宣武门大街江西会馆，分出一会，用"黄学会"名色，别树一帜，痴疯这里，由他一个侯姓朋友改名熙春会了。墨香在两边都跟着起哄，票房财力有出无入，是无底船，大家都不免受累。正是：

只因不听老人言，失足踏来无底船。

受尽千船冤枉气，还花多少昧心钱。

这两处唱得热闹，熙春会却有一件趣闻。一个票友老生交了四元会费，要唱大轴，票头知他本领太差，派在前面，他赌气不唱，站在正乙祠外，哭了半夜，走到区里，控告熙春会诈欺取财，区上批驳，他才含泪而去，京中传为笑谈。

一日章晓山到城内走局，是他自己的事外，与熙春会无干。熙春会中妒忌晓山的人，只气得抓耳挠腮，不料晓山却遇着一场小风波。原来这个时节，北京城里，出了四个票友：一是花旦兼青衣朱琴心，一是青衣蒋君稼，别号玉笱痴人，一是刀马旦兼花旦林钧甫，一是小生兼青衣顾钰荪，都曾在三义庙钟秋岩票房里干过，四人年纪都轻，人称“四美”。

这一夜，有朱琴心一出《春香闹学》，林钧甫已唱过一出正戏，反正是《穆柯寨》之类，又来给琴心捧场，扮了一个杜小姐。那扮陈最良的末脚，也是他们一伙，素常小生、青衣都能抓挠，小嗓甚好，大嗓劣蹶，到他张嘴，笛子便要降调，好在前台听得出来的太少，不落包涵。琴心这一出，花样翻新，慢说昔年的章瑞卿即小金虎，古板太甚，就是时下名旦梅浣华，也没琴心火炽，前台虽不懂昆腔，也看得入迷，就知琴心的劲头儿，该是甚么样子了。

前台看得似醉如痴，差不多，贵姓高名都忘了。主人便到后台，作揖请安，再烦琴心一出《打花鼓》，琴心应诺，指定要隔两码才唱。看那戏规，两码底下，恰是章晓山的《汾河湾》，晓山已在梳妆，主人过去，跟他商量，要他往后挪。晓山一声不响，摘了头，洗脸换衣便走，主人也不挽留，晓山算是没争过琴心。

熙春会里，那些抓耳挠腮的人，也算出了一口怨气。哈哈，你小毛章的威风，敢则也不怎么样，也有人压你一头。他们可忘记晓山已压他一头的，再有人压过晓山，岂不压他们两头了。只这一路人物，从来思不及此。正是：

眼光似豆，量窄如针。

若与同事，须要小心。

这件事，票房人人传说，早引出许多议论，陈十二道：“真瑶卿快不行了，何况假瑶卿，又何况只得瑶卿的皮毛，我早料他要栽。”

彭晓锋久不走票，听得这个消息，叹口气道：“旦脚是老不得的，章晓山虽不甚老，已非妙龄，无怪闹这别扭。若在前十几年，晓山正在年轻力壮，必然没这种闪失的。小桂凤年轻之日，搭同春班，倒第二是《阳平关·五截山》，老谭的黄忠，何九的曹操，董凤岩的赵云，钱宝峰的徐晃，张涌泉的王平，连刘先主都是沈三，孔明都是周长山，张郃都是李顺德，人头儿又好，戏又热闹，可是小桂凤的大轴子，是一出《打樱桃》，居然前台不开闸。有些人进了戏园，先问小桂凤唱过没有，要是已唱，他们把脚一跺，说声糟糕，回头就走。等到同庆班，就不行了。小桂凤唱《胭脂虎》，派在倒第四，还在刘春喜的《金锁阵》前头。前一次是庆和园，岁在癸巳，后一次在天寿堂，岁在癸卯，十年之间，小桂凤本是年龄已长，无怪人缘大变。旦脚这一行最苦，小孩子不像，老头子更不像，小孩子盼他长，老头子可不能再年轻了，这行人实在是老不得的。”

陈子方说：“这也是一偏之见，徐碧云何尝不年轻，出科之后，唱、做都摹梅派，一心要赶上兰芳，哪里赶得上，并且远不及小云、艳秋，唱戏得论本事，何论老少。请问瑶卿、蕙芳谁比谁岁数大，都知道蕙芳小，怎么蕙芳老被瑶卿压着，永迈不过瑶卿去。从前李紫珊五十岁了，跟二十多岁的李丽秋一块儿搭班，一出《翠屏山》，永远是丽秋扮迎儿，给紫珊跨刀。说到紫珊，可真有一气，他跟老谭一块儿凑的时候，他唱《双铃记》。马思远开茶馆，这是京中实事，马思远茶馆的地址，就是大观楼，戏中邓姓给马家帮忙，很是个朋友，也实在有这么一个人，庆和园就是他的买卖，替马家鸣冤人甘子谦，也是有的。李紫珊这一出很出色，唱到一半，天已快黑，人都猜老谭不露，可是一个也没走。谁知老谭扮了个刑部郎中舒明德，足唱整套【新水令】，比周长山、迟韵卿只有好的，老谭总算扮了个配脚。彼时老谭捧他这年老的，跟捧年轻的一样。那个高庆奎自己组班，挂头牌，他兄弟连奎，拉胡琴，带管事，他们班中的旦脚，律佩芳、何喜春，倒都年轻，怎么打入扫边，只能扮夫人、小姐。票友下海的黄润卿，人称小黄，是路三宝的徒弟，也是个少年，学兰芳的念工，比谁都像，他也比瑶卿小好几岁，怎么也撑不起来，可见老少没甚关系，还得说能耐的。”

杨南英也道：“我在东大市一个票局，唱了一出《探母》，我扮的萧太后，律佩芳的公主，前台倒很给我面子，该叫好的地方，一句不落空，都给我叫了，可把佩芳搁在凉水盆里，要论岁数，佩芳可比我小，果然唱戏的，只论能耐，老少得在其次。”众人听了，也不辩驳，只也没几位附和。正是：

古来尽有好议论，天下原无真是非。

这些话，墨香听了，觉着彭晓峰是明白了看戏人的心理，记得昔年在谢公祠，看瑶卿、桂凤对面理妆，觉得桂凤容光大减，上了台，便不见精彩，彭老四的话不差。

不提大家背后议论，且说这四个美人，真如天之骄子，凡票上旦脚，都挨了他们的挤，不止一个晓山，最挤得厉害的，要算子方第一，本来年纪太老，其余似那樊杏苗、杨南英等人，也被他们挤得哭不得，又笑不得。各新闻纸，比琴心为兰芳，钧甫为小云，君稼为艳秋，恨不能捧上天去，子方等的局，不知被他们踹了多少。子方、南英说的，在乎本事，不在年龄老少，只算解嘲的话，敢则有些靠不住的。只小杨子也干不过他们四人，也如一干年轻名伶，干不过兰芳一般。这是他们四人走的脚步，比小杨子得法，又与子方等众老者，犯的毛病不同。当时还有些好奇的座客，不看真正戏班名旦，更不看坤脚，专看朱、林、蒋、顾，有王渔洋诗为证：

绿黛遥浮玉镜间，峰峦千叠水湾环。

居人却厌真山好，玄墓南头看假山。

四个好生兴头，倒是墨香久已归入扫边旦队中，跟他们两不相碍，一点气也没受。正是：

才小分易足，心宽体常舒。

形骸委顺动，方寸付空虚。

持此将过目，自然多晏如。

昏昏复默默，非智亦非愚。

倏忽之间，光阴又去了半载有余，墨香一日在家，潘镜芙来了。二人对坐闲谈，先说些别的言语，说来说去，墨香不觉说到此处。

镜芙道："这宗道理，《老子》《庄子》最说得透彻，孙叔敖也有此见解，自古无用为用，不争为争，倒是快活，小意气争之无益。大凡那好争的，争不到手，固然懊恼，即令争到手中，也味同嚼蜡，莫说吾兄是闹着玩的营生，爱干不干，不必死乞白赖跟人家赌赛。当初府上的文恪公，在宦途之日，也是不争权势，一生只司文柄，清贵有余，威权不足。钱子密大司空，正做军机，告病辞官，太后问谁能代你之任，钱大司空荐了文恪公，太后明日召见文恪公，问天下大计，文恪公奏称臣书生未谙军国，太后不悦，另用赵展如司寇参赞机务。不过两年，国家出了大乱子，赵展如问了死罪，假若文恪公稍贪权位，焉能免得此祸。可见人生在世，无论作何生理，总不可知进不知退。"墨香点头称是。有诗为证：

安知胯下耻，非即纳履心。

咄哉韩侯浅，不若子房深。

此刻万先生正在墨香座间，笑道："莫说尊公不立功名，依我看来，尊公有两件事，最是可传。一者尊公于程、朱最盛之时，讲明姚江之学，在浙江时，命绍兴知府熊基礌，访求姚江王氏后人，予以旌赏。到如今姚江学术大兴，是尊公首先提倡，这是一件了。又清朝世祖出家，久成疑案，尊公访着康熙年间，庐陵三耳生聂先作的《玉林大师小传》，知世祖实曾出家，尊公曾记其事，这篇文字，于清史大有关系，这又是一件。有此两件事，尊公也算做了事业。"

须臾万先生走了，镜芙只望着墨香发笑，墨香问："你笑的甚么？"

镜芙道："方才万老先生提到文恪公提倡王文成学说，我想起旁人骂你的话来，与王文成、王瑶卿都有些干连。"

墨香道："瑶卿怎么与王文成搅在一处？又怎么把我扯在里头？"

镜芙道："你先把文恪公考证顺治出家的文字，给我看过了，我再告诉你。"

墨香忙将文恪作的《入山偈跋》取出，只见其词曰：

章皇帝《入山偈》，旗下人曾为铸板，京师妇孺能诵之。辛卯岁，臣以内阁学士典试江西，得康熙间庐陵聂先书，有《玉林通琇禅师小传》，谓帝已剃发出家，琇不可，且欲烧杀为帝披剃之行森和尚，帝乃还宫。则帝固直舍大位而求佛道，直欲追踪释迦，岂但托之空言而已耶？曩疑市井说话人，每说《顺治出家平话》，粉饰装点，官不禁止，今始知其不尽子虚，不能禁也。帝御批内典，能得佛旨，藏京师柏林寺，大学士臣昆冈谓寺即帝披剃之所，然乎否乎？户部右侍郎，兼管钱法堂事务，提督浙江学政，臣陈某敬跋。

墨香道："这是光绪丁酉冬天，先父在杭州，那将军济禄送了一本《入山偈》来，先父方作此文。"

镜芙道："这篇文章，果然十分要紧，凡考清史的不可不知，只现在北京说平话的，却没一人说《顺治出家》了。"

墨香道："先父少年入汴，中年入粤、入川、入鲁，老年入闽、入赣、入浙，足迹遍禹域，说的未必是北京。"

镜芙道："旗人见皇帝，自称奴才，怎么文恪公，倒替昆文达，称起臣来？"

墨香道："文章体例，照例如此，况且旗人有称臣的时候，看乾隆朝进《四库全书总目提要》的表文，便知分晓。"

镜芙点了一点头，拿起这篇跋语，又看了几遍道："下笔有斤两，是老辈过人之处。"

墨香道："骂我的话，与此文可有关系？"

镜芙道："一点关系也没有。我急于看这篇文章，才跟你定那两下抵换之计。"

墨香道："究竟骂我甚么？"

镜芙道："也不算十分骂，不过说你家父正而子邪，学问不同。我来问你一句话，你唱《探窑》王三姐披发，可是有的？并要问你是否学的王瑶卿扮相？"

墨香道："唱《探窑》，我披头散发，实有其事，也实是学的瑶卿。戏班里头的真正唱戏的人，也有按照瑶卿打扮的，不止我一个。我唱张金凤和《长阪坡》的甘夫人，也纯学瑶卿，岂但一出《探窑》。不过瑶卿使弄散发，功夫不好，《刺汤》自刎，拜别丈夫，叩三个头，散发三洒，歪着头使劲，真不容易。他拈发、揉发，也都好看，我可不行。"

镜芙道："你的话白，可有学瑶卿之处？"

墨香道："不是有心摹仿，听得多了，无心暗合，京白尤甚。我如何敢说学瑶卿，我只得了瑶卿一分意思，现放着章晓山，比我可强。凡瑶卿捆羊的门道，晓山十得八九，哪一次上台，都是彩声如雷，不像我一盆凉水。"

镜芙道:“你既有一分瑶卿的意思,无怪阳明、瑶卿拉到一处了。”

墨香道:“你快说罢,我可真闹糊涂了。古人说的好,拟人必于其伦,王阳明、王瑶卿太不伦类,怎么往一处拉?”

镜芙道:“他自有个比拟之法,也不算不伦。”

墨香道:“这也奇了,阳明、瑶卿相差太远,纵然拉到一块儿,也只是牵强而已。”

镜芙道:“不然,一点也不牵强,自然得很。”

墨香道:“这可是个闷葫芦,我不能猜的,请教请教。”

镜芙笑道:“我有诗为证,只也不是我作的,也不是古时,是近人专为你作的,题目是:安陆尚书父子皆通王氏学,诗以咏之,其诗曰:尚书性理讲阳明,不把程朱道统争。有子亦知王氏学,清歌妙舞效瑶卿。”

镜芙念完这首诗,又笑道:“他把文恪公拉在阳明一边,把你跟瑶卿拴成一对,如何能说他比拟不伦?又如何能说是牵强?阳明、文恪都是儒家,你虽非伶人,却唱旦脚,也恰与瑶卿是一路脚色,怎么比不得?”

墨香忙问何人手笔,且待镜芙说出,不但当日墨香明白,今日听书的朋友,也就明白了。

第二十八回 议修《梨园外史》 详说菊部旧闻

上两回书，开首都不用“话说”，收尾不用“下回分解”，变了旧日小说通例。你道为何？

只因有人发了个议论，他说此例不好，倘若《水浒》《石头记》不依这个例条，必能更见精彩。哈哈，此言实不尽然。建安虞氏刻的别本《三国平话》和黄丕烈校正的《宣和遗事》，都是前不用“话说”，后不用“下回分解”，他的文字，究竟没有多少精彩之处，比《水浒》《石头记》孰优孰劣，人所共晓，不必细谈。

墨香的上回书，虽去了这些字样，起法结法，仍跳不出《水浒》《石头记》的老科模，只能炫耀平常人的眼睛，不能瞒得真正通品。只墨香向来下笔，一回之内，决不用三五个“话说”。凡另起一波的地方，都费了心思，虽然不免牵强，倒是不至于十分松懈。不过比《水浒》《石头记》，却是差得太多了，自己表出，请大方家指正。

闲话搁下，且讲正文。话说镜芙道：“你问此人名姓，我倒略知一二，只他不叫我向你言明，我只可替他隐蔽。你家文恪公，虽讲理学，却不聚生徒，不作《语录》，不辟佛老，凡为身后两庑特豚的计画，都不肯做。你登台唱旦，虽然不尽合乎你的家法，却不足为先世之累。假若文恪公有两庑之志，有你这么一个风流儿子，恐不合式。朱竹垞不删风怀诗，说是我不想从祀文庙，就令竹垞把风怀诗删去，那文庙从祀，未必就有竹垞。你家文恪公，正与竹垞相同，你唱旦与否，也没相干。这个作诗的人，只不过笑谈而已，与你父子毫无加损。他究竟是谁，你也可以不问的。他还不止这一首诗，他还送你一个外号。”

墨香道：“不知外号如何？”

镜芙笑道：“他因你演戏，爱扮落难女子，喜欢披发，送你一个外号，叫做‘披发旦’。他说你有时演的那个女人，并非落难，你也把头发散开，如《南阳关》的伍夫人，别人是寻常夫人打扮，毫不像丧家，于情理上似乎不对。你披发孝巾，穿着白布袄裙，腰里系着麻辫，比较近理。”

墨香道：“这句话，后台有人说过的。我有一天，将扮上这个脚色，律佩芳说：‘这个扮相改得高，您公婆都死了，您的丈夫穿那么重的孝，您是儿媳妇，得跟他老公母两个的儿子一样。’众票友和我倒没理会，有几位不走票的爷们，正在后台，听他的话样儿，把我说成女的，一齐大笑。要知跟旦脚说话，常有这宗口气。从前在福寿班，瑶卿、素仙的《御碑亭》，有人问素仙：‘你两个脚色是都唱的，今天唱哪一个？’素仙说：‘自然他是嫂子，我是妹子。’我彼时正在后台，听着也不很顺耳，这些年以来，我倒是听惯了。”

镜芙道：“那个朋友又有一首《披发旦》的诗，也是因你而作，其诗曰：曾将冠冕换新妆，悟透人生是幻场。披发一半《哀郢》志，伤心重唱柳枝娘。”

墨香听了，并无别话，只把那“悟透”一句，翻来覆去，念诵不已，叹道：“人生果是戏场，此话一点不错。我扮上妆，是个女的，求我的男相，了不可得，摘了头，是个男的，求我的女相，又了不可得，我的女相，检直是幻，我的男相，又何曾不幻，女相虽止台上的几刻钟，男相也不过世间的几十岁，上了台，我有丈夫，下了台，我有妻室，我对于台上的那个人儿，与台下的这个人儿，都得尽我应尽之责，却是台上本假，我得望真里做，台下虽真，我也有时望假里想，彼此也只差一萝葡皮，他这‘幻场’二字，唤醒我的痴迷不少，我在戏台的上面，却正合了《维摩诘所说经》的偈子云：

虽现女身，实非女也。是故佛说一切法，非男非女。

“这个道理，甚妙甚妙。男人唱旦，便不为大过，反正不是真的。最有趣，是我和一个女老生唱《浣纱记》，那位浣纱的溧阳史氏，三十岁，不与男子交谈，我也三十岁，才与女人唱戏。又一次唱《牧羊卷》，她是女扮男，叫我是妻，我是男装女，认她是夫，岂不是更幻么。古人说‘天地大梨园也，梨园小天地也’，一些不差。”

镜芙道：“你说到此处，我想起一件事来，大梨园有人纪事，小天地无人作书。我有心作一部《梨园外史》，专叙小天地的人材兴废，事物起原，你可得助我材料，给我润色。第一要躲开陈少逸《品花宝鉴》的老窠臼，第二隐恶扬善，不揭人的阴私，于旦脚的品行，措词最要忠厚。陈少逸明褒暗贬，写得十一旦，如妓女一般，都给他配上个名士，暗含着写成了男妾，太不成个事体，我们决不学他。何况他还有一块大毛病，他于当日戏界情形，并未十分描写，凡他写出来的，都是人所同晓的皮毛。文铁仙《儿女英雄传》，邓九公与不空和尚入戏园一段，骂他这部书，也没骂着他的病根子。依我揣度，少逸好看戏，却不十分懂，铁仙大约更是个大外行。有人说铁仙写的安水心，便是他本身，铁仙不信佛，却信关公，于是有安水心在三义庙，见了关圣帝君神像，定要磕头一段文字。铁仙写安水心在邓九公家看戏，必得净脚念出‘力拔山兮’，才知是项王，水心的戏学如此不行，恐又是铁仙自家写照。陈、文都非此道当行，故此二人措词不同，却都于戏剧没甚干系。铁仙碎豁少逸，好似老鸹飞在煤垛子上——看的见煤黑，忘了自己也是黑的，比那《金瓶梅》形容应二花子讲武松打虎，好像虎是他打的，又像他亲眼看见，其实是糟践施耐庵，一巧一拙，相去太远。凡此等毛病，都要极力避免，方能成一部有价值的作品，才不枉费了精神。我自问戏剧的常识，也不十分充足，你要多费心，多费话，助我一臂之力，我一半天，就去起稿，写个一两段，拿来给你看，求你指正我的错误，删改我的文章。我是仰仗大力扶持，你切记不可同我客气。你要晓得隔行如隔山，文人谈戏，落笔总有错儿的，幸而看的人，也是戾笨，不能挑得出他的毛病，我可要精益求精，非找你协助不可。”

墨香道：“好说岂敢，我也有多少戾笨的地方，不见得别人有错，我就没错。”

镜芙道：“究竟你对于这一道，有多年的阅历，连听带学带唱，是一个晓得甘苦的，反正比我强些。自有小说以来，历史、社会、义侠、神怪、言情，都被古人作了，只没真正戏曲小说。陈石函只算言情加着社会，与戏曲无干，此书若成，倒另是一格。”

墨香道：“不知你是学司马迁，还是学班固。”

镜芙道：“笑谈，我们作平话，你怎么扯到司马龙门、班兰台身上去了。我打算学吴敬梓《儒林外史》的笔法，因此书名也叫‘外史’。”

墨香道：“你说的是文章体例，我说的是断限。司马子长作《史记》，从古来叙起，班孟坚只叙汉朝，因此唤作《汉书》。你还是从有戏的那一天开始，如太史公老例，远溯黄帝，还是专说清代戏班，仿照班氏，单言两汉一朝的兴亡？”

镜芙道：“伶伦也是黄帝时人，他始制律吕，乃伶人之祖。伶人者，言其伶伦一派之人也。若从他往现在挨着叙，那就干了杆了。一则年代太远，叙事太多，二则文献无证，恐有阙佚。我的主意，单说乱弹，连昆腔都可从略，恐怕费的纸笔，就不少了。”

墨香道：“这句话很是。文言书，还可简练，旷敏本的《鉴撮》，从盘古到明朝，不过四本。平话可不行，非详细不可，若从伶伦写起，大约得一万回。”

镜芙道：“那如何作得成，我想乱弹盛于清朝，然而从王湘云、陈凤林以来，只是旦脚吃香。道光时，老生才出头，最有力量的是米喜子，接着余三胜、程长庚，莫如劈头就叫米家露面。”

墨香道：“好的很，米喜子的事迹，我曾听已故老伶沈全奎说过的，他是唱关老爷出的名，喜子是太湖人。”

镜芙道：“我记得李元复《常谈丛录》里面，说米喜子是江西人氏？”

墨香道：“不错，是有那么一说，只沈全奎讲的不同。”

镜芙道：“我们先不必管米喜子的籍贯，你且讲他的生平。”

墨香道：“据沈全奎说，这米喜子自幼学戏，事母至孝，因本地唱戏不挣钱，想起北京春台班老板、出名花旦陈凤林，和自己有些瓜葛，便一个包袱，一把雨伞，脚打地，直奔京都。他没多少盘费，那个时节，除了北京，各处戏园极少，可是乡下唱野台的，比现在多。凡唱戏之人，走到有野台戏的去处，便可毛遂自荐，唱一出，弄些盘费。米喜子眼看走了几天，腰里没钱了，走到一座庙前，只见那里锣鼓声喧，唱得热闹。看那庙中神圣，我有东坡诗四句，念出来，你就知是哪路灵祇了：秘殿开金锁，神人控玉虬。黑衣横巨剑，披发凛双眸。”

镜芙道：“这是宋时的翊圣将军，即今之真武也。这四句诗，谅米喜子、沈全奎都未能知晓。”

墨香道：“不错，正是一座真武庙。你若不嫌我附会，我索性给那神前添一副对联：逞披发仗剑威风，仙佛焉耳矣；有降龙伏虎手段，龟蛇云乎哉。这也是米喜子眼中所无的。”

镜芙道：“相传此联是东坡手笔，未知确否？”

墨香道：“那倒不必细考，只米喜子到的这地方，正唱野台戏，我再给台上想一副对子是：父老闲来消白昼，儿童归去话黄昏。”

镜芙道：“你好熟的《楹联丛话》。”

墨香道：“米喜子进了后台，往箱上一坐，老板见他坐的地方，便知是唱老生的，忙走过来，问朋友敢是要消遣一出，米喜子答应说是的。老板给他派了一出《武昭关》，米喜子唱完，老板一瞧，真是干这个的，不矜才，不使气，功夫是真醇，便问他长局、短局，米喜子说：‘我有事进京，不能长唱。’老板即送了他两串钱，作为盘费，米喜子称谢而出。台上正唱《挑袍》，真武座旁，却有马赵温关，庞刘勾毕，邓辛张陶，殷朱王许，邱陈钟白，桓牛吴鲁，崔卢田窦，章萧卜连，韩杨高李，三十六员天将，法身虽不甚高，塑得奕奕有神。那第四位的关天君，青小绿袍，美髯凤眼，手持青龙偃月宝刀，说不尽的威风杀气。我说的天将名号，已是米喜子心中所无，我再念几句诗云：

美髯落落识豪英，扶汉同仇若弟兄。
啮足今年人易老，归元千古气如生。
金刀卓石痕犹在，铁马呼风恨未平。
庙祀九州拜遗像，卧龙以外重公名。

“这是谢蕴山树经咏史诗，对仗极工，谅米喜子也不晓得的。当日台上正唱《挑袍》，这一出老路，是照朱有燉《义勇辞金》编的，可也不全一样，只有张辽、许褚给关公送行，不露曹操，与现在三麻子唱的，南辕北辙，弄不到一块。关公倒板，是‘凉时节秋风八月’，实在拗口，若把底下四字挪上去，上边三字挪下来，岂不顺溜。老前辈安心蹶人，偏要这么唱，你不依他，就算你不会。原板下句，是甚么‘留不得’，又是甚么‘山叠叠’，古来也没用这一道辙上板唱的，《骂殿》杨业、《搜杯》严世蕃，只唱摇板，这个拗口风，叫亘古一人逮住了。喜子一听，唱得不错，再看那扮相与神气，跟殿上神像一比，可就天地悬隔，喜子头一摇，叹了口气，走他的路。”

镜芙道：“不错，朱有燉是有一本《义勇辞金》，曹操派的外脚，关公是不消问，自然是正末，人都说曹寅《续琵琶》用外扮曹操，是袒护千年以前的同宗，看来也不可靠。”

墨香道：“亦不尽然。朱有燉纯用元人旧法，元曲的净，检直小花脸，压不住曹操的。即如《义勇辞金》的夏侯惇，净扮，就他的科白，有‘三牲谢关大王’的话，岂非小丑口吻，如何能叫他扮魏武。曹寅的时候，已久改南北合套，净的气派，已是现在的大花脸，定要用外扮孟德，未必无私，与朱有燉不但貌同心异，直头时势不同。”

镜芙道：“是极，只我要打一个岔。明末关公已封帝号，不在将班，真武四帅，早改岳武穆，怎么清朝还有关天君塑像，这只怕是谎。”

墨香道：“这大约是明代的庙宇，塑像在先，关公封帝在后，未及更换。”

镜芙道：“也或者是如此，只我还有几句打岔的话。再永光曾说马天君是伏波将军马援，王文恪曾说赵天君唤作赵朗，是赵云之弟，可靠得住？”

墨香道：“非也。据先父与俞曲园说，赵公明是赵衰的祖宗，名见《史记小注》，并不荒唐，‘晋侯梦大厉’，恐其就是赵公明了，因此后人奉以为神，成了天将。《封神榜》又说他职掌财源，从前四喜班，唱《钉头七箭书》，成本大套的昆腔，前台不上座，老板说别唱了，把财神爷弄死，可就苦了，从此再不唱这一出。马天君有一出《享千秋》，演他的出身，他唤作马灵耀，是马耳山王之子，母称吉芝陀圣母，可不是马耳山王之妻，是马天君转世投胎，下一辈子的娘亲。马天君的浑家铁扇公主，丈母娘是金刀圣母，马天君史册无名，何曾是伏波？他的神像是三只眼，伏波不会生得这般奇异。他的封号，先称‘华光正受天王’，后称‘华光大帝’。他有两员将，一名离委，一名师旷，倒是《孟子》里有的。这一本《享千秋》，也是曲子，并非西皮、二黄，久没人唱。曹霑《石头记》，提过华光显圣，大概就是《享千秋》了。”

镜芙道：“真武殿前，旁边站的天君们，倒有正戏，那位玉虚师相，九天荡魔祖师，北极玄天仁威真武大帝，金阙化身天尊，却没见他在台上做过正脚。曲子里的《双珠记》《表忠记》，乱弹班的《武当山》《四进士》《双包案》，梆子的《五福堂》，都有真武，都是配搭。”

墨香道：“梆子腔有一出《五龙捧圣》，演的是真武在武当山成道，真武的地位，比别的戏要紧得多。我们少撕旁岔儿了，还是说米喜子。他沿路唱野台，凑盘缠，到了北京，找着陈凤林，搭入戏班，在大栅栏戏园子，登台演戏，唱了一出《群英会》的鲁肃。这一出，徽班、汉班早就有的，后来程长庚羼入全本《三国志》，并非长庚创造。米喜子这一路玩艺，都很实授，一点也不错，谁知上去，闹了一个大砸特砸，检直砸了一个土平。你道为何？敢则喜子会卖真的，不会卖假的，前台十有九人，只买假的，不买真的。”

镜芙道：“何者为真，何者为假？”

墨香道：“腔真板正，尖团分明，上了台有准窝，介口严，扔洒发，抖水袖，有功夫，扎靠边式，台步好看，都是真的。耍花腔，翻白眼，打哆嗦，以及旦脚的种种肉麻，都是假的。凡现在所谓‘内心表演’，都大半是捆羊的着儿，属于假一面的为多。譬如作文，理精法密为真，浮词艳字为假。譬如为人，循规蹈矩为真，惊世骇俗为假。从来俗眼认假不认真，米喜子焉得不砸。孔子曾言‘中庸不可能’，又说‘索隐行怪，后世有述焉’，他老人家说的做人的道理，梨园是一小天地，唱戏也得怪些儿，方能讨好，米喜子就砸在不怪上面了。虽然有几位真正行家，说他像个干这个的，一般怯杓早群起而攻之。只怯杓也分两种。”

镜芙道：“怯杓还有甚么分别？”

墨香道：“一种是自命怯杓，不懂文，不谈文，不懂诗，不说诗，不懂事，不做事，这是上等怯杓。昔日《论语》里面有两句话云：知之为知之，不知为不知，这种怯杓，怯而近于圣贤矣。一种是强不知以为知，不懂文，偏作文，不懂诗，偏吟诗，不懂事，偏任事，越不懂，越怕人看出自己怯来，越要打头阵。看戏人，也跳不出这个圈子去。有不懂戏，就不看戏，更不谈戏的。也有不懂戏，偏要看戏，更要高谈阔论的谈戏，碰巧了，还要上台唱戏，米喜子遇见的，就是这一路怯杓。”

镜芙道：“我也差不多。”

墨香道：“岂但阁下，我更是这一派了。”

镜芙道：“究竟你好一点。”

墨香道：“平心而论，你肯自居怯杓，你就是近于圣贤的一派，比这路怯杓要强。”

镜芙道：“依你的话，难道好脚，不卖真的么？”

墨香道：“卖真的实在不易。腔真板正，怯杓说不花哨，尖团字分明，怯杓说是咬文嚼字，上台有准地方，怯杓说是呆板。凡是好脚，必得真假都卖。长庚、喜禄，我虽没见过，只听老看戏的讲论，他们都会羼假。鑫培、瑶卿，也都另有假着儿，专迷这一路怯杓眼睛的诀窍，能叫真懂戏的，挑不出毛病，然而这路人物也觉着精彩。你就腔真板正，一切有准方向，他也另有他爱听爱看的地方，不来批评了。当日的米喜子，却只顾买真行家的好，把他们哥儿们忘记，后台有话，‘他没有捆羊的假着儿’，枉自真材实料，反闹了个刘蕡落第。这些看戏的人，正应了东坡因李方叔不曾中式，发的两句感慨云：

平生浪说古战场，到眼空迷日五色。

“东坡是一时疏忽，这路朋友是本不在行，貌若相同，其实却不一般。米喜子，一不留神，叫笨狗咬了，越唱越不得劲。早有人把这毛病，向他说破，米喜子方才省悟，便在班中告了几天假，自己在家，想捆羊的主意。”

镜芙道：“你加了好些空议论在内，只嫌你太也粘滞。”

墨香道：“我的话，仿佛顽固，其实不然。孔子圣之时，也要先能稽古，后再因时制宜。不论甚么学说，必有个首先开创的人物，不管他这学说好歹，既走他的一条路，就得把他的内容弄得清楚，再去改正。没个不加详考，只凭自己私见，就给人家拆改的道理。鑫培、瑶卿何曾不讲变化，就是程长庚，据老人们说，也是把徽、汉两处乱弹，拼作一种东西，加上昆曲的字儿和腔儿，变成现在的二黄大戏，实在比徽、汉原来的腔调格外好听，这是有耳朵就能够听得见的，不是一人的私见，我何曾不佩服得五体投地。他是真正会变，不能像今人借着改良，遮掩自己短处，那自作聪明，显然违拗旧规的，尚属可恕。最可恶的，是用削踵就履的手段，强引古人，俯就自己，明是自己想出来的馊主意，偏要说是与古人的意思暗合，这种‘改良’，只怕越改越坏，连中州韵都改成京腔大字，更不用说别的了。”

镜芙道：“唱戏是否应用湖广字？”

墨香道：“不然，这又是今人的论调，我是湖北人，深知其谬。假若唱戏，纯用我们的乡谈，也与犯京字其罪相等，反正戏是自元朝就遵中州韵的，不能硬用湖广字替代。依我说，戏不必尽拘旧格，是要随时变通，却是《棋盘山》薛金莲有话，‘不能胡变乱变’，即如米喜子，就是变通得好，所以才成了大名，开余、程的先路。你道他从何变起？他却是从老爷戏开始改变。他正没法捆羊，心中焦急，这日到街上闲步，走来走去，走到长元吴会馆。”

镜芙道：“我从八宝甸搬过几次家，现在正搬在这馆里居住。”

墨香道：“不用你说，我因找你，去过多次了。米喜子走到那里，遇着一个外行朋友，是这三县，不知哪一县的人，正在馆里住着，便拉了喜子进去。到他房中，喜子将挑开门帘，叫声‘哎呀’，跪下磕头无数。这要是说平话，正好来个下回分解。”

镜芙道：“不错的，喜子为何磕头，是该平话暂收之处，你的话也说多了，喝一口茶，再往下慢慢细讲。”

墨香道：“好哇，我说过下回分解了，你却饶这一段话，倒也有劲，我就依你，歇一歇再谈。”

第二十九回 结米喜子小传 做《梨园史》总评

话说墨香歇了一会儿，叫仆人换了新茶，墨香喝了好几杯，意尚未足，镜芙只饮一盏道："茶能解渴，损处也多，也不可饮过了量。"

墨香道："我要接续前文，详细地讲说米喜子的事，润一润喉咙，平常也有节制的。"

镜芙道："你且接着说来。"

墨香道："你看米喜子叩头如捣蒜，起来还打哆嗦，原来那朋友祀奉一张关公神像，旁有周将军，手持大刀，虽说周将军皤腹睅目，相貌狰狞，还不及关公威而不猛，更是可怕，喜子陡然一见，才吓得弄出这宗怪相来。"

镜芙道："大约他的神气，好似你扮上潘金莲，见着武松一般，止于不抡散发就是了。"

墨香道："你不要拉上我，况且关公与武松，各有身份，你也莫把神圣、强盗，看作一流。"

镜芙道："不然，关公只是义勇为神，武松也当得起'义勇'二字，怎么比不得？若就二人生平大节而论，原来他二位都是因嫂子成名，虽然秉烛达旦，出自罗氏《演义》，谅关公是做得出来的，小说并非溢美。"

墨香道："此话不然。潘荣《史论》，说秉烛达旦乃云长大节，陈寿正史，虽无此事，罗贯中《演义》也没有的，只民间互相传说。尚仲贤方采取舆论，作了一本《秉烛达旦》杂剧，明人在许州建立大节亭，塑此神像，毛序始才补入《演义》之内，朱轼《名臣传》、章陶《季汉书》、黄希声《补关侯传》，曾都采入。玉泉子《柴桑诗》曰：

大义在春秋，曾是恋兹土。

当年一支烛，直欲照千古。

"正是题大节亭而作，你说秉烛达旦出自《演义》，是毛本，不是罗本，看毛本凡例，便明白了，你有一点小错。"

镜芙道："此暂勿论，只把关公与武松比较，关公保嫂寻兄，事嫂如母，武松祭兄杀嫂，嫉嫂如仇，关公能全嫂子的贞节，武松能惩嫂子的淫恶，其事则异，其心则同。”

墨香道：“这话却说得不差，我不能驳，而且我要说米喜子，也没功夫研究关公、武松的得失。当日米喜子，定了定神，又把那张关公细看，问起他那朋友，方知是明末陈老莲的真笔，喜子说太画得好，他那朋友说：‘李映碧、朱竹垞都说过的，别人画关公，著笔在髯，老莲画关公，著笔在目。他画得关公凝目而思，能传出关公一肚子不平的神态，实是个高手。’喜子恍然大悟说：‘是了，我在路上真武庙，看见一尊泥塑圣贤爷，已经十分威武，还不及这张画像，威风到了一百分。经你一言提醒，那塑像的眼睛，果是不如这画像得法。’于是对着那一张关公，坐了半天，两只眼似开似闭，学那画儿上的关公神气，那朋友笑了笑，摇头说是不像，喜子也不抬杠。到晚辞去，明日再来，照前揣摩，十天以后，有些意思，过了一月，他那朋友见他两眼微睁，便不敢正面看他了，他目中威光，竟与画中关公一无二样，幸是清朝打扮，若穿袍戴巾，他那朋友只怕也要磕头。”正是：

思之思之，鬼神通之。

镜芙道：“唱戏的眼神是要紧，大凡好脚色的二目，都是神气奕奕，只怕一半是天生，一半是用功。”

墨香道：“这话又被你说着了。我曾听高士杰说，他少年在三庆班效力，程大老板唱了一出《战樊城》，士杰扮了个下书人，唱到伍子胥盘问下书人的时候，大老板两眼一瞪，做出伍子胥威吓下书人，要他说出书是从何处发出，大老板眼光直射士杰身上。一下子，把士杰真吓着了，而且比戏中下书人更乏，下书人还能与子胥支吾，士杰竟吓糊涂了，一句词也说不出来，砸了个土平。士杰老年常对人讲论此事，恭维大老板的两只眼，太有神气了，真叫作：

世外分青白，寰中炳日星。

“大老板的眼睛，高士杰说得如此的神乎其神，米喜子对着关公像用过功夫，也就可想而知是很好的。凡唱关公，多爱闭眼，为的是陡然一睁，更觉有威，这是老伶的俏头。”

镜芙道：“岂但那些老伶，即如现在的王瑶卿，也是眼睛好，太也秀媚，每逢流目送盼，真比女人来得还加些妙处。哭的时候，居然盈盈泪眼，叫人看着凄婉欲绝，没功夫是不行的。比瑶卿后起诸旦，程艳秋的眼睛也不错，可以与瑶卿媲美。”

墨香道：“男人唱旦脚，练眼睛更难，老生不过要睁开有神光，就是关公亦不过如此而已，这一门功夫，究竟尚属容易。男人唱旦脚，先要把自己本来眼神藏去，另换一副女人眼睛，岂不太也费事。只要唱过旦脚，眼睛总有几分女气，无论怎么遮掩，无意之间，便要流露出来。孔、孟圣贤观人只在眸子，旦脚尤甚，一点躲闪也没有的，不必圣人，是人就看得出。”

镜芙道：“不要再拉扯了，越扯话越多，我们快些说米喜子。”

墨香道："米喜子本是由外路学的戏，外路不禁关公，米喜子装了一肚子的《关帝圣迹图》，又经这一张画像，提了他一个醒，他很想借圣帝威灵，翻一翻身。无奈京中煌煌谕旨，赫赫科条，关公戏犯禁，不能演唱。"

镜芙道："禁演关公，乃是敬重之意，只圣如文王，尚都扮演，何以止关公犯禁，也不可解。"

墨香道："关公是神明，虽死如生，大家惧其责罚，是纯粹迷信，不是尊重先哲。"

镜芙道："此言有理，你且说米喜子，怎样设法运动，方能叫关公上台。"

墨香道："凡事都有机会，米喜子正在无计可施，恰好宫里偶然旧戏重排，唱了几次《鼎峙春秋》。"

镜芙道："这一本传奇，汲修主人《啸亭杂录》是叙过的，很有微词，说是远不及张得天的《劝善金科》作得佳妙。"

墨香道："我看见过全本，我眼中传奇虽少，只明人《古城记》是曾翻阅，《鼎峙春秋》里，就钞了好大半部《古城记》的旧文章。我又见过钞本《看春秋》杂剧，《鼎峙春秋》开首就钞了《看春秋》的话头，只把关公本来姓冯名显字寿昌一段删掉。这部《鼎峙春秋》，本不满人意，无怪汲修主人有几句讥嘲言语。《鼎峙春秋》名为演三国，几乎弄成了'关子春秋'，开首是演关公离河东，中间斩良诛丑，过关斩将，斩蔡阳，收黄忠，单刀赴会，尽力铺张，只麦城升天，是用暗场，结尾关公成神，封为三界伏魔大帝盖天古佛，以关公起，以关公结，岂不是'关子春秋'么？"

镜芙道："'关子'，好像哪位老先生著述里面，有这个称呼，虽然生得很，不是你创造。"

墨香道："刘双江有一部《关子答问》，难道你忘记了？"

镜芙道："不错，这个称谓，是刘沅兴的。只我闻得人说，《鼎峙春秋》写着扮相，关公有护背旗，只我在江苏看昆腔演关公，向不用护背旗的。"

墨香道："现在京里关公，也没扎旗之说，为的是要和民间塑画的关公神像一般，《鼎峙春秋》的扮相，久已没了。本来关公扎靠旗，是不好看。"

镜芙道："上行下效，宫里一唱关公，米喜子就有法想了。"

墨香道："诚如君言，当日宫里开了这一出，差不多老有关公上台，米喜子得了这个消息，忙去与陈凤林商量，乘机打通官场，开演关公的戏。凤林也知必做好买卖，去求了陈伟堂相国，果然办到。喜子再到戏园，先唱关老爷，改了扮相，全照画图，眼棱又格外有威，一下子就算行了。从此米喜子名震都下，能唱大轴，能挑班子，他也是一个变得好的。他一个老生，能夺旦脚挑班的势力，直到瑶卿，方复了古，米喜子真是人杰。"

镜芙道："够了，我可以有两回书了，待为创了草稿，你再接续给我材料。"说着辞去。

过不数日，镜芙作了两回书，拿了来，二人斟酌损益，也很费心思。开首先说陶然亭与潘、陈二人的交谊，只因镜芙作过一出《缇萦救父》的戏本，便借来作了潘、陈交契之始，与实事不符，这是墨香出的主意。第二回，才是米喜子，只镜芙把宫中演《鼎峙春秋》一段减了，墨香问是何故，镜芙道："天下尽多合掌的事，小说却不准有重复文章，将来写到关公戏又犯禁，田虎、王洪寿一切情形，是由西太后派《战长沙》，田虎才动了念头，邀洪寿来京，运动地方官长，撤去这一条禁例。年代甚近，京里人们晓得的多，不似米喜子世远时遥，可以由我们编派，我要留宫中先开始唱关公的话，到那个时候去说，因此给改变了。况且你也是得自传闻，并非目睹，事出有因，察无实据，一部二十四史的本纪列传，尚且十分有九，是削踵就履，我们这是小说，更不消按着葫芦抠籽儿。小说、戏曲，例不纪实，《琵琶记》的蔡中郎，人都知其荒唐，《连环计》的王司徒，也似是而非，但凡对于小说、戏曲讲考据，只能说古事本不如此，作者另有文章，有时越荒诞，越有妙文。这个人可以读小说，看戏曲，若说必不准失古人原意，便是个浑小子，这一路朋友，是不配读小说，也不配看戏曲的。至于文章穿插，虽是小节，却也得分个手段高下，挑人家的错甚易，若自己动手，只恐还远不如人家。但凡敢于诋毁名手的，都是不知甘苦。我们今番是要动笔了，章法词句，也得格外留神，免闹笑话。平话记事本应曲折，造句更是以质朴为上，只戾笨看不透，便要胡乱的批评，我们只行心之所安，倒不必管他。"墨香点头道是。

看官，《外史》不叙《鼎峙春秋》，是潘、陈计议的主意，谁知《外史》没有写到王洪寿就搁了笔，然而小说不妨捏造，实是不易之论。正是：

史书犹未实，小说更非真。

宝玉及钗黛，何曾有此人。

两人议论一番，镜芙拿着稿子告辞，作了五六回，便添了墨香同撰，又作了不少，二人都不敢自信，便遍找高明人同做商量。

有位吴瘿庵道："昆腔才能算戏，故此称为雅部，从来文人落笔，都是专写昆腔，焦理堂提倡花部，未免阿其所好，丢了文人架子。花部就是乱弹，要知乱弹够不上说个'戏'字，如今只谈乱弹人才，不是昆腔，检直舍本求末，枉费笔墨，上了焦理堂的当。只焦理堂虽作《花部农谭》，替花部吹嘘，究竟还作《剧说》，考求雅部，不似你们专说花部，可算无焦氏之长，有焦氏之短，这是来不得的，难逃我们文人的耻笑。即如我吴梅，也好戏曲，然而半生精力，都用在昆腔里头，我作的《顾曲麈谈》，也没一字说到乱弹。这部《梨园外史》，似乎应当毁稿重作，多写昆，少写乱，方能保持书品。陈墨香是湖北人，或者偏护乱弹，不讲昆腔，镜芙可是江苏的土著，怎么也不给昆腔名伶写照？似乎不对。"

又有位高阆仙道："这个书名，甚是不妥。作者的意思，是仿照吴敬梓《儒林外史》，只正史有'儒林列传'，吴氏才用个'外'字，'外史'者，别于正史者也。'梨园正史'

何在？怎么闹出‘外史’来了，这是学吴敬梓却不得吴敬梓的用意，正是刘知几《史通》所说的‘貌同心异’，不妥不妥，改之为上。”

王劲闻道：“书是有些意思，只开首一回，太像《花月痕》的缘起，《花月痕》自称‘锄地得书’，你们说是遇着个和尚得来的稿本，《花月痕》才入正文，就说陶然亭，你们没入正文，先说陶然亭，合掌的利害，似宜删润。况且乱弹人材，唱西皮、二黄的，沔阳名旦王湘云，出名在先，余秋室、施学濂、方惟翰，都很作兴他的，你们不该自米伶为始。”

沈七道：“书中接笱之处，极为自然，毫无强勉捏合之病。写王小玉死节，孙大个投军，尤为有声有色，在近人小说中，除吴研人、曾朴庵以外，要算这一部了。”

万太史道：“自吴敬梓《儒林外史》行世以后，小说多半是些骂书，与《三国》《水浒》专写英雄豪杰不同，你们既以‘梨园外史’作了题目，分明是吴氏一派。只现在骂书太多，未免落了窠臼，况且你们都用真名实姓，似乎应该隐恶扬善，方为正理。哪一行没好人，你们切不可以骂为能，一来存些忠厚，二来，在今日也算别开生面。”

陈十二道：“须生、花衫、黑头、打旗儿的，一切字眼，后台没有的，只叫做老生、旦脚、花脸、跑手下，凡勾脸便是净，红生也是前台的名词。你们要揣摩后台口吻，不比作评戏文章，是你们自己的议论，这些地方，须要留意，莫要与后台口吻不合。我动笔，也写过‘须生’等字样，却是入我的口气，便没妨碍。”

镜芙、墨香听了，觉着沈七有褒无贬，不受多大益处，此外各执一理，倒得加些考索。

一日墨香见着汉阳李星樵太史，把这些话都向他说了一遍，求他替拿主意。这位李太史是壬辰翰林，乃文恪公高业弟子，学问极好，诗笔也高，却很爱看戏，因此墨香同他计议，当下李太史道：“昆腔名伶颇有人记载，如《金台残泪记》《燕兰小谱》，不止一家，况且今戏发源是南北曲，昆腔只是南北曲的一种，唱法并非今戏来源，你们也见到此处，只叙乱弹，未为大谬。而且王湘云是各书有的，你们尚且不写，何况昆曲诸伶？正史于唐设梨园，曾有明文，你们取名‘外史’，也不算错。吕文兆作过一部《女仙外史平话》，演的是明朝永乐年间唐赛儿故事，唐赛儿虽是《明史》里面有的，只一部二十四史，都没有听得有甚么‘女仙列传’，《明史》也照样无此题目，高阆仙说你们不要错学吴敬梓，只你们正可去学吕文兆。依我的主见，你们就这样做下去，高、吴、王三家的言语，存作一说可也，倒是陈十二的话，非依着他不可，万荚生是长者之言，也得依的。”墨香回来，告知镜芙，便仍旧不改。

沈七对于此书最为关心，这里一个脱稿，他便仔细看一番。一日向墨香道：“你们原来还暗用孔云亭《桃花扇》的方法，明写梨园，暗写士大夫的行事，如祁文瑞、万文敏、袁筍陔、周文勤，都写在其内。至若延树楠、明恪勤，本与伶人有关，不算假借，那官不高的名流倪云癯、杨掌生、李香萍、忠义将校吴定洲、鲍宗轼、花枪孙甲、独行之士李绵笏，也各叙其生平，虽然不免牵扯，却是小说常例，究竟大半可信。恰是云亭借李香君，表彰明季孤臣，并记当日名人的笔墨，若专向梨园一面着眼，被你们瞒了也。凡作小说，必须于文章、考据、义理，三者能占其一，方算作手，你们总算占了考据一门。你们遵守万老先生戒约，不很骂人，似乎不足动流俗耳目，只也算另辟蹊径。你们不写女子，也有人不愿看，不过现在是二黄、西皮正盛之时，你们给戏班作这一部长篇传记，你们这部书，可以算是‘梨园通鉴’，比徐道士的《神仙通鉴》确实也有人看的。”墨香点头不答。正是：

明眼如炬，心细如毛。

改日墨香把这番话对镜芙说了，又笑道：“我和你不过插上这些故事，做个文字波澜，实在无心学那云亭山人笔墨，经沈君这样一说，倒长了你我的声价。”

镜芙道：“咱们也不必遮掩，本来咱们这借小说存掌故，也是有的。”

墨香道：“你的存心，我不晓得，我却实无此意。曹雪芹《石头记》专写儿女痴情，吴少阳《西游》，检直不像人话，何曾不妇孺皆知，也受艺林推奖。无名氏的《宣和遗事》，可以作宋史考据之处甚多，明人《芦城早话》，写魏忠贤的事，俞理初说是没一字没来历，《千秋恨》弹词，写张献忠，连鬼话，都是清初人杂记里面有的。董恒岩《芝龛记》，写秦女帅，也是根据史册，倒不很通行，足见说部不必小中见大。说到戏曲，亦是如此。曹寅《续琵琶》，跟《后汉书》大致不差，台上罕见，检直就说没人唱。高则诚《琵琶记》，满不是那么一回事，倒唱了五百多年，还未截止。就拿孔云亭的《桃花扇》说罢，暗写明朝大政，若跟汤若士连诌带扯的《牡丹亭》比起来，也是《牡丹亭》通大路，现在《闹学》《游园》，各班都有人会，谁也不唱李香君《却奁》《寄扇》。乱弹戏，有一出《小尧天》，演的宋太祖陈桥兵变，黄袍加身，事迹全按正史，高怀德、石守信、罗彦瑰、王彦升、赵普、苗训，定计要拥立赵匡胤，苗训纱帽官衣，是小官扮相，本来他止是个军校，只能如此，《斩黄袍》相貂大蟒，却是错了。宋太祖在帐中醉卧，怀德等披甲挂剑而入，给他穿了黄袍，跪下高呼万岁，《斩黄袍》站着叫‘万岁醒来’，似乎不妥。最妙的，是高怀德等说完劝进的话，各拔剑出鞘，若赵匡胤坚守臣节，他们就不客气，铁镜公主说得好，‘要你的脑袋’。宋太祖看一看黄袍，摸一摸脖子，方才答应。底下范质、王溥归降，陶穀袖出禅诏，韩通死节，都按史编演，在旧戏中最与史册不背。刘鸿升曾经演唱，李顺亭的韩通，沈全奎的范质，人才济济，谁知前台说不如《斩黄袍》火炽，嫌太文雅，以此看来，小说、戏曲，越作的粗俗越合式。我们这部《外史》，本就不很合乎世俗的眼睛，要再自抬声价，说是暗写掌故，更招人指摘。依我的主意，我们只可自认是卖稿罢了，不必混吹。”镜芙点头称是。

要知《外史》何日告成，且看下文分解。

第三十回 甘作扫边旦 苦充梅兰芳

话说墨香、镜芙同修《梨园外史》，镜芙是专心作这一件事，墨香还要走票唱戏。这时墨香搬到珠巢街居住，常去看程艳秋的戏，且有人问道："你怎么爱看程艳秋？难道尚小云不是旦脚？"这个人素来常说小云不好，不是捧脚家，他这句话，倒有些公道。墨香便到广德楼，看了尚小云的《画眉》[1]，这个人方不言语。

不久熙春会又加了赵子珩的昆曲，并拉钟秋岩过来帮忙。子珩时常身带些笙管笛箫各种乐器，两胁下夹了曲谱，手里也拿些本子，到熙春会给众人用功。子珩年已六旬有余，眼看是七十岁的人了，还是兴致勃勃。刘凤叔把红豆村樵《红楼梦传奇》的"葬花"，填了工尺，送给梅兰芳去唱，兰芳不接，子珩想给票友排演，票友道："兰芳不唱的玩艺，想必不好，我们也不唱的。"子珩只得歇了。

昆曲一面，是子珩打头，乱弹一面也不含糊，由章晓山介绍瑶卿，做了顾问，比从前更热闹了。瑶卿已不甚唱戏，只在各戏园中偶尔登场。他闲暇的日子甚多，墨香与他渐相亲近，暇时也到古瑁轩找他闲谈。

一日见着王凤卿，说起黄天霸的戏来，凤卿道："天霸的老子是黄三太，实没其人，天霸也是捏造。只他父子的籍贯，小说里面说是绍兴，清初黄梨洲，恰是弟兄三人，我听念书人讲论，黄三太影射的是黄梨洲，未知确否？"

墨香道："一些儿不像，只恐不确。黄梨洲兄弟，也不止三人，只这三个有名罢了。若说黄三太是指梨洲，不知天霸又指的是谁，这和批《石头记》的，说宝哥哥是顺治皇上一般，是信不得的。"凤卿点头称是。

墨香见他那里甚么人物都有，而且多半是票友，怕惹他们不悦，便不常去了，拿定主意，跟那些人两不相扰。

每逢熙春会开演，瑶卿倒也常来，会中旦脚，晓山打头。晓山自命学瑶卿最像，似那

---

[1] 民国十三年1月2日首演。

《宝莲灯》《审头刺汤》《六月雪》《玉堂春》《悦来店》《能仁寺》，各种好戏，比瑶卿的拿手活儿，一总包圆。别人自知手段平常，故意唱他不过，不犯着给他白垫，便都束手奉让。田五是《虹霓关》《宇宙锋》，他的肚子稍窄，碍不了别人的道路。陈子方曾夸田五唱得太好，只可惜扮相输了，也与晓山犯一个毛病。樊杏茁是《大保国》《打金枝》，墨香是全本《黄金台》的邹赛花、《草桥关》的郭妃、《铡美案》的秦香莲，凡好脚不扮的，都肯扮上。

有一次，一个外局唱《白良关》，墨香在被约之列，正要扮梅秀英，谁知那扮敬德的花脸，要唱"哭尸"，来问墨香会也不会，墨香道："这一场，我倒能蒙，是与不是，反正磕碰不了。"于是把梅秀英扮好。不擦脂粉，也没上大头，戴了昆腔旧派的正旦角髻，额上戴了勒了。这两件东西，现在箱上没有，昆曲大家吴癯庵倒曾制造，他自己上台，总是这个扮相，墨香是向癯庵借来，照样做的。

有人挑眼道："旦不擦粉，须得真正清洁妇女，如《琵琶记》的赵五娘才可以如此，这梅秀英，有两个丈夫，似乎应当擦粉的。"

墨香笑道："昆腔老路《烂柯山》的崔氏，是清水脸，请问梅秀英的品行，比崔氏如何。梅秀英与《慈悲愿》的殷小姐事同一例，我是照着昆腔《慈悲愿》的扮相妆扮，有何不可？"问得那挑眼人哑口无言。

又一人道："《说唐后传》，是白狼关，似乎'狼'字为是。'良'字恐没讲义，想是错了。如今给他加个附会，说此关是姓白名良之人所修，如马嵬坡一般，倒也护弄得过去。"

他们那里谈论，墨香这里照了照镜子，自己扮的，倒是古香古色，不甚刺目。出台穿的蓝帔，待唱到宝琳柳林认父以后，秀英二次出来，墨香披散头发，面涂香油，身穿青褶，腰系白汗巾，唱原板二黄云："命宝琳到阵前去把父认，思想起失节事万箭攒心。梅秀英今日里捐生一定，何颜面再见那旧日夫君。"唱完，宝琳上，叫声母亲，墨香白云："儿哇，可曾将你父认下？"宝琳白云："认下了。"墨香白云："那刘国桢呢？"宝琳白云："被孩儿打死了，爹爹已往龙棚见驾报功，少时就来与母亲相会。"墨香白云："为娘沐浴才罢，正要梳妆，你去迎接你父去罢。"宝琳答应下，墨香白云："夫君哪夫君，你一步来迟，不能与你妻相见了。"唱摇板二黄云："向着唐营把首顿"，唱到此句，墨香便洒着散发，对上场门磕了一个头，接唱云："夫君恕我失节人，罗巾一幅送性命。"墨香站起，又把散发一洒，解下汗巾，搭在项上，立在中场，闭眼吐舌，算是自缢身死。敬德、宝琳到来，作出解下尸身之状，一手托墨香的颈，一手抄墨香的腿，仰面举着跪下，宝琳也跪在一旁。敬德唱四句摇板二黄，四龙套走上，搭尸而下。这一场的敬德，与那《双尽忠》李广哭李文一般，唱虽不多，死人难举，因此没几人愿唱，墨香总算遇着了。墨香扮这个梅秀英，念的定场诗云：

楚宫慵扫黛眉新，祇自无言对暮春。

千古艰难惟一死，伤心岂独息夫人。

是邓孝威题桃花夫人庙的绝句，借在梅秀英嘴里，倒是恰合身份。又听得人说，从前清朝宫中唱《白良关》，是王瑶卿的梅秀英，墨香后来常见瑶卿之时，又闻瑶卿自己说过实有此事，墨香无心扮了个瑶卿唱过的脚色，却是一干王派青衣都不扮的，倒也有趣。正是：

古调虽自爱，今人多不弹。

大凡一出戏，必有一出戏的主意，这一出《白良关》，若说意在写敬德，实在于敬德面上无光，仔细推敲，敢则这一出，用的颠宾主的方法，作戏人，实在是写梅秀英的苦处。她先失节以全夫嗣，后自杀以明自心，真算不幸。自从戏班减了梅秀英悬梁一场，可就把作戏人的原意失掉。记得醉薇居士诗曰：

征战思前事，仓皇看黍离。

怀麟偏碍死，遇虎忍尝悲。

萑泽罴张久，萱堂抚育慈。

阵前逢上将，灯下谕孤儿。

姓字双鞭认，疆场并骑驰。

抛缰忙下拜，揽辔费周咨。

家室欣团聚，山林鲜孑遗。

莫忘贤母德，一线赖维持。

也不曾写到梅秀英的死，足见这一场早不唱了，这就把秀英派作配脚的毛病。

墨香唱过这一出以后，又一日，也是一个外局，孙化成邀了票友老旦松介眉唱《天雷报》，忽见墨香女蓬头，额插绒球，鬓搭五色彩绸，身穿粉红小袄子，项搭云肩，腰间白裙，扎着燕儿窝，扎腿裤，女靴子，不像花旦，不像武旦，在帐桌旁坐定。

介眉和墨香也甚熟识，便问道："你扮的哪一出？"

此刻松介眉已扮好了戏，墨香道："你扮的甚么？"

介眉道："这宗乞丐婆的样子，谁不认得是《天雷报》的贺氏，你是熟戏之人，休要明知故问。"

墨香正要回到，催场管事大叫："电母照场！"墨香答应一声，绰过两面圆式镜子，跑往古门边，介眉才省悟，墨香扮的是《天雷报》的电母。

前台人看见台边挂出那方红纸笺，写的戏目，已知该《天雷报》登场。忽的一把火彩，锣鼓大作，一个穿得尚为整齐的旦脚，画目描眉，涂脂擦粉，举着两面镜子出来跳进，又是甚么左右卧鱼，种种姿势，闹了半天，续上一个花脸，人不人，鬼不鬼，手拿锤钻，跟旦脚对跳。座客们倒是不甚看戏，却到过九天宫、神灵雷院，一切塑有雷公、电母神像的去处，早把二位的模样认得甚熟，更有杭州朋友，常听人谈宗阳宫中电母灵应，谨记不忘，此刻已认出是雷公、电母，料得是《天雷报》了。一般近年才到戏园，看熟了今伶《天雷报》的，反纳起闷来，觉着有些岔眼。哎呀奇哉，《天雷报》虽有雷公电母出台，向没见这么跳的，这可新鲜。

少刻走完四犄角，亮过高矮相，引出雨师、风婆，一同下去，才是四云童、雨师、风婆，引着扫边花脸，金面三目，文阳大蟒，扮雷祖上，那些自命懂戏的道："戏准是《天雷报》，只雷公、电母何以不站班？"正说着，雷祖唱了一句【点绛唇】，电母反从左边上，雷公反从右边上，趁着【急急风】的锣鼓，雷公奔左，电母奔右，各归本位，亮个相儿。雷祖把【点绛唇】唱毕升座，这一对雷公电母分列两旁，比那寻常零碎是觉着威武。这位雷祖，道家称为九天应元雷声普化天尊，相传姓陈，讳是文玉二字，戏场说是闻仲，是根据《封神》小说，比道家还要荒诞。电母称为阿香元君，姓名唤作朱青娘，也是杂书上有的。

这一出，演到雷祖领众同下，松介眉登台，大家已先认出是《天雷报》，如今越发拿稳，这种排场，一定要打死张继保方算完事，是一场老样子的《天雷报》，京中已三十年不跳雷公、电母了，墨香又走了一个冷着儿。只老路没有先上雷祖的，都是张继保逼死二老以后，才跳电母与雷公，今日是个新旧相混，前台倒也耳目一新。正是：

人弃我取，水阔鱼多。

《天雷报》正在打那张继保，有人在后台，对化成说了一个笑话，待墨香下来卸妆，化成道："陈大哥，方才有个朋友，说我这一出虽不惊人，只面目苍老，扮起来有个样儿，不像洋车夫家的大仙爷。"

墨香道："这是怎么一个比方？我倒绕住了。"

化成道："现在唱《天雷报》的老生，有好几位生得少嫩，带着白髯口，鹤发童颜，因此说是大仙爷。只身上衣裳破烂，遍体零碎绸子，只好说他是洋车夫家的大仙爷了。"墨香不由得大笑。

当下换了衣裳归家，只脸上脂粉没十分洗净，走到街上，有人指着道："这一定是个唱旦脚的，你看他还满脸的粉痕脂印，除了旦字号的朋友，决没有这个模样。咳，男人甘心作女，也太万难。"墨香听了，只好不理，到家便歇息了，后来瑶卿闻知笑道："唱青衣的，除我会跳电母，墨香真算宽绰。"

墨香这宗玩法，自然受不着挤，只可怜了小杨子，唱做不如晓山等人，你真叫他跳电母，非但不肯，而且不会，这就是没有学过甚么的苦处。晓山等极力扶持他，无奈枉费心力，扶持不住，平常自负'梅兰芳第二'，这个时节，连律佩芳都不够了。小杨子心中郁闷，渐渐生病，虽不至于倒床，言笑也还如常，只精神十分颓唐。

陈痴疯想了个捧他的主意，知他学过昆曲，会唱《闹学》，便自己学了陈最良，同他唱这一出，好躲开晓山等人，别犯了戏路子，弄岔了车。戏中的杜小姐，曲子不多，便派了墨香。大家排练纯熟，在本会唱过，前台对于小杨子抱病登场的勇气，倒还赞扬，居然请了他几个外局，并有人在报纸上说“杨氏色艺，远胜梅浣华”。小杨子心花大放，不但可以充梅兰芳，还可以压兰芳几分，病早痊愈。

早有人不服道：“就凭小杨子，也配充梅兰芳么？”

又有人道：“这是偶尔之论，何足为凭，任你怎么捧，小杨子也是到不了浣华地位。也和从前那自命是瑶卿的几个票友一般，究竟比瑶卿差的太远，自己往脸上贴金，是不行的。那《五彩舆》的二衙赵面糊，问衙役老爷可像海瑞，那些衙役回答的话，虽太伤雅，却可作这些人的确评。只那好学瑶卿、兰芳，不以瑶卿、兰芳自居的，倒有私淑之意，不在此列。”正是：

荣华诚自惜，贵盛宁易详。

寄语少年子，顾义慎自防。

又过数月，早到除夕。诗曰：

灯花黯黯不成眠，也逐同人守岁筵。

僵骨抱云偷睡稳，道人心上总无年。

自正月以来，无非是走局唱戏，只墨香却被朋友拉往香厂新明戏院，看了一次梅兰芳的《上元夫人》。有元人张玉笥诗曰：

七月七日夜，王母降汉宫。

上元何夫人，仪卫略异同。

头作三角髻，年可二十余。

身著青霜袍，坐拥紫霞车。

九云夜光冠，六山火玉佩。

敛袂登殿阶，进向王母拜。

王母坐止之，呼与共良会。

翩翩三青鸟，飞来绿窗歇。

口衔七蟠桃，干脆胜冰雪。

刘郎非仙器，内欲未断绝。

怀核欲种之，开花待桃结。

一桃九千年，徒尔縻岁月。

上仙哑然笑，忽逐彩云灭。

这一出，很像内廷钞出的承应戏体格，总算热闹。只这一出，已不是票友能唱的，似乎少以兰芳自居为妥。看戏回家，几天没有出门，却有人来闲谈，说起《上元夫人》，那人道："兰芳这一出，唱了好几年了。将唱时，艳秋还没成名，扮过仙女，一个老伶说：'这位的神情，太像孔元福，那孔元福，一辈子不行，这一位怕行不了。'他说这话不久，艳秋已经挣起，老伶算走了眼。只艳秋的好处，是能脱兰芳的窠臼，见解实比票友高些。"墨香称是。

到得二月间，墨香一日到琉璃厂，在文光楼买了一部《梨园集成》，拿得回来，一个老票友道："这里头有《因果报》的大半本，唱戏人除了王瑶卿，别人都不很晓得的。只《因果报》很不易排，莫说孟瑞云、苗凤英都得头路旦脚，那个陈桂香，虽是三路脚色，可非好一点儿的人材，不能胜任。"

墨香看了一看《集成》的这一出，果如其言，这个陈桂香高不成低不就，真得是个人，下台有一套，上台没人缘，才可以来的。哎呀，幼年听得人骂姑娘们，爱搬弄是非便叫她"陈桂香"，如今已没人说这样的话了。那时不知陈桂香出于何典，只人的恨她，好似恨长舌妇王氏一般，既与岳王坟铁人子占一个地位，料想不是好货。今日方知出在《因果报》里面，也算长了学问。正是：

邺书皆有用，俚典亦须知。

三月，有个票局，有一出《奇冤报》，墨香唱了一出《招贤镇》的秦小姐，卸了妆，正在后台坐着，管事人走来问道："大爷，《奇冤报》带'法场'，您可清头？"

墨香道："略知一二，不算真会，有人一对介口我就敢上去。"

管事人大喜道："好了，有了救了。"

墨香道："此话怎讲？"

管事人道："人没进来，《奇冤报》底下没戏，眼看要断气。唱花脸的黄永升说：'这一出可以唱到'法场'算完，多拉二刻，总等得进人来的，比垫《定计化缘》《瞎子逛灯》总强一点儿。'他来包公，沈福山来钟馗，陆金桂来赵大，他教的票友来张别古，都是会的，上下手也齐全，可以'堆鬼'，请局的人很大方，戏完，可以请他给后台内行加份的，一切具备，只少一个赵大的老婆，求您救场。"墨香答应了。

管事人道："真是祖师爷保佑，我不该着急，想不到，票友真有能应行的人。"

墨香忙去与永升、金桂对了后半出的介口，大家又给打鼓老、众零碎说戏，一个老票友附着墨香耳朵道："他们内行这么一问，等戏打住，必跟请主儿多要钱的，又是上下手，又是生玩艺，有词可藉，准多报账无疑。你是票友，向来白唱，何必帮他们这个忙。"

墨香道："他们挣钱，我过瘾，各有所图，况且张别古也是票上的，他应了，我不犯着咬牙。"

老票友道："你们全都太嫩，要是我，可不叫内行这么利用。"墨香一笑不答，老票友往那边坐着摆谱儿去了。

又有人道："一样走票，你看朱琴心唱的是些甚么戏，你却扮零碎。"

墨香道："无德让有德，琴心比我强。"那人不言而退。

墨香便去擦粉梳头，先穿蓝布裤袄，这是通大路的前半出，人所同晓。只毒死刘世昌，赵大夫妻去毁尸灭迹，剜钟馗的二目，墨香散发短衣，拴着汗巾，比别人凶的。乌盆告了状，包公打道东大窐，赵大夫妻同上，墨香满头珠翠，绣袄花裙，是财主女人打扮。包公来到，拴了他夫妻，钟馗显圣，以剜目画像为证，包公抄出画像。带回衙门审问，都招认了，包公命绑赴法场，这里张别古有好些麻烦，好容他夫妻改扮。底下便是法场行刑，赵大不消说，是男罪人扮相，墨香披头散发，罪衣罪裤，也是女罪人妆束。夫妻正法，这才"堆鬼"，钟馗骑马朝天，这一出算完。果然等进人来了，管事人再三致谢。

那扮刘世昌的票友怒道："余叔岩只唱到'公堂'为止，你们添出半截，明是不把我当叔岩，岂有此理。"

张别古道："你后半没事了，咱可有事，你是票房好脚，咱也不是臟儿。"两人越说越岔，大家忙给劝住。

墨香已卸了妆，便回了家，自己暗笑：我这一名扫边旦，真玩出去了，唱花旦的，最忌赵大老婆，非打入后队，不扮这个脚色，我倒不在意。

过不数日，熙春会排期，墨香扮了一个《打弹》的金翠莲，披发腰裙，倒是青衣旦的打扮，只两条裙子，都是布的，青褶子也是布水袖，十足扫边气习，决非正脚。又在黄学会唱了一次《庆阳图》的马妃，先是凤冠宫妆，只髻插纸花，表明她不是好货。唱到李刚困城，墨香披散头发，穿件青衣，从城上跳下，就算交代了公事。这也是扫边的活儿，而且当日扮李广的老生，扮李刚的花脸，都是内行零碎，别位票友，是不陪他们起哄的，墨香也算另有个路数。

这一天，又是外局，有出《硃砂痣》，墨香扮了吴娘子江氏。这个脚色，上自瑶卿、兰芳，下至一切扫边旦，都扮过的，墨香也扮了起来，只可算作扫边了。想起孔元福扮这一出，见韩廷凤时，髻上垂发，帔的袖子褪着，不通大路。墨香虽然好奇，也不学他，只在后台，向大家说到此处罢了。

有人道："《硃砂痣》是余氏《庶几堂今乐》的一种，完全是《感应篇》的路数，通是四本，却有戏班增加，不都是余氏原样，改了戏名，叫做《降麒麟》，刘鸿升在廊房头条胡同大舞台，曾经排演，刘春喜的岳老爷，李连仲的牛皋，如今都成古人了。"

墨香忙着登场，没功夫同他们细讲，唱完下来，又过一次戏瘾。正是：

扮戏何分大小，只求过瘾为高。

要知墨香还扮些甚么扫边旦脚，且看下回分解。

第三十一回 旧戏重排加伪造 古书多读去疑团

话说这日正乙祠里过排，有一出《白门楼》，那扮吕布的小生，唤作张聊公，是位新闻界的老手。这一出的貂婵，头、二、三路旦脚，一律都唱，在戏园子里，有时梅兰芳，有时姚玉芙，有时便派到律佩芳的头上。这个时节，墨香唱扫边旦，正唱得高兴，连《乌盆记》的赵大老婆、《庆阳图》的马娘娘都肯演唱，何况貂婵的地位，比这些还要强胜，墨香便给聊公配了一个貂婵。

唱完，有人问道："陈大爷，近来何以不唱正戏？"

墨香道："我本是平常，正戏得耽多大的沉重，不如唱旁边的舒坦。"

旁一人道："这一出，你不该唱的。前好几年，朱素云在中和园唱这吕布，那扮曹操的是金秀山，陈宫是沈全奎，张辽是李顺亭，貂蝉可了不得，是大名鼎鼎的梅浣华，你如何大胆，敢把貂婵扮上，我看你们票房，小杨子倒可抵挡一阵。"

墨香道："小杨子不会，也是枉然。"

那人道："你年过三十，扮这脚色，实在不像。"

墨香笑道："非也。《白门楼》离《凤仪亭》年代很远，这个时候的貂婵，只怕也有三十多了。依我看，恐怕小杨子年轻，反没我合式。你可知樊增祥和易顺鼎的笑话？老易看了梅浣华的《黛玉葬花》，回来摇头说：'浣华倒还像个潇湘妃子，只姜妙香的宝玉，太不像了。'恰值樊增祥在座，点头说：'这话不错，我看你易老五，倒有九分宝玉的气概，比姜妙香合格。'老易听了，笑了一笑，说：'这话很是，我若扮个宝玉，实较妙香为优。'樊增祥说：'你若把宝玉装了起来，我觉着梅兰芳又不像林妹妹了，必须给你换一个人。'易五说：'果然我雅，兰芳俗，而且俗得太多，兰芳虽然算能凑合着扮黛玉，与我一比，可就比不得了，我也觉着该换人的。'老樊说：'雅俗倒没干系，你虽然不留胡子，实岁数，已六十了，你要扮宝哥哥，必须龚云甫扮林妹妹。'说得老易捧腹大笑。《白门楼》的貂婵，诚然不至于换老旦，只用三十岁的人，却无不可，何必定要那么漂亮。"

聊公道："墨香兄会的可真不少。"

墨香道："我只是敢于蒙事，究竟不实授，比人家真干这个的，差得太远。"

票头陈痴疯道："你多日没唱正戏，过半月，后孙公园安徽馆有一局，要烦你来一出《破洪州》。"

墨香道："我本是唱刀马旦的，这一出《破洪州》是我本工，就请您给我写入戏单。"

一人道："记得你在赵子珩票房，跟金仲仁唱过《破洪州》，如今又好几年了。"

又一人道："戏总是荒唐，这洪州即今日江西的南昌、新建等处，王勃'风送滕王阁'，就是洪州故事，计有功《唐诗纪事》，载有李正询七言绝句曰：

滕王阁上唱伊州，二十年前向此游。

半是半非君莫问，青山长在水长流。

"辽宋交兵，决到不了江西，这出《破洪州》，检直不可靠，不止像唐的滕王阁，到得李正询作诗之日，还落个'半是半非'。"

墨香道："此话甚是，我对于这出戏的地名，也抱疑团。依我说，岳老爷在洪州地方，破过贼帅马进，又曾在安抚大使李回那里吃酒，岳老爷喝得大醉，撒起酒风，揪倒宗室赵彦渊，痛打了一顿，闹得事情太大，李回隐瞒不住，只得奏参岳飞酗酒行凶。幸而朝廷宽大，没有认真追究，岳老爷方得无事，宋人记载都是有的。那时一般秉笔之人，如李心传等，俱是宋之董狐，公正无私，够得上个史官，决不会冤枉他姓岳的。我觉着这一件事，倒可编戏。"

那人道："不行，岳少保是生脚，这一来，非改净脚不可。人心都觉岳少保儒雅在关公以上，这个闹法，比张飞更浑，恐看戏人反对。要知看戏人，只信《说岳传》的。"正是：

以真为假，认假作真。

自古如此，岂但今人。

墨香未答，出了正乙祠，缓步归家。次早还没起床，王劲闻同个姓李的票友来了，墨香忙着起身洗脸，到书房相会。那李姓是唱老旦的，写一笔好字，与墨香素日也算认识，见面便道："我得了一个本子，我已念熟，不久要唱，只不晓得台上的地方，听说这是同春班的老戏，谅陈大爷必然晓得，特来请教，并请帮忙。"说着递过本子来。墨香看时，是《粉妆楼》第二本：章妈妈替死骂沈谦。

劲闻道："这一出，照这本子，从沈谦丞相谋害罗家起，演到义仆章妈放走罗老夫人；她在法场，穿了夫人衣服，骂了沈谦一顿，自刎身死，后边还有祁巧云路过鸡爪山一段，我们的人，怕不够，你看该怎么删减？"

李姓作揖道："全仗全仗。"

墨香道："这一出，我是见过的。"

李姓拍手道："如何，我早料老兄见过，才来奉求。"

墨香道："这章妈是老旦全子的活儿，倒是有俏头，若说删减，可有些费手。要知《粉妆楼》这部小说，就不比《三国》《水浒》人人都看，其中情节，本非人所同晓。这本戏，又是没有头尾，只是个第二本，前无来源，后无去路，若再一下剪子，恐看客们发糊涂，不如不减为是。必不得已，只能从章妈妈放夫人逃走唱起，到'法场'为止，用两个老旦，两个小生，一是罗灿，一是罗坤，是他家两位公子，还有章妈之子，保公子逃跑的，是个花脸，再就是奸相沈谦，不必问，自然是大净应行，省去前后，便少用许多人。从前同春班，罗坤是华云，罗灿派的武生，是春喜，章妈之子是叶德凤，沈谦是'左铜锤'，他的真姓名叫做冯玉丰，罗夫人是董瘸子，这些人，现在大半没有了，只剩叶德凤，却没在京，听说奔了历城。"

劲闻道："就那么办，我来个罗夫人，沈葵阶来个罗灿，此外都折掌子就行。"

李姓道："要叫掌子上去，反正是我花钱，就不怕没人，依我说，还是唱全了好。"

劲闻道："后头'鸡爪山'可以不唱。"

李姓道："不然。我要求陈先生说一说台上的窝，你们也得陈先生费心替说，似乎得请他来个祁巧云的。"

劲闻道："我问过余玉琴，'鸡爪山'虽不开打，山大王裴天雄，跟那保护祁巧云的赛玄坛胡奎，都得武行，文的不行，余连仲害病，怕出不来，找别人怕太费事。"

墨香道："不错，裴天雄是陈春元，胡奎是唐永常，场子不少，都很要紧。"

李姓道："果仲予久由通州来京，请他一个裴天雄，再请潘质忱一个胡奎，你看如何？"

劲闻道："他们都是不接新本子的，怕不好办，况且祁巧云也只一冒儿，没甚意思。我的主见，杀罗家的一场，本子上有家人、仆妇、丫鬟，请陈大爷在这里头扮一个女囚，就算行了。陈大爷随高就低，谅无不允，而且我有捧他的方法。"

墨香道："你叫我是来仆妇？是来丫鬟？"

劲闻道："不能叫你去跑丫鬟的，你来个仆妇就是。"

商量已定，墨香给二人说了地方。次日李姓备席，遍请这一出有事的人，连掌子都上了席面。饭罢，都说了戏，全是墨香指挥，并打鼓人，也给说了一个大概。

第三天，就在李家演唱。罗夫人出台，仆妇、丫鬟站门，墨香挽髻，不戴花，额上白铜七星，虽也穿长坎肩，内衬青褶，便与丫鬟不同。待唱到罗府满门被拿，却只四人，一名是老生扮的仆人，一名仆妇，一名童儿，一名丫鬟。绑出去的时节，童儿第一，丫鬟第二，仆人第三，最后一个，才是墨香扮的仆妇。前三人，都由刀手推着站斜一字，墨香披散头发，脱去坎肩，只穿着青衣白裙，低着头，也有一名刀手，在后推搡，直奔台口。刀手喝声看刀，吓得墨香，把散发一洒，才又推回，同三人站在一处，再上李姓老旦，凹门同见沈谦。这就是劲闻说的捧墨香的方法了，不用原来场子，倒是显出墨香不是零碎。原来场子，四个人是站在两旁，如今改作长跪，墨香跪在右首台栏杆边，老旦那里骂沈谦，刀手用刀威吓，墨香洒发作态，便不至于发僵，那三人却只跪着罢了，这又是捧墨香的方法。老旦假言献宝，哄得沈谦下位，老旦只项上搭条绦子，并未绑着手，此刻拔出匕首行刺，一击不中，自刎而死。沈谦惊怒归座，墨香看这二人，虽也有些神气，实不及冯玉丰、全子紧凑，也怪自己说得不细，本来只是台下漂学，而且是小时看的，自然说不出一朵花儿来。平心而论，墨香敢给人说这一出，只算胆大妄为，要知戏虽小道，非实地练习，摸不着诀窍，若只凭台下耳目，去摸剧中门径，是靠不住的。正是：

书到用时方恨少，事非经过不知难。

沈谦吩咐搭下老妇人的死尸，再把罗氏满门处斩。刀手们先推那三个入了后台，墨香也被原来身后那个碎催扮的刀手扶着站起，走个圆场，归了下场外角，墨香散发一洒，叫声冤枉，沈谦吩咐招回，刀手推转女仆，向着沈谦跪定，墨香洒着头发，叩头如捣蒜，念一段话白，无非自言是仆妇下贱，主人造反，与自己无干，哀求饶命。墨香一面念，后场一面起击鼓锣，三个刀手都提着红布彩头，前来呈报斩讫。这也是劲闻与墨香商量添改，不把墨香混在零碎队里，也是捧墨香的方法。只写这仆妇怕死，却给章妈背后敷粉，更增声价，暗用《战太平》，一个站，一个跪，彼此相衬的文章。沈谦自知礼亏，做事太毒，待墨香念完，沈谦看了那些彩头，白云：“杀了罗家三百余口，也就够了，饶这一人，也是老夫的慈悲。那一妇人，你丈夫今在何地？”墨香白云：“小妇人的丈夫，也是罗家之仆，已被相爷斩首。”沈谦白云：“那一刀斧手，可有妻室？”刀手白云：“小人丧妻，还未续娶。”沈谦白云：“将这妇人，赏你为妻就是。”刀手白云：“谢相爷。”沈谦命与妇人松绑，刀手过来，即时松绑。墨香洒发磕头，谢了相爷的恩，又向刀手一福，刀手叫声老婆，墨香也叫声夫君，头儿一低，微带羞容，这是有意与《战太平》相反，也因仆妇身份，与朱文逊不是一般，戏中杀人的事太多，饶这一个，也是文章变体。沈谦白云：“上殿缴旨。”引着校尉下去，三名刀手提着彩头先下，末一刀手拉着墨香，一个圆场，双进门，墨香跪下，他拉着墨香胳膊，墨香洒发膝行，快到下场门，他把墨香扶起，叫声我妻来呀，墨香散发遮面，头儿不低，眼儿不睁，做出羞愧难当之状，不去理他。那刀手使劲拉扯，墨香洒发瞪目白云：“我是相爷赐与你的浑家！”那刀手“哎呀”一声，早已跪下，墨香一笑，又低头垂发，那刀手起身，墨香反倒拉了他，同入后台，这个女的就算失节，实在生不如死。只这些关目，前台都有彩声，墨香倒不白挨骂，劲闻捧墨香，也算想尽了方法。

墨香到梳头桌卸妆，笑道：“古人作书，是写利义两途，唱戏也是这般，有了章大娘，便有这仆妇，事虽装点，也在情理，并不荒唐。”

李姓道："我记得唐朝没个乾德天子，这一出真正胡说。"

劲闻道："乾德是宋太祖的年号，不知《粉妆楼平话》，怎的说是唐朝？"

墨香道："《唐书》有《罗士信列传》，却没罗成，《隋唐演义》添出罗成来，唱戏又说罗成字士信，把二人混作一人。《粉妆楼》又写罗家的后裔，更没那么一宗事，其中事迹，大半直抄施耐庵、罗贯中合笔的《水浒》，文字稚嫩，在平话里，只算下乘，编出戏文，也不见精彩。同春报散，改为福寿，凡那同春的连台玩艺，都还演唱，只《粉妆楼》归了淘汰，足见其不佳。只与《粉妆楼》一类的说部，还有《争春园》，又名《剑侠奇中奇》，更在《粉妆楼》以下，想用做戏料都不行的。"

劲闻道："我自问添改的地方，虽与正文没干，却还精彩，也亏墨香学过花旦，方能发挥这女人顽钝无耻的恶模样，与李仁兄形容章婆义烈，可算异曲同工。"

墨香道："这实是本子改的得法，劲闻兄真捧了我了，我实在没有唱好，若换上内行诸茹香等一类人材，上了台，洒得开，不像我这么呆板，只怕更觉有劲头儿。我只是背本子，检直不配说唱戏，越发说不到一个好字。"

李姓道："谁又敢说唱到好处，只劲闻这一篇没字白夹缝妙文，淋漓酣畅，写这妇人能从刀下挣出性命，又会挟制男子，真凶悍可畏。慢说作《粉妆楼》的人不知，就连修《唐书》的宋子京，专用涩体，也无此痛快。"

劲闻道："宋景文公这部《唐书》，颇为可观，修史有三长：曰才曰学曰识，景文倒是全套，你们熟读自知。他的文章虽涩，却不背古人法度，比《宋史》的冗弱强胜百倍。陈鄴斋的品评甚确，王西庄肆口漫骂，却是信不得的。"

墨香道："你说到《宋史》，我想起一件事来了。"便把《破洪州》的疑窦，说了一遍。

李姓道："地名往往有相同的，这洪州未必便是那洪州，即如广东有顺德府，河北也有顺德府，未必宋时便只一个洪州。"

墨香道："此言有理。我只看了东阳王胜之的《舆地纪胜》，他是详南略北，恐有遗漏。"

李姓道："《舆地纪胜》二百卷，先前只有抄本，乾隆皇帝修四库全书，竟没搜着，直到阮文达才访得，续后进呈，列在四库未收书目。广东谭玉生作了一篇跋，伍崇曜捐资刊板，我们方能得见，也与今天的座客看见这一出《粉妆楼》一般，其中不少短篇缺页的去处，也似这出《粉妆楼》只有第二本，不过谭玉生比王劲闻可老实，没给羼上伪造。"

劲闻道："我虽羼了一点假，请问羼的好与不好？"

李姓道："倒是羼得甚妙，既如陈大爷扮的这个女仆，一句唱词没有，可是真弄得热闹，出乎看客意料之外，自然彩声大起。"

劲闻道："人各有所长，也各有所短。墨香嗓子有限，卖唱是不能讨好的，扮相也不很艳丽，扮闺秀不像。我想的方法，都合他的式，你不信，真按原本，叫他唱祁巧云，管保搁在凉水盆子里了。”

李姓道：“然也，你真改得高。”正是：

决非画虎类狗，实是点铁成金。

说了半晌，劲闻、墨香各自回家。看官们记着，日后各戏班重排旧戏，往里头羼作料的，不计其数，不止票友干这营生。

过了一日，椿树三条赵宅，差人打来知单，请墨香当日晚饭，墨香写了“知”字，打发来人回去。天色将晚，到了赵宅，座间有陈姓、杨姓两个老生票友，都是老伶郑蕙芳教的，在饭桌上，谈起郑蕙芳来。

墨香道：“郑蕙芳搭过福寿班，有一天，唱《太平桥》的史敬思，唱到‘过桥被刺’一场。这一出，有在桌子上边，硬僵尸往下摔的，谭鑫培、刘春喜都是这么摔，也有退到椅子上，才往下摔的，冯金寿、甄洪奎全是如此，除了李顺亭绷着脸招说，武功本有根底，怎么摔都行，他偏不卖力气，用宝剑漫完花脸的头，撇剑丢盔，由桌至椅，由椅下地，他才躺下。郑先生拿钱比李五先生少，武功也比李五先生弱，只唱戏比李五先生认真，每唱《太平桥》，也跟大老好谭鑫翁一样，是桌上往下摔的。独这一次，将上桌，花脸照肚子一枪，没看见郑蕙芳下腰起范，早一个僵尸落地，撇剑丢盔，一概减去，前台倒是喝彩如雷，说这一下子，连谭老板都办不了，别说春喜、李五等人。郑蕙芳唱完，到后台揪住花脸就打，说我跟你没仇，你怎么要我的命，从桌上戳我下去，幸亏我结实，要稍为娇嫩，就摔死了。花脸磕头认罪，方才了事，这也是一件笑话。”

陈姓道：“郑先生肚子极宽，给我与杨君说了一出全本《搜孤救孤》，从杀赵氏全家唱起，我们都会了，明日有个票局，派的是这一出，要求墨香兄帮忙。”

墨香道：“我只会程婴的娘子，不会庄姬，要叫我扮庄姬时，可得折本子，我不清头。”

子珩道：“这两个脚色，人家都有了，因为他们二位不常走票，每次登台，都要热闹这一出。晋侯宫里得用宫女，自然是找内行，赵氏全家挨刀的，也有女子，原只两个旦脚，他们二位觉得太单简，要添几人，知你素来好说话，烦你凑一个。”

墨香道：“使得。不过原来场子得给我改一改，莫跟零碎去架了堆。”

子珩道：“那个自然。”饭毕各归。

次日，墨香到他们那走票的所在，戏已开锣，离《搜孤救孤》只隔两码，子珩过来，问过墨香原场如何改变，墨香说了，子珩去转告后台。墨香看时，他们折的掌子，请的票友，专为《搜孤救孤》来的，倒是很多，只赵家满门，除赵朔、庄姬是票友扮演，此外只自己是票上的，便知票友都不肯捧这宗场。

管事人走来道：“太后、庄姬的宫女各四名，赵家妇女今日要来六个，男丁也是六个，通是十二人，女的不够，连折的老旦掌子都算上了，好在太后是票友的，倒腾挪得开。听说陈大爷有活儿，戏码快到，请您小扮着罢。”

墨香道：“我扮个甚么人物，说明白了，好琢磨扮相。”

子珩道：“你扮个侍女就结了。”墨香点头答应，忙去梳妆。

待那出戏唱到赵家绑赴市曹，早有假刀手来服侍这些个假犯人登台。头一个墨香先上，只见墨香披头散发，身上穿着一件颜色褶子，却卸下半袖，露着胳膊，上罩着坎肩，打着腰裙，便不是通大路的丫鬟。倒缚二臂，低着头，被刀手推出，到台口，一扬脸，散发一洒，又推转回来，再上那六男五女，待得站齐，墨香却站在最末的地位。唱到“开刀”，自然先推下赵朔，然后把那六男五女都推入后台里去，只剩墨香，由假刀手推个圆场，墨香洒发摇头，做出可怜的样儿。推到下场外角，墨香跪下，假刀手木刀高举，是个要杀这女人的神情，墨香散发前垂，低头伸颈，是个要挨杀的女人态度。“咚咚仓”“咚咚仓”，击鼓锣响，前后台刀手都嚷了一声，木刀往下一落，直砍女人的脖子，墨香散发一洒，身子跌倒，这小丫鬟算是杀了。那些刀手都提着彩头由下场又上，从墨香身旁绕过，墨香乘势奔向后台去了。台上这刀手也有彩头一颗，他们报斩，不与这死丫鬟相干。一个没关紧要的配脚，倒弄得十分火炽，不像官中零碎，这一出老戏《搜孤救孤》，又被墨香兑了水。

墨香正要卸妆，子珩拦住道：“别忙，他们同来扮程婴娘子的旦脚，头勒晕了，不能上去，劳驾救一救场。”那陈姓扮着程婴，也是作揖求救，墨香推不开，忙挽起头发，戴了头面，穿了衣裙，又去唱了这程娘子。这个脚色，也是上、中、下旦脚都唱的，与《朱砂痣》一般。墨香唱完，方揌头回家。

展眼间已到安徽馆走局之期，墨香想起洪州的疑团，打开《宋》《辽》二史细看，从《辽史·地理志》察出一段，辽国西京路，有个寰州，曾被宋将潘美打破，后来宋兵退去，此地仍归辽人，改名弘州。墨香道：“书是要多读的，今日方知戏中洪州，乃是弘州，一定是清人避乾隆皇帝御名，改‘弘’为‘洪’。最妙的，这场功劳，是潘武惠干的，唱戏久因老潘偶然失策，不救杨业，硬说他与杨家结仇，有心陷害，骂他是个奸臣。其实潘美也是员上将，人材、武艺都比高怀德强，戏上足捧高武穆，却把潘武惠骂了个不吐核儿，也太冤枉。宋朝有个王铚，作了一部《默记》，其中有一条云：宋太祖陈桥兵变，进了京城，周恭帝躲往天清寺去了，宋太祖带领众将直入六宫，见两个小孩儿，还在宫娥怀抱之中，宋太祖问知是周世宗的两个小殿下，都已封了王爵，宋太祖看着众将说：‘这还有何等待！’众将正要动手，潘美在后，手掐殿柱，低头不语。宋太祖说：‘难道你以为不可么？’潘美说：‘臣岂敢以为不可，只理上说不下去。’宋太祖即以小儿赐潘美为子。这潘美总算做过人事，不像戏上专一不拉人屎。竟骂还不够，又叫杨家女将，占他的功劳，硬把他褰州之功，往后挪了年月，架弄出杨业的孙子媳妇，不由分说，把老潘露脸的地方，给抢过来，也滑稽得太过了。”

看了半天书，才到安徽馆，唱了这出《破洪州》，回来暗想：这一出，李紫珊、路三宝、王瑶卿、梅兰芳唱，便是正戏，李丽秋、张彩麟唱，仍算扫边，我今天依然做的扫边旦的活儿，不算升腾。“产子”一场，瑶卿、兰芳都是风帽斗篷，我却没有这些行头，我散着头发，脸抹香油，身上披件青衣，虽然像个产妇，可不像好脚，总是扫边气重，“打阵”也没有玻璃肚子，只小袄打腰裙，也不漂亮。话虽如此，只比前两次跑的变相丫鬟，就强得多。哎呀，宫女、丫鬟是一路，我跑过了丫鬟，还有宫女等着我呢。正是：

既然如斯矣，安得避彼哉。

要知墨香是否跑宫女，且看下回分解。

第三十二回 打戏码毁名伶 走外串跑宫女

话说票友队中的扫边旦脚陈墨香，在黄学、熙春两会帮忙，熙春会的人材，虽不及樊迪生立的那个春阳友会，专收能捆羊的票友，然而老生如祝荫亭、金继贤，旦脚如章晓山，前台人缘也就不错。晓山先前还想到海里去，显个神通，捞些珍宝，瑶卿力劝不可，目下的章晓山，年齿已长，没了下海的心思，只在票上消遣。荫亭是余叔岩一派，金继贤是刘鸿升一派，二人自负是个老生，可以不拘老少，不比旦脚，过了三十五岁，就算不行，于是雄心勃勃，都大有吃戏饭之意，上台格外使劲。

祝荫亭请的教习唤作朱桂芬，过了三春，又是夏令，这日荫亭、桂芬同到正乙祠，荫亭演了一出《卖马》，桂芬在后台招呼一切，有个老伶唤作谭春仲，是个扫边老生，肚子极宽，在熙春会管事，一眼看见，便对众票友道："这是朱莲芬老板的孙子。"

一个票友道："朱莲芬名延禧，写一笔好字，他有好几位少君呢。"

春仲道："桂芬父亲叫做朱天祥，排行第六，后台都叫他朱六。当初莲芬老板把天祥送入小洪奎科班，要知科班规矩，无论是谁，都得文武并学，我谭春仲是那里头爬出来的，深知其苦。当日小洪奎的教习，收了天祥以后，给他耗腿，这个罪业，可不大好受，我谭某也是曾经尝过滋味。天祥耗得腿疼，便私底哀告教师，要是能够免了耗腿的痛苦，家里有的是房契，情愿找一两张来奉送，教师们大怒，痛打了他一顿。莲芬老板晓得了，又打了个二茬。那时天祥还是小孩，这话展眼四十年了，天祥究竟武的一边没饭，文的可学出来了，虽然不及我皮打海摔，是雷我也敢接，可是派他的二路的活儿，他也敢上去，不像我专抓挠零碎。他的兄弟也唱老生，唤作桂秋，排行第八，人都叫他小八儿，可是小丹桂的好脚，《天水关》能来诸葛亮，不像天祥只能来个赵云，桂秋寿短，早就撂了，跟小天仙的陈六十是一对短命鬼，也是一对小老生。天祥可活到现在，不过懒一点，没人愿意找他。素云、凤卿在东安市场丹桂园排《取南郡》，沈三先生的刘备，洪林的孔明，派了天祥一个程普，都扮上了，他还没见，赶紧换人，算把他挂了。他时常地误场，故此他没搭班。”

有个票友道：“朱天祥搭过同庆班，贾洪林唱《四进士》，纪寿臣来毛朋，韩二貂来顾读，郑盼仙来杨素贞，郑多云即小忘八来田伦，王方宝即小耗子来师爷，天祥却来一个杨春，倒也算齐整。”

又一人道：“这何足道哉。麻花胡同继禄继三爷家里唱这一出，汪大脑袋的宋士杰，谭鑫培的毛朋，王瑶卿的杨素贞，龚云甫的姚老太太，黄三的顾读，朱素云的田伦，路三宝的万氏，余玉琴的田氏，杨春忘了是谁，也是好脚。他们这一出，没有朱天祥在内，假若有了朱天祥，只好来个文昌帝君，那才真算齐整。你听戏年代很浅，又不认得大宅门，没见过大市面，你知道甚么，少要说话，我见的好戏太多，你梦都没有梦见，你算甚么东西。”

那个票友不服，两人揪起来，众人忙给解劝，二人都忿忿而去，谭春仲笑道：“这位爷台说话，有一点儿犯三青子，无怪要打架，本来他的话样儿不大好听。”

一个老者道：“听过好戏，也不足为奇，何必做出这种模样来。”

此刻《卖马》已经唱完，荫亭到后台卸妆，许多人前后围绕，齐声夸赞道：“您这一出《卖马》太好了，唱工是唱工，身段是身段，耍锏是耍锏，除了谭鑫培自然比您强，就连余叔岩也压不下您去，王又宸往哪儿摆呀。票上还有个孙化成，功夫虽深，天料太坏，比您可差的太远。您要搭班，准在谭小培、贯大元以上。”荫亭听了，只笑了一笑。

他穿好下台的衣服走了，谭春仲附着墨香的耳朵低声道：“这些爷台，不是捧祝爷，是害祝爷。若论祝爷的天料，实在是好，只我们这碗戏饭，实在不好吃。上台会唱一出，下台还得会唱一出，不是轻举妄动得的。他们劝祝爷去干这个营生，依我看，请他老先生慢打法器，要晓得从前唱戏，凭能耐，凭资格，现在年头改了，唱戏的，要是交的前台大脑门少，又没一肚子鬼画符，说甚么也不行。祝爷有交际，没谋略，要下海，可险一点。”说完走了。正是：

竽滥谁分假与真，绵驹一曲胜阳春。
可怜真度阳春曲，索遍天涯无解人。

看官，这“竽”字，下面是“友于”之“于”，非“支干”之“干”，若是弄错，乃手民之误，与作者无涉。

闲话休提，且说座中一人笑道：“这些先生们，围着出名票友，好像各戏园、饭馆吃飞的围着戏班老板一样。只吃飞的是穷极无聊，围着老板，无非献小殷勤，弄钱用。老板们真有打他一个嘴巴，听个响声，大批赏洋元的。《金瓶梅》说的架儿，就是现在的吃飞的了，他们是糊口之计，这些先生们，却是为着何来？”

又一人道：“他们专爱围着旦脚，其用心可想，不过今天却有围老生的，我更不解。莫非真爱戏曲，若果然如此，似乎他也有可取。”祝氏捧脚家听了前半截的话，一齐大怒，听到后半，早有几位颜色稍和。

那二人说完走去，却见那本会的票头陈痴疯过来，向那些祝氏捧脚家道："有人烦荫亭下一期唱《坐楼杀惜》，荫亭已走，请诸位给带个信，改天我再亲去接洽。"

捧脚家摇头道："不行。"痴疯道："荫亭敢是不会么？"

这一伙捧脚家，早已抚着肚子，仰面朝天，一齐大笑道："陈三爷，你真叫'夏虫不可语冰'，少说不相干的话。我们祝爷文武不挡，焉能连一出《坐楼杀惜》都不会？不能像别人的肚子那么窄。"

痴疯道："既然会唱《坐楼杀惜》，为何不唱？"

众人道："请您睁开眼瞧一瞧，您这票房，谁的阎婆惜够得上的？只有章晓山，他又是正工青衣，王派正宗，不唱这一路的戏，此外检直都够不上。"

痴疯笑道："原来为此。我已有人了，管保对撇子。"

众人忙问是谁，痴疯不慌不忙，答应出来。正是：

因材使器，相女配夫。

当下痴疯道："我去找个外串，不用本票之人，你看如何？"

众人忙问是谁，痴疯道："我想的这个人，再好也没有，真能压倒九城票房的花旦，而且文武不挡，昆乱全通，是票中罕见人物。"

众人道："您不要捧了，快说他的真名实姓。"

痴疯正色道："说来不准驳回，若是驳了，票上谁也抵他不住，只好花钱去请于连泉。"

众人道："您快说话。"

痴疯道："我请现在北京票房第一花旦朱琴心，难道祝荫亭不称心么？"

众人齐声叫好道："这还可以配得上祝爷。"

痴疯又与众票友商量别的戏码，本票青衣兼花旦小杨子，听得"朱琴心"，早已面目更色，此刻再忍不住，便指着武生李菊禅道："李五爷，咱们两个唱《长阪坡》，请万六爷来曹操，陈大爷配一个甘夫人，潘质忱凑个张飞，咱们告诉痴疯派《坐楼杀惜》在倒第二，咱们唱大轴子。他们是余叔岩、王蕙芳，咱两人，你是杨小楼，我是梅兰芳，再让章晓山倒第三来一出《悦来店》，他又是一个王瑶卿，这一台戏，倒是真好。"菊禅哼了一声，翻起眼皮，把小杨子看了一看，低头不答，只是冷笑。

痴疯道："《长阪坡》是武生正戏，就是瑶卿、兰芳跟小楼凑在一块儿，也不能派那小楼陪他唱一出，你为《打渔杀家》，曾碰人家老生没数的钉子，怎么老改不了脾气。"小杨子闻言，更是生气，坐在那里擦眼抹泪。

只见祝氏捧脚家齐向痴疯说声告辞，起身便走，朱桂芬也跟着他们出去，小名儿叫做"散了"。一个票友道："凭着祝荫亭，就敢自命余叔岩，我瞧不透。话又说回来了，余叔岩又怎么好来着？不过前台有一点人缘，自己再会作派，装成的好脚，他的《托兆碰碑》，还不如我有准谱儿。岂但叔岩，就是兰芳，也不过蒙事，究竟好在何处？除了样子好看，唱工、做工也只平常。我真不解，现在这些听戏的，胡捧乱捧，把他们捧到云眼里去，夸他前无古人，后无来者，真叫做岂有此理。”

万季六在座便道：“着哇！我前次到天乐园看戏，程艳秋出台，我就走了，他也是个人，何必单看他。我在后台，只跟零碎说话，你听他一口一个‘万六爷’，倒是懂礼，好脚都有习气，我不能受他的。”正是：

汝虽名脚，我更超人。

季六说完大笑，那票友还不住挑兰芳的毛病，座有一人道：“兰芳自然不如瑶卿，然而瑶卿自然不如陈德霖。”

那票友摇头道：“不然。德霖一条鬼嗓子，有音没字，更不行了。瑶卿的蒙事，比兰芳、叔岩好点有限，还有死鬼谭鑫培，也是蒙了一辈子。没高嗓子唱《斩子》，没宽嗓唱《探母》，他跟洪林一出《困荥阳》，他也不像刘邦，洪林也不像纪信。他这一出，不但不如孙菊仙、许荫棠，连没出大名的老生双可亭，都比他强，他真敢瞎抓，不怕高明听戏的耻笑。他唱的最坏的，要算《樊城》《昭关》，别人学大老板，他学卢台子，可算取法乎下。他的《取帅印》，也没精彩，无怪被王福寿当台说损话。敢则唱戏，全凭的是胆子，能蒙就成，我要下海，只要有运气，未必不是谭鑫培，碰巧还在他以上，更何论余叔岩。”众人听他说话过于骄傲，正要和他驳辩，他早站起走了。

痴疯道：“此人的话，也有见解，不可厚非。大凡提起名脚和老脚，就夸好的，我就忿忿不平，不如他这议论，对我的脾胃。请问名脚、老脚好在哪里？反正是戏，不见得名脚、老脚比我唱得强。”

当下李菊禅订了《战冀城》，派在倒第二，仍派荫亭大轴，小杨子告假不唱，别人都派好戏码，方各自回家。一连数日，炎热无比，一些微风都是没有，真个是：

当头悬大伞，拂面藉冰纨。

这日内行老生张小山来找墨香，并有一位唱花脸的票友同来，递进名片，墨香知这票友在外省当极阔的差使，京中有家，常来常往，每次到京，必找些票友们，唱几天才走，今日上门，必是请局，便请了进来相见。那票友谈了半晌，取出一份请帖，双手递过，墨香看时，是明日约在他家吃饭，推辞不得，便应允了，那票友即同张小山告辞。墨香暗想：小山是长春科徒，小时原唱过花脸，万老六就跟他学戏，方才虽未言明，大约他是这位票友的教习。

过了一夜，即往那票友家赴席，进门一看，请的客，连墨香总计三位：一位是票上一个小旦，一位便是张小山。天气太热，满屋开着风扇，西瓜、酸梅汤吃得已够，方才入座，也都是清淡菜蔬。席间，那票友花脸才说出自己排了一出《造虿盆》，自扮桀王，这一位扮妹喜，一切配搭，都是张小山办理，因缺一个不上不下的旦脚，要请老兄外串帮忙，乞先看总本，即命人将总本取出。

墨香翻了一翻道："莫非要我凑一个宫女？"

票友花脸道："正是。只这领班宫女，与寻常别戏的宫女不同，不能派零碎，而且后一场苦得很，我知老兄苦戏有瘾，才敢冒昧相烦。"墨香一笑应诺。那票友大喜，当时送上单头，墨香接了过来，起身告别。

又过三天，张小山来请墨香前去对戏，墨香道："他这一出的钱，只怕要花的。"

小山道："那是自然，大凡票房排新戏，非钱不行。打鼓老、检场的就够瞧的，平常按馆子两份给，这就得四个份。咱们熙春会，我也管事，可苦的利害，一点不撒活，休想排得出新戏来，黄学会好点有限，也没人家大方。"

墨香道："他是一年唱几天，那两会是细水长流，不能比的。"说着坐车同往。

到得那里，妹喜换了天桥一个坤脚，问起原由，方知那小旦打了拆白案，逃走无踪，只能换人补缺。当下对了介口，站了地方，就算行了。只这一出，虽有寓意，暗指妒忌之人，如毒蛇一般，戏样儿不免残忍。

第二天，便是演唱正期，墨香傍晚才去，在前台坐了片刻，即往后台，又候了半晌，知戏码已到，忙去梳妆。这一出，宫女要用十二名，第一名宫女便是墨香，那十一个都是专跑宫女、丫鬟的底包，男女都有。墨香擦粉梳头已毕，拴珠口，戴过翘，登彩鞋，系花裙，穿软褶，搭云肩，与那十一个一律的打扮，只墨香等前四名，过翘新整，衣服鲜明。宫女们髻心暗藏散发的，通是六人，便知六人在这一出内，是要受罪，墨香是专为应苦戏而来，又素有"披发旦"的外号，自然要在髻心盘发一绺。墨香扮齐，取面大镜一照，哈哈，墨香走票多年，这个扮相，是破题儿头一遭。此刻《造虿盆》已经登场。正是：

撇开旧曲本，且试新歌声。

头场，小锣，老生扮大夫龙逢上去，道是："君王无道，入朝谏奏。"唱西皮原板下。二场，大锣响处，桀王在帘内唱西皮倒板，四武士，二将，四小内监，两大太监，桀王上唱一大段，原板改快，唱散，归座，缝腿，念话白，派一大太监去宣妹喜同赴玩花楼，叫起板来，唱摇板四句，太监下，龙逢唱上，君臣顶嘴，连念带唱，还是不少。桀王退朝，龙逢唱下。三场，西皮小开门，墨香等四名宫女，执着宫灯，又四名拿着提炉，二名持节，二名打扇，妹喜登台，引子，归座，话白，太监上，道是："皇爷宣娘娘玩花楼陪宴。"妹喜命他先回，太监下，妹喜吩咐车辇伺候，一个女车夫溜上，起了【慢长锤】，妹喜在辇中唱足西皮慢板，墨香等十二名宫女，跟着扯四门，妹喜唱散，墨香等十二名宫女，摆斜胡同，妹喜归上场外角，唱句摇板，女车夫推着穿胡同下，一个【抽头】，宫女们也窝着下了。四场，改了【紧长锤】，众内监、桀王上，唱段快板，归座，太监缴旨，墨香在帘内云："娘娘驾到。"太监向桀王启奏，桀王命太监传宣，又起【紧长锤】，墨香等十二名宫女空着手，站一字上，妹喜出来，唱摇板三句，宫女凹门，分站两旁，妹喜再唱一句，见驾，归座，桀王云："摆驾玩花楼。"起了小吹打，大家圆场，上楼，桀王中间一桌，妹喜上场一桌，坐着饮酒，墨香等六名宫女，站在桀王桌旁，那六名站在妹喜桌旁，墨香与第二宫女执着酒壶，往桀王杯里斟，仔细一看，自己同伴五人，都是各坤班的真女子，妹喜那一边才是男的，不由暗地好笑。桀王、妹喜各唱西皮原板一段，桀王又唱摇板，作出醉态，用手搭住墨香并第二宫女的肩，那边妹喜早翻了腔，唱着走过来，几个嘴巴，打得六宫女两边闪开，桀王自觉惭愧，假睡不言。妹喜吩咐内侍把六个贱婢带下楼去，脱去宫妆，上了刑具，听候发落。两名大太监，四名小太监，押着墨香等六名宫女，做出下楼之状，进了后台。

这里妹喜唤醒桀王，同他捣乱，找他们的俏头，墨香等在后台，摘了过翘珠口，解开髻心留的散发，卸了云肩，脱去艳色软褶，又把花裙除掉，改穿白裙，再穿了青衣。张小山笑道："就凭这些衣裳，得花多少钱哇。这不是一个箱上能预备的，得各处去摘。陈大爷这件青衣，还是脚儿们的私东西，不是官中货。我为了这些，腿都快跑折了，弄事人可不容易。"

正说着，已有人嚷道："太监宫女照场！"墨香等六名宫女，忙到后场桌，取过六副铁链木杻，戴在腕上，六名太监也跟将来，场上宫女大呼"带六贱婢"，于是六内监牵着墨香等六名披发戴锁的女犯出台登楼，内监站向两旁，墨香等六女低头下跪。

原来妹喜抱怨桀王失了天子体统，桀王却推说是宫娥无礼，此刻是三曹对案，要审其中情节。那个桀王与妹喜先已连唱带念，闹了半天，待见了墨香等六女，他二人仍是唱念俱全，审问招词，墨香等六女也是有唱有念的，不过都是六女一齐开口。那扮桀王的票友花脸，与扮妹喜的坤旦，都够乙字调，墨香是搭不上的，幸亏架着堆，便不洒汤漏水。

墨香等六女拗不过桀王，只能认了狐媚勾人的罪过，桀王吩咐用金瓜击顶，墨香等六女洒发叩头讨饶，妹喜云："且把贱婢们收禁永巷，妾妃自有裁处。"六内监又牵墨香等六贱婢下去了。妹喜献了虿盆图，桀王传旨，宣上小花面扮的大夫夏昌，命他搜采毒蛇，监造虿盆，夏昌领旨而退，桀王、妹喜唱下。五场，墨香等六女在帘内一齐叫声"苦哇"，唱句西皮倒板，起了【望家乡】，六名女禁卒，都是梳头擦粉，一律穿黄袄子黄裤，罩着虎皮坎儿，押了墨香等六名女犯，陆续钞上，行话叫"编辫子"。墨香等六名女犯齐唱快板，台上十二个女的，六根黄柱子，六条黑影儿，倒是火炽。唱散，一个【扫头】，不缝腿，改了【急急风】，一个大圆场，墨香等六女归大边，女禁卒归小边，墨香等六女齐洒散发，丢铁链，扑过小边来，女禁卒归往大边，双进门，墨香等六女跪下，女禁卒揪住铁链，牵着墨香等六女膝行而入。

六场，是龙逢撞钟，催桀王升殿，犯颜谏主，墨香等都在后台脱衣摠头，那五人是不上了，后一场是用彩人去抵，墨香却还得上一场的。昨日对戏时，曾已言明，与彩人一个扮相，只不曾见他的彩人形状如何。正要开言，张小山已把五个彩人都拿过来，请墨香过目。正是：

此亦曰人乎，莫非是戏也。

墨香看了一看，点一点头，张小山道："这个扮相，坤脚给她多少钱，也不干，要叫男梳长头的上去，可不是样儿，非得是个脚儿不可，臟儿可不受瞧，就连六条黑影一场，坤脚能陪您闹哄，男臟儿急早别叫他去搅。"

他一面说，墨香一面改扮。戴了自己头发做的那一份头套，洗去脂粉，面涂香油，身上不穿衣裳，只胸前挂幅肚兜，扮得与彩人无异。这种裸体女人，虽稍伤雅，只各画报，曾有照片，在当日，也就不觉得十二分的刺目。看那彩人时，下面也是两只七寸莲船，与自己的脚一样，不是三寸香勾。浑身上下做得还工细，脑袋、胳膊、腿脚都是活笱子，若用别的物件一碰，便可以碰个稀烂，不难拆卸，只都用白线打的粗绳捆了。

墨香道："这东西，两手倒背，两脚向上，手脚捆在一处，这叫做'四马攒蹄'，你们捆的倒结实。"

一人在旁笑道："你不用忙，连你也要真捆的，不然，跟这彩人不一律。"

墨香点头一笑，早有人请墨香跪下，他们拿绳来，把墨香松松的，也四马攒蹄捆起，笑道："要是只捆手，您照戏上老样，背手上去就行，如今手脚都捆，没法子，你可得受一点委屈，好在捆得不紧。"

后台正在捆人，前台已唱到桀王杀了龙逢，有那夏昌来奏虿盆告成，他们抱起墨香，并五个彩人，仍算六女，送往后场桌边。台上桀王与妺喜去看虿盆，中场挡布扯开，露出一块洋布来，五尺见宽，二尺见长，上画地洞口儿，后面一块大布挡，地下有些假蛇，暗有机括，头尾乱动，就算是虿盆了。正是：

只是写意，不求像真。

虽然朴陋，也有精神。

桀王妺喜坐在大边，妺喜命太监传旨：把贱婢们洗剥了，绑上来。六名女禁卒答应一声，抱起墨香等六贱婢出了上场门。桀王那边将士急与六女禁卒走个二龙出水式，六女禁卒一面转身，一面递人，将士是接过人来，身子再转，墨香等六贱婢散发飞扬，另有一种姿态，六女禁卒空手而下。将士们把六贱婢丢在桀王妺喜面前，那五个彩人的腿，都是能直能曲，于是六贱婢都在那里跪定。墨香洒发叩头，有一段求饶的话白，虽不甚多，可得念的响。妹喜吩咐丢下虿盆，将士们举起六贱婢，一个圆场，先奔台上，把六贱婢放在就地，面向外跪，墨香低着头，摇着散发，白云："天哪天，我们死得好苦哇。"将士解了墨香等六贱婢的绑，抓将起来，一阵【急急风】，连墨香带彩人的都丢向二尺长的洋布后面，就算丢入虿盆了。改了【蛮牌令】，暗中有检场人按动机关，那些假蛇都来钻咬，这六人，只墨香是活的，便连翻带滚，布挡后面人，悄地用手撒那彩人子，不多时，都给撒向后台，算是被蛇把那五女吞吃，场上只剩下墨香一人，真叫"拔了萝葡地皮宽"，在那里撒开了滚来滚去。墨香身上带了半截小蛇切末，不见蛇头，算是钻入肚中去了，只露蛇尾不住摇摆。墨香虽不似戏中人苦楚，也就不大受用，闹了半天，【蛮牌令】完，墨香散发一洒，仰面跌倒不动，算是身死。妹喜白云："请驾回宫。"挡布一闭，墨香向下场门溜入，场上也起了【尾声】，这一出新编《造虿盆》算是唱过一次。

墨香到梳头桌去卸妆，张小山道："陈大爷后半出不穿衣裳倒是凉快。"

墨香道："我迸得汗更出的多，并不凉爽。"

小山尚未回答，那些梳长头的来要宫灯、提炉的黑钱，那五个女的道："后半出挨长蛇咬，虽换了彩人，仍算是我们，也得要一份钱的。"

张小山道："没有那一说，这不像话。"磨了半天牙，只应给他们一半。

墨香道："也不怪她们咬牙，这几名宫女不好来。"

一个老票友道："这算甚么，反正六人架堆，老戏《因果报》，有个陈桂香，也是宫女，才真不好唱。"

又一人道："陈桂香得用脚儿，不能叫跑宫女的去，与此不同。这六女死的可怜，陈桂香是穷凶恶极，披着头发，骑木驴，挨剐，人都畅快。这六女能唱出人缘来，那个陈桂香，能把人缘唱丢了，宁唱这六女，也别唱陈桂香。检直说罢，唱旦的，要不是自己知道前台黑一点，谁也不肯接那宗活儿。"

墨香道："你这话，我只信你一半，今天我们六人，未必能唱出好人缘，明日就长身份，恐其依然故我。"

那人道："你说的也有理，我是泛论大众，不是说你们六人。"

老票友道："《下河东》的欧阳芳可以唱得，这个陈桂香，唱也无妨。"

张小山道："列位少谈闲话，我有要事，必须得问一问陈大爷。"

墨香道："不知有何要事？"

张小山道："请问大爷带了跟人来没有？"

要知张小山何以问及此处，且看下回分解。

第三十三回 无面目自称名脚 斗齿牙同论外江

话说张小山问墨香可有跟人，墨香道："我带一名跟役，你问他作甚？"

张小山道："凡唱戏的，只要够一个脚儿，不是底包，就不挣黑钱，却是跟包的得拿了去。您既带的有伙计，得给他一份黑钱的，这是照例，不算跨其外。您今天在台上，比谁都吃亏，大热的天，又受了累，您是大爷高乐，伙计可以叫他挣几文，这是我的一点心，往后咱们爷儿两个凑的时候，是短不了，您倒别客气。"

墨香道："那都由你去办，我是不管。"说着穿好衣服。

正要动身，那花脸票友早走将来，作了个大揖道："陈大哥辛苦，请到客厅小坐。"拉了墨香的手，直奔客厅。桌上摆了点心，是些凉糕奶卷、杏仁豆腐、牛奶酪一类的凉货，正对墨香的口胃，便随意吃了些。

张小山前来报账道："除正项不算，我得先说额外的费用。大轴前四名宫女过翘衣裳，头上脚下，都是托梅兰芳的管箱人韩佩亭借的，那是梅老板嫌官中货不好，自己唱戏，旁边宫女闹一身自来旧，不大顺眼，才制了好几份，专打扮给自己旁边站着的。今天因为要戏好看，才剜了这一份来，得给十元。六身青衣白裙，有一身是后出青衣石韫玉的，三身是别人箱上的，今天赁的小白菜这一份箱，白裙倒够用，青衣只有两身，那四身都得另给钱。六副锁子，也有四副外摘。女禁卒黄打衣裤袄，也是杂抓，也是个消路，再搭上黑钱，今天耗费的可不少。"

那票友道："花钱找乐儿，我原是安心当冤桶，您怎么开，我怎么给。"

小山递过账单，那票友看了道："怎么黑钱，惟陈府上的贵介，开的比上台的还多，我给是一定给，并且另赏他车饭钱，只我得明白其中原故。"

小山道："提炉、宫灯每人一元，后一场，五个妞儿没上，是用彩人子抵的，我本想替您省下，五个妞儿不答应，我费了好些唾沫，舌头都说短了半截。当着灯呢，有灯光老爷照着，我说的是实话，并非表功，好容易才给您省了一半，每人五角。陈大爷是票友，又是个角儿，能唱正戏，自然不拿黑钱，可是他带的伙计，不能漂的，后一场，独大爷是本人儿，没换彩人子，他的伙计得给一元。”那票友点了一点头

旁边有人道：“好脚们唱《六月雪》，插招子，他的跟包人就拿黑钱，这条例，实是有的。”

说话间，天已不早，墨香便告辞回了家。次日有人来，谈起昨夜的戏便道：“妹喜的‘妹’字，好像应当念作‘本末’之‘末’，你们那个旦脚，念成‘姊妹’之‘妹’，莫非错了？”

墨香道：“宋罗泌《路史》叙到妹喜，其子罗苹注的‘妹音昧’，以‘妹妹’目之，念作‘姊妹’的‘妹’字，不错。写这个字，也是仍可写女旁加个‘午未’之‘未’，不必改写‘本末’之‘末’。”那人方不言而去。

这一日，热得更甚，墨香仍坐在屋里看书，虽然汗流浃背，不以为意，暗想切末张七，号叫小山，票上又有个花脸张小山，专学何九，内行又有这个张小山，三人同姓同号，将来记载他们的事，倒得分个清楚的。

墨香看了几天的书，眼看到了熙春会的排演之期，墨香派在开场第三出《战太平》里面，便叫跟人提了梳头盒，拿着彩鞋，直奔正乙祠。入门天还没黑，已经开锣，场上正是《富贵长春》，墨香道：“怎么派起这一出来了？”

一个票友笑道：“今天内行的承头，找的掌子太少，票头看出来了，说单子上不止这些人，这是开花账，赚实钱的主意。旁边有个票友老手，给定了一计，开场派了《富贵长春》，这一出，又是五财神，又是八仙，可真费人。内行承头不敢说人不够，只好赶紧出去找人来填补。”墨香笑了一笑。

第一出还没唱完，墨香便到梳头桌上妆扮。梳头人姓牛，身躯颇高，都叫他“牛大个”，便问道：“陈大爷，您是哪一出里有事？”

墨香道：“我是《战太平》。”

牛大个道：“您是大夫人，还是二夫人？要是大的，我给您挽观音斗用死扣，要是二的，可就得挽活扣了，后半出，您得用洒发。”

墨香道：“我向来只唱二夫人，永远不唱大夫人的。有一次，我跟内行律喜云拴在一块儿了，他扮大夫人，我也是扮二夫人，敢则他也没来过大夫人的，上了台，词不上口，十分生涩，要是他哥哥律佩芳，决不会这般。”

牛大个道：“喜云肚子，好像比您还窄。”

墨香道：“也不尽然，他会我不会的，也多得很。”

正说着，一个票友青衣，面有皱纹，老气横秋，从那边走了过来，大声道：“快打水洗脸，我要扮戏。”

另有一个梳头人，忙着过来伺候，只听那票友道：“我的伙伴是谁？我有个声明。”

墨香道："我跟你搭伙计，你有何指教？"

那票友道："我是学陈德霖的，陈老夫子从年轻到年老，在这一出里，只唱大夫人，这个二夫人他没来过，虽然前台眼光，觉着二夫人吃重，其实一段慢板二黄，两人分唱，大夫人是上句，费事的多，并不轻省。我既是陈派，哪怕跟不及我的，如你老弟之辈，也得我来大夫人，就与德霖遇着诸茹香一样。"

一人在旁道："不错。我也记得德霖与吴彩霞、胡素仙，都是专唱大夫人，王瑶卿是只唱那个装疯的二夫人，倒是姜妙香未改小生以前，两个都唱。"

那票友道："我因老夫子不唱二夫人，我才不唱。"

墨香笑道："事有凑巧，我一辈子，只唱二夫人。"

那票友道："你要放明白些，我是票中的陈德霖，才把这个二夫人让了你，可不是你比我强。"

又一人道："老夫子好像唱过二夫人。"

那票友瞪眼道："老夫子何曾唱过二夫人，哪个假在行对你说的，我告诉你罢，老夫子要唱过二夫人时，我决不屈尊让他。"

墨香越听越不像话，早已有了气，板着脸道："王瑶卿也是唱二夫人的，你走你的陈派，我走我的王派，咱们各尊一个教主。"那票友见墨香竖眉怒目，怕打起来，耽误了过戏瘾，才不言语。

梳妆已毕，那票友穿了蓝帔，墨香穿了红帔，这是《战太平》定而不移的扮相，谁也不能改换的。待快上台之时，那票友道："你怎么不抱喜神哇。"

墨香笑而不答，管事人江顺仙道："陈大爷没错，是您不清头，这一场的喜神，该大夫人抱，等到投井，才交给二夫人呢。"那票友方才省悟。

他才抱着喜神出去，念了一句"夫为豪杰妻英雄"，墨香知他错念了《御果园》的戏词，自己却忘了《御果园》的下句，眉头一皱，早编出一句来道："奴与夫人姊妹同。"那票友看了墨香一眼。待传令末句，墨香不张嘴，让那票友唱过"想必是"三字，墨香才接唱"奴老爷"，两人又同唱"披挂来临"，那票友对墨香点了一点头。待入了后台，那票友道："你末一句，怎么便知是我先唱，咱们后台忘了先对一对，台上几乎碰了。只你将出台，念的可不是这里头的事。"

墨香道："《战太平》本来末句是两人合唱，您是学老路子的，我只能依老路子，不能照现在的路子。您出台闹了一句《御果园》，我不记得那一出的词儿，才诌了七个字，这叫做'宁可胡说，不可不说'，是上台的门道。"

那票友翻一翻眼睛道："你虽然是末学新进，你倒是学过的，你好生的干，将来纵然到不了我的身份，你总比他们强得多了。"

墨香又笑而不答，心中暗想：此人虽则高自位置，有些肉麻，毕竟还用过功，他唱两句，实比我强，不过台上的经验不行罢了。真有一点嗓子没有，也没有认真学过，却自封头等老生，以谭老板自居，走到哪里，也要哭一出《失街亭》，惹得人用尽心机，抵制他上台，那才真没意思，比这个青衣，又差了十几倍。

唱到"华云别家"，那老生仍唱二黄，又接过喜神看了一看，墨香晓得这是李顺亭的派头，与谭老板两路。

这一出《战太平》唱完，只见一人走过来，叫声"陈大爷"，墨香看时，正是律佩芳。墨香一面揣头，一面问道："律霭亭，你什么时候来的？"

律佩芳道："我早来了。有一件事，和陈大爷商量：今天梅老板在新明戏院唱戏，大轴子里头有我的活儿，偏这里折的青衣掌子也是我。前半工，我可以在这里盯着，后半工，我得上那一边去，求大爷在这里替我一替。"

墨香道："只怕有男活儿，像小王子一类，我可不行。"

佩芳道："没有，即便有时，我早已托付了胡三。他虽是宫女、丫鬟，穿靴子很有功夫，比我还磊落，别说您了，他扮个夫人、小姐，倒不合局。偏今天倒第二武戏里，有个马夫人，跟他不对路子，得您帮忙。"

墨香道："这一路，我替得了。"

于是佩芳前几出扮了两个配脚，又向墨香再三托付，才往新明戏院而去。墨香笑对票友们道："好哇，我连掌子活儿，都抵了起来，然而不止这一次。我这些年，在票房里就是如此，票友都是坐中间的，单我是边边沿沿。我扮的不相干的夫人、小姐，可不少了，这一出《战冀城》的马夫人，太没俏头，跟《换子》的旦脚一样，谁也唱不出一朵花来。王瑶卿能把《长阪坡》《得意缘》唱成正戏的样儿，可没本事捧起这两个挨刀旦。瑶卿在中和园，不跟鑫培唱《换子》，在第一舞台，不跟小楼唱《冀城》，他也是深知这两个脚色死眉瞪眼，洒不开的。"

正说呢，陈痴疯走到账桌前，取下戏规，擦了另写，众人过去看时，《战冀城》改了大轴，把《坐楼杀惜》挪向前面来了。痴疯摇头道："派戏真不容易，票头实在难当。朱琴心今天别处有局，非先唱不可，李菊禅又不肯接唱，我费了好些唾沫，才把戏码掉过来，你说嚼子不嚼子。"

众人都没说甚么，痴疯转身向别处而去，却有一个人道："墨香，你太容易说话了，你是唱《坐楼杀惜》的，今天你怎么大睁着眼，由着陈痴疯去找外串，你一声也不响，而且跑来唱这梅兰芳不扮的乏玩艺。你看人家小杨子，就有心胸，他并不唱《坐楼杀惜》，听得外找朱琴心，他就不来，你可太好欺负。"

墨香道："他是他，我是我，各有一个玩法。请问现在票友旦脚，谁抗的了朱琴心？

别说小杨子了，我更不在话下。我向来就是这个路数，况且我那一出《坐楼杀惜》，也真不好，假若痴疯派我上去，我倒得告假。后台各有各的该管活儿，《战太平》是我应唱的，怎么不唱。”

那人道：“咳，敢则你根本就没明白，戏没个该唱，只要时下好脚不唱，咱们千万唱不得。”墨香笑而不言。

那人还在抱怨，只见李菊禅走到这边笑道：“陈大哥，唱完了还没回府，这个后台，真热得受不了的，恐其是老天爷要燥一场雨，让我们散戏的时候，多花车钱，你已过完戏瘾了，为甚么不快走？”

墨香道：“我是替律佩芳，今天他戏馆子后半工有事，不能在这里。”

菊禅又道：“这么说来，我这一出的夫人，是大哥了。”

墨香道：“正是。”

旁有一人笑道：“这个夫人，又披发，又操刀，倒是他愿意唱的。”

菊禅道：“劳驾，今天请大哥陪我送客，管保咱们上台，对着板凳唱，那台下的客座儿，全都走了。您可没细打听，朱琴心的魔力太大，他的戏唱过以后，前台准起堂，谁也压不住。有一次走局，那一家子的客，并不听戏，都在屋里打牌，前台许多座位，大半是空的，只坐着几个小孩，任凭台上文戏也罢，武戏也罢，怎么卖力气，也没人理你，就听得“哗啦啦”的牌声大作。只当他们不看戏了，谁知不然。那一天，是琴心的《宝蟾送酒》，他将一出来，屋里牌声就算打住，男客、女客都出来了，立刻台下座位填满，那些小孩都躲向格喇里去，男女客人们，直眉瞪眼，看着朱琴心，真和在戏馆子里看梅兰芳一样，众票友说好了，勾起他们的戏瘾来了，可有人听了。琴心唱完，赵子仪的《状元印》出场，要论子仪这一出，嘴里是嘴里，身份是身份，咱们不是捧他，放下杨小楼等几个内行，在票友之中，可算第一，真瞧的过儿。没想到，前台不瞧，说声这可没意思，一个花大脑袋，一点可爱的地方没有，在台上乱迸，我们都是新衣裳，离台远的，还好一点儿，离台近的，被他迸起土来，岂不把衣裳弄坏，我这一身，好些洋钱呢，不能送在他手。再说锣鼓乱响，震得脑浆子怪疼的，咱们还是去打牌罢。一哄而散，座位又空了。众票友方知他们除了琴心以外，谁也不看的。今天单把我派在琴心后头，我可吃不消。”说毕，只是摇头冷笑。正是：

已有前车鉴，早知今日难。

墨香道：“照老路子，马超见完赵月，应当见夫人一场，两个人嘴里，都唱二黄，夫人有慢板，马超不过摇板罢了，杨派可没有，本来瘟一点儿，减的有理，你是学小楼的，大概是暗场见夫人了。”

菊禅道：“正是。不过我虽走杨小楼的一派，我可只是师其意，不讲究形似，跟果大个儿两样。若说各戏的老路子，实在有不好之处。《长阪坡》，糜夫人放下喜神，就把帔的袖子褪下来，等赵云抓帔，可不如瑶卿改的，只解领带，不褪袖子，又好瞧，又近理。”

墨香道：“瑶卿真算聪明，这一出《长阪坡》，他可琢磨透了。”

旁边有人道：“咱们别谈《长阪坡》，我要问一件事，你们今天唱的这一出，通大路，都叫做《战冀州》，或叫做《冀州城》，怎么你们戏规，写作《战冀城》，是何原故？”

菊禅道：“这得问陈大哥。”

墨香道：“冀州是河北之地，本是袁绍所管，后归曹操，还在许都以北，马超一时焉能杀得到，倘若马超到了冀州，曹操大事去矣。马超当日只到凉州，这出戏的凉州刺史韦康，在天水郡屯兵，天水首县乃是冀城，马超得的正是这个地方，离河北冀州远得很。这一出，姜叙守的历城，亦是凉州管下，与现在山东历城无干。毛序始批的《三国演义》第三十二卷第六十四回，马超所到之处，惟冀州攻打不下，是偶然笔误，把‘城’字写成‘州’字，下文马超败回冀城，却不曾错。当初编戏人，上了老毛的当，硬把戏名取了‘冀州”，实在不对，因此给他更正。”

那人道：“《三国》都说是金圣叹批的，怎么您说是毛批？”

墨香道：“刻本《演义》首卷，都写着‘圣叹外书’‘声山别集’‘茂陵毛宗岗序始评’‘吴郡杭永年资能定’。圣叹曾给毛氏作了序文一篇，故此列入他的姓名，算是他的外书。声山叫做毛德音，是序始之父，曾批《琵琶记》，这部《演义》，也是他先有草稿，后人看书不细心，硬派作金批，实在是不然之词。至于声山创稿之说，是《琵琶记》批语里有的，我也有根据。”

那人道：“这一出是杨小楼编的，他在中和首先演唱。”

墨香道：“小楼只不过拾旧，并非创造。若说起这一出的年岁，却太也远了，是一个老戏本子，并且外省也有。我小时，在福建三皇庙，看过《马超搬家》，就是这一出，我可全都忘了。后来在京，听得沈全奎说，这是‘四块白’之一。你知什么叫‘四块白’？原来都是马超的戏，一《反潼关》，二《战渭南》，三《战冀城》带《诈历城》，四《葭萌关》。《反潼关》也演的曹操割须去袍，与通大路的《反西凉》不同，《葭萌关》又名《两将军》，也演的张飞、马超并驱争先，却也与开场《夜战》，穿插大相悬远，因马超扎白靠，所以叫做‘四块白’。”

谭春仲在旁笑道：“四喜班的冯金寿冯先生，也有‘四块白’，《战成都》的马超、《定军山》的严颜、《天水关》《失街亭》两个赵云，他死了，现在我都凑合着能抵他这四个拿手的玩艺。”

菊禅道：“话到不得后台爷们的嘴里，真能骂人不带脏字，这四个配脚，捆在一块儿，能卖多少钱一斤。谭先生，你还有开场《夜战》，再加上《巴州》，你是‘六块白’，岂止‘四块’而已。”

那人道：“开场《夜战》，扮那马超的，都有髯口，武戏《葭萌关》，马超无须，一件事，两个唱法，连扮相都改了。”

墨香道：“我听得李顺亭说，《葭萌关》老路，马超也是有髯口的，从前顺亭跟钱宝峰唱过，我没赶上，也是顺亭告诉我的。后来薛凤池、尚和玉两个武行老板，唱这一出的时候，凤池扮马超，才把髯口免了。”

那人道：“这一出实是外江来的，你怎说李五唱过？”

墨香道：“这怎么是外江来得，这是京戏，由花脸夏奎章带到上海，奎章的后人夏氏兄弟，又传出来，京里可失传了，反跟外江去学。还有一出《神亭岭》，太史慈酣斗小霸王，也是如此。太史慈原勾绿脸，挂红一字，现在改成净脸了。”

那人道：“说是净脸，不如素面雅训。”

墨香道：“那是戏评里的字眼，我跟后台人说惯了后台的话。”

那人道：“夏家的玩艺，恐是伪造。”

墨香道：“这倒不然，夏家的玩艺很地道。昔年我曾久听同庆班，谭鑫培初次在中和园唱《战长沙》，是刘春喜来的黄忠。据春喜说，这一出，春喜不会，老谭给他说的，恰值夏月润到京，在戏馆子里，一眼瞧见，当天晚上，月润、春喜都在老谭家，月润当着老谭，诘问春喜：‘你这黄忠是谁给你说的，你到底是在哪个背格喇里掏换来的，你叫人蒙了，‘哭头’一场，检直不对。’老谭赶紧抢过来说：‘是我凑合着给他说的，也没甚么大错，不过他还没熟。’月润没答言。第二天，春喜去找月润请教，月润说：‘谭家老爷子的本领，比我自然是强，凭文凭武，我都不行，别说我了，比我强十倍的，也不及他老人家，只这一出，他的关公倒有准谱，身份也好，就是不捆羊，天生没有程大老板的身量嗓音，他也没法，可是行家瞧着不错。他的黄忠捆羊有余，要真的，可一点没有。‘哭头’的那一场更蒙，前半还能对付，后半太草率了。应该是黄忠站在上首，魏延站在下首，黄忠唱‘长沙儿郎散了队’，归下首，魏延转到上首，接第二句‘好似雀鸟四散飞’，或唱‘东逃西散各回归’，黄忠唱‘你作此鸟悔不悔’，魏延唱‘纵然后悔也悔不及’，一面唱，一面举着韩玄的脑袋，向黄忠一亮。黄忠唱‘我哭一声韩太守’，抢过彩头来，往里一冲，再往外一冲，两个人脸对脸，黄忠两手揪彩头，魏延单用左手来揪，腾出右手去横着腰刀，比着黄忠的脖子，黄忠在外，魏延在里，彼此三腿，大锣三响，一个圆场，黄忠又归上首，魏延又归下首，魏延的刀往黄忠脖子上就抹，黄忠往后一躲，魏延的刀落下砍手，黄忠手一缩，彩头又归魏延，黄忠这才唱‘你是个冒失鬼’的回龙腔。如今我这位老岳丈谭老爷子说的，这黄忠老在上首不动窝，不抢彩头，一冲两冲，放在‘冒失鬼’以后，可瘟死了。谭老爷子是捆羊的圣手，这一出的黄忠他也另有捆羊之策，只这几下子又算准谱又能捆羊，他倒不会，也得算怪事。春喜听毕，他本是个行家，早已心领神会，算是他又多了一着儿，月润不曾白费了话。老谭闻知，也说月润这个路子火炽，春喜再唱，就遵照办理，果然前台叫好的，比以前多了。这正叫做‘漫以知途难老马，只应覆辙鉴前军’，就这一件儿看来，已见出夏月润真有一下子。他家哥儿们个个不弱，还有个夏月恒，回京两次，先搭嵩祝成，后搭玉成班，虽然都不久就走了，可是留下了些玩艺，一出乱弹《战宛城》，一出《玉麒麟》，都是月恒留下的。在月恒以前，这两出都是昆腔，乱弹的张绣，连老谭都唱在人家后头，谁又说《战宛城》是外江戏哇。总而言之，北京原来是没戏土地，昆腔是江苏昆山县来的，乱弹也是外省来，哪一种戏，不是外江？万不能单说近二十年上海过来的玩艺是外江货，现在京脚，避‘外江’之名，取‘外江’之实，不止一人为然，再过些年，北京戏班，一定完全外江化的，不必死乞白赖跟外江为难。”正是：

外江戏之来源，且莫本末弄翻。

论者主张太过，各凭胸臆而言。

一人道：“《战长沙》黄忠，有戴硬扎巾盔的，有打软扎巾的，哪一种为是？”

墨香道：“原来是硬扎巾盔，刘春喜才改的软扎巾。”

又有人道：“扎巾软的，可能算盔？”

墨香道：“不能，软扎巾只算巾子。那个玩艺扎在头上，不大好受，我跟彭涤凡唱《樊江关》，我不按老例戴七星额子，扎大靠，却按新章，扎软靠，我没女夫子盔，我系线尾，贴水鬓，打软扎巾，可是白色，不能用黄的，我算尝着那个滋味了。现在有一种新式软扎巾，是做好了的巾子，不用一块方缎，使板子现撑，可比旧式舒服，贯大元的那一份最好，这也是个扮相的进步。”

正谈得高兴，只见痴疯过来道：“山东爷们有说：别拉刮了，台上已是倒第三，再底下就是《坐楼杀惜》，眼看就是《冀城》，你们也该张罗着小扮着了。”

菊禅道：“不忙，《坐楼杀惜》上了，我们再扮不迟，倒是陈大哥得先去梳头，好在琴心有自带私梳头的，他又是好脚派，不到梳头桌，就在套间扮戏，大哥跟他两不碍，不必等他齐了再扮。”墨香笑道：“我扮的麻利，不用十分细致，梗上就算行了，况且不是头场，忙甚么的。”又坐了片刻，方去扮戏。正是：

短长何可枉，分寸未容苛。

要知这一出《战冀城》，是否送客，且看下回分解。

第三十四回 持论详分内外行 登台不着男女相

话说墨香往梳头桌扮戏，天气太热，汗流不止，好容易拍上粉，上了大头，忽的望外一看，只见眼前一亮，天上早打了一个闪，跟着就是一声雷，墨香道："哎呀，雨来了。"待扮完时，走到衣箱穿行头，管箱人见墨香留着洒发，扎着白布孝巾，与通大路挽观音斗的不同，便只给墨香穿了青衣白裙，没有穿帔。将穿好了，外面雷声又作，大雨如注。正是：

波流通映浍，势猛射檐帘。

墨香身上衣服不多，只是夹的，没有单片，别人恨不能脱光膀子，墨香和众票友，还各穿各的行头，谁也不凉快。想起上一次走票，派我扮了一个极受苦的宫娥，末场身上不穿甚么，也不好受。此刻有一点雨风，比方才热的好些，只也不犯着穿夹衣，而且这一脑袋假头发，也真难过。冬天水鬓冰脸，也是一个罪过，任凭怎么冷，也是一身夹，伶人是为挣钱，走票可不上算。一面心中嘀咕，一面那大雨直下。哎呀，想起来了，今天是五月十二日，此刻已交子时，算是十三日了，俗传五月十三日，是关老爷单刀赴会之期，老爷磨他用的万人宝刀，后来成神，封为帝君，赤兔马封为追风伯，万人宝刀也封为金烈大将军，只是到了磨刀的这个日子，刀是仍要磨的，这一日的雨，是老爷的磨刀水。

墨香这里想到此处，早听得后台人连票友带折的掌子们，也都纷纷议论，讲这一段故事，墨香不由暗中好笑，这种神话不知始自何人，只记得明朝公安袁小修先生有诗云：

千山万山雨忽至，大珠小珠溪里沸。

此是关公磨刀水，沾身也带英雄气。

足见明朝这句话已经盛行。元朝郝陵川作《义勇武安王庙记》，只说五月十三日祭关王，不曾有磨刀雨的话，是文人偶然不采俗语，碰巧磨刀的传谣，那个时候已经有了。《北游记》小说，关老爷怕入轮回，带了关平、周仓，往佛祖座下，去听佛法。他这把刀，逃到天台山，变化人形，成精作怪，连真武都不能败伏。妙乐天尊说，物各有主，到佛祖那里，把老爷找回，果然刀精，见了主公，骨软筋酥，低头受缚，从此老爷列入三十六员天将，不受轮回之苦。话更玄虚，与佛家六道轮回的话头，大相背谬，我小时却看得十分有劲，如今想来，倒也好笑。

不必往关公一边想了，我想今天戏中这个马超，据正史与《通鉴》上面看来，他们马家虽是伏波将军马援之后，只传到马腾这一代，已不是世袭新息侯爵，黄巾才灭，这马腾便与边章、韩遂、王国几个巨寇，在凉州造反，忠臣傅燮因此殉难。韩、马越闹越凶，闹得汉朝没法，才给韩、马二人官做。只那边章、王国却已死了，曹操秉政，矫召宣马腾入京，他儿子马超留在凉地，又与韩遂合并作乱，曹操杀败了马超，才斩马腾，韩遂逃往金城。又过了几年，活到七十多岁，病死，关西诸将麴演、蒋石砍了这已死的韩遂，把脑袋送给曹操。这一伙人内，有个郭宪，不肯列名，当时称为义士，也没马超斩韩遂左手的话，韩、马两家都不是好人，这个马超可算不忠不孝。只为投了蜀汉，后人一心向刘，于马超多有恕词。郝陵川说他能归昭烈，便是人杰，张天如说“与乱贼异者无不与，韩马是也”，罗贯中《三国演义》也说马腾先被杀，马超后起兵，改成全忠全孝，真正颠倒是非，正与杨家将的戏，骂潘美是大奸臣，相反相类。正是：

古人有幸不幸，舆论说公不公。

墨香正在凝想，《坐楼杀惜》已完，那雨越下越大，朱琴心虽然冒着雨坐了汽车走了，前台座客却被雨截住，都不能出去，只好坐在那里忍气吞声，看这一出《战冀城》。

唱到庞德借兵，有人在后台对墨香道：“你出台就披发青衣，虽是与儿媳穿公公孝服情理相合，只城楼斩首，若不换妆扮，不带出可怜的样儿，减了戏中的哀艳，就觉着差一桥，怕不合式。”

墨香道：“我自有道理，待场上演过马夫人入城，你看我的。”那人没回答。

不多时，墨香上台，走了两次过场，马夫人已进了城门，墨香到梳头桌洗去脂粉，向彩匣子边，借来彩笔，脸上画了油黑，解去孝巾，额上加戴一层鬅松短发，又到衣箱，胸前添系一条罪裙，便像个被人擒住的贼妻模样，不是穿孝的少夫人打扮了。

墨香改扮已毕，专等被梁宽、赵衢绑上城楼，方才那人看见，点了一点头道：“这个扮法，倒也罢了。”正是：

风风雨雨按红牙，髫子鬅松作内家。

薄命古今多少恨，相怜同是镜中花。

戏又唱了大半天，马家这个贼妻，也被人绑出去，当着丈夫，一刀斩了。马超接着老婆的首级，也气得昏了，夏侯渊的救兵也来了，梁宽、赵衢去追马超，也被马超一枪一个给结果了，马超也跑了，真叫做：

公餗欲成忽覆鼎，银瓶汲绝还沉井。

乳虎咆哮落深阱，青萍一挥断人颈。

可怜汉末的古人，又被人往事重提。这一出《战冀城》，起了【尾声】，大雨方住，竟没一人起堂，算捧了李菊禅。正是：

人事如彼，天心未然。

众票友各自回家。

展眼又是七月，这日王劲闻来了，问墨香道："你可会《双钉记》？"

墨香道："头本会而不熟，凑合着能唱。若说到二本，我太也生疏，跟不会一样。"

劲闻道："我在越中先贤祠，应了一个局，那个请局的人家，派了一出全本《双钉记》，我特来请你去凑个热闹，只不是要你去唱白金莲，是要你唱那仵作的老婆。"

墨香道："莫非余玉琴的白金莲么？"

劲闻道："然也。"

墨香道："不知是几时才唱？"

劲闻道："今天是初六日，这局在十九日，离着还有十来天。"

墨香道："既在十天以外，我就答应。"

劲闻道："这是何原故？"

墨香道："趁着有功夫，我好找人去学。"

劲闻道："原来如此，你真算一个勤学好问之人。"

墨香道："我小时，昆文达公说我的聪明都被小说、戏曲夺了，一点不错，你说'勤学'二字，我实也算得是真勤，不过只是勤于学戏，别项学问都说不到，而且我的戏也是越学越不见得佳，总算枉用了精神。"

劲闻道："你上台颇自然，一切都熟悉，毫不生涩，这就是你之所长，你说你不佳，谁又真正佳妙。现在的舆论，杨南英是票中陈德霖，章晓山是票中王瑶卿，樊杏苗是票中王琴侬，林钧甫是票中徐碧云，小杨子是票中姚佩秋，你是票中诸茹香，朱琴心、蒋君稼，一个梅兰芳，一个尚小云，你也总算玩出去了。古人一技成名，你已经玩出名声，也不能说是枉用精神。"

墨香道："你不捧我谁捧我。"

劲闻道："你说的《极乐世界》，我找着了，原来就是个乱弹戏本，不是小说。他自称楚人，却把'二黄'的'黄'字，加了竹头，足见张诗舲说是二黄起自黄冈、黄梅，话不甚确。"

墨香道："张温和诚然有些不可信，只'黄'字加竹，也是武断，此事还须细考。"劲闻点头。

看官，此刻墨香还不知黄翠娘父女，因此说话含糊，要明白"二黄"来源，请看《活人大戏》后面的文字，后话休提。

当下二人，坐了半天，劲闻笑道："十九日，我实指开场，千乞早临，勿却是幸。这是请票友帖子上的照例文章，我用嘴说出，恕不下帖，我告辞了。”说罢一揖，起身便走。

墨香将送他到门外，老票友陈子方来了，墨香忙让他入内坐下，问其来意，子方道：“明天报子街聚贤堂有一局，我和庄荫之的《雁门关》，单唱‘哭枕’一段，票上旦脚会蔡秀英的甚少，章晓山虽然唱过，只须得瑶卿扮青莲公主，他才肯屈尊给他来扮配脚，我这票界的老前辈，往哪里摆呀。此外的人都不会，我打算请您帮我一次忙，我谅你必不推辞，你大约也不至于不会这一出的。”

墨香道：“这一出略知一二，既是六爷见委，当得效劳。”

子方道：“我跑遍九城，才遇着一个蔡秀英，总算我认得的朋友多。”坐了片刻，他又走了。

墨香送客回时，从架上取出文恪公笔记来，翻开看时，这一段《双钉记》的故事，问官是宋张咏，不是包拯罢了。因想起前汉黄霸断灰栏，元人杂剧，也改作包拯，总是包爷名姓太熟，才有这些附会。一部《龙图公案》，张冠李戴的话太多，大约公案一类的书，除了蓝鹿洲公案可信，此外大半是捏造。张咏断双钉，文恪公是从郑克《折狱龟鉴》察出来的，倒有根据，看罢睡了。

次日往聚贤堂来，入门时，场上一个童伶老生唱《醉写》，墨香听了一听道：“这不是外行，定是门内出身的。”后台管事人笑道：“陈大爷好耳朵，这是老夫子陈德霖的少爷，叫做陈少霖，谁说他是外行。”

旁一票友怒道：“戏班自称内行，叫我们是外行，想这‘外行’二字，乃‘戾笨’之别称，分明暗寓讥嘲。你老哥也是票界，怎么也说此话。你方才的话样儿，更明摆着抬举戏班，欺压票友，其情可恼。”

管事人道：“我们可不敢说票友是戾笨，票友比我们高了十倍。票友字眼先比我们深，我们不认得字的居多。”

墨香道：“内行是说他们是这一行内之人，外行是说票友与看客，是在戏行之外，与那行家、戾笨的意思不同，老兄不要误会。至于票友童子甚少，我才说他定是门内，管事人因我没到前台，听出是小孩，才说我的耳朵好，不是说他比列位唱得强。元朝人管着关汉卿一流，叫做行家，却叫真唱戏的，是戾家生活，足见古来就不藐视戏行以外之人。”那票友方不再言，往那边去了。

管事人又笑道：“大爷好口才，讲解内行、外行的字眼，实在透彻，并且确实。我们的人血棒锤，也叫内行，票友爷们，不怕侗五爷、陈十二爷、恩禹之恩三爷、关燕平关大爷、包丹亭包大爷、章晓山章五爷，我们也说他们是外行，这几位文戏像文戏，武戏可是侗五爷、包大爷出色，陈十二爷的胡琴，关大爷的小生，都有一下子。然而一天不下海，一天不算内行人。”

墨香道：“今天是我错了，一句话没留神，几乎怄气。天下越是无甚心得的人，越怕人说他不行，护短比谁都利害。你越遇见戾笨，越得捧他在行，千万说不得真话的。从此往后，我倒得言语谨慎。”说着不免摇头叹息。正是：

言出如箭，不可乱发。

一入人耳，有力难拔。

当晚墨香陪子方、荫之演唱《雁门关》，唱到蔡秀英躲出帐去，让杨八郎与青莲公主诉说衷情，墨香暂入后台。忽见一个内行零碎老生扮了传令官，手拿令旗，在那里等候上场，墨香忙赶过去道：“你快换令箭，若拿旗子，这一出‘丢令’、‘拾令’不用唱了。”那老生方把旗放下。待得唱完，墨香便回了家。

次日到江西会馆，派人请了玉琴来，求他说《双钉记》。玉琴大略说了一遍，好在这个脚色，没甚要紧，一说便算成功。到了走局之期，带了应用之物，直奔虎坊桥越中先贤祠而来。这个去处，还是墨香七岁时到过的，记得听的小荣椿，上灯以后，尽是昆曲。杨荣寿唱的《探庄射灯》，从宋江坐寨唱起，十二员将都是帅盔披蟒起霸，当中羼有栾廷玉劫寨，公孙胜拘鬼，虽与《水浒》原文不合，却甚热闹。这一出是从全本《夺锦标》里面摘出的，因此戏目也可以写作《夺锦标》，只梁山强盗，帅盔披蟒，似乎欠妥。听得人说，三庆班老路子《斩华雄》，各路诸侯是这宗扮相，倒比《夺锦标》近理。现在把《扈家庄》装在《探庄射灯》前头，又是一个路子，与小荣椿两派。又看了一出《九莲灯》，从《火判》唱到《求灯》为止，彩切满堂，更是齐整。此外甚么《冥勘》《画眉》《琴挑》《乔醋》，哼了半夜，至今不忘。只那时节，墨香自己决不料过了二十年，会跑到这里来唱配角花旦。

当下戏码快到，玉琴已经先来，便与墨香分头妆扮。玉琴是髻上另留发绺，却用簪子压在鬓旁，叠成一个小抓髻，再戴髻围鬓花，只寥寥几条，不是满头珠翠。墨香也留出散发，盘在髻心，略戴几枝草花。两人梳妆已齐，都去穿行头，虽然俱是袄裤，玉琴满身月白，墨香穿了一身青，毫不重复。各踹了跷，玉琴的弓鞋是粉红色，墨香的弓鞋是绿色，也不一样。玉琴妆扮起来，墨香看他面貌，已不似从前漂亮了。正是：

画得崔徽卷里人，菱花秋水脱真真。

只今颜色浑非旧，一叶憔头过一春。

墨香正在感叹，早见余玉琴上台，唱过头本，已换了孀居衣裳，浑身缟素，墨香又想起第一次看他这一出，是在湖广会馆，是张彩麟扮的我这个脚儿，至今也不少的年月。我就是那一天，看王瑶卿着了迷，才掉在旦脚网兜里头，偏又不专走瑶卿一派，真正恍惚迷离，好似一场春梦。正是：

东乌西兔似车轮，劫火桑田不复论。

惟有风光与踪迹，思量常自暗消魂。

这一出《双钉记》唱到仵作张三回家，墨香才登台，等得公堂受刑的一场，墨香跪在那里，悄把髻心一挑，墨香的散发，早垂向肩窝。包公判完两家淫妇各弑其夫之罪，吩咐绑赴法场处决，两个花旦才都下去。这一出就叫做一根钉断出两根钉，只因这仵作的浑家，先嫁木匠，不安于室，与别人私通，钉死木匠，所私之人畏罪自尽，才嫁张三。遇着白金莲谋害亲夫一案，张三没验顶门，被包公责打，回到家下，老婆说出顶门可用钉子之法，张三次日验出，却还只服老婆见解，不知她曾作过此事。包公盘问张三，知是其妻的指示，早明白了，便以赏赐为名，赚到这婆娘，一讯而服，却与张三没干。末场典刑，淫妇虽是一对，奸夫却不成双。这末一场，多年不唱，后台管事人都没见过，是玉琴临时说的，少不得要补叙一番。

当下唱到包公退堂，台上张三还有哭老婆、要去活祭一切麻烦，就上刽子手，磨刀预备宰人，敷演了一会儿，好容出功夫，让旦脚改换扮相。这些都已完毕，两名刽子手推着奸夫，两名刽子手推着白金莲，囚服反缚，从上场门直奔下场门外犄角，再推向上场犄角。这个时候墨香满头的发已披散，这是墨香揌下大头，换了自己那个头套，仍是唱《也是斋》等戏的那一份东西，身上也穿罪衣罪裙，插着切纸，倒背着手，与白金莲一个样的打扮，另有两人推了出来。先到下场外犄角，墨香的散发一洒，被他们推着，与那六人对抄，奸夫抄到上首，玉琴抄到中间，墨香抄在下首。玉琴瞪着眼，咬着牙，向墨香道："淫妇哇贱人，你可真叫做损人不利己。"墨香低了头，散发遮住了脸，一语不答，作出懊悔之状，只把小足跌个不了。玉琴早一足飞起，向墨香便踢，墨香又洒散发，起了屁股坐子。此刻身后有人扶定，那两个碎催，他会往上举，任凭起多高的范儿，都可以使得。待落地之后，只两腿略一转动，便改成跪在那里。奸夫亮高相，白金莲亮矮相，仵作老婆走地磨子，大家同下。

监斩官出来升座，把男、女三名死囚推到案前，跪听点名，跪在两旁。仵作张三捧了酒壶、纸钱，禀明监斩官，要活祭老婆，监斩官准了。张三奔到老婆身边，做出好些肉麻神态，反正是丈夫对于妻子，甚么怪相都做得出来，揪散发，摸脸蛋，接吻摸乳，闹个不休。最混账的，是摸小肚子，既不能躲，又不能笑，只可低了头，任他摆布。咳，唱花旦的，可不合算。这一出不知是谁编的，也不知是谁排的，止此一端，列入禁戏之内，已不为冤枉。他闹得已够，墨香还得洒着散发，给他磕头，越想越难受，谁叫我答应劲闻唱这种好戏。既而念头一转，呸，我怎么又着了相，这不过片刻的玩笑罢了，我又不是女人，展眼即成过去，何足介意。正是：

了了无遮念，空空不染心。

张三已走，罪人伏法，却是后台行刑，三声击鼓锣，就算交代，倒没甚么刺目的怪模样。只推下去的时候，墨香散发遮面，低头弯腰，做出十分害怕神气，玉琴却是谈笑自若，两个女人，决不雷同，互相烘托，场子真算紧凑，一点不松。墨香素有"挨刀旦"的外号，又算扮了一个挨刀淫妇，这一出至此算完。有醉薇居士五言八韵诗曰：

夫也偏撄惨，中宵一命亡。
野鸳盟永续，别鹄意何伤。
按俗凭持节，研词屡上堂。
狡情工遁饰，疑义费参详。
舆隶怀愁甚，家人告语忙。
功将夸阃教，罪并定刑章。
灭顶同遭虐，居心太昧良。
昭昭天道在，法网自高张。

墨香在那里挴头洗脸，心中暗想：记得老一辈的传说，这祠内戏台柱子上面，有副对联云：

地当韦杜城南，鼓吹休明，共效讴歌来日下；
人在枌榆社里，风流裙屐，恍携丝竹到山阴。

我前次来时，年龄太小，今番又是到此唱戏，不能随意张望，不知这副对子，如今是存是佚。又闻得杨雪沧先生，作那福州的浙绍乡祠戏台联云：

甲舞丁歌，罽毹春满；
稽山镜水，图画天开。

也与此联工力相抵，都作得甚好，可惜我也没亲眼见过。

墨香正在犯文字障，一个前台看客与墨香素来熟识，正到后台来闲步，便对墨香道："玩票须度德量力，不可擅过戏瘾。凡唱旦脚的，要是够不上梅兰芳，又唱个甚么劲儿，不如在家里坐着的好。"

旁边一个票友答道："这话不差。即如我是票上一名胡子生，我自问实比余叔岩强，更不论那高庆奎、马连良。我的嗓子，虽则不十分宏亮，我是真正会唱，我的巧腔最多，要是字音跟巧腔不合，我能把字音改了，凑合我的腔。我若非唱的真好，我决不走局玩票。"墨香不答，洗脸已毕，向劲闻一揖而别。

过了些时，玉琴拿出《荡寇志》的《安乐村》，即是人称"女《长阪坡》"的那一段，给票友排了出来，在外局唱过一次，玉琴仍是陈丽卿，他儿子连仲扮云天彪，劲闻串个老旦，扮的刘母，陈希真、刘广等脚，都是找的内行，刘慧娘派了墨香。唱的这一天，劲闻看见墨香在那后台扮戏，吩咐梳头人留洒发，劲闻笑道："女诸葛只有这一回狼狈，又该你去唱，你在台上，受苦的戏，可是真不少了。"

旁有一人，唤作万骅仲，也是万太史的侄儿，是三老爷那一房的，便问道："《荡寇志》作的也很好，何以十人有九，不大爱看。"

劲闻道："人心目中，《水浒》太熟，袒护《水浒》的也多，俞仲华偏要跟《水浒》别扭，范金门又屡说仲华胜似耐庵，众人不服，自然不爱看了。总而言之，仲华本事实在不弱，择的题目，可不算好，《水浒》等书，是万惹不得的，任你作得天花乱坠，只能给耐庵等人去垫底。"骅仲恍然大悟。

劲闻、墨香陪着玉琴，又算唱了出冷活儿。唱完，卸了妆，玉琴先走，有人说起龚云甫，前几年在三庆园，唱过两次《行路哭灵》带"告状"，劲闻道："那是临时现编的，并非旧本。"

墨香道："不错。他们仵作，验不出张义的伤痕，回家见老婆，完全是《双钉记》，便是现抓的证据。"

劲闻道："我从南方找着一本，最老《钓金龟》全总讲，由'张义得宝'一直到'法场'，连中间王氏害张义，也是有的，跟他们这一本两样。"

墨香道："我听见何桂山说过，别戏法场，多半唱囚犯，或是来祭奠囚犯的人，如《六月雪》便是囚犯算正脚，《斩浪子》便唱的来祭浪子的那个老太太，惟独《钓金龟》'法场'一段，是专唱监斩官，那包老爷的唱倒不少，对着王氏，说出自己是嫂氏吴妙贞抚老长大，比你因一金龟，谋害小叔，可差到一天一地。仵作见妻，比《双钉记》可省事的多，不是照方抓一剂。王氏虽是恶悍，是正旦应行，并非花旦，也是奇格。"

劲闻道："等过两天，我拿出总讲来看一看，我们倒可排演。我来康氏，你可以扮这王氏的。"

墨香道："我本是正旦、花旦混抓，这个王氏，又羼着一点刺杀旦的意思，也算我的本工，我想不唱，都不行的。"

劲闻道："仵作老婆是花旦正活儿，可以请余玉琴帮忙的。"

旁一人道："这一出有两场墨香披散头发，一场害死张义，一场给张义偿命，倒是他披发旦的本相。他满口总说不着相的奥理，只他常现披发女人的相，不知他还是真有不着相的力量，还是只说得好听罢了。"

墨香道："我从前着相到十分，现在三分而已，再过些年，只怕可望不着相了。"议论一番各散。

又过几天，劲闻拿出总本，给墨香看了，墨香道："这王氏害人，只有撩发妥帖，穿青褶，不换小袄，倒也别致。得了金龟，谁知龟不拉金屎了，也能醒世，此戏倒是可排。"劲闻道是。

看官，王、陈怎样的排全本《钓金龟》，待后文细表。这一日赵子珩却到墨香家来了，要知他的来意如何，且看下回分解。

第三十五回 神情多恍惚 梦境太迷离

话说墨香一日在家独坐，那赵子珩来墨香家中，对墨香道："我于九月初间，应了湖广会馆一局，特来奉约帮忙。"

墨香道："是否初五日？若是那个日子，我去不成。"

子珩道："怎么初五日不行？"

墨香道："先父是庚子年九月初五日，在潼关见背，这是我的家忌，所以不能走票唱戏。"

子珩道："不是初五日，是二十日。"

墨香道："二十日倒可以去，不知派我甚么戏码？"

子珩道："我现在凡西皮、二黄的局，一概不应了，与从前大不相同，我专应昆腔局面。二十日，只有灯晚，白天不唱，有一出《春香闹学》，找阁下去凑一个杜丽娘。"

墨香道："使得。我肚子里昆腔不多，只这一出，见过几次明场，我跟曹心泉凑了多日，却最怕钻笛眼，我真算是极笨。我虽陪着何九来过《一种情·冥勘》的何兴娘，只那个脚色，是有白没唱的。"

子珩道："我知你会《水漫》，你何必太谦。"

墨香道："乱弹班的旦脚，从王瑶卿以下，都会《水漫》，陈老夫子更不用说，自然是玲珑，他真正文武昆乱不挡，瑶卿的昆腔就会的太少，然而'恩爱夫妻难撇掉'，也唱了个很熟。《水漫》这出戏，在乱弹班极通大路，我既常扮配脚，惟恐挤上青蛇，不能不学，我可学的日子不少，究竟唱着劣蹶。"

子珩道："你完全是按照内行人搭班的办法，来搭票房，你唱戏太守王法，一步不敢乱走，你的局走得开，正好在此处，你却也因此之故，不能作一个最出名的大票友。"

墨香道："我本来天资、学力都差，凭那一点儿，也不能行的，焉能出名。只我爱戏入骨，自己管不住自己，才在票房里出入，实在没有甚么意思。有人劝我不必再唱，虽然是他的一偏之见，也不算没理。”便把前些日子，在越中先贤祠的话，对子珩说了。

子珩道：“你肯唱二路脚色，正是度德量力，那些自比梅兰芳的小子们，才真不自己度量，他这话，正说反了，何必理他，你唱你的。何况你从越中先贤祠回来以后，又唱过多少次，你本不以此为意，你更可不必用这几句言语灰心了。大丈夫见阵莫入，既已入阵，却不可轻退。你总算陷入戏阵之内了，正当努力学玩艺，不可使其退志。”

说话间，又有几个朋友进来，都是子珩见过的熟人，便一同坐下闲谈。正是：

慷慨言愁，幽深写意。

这些人有好几个是票友，说起前台不懂戏，屈抑了自己英才，种种牢骚，好似当年科场落第的考生，抱怨主司一般，说道伤心之处，竟自泪流不止。子珩、墨香俱已见惯，倒不以为意。他们哭得已够，又各诉胸中本事。

一个青衣道：“唱衫子讲究《教子》《戏妻》，如今都不学了，专唱《虹霓关》的丫头，不卖唱工，只卖脑袋，我白有一条好嗓子，年近七十，他们检直不作兴我，重色轻艺，岂有此理。”

一个老生道：“从前票友都说王雨田、贵俊卿，他俩个倒都下了海，雨田没站住，俊卿倒对付着行了。只因俊卿跟我学的不少，比雨田有真传，我教的徒弟，及成了名伶，现在上海名望不错，也挣了洋钱，我却没吃成戏饭。言菊朋名为学老谭，其实是学我，可也比我的名望大，足见前台没有公道。”

一个花脸道：“郝寿臣、侯喜瑞，若论真能耐，全比不了我，他两人也只是运气，真给他一出《求寿》的北斗，都没我清头。”

一个老旦道：“卧云居士赵静尘，肚子极窄，现在票上竟拿他当了龚云甫，说他是票中老旦高手，能压倒一切老前辈，其实连云甫都是蒙事，我是四喜老旦德四教的，倒混的不如他了，你说前台多没道理。”说了半晌，各自散去。

墨香把劲闻议论《荡寇志》的话说了，子珩道：“劲闻未免抬了看书人的身份，有一大半人，不知谁是施耐庵，也不懂文章，他只一心向着梁山泊，便不爱看《荡寇志》，这宗俗物，比劲闻说的那一类人，只怕要多些，真正俗不可耐。”又略坐片刻，天色快到掌灯时候，赵子珩也告辞而行。

到得二十日，墨香来在湖广会馆，见个老票友站在门前，墨香知他素日只会几句乱弹，还不够板，一出昆腔也唱不来，今天大约是来听戏的，便向他点了一点头，那老票友道：“陈老大敢是前来听戏。”

墨香随口答应道：“正是。”

那老票友笑道：“今天的戏，你不配听。你虽然在戏界混了多年，你只懂皮黄，不懂昆曲，你何苦坐在前台受那闷气。我如今学了一百多出曲子，比侗厚斋还唱得好，我的

《别母乱箭》，谭叫天也学不到我的程度。”说着，缩颈弯腰，比了几个身段。

墨香笑道：“果然太好了，谭老板死了再活，也决学不到的。只阁下今天还是来看戏，还是唱一出？”

那老票友道：“今天的上场脚色，全是我的徒弟，我不犯着跟他们一块儿唱，我要一张嘴，就把他们全压下去了，因此我不登台，只在前台照料。今天只有一个唱老外的，还算不错，我举荐他唱一出《弹词》，管保出色，你回去罢，不必进去，你是昆腔外行。”墨香笑而不语，直入后台。

戏码已到，便去扮妆，场上正是那出《弹词》，台下笑声、通声，闹成一片，原来惶腔走板，忘词不入调，身上难看，错点地火，种种台上要不得的毛病，一概俱全，方知那老票友的鉴赏，与众不同。墨香虽在后台，未曾目睹，只那耳报神多了，便能知其详细。墨香一面暗笑，一面坐在梳头桌上，想起昔年在此处，看瑶卿扮玉堂春，真如隔世。

唱完回家，也没再见那个老票友，不知他作何议论，只墨香又想起一件事来。记得小时第一次看《春香闹学》，是小金虎的春香，诸秋芬的杜丽娘，陈寿峰的陈最良。秋芬又叫做桂枝，好跟人打架，人称“胳膊旦”。鄞县董觉轩很作兴他的，曾给他作过一首古风，倒有人传诵。他的儿子茹香，如今也唱旦脚。听得包丹亭说，有一次，尚小云在广德楼，唱这一出，就是茹香扮丽娘。他出台念【绕池游】引子，起得调门高了，小云接念，比他还高一点儿，便费了力，茹香只顾逞自己喉咙，不妨阴了旁人。而且昆腔是一定的调门，念引子，虽不用笛，也不准出入，若是秋芬必无此失，茹香昆曲之学，实不及他的老子，只没亲见，不知其确否？当年金虎他们唱此戏时，正是在这湖广会馆，屈指算来二十余载，没料到自己也在这地方，扮起丽娘来了，比前次在越中先贤祠，抵张彩麟的活儿，更进一层。彩麟是在湖广会馆唱的，不是越中先贤祠，不像今番原地原台，彩麟尚在，秋芬可是久殁。想了半天，方才丢开，上床去睡。正是：

此中无白地，何处熟黄粱。

次日起来，接到京西一个票房的来书，邀墨香到他那里，去搭入他们的一伙，墨香笑道：“这个票房，我是晓得的，前十年就有了，梅兰芳未成大名以前，还去走过外串。恰有北京某票房的票友也去了，并有票头跟着。北京票友忽然与兰芳争码，前台自然愿看兰芳，不叫这北京票友唱了，票友不依，坐在后台大骂。票头没法，只得跪下，三跪九叩，给这票友磕头，这票友才一行鼻涕两行泪，哭着走了，被人家、本票房的人，看了一个大笑话。提起北京票友很不作兴的，北京票友也管他们叫做山猫、野猴，两不相下，怎么今日找起我来？”即回书辞谢。

到得晚间，将脱衣睡倒，偶然他们送来请帖，说是有局，非约墨香去不可。墨香即披衣下床，恍惚之间，乘火车而去。到得那里，见着众票友，方知他们票房，会的旧剧太少，倒编了好些新戏。这一次是三官庙的局，白天一出《雪月梅》，派了墨香一个华秋英，夜间一出《仙卜奇缘》，派了墨香一个华秋容。这两个女郎的芳名，一秋英一秋容，只差一字，又都姓华，戏又是生的，这可是成心，真不好记。墨香幸而没错，众票友也替墨香高兴。墨香既来之则安之，懵懵懂懂，忘了来自何方，去归何处，竟自住下了，不曾回京，便在票房与大家闲谈，不觉说起《也是斋》来。

众票友有没见过这一出的，便仔细盘问。墨香先把那戏样儿，并自己演唱情景，说了一遍，又发议论道："《也是斋》也有写作《百万斋》的，有人说是老路子是《百万斋》，后来因真有铺户用'百万斋'三字作招牌，戏班怕惹麻烦，才改作《也是斋》了。这出戏，不知始于何时，乾隆、嘉庆年间，李艾塘作《扬州画舫录》，在第十六卷内，说那扬州泥人儿，多半是春台班新戏，其中有出《杀皮匠》，恐怕要依晦庵先生注《四书》老例，给他注个'匠字衍文'，未必不是'杀皮'。若是'杀皮'时，这一出的年代，也就甚久。有人以'也是斋'自号，此君戏太不熟，不知这个斋名，万起不得，藏垢纳污，和忘八成了一家。只当日我在某报馆投稿，也曾自署'也是斋内主'，因我本来唱过这一出的旦脚，我是安心挨骂，故此称个'内主'，表明到了也是斋中，是个女的，仍是上台是女那个老主义。我投的戏评稿件，又谈的刺杀旦，正可如此。"

一个票友道："我记得清朝杭州大名士袁子才《子不语》里，有一段误学武松，也是兄弟帮着哥哥捉嫂子的奸，杀了嫂子，只因此人爱看《水浒》，羡慕武松，偏他嫂子也羡慕潘金莲，才酿成此事，与杨盛公一般。只他这两家的忘八，未被淫妇害死，究竟比武家不同。袁子才记那淫妇冤魂不散，向小叔索命。虽是鬼话，却有情理。这几年来，我们专唱新戏，何不把误学武松的公案，摘了出来，编一出戏文，哥哥派作老生，兄弟也派小生，奸夫、淫妇，乃是一个小花脸，一个花旦，就请吾兄扮这淫妇何如？"墨香应允。

他们即刻编成，登台演唱，他们想的穿插，也还火炽。前半出，墨香扮相和《也是斋》一些不差，杀嫂以后，阎王升殿，先捉到奸夫鬼魂，他仍是嬉皮笑脸，阎王罚他变狗，他向着阎王便咬，说是这是狗的天赋，小鬼牵他下去。阎王再提淫妇的鬼魂审问，墨香披散头发，鬓垂白纸鬼发两绺，面抹血彩，颈上粘了红色泾面，身穿黑布罪衣罪裤，手戴刑具，前边一鬼牵着手上铁锁，墨香跪着膝行，后边一鬼揪着墨香的散发耍弄。演出淫妇被人斩了，身首异处，是小鬼提着首级，按在腔子上面。只见墨香的散发，从小鬼手腕边，拖下一大段来，随着他的手转，不住飞扬。脸上皱眉瞪眼，口边切齿咬唇，做出些怪相，倒也另有一种可怜的姿态，揣摩女鬼，十分逼真。这女鬼跪在案下，阎王问出情由道："淫妇有可杀之罪，夫弟非杀嫂之人，准其索命报仇。"底下"报冤"一场，二鬼和旦脚寸步不离。小叔已死，阎王收作鬼卒，这女鬼打下血污池，叫长蛇去钻，脚下露出长蛇切末，虽然受罪，仍带春意。

墨香唱完，对众票友笑道："我又扮一个嫂子了。若论我台上给人做嫂子，行为结果，大概是一道汤，没有多少变化。只有一出《御碑亭》的孟月华，人却正气，虽有柳生的嫌疑，实未失节，也不曾被人杀掉。不过我自称'嫂子我'，不与孟月华相干，今天也就不细谈《御碑亭》的关目。论起我的唱戏天资，呆呆板板，不甚流丽，倒是与孟月华相近。只票房里面，男女票旦，唱孟月华的太多，船多碍桨。偏我的嗓子又平常，唱起来劣蹶，我才走了冷着儿，打入这一伙嫂子队中，我也算善于避就。这一伙嫂子，王瑶卿一个不唱，我却因爱看瑶卿才唱旦脚，既已唱旦，才唱这些嫂子，搜求根源，仍是由瑶卿而起。"正是：

佛说莫种因，有因必有果。

世人如不信，请看嫂子我。

"只我也偶尔唱过一两次孟月华的。有人向我道：'月华不谙妇道，女子夜行以烛，怎么昏夜之间，在御碑亭和柳生对坐，无怪被丈夫休弃。'幸而这说话之人，不是月华小叔，他若是小叔时，月华也就危险了，这个人与《也是斋》杨盛公一般，只怕比杨盛公作事还要狠辣。仔细想来，女人太也可怜，有句香山诗为证：人生莫作妇人身，百年苦乐由他人。"

众票友又拿出一本新戏，糊里糊涂，就给墨香扮上，跑到台上去唱，将起来，墨香只闹得恍惚迷离，好生可笑。你道这一出新戏，是出甚么？原来这一出，唤作《风流报》，演的是晁源私通皮匠小鸦儿之妻唐氏，被小鸦儿杀掉，是《醒世姻缘》的故事。小花脸扮晁源，二花脸扮小鸦儿，唐氏恰是墨香扮演，通戏止此三人。

前半出，无非调戏成奸，没甚么热闹，晁源是戴棒槌巾，穿绿褶子，小鸦儿是皮匠打扮，墨香是一身布素。待小鸦儿杀奸一场，是下场门扯帐，小鸦儿从上场走出，说道："咱这老婆，今天是要杀的，咱和她作了一年夫妻，也得作个分别。趁晁源那小子没来，跟她略尽夫妻之情，免得落个无义。"说毕往帐内一钻。

墨香先在帐中等候，少不得上他一个当，然而有帐子遮蔽，两人只对坐罢了。虽则稍伤大雅，不过是戏中幻境，没甚相干。那晁源却正是这个时节来到，不敢冒失走入，只在门外偷听。小鸦儿由帐中走出，与晁源一撞，反遮着脸，往一旁躲避。晁源方做出进门的身段，摘巾脱衣，往帐内一闪而下，检场人拿个彩人子，放在墨香对面。小鸦儿点起闷香，然后进门，把帐子一掀，见墨香披散头发，身穿白布小紧身，在那里做出昏迷不醒之状。正是：

谁识梦中梦，只疑身外身。

落花依芳草，帘外悄无人。

要知小鸦儿怎么杀这浪蹄子，且看下回分解。

第三十六回 梦觉还如梦 迷途仍是迷

话说陈墨香，迷离恍惚，到了一个票房，撒开了一唱新编的戏。这一次，唱到小鸦儿杀妻，墨香披发亵衣，敞着怀，露出肚兜，用小脚勾着晁源，在帐中被亲夫用闷香迷倒，只晁源已换彩人，不是活人了。这要是别的说部，一定还按真事写将下去，墨香却偏不落那熟套，在这个节骨眼上，索性向看官表明。原来墨香搭这票房，是一场幻梦，不过梦还未醒，仍然要接着说梦话的。

当下梦中的台上丈夫，揪住彩人子头上短毛，手起一木刀，把脑袋切掉，彩人腔子里，满装血彩，喷得墨香满脸半身。墨香的小紧身与肚兜，都是白色，血彩落在上边，自然格外鲜明。小鸦儿抛下假首级，含了一口水，又向墨香一喷，他却闪向一旁。墨香作出醒转神情，嘴里叫着晁郎，还说上当的话呢。猛一睁眼，哎呀，晁郎的头没了，叫声“哎哟”，起了【乱锤】，墨香散发一洒，与彩人子都滚在地下，淫妇正在无法摆布这死尸，亲夫早抢了过来。可怜这婆娘：

上天无路，入地无门。

头尚在颈，已经无魂。

墨香推开彩人子，向着小鸦儿跪定。小鸦儿瞪眼威吓，墨香洒着散发磕头，小鸦儿恶狠狠，又把淫妇斩了。

戏唱至此，墨香往台上一倒，再一翻身，原来倒在自己床上，这场可笑的梦，早已惊醒。看了看太阳高照，一家子都已起来，墨香也就披衣下床。

吃过早饭，一个票友武生来了，墨香把他让入书房，只见他深深一揖道：“今天晚上，大哥千万赏脸，帮我一个忙，您可别挑眼，说小弟临时抱蹿，您不肯去。”

墨香道：“你找我一定是唱戏，我猜着了，准是糜夫人。”

武生道：“不是，可也跳不出《三国》的圈儿。要请您到江西馆，来一回《战宛城》的邹氏。”

墨香道："不行，我不应这一出。"

武生说之再三，墨香坚执不允，那武生只得告辞。有人知道此事，便来问墨香何故推却，墨香笑道："他的这一局，我早晓得的，是陈子方想唱邹氏，过不了觔斗，跟人家商量，要改作文场子，人家不依，说'刺婶'不能文唱，跟子方弄僵，我在湖广会馆唱《闹学》的那一天，就听说了。我跟子方不错，不能抵他的。"

正说着，又有人下帖来请墨香道金鱼胡同福寿［堂］走票，戏码仍是《战宛城》，演期在三日后，墨香笑道："活该我过这一出的瘾。"即忙着去借行头，尚未借妥，请票人亲到，说行头已替借了。

眼看三日已过，墨香便乘车前往，果然一切预备齐整。墨香结束登台，演到"醉韦"，他们在前台唱他们的，墨香却在后台改了妆束。只见墨香解开头发，身上穿一件青褶子，腰里系条汗巾，有人道："你这扮相，怕'刺婶'时，不好过觔斗罢。"

墨香笑道："我这是赵同山未走以前，他说的俏门子。他是无心说，我是有心偷。"

那人还叫墨香改穿短衣，墨香只是不听。待得"刺婶"，墨香先在上场门内角，张绣在下场外角，刺死春兰，跟墨香对面斜冲，墨香走到下场外角，张绣翻身抽一枪杆，墨香便跪下了，张绣抡着枪走，墨香可是地磨子，一个圆场，张绣的枪缨乱抖，墨香的散发横飞，一步一个头，双袖舞将起来，比穿短衣添了姿态。张绣刺死婶娘，墨香就地一滚，入了古门，笑道："我也一个觔斗不翻，然而总算是武唱。"正是：

戏法人人会变，各人巧妙不同。

墨香唱戏回家，便把梦中之事，写了一篇文字，送到报馆登载。

有人见了道："他写得梦里境界，太也详细，如真有其事一般，莫非靠不住。"

又有人道："昔人写梦，都是如此，平话更甚。你说墨香写梦太详，依我看来，比《石头记》宝玉游太虚幻境，就简略多了。"墨香闻知，都付之一笑。

一连好几天，没有出门，这日无事，往曹心泉家来。将入了他的客厅，只见一个少年坐在那里，穿得十分华丽，生得眉清目秀，齿白唇朱，好生俊美。正是：

纤纤一片彩云飞，流雪迴风何处依。
金缕香多舞衣重，只应常着六铢衣。

又有诗曰：

魏紫姚黄各擅名，哪知别有貌倾城。
将来画槛风偏冷，看到瑶台月倍明。
本色文章原洁净，天然富贵不骄盈。
洛阳佳种谁能比，相对襟期与我清。

定睛细看，早认出是东光荀慧生，人称"白牡丹"，原来他从上海回来了。问起心泉，方知慧生现从心泉习学昆曲，当下慧生与墨香同坐攀谈。

墨香久已看过他的戏，认得他的面貌，而且认了个十分清楚。只这些年来，墨香大非昔比，除了自身唱戏，是不进后台的。只因走得太熟，一切希罕，都看得平常。又明白戏是在台上看有趣，似那些勾脸未穿行头的花脸、梳妆未完的旦脚，实没甚么可观，不由得改了脾气。到了戏园子里面，总是在前台安坐，与那广和楼、中和园时节，检直是两个人了，这实是进了一步，并非退坠。因此之故，虽然久看慧生，然而那慧生是在台上，焉能从稠人中认得墨香，今番相见，少不得要问墨香姓字，墨香都回答了。此刻的墨香，后台不及从前去得勤，戏班朋友，可比从前交得广，与昔年在湖广会馆，乍逢瑶卿的时候，迥乎不同。彼时墨香认得唱戏人有限，对于戏曲一道，更是一窍不通，见了瑶卿，自然没的可说。现在久成戏油子，便有话了。与慧生谈了半晌，十分投机，曹心泉在旁，又向慧生极力夸奖墨香的长处，满口都是标榜之词，只他立言极有斤两，还不至于叫受者有愧，慧生告辞而行。正是：

有美一人，清扬宛兮。
邂逅相遇，适我愿兮。

慧生将走，墨香见天已不早，也别了心泉，缓步而归。

次日墨香出门回时，家中人道：薄春秀同了一个极漂亮的年轻人前来，因您没在家，没有进来，没留片子，不知是谁。墨香猜疑不定，也不能断他是何如人。晚间春秀又来了，墨香问道："薄先生，今天谁前来找我？"

春秀道："提起这个人来，大爷一定知他名姓，就是荀慧生。"

墨香道："你怎么会与他在一处？"

春秀道："我接了他的月规，给他说几出青衣老戏，因此时常和他相见。他因大爷是个行家，有意找大爷给他帮忙，才同我来拜访，没想到大爷没有在家，不曾相会。大爷要有闲功夫，何不到他那里去坐一坐，他待人很和气，连我这个颜色的，都让在一桌吃饭，一点架子也没有，倒是可交，不势力眼，很好一个人。"

墨香道："我在曹先生家，和他见过一面，人倒是不错，我问过他的住址，是梁家园，改日我同你去找他就是。"

春秀道："大爷真给我作劲，我能一请就到，我在荀家也露一露小脸。"说着辞去，墨香也就归寝。

次日到戏园，看程艳秋的戏，只见门前贴着新排《玉狮坠》[1]，墨香以为必是张漱石《玉燕堂四种》里面那出《玉狮坠》了。谁知演的是《小天台平话》的吴幻娘，《何必西

[1] 1924年5月3日三庆园白天首演。

厢弹词》也有这一段，不是用张漱石传奇翻改。艳秋有文有武，戏倒是十分紧凑，假被大娘囚禁一场，艳秋散着头发，明哭暗笑，真唱得入神，人都道好。前半出，耍双戟，虽有功夫，却是儆行不儆戾。

过了数日，是熙春会排期，墨香到了正乙祠，票友齐集，只不见祝荫亭，问起原由，方知荫亭已实行下海，不作票友了。并闻得朱琴心也正式入了戏界，自行挑班，在天乐园演唱，声名更在荫亭以上，墨香笑道："我早知此两人，不能一辈子走票，定要去干这营生，果不出我所料。"

这日墨香派的是《禅宇寺》的马昭仪，梳好了髻，留了散发，到衣箱穿行头，按照当时通行扮相，穿帔系绦，没打腰包，抱着喜神。旁边有个老伶唤作彭福龄，绰号葡荠匾儿，是个扫边花脸，年已七十，正扮这一出的卞庄子，还未登场，便笑道："大爷这个扮相可不对，这是陈德霖的诌谱儿，你们老娘们，抱着小孩，怎么骑马？还是打上腰包，把小孩系在腰里，是个准扮相，老前辈都是这个样儿，您别给混改老规矩，学他们行时当今的好脚，您就扮的跟他们一点不差，您也不一定唱的跟他一样。"

墨香一听，此言有理，连忙把扮相改了，穿青褶，打腰裙，彭福龄道："票房像您这们容人说话的，可真不多。他们票友先生，我可真不敢多嘴。"

墨香笑道："票友连我都怕他们，何况是你。"福龄未及回答，一个票友从跟前走过，吓得墨香向福龄努嘴，才把话头打住。

少刻墨香上场去唱。原来这一出有两个路子，一是好脚们改正过的，便有独坐在大佛殿那段慢板二黄，巧腔极其好听，德霖、瑶卿都是这一派。一是通大路的糙活儿，凡二路脚色，都是这种唱法，虽也有慢板，却是不太花哨，呆笨得利害，没甚么惊人可喜的地方。若问墨香是走哪一条路，只看素常唱的是甚么，还是自命上流，还是自趋中下，便可明白，不消说破。

这出《禅宇寺》已完，墨香将去卸妆，票友老生桂梦九要唱《秋胡戏妻》，问起票中旦脚，都道："这是一出冷活，我们没学过，你要唱，得找章晓山，或是陈墨香。"

梦九道："我是二路票友，只好找墨香了。"便向墨香说知，墨香点头答应。

痴疯早走了过来，问道："墨香兄可会《艳阳楼》的小可怜？"

墨香道："我应的是这一工，怎么能说不会。"

痴疯道："唱高登的武生票友说，这一出，非有小可怜不像戏，我说，连杨小楼这一出，都把小可怜免掉，因此我没给你预备。那位票友把桌子一拍说，你别拿杨嘉训压人，我走票的日子，他不过一个撇子武生，他的能耐可比我差得多，你快找小可怜去。我才想到你的身上，你若会时，烦你救一救场，别闹僵了。"

墨香道："还隔几码？"

痴疯道："底下就是，你不必卸了。"

墨香笑道："误不了你的事。"

好在没有摘头，忙改了小可怜的妆束，先是头戴钗环，身穿绣袄，大家侍妾的神情，唱到烧楼杀奸的时候，墨香披散头发，穿件小袄，又露出披发旦的惯技。此戏完毕，又饶了一出《戏妻》，唱完回家。

次日薄春秀又到，拉墨香到慧生那里去了一趟，无非说些闲话，没甚正经，不必细表，墨香从此便算结识了慧生。正是：

形忘交似水，心醉饮如醇。

过了些时，慧生又往上海，并约心泉同往。墨香仍走票消遣，各干各的，两不相干。

这一次，正乙祠彩排，墨香已经唱了一出《孙夫人别宫》，将摘了头，方知场上是一出《斩雄信》，底下没戏，痴疯过来，商量垫《战蒲关》，众人都道："《斩雄信》太短，旦脚扮不及。"墨香笑道："行了。"

痴疯忙着去扮刘忠，墨香取出一块青缎做的云鬓，拴在额上，戴了网子，加了洒发，再勒一条青绸，也不擦粉，跑往衣箱，穿好青衣白裙，却不罩帔，叫管箱人，取一份没花朵的风帽斗篷，穿戴起来。将扮齐，《斩雄信》已完，《战蒲关》登场，"降香"一段，墨香是风帽斗篷，"杀妾"一段，墨香是披发青衣，居然把一出《战蒲关》唱了。虽则不太漂亮，却没人发笑。

又隔了一日，陈子方约了一局，在东四牌楼某胡同，墨香傍晚才到，唱了一出二本《虹霓关》，子方扮的丫鬟，庄荫之扮的王伯党，墨香扮的东方夫人，这可是必须擦粉的。等到唱完，子方道："东方夫人也是这一出的正脚，我也唱过的，只因当年梅巧玲、杨桂云、李紫珊一干头等花旦，都扮这个脚色，票上也非得有两下子的不能上去，不像现在丫鬟专政，夫人归了二路，是个人就敢扮上。您这一出，倒是像学过的，出台打引子，坐下思春起西皮慢板，很不粗糙。虽然您弄不很好，没多大的精彩，就难为你了。你念的引子，是'阵前擒一将，倒叫我意彷徨'，你唱的是'在阵前擒来了伯党小将，爱他的容颜美盖世无双。惹得奴春心动桃花蕊放，怎能够作夫妻地久天长'，也是准词，一句不谄。后头的摇板，你唱'好个无情王小将，辜负奴的好心肠。钢刀一举如雪亮，遍体酥麻无主张'，前两句，实比'闻言怒发三千丈，太阳头上冒火光'强得多。你这一段全用七言，也比十言、七言羼用的好，你真算不错。我在三庆园看见从上海来的那个高秋蘋，唱这二本《虹霓关》的夫人，出台念两句对儿，可交代不下公事去，古来没有那么办的，连姚玉芙、诸茹香一干二路人材，都是引子，别说巧玲等人了。我听了高秋蘋一次，好生别扭，后来细一打听，敢则他打引子不玲珑，现在的梨园老板，可真正越干越回去，他这一出，不对的地方可不少。高秋蘋比我是差得太远，若是跟阁下比较，我觉着秋蘋在你以上，只这一出，满盘子满碗，高秋蘋可输了，万想不到，他会没你有准谱，只这可得我才听的出来，那不会《虹霓关》的，可没此本事，他才不说你比秋蘋强呢。”

墨香道：“六爷过奖，我是不行的，我觉着是个梨园朋友，就比我们票友强些。高秋蘋原在北京，是梆子出身，在小吉祥唱过一阵子，他叫做粉菊花，专唱《蝴蝶杯》一路的玩艺，还有时唱《纺棉花》一路的小戏。他的《阴阳河》也不错，可是安工，跟喜连成的高喜玉不同，喜玉是火工，前台人，有说秋蘋斯文的，有说喜玉热闹的，他们哪里晓得，二人根本不是一工，各有好处，不能比的。那时小吉祥在鲜鱼口天乐园，架梁老生陈葵香，是贾丽川教的。有一天唱《碰碑》，打完了雁，把弓递给老军，没丢在地下，好些听主儿都笑了，这虽是葵香疏忽，也是前台看得太熟之故。你不信，要是生戏，葵香就把弓挂在脖子上，也没人管。不久葵香就哑了，从此不振。还有瑶卿的徒弟罗小宝，唱梆子青衣旦，人缘太好，现在改了老生，在上海倒混了个不错，只是有一个羊角风的毛病，动辄在台上跌倒，恐其寿数不长。小宝在师门之时，可给瑶卿惹过一件事。瑶卿有个大风筝，被小宝放走了线，落在天坛里，把其中殿宇的兽头拉毁，幸亏正是清朝末年，瑶卿在大内，差使当得甚好，到处有人情，才能护弄过去，不然乱子可不小。秋蘋也久在上海，新近回来的，他的玩艺，诚然不很实授，只在台上总算能交代得了公事，比我总强。”

旁有一人笑道：“说到天乐园，我想起一段笑话来了。”正是：

解颐描巧倩，掩口状葫芦。

要知甚么笑话，且看下回分解。

第三十七回 谈伶人琐事 述串客旧闻

话说那人道："天乐园有个'红龙套'的笑话，诸君可曾听人说过？"众人也有知道的，也有不知道的。那几个知道之人便不言语，那不知的，少不得向那人盘问。

那人道："响九霄起班的时候，有个梆子老生在后台管事，极其认真，他肚子也宽，只要短一个脚色，他除了旦脚，此外都扮上去打补子，真算一个干员。这一天开场《过巴州》，八个龙套只进来了七个，这位管事说不碍，我穿一个就是了。于是跑到衣箱，取过一件红龙套披在身上，那个管衣箱的人，是一个阴骨头，看着他，只是抿着嘴儿乐，他也莫名其妙。跟着张飞出台，将在那里一站，台下笑声、通声，闹成一片，他仔细把那三个龙套一看，都穿的黑颜色，连他通是四人，三黑一红，谁也忍不住要笑，他算是闹砸了锅。等这一场下来，他说我跟严颜罢。哈哈，严颜的龙套一律穿白，也没有穿红的，他管事多年，竟没闹清《取巴州》是没有一件红龙套的。因此大家送给他一个'红龙套'的外号，说起他的真名实姓，反无人晓得，岂非一个绝大的笑话。他这个干员，这一次，可弄干了杆儿了。"

说了一回，墨香卸妆洗脸，久已完毕，雇车出城，回了寓所。

过了月余，子方又约墨香唱一次《雁门关》，第二天，包丹亭来了，问道："大哥昨日唱了出《雁门关》么？"

墨香道："你怎么晓得？"

丹亭道："我是听侗五爷说的。昨天五爷在那里，今早告诉我，说是陈某人拿枪不戾笨，身份也好，倒配唱蔡秀英的。"

墨香道："这是五爷过誉，我实在不行。"丹亭坐了片刻辞去。

不到三日，又有人下来帖子，请墨香某日在东四牌楼二条胡同某宅走票，帖尾没注戏名，也没先来人说知，并且不预先约个饭局，规订戏码，墨香笑道："这是因我会的多，临时派哪一出都行，然而已经把我真当做二路硬里子，才肯这般的待承，若是好脚，断不如此，我给他个不去，也就得了。近来我的戏瘾小得多，正好借此慢慢的歇手，旦脚太不经老，我悔不该学这一工，然而玩票不是一辈子的事，早一点不唱，也是个正理。”

正在自己暗想，王劲闻来了，问道：“某日东四牌楼二条唱戏，散请票友，不专订一个票房，可有你在内。”

墨香道：“有我。”

劲闻道：“我也在被约之列，他这一次，不先约饭，也不用郑重其事的定戏码，咱们想唱甚么，告诉他一句就行。”

墨香方才明白，不是轻视自己，便也不曾说出不去的话来，劲闻道：“我已告诉请票的那一家子了，这一次要唱老旦，不唱我老生本工，已经订好了《母女会》，王老太太探窑，不知你订的是何戏码。”

墨香道：“我是跟人家架堆惯了，轻易不单占一个码儿的。每次，虽先约来，派来派去，十回有九回是旁边的，再加上临时现抓。好在我不怕，除非一天一夜不要旁边的青衣、花旦登台，若有这两门的边脚儿，我总上得去的。只我的乱抓，也有分寸。有一回，某票局找我去凑个热闹，虽没派正戏，倒是先订了码儿，是《战太平》二夫人，花云是票友某君，我久知此人，本领还好，调门很高，人性平常，我心里不免有些打鼓。又闻得还有老乡亲孙菊仙一出《白逼宫》，我到得那里，问知《白逼宫》的伏皇后，是律佩芳，我便告诉管事的，我令佩芳调一个过儿。管事的问是何故，我说有名的票友，都愿跟内行唱，侗五爷的戏里，除了包丹亭等几个名票以外，例用内行，前十几年，侗五爷在织云公所唱《火烧连营》，宁可花十两银，找沈全奎配诸葛瑾，也不准票友羼入。这个风气一开，后进票友都走这条路。张展云唱《反延安》的狄青，并不唱后头，只唱夫妻见面一段，不文不武，并不费事，也必得约王瑶卿给他来双阳公主，顾赞忱的《翠屏山》，至不济，也得茹香，《打渔杀家》宁可用扫边武旦刘玉芳，包丹亭也总得找戏班人跟他去配，不过还有时可以通融，孙化成唱一出《南阳关》，也得张春彦的韩擒虎。这宗毛病，我早吃透了，在那些好一点的票友的意思，无非自己学的比人地道，票上不知深浅的人又多，倘有磕碰，有苦说不出，不如用内行妥当。那些不行的票友，看了这个榜样，自己要不跟内行去凑，岂不输了锐气，难道我不地道不成？像侗五、小包那宗本领，尚且不用票友，何况我能耐更强，哪个票友配跟我唱一出哇？故此也用内行了。并且还有得罪了人，没人跟他唱，只能找内行的。去年一个石姓票友，想唱《赶三关》的薛平贵，在饭桌上，一桌子票友旦角呢，他偏走到章晓山跟前，说求您捧我一个公主，谁知晓山订好别的戏码，只得推辞，他再找旁人时，大家都说您的玩艺太高，除了资格深老的章五爷，谁也不配跟您唱一出的。大家齐心撂他的台，他生了气，花钱找了赵芝香。这一类事，新出来的票友常有的，不算新鲜。不但他们，就拿我说，也不能搭章五爷这个活儿，我久唱配角，只伺候熟人，不大跟生人凑的。这位某君跟我不熟，我怕给他碰了，对人家不住，我不如伺候孙老乡亲。于是我和佩芳对调。”

劲闻笑道：“本来你的本事地道，哪个票友配你去伺候。”墨香一想，此言不差，不由得笑了。正是：

暗于责己，明于责人。
只说人过，忘却己身。

劲闻道：“《红逼宫》的张皇后，跟这伏皇后，是一路活儿。我曾看你唱那张皇后的，倒没见你唱这一出。”

墨香道：“两出反正都是架堆的玩艺，不过全不丢我披发旦的本相，并且还有一件有趣的事。那扮司马师的，是高得禄，也是四喜旧人，跟孙菊仙一样，我扮这两个脚色，伺候定了四喜的老前辈，不枉从小就看四喜班。”

劲闻道：“高得禄之子高永峰，唱武花脸，给李鑫甫配《水淹七军》的庞德，总算不错。”

墨香道：“永峰死在外码头，几乎连累戏园被烧，也是笑话。”

劲闻道：“这件事，我听金仲仁说过的。只因那个码头，正在防疫，永峰害疫死了，戏园人怕麻烦，悄悄把尸身丢在街上。第二天，巡警就来了，说那街前死尸，定是你们的人，戏园人还在抵赖，巡警说：‘你不必赖了，他是唱花脸的。’戏园人问他有何凭据，巡警说：‘要不是个花脸，额上决不剃月亮门，这里没第二家戏园，一定是你们园中的，你这园子，已经有毒，非烧不可。’戏园人再三运动，才免了火灾，不想月亮门惹这么大的事。”

墨香道：“鑫甫晚年，立过几个工房，我也被他架过堆的，那时永峰还在，虽然他不出工房的月规，可是有时前去。”

劲闻道：“别人找你架堆，我偏要请你一出正戏，你就唱一次《探窑》的三姑娘何如？”

墨香道：“好在你的调门不高，只唱六字调，这一出虽有几句反西皮摇板，我还可以对付。”

劲闻道：“反西皮，《鱼肠剑》，子胥哭爹娘，《斩马谡》，孔明哭人头，《火烧连营》的二六，都是这个玩艺。搭着调底就唱了，怕甚么的，你若正西皮能唱六字调，要唱反西皮，工字也够得上的。”

墨香笑道：“俗语云‘隔行如隔山’，一点不错。老生反西皮是调底，我们旦脚，反西皮是翻起来唱，是唱调面，高得很。倘若调门一不合式，就出漏子，比老生费力，你干了多年，今天露了怯了。”

劲闻道：“原来如此，我只知其一，不知其二。虽然我跟你订了《探窑》，你可还得留神，到临时未必不叫你多抓一出。”

墨香道：“我晓得他们决不让我只唱一个王三姐的。我这几年，在票房里抓挠女脚，连《武文华》的彩人子，我都抵过一次，我真算能抓。有一次，《艳阳楼》改《武文华》，石锁、仙人担都还齐备，只没彩人子。我已唱过别戏了，《艳阳楼》又遵照俞振庭的改本，不上小可怜，目下连杨小楼也依俞振庭的路子，倘不遇着守旧的票友，谁也不在小可怜身上着意。我估量着这出武戏，没有我的事了，不想改了码儿，倒给我找出事来。他们因没彩人子，和后台人商量，管后场桌的人说：'有主意，可得先用旦脚抵一下子，再换我们作的临时切末。'众票友说：'要用旦脚去抵，可莫若找一个像一点样儿的人上去，要弄个一嘴胡子茬儿的长头旦脚，可就太不顺眼，不如彩人子为佳。'于是他们便拉我过来，要我给他们救场。我笑了一笑，点头答应，又问他们怎么能把活人当台砍成两截。他们说砍了之后，多添出往里一盖，放你入帐，再换临时切末，就搪过去了。我问临时切末是何模样，管后场桌的人道：'我们用两块红门旗，扎成女人腿，用白纸作个裤腰，联成一处，就对付着像个女人的下半截身子。待武生把这东西从中劈开，武花脸一手拿一份红门旗搀儿，就跟用彩人子一般。只是您带着敷余跷没有，要带着了，我们可得借一副去用，不然这女人腿底下没小脚，也能招出前台的廠笑。'我说：'带着呢。'大凡花旦怕跷板子临时折了，没办法，都带敷余，要是折了好换。我说着，就拿了一副跷，给他拿去。我看他扎缚齐整，我说：'哎呦，我的下半截就是这个样儿么，你们真有一气。'我等武文华已上，才去妆扮，告诉后台，预备苏木、红糖，熬血彩听用。"

劲闻道："有理，苏木红糖水是得用的，砍木人没血，倒是使得，换了活人，是喷点血彩出来，才见这女的死得苦，戏才有劲。"

墨香道："我将扮齐，催场管事人早大叫：'嫣姐照场！'我一面答应，拿了一口血彩，一面往台上跑，躲在帐后。万君兆已来行刺了，武文华拖出嫣姐儿当作兵器用，我披散头发，裸着身子，胸挂肚兜，扎煞着小脚，被他举了个仰面朝天。我的散发，从他手腕边拖下。君兆刀剁嫣姐纤腰，我自己喷出血彩，我散发直抡，裂嘴咬牙，摊手伸脚，装出被人砍了，还没有就死，疼不过的样儿，他才转身放我入帐，换那切末，我半爬半跪，由帐缝里，探出上身来，我又洒散发，两手乱抓，看着他们把切末劈了，我才一滚而下，我又算过了一出戏瘾。彩人子，照例绿裤，我因切末是红门旗改穿红色裤子。这一出，我在台上，没有扮戏的功夫大，太也轻省，只很有些人说我不讲人道主义，形容过火，也算正论，深中我的病痛。我连彩人子都抵过的，你说我能抓不能抓。"说完笑了，劲闻也跟着一笑。正是：

唱戏原游戏，活人抵木人。

笑得够了，劲闻道："后台有话，'一回情，二回例，三回悟'，三回悟了是你的抵彩人子，倒没有抵出例来。"

墨香道："怎么没有，后来他们唱这一出，检直不用彩人子了，我算是应行，不过他们不是京票，说走就走，我跟他没凑过几回。"

劲闻道："莫怪人说你不讲人道主义，一个妓女，被人腰斩，又把下身劈成两片，已经可怜，你何必从帐缝探出身来，自己半死不死的上半截，看着人家剁下半截呢。然而你想的主意，倒还火炽，是比彩人子生动，我不一定反对。只后场桌的人，也太会救场了，真想得好。”

墨香道：“我说到此间，想起他们后场桌的人们，真有些门道，不止这一出。又一次，《长阪坡》没彩人子，他们用白纸糊在大锤上边，勾了花脸，叫龙套把脑袋缩在衣领底下，褪进手来，举着锤上去。那一次，我扮的糜夫人，赵云砍了彩人子，就该糜夫人‘跑箭’，我披着头发，在那里等着上场，看了个逼真，我暗地佩服他们真有急智的。两个彩人丑俊不同，都可以用活人去抵，孔子说‘作俑无后’，一点不错。只我又因此想到世间上，哪一行饭，也不易吃，管个后场桌，还是真不好办，别说是上台唱一出了，更难得多，票友一动就想下海，太不自量。”

劲闻道：“此言有理。票友里面，侗五爷会得真宽，六场通透，文武不挡，唱老生，《天雷报》很像老谭，昆曲《别母乱箭》，真不含糊，唱花脸《战宛城》，学黄三，也够一个‘活曹操’，昆曲《芦花荡》，真不亚于钱金福，《群英会》扮周瑜，他连小生也有准谱，昆曲小花脸，《风筝误》的丑小姐，是真好，他要到外江下海，比忽生忽旦的小杨月楼，肚子不在以下，而且规矩了好些。包丹亭也是老生、小生、武生全都能来，也全都好。关燕平是奎乐峰尚书的少爷，小生带演小花面，票友真大有人在，然而他们几位，都不肯往海里跳，总算有一点见解。”

墨香道：“话虽如此，只也有些人能耐不够下海，假托清高，提起下海的必骂，也要不得的。”

劲闻道：“那另是一种人，不必提他，我只说这有些名头不下海的。陈子方那个老头儿，玩了多年的票，年轻的时候，人缘真好，足学余紫云，虽不免是个虎牌儿，可真虎得住前台，他连《戏凤》都唱，并且不挑配脚，甚么样的老生，都能将就。”

墨香道：“紫云也跟张长顺那宗颜色的唱过《戏凤》，这话有二十多年了，只子方可有时挑人。有一回，在旗朋友桂三家里唱这一出，他指名要高老庆，谁知刘景然扮上了，他抓岔骂人，李凤姐在台上，怒目横眉，只发脾气，好些人再三相劝，他才又唱起来，倒也有趣。”

劲闻道：“他正年轻时，他走局唱《教子》，居然是谭鑫培的薛保，他可拿定主意，决不吃这一碗饭。他有个朋友，也在票上唱花旦，混得家道平常，要打算正式拜师，改行唱戏。子方说：‘你不过一时窘迫，不见得没路可走，我帮你一帮，救了你燃眉之急，再作道理，你先别入梨园。你在票友里头很有名望，倘若下海以后成不了头等好脚，打入后队，一世英名付于流水，可太泄气了，我们脸上都不好看，你要慎重一点儿。’他那朋友说：‘我眼下过不去，一点方法没有，拜师搭班，可以抓几个现钱，买米下锅，只是拜师也得一笔费用，我筹了五十两银子，勉强够用，你说你帮我，也不用多，你给我凑二百两银来，我打的过这个饥荒去，我就有法子可想，不必入梨园行。’子方说：‘二百两银子，倒也不算很多，我邀集票友，给你搭一天桌，大约这几个钱，凑得出来。在我们是树上开花，费不了甚么事，在你不为无益，大家又可乘机过一回戏瘾，这叫做一举两得，岂不大妙。’于是子方邀了票友，在霞公府搭台卖戏，自有专跑这一路买卖的人，似杨小三一流人物，到各宅门，前去送帖卖座。有四两银一桌的，有二两银一桌的，卖起活儿来，可是专卖女座，不要一位男宾，与庙中善会一般。那个时节，俞五的文明园还没有开幕，戏园不要太太们进去，女人听戏的机会极少，票房也没有挂衣彩排的例，票友上台也不容易。子方这一举，正应了他自己的话，果然是两得其便。那一天卖了有二三百两银子，都送给那个要下海的票友，算把他搁在海岸上了，没容他下了海，连上他，竟是一举三得了。子方的话中，没算前台，不免小漏，得我王某给他增补。子方连别人都不肯放他沉入海底，莫说自己本身，他也见识很高。然而不止子方一人，当年各票友，如袁习斋、韩氏兄弟一干老手，都不像现在新进，只要走过局，就想入戏界，老生都自命余叔岩，旦脚都自命梅兰芳，然而他们可不学叔岩、兰芳能耐，他们都学《跑坡》《汾河湾》，不学《戏妻》，要知叔岩、兰芳都是会唱《戏妻》的，只轻易不动，他们没见过罢了。他们袭其貌，遗其神，却敢以名脚自负。有个专学刘鸿升的票友[1]，在各票房也很吃香，自命不凡，很不虚心，在正乙祠唱《黄鹤楼》，他忽然要来个赵云，一点准谱也没有，撞了一台，老前辈说他不对，他还瞪眼不服。后来竟自往海里跳，以为可继鸿升之后，贤于一干伶人，头天在三庆园打泡，唱《斩黄袍》，就被扮高怀德［的］三路老生钱少卿给啃趴下了，足见下海之难。然而人都志在金钱，不知省悟，还是跳海的多。这个风气，可有一点儿糟心，并且不但男人如此，还有好些女人，也有此志，某氏三女就是榜样[2]。不过女票友还兴不开，莫说下海了，只怕再过十年，女票友也要风行，女人也要往海里钻的，又何止某氏一家而已。据我王劲闻的耳朵，某氏三女里面，那个唱青衫子的，还是真听的过儿，规规矩矩，老腔老调，大有陈德霖的意思，比一切名伶都在以上。某大名流作了一本《盘龙剑》，词句极为典雅，压得倒罗掞东，某大名流自己也很得意，不赠给别人，单给这个女脚，足见她是真好，不知为何，竟没排演。”

墨香道：“文人们不懂戏上穿插，他们的本子，除了词句可观以外，检直不合格。罗掞东遇着的是玉霜，又有瑶卿帮忙，凡僵的去处，都能删改，女人哪有这宗本事，本子稍不适用，就没办法。”

劲闻道：“某女士的台上身份，我看着也不弱似玉霜，至于唱工，可是她好些，不像玉霜，专以新腔取胜。”

[1] 吴炳南，1923 年 6 月下海，出演庆乐园。

[2] 富氏三友，长竹友，工青衣，学陈德霖一派。

墨香道：“名伶们开蒙，也是先从老腔儿学起，玉霜虽是仗着新腔成的大名，只他是跟老伶陈啸云学的戏，凡《进宫》《彩楼》，没一出不会，一切唱法有了根底，他才自出新裁，另辟新路，并非杜撰，怎能说他不好。但凡食古不化的，到了这个年头，都要失败。你看吴彩霞，本是头等人物，现在降为二等，陈老夫子始终给人跨刀，王琴侬不能搭班，孙怡云改了场面，给人拉胡琴，都坏在太守旧了。你说的这位女士，也不免犯这个毛病，至于台上身份更比玉霜差的多了。前几年，她戏园里还对付着有人要的，如今各坤班齐了心，把她挂在家中，永无搭班之日，连唱戏的地方，都找不出来了，又焉能在名伶以上，她是不行的。你说她像陈德霖，她正不能都像，若是都唱的跟老夫子一样，可就更糟。老生只为都要像老谭，才把老生一行，给窝回去了。票友跟戏班后起旦脚，竭力摹仿瑶卿、兰芳的，也都到不了他二人的地位。古人说，欧阳公的文章，学昌黎不似昌黎，便成大家，欧阳公的话，太似昌黎，就不行了。足见学人太像，是一块病，越像越成不了功，不如自辟新路，倒是上策。”正是：

旧曲虽然好，新歌亦不差。
何须分上下，卖座便为佳。

劲闻道：“你的唱法也是旧派，你怎么袒护新腔。”

墨香道：“我旧的还没学好，一切腔儿，都不很结实，又焉敢改唱新腔。倘若徒慕虚名，以革新自任，能够成功与否，尚不可知，倒先把旧规矩给弄乱了，闹一个进退失据，新旧两不收，才大不合式。袁子才说得好，七律是盛唐兴的，然而只有架子，中唐、晚唐规模大备，宋元愈出愈奇，明七子不知此理，专学盛唐，诸妙尽捐。只这说的是成学，不是初学。如今将戏比诗，我是初学地位，焉敢妄求奇妙，况且我不是头等出名的票友，守着我的本分，往规矩一条路上走，上了台，别太要好，宁可僵一点，别活动的扎眼，在票房里头，蒙几顿丸子吃，不争名，不怄气，玩到四十岁收手，不干这个，我再另寻别的乐趣，吾愿已经足矣，又何必出新鲜花样，反惹得别人心里不快活，说一个二路脚，还要的甚么菜。再加我的嗓子不够用，好腔儿我也给唱坏了，旧腔已通大路，好与不好，没人挑剔，要是新腔，可非得唱出来好听不可。更兼我学腔儿太笨，耳音十足的不灵，学一句，得费九牛二虎的力气，我也真学不会，只听着别人唱的好听罢了，我自己可叫做不玲珑，我别挨骂了。”

劲闻道：“你说了半天，始终以新腔为是么？”

墨香道：“新腔本来不差，我焉能毁谤。”

劲闻摇头道：“这是你一偏之见，而且你的用心，我已明白了。”

要知劲闻明白何来，且看下文分解。

第三十八回 评新旧唱腔 论今昔捧脚

话说劲闻对墨香道："你的心思，能瞒别人，却瞒不得我姓王的。我闻得人言程艳秋的新腔，都是王瑶卿帮他制造，你方才说是艳秋自出新裁，并非实事。你听戏多年，是一个瑶卿迷，而且是一个瑶卿党，你与瑶卿虽不大来往，只你一心向着瑶卿，却是不能遮掩的。你因新腔出自瑶卿，便来拥护，不肯主持公道，你真算王氏忠臣。现在极力拥护陈德霖的，是王琴侬，你却极力拥护瑶卿，琴侬姓王，偏忠于陈，你却忠于王氏，倒也相映成趣。"

墨香道："颜师古注《汉书》，能正班孟坚之误，人方称他是班氏忠臣，并非一力偏袒。我因新腔，本有可取，才不加挑剔，决无半点私心。若论瑶卿的技艺，天才、人力兼而有之，本可佩服，我便给他作个护法，也辱没不了我。只阁下一定要说新腔不好，也不免稍偏，我也不能认作公论的。"

劲闻道："我从前不常听戏，只听得人说，瑶卿的新腔，在他唱戏的时候，尚未发明，可是有的？"

墨香道："一点不错。我跟章晓山，都敢做证见。"

劲闻道："如此说来，他是自不犯法，诱人犯法了。"

墨香道："我说了半天，你怎么还是跟新腔为难，你也太固执。你说新腔不好，我却要问你一问。"

劲闻道："你问我甚么？"

墨香道："我来问你，汉调二黄你可曾听过？"

劲闻道："前数年[1]，他们到京，在各戏园演唱，我是听过的。生脚余洪元，正旦李彩云，贴旦小翠喜，丑脚大和尚，各有各的好处。"

墨香道："他们唱法，与京里的老板可是一样？"

劲闻道："大不相同。"

---

[1] 1921年6月13日到京，出演三庆园。

墨香道："你可听过徽调？"

劲闻道："我越发听过了，也另是一种唱法。"

墨香道："京里的二黄是从哪里来的？"

劲闻道："京中原没甚么叫做二黄，是从安徽、湖广两处来的，从前铮铮有声的脚色，大概都是安徽、湖广的人居多。"

墨香道："余洪元唱的汉调，与别的汉班老生可有分别？"

劲闻道："他们的生脚，那一年来了好几个，果然都与余洪元唱法不同。"

墨香道："安徽、湖广的唱法是老腔，京班是后改的。汉调老生陈丁已，在光绪初年，名震一时，我虽没听过，只湖北来的会唱的朋友，学陈丁已的唱法，与京腔大不相同。湖北人说瑶卿可比汉班名旦曹金儿，只谈的金儿唱腔，也很别致，决不是北京这一派。现在余洪元又略采京腔的精华，羼入汉调，现在北京、汉上两处的二黄，都不是真正老腔了。北京青衣，头一个革新家，是胡喜禄，第二个是陈宝云，轮到瑶卿、艳秋已不知改过多少次了。怎么喜禄、宝云就改得，瑶卿、艳秋就改不得么？汉调青衣腔儿不很花哨，还有唱调底的时候，尺寸也是催的多，搬的少，实没北京改了的好听，喜禄、宝云功劳很大。瑶卿、艳秋又扩充他二位没想到的地方，也是力求上进之意，何罪之有？瑶卿的尺寸，又比老辈快起来，老辈的搬，是救汉调的草率，瑶卿的催，是嫌搬的太瘟，各有见解，都不错的。我方才将戏比诗，如今再加注解。喜禄、宝云是盛唐大家，紫云是盛唐别派，德霖是盛唐的最低手，瑶卿是中唐大家，兰芳是晚唐，玉霜是宋元，琴侬是明七子，我这个比喻，大概不很差谬。"

劲闻道："既然可改，怎么一般梨园老辈都说他们不对？甚至于说艳秋唱的是外国腔儿，难道老辈们的议论，还不足为凭不成？"

墨香道："老辈们，一半是旧习太深，一半是自己弄不来，不免护短，一半是忌妒。若要找高人，还得让梅兰芳，无怪人家是戏界大王，到了外国，能挣个博士，居然跟柯凤荪先生一样的头衔。他是真有心胸，真有本领，真有眼光，真有智谋，谁也比不了，汉高、魏武能立个国家，也不过如此。"

劲闻道："不知兰芳高在何处？"

墨香道："梅浣华唱的腔儿，本不甚新奇，规规矩矩，是老路子，只因艳秋的新腔行时走运，浣华也和他的拉胡琴人徐兰沅、拉二胡人王少卿，研究起来了。兰沅是宝芳的大儿，少卿是凤卿的长子，他比兰沅加了一倍的聪明，浣华的新腔，由少卿发明出来的甚多，浣华名望既高，一改用新法，便不至于输给艳秋。但他是艳秋的先生，谁也不能硬派他是搒艳秋的叶子，浣华也实有变化，与搒叶子的不同，他真能见机而行。我再将戏比诗，他这晚唐的诗人，连后来清朝袁子才、赵瓯北、蒋心余都收进去了，不必说是宋元了，这就是他的高处。若是顽固不化，纵然自己根基深厚，也怕有闪失。你看这梅兰芳，比那一干老前辈的眼光何如，其愚其智，真不可以道里计。自古多算者胜，少算者不胜。瑶卿性情不好，不用外行帮忙，我与他虽不常见面，可是颇知其人。慢说他比浣华长了十好几岁，旦脚以年轻为贵，瑶卿天然败在浣华之手，即令两人年龄相当，瑶卿凭戏料，诚然不至于很吃亏，若似他的意气用事，却非输给浣华不可。近数年来，二人打过对台擂，他们的一切事件，我都略有所闻。谣传浣华的朋友掣瑶卿的肘，虽然不可信，只瑶卿的配脚，多半已归附浣华，瑶卿已经输了，却是实情。你说我是王党，我怎么肯揭瑶卿的短处？”

劲闻道：“你这只是偶然，实则捧瑶卿的话居多，然而又不止一人如此。大凡捧脚家说的言语，作的文章，对于他所捧之人，除了颂扬，决不开口，真令人可笑，但是也怪他们不得。他们与你捧瑶卿，貌同心异，你是偏爱瑶卿的色艺，他们都不是白捧，大约是挣黑楮的，接人钱财，与人消灾，他自己也未尝不自知是违心之论，不似你夸赞王郎，出于肺腑，绝没别的想头。”

墨香道：“黑楮也未见得，纵然有之，也不过一两人而已，此外亦都与我一样。至于捧脚的风气，不始自今日，二十年前，早就有了。小吉祥在天乐园时，一个罗小宝，一个小十三旦，都是梆子旦脚，罗小宝是青衣，专唱《三疑计》《葵花峪》一路戏，小十三旦是花旦，专唱《西湖阴配》《新安驿》《拾玉镯》一路的戏，本不相干，一般捧脚家，都要强分优劣，在报屁股上面开了笔战。捧小宝的，便攻击小十三旦，捧小十三旦的，便攻击小宝，各为其脚，闹个不休，却是好笑。”正是：

词诬颜不汗，理屈齿徒芬。

劲闻笑道：“老戏《因果报》，有个陈桂香，是花旦应行，专捧郗皇后，踹苗、孟二妃，前台都骂，自我听戏以来，这一出久不唱了，我没见过，只听得老人们议论，我看你的捧王瑶卿，差不多跟陈桂香捧郗皇后一般。”

墨香也笑道：“言重言重，我虽捧瑶卿，不踹别人。”

劲闻道：“这也是你老滑之处，本来自有是非，要想一手掩天下的耳目，未免枉用了心。你方才说的这一些旧话，我也略知大概。然而那个时节的捧脚家，都是偏憎偏爱，争一个小意气，实无一个黑楮，其用心还与今日的捧脚家不同，而且脚儿们也还不懂得利用他们，扩张自己的势力。梆子花旦贾璧云正盛之时，天天有人请他吃饭，很想捧他，不知他怎么把这些人得罪了，都不再跟他要好，他才闹得北京蹲不住身，奔了上海，混的快成班底了，岂非自误，嫌他太也的傻了。只贾璧云虽然也不用人帮忙，却与王瑶卿不同，瑶卿是觉得这些人不懂戏，没甚用处，倘若有一个懂戏的，瑶卿未必不用，引为臂助。贾璧云是太守后台旧规，不爱应酬外行，总是风气未开的毛病。若在今日风气一开，贾璧云也自然联络他们，不会瞪着眼得罪他们的。”

墨香道："那些捧贾璧云的人们，另是一派，是不能利用的。他们都是些文人，酸溜溜咬文嚼字，拿着陈石函的《品花宝鉴》当作实事，硬要派贾璧云作杜琴言，他们互相标榜，自比十名士，凑了十个旦脚，硬派作花选十旦，除瑶卿年龄稍长，不得列入，此外有名的，都算在里头了。却都没甚么资财，谁也做不了徐度香，也没有一个老成人，可以作屈道翁，又没一位在宦途得意，够不上田春航。偏遇着贾璧云安心唱戏，不像杜琴言厌弃戏班，混的日子久了，自然不大投机。这些人自与贾璧云绝裂以后，又掉过头去捧梅兰芳。那时兰芳还给瑶卿跨刀，不曾独当一面。响九霄即田虎，正架弄着瑶卿，在中和园起班，田虎有田虎的班底，瑶卿却有三十六个傍脚的，一班差不多成了两班，兰芳在三十六人之内，自然得跟着瑶卿架堆，也在那园中演唱。他们每日在大池子里包桌捧场，只要兰芳戏完，他们就走，任凭甚么好戏，也留他们不住。兰芳兼搭廊房头条大舞台，每天两边跑着唱，他们也两边跑着去看。他们最见不得的，是路三宝。瑶卿这个班，瑶卿以下，旦脚就要算三宝了，身份在兰芳以上。他们对于瑶卿，因他名望太高，也有一班党类，不敢轻易撼动，却想把三宝踹倒，好叫兰芳往上升腾一步，便常给三宝叫倒好儿。谁知兰芳有几出戏，不是青衣本工的，如《醉酒》《破洪州》之类，是跟三宝学来，三宝的确是兰芳的先生，跟瑶卿一样，不过教的戏不同罢了。他们在饭局里说一次三宝不佳，兰芳就替三宝分辨一次，总说老前辈的能耐，实在不弱，真有太好的地方，他们怕得罪兰芳，才不跟三宝起哄。瑶卿重排《奇女福》，改名《荀灌娘》，据是这个时节，在中和园唱的。那日他们约我去帮捧兰芳，我倒乘便看了瑶卿，并看见一出久已闻名的老戏。他们恭维兰芳，也算到了十足，然而后来都不曾作兰芳的幕中得力朋友。待兰芳成了大事，他们早不上梅家的门了，连兰芳的善于用人、不愧三国的曹公，都与他们捏不拢，又何论贾璧云。"劲闻听了点头。正是：

逼人何太甚，负汝亦多方。

当下又各饮了几杯茶，墨香道："捧兰芳的，是捧其所可捧，不为大过，总比瞎捧的强些。"

劲闻道："此言甚是。很有些名伶的至亲，扯着遵古招牌，自称老派，可是嘴里极飘，身份也坏，检直是瞪着眼蒙事，竟有人信他那一套，岂不可叹？那才是捧错了人呢，兰芳不拿世家吓人，已经超人一等。"正是：

袁绍世家，关张卒伍。

千秋论定，谁鼠谁虎。

这屋里的王、陈两人正说得高兴，外面又一人走入，却是那赵子珩，这里忙打住话头，让他落座，闲谈了片刻，却另是别的言语，不曾说到捧脚家的怪现象。

天色将晚，墨香约他二位到便宜坊小酌。于是各雇人力车，奔了米市胡同，在便宜坊门口，各下了车子，主人肃客而入。只见那穿堂里面，一座小神楼，画着关公，青巾绿袍，旁侍平、仓二将，左边坐着赵玄坛，右边坐着增福神，墨香道："旧日铺户都是这般，就连戏园子正面楼，也有三座神龛，供奉这三位神圣，称为‘三财’，如今不供的多了，这便宜坊还是老例。”

当下检一间雅座，一同坐定，墨香道：“这个馆子的烧鸭子最出名，我十九岁的那一年，曾独自到此，吃了一只。后来我常跟内弟万骅仲到这里来，虽然他胖我瘦，论到吃鸭子，谁不让谁，人都说我们郎舅食量可观。我有个族兄，号叫介白，有人请我们兄弟两个，在这里吃饭，主人敬客之意，甚是诚笃，把烧鸭子分作好几盘盛了，每人面前一盘。谁知我这位介白家兄，不吃这个东西，于是把他的那一盘，也给了我。那日虽然没有吃到一只，只也比在座之人，吃的多了一倍。如今我可不行了，只勉强吃些罢了，再没有那一宗举箸大嚼的豪兴。况且我已皈依佛教，纵然不能断绝肉食，亦不敢再多贪口腹，残害众生。”

子珩道：“你们贵同乡有个人，作了一部《道学平议》，毁骂晦庵、阳明，其中有一段说佛教不戒肉食，可靠得住？”

墨香道：“他这话不甚可靠。佛教经典，如《楞伽经》，便申明食肉之戒，更不必说是五重四十八经的《梵纲经》了。佛戒人食肉之言，不止一处，焉能说佛教准人吃肉。他虽引佛经为证，都是断章取义，不得佛门正旨。此君于佛法所得不深，只是引些佛说，作他文字的波澜，焉能拿他的议论，当作确评。”

劲闻道：“他这部书，我也看过，说道佛教，诚然是个外行。只目下却有个人，见人学佛，便也以学佛自命，却不喜人讲戒律，张嘴自称超脱派，他行出事来，专在私利上面着意，人相我相，着到十分，看得自己高不可攀，仗着一技一能，藐视天下豪杰，别人再有技艺，哪怕另是一工，他也妒忌。譬如他会写字，人家是填词，与他井水不犯河水，他也气得要死，若是有人发财，他更恼了。且事亲不孝，交友无情，可以算得人头而畜鸣，这如何配说是超脱。窥其用心，不过想压倒那学佛的，偏自己内典不精，不是人家的对手，才说这宗话。似此等浊物，又比作《道学平议》的，差了一万倍。”

子珩道：“此言虽近于忿激，世上却确有这样的小人。”

劲闻道：“这一路的坏蛋，却纯是自己捧自己，向不捧脚的。”

子珩道：“这宗脾气，焉能捧脚，连作《道学平议》的那位先生，比这宗坏种还强好些，只叫他捧脚，也是不行。”

劲闻道：“一些不差。他那《道学平议》批评诸家学问，跟现在捧脚家作的戏评一样，虽也能自圆其说，却没真正道理。只他的主意，实在是不捧脚的。谈起朱子来，就攻击朱子，谈起阳明来，就攻击阳明，不像今日爱捧脚的朋友，各有所捧，不怕肉麻，他与捧脚家检直的相反。”

墨香道：“他的那一部书，名曰‘平议’，实则满纸的不平之鸣。他正是因自宋至明，以及清朝，朱子、阳明两边徒党，各信一先生之言，党同伐异的互相捣乱，居然成了朱、王二公的捧脚家了。他生了气，才作《道学平议》，打倒一切，他是安心跟朱、王二公的捧脚家为难。他幸而不作戏评，也不在报纸里打混，他若是报馆人物，恐怕要跟名脚的捧脚家干起来，并且带累各脚儿挨骂。”

劲闻道：“本来捧脚的也太难，莫怪有人反对。大约凡被捧之人，都未尝没有可以捧的地方，只一到了捧脚家的口中，或其笔下，便叫人听着难受，看着不平。即如梅兰芳何尝不好，然而捧他唱工则可，捧他做工也可，捧他生得貌美，更是众目同睹，只他们连兰芳吐一口唾沫，都捧了起来，夸个不休，岂不是绝大一个笑话。”正是：

雕龙空复尔，追驷更何堪。

子珩道：“也不止讲学，也不止评伶，就连论古，也要有分寸。宋以来儒者，太捧武侯、岳爷，王船山方说武侯将略本是不行，陈寿的史评不差，岳爷沽名市惠，与李广一般，决不能恢复中原，平心而论，船山亦不尽错。”

这些个说话太多，竟忘了点菜，跑堂儿的站在一旁，直眉瞪眼，又不敢插嘴，墨香猛一回头，一眼看见他了，方才想起还没办吃喝，忘了正事，便请劲闻、子珩点菜来用，劲闻道：“到了这里，自然要吃烧烤，只烧鸭子太腻，我有一点［吃］不了，咱们来一只烧鸡罢。”他说话一不留神，底下带了一个“罢”字出来，本是言语常有的，却闹得甚不雅，子珩、墨香听了，一齐发笑。劲闻方才省悟，这两字儿，敢则是不可联在一处说的，自己也由不得笑了，摇头道：“说话不可不慎，我不免失言之咎，下次倒要留心，也免得吹毛求疵之人，说我出言太粗，我倒没法和他争执。又幸而今天座间，没有好玩笑的，不然，我竟给他送了枕头，也觉着不大合算。”

子珩道：“出言粗糙，除了台上的小花脸不在禁例，然而这两个字，现在也不准他连着说了。”

劲闻道：“小花脸口中的话，有词粗理不粗的，只要避开淫秽，怎么说都行，要叫小花脸雅训，从昆腔便无此事。我们莫再闲谈，又把跑堂儿的僵住了。”于是子珩也点了菜。

客人点菜已毕，主人也点了几样，跑堂儿的答应下去。菜还没来，墨香出去小解，遇着一人，正是那个票友老生孙化成。墨香问他是几人同到此处，化成道：“我是一个人来的，没有跟朋友在一块儿。”

墨香道：“你既是单人独马一条枪，没有跟别人架堆，可巧我今天请客，只子珩、劲闻二位，都是熟人，我们何妨在一处吃呢。”化成也不推辞。同到雅座里面，唤到跑堂儿的，添了一副杯筷、座位。须臾酒菜端至，四个人一齐尽量大嚼。正是：

桃红新泛醴，榆绿旧分羹。

桌上凉碟，有一碟火腿，化成素有“孙火腿”的外号，大家少不得同他取笑。闹得已够，王劲闻道：“化成兄到过上海，不知那里戏界情形如何？”化成道：“上海专排新戏，三麻子、周信芳能编能唱，小生陈嘉祥只能作戏本，上台不行，但他一个本子，也卖不少的洋钱。”

劲闻道：“我闻得嘉祥甚胖，陈葵香到上海时，要扮《许田射鹿》的建安皇帝，借了嘉祥的王帽，头小帽大，垫了些草纸，谁知没垫紧，上场以后，草纸松了，王帽溜下来，正压在葵香眉上，我虽没在场，听着也觉可笑。”

子珩道：“嘉祥是陈金爵的后人，世代唱戏，他的哥儿们，嘉梁、嘉璘本事都瞧的过儿。嘉梁曾给梅浣华吹笛，嘉璘是二路老生，《破洪州》来个六郎，比谁都火炽，也能唱正戏，第三、四出上，唱一出《搜杯》，远胜刘景然，可是京里久不见他了。”

化成道：“嘉璘也在上海，混得不错。”

子珩道：“他们家，自陈金爵以下，寿峰、桂亭都是好手，现在青衣教师啸云，本领也不弱，梨园中，真够一个人家了。”

墨香道：“啸云教戏，有一个大好处。他学的《骂殿》《宝莲灯》，都是慢尺寸多的那一工，跟德霖一样，腔也太老实，后来听得瑶卿改的，尺寸既快，不至于叫前台起腻，腔也花哨，他便改用瑶卿的路子。吴彩霞、薄春秀、王琴侬都笑他舍己从人，我却觉他通达世务，老辈能够如此的，很不多见。”

化成道：“这就叫做识时务者为俊杰，嘉璘在上海唱戏，也是很开通的，不是食古不化的老顽固党。”

劲闻道：“嘉璘的扮相，有不通大路的地方，《失街亭》的王平，别人戴荷叶盔，他戴扎巾盔，他说荷叶盔是侯帽，王平此时无此爵位，也说得有理。”

墨香道：“你说陈嘉璘的王平扮相两样，可留神已死的刘春喜，也有与众不同之处。”

劲闻道：“春喜扎蓝靠，不扎红靠，我倒是留神的。”

子珩道：“陈金爵原有名字，只因常在宫里当差，唱《金爵记》唱得好，清文宗御赐改名‘金爵’的，也是戏班一段佳话。”

劲闻道：“我跟墨香研究了半天捧脚家，不想陈金爵竟受皇上的捧，他这捧脚家，可不含糊，只嘉璘不回，京中少个好配角。”

子珩道：“京脚在外头的，也不止此一人。同春的张涌泉，气派极好，肚子也宽，就是嗓子不行，现在也在烟台，有我朋友来信，说他唱《战长沙》的黄忠，不弱似李五，这也是京里上等配搭走外码头的，可是论起资格，张涌泉比陈嘉璘早了快二十年。”

大家连说带吃，便吃得慢了，幸亏还不闹酒，只有七分耽误，到不了十分。待得吃完，跑堂儿的算完了帐，子珩、化成、劲闻都向墨香道谢，子珩、化成都还有别的事务，忙着先走，劲闻道：“墨香兄，东四牌楼的王三姐千万勿误。”墨香连声答应，劲闻又勾留片刻，才出门走了。

要知墨香怎样唱王三姐，且看下回分解。

第三十九回 有意学兰芳气概 无意穿瑶卿行头

话说墨香吃了一肚子油腻，走出便宜坊，因李菊禅住得离此甚近，便到他家闲坐。见面之后，谈起东四牌楼二条胡同某日的票局，菊禅道："那一天也约的有我，只这一次，请局的人说了，院子窄，戏台很小，不能唱武戏，好在我学过文的，我订了一出《打渔杀家》。将才小杨子和唱武旦的彭涤凡都来了，小杨子说：'祝荫亭没下海的时候，有一天某宅请局，我姓杨的张嘴说就订了《打渔杀家》的戏码，并且指名要荫亭配个萧恩，一个假梅兰芳，一个假余叔岩，倒是一出好戏。只我没有小草帽、大桨、一切萧桂英应用的东西，你们得替我杨某去借，若不能借浣华的，降格以求，非艳秋的不可。某宅主人去跟荫亭商量，荫亭不跟我唱，硬说萧恩是正脚，不能由旦脚嘴里要唱这一出。他绕住了，兰芳唱甚么也可以算正戏，我既是梅派，各报纸上还说我比兰芳强些，他不过新出手的票友，勉强算个余叔岩，其实差得多，就敢以正脚自命。活该了，他不捧我，有人捧我，今番你订了《打渔杀家》，这个萧桂英，谁也别抢我的，你陪我唱一回罢，该你露个大脸，居然也揪上我的龙尾巴了，可是得叫涤凡去给我借东西。'涤凡说：'东西没处去借，就借得来时，也是坤脚们的货物，我彭某人，没门路去找兰芳、艳秋。'小杨子说：'既没梅、程的东西，我还是不唱这一出。那一天，某宅可请的有我，烦我来一出《汾河湾》，派老生马叫天给我当配脚，我因要报祝荫亭瞧我不起的仇，才想跟菊禅往一块儿拴，如今拴不上了，我仍唱《汾河湾》就是。'他走了，涤凡说愿意来这个萧桂英。涤凡将出门，大哥就来了。"

墨香道："你和彭老六，一个武生，一个武旦，拴一出文戏，倒也有趣。"

菊禅道："不知大哥订的甚么码儿？"

墨香道："我这一回，是正工青衣，订了一出《母女会》。"

菊禅道："大哥的本工到底是甚么？怎的凡贴片子的脚色，大哥全敢抵挡一阵。"

墨香道："驳杂有余，精纯不足，算不得本事。你要问我的本工，我是先习花旦，后习青衣，因此我的唱工，十分劣蹶。"

菊禅道："大哥还不止会的旦脚戏多，从前在圆通观工房，我们打《阳平关》的套子，大哥真敢抵个黄忠，虽是素身排练，不是上台，已经是不容易，您是怎么学的？"

墨香道："我常跟刘春喜、李鑫甫在一块儿，偷也偷会了。你还能上台唱巴九奶奶呢，你肚子也宽，我穿了厚底没功夫，真唱黄忠是不行的，不如你能抢旦脚活儿。你们排《铁笼山》，我连素身都不敢抵女兵，旦脚我也并不全拿的起来。"

菊禅道："大哥来女兵不行，可真敢素身抵陈泰，并且是很熟，总算不含糊。《八大锤》您素身敢抵岳帅，《取金陵》《夺太仓》，您敢素身抵曹良臣跟张虬，您只要练半年的靴子工，您改靠背老生，可太省劲。"

两人说了半夜的话，墨香告辞而行，出了他家大门以外，走不到几步，忽的刮起一阵风来，怎见得好大风：

巽二无端大发嗔，孟婆助虐抖精神。

御风列子空中过，苦喊连天叫救人。

这阵风，飞沙走石，十分的利害，真好似《西游记》黄风怪弄得那妖风一般。墨香冒风归家，睡了一夜，次日起床，咳嗽大作，说话声音哑了。哎呀，不久就要走局，又派的是一出唱工戏，生砍实凿的玩艺，一点躲闪也没有，这可不好办，忙去找劲闻，商量改码。劲闻不在家，不曾相见，只得回来，恰遇万太史的仆人来到，禀称太史有书。墨香拆书看时，原来太史广安门外核桃园坟地，有件事务，要墨香前往。墨香打发仆人回去，即出了广安门，奔了核桃园。那风更来得凶，比昨夜还大，墨香又拍了一下子，连话都快说不出了，真哑得难受。

时值严冬，天是极短，一展眼便黑，不能入城，就在替万宅看坟的徐姓家中住下，吃过晚饭，风已小住，便到野茶馆听了半天南城调，唱的是《渔家乐·相梁刺梁》，这也是戏上有的，不过一直是昆曲。墨香小时，在湖广会馆曾见过的，是小金虎的邬飞霞，孙二官的万家春，戏中骂得马融，已是不堪，南城调又加一翻，然而没人替他叫冤，因马融替梁冀草奏杀李固，本有其事，原不是个好人，骂也无妨。

听得已够，回来睡觉，那风又刮将起来，更加寒冷。徐姓因是城里来的上客，十分恭维，用柴禾把土炕烧得滚热。哈哈，天气虽寒，这热炕可太利害了，墨香被他烤得汗流如雨，一夜也没睡稳。天明风息，日光朗照，墨香下炕洗脸，再同人说话，嗓音早复了原，一些也不哑了。墨香心中大喜，活该有唱戏的造化，慢说是一出《探窑》，再加一出，也可以唱的。即刻赶回，先到万宅，交代那件事，然后归家去歇息。

到了走票日期，便乘坐人力车，奔往东四牌楼二条胡同某宅。走入后台，劲闻已在那里坐候，台上已经开锣，菊禅、涤凡、小杨子也陆续进来。偏小杨子眼快，早看见梳头桌旁，挂着一个小草帽，再一回头，又见那旁竖着木桨，也亏他眼睛倒也识货，认出是王瑶卿的那一份东西，便问是谁借来的。

有人答道："彭六爷要唱萧桂英，托人找了王大爷的跟包小李，花了几块洋钱，半借半赁，小李瞒着王大爷，借给彭六爷用的，等唱完了，悄悄拿回，不必叫王大爷晓得，这算小李一笔外财。只因不用头面，故此没找王大爷的梳头小周，也是小李的主意。"

小杨子大喜，对涤凡道："彭老六，你可以改一出别的戏，那个马叫天也可改唱《卖马》，我还是唱《打渔杀家》，有了王瑶卿这一份东西，可该我过这一出的瘾了。"

众人听了，都觉他这话太也说得冒失，怕涤凡生气，谁知涤凡满面陪笑道："我和袁泽如还有一出《穆柯寨》，我这一出《打渔杀家》，本来生得很，只因杨仁兄前两天说不唱，菊禅没法，才派了我。如今既是兄台肯给菊禅捧场，我情甘奉让。"

小杨子道："着哇，你不过抵一个朱桂芳罢了，自然得让梅浣华高你一头。"

菊禅道："且慢。"涤凡不等他说出底下的话来，忙向着他递个眼色，菊禅会意，便不言语。

催场管事人来向王、陈二人说道："王先生，陈先生，小扮着罢，场上这一出完了，是王多芬的《醉酒》，舒子宽的《监酒令》，底下该你们二位了。"

墨香道："《醉酒》没大出入，《监酒令》从前有谱，现在有唱得快的，有稍慢的，舒子宽素不认识，连点头之交也没有，不知他唱的快慢如何，然而最慢也止三刻。"

劲闻道："这倒不必管他，我这一行，扮戏容易，等《监酒令》上场，再扮不迟，倒是陈大哥该扮去了。"

墨香点了一点头，奔了梳头桌，脱下外罩蓝缎羊皮袍，露出青绸小棉袄，早有人到水锅上面，给打了水来，洗过脸，对着镜子坐下，擦了脂粉，用墨笔画了眉眼，拴了丝带，贴了水鬓，加了水折，挂了线尾，扣了网子，安了发垫，横了扁簪，上了大发，梳头人通了几木梳，动手挽髻。

墨香道："我不挽观音斗，不戴抱头莲，你给我留散发。"

梳头人道："不错，是有这个扮相，现在吴彩霞吴老板，就是留散发的，您大概是学吴老板那一工，吴老板也不戴抱头莲，跟您说的扮相一样。本来，要留着散发，再插抱头莲了，可太怯了，连梆子都没那宗扮相，吴老板骂过多少人了，您真处处跟吴老板是一个意思。"墨香含糊答应。其实墨香学的另是一人，在这部《活人大戏》第二十六回里面，已经说过，只墨香自知本领低微，向来不扯名伶旗号，况且彩霞也不算甚弱，就是学他，也跌不了自己身份，何必定要自己说出，招人肉麻。

挽髻已经完毕，扎了水纱，戴了头面，站起身，去到大衣箱，穿了青衣白裙，恰好后台悬着大镜一方，墨香从镜中照出自己模样，额上七个小弯，簪环一律白铜，身上又穿得朴素，虽然相貌平常，没有甚么光彩，也就不至于十分刺目。

《监酒令》已经发台，劲闻也扮好了戏，与墨香在帐桌旁相对坐定，等候上场。舒子宽细嚼慢咽，一字不减，在那里演唱。墨香不觉想起王瑶卿当年唱这出《母女会》的神情，只他改的这个扮相，已经给王三姐添出许多哀艳，无怪吴彩霞、杨韵芳，都是很反对瑶卿的，韵芳尤其好说瑶卿的短处，然而这个王三姐，连他两人也依着瑶卿打扮，想必瑶卿改的不差。他留的这散发一绺，真个是：

憔悴羞膏沐，蓬飞感鬓松。

又想起来了，鑫培有一回有事，要先走，他唱了倒第二压轴子，把瑶卿挪到大轴子上去了，恰正是这一出《探窑》，前台一人没动，叫好如雷，足见瑶卿魄力了。正是：

真金不怕火，有道能降魔。

我又记得，先青衣、今小生，那个姜妙香，最佩服瑶卿的这一出，说能把极温的戏，唱热闹了，真是本事。

又坐了有一刻钟，《监酒令》完，《母女会》才得上去。哈哈，那个舒子宽在票友里面，前台人缘甚好，王、陈两个可差的太远，一出戏，几乎全在凉水盆子里泡着，叫好之声，可没有《监酒令》热闹，好在劲闻、墨香都素不自命好脚，只过戏瘾罢了，若换上那些争虚荣的人们，又不免呕气。

王三姐送走老太太，劲闻进了上场门，墨香却由下场门而入。这一出的老旦，例是正着上，倒着下，青衣正旦却是倒着上，正着下，老旦走白虎，正旦走青龙。

二人到了后台，早有人道："二位险些一个好儿也没要下来，幸亏末了对哭，还有人捧，不然，就算是白唱一出，然而也看出二位的火候是真沉的住气，要另换两人，只怕早就僵的唱不出来了。"

劲闻笑道："想是我们唱得太好，前台听了入神，连叫好都忘了。"那人也笑了一笑，背着手走开。

墨香便换了头，去脱衫裙，此刻台上是马叫天的《卖马》，他怎么的演唱，不消细表，还是说后台的笑柄。只见菊禅走到墨香面前，叫声："大哥，劳您的驾，烦您来这个萧桂英。"

墨香道："已经派好人了，怎么又派起我来？"

涤凡挽着髻，扎着靠，只差七星额子没戴，也走过来道："小杨子一怒而去，我已扮上《穆柯寨》了，《卖马》底下就是我的码儿，您跟李五哥凑一出罢。"

墨香道："他因何发怒？"

菊禅道："他到梳头桌上扮戏，已梳好了头，叫梳头人给他戴上小草帽，梳头人说：'那是盔箱该管的事。'他走到盔箱，人家给他戴鱼婆罩，他说：'我不戴这东西，我是按照梅兰芳的扮相，戴小草帽的。'盔箱上的人说：'不但梅老板是戴小草帽，连比梅老板在以前的王大爷，跟现在的尚老板、程老板，都戴小草帽，只那件东西，是王大爷兴的，照例是旦脚自置私的，我们盔箱上，向不预备。’小杨子说：‘将才我看见王大爷的那一份子，快拿来戴上，虽然不是梅兰芳的东西，我不得已而求其次，也还可以将就，总比戴个鱼婆罩得样儿。’盔箱人说：‘陈德霖老板也戴过鱼婆罩的，那是老扮相，一点不谄，您想必没摸着真根实底。’他生了气，说：‘我姓杨的，脸上没有皱纹，你别拿我比那老迈龙钟、永远挂不了正牌的陈石头，快拿小草帽来！’盔箱人说：‘王大爷的那一份东西，是彭先生借来的，有王家伙计跟着，如今彭先生只唱《穆柯寨》，已告诉王家跟来的人，挑回去了，不但小草帽，连茶衣、大桨，全都拿走。’你想小杨子，焉能受得住，登时变了颜色，摔头含怒而去，涤凡也不便再唱这一出了。我们素知大哥没有习气，因此求您救场，《穆柯寨》底下，就该《打渔杀家》，倪荣、丁自燮都勾了脸，我也抹了彩，穿了靴子，大哥赶紧去扮，隔一个半码儿就到了。

墨香想了一想道："我答应就是，莫因他一人，叫你今天唱不成。"

菊禅道："大哥真痛快，究竟是自己弟兄。"

墨香道："我一向抵人的活儿抵惯了，抵杨某的活儿，也不止一次，我不算抢他的到口鸭子。若换一个人，谁也不跟姓杨的结这个小冤家。况且我常给杨某作配脚，算起来，我是给他跨刀的，他不唱，应该我抵，这是规矩，他更不能恼我了。他跟我学过两出，他跟我交情，算是不薄，我抵他，更叫做不碍。"说着，便走到梳头桌边又扮起来。

原来王家的伙计并未动身，只涤凡叫他们把东西藏起，小杨子已走，涤凡早叫人把借来的东西拿到。于是墨香除了大发、头面还是自己的那一份，彩鞋也是自备的，此外连草帽带衣服，竟自闹了大半身的王瑶卿，而且是他家小李动手替穿，倒也有趣。正是：

我本无心穿戴此，谁知穿戴逼人来。

笑他悻悻相争者，空使双眉锁不开。

王家小李道："我们大爷唱这一出的时候，陈爷看的太多了，有一天，连园子带堂会，我们大爷唱了三出《打渔杀家》，谁也想不到，陈爷三下里追着瞧。"菊禅等听了，又笑又赞。他们笑的甚么，他是笑墨香当年太也迷瑶卿了，他们又赞的甚么，他是赞墨香用心专一，才收今日的功效。

少刻《卖马》已完，彭涤凡早戴好七星额子，拉了蟒，向那边而去。那扮大教师的艾云飞来问墨香道："'杀家'时，咱们打甚么？"

墨香道："我杀完小教师，你拿枪漫我的头，半个合，往里一盖，你打我的蓬头，我就下了，任甚么我也不打，留着锁喉枪，你跟老生去打罢。"

艾云飞道："您能唱武旦，何不露一手儿。"

墨香道："我虽唱过武戏，只我的武工实在平常，而且气力不佳，只要台上不洒汤、不漏水，别闹出不好来，就算我交代了公事，我何必展才。我瞧见过票上的朋友，拿着刀就像一块门板，手里脚下，一概没有谱儿，还必得跟教师打一套，前台的眼睛，虽然遮得过去，白叫你们武行老前辈笑掉了大牙，大约我也比他们强不多少。”

艾云飞道：“您是老手了，总想惜力，不肯傻干，我给您出个省脚的主意。我跟萧恩打完以后，我归大边，老生归小边，您在下场门外等着，我打您的蓬头，来一个刺肚，老生归大边，旦脚归小边，大教师中间，压住杀死，比从上场门勾出旦脚，紧一点儿，您又省得往后台绕一个大弯儿。”

墨香道：“好，就这么办。”

菊禅笑道：“别瞧省了几步路，旦脚可比从上场门勾出的来得快，要不是个武旦，保管昏场，准给咱们瞎撞一台。好在陈大哥、彭老六都是武行，别管二位是谁上去，决撞不了。要是小杨子，咱们急早别这们干，还是从上场门勾他为妙，保险的多。他张嘴就比梅兰芳，你真叫他唱一出《水漫金山》，按照兰芳的样子，白蛇、青儿两对双枪，跟伽蓝打‘三见面’，真照梅老板的样式，我敢保一开荡，小杨子就算昏，等不到四股荡，他就得趴下。人家梅老板任凭怎么不济，下过几天功夫，跟茹莱卿、李寿山、朱桂芳研究过的，不是凭着胆子去撞，武戏套子，人家用不着，可以不全知道，只既唱《水漫金山》，可就得把《水漫金山》的套子弄清，不能像外行，含糊了事。”

菊禅道：“票友自比兰芳的很多，究竟是骂兰芳罢了。”云飞点头称是，墨香口虽不言，心中想起一首诗来：

绝似丹青费揣摩，心情惨淡手婆娑。
人间不是无颜色，唐突名花可奈何。

菊禅道：“不要碎豁人了，咱们再对一对今天的戏。咱们杀完了家，咱们还是要双下场？还是旦脚跪着，老生拉下？”

墨香道：“那可由着你。”

艾云飞道：“拉下是老路子。”

墨香道：“不错。谭鑫培、王瑶卿唱了多少回，都是跪着拉下，瑶卿还跟王又宸照过一张相片，瑶卿亦亮的是跪着的像儿。”

菊禅道：“既然是旦脚跪下是老路子，咱们今天就按老路子唱，我也该小扮着去了。”说着也去扮好了戏，又走来对墨香道：“大哥，咱们还有个商量。”

墨香道：“你又有何话讲？”

菊禅道：“杀完了家，老生、旦脚双出门一抄，往里一盖，再往外一盖，旦脚下，我还嫌他是文行朋友的样子，咱们改成老生倒垂着刀，旦脚把刀一横，来一个刺肚，旦脚转身就跪在当地，大哥以为如何？”

墨香笑道："就依着你。"

艾云飞道："陈大爷可真皮的过儿，怎么着都能将就，任凭你想出法子来摆弄，总接得住，别瞧不够一个好脚，可比票上的好脚皮实。"

墨香道："我只当了十几年的配脚而已，资格不深，道行又浅，哪一回上台，也有一点小错，时常给人家捧不严，艾先生别夸奖我了。"

艾云飞未及答言，催场管事已嚷："老生、旦脚照场！"李、陈二人忙奔了上场门，王家小李把大桨递给墨香，他真算伺候殷勤，只听得他笑道："借我们的行头，我只跟来看着，怕丢东西，我是不能伺候唱主儿的。今天陈大爷另当别论，我全按伺候我家大爷的规矩，伺候了您。"墨香笑了一笑，与菊禅一同上去唱了一出《打渔杀家》。正是：

结束各光彩，指顾风云生。

待唱完下来，菊禅道："大哥您这一出王词不少。"

墨香道："怎见得？"

菊禅不慌不忙回答出来。正是：

谁云无识者，毕竟有知音。

又有诗曰：

秋荷独后时，摇落见风姿。
无力争先发，非因后出奇。

戏已唱过，大家并未留神墨香唱的王词，要知菊禅指出的是哪几处，且看下回分解。

第四十回 余玉琴谈昆相国 王劲闻说潘尚书

话说菊禅道："大哥头一句倒板'摇橹催舟顺流下'，就是王家的词儿，与大路唱的'太湖之上潮水发'就不一样。后头念'生在渔家，长在渔船'，也与大路念两个'渔家'不同，这都是王词。"

墨香笑了一笑道："你听瑶卿，也算听得熟，你这一出也很有些贾洪林的派头。"

菊禅道："我这一出不是实授，是前些年，在第一舞台，看贾洪林跟王大爷唱，我偷会的。"

墨香笑道："你是偷的，谁又不是偷的。我也是常看瑶卿，在他手里偷来，跟你偷洪林一样。"

菊禅道："我自入票界，跟大家凑热闹，就学的武生，可是武花脸赵寿臣教的，故此文戏不实授，大哥原是唱这一路旦脚的人，纵然偷，也比我偷得仔细。"

墨香摇头道："这话也不尽然。"

艾云飞的儿子武生艾俊亭，正站在那里，便道："二位究竟学过戏，有了根底，方能在台下偷人的玩艺，若是生虎子，这一出《打渔杀家》，可不容易偷的。这一出，要真材实料，不比歇工小戏。"

墨香道："我也只偷了个大幌子罢了，一点细腻没有，究竟砍的没有镟的圆。"

艾俊亭道："百学不如一串，百串不如一看，二位毕竟看的多。"

墨香道："话虽如此，只看会的，只能算是偷，掉句文，叫做剽窃，我的欠细腻，正犯这个毛病。"

菊禅道："您没有细腻，我更糙的厉害，不过大规模是错不了的，要说怎么样的好，我可不敢混吹。"

墨香道："我们只是闹着玩儿，又何必吹起冒泡。"

俊亭道："二位真不容易，陈大爷杀小教师，接的大枪攒半套，李五爷真有飞脚，这都不是闹着玩儿的，武功没根，可叫不成。”

说话间，两人都卸了装，墨香格外给了小李大洋一元，艾云飞的兄弟云凤道：“二位倒是真严，一点也没有碰。”

墨香道：“他偷的那个主儿，常跟我偷的这一位在一处唱，我们是一个铺子贩出来的货，焉得不严。”说了半晌各散。

不久劲闻又约一局，仍是东四牌楼二条胡同，可另是一家，菊禅、墨香仍是《打渔杀家》，仍是艾云飞的教师，唱完了，卸装已毕，云飞道：“一回生，二回熟，今天比上次更好了。”

墨香道：“不然，今天我可差的多。”

菊禅道：“大哥何差之有？”

墨香笑道：“今天我穿的坤脚的衣裳，不是一身的王瑶卿。”菊禅、云飞一齐大笑。

他们正笑呢，早有一位久经听戏、自负懂行的朋友，腆着肚子，来到后台，向二人道：“二君辛苦了，只我有一句良言，望二君勿怪。这一出《打渔杀家》，是歇工小戏，不必真材实料，本不难唱的，给我扮上，也唱得了。无奈二位在台上不好的地方太多，似乎还得研究，要连这一出都唱不好时，不必再动别的大戏了，我的嘴直，二位休怪。”二人诺诺连声，不来回答。

他又道：“票上的萧桂英，自然是小杨子最好，可以压倒一切。”说毕，走到菊禅身边，附着耳朵说了几句，翻身而去，墨香也不便问，只见菊禅不住的笑。

艾云飞道：“您笑从何来？”

菊禅道：“他说陈大爷减了几下打的刀架，又不该出门跪下，而且杀教师一场，错由下场门出来，这是造魔，这一出，各名脚都无此演法。他说的话，正和后台议论相反，倒也可笑。”

云飞道：“这一位大约是位假花脖子。”

菊禅道：“是的。他说陈大爷错走下场门，他不晓得今天的后台，贴着后场桌，一棵大树，要不是咱们这个路子，旦脚可绕了大弯，难免误场，谅他如何懂得。”正是：

但闻口内之言，便晓胸中所学。

艾云飞笑道：“从前同春李五先生唱这一出，多半是范四先生来教师，这本是花脸的抱演活儿，不算外活。连位都爱开搅，‘杀家’一场，范四先生拿叉上去，他们在后台并未说明，当台现抓单刀见叉的把子，一下也不碰，二位肚子里的玩艺太宽了，后台又是笑，又是叫好，前台检直莫名其妙，足见前台不真懂。今天他们说的话，陈大爷倒别走心。”

菊禅道：“范四先生是范福太，能耐不弱，可是前台没甚么劲头，还不及他儿子宝亭，能跟前台斗一气。”

墨香道："前台自有前台的鉴赏，我这一出，本来不好，后台都是自己人，不免一切原谅，前台是黑脸堵，自然挑出毛病。只他既当面指摘，又留一半不告诉我，却又私告老五，这个举动，我倒不解。"

菊禅道："这宗人总要弄些假神秘，好叫人家测不透，全说出来，又怕自己有小错，惹出对方跟他驳辩，不说出来，又怕众人不知他是高手，故此才半吞半吐，闹出这自相矛盾的神情，最好是置之不理。"

云飞道："是极是极，谁有功夫跟他抬杠。"

墨香道："抬杠也罢，不抬杠也罢，只他叫我们还要研究，倒是良言。我十几年前看戏，也是自命不凡，只我胆大敢说，不肯半吞半吐，因此猜不出他这心思。"

劲闻在座，便插嘴道："我看过包丹亭的《打渔杀家》，他颇肯研究，上了台倒是不错，只小杨子的萧桂英，太不好了，闹得一团糟，可见'研究'二字，必不能少。"

墨香道："丹亭是王福寿教的，全是老路，跟我们两派，我也捧不甚严。"

劲闻道："此亦实话，不过小杨子检直没根，老派、新派他全不会，跟谁也弄不到一块儿。"

墨香道："有个唱老生的郑蕙芳，他的路子，又与王福寿不同，杀完丁员外，老生、旦脚都靠里站，两个小教师，由上、下两场门，对翻虎跳出来，生、旦各杀一个，再各用刀搭两个小教师的夹关，对捞扑虎，揪起杀死，算罢四个小教师都交代了，生、旦一抄，都归下场，旦脚靠里，老生靠外，上大教师，半个合，勾出旦脚去，刺肚一压，又把他宰了，倒也火炽。我陪郑先生唱过，因此我晓得他的这个谱儿，咱们再唱，可以照方办理。"

菊禅道："您说的像比通大路的少，可是旦脚不行，更撞的快。"

劲闻看了看壁钟道："天不早了，我们可以走了。"

于是大家一齐出来，菊禅等作一路，劲闻另一路，分头而去，墨香一人独行。天已夜子时，只见满街灯光，铺户都没上板子，墨香将要雇车，对面来了一人，恰是余玉琴，墨香问道："余老板从哪里来？"

玉琴道："我到某宅拜寿，他家请票唱戏，除了配脚，凡唱一出的，不用内行。我坐在台下，看了你跟李菊禅的一出《打渔杀家》，你们二位倒凑了一个很齐结，你大约肯用私功。虽说不出你们的好处来，可真不羊腔，不过二位的狗血都不行，有点洒不开，本来这一出太也难唱，你总算不含糊。这一出我也跟谭老板唱过的，谭老板一辈子，不知遇见多少位萧桂英，就是我捧的最严，要算陈德霖第二，再往下才是瑶卿。前台都说我的《十三妹》比瑶卿强，我瞧他也有他的好处，我的这一出，我自觉高的多，前台偏又不提了，外带听我说出此话，除包丹亭肯信，谁也不信的。"

墨香道："我的玩艺，向来是平淡无奇，不止《打渔杀家》如此，我唱哪一出，也不讨好，反正有几分僵硬。"

玉琴道："你又不为挣钱，只要不抖漏子，别招内行的碎豁，就算行了。票友上台，宁可僵一点儿，不要抖机灵，添花样，眉眼手脚乱动，自以为不僵，可是都没合式。咱们别竟说话了，我因本宅的席面，菜都是凉的，没敢多吃，这一阵儿，可有一点饿，咱们到小馆吃个夜消儿，两人用不了一块钱，你别客气。"

墨香道："算我的主人，我就同你去。"

玉琴道："咱们谁跟谁呀，难道这么几个钱的东道，你还不让给我么。"便拉了墨香，同往大街一座小馆而来。正是：

人生不相见，动如参与商。

今夕复何夕，共此灯烛光。

墨香、玉琴到得那里，走进里面，找了座位，二人相对坐定，叫来跑堂儿的，要了酒食，端来同用。玉琴一面喝酒，一面说出一件事来，却是今日见着一个旧友。正是：

山在西来水在东，连山带水总相通。

五湖四海皆朋友，莫道相逢是梦中。

玉琴道："我今天在某宅拜寿看戏，座间见着一个熟人，与你也是极熟的。"

墨香道："不知是谁？"

玉琴道："就是从前赫赫有名的昆中堂，他们府上大少爷，四品京堂占君柱臣。"

墨香听了，不由心中生出无限感慨来。正是：

冠盖满京华，斯人独憔悴。

孰云网恢恢，将老身反累。

墨香呆了半晌，玉琴也叹了一口气，墨香道："你可曾问他的住址？"

玉琴道："我倒问了，他不肯说，他的意思，是不愿意理我。"

墨香道："你看他的神情如何？"

玉琴道："他穿的衣服，和你现在也差不多，大约家景也只平常，当着好些生客，我不便细问，他也没有细说。从前我在肉市唱戏，你们去听，待戏散了，咱们上万福居，我先去占座儿，你们随后，我占了座儿，到馆子门口，接你两个。那时他也有车，我也有马，咱们都很年轻，算我最大，也只三十四岁，你更小了，不过二十，展眼就过了多少年，想起旧事，检直是一场黄粱子。"

墨香道："今天说昔年好像做梦，再过些年，今天也就成了梦境，光阴是留不住的，正不消追想。"

玉琴道："我又记得他娶他们大少奶奶时候，他们府上正好走运，唱的是活人大戏，找的是福寿班，我当的来手。"

墨香道："他家大少奶奶是江西巡抚德馨之女，曾经选秀，幸未入选。他们旗人，最怕闺女进宫，若是进了宫时，哭也哭不得，笑也笑不得，真叫两面为难。德家总算造化，这位女公子，后来嫁给占柱臣。那个时节，我正在杭州，因地他家这一次大喜事，我没有躬逢其盛。”

玉琴道：“那一天，我跟花旦五九闹了一个大别扭，你可晓得？”

墨香道：“仿佛听见有人说过，不很详细。”

玉琴道：“你可知五九的名姓？”

墨香道：“他姓秦，叫做馥林。”

玉琴道：“那一阵子，京里花旦，只有三个人，前台人缘最好，一是小桂凤，一是路三宝，一是五九，只五九爱闹个小脾气。昆中堂替少爷娶亲之日，他正搭我们的福寿班，我做来手，订了戏码，派了五九一出《棒打薄情郎》。那时不论谁家，没有夜十二钟不散戏的，五九同朋友吃饭馆子去了，一等也不来，二等也不来，管事人贾丽川、陈春元都急得眼蓝，气的脸白，催戏人跑了六七次，我们这位秦老板，还是杳无音信。台上是整本的《施公案》，这一出可不是从前沈小庆老先生排的，是个外行，叫做史松泉，他亲手编造，大概你也晓得这个人。”

墨香道：“史松泉是户部书办，潘祖荫作正堂的时候，他正得意，后来右侍郎孙贻经嫌他人太精明，非杀他不可，无奈内扇儿们，都和他不错，才把他的脑袋保住。他跟李顺亭极有交情，给顺亭编了一出《战郢城》，伍子胥鞭尸，推翻从前的《反昭关》，另起炉锤。伯嬴守宫拒姬，全照《列国演义》，不用那《白马春秋》无祥女被逼跳城的瞎话。《列国演义》是抄的刘向《列女传》，有根的多。松泉编成后，赠给李顺亭。”

玉琴道：“不错。那时李五正搭福寿，我们在一块儿呢。《战郢城》也是福寿唱的。”

墨香道：“松泉的用意，是借此要想捧顺亭作正脚。顺亭虽也唱了，却对他说：‘正脚我不够，您还是捧别位。’才算拉倒。他这出《施公案》，新开路乐家有一份钞本，乐均士六爷是史松泉的女婿，因此《施公案》落在乐家。又有人钞了一份，送给顾赞忱，恰遇刘春喜在顾宅教戏，要想排出来唱，指定叫我来个许玉桂，赞忱一心只爱谭鑫培，不喜这些，没有排成。”

玉琴道：“那夜昆府，正是唱的许玉桂代嫁的这一段，是路三宝扮的许玉桂。这一出底下没有别的戏码，只剩五九的那一出，贾、陈二位跟我商量：‘眼看《施公案》就完，五九还没进来，况且旦脚扮戏麻烦，就是进来，也赶不及，我们是还垫戏等他，还是打住？’我说：‘咱们别作主意，得去请示中堂。那一年冬月二十九日，大爷的生辰，开场《财源辐辏》，第二《百寿图》，怕后边人赶不上，由相面出管辂起，中堂恼了，把管公明骂进后台。开场还不准垫，别说快散戏了，咱们别惹漏子，我去问一问，再作计较。’”

墨香道：“中堂骂管公明，我亲眼得见，我还去讲过情。”

玉琴道："劳驾，我至今感激，只可惜五九闹的这一回，你没在座，前后台没人打圆场，才闹了个犯僵。那日我到前台，禀称五九未到，中堂板着脸说：'好大习气，黑更半夜，还磨蹭的甚么，是该打住的时候了，五九不愿伺候我这穷京官，专交海关道，我又何必定要看他的戏。'我听得口气不妙，退入后台，说打住罢，中堂又犯了肝火。等《施公案》起了【尾声】，后台吹了呜嘟嘟，五九面带醉容，方才走了进来。我可沉不住气了，走过去，问他为甚么来迟。他说：'天气很早，你不垫戏等我，你这是成心蹶人，明天戏馆子告长假，不搭你这福寿班了。'我越发大怒，骂了他几句，他也还了嘴，我们两人几乎揪起来。本宅管家大肚子老崔说：'别闹的中堂晓得，你们全耽不起的。'我们才各自开交，五九就算跟福寿脱离。再过两年，他就疯了，至今不能吃戏饭，我虽已老，还能跟戏班、票友两边凑合，总比疯子强一萝葡皮儿。"

墨香道："怪不得近二十多年，没听见人说秦馥林唱戏，原来他已经疯颠。"正是：

昔年傅粉似何郎，何事如今人已狂。

展眼韶华如逝水，怜渠好景不能长。

玉琴道："我再告诉你，今天某宅预备的茶乏极了，占大爷也喝了几碗，不是从前在万福居的神气，真正此一时，彼一时。"墨香听了，半晌无言。

玉琴又道："曾有人说昆府这个老崔，是个武官，打过太平天国，保到总兵，只因那时候的武官太多，有功劳的也不少，他补不上缺，才改行当了二爷。他官印叫崔森，在安徽领兵之日，孙菊仙还没入戏界，正吃武粮，在他部下当过差。"

墨香道："这话有些影子，我作《梨园外史》，曾经叙过。我听得昆中堂说，这老崔先伺候过几天先父，还跟着先父到午门坐班，那时先父官止编修，后来才把他荐入昆府。当日老崔的伙计，有个陈提督，是安徽人，也是补缺无望，混得没有着落，当了保正。陈六舟先生做抚台，访出底细，才给他借补了个都司，不久就死了。那个年头，武官末路，实在可怜，也和近几年的少爷官儿一样，说不了。"

两人都已吃饱，玉琴给了钱各自回家。正是：

忽遇旧人谈旧事，已结前果证前因。

墨香在家，又过了好些时，王劲闻的黄学会因经费不足，已经报散，只剩陈痴疯的熙春会还在勉强支持，陈子方常有散局，也常约墨香。

一日在某宅，子方约了一出《金水桥》，墨香还没扮妆，子方道："我是学余紫云的，紫云不唱公主，只唱詹妃，我也如此。"

墨香笑一笑，暗想这是上次那个青衣《战太平》的老套头，只子方的话，可比那个青衣蕴藉，于是墨香便扮了银屏公主。

二人将扮齐，一个看客走来道："二位虽都是宫妆，却不一样。"

子方道："错了，我穿的有飘带的叫做宫妆，他是大蟒玉带，不是穿宫妆。《打金枝》的公主，才是宫妆呢，这一出可不然。"

那看客道："既穿在公主身上，我便认为宫妆，你的这些话，直算白费。"

子方大怒道："您是外行。"

看客道："我内行极了，你们台上谁好谁不好，我心中自有权衡，怎见得我外行。"子方正待要骂，有人把看客拉向前台去了，才算没闹出岔子来。

子方、墨香先后登台，唱了这出《金水桥》，这一局，又算是交代过去。只那银屏公主唱工繁难，最利害的是连快板带二六，都是十字句，软、硬腔儿都有，高字又多，墨香是半条嗓子，焉能胜任，没招出倒好，却又丢在凉水盆里了。幸而墨香是凉惯的，倒不在意。老生桂梦九、老旦王劲闻，加上子方，也都平淡无奇，只都比墨香强些。

其时有个冯十，是世家子弟，也能登台玩票，唱的是老生，这年他母亲整寿的日期将到，冯十想请一天票局，一来给母亲祝贺，二来自己也可登场过瘾。他没搭过票房，没有党派，又闻近来的请局之人，多半散约，不专请一个票房的朋友，他便也照样办理。择了个日子，约些票友，在他宣武门外八宝甸本宅吃饭，商量唱戏的事务，墨香也在被约之列。

当日到了冯宅，只见几位女士在彼，冯十道："这也是请来上场的。本京自俞振庭初邀坤脚，本是男女合演，不知怎么闹得不合式，官家告示，男女各自成班，在戏园不得混杂，堂会却是无妨。这几位都是女票友，除我以外，别人还是请她们不动。"少刻男票友又到了许多，包丹亭、李菊禅、王劲闻、陈痴疯、杨南英、小杨子、彭涤凡、袁泽如、万季六都在其内，还有个老生许良臣，与墨香却是初次见面。那冯十见人数已齐，吩咐摆饭，大家入席，也是男女同座。

酒足饭饱，大家商量戏码，墨香订了一出《战蒲关》，冯十道："许良臣先生，可以唱一出《定军山》。"

良臣道："不行，《定军山》我可唱不了。"

冯十道："你时常在清音桌上唱这一出，真唱得好听，最要紧的'头通鼓'，你也很是玲珑，怎么会说是唱不了。你连《碰碑》的反二黄都不含糊，别说《定军山》，只有二六、快板，一句很慢的没有，你只要把'头通鼓'唱好，就算得了，你怎么说是不行。"

良臣道："你原来是不在行的，我告诉你，这一出《定军山》是靠背戏，武功没有根，可干不了，就是勉强挣扎着上去，也弄不好，白落高人的笑话。你这一回，请的票友，高人甚多，我别去现眼，我唱一出《洪洋洞》就是。"

王劲闻道："我闻得梨园老辈说，张毓庭唱《洪洋洞》，老令公托兆，起了【乱锤】，毓庭不弹髯口，不按桌子，打鼓的【乱锤】只顾打，不改点子，扮老令公的朱天祥，给毓庭提了个醒，才解了围，《洪洋洞》也有难处。"

良臣道："无论如何，比《定军山》好对付。"

冯十道："你不唱《定军山》，我这里另有人唱，包先生您唱这一出罢。"

包丹亭道："我也不行。"

冯十道："您甚么样的武戏都唱过了，何况小小的《定军山》。"

丹亭道："扎靠耍刀，我倒不怕，只那几段二六、快板，真不易唱。'头通鼓'不是老路，我懒得唱的，就是唱了出来，也未必很受听。你请的唱工老生，尽有能手，别叫他们听了扎耳朵。"

有一人道："《定军山》打的是'小五套'，唱的是二黄，本不容易，无怪许、包二位，有些畏难。"

李菊禅道："'小五套'都是枪的把子，《定军山》是大刀，凡黄忠的戏，都唱西皮，没有一句二黄的，连关公除了成神以后的《青石山》，是唢呐二黄，生前也不大动二黄的。刘备哭灵，还是反西皮呢，黄忠多会儿唱过二黄哇。"那人红了脸，一语不答。

又一人道："劲闻方才说张毓庭不弹髯口，不按桌子，此话怎讲？"

良臣道："那叫做交代，打鼓人见唱戏的如此，就知他要叫打鼓人改点子了。也不止《洪洋洞》，凡戏上一举一动，都有交代的，也不止张毓庭，目下唱戏的，十有九人不懂交代了。好在兴私带打鼓人，他自然会捧他傍的脚儿，决不蹶他，不会再有那宗事。"

冯十道："包先生不唱《定军山》，可唱甚么呢？"

丹亭沉吟了一会儿道："我唱一出《翠屏山》如何？"

冯十道："也好，此次我请的票友旦脚，连男带女，通是九位，正怕派不开戏码，您既唱《翠屏山》，可以跟他们拴一出了。"便问众女票友道："诸位可否与包先生拴在一块儿？哪一位愿意？哪一位答言？"

众女票友道："我们都是青衣，不唱花旦，戏码已经订了《宇宙锋》《女起解》《六月雪》《骂殿》，我们是不唱《翠屏山》的。"冯十向小杨子道："你可以跟包爷凑的。"

小杨子道："你叫丹亭改一出《打渔杀家》，还得他替我借行头，我就准他跟我配戏，这一出《翠屏山》，我是不唱的，你几时见梅兰芳唱过这个潘巧云？"

王劲闻道："说起《翠屏山》，我倒想起一个笑话。昔年潘尚书的祖父，是状元宰相，尚书在门前写一副对联是：

状元门第，宰相家风。

"有那缺嘴名士给他改了，都用的《水浒》典故。"

众人问改的甚么，劲闻道："他改的缺德透了。"正是：

良言论事三冬暖，恶语伤人六月寒。

要知那潘尚书的对联，改作甚么，且看下回分解。

第四十一回 台下观新戏 樽前说旧规

话说王劲闻谈到潘尚书的对联，众人盘问是甚么词句，劲闻笑道："他改的是：

紫石街前门第，翠屏山上家风。

"上联是潘金莲，下联是潘巧云，骂的太利害了。潘尚书说：'这是子虚乌有的人物，何足为潘姓之辱。'付之一笑，总算福大量大。"

冯十道："且莫谈这些趣闻，今番的潘巧云，还没人唱，彭六先生你去挡一阵罢。"

彭涤凡道："《翠屏山》我不玲珑，我打算还唱《穆柯寨》，我只能唱武旦、刀马旦，要扮上潘巧云，我的手脚都没处安放，我可不行。"

包丹亭笑道："在座诸兄，倒有一位能唱潘巧云的，你怎不去烦他？"

劲闻也道："不错，潘巧云是刺杀旦应行，在座有一位真正刺杀旦，外带肚子不算窄，这一出是会的。"

冯十道："哪一位是唱刺杀旦的？我只知她们几位女士和二位杨先生，是青衣，彭六爷、陈大爷都是刀马旦，我想烦南英和劲闻，加上万六爷，来出《进宫》，小杨君赏我一个脸，我陪你唱出《跑坡》，只陈大爷戏码未定，谅他是决唱不了《翠屏山》，我别碰钉子。"

丹亭笑道："你不常在票房出入，没怎么看票友登台，你不很晓得票友们哪几位唱哪一路戏，我说的潘巧云，正是我这陈大哥。"

冯十道："家姊与陈太太，是姊妹，陈大先生还算我的姨丈，往来甚密，我很知他老人家的本事，刀马旦是本工，能唱青衣，只不晓得还能唱这一路玩艺。"

墨香道："反正唱不好，又何足挂齿。即如石秀献脏，揪住巧云的胳臂，往后一丢，余玉琴能走一个倒插虎，路三宝只走抢背，可是起的范儿很高。我前些年，还可走软抢背，起矮范儿，现在只起屁股坐子罢了，翻抢背不行了，要走倒插虎，用不着石秀杀的，一翻就得死，这一出我决唱不好。"

座有一人道："陈先生可算有自知之明，您自己不说破，愚下也不敢冒言。你老先生在台上，一点内心表演也不懂，古板得利害，我们早给你上了一个'庄严旦'的徽号，您自道其短，毫不掩讳，总算明白。这出《翠屏山》，您可以免劳。"

劲闻道："不然。陈先生虽说平淡无奇，上台不招内行笑话，丹翁是得过真传的人，只怕他这一出，倒是请陈大先生上去，比较妥当。"

那人道："我们想看包先生的'杀山'，大约陈先生素非票上好脚，'杀山'未必敢唱。"

丹亭听了摇头笑道："方才陈大哥说的满是'杀山'的门道，难道阁下不曾听见么？他既能说'杀山'，一定能够唱的。"

那人道："他说的甚么倒插虎，又是抢背，我闻所未闻，想必是他胡诌的，纵然不诌，也与'杀山'没干。"

丹亭道："他说的是武功。"

那人道："陈先生还会武不成？"

丹亭道："陈大哥武功不错，'杀山'是能对付的，我们哥儿两个，唱过好几回了，阁下不必替他担心。"

冯十道："陈五姨父，包爷派下来了，王爷又直保举，劳您的驾，捧包爷一捧。"

那人道："'杀山'的花衫，是要作出怕死的情形，二目发直，浑身抖战，是一出做工戏，既是懦弱妇女，要武功何用？包先生的话，令人不解。"

冯十道："你既不明瞭，可以毋庸多言。人家已经说出'杀山'的谱儿，你连'石秀献脏'四字都闹不清，还疑心人家'杀山'不行，你太戾笨，我不能听你的，我请定了五姨丈的《翠屏山》了。"

墨香道："一定派我救场，我也只能答应，我与别位不同，别位的戏，有好有不好，因此有不肯唱的，至于我的玩艺，反正是没精彩，我倒全敢上去。"说着不由得一笑。正是：

但问能不能，莫言好不好。

任君多苛求，保管搬不倒。

劲闻道："刺杀旦这个名目，昆腔也是有的。"

墨香道："昆腔刺杀旦，讲究'三刺'，是《刺梁》《刺汤》《刺虎》。又讲究'三杀'，就是《水浒》的这三个淫妇了。昆曲刺杀旦，不都是坏人，若依昆腔旧例，瑶卿的《庚娘》，艳秋的《青霜剑》，都可算刺杀旦的。《刺汤》乱弹归青衣，是因以前刺杀旦都没好嗓，若照我这办法，《刺汤》又可绕回来了。"

说话之间，大家又订了几出戏码，分头出门，劲闻拉墨香往西珠市口开明戏院看戏。进去时，场上朱桂芳的《取金陵》，底下王凤卿的《取帅印》，大轴梅兰芳的《天女散花》。

幸亏劲闻预先留票，不然定没座位，可算极一时之盛。

这一出是无边花庵主人大李将军手笔，用的是《维摩诘所说经》，又曰《净名经》，其中所述天女散花于维摩诘室内一段故事，罗掞东曾有二诗咏之曰：

竟将佛语入清歌，
不畏来生罪孽多。
痴绝长安诸士女，
同心教地著禅魔。

其二曰：

猿臂间身在北平，
揞枯霜颖按新声。
凭他绝代轻盈态，
替尔流传在玉京。

他这末两句最说得透彻，后出戏本，哪一出不是经好脚演唱，才有人听，任你怎么穿插松懈，也不妨事。何况大李将军久在戏场，不算戾笨，自然与兰芳相得益彰。

不要月旦戏本了，且说当日王劲闻含笑道："这一类玩艺，例写古装新戏，似觉不妥，难道梳大头，穿青衣，是时装不成。依我王劲闻的主见，莫若改称画装，因他这装束，本是从画儿上面学来的。"

墨香道："兰芳这一类玩艺，先有《嫦娥奔月》，后有这一出。《奔月》是应节的戏，与瑶卿的《天香庆节》一版，除了八月中秋不能唱的，倒是这一出《散花》，可以不拘时令。老墙根广慧寺，有贺大司空对联云：

发菩提心，一轮皓月；
出灵妙手，万朵天花。

"我曾说上联是《嫦娥奔月》，下联是《天女散花》。我岳父万夫子说《奔月》还不免牵强，《散花》却是确实。我又看王渔洋《菁华录》，有《题余氏女绣浣纱洛神二图诗》，其一云：

溪水粼粼见浣纱，
苧萝春色玉人家。
丝丝绣出吴宫怨，
碧玉清江是若耶。

"其二云：

明珠翠羽魏宫妆，
洛水微波渺正长。

欲写陈王旧时恨，

唾绒兼傲十三行。

“这余姓女子，唤作韫珠，如今兰芳的新戏，一出《西施》，一出《洛神》，恰是这两件故事。”劲闻点头。少刻戏完，二人各自回家去睡。

过不多时，已快到冯宅唱寿戏的正期，墨香托人去找诸茹香借一份行头。待得那一天，来在冯宅，诸家跟包人送到一个行头包袱，打开一看，那一份行头太也旧了，比富贵衣还加一倍朽败，众票友都道：“这只怕穿不得，今天找的王多芬给你配迎儿，若是大奶奶的穿章，不及丫头，可不像话，这得拿回去，叫茹香另换。”

墨香道：“不必。”便给了诸家跟包人二十枚铜子，命他把行头拿回。

众票友道：“你把他这一份旧东西退掉，待一会儿唱戏的时候，你穿甚么上台？这一类的袄裤，衣箱可不预备。你自己只有青蓝素袄，唱《双钉记》一类则可，你扮李湘兰，是张展云给你借的衣裳，你唱小可怜，是于云鹏的箱，他那箱里，袄裤俱全。今天赁的是裕丰协之物，是没袄裤的，你怎么办？”

墨香道：“我有打算。”忙请到主人冯十，墨香向他道：“冯老十，劳你的驾，你把那女票友的蓝帔、雪青褶子、白绸绣花裙给我借来。”冯十答应而去。

墨香走到箱上，叫管箱人拿出丫鬟大坎肩，挑了一件新的，给了铜子十枚，叫单放在箱外，今天没有四个丫鬟的戏，这一件，不要叫他们穿，管箱人也答应了。冯十已把女票友东西借到，墨香接过，与自己带来的青衣白裙、正旦无花彩裤，包在一处，拿到箱上，交给管箱人，自己到前台看戏。《战蒲关》戏码已到，墨香去扮妆唱了，却是梳头擦粉，不是前次垫戏的怪相。

到得吃晚饭时，包丹亭才到，管事人忙把《翠屏山》写在戏规上，跟台上的《二进宫》还隔两码。《二进宫》底下是《赵云截江》，后台零碎扮那周单，戴了顶荷叶盔，墨香的儿子宽骅，年才十来岁，正在那里走来走去的玩耍，一眼看见，便道：“周单应当戴大页巾，你扮错了。”

那扮周单的吓了一跳，问道：“这是谁家的学生，他挑的一点不差，我因大页巾难看，才换了盔头，怎么这学生会看出来了？”

管事人笑道：“你不认识么？我方才问过的，这是陈墨香先生的少爷，你想墨香家的小孩，自然懂得我们这里头的事。”

《截江》下面，便该《翠屏山》了，墨香到梳头桌上去扮妆，听了个清楚，不由好笑。咳，我看戏多年，学戏多年，唱戏多年，原只蒙得住后台，那前台看客，毕竟高明，是不叫我蒙的。幸而不慕虚荣，不占票中好脚地位，老实行我的消遣主义，我若稍爱一点浮名，早被前台挤得不干了。慢说是吃戏饭，就连吃这碗丸子，也是真卡嗓子眼儿，好难唱的戏呀。我真玩的腻了，我玩到四十岁，一定收手，决不学别位票上旦脚，六十岁还要上台。回头看那王多芬，已经扮齐，墨香催那梳头人上紧，旁有人道："不忙，《截江》将到'赵云怒气冲'，忙甚么的。"

墨香道："哎哟，《截江》起了【滴滴金】，就没有多少了，我虽唱旦脚，只武老生的戏，我跟李鑫甫、刘春喜凑的时候很多，我很清头。眼见《截江》就要完了，潘巧云在《翠屏山》里，是头一个出场，旦脚又不能十分赶着扮，要是内行还行，我可没那本事，我一定赶不及，快张罗垫一出才好。"

痴疯道："我的《雪杯圆》，本在《翠屏山》以后，我挪往前头就行了，老生扮戏麻利，不像你们女人磨蹭。"痴疯忙去装扮，那扮傅氏的老旦，扮文禄的小孩也扮将起来。痴疯还没戴高方巾，《截江》已毕，缓了一阵锣鼓，才把《雪杯圆》打上去。

墨香手忙脚乱，梳头人也跟着抓挠，痴疯每事慢三分，墨香方结束齐整。头上首饰，还是当年十元大洋买的张彩麟的那一份，虽然稍旧，却不破烂。前番扮小可怜，也用的是这几件，再加上三五枝纸花，也就不很难看。身穿雪青褶子，上罩蓝帔，下面内是正旦彩裤，外系一条白色绣花裙，也没踹跷，穿着粉色坤袜，浅绿坤鞋，倒还凑合着是个花旦的扮相，不像青衣。正是：

不能讲究能将就，人以为羞我不羞。

走局无非寻乐趣，不消烦恼自添愁。

这个时候，墨香想起当年中和园，有一天鑫培、瑶卿的《跑坡》，鑫培先到，没看见瑶卿，场上的戏，剩不多了，鑫培已经扮好，瑶卿才进来，忙去扮装，鑫培告诉管事人不要垫戏，鑫培上去，每事稍慢，瑶卿可一路急抓，居然没误，内行真行。

正想呢，《雪杯圆》完，《翠屏山》登场。演到杨雄入帐，巧云脱了帔，露出褶子，罩上坎肩，用汗巾系了腰，这一场"吵家"，就是这个穿章了。唱到石秀耍刀的时候，墨香在后台，解了裙子，换件青褶，腰里系根丝绦，外罩箱上的一件稍整齐的月白帔，摘下首饰。唱到"杀山"，墨香披发青衣，面涂香油，又是那个模样儿了。巧云正跪在石秀面前讨饶，台下的人忽的站起，却又坐下，后台也似有扰乱之声。台上的脚色，却都抖着精神搬演，待巧云已死，到了后台，方知适才地震，台上竟自不觉。

墨香笑道："晋人臧荣绪曾作书，记那诸葛诞在魏十二的殿庭写字，天上起个霹雳，电火烧着殿柱，人都害怕，诸葛诞不见不闻，照旧运笔如飞。裴启《语林》、刘义庆《世说》，也有此事，却都说是夏侯玄，不是诸葛诞。别管他是谁，当日的情景，大约也和我们今日一般。"众人道是。

墨香揣头洗脸，丹亭也卸了装，此刻内行武旦朱桂芳正在后台，笑道："二位都不错，这出'杀山'，可不大好唱的。"

冯十亲自到来，请往前台用些点心，劲闻在座问道："你为何套件大坎肩？"

墨香道："只穿褶子不像花旦。"

劲闻道："你这打扮可有来历？还是出于臆造？"

墨香道："宋时女人都穿比甲，《金瓶梅》小说里面写那西门大官人家的一妻众妾是个证据，比甲就是大坎肩。"

劲闻道："你怎么不上跷？"

墨香道："近来坤脚唱这一出，十有九人是大脚片，陈子方倒是没一次不绑跷的，只台下并未夸子方强似这些女老板，我何必费力不讨好。"

劲闻叹道："倘若梨园、票友都走你这一条路，老规矩不知要丢多少。"

墨香道："不然。《翠屏山》始自昆腔，你要知道昆腔旦脚，例无跷工，连老贴都没弓足的日子，何况潘巧云还是旦，不是小旦，也不是老贴。"

劲闻道："《缀白裘》巧云明写着是贴脚，你何出此言？"

墨香道："你只看过《缀白裘》么？那是靠不住的，全部《翠屏山》传奇，实是旦扮巧云，《醉怡情》还照原本，比《缀白裘》可信。《缀白裘》杨雄是老末，原本是生，这一出是杨家故事，杨雄夫妻，自然是生、旦，迎儿例应小旦，《缀白裘》全给改了，大约当初各班正旦欠风骚，正生不会装挨骂的样儿，才改派脚色。《缀白裘》是依彼时戏班写的，没察传奇原本。人都说《鸳鸯棒》，生不成其为生，《烂柯山》，旦不成其为旦，岂知这本《翠屏山》更甚。"

劲闻道："你哭和尚一段，也与大路不大相合。"

墨香道："乱弹班通大路的唱法，前边一场石秀把死贼秃放在下场门，这一场'哭尸'，巧云须向下场去哭，因此杨雄从上场上，仍从上场下，好让巧云在杨雄走后，往下场去哭她的情人。杨雄在上场偷听而去，跟巧云不碰头，似嫌稍瘟。我用的梆子班的路子，杨雄出门奔下场，巧云也扑往下场停尸的所在，起［哭头］'哦哦哦'，杨雄回头咳嗽，一锣，巧云、迎儿双进门，巧云右手搭迎儿肩，杨雄、巧云虽不明碰头，却暗自碰过头了。杨雄做神气下，巧云再哭接唱，场子险而紧，比较火炽。只老路子，有两个去处不合情理，我自作主意，给他改了，从前老伶刘春喜很以为然。"

劲闻道："愿闻其详。"

墨香道："一是杨雄说到翠屏山还愿，巧云说：'我也前去。'杨雄说：'你不必去了。'巧云说：'定要前去。'杨雄本与石秀定计，来诓巧云，上山就戮，怎么巧云说出要与他同往，杨雄反要拦阻？况且巧云此刻已知和尚丧命，心中万分难受，也决无愿跟丈夫出门之理。我改作杨雄说要巧云同行，巧云说：'我不必去了。'杨雄不依。"

劲闻道："不错，改得是，还有一处呢？"

墨香道："一是巧云哭完和尚，与迎儿同把尸身抬在门后。巧云如何敢抬这个私货到家，若杨雄回来看见，这场是非，可不是玩的，他夫妻二人此番去烧香，死的死，跑的跑，都没回家，巧云不能预料，还得遮掩杨雄耳目，因此我改作哭完即下，那死秃驴，不必管他。"

旁有一人道："旧规矩也可改动不成？"

丹亭道："不改守法度，能改见心思。不过我也主张不改，因为老前辈们想的法子，真正一毫漏洞也没有的地方，实正在太多，陈大哥说的，虽然有理，只恐老前辈另有见解。"

旁有一人道："这话不错，戏本是不通的玩艺，越不近情理，越能添人的兴趣。"墨香摇了一摇头，没有答言。

劲闻道："好的存留，坏的沙汰，不能改的，不可乱改，应当改的，只管放手改正。老戏也不都不通，那太不通的，早有人改了，近世名脚，谭鑫培就不守旧。"

墨香道："岂止老谭，王瑶卿也是能改正旧戏的。"

那人道："谭、王都是名脚，原可改良，即如现在梅兰芳，出了好几次洋，名震寰球，成了超前绝后的人物，必得到他那个地位，才配说改正戏曲。倘若不过是个票友，上台又没多少叫我们看客满意之处，还要自夸其德，自命能正旧戏之误，岂非笑谈。"

墨香听得话中有刺，好在点心已经吃完，站起身往后台就跑，劲闻、丹亭也跟将来，那人好生得意，追在后面，还口中自命行家，糟踏票友，偏被那一伙武行票友听见，摩拳擦掌，争先打人，他才翻身退出。

墨香道："我们闲谈，与他何干？"

劲闻道："这一路的羊毛，惟恐人说他不懂戏，总要在人前炫露，偏他们说出的话，又太戾笨，好比写一张自己三代没有听过戏的招词，这宗人多得很，最好是置之不理。"

墨香道："也怪我没有估量自己身份，随口乱说，招出来的。"

劲闻道："究竟是他要插嘴，然而你不答甚妙。"正是：

宁与行家打架，莫同戾笨相争。

他心已有成见，越说越加不明。

后来荀慧生唱《翠屏山》，便用了墨香改的这个路子，早有人伸着拇指道："改的真好，荀郎真是高人。"待探出是墨香主意，又道："陈先生多看戏多读书，改的有理。"墨香想起冯宅的事，不由好笑，此时后话不提。

且说冯十也到后台，场上武戏《青石山》，底下便是《跑坡》，小杨子已扮好了，冯十正在扮戏，忽然另有个票友，要唱这薛平贵，冯十道："我是主人，可以让的。"小杨子把那票友一看，哼了一声道："原来是你，我才不跟你唱呢。"说着伸手便去摘头。要知摘了不曾，且看下回分解。

第四十二回 受贬讥心生忿恨 闻赞美意又欢欣

话说小杨子正要掉头，那票友道："你别不知天命，我要跟你唱，是我赏你的脸。我是老资格，学的老乡亲孙菊仙一派。从前老乡亲在庆和园唱戏，唱的《黄鹤楼》，是双可亭的刘备，德珺如的周瑜，金秀山的张飞，董夔龙的诸葛亮，老乡亲扮的赵云。诸葛亮送刘备走时，老乡亲按老路不先下，跟在后头，还有两句唱。老乡亲抖起丹田力气，一声大嚷，连门框胡同里头同乐轩的听戏人，都震得耳聋，并且有百十个跑往庆和园而来。如今庆和园早关了，同乐轩改成同乐园，也不兴旺，老乡亲久住天津，不常登台，你要再找嗓子好的，就得算我了。已故票友窦燕峰，也是孙派好手，嗓子可没我响亮，输我一头。老乡亲喜欢提拔后进，曾经到京跟尚小云在庆乐园，拴过一出《三娘教子》，尚小云从此成了大名，你虽比尚小云差个十几丈，我可似乎有比老乡亲还强的地方，我有心捧你一捧，你可别不知好歹。"

小杨子气得连掉头都忘了，冷笑道："你是甚么东西，姓杨的比梅兰芳还高十倍，你说我不如尚小云，你真骂苦了人了。"

那票友道："兰芳、小云你也配，你的真能耐还在姚玉芙、诸茹香、吴富琴一干二路旦脚以下，票友章晓山，不必说，是比你强，就连陈墨香，甚么都拿的起来，你也比不了。我嗓子、扮相，全像孙菊仙，我可得过程长庚的真传，周子衡见了我，他也乖乖的叫我一声师父，你是甚么东西，敢说不跟我唱。"

众人见不是事，忙把那票友劝走，冯十才扮好了戏，与小杨子先后上场，墨香看了半出，雇车回家。正是：

又过一天戏瘾，归来仍对孤灯。

扪心自己细问，究竟其寒似冰。

一夜无事，次日天色微阴，不曾出门，忽的心中一动。哎呀，我好错也。我本是个书生，无故打入票房，虽说花钱不多，若仔细算起来，也就不少。我请了些戏班老前辈给我教戏，到今日十几年，并未一日旷功，薄春秀现在还不离我的门口，我时常早晨到梁家园拉胡琴的老梁家中提嗓子，回来再练武把子，踹着跷，耍刀耍枪，总算受尽辛勤。跷那个东西，是块尺把长的木头，上半截，一面削平，按着我的脚，大小宽窄一样，下面刻成三寸弓足，穿了鞋袜，那袜口长带，检直是裹脚。我的真脚心，贴着木头，平处捆好，就是用的这长带了。那弓足在我脚指头前边，站起来，我脚后跟朝天，脚指头落地，腿弯须要绷直，太不好受，我也咬牙忍住。我学走地磨子，是用磕膝当脚板，微起微落，不能跪在地下蹭，我的磕膝也受过罪。我又跟曹心泉讲究昆曲，虽没学成，总也算下过功夫。凡伶人应用之学，一样不剩，我都学会，无奈天资有限，唱不到好处。前台座客，后台票友，若非真正晓得此中甘苦之人，对了我，总带藐视之意。最可笑的，那一伙不行的票友们，并不学戏，只坐在台下，看几次好脚搬演，便自命得其精奥，张嘴就以名伶自比，一万人，一种口吻。施耐庵作《水浒》，一百多好汉，写来各自不同，倘叫他写这些人儿，只怕也只能千人一面。我终朝与此辈周旋，殊觉不值，我悔不该搭票友的跳板。想了半晌，又转了念头。不然，不然，我本没争胜之心，原是自己消遣，一切毁誉，原可不管，我仍奋力在戏里求些进益，千万莫争闲气。又不然，又不然，他们一味的乱找人的错，毫无真见解，何必听他的胡批乱讲，我还是急早跳出这个圈子为妥。正是：

虽然止谤须修德，究竟眈歌枉用心。

自己本来无足取，不须叹息少知音。

看官，大凡热极的人，必至于冷极而后已。《绿野仙踪》平话，不知是谁作的，写那冷于冰，热心做官，一朝遇着风浪，早打得他心灰意冷，入山修炼。孟子说的好，“其进锐者，其退速”，正是这个道理。墨香对于戏曲，也算热到十分了，如今阅历已多，方知这条路，也是险阻难行，与官场一般。而且戏场归官口，必须奉公守法，别惹出罪名来方妙，似乎戏场更难。墨香此时诚然与做官的无干，只戏场一面的气，已受不住，早已心肠冷了一半，只剩五分热气罢了。

当下正在满腹游思，主意不定，庄荫之来了，道是：“陈子方在东茶食胡同广兴园，起了一个票会，要约你加入，少刻子方本人就来面请。”

墨香道：“我近来快玩腻了，不过诸位不嫌我的本领低微，我也只能跟着诸位去起哄。”

荫之道：“玩票的朋友永远没个腻，子方年过花甲，还十足的起劲，怕人说他老，何况阁下年未四旬，更可不必讲这不玩的言语，反透出不诚实。”

说话间子方已到，墨香让入坐定，子方道：“我的来意，荫之大约已曾说过，我和荫之都是票头，同来奉约帮忙，谅不推却。”墨香只得应诺，子方道：“今晚请到舍下小集，好商量开锣日期，并订戏码。”遂催墨香雇了车，同往三里河路南陈子方家中而来。他那房屋甚是齐整，子方住在楼上，便同二人一齐登楼。不多时，票友都到，老生是王劲闻，还有个陈远亭，是子方族弟，武生是个姓杨的，小生是荫之，旦脚是田五、墨香与子方本身。大家用了饭，订好日期开演，又把戏码派定，大家各散。

到得那一天，墨香晚饭已毕，才雇车奔广兴园而来，想起同庆正盛的时候，鑫培、瑶卿在这里唱过一次《桑园寄子》，至今已快二十年了。后来瑶卿自挑大梁，在这里唱过一次《木兰从军》，他那路子，与现在梅兰芳唱的不同，大帅是尔朱荣，木兰和宇文泰同往投军，穿插松懈，比票房那一本《代父征》好不了多少，似乎不如兰芳的紧凑。自从兰芳这一出发现，瑶卿永不再唱木兰，很有见解。瑶卿唱这一出，如今也在五年以外，光阴真去的好快。

入了后台，众票友也陆续而至，管事人写好了戏规，这日墨香派在《岳家庄》里边，是庄荫之的岳云，墨香道："我是向来岳夫人、岳小姐都唱，那日只告诉我唱《岳家庄》，没定准是唱哪一个，也怨我疏忽，没有问得明白，好在我青衣、花旦的头面，都带来了，这里找的裕丰协的箱，帔和云肩、下甲，都摆得出去，我自备小袄、彩裤，就扮小姐，也不为难，你们叫我唱哪一个都使得。"

荫之道："子方正码，是二本《虹霓关》，他说《岳家庄》的两个旦脚，他要来一个的。"

墨香道："既羼上陈六爷，不消问，是他的夫人，我的小姐了，他老先生刀枪剑可不玲珑。"

正说着，管事人带着扮番将的两个花脸来对把子，荫之道："会阵，我在大边外首，墨香兄在大边里首，你们在小边，也分里、外首，张兆奴跟我对站，雪里花豹跟小姐对站，等说翻了，手下钻烟筒下，小姐和雪里花豹，可别按着大路跟他们走，请都留在场上，咱们四人，一扯两扯，各归本位，我跟雪里花豹斜过合，小姐跟张兆奴斜过合，我归小边里首，小姐归小边外首，张兆奴大边里首，雪里花豹大边外首，小姐打他的腰锋，雪里花豹下去，小姐也随后追下，我与张兆奴半个合开打，此外与大路一样，这是范福泰先生说的路子，是透着紧凑。范老先生给小儿少竹说戏，《探庄》《蜈蚣岭》都教会了，因为我说要唱《岳家庄》，范老先生才传授我这们一套。"

那两个花脸道："幸亏我们二人都是武行出身，要是止学过文的，可就叫您蹶了，您说伺候人可真不容易。反正台上四个人，谁的武戏没有根底，就该谁去瞎撞。富连成科班，《岳家庄》开打，就是这个样子，是死鬼程连喜的岳云，萧连芳的小姐，到现在连芳也改了小生。咱们将一瞧见，还说他不通大路，想是谄谱，原来竟自不谄，只旦脚可比大路的麻烦。"

墨香道："管他谄不谄，这倒是比大路火炽。"

一个唐姓掌子小生道："您可留神，别给人家撞一台。"

恰好范福泰也在后台，笑道："我唱戏的时候，这位陈君，还是个小学生，将学着看戏，现在他也算学出来了，不但看戏有门道，并且唱戏也皮实，你们放心，我敢保他不会撞的。你本是羊毛下海，任甚么也不会，戏班不要，才到票房当碎催，归了包堆，挣不了一块钱，你的身份差的多，少说话。"那小生便不敢再言。

墨香又被老伶夸奖一声，精神又复一振，暗想我玩了这些年的票，也总算值得，凡是后台的老辈，都还肯给我捧场，他们不图我的甚么，倒是说的真实言语，不是当面恭维，心里不服，察言观色，我是看得出来的。我既还有一方面人说好，正可不必以那些生羊的议论介意。于是那歇手的念头，完全都抛往开九霄云外，把那已冷的五分热气，又复吹嘘转来了。正是：

越唱越勇，愈趋愈迷。

直冲迷阵，未到醒时。

那扮雪里花豹的花脸道："他们打完之后，旦脚得跟我打一场，咱们打什么把子，请您说一声。"

墨香道："你扮的这个番将，有人拿枪，有人拿刀，与张兆奴使刀不同，旦脚可向来是使枪的，你愿意使甚么兵器，说明白了，咱们好安把子。"

花脸道："我是伺候您的，随您分派，您叫我使刀使枪都行。"

墨香想了一想道："我拿枪，漫你的头，打你的前蓬头，再打你的后蓬头，往里一盖，打上扎下，把你打败，你看如何？"

花脸道："行了行了。"

范福泰笑道："陈爷你可真有一套，你说的这几下子，花脸拿刀也罢，拿枪也罢，那怕他拿棍拿斧，或是双鞭双刀，按这么打，都是行的，你可真有一套。"墨香听了，又甚高兴。

眼看戏码已到，便去扮妆，陪着荫之、子方，唱了这一出。别人扮这小姐，通名都是银瓶，墨香见了番将，却自称"岳安娘"，你道为何？只因各书都说银瓶是岳云之妹，戏中小生却叫旦脚是姐姐，虽无关紧要，一般花脖子不免挑剔，可巧岳王是有个长女安娘，嫁给高祚为妻，岳珂《金佗粹编》曾经载入，故此墨香改了。

《岳家庄》已毕，子方、荫之二本《虹霓关》都有事，一个东方夫人，一个王伯当，丫鬟是田五，戏码还没有到，他两人只好在后台等候，墨香却回了家。

过不半月，票友武花脸潘质忱来了，约墨香到奉天会馆唱《借圣威》，墨香应诺。到了日期前往，这一出，演的关胜议取梁山泊，与外江《收关胜》不同。头场关胜坐船，宣赞抱印，郝思文奔刀，是圣帝神情，因此唤作《借圣威》。墨香扮的一丈青，戏中有关胜挑掉旦脚大刀，当台换双刀一段，墨香一不留神，没等他挑，早已把大刀撒手，赶紧换了双刀，前台居然不曾看出，还夸墨香武工不弱，墨香唱完闻知，暗笑而归。

展眼大半年，广兴园票房告散，正乙祠熙春会却还在支持，少不得商订排演日期，派定戏码，大家过瘾。票头一时高兴，却派起墨香的头本《虹霓关》来，墨香的东方夫人，袁泽如的王伯党，头本的丫鬟不吃劲，后台零碎都可充数，便没有派给票上的人。这个东方夫人非同小可，后台衣箱的乏货，是穿不出去的，墨香只得托人向九阵风去借，只没借他的红帔，另从别处借了黑帔一件，其余都是老九的东西，并且连他梳头人，也借来了。

到得那日，正在妆扮，梳头人偶然说到九老板新近唱了一回《杀四门》，只两员南唐将，不通名，不知叫做甚么，墨香道："一个周文，一个贺武。"

陈痴疯在旁道："这一出，我们票上怕没人唱。"

墨香道："章晓山是得过瑶卿传授的，他就能唱《杀四门》，我既然是个刀马旦，我也略知一二。"

痴疯道："下一期，就烦你唱一次《杀四门》如何？"

墨香道："我唱是可以唱，不过唱不好，况且有章晓山在此，他的能耐比我强胜一百倍，你烦他为是。"

痴疯道："晓山人缘好，会捆羊，得留着他唱能捆生羊毛的戏，这一出不捆羊的玩艺，你唱了罢。"

墨香道："我不久要往历城，且待回来再订。"

说话间墨香已经扮齐，便有人道："你怎么穿黑帔不穿红帔？你这扮相不对。"

墨香道："东方夫人应该黑帔，因辛文礼是黑靠之故，不是新婚，不是姨奶奶，不是小姐，穿的哪一门子红帔。还有一出《写状三拉》，小生旦脚旧日也不用红，也不穿黑，却是穿蓝，倒是《战蒲关》的徐贞娘，是妾媵身份，可以穿红。"

那人又笑道："这一出，例应头本夫人，二本丫鬟，今日你为何不唱二本？想必那个丫鬟事由太多，你唱不了，不如头本夫人容易，拿根枪，耍一耍，就算交代，没有甚么大段唱工，是一出歇工玩艺，你才肯唱，你太会躲懒。"

墨香道："老例夫人、丫鬟，头二本没有换过来的，你说的路子，是兰芳所改。这头本的夫人，并不轻省，要是不吃劲，梅大王唱他作甚。二本丫鬟，也没多少事由，不过讨俏，容易捆羊。自从瑶卿以后，接着一个兰芳，真想尽捆羊的方法，把你们诸位给捆了个笔管条直。"那人还想驳辩，台上已念到"请夫人出堂"，墨香便上去了，才将一番纠纷躲过。

东方夫人二堂盟誓，此刻旦脚，多半是用【紧长锤】锣鼓，唱快板，墨香听了一声，用的【反长锤】，先唱摇板，跪下才改鼓点，改唱快板，这是旧派，只打鼓人，可得预先跟他说明，方不至磕碰。待唱到辛文礼中箭，那扮辛文礼的花脸奔入后台，一般零碎和他取笑道："你这小子死了，留下你的媳妇，改嫁小白脸。"他们这些话，本与旦脚无干，无奈辛文礼是东方夫人的丈夫，这扮东方夫人的旦脚，也就无心中逮了个小苦子，只好不去理他，莫再自家往沟里跳。正是：

尽前行者地步窄，向后看时眼界宽。

本是不干自己事，何须招惹不欣欢。

记得有一次，一个票友正旦，和诸茹香在一处扮妆，唱小花脸的沈庄，走过这边，和茹香说笑话，本不与那票友相干，那票友骂将起来，沈庄极口辩白，票友骂得更凶，沈庄绕着弯子，说了几句隐语，算是回骂。两人越闹越僵，经大家劝解，才算完事，太也没趣，墨香是决不如此。

唱到东方夫人替夫报仇，墨香换了一身白，有个票友老气横秋地说道："我向来觉着陈君扮相平常，今日一看，也还漂亮，'女人要卖俏，须得一身孝'，这话是不错的。"众人看时，正是在冯十家中，跟冯十抢薛平贵的那个孙派老生。此刻墨香急于登场，去唱'灵堂'一段，顾不得答言。

灵堂哭夫是摇板，有唱到"我的夫"那句哭头，起【望家乡】锣鼓，改快板的。墨香却不依此例，只是摇板到底。又有起了【望家乡】，走一个圆场，只再找补一句摇板的，自从戏场有【望家乡】锣鼓以来，无此用法，只能算是羊闹，太不合规矩，墨香更不依他。

东方夫人与王伯党开打，泽如、墨香都用的单头枪，伯当被擒，东方夫人见瓦岗四将，手中只拿自己的那条枪罢了，不添拿伯当的一条，因是单头，不能一手使一条的。荡马回城，墨香到后场桌，去拿马鞭，方知不曾带来，那后场的官中货，是用不得，锣鼓催得甚紧，不能迟延，墨香只提枪走出。先向下场外犄角一扎，转身回到上场门边，双手横枪高举，走向布城外面，推枪转身，枪归左手，用右手指城三下，再推枪转身，枪又归右手，左手虚丢，做出丢马缰绳之状，那家将伸手一接，也是虚的，他实是两手空空，任甚么没有。他在大边，墨香在小边，墨香枪头向下，枪柄向上，好似拿刀一样，手握枪杆的中间，和家将走个小圆场，可得走整的，半个不行。墨香翻身用枪杆抽马，再翻身作势，然后入城而下。

后台一般老伶工们，和几个有经验的票友都说道："这就叫做资格火候，难得他临时改变，他的主意，真来得快，反正肚子里没谱儿，是不行的。他看得戏多，学得戏也多，才有这么一个变法，这可不是说着玩的。不过只能叫我们说好，前台可不是，不在这种地方留神，就连新出票友跟内行，也只怕莫名其妙。"

墨香听了，笑道："我无论如何，在票友里，到不了好脚地位，这几下子，若再不行，我未免太饭桶了，那还玩个甚么劲儿。"说话间，早不觉又露出骄傲之色。墨香忽的猛省，这可使不得，忙打住话头，不敢再自矜夸。不料旁边已有几人不服，将摇头努嘴，竖目横眉，要来抬杠，墨香又奔往台上，他们台下之人，便有话不能当面说，只背地不愿意而已，正好不去找他辩论。

墨香、泽如唱完卸装，泽如道："这一套把子，单头枪可不好办，双头枪螺蛳了，谁也瞧不出来，单头枪要出了岔儿，枪头向着自己，枪鑽向着敌人，可是连不懂戏的朋友都瞧得你个逼真，准招人廠笑。幸亏我学过《英雄义》里的六合枪法，给我一杆单头枪，还不至于弄砸。"

墨香道："从前李紫珊就使单头枪，路三宝在丹桂园跟素云唱的时候，还拿单头枪呢，我就是跟路先生学的，后来路先生进了天乐，才使过一两回双头枪。没想到现在单头枪的《虹霓关》快断种了，只剩王瑶卿还懂这规矩，连玉琴、彩麟都力主用双头枪了。"

旁边有人道："你们真会吹，我今年虽止二十岁，却已经看了五六次《虹霓关》，没有见过使单头枪的，你们明是不清头，拿错家伙，可会检好听的说。"众人也有附和的，也有辩驳的。

泽如道："我不会打嘴架。"出门走了，墨香是常受这一路人的碎豁，更不介意。

又一人道："你见了灵牌，应该有三跳，你怎么按梅派不跳了。"

墨香道："那叫做'双飞燕'，李紫珊、路三宝都有的，余玉琴却没这一着儿，玉琴武功甚强，要想跳时，谅是不难，不过各自一路，不跳也可。况且《虹霓关》的双飞燕，是踹着跷好看，我穿的白靴子，更可不必了。"那人听了，不言而退，墨香也便归家。

这年秋间，是历城毛十爷七旬正寿，墨香求万太史作了一篇寿文，带在身旁，乘坐火车，往历城而来。要知道历城有何事可说，且看下回分解。

第四十三回 历城县张寿筵 神堂巷论戏曲

话说墨香为给舅父毛十爷拜寿，乘了火车，到历城西关神堂巷毛府，见着毛十爷，就在府中居住。毛十爷在清朝，举人出身，官至道员，久已退归林下，见了这从小看大的外甥，自必高兴异常。有个太谷温大，是味秋先生之孙，味秋先生是壬戌探花，也是毛府姑爷，与文恪公是连襟。温大比毛十爷晚两辈，还是墨香的表侄，也在票上唱老生，并且会拉胡琴，也由京中来到，与墨香同住一屋。毛十爷叫人带了墨香、温大去逛大明湖。风景虽不及浙江西湖佳胜，倒也可入图画。有名流孙渊如联云：

地占百弯皆是水，楼无一面不当山。

又有刘金门联云：

四面荷花三面柳，一城春色半城湖。

同游的有个济宁孙紫珊，是已故大司马孙莱山的族孙，也是毛十爷的外甥，比墨香年长。当日走到北极台，进去瞻拜，只见上面塑的真武，旁有周公段、桃花女，并马赵温岳、庞刘勾毕、邓辛张陶、王许殷朱十六大帅。

墨香道："我闻得历城从前常唱《反八卦》，是周公段转生许士英，帮着王莽篡汉，毒死平帝，有个大夫苗文俊，抱了太子出宫，许士英前来谋害幼主，苗文俊的夫人，是桃花女脱胎，和许士英斗法，救了东宫的性命，此戏可还常唱？"

孙紫珊道："失传了，并且连这《反八卦》的戏名，也没人提起。"

说了半晌，又到别处去逛，直至天晚。逛够回来，方知毛十爷要在八旗会馆唱戏庆寿，已命人去铺设寿堂。万太史的寿文，毛十爷看着得意，拿往那里，吩咐挂在诸家寿序之前。正在晚饭，戏提调呈上戏单，有一出七岁红的《恶虎村》，温大道："拜寿起打，只怕使不得。"毛十爷点一点头，吩咐改一出《战宛城》，回头向墨香道："派戏真是难事，一不留神，就得罪人。你家文恪公放山东主考，同事是学士杨庆麟，场后大官们请主考看戏，杨学士点了一出《齐人打陈仲子》，文恪公点了一出《埋玉》，是陈玄礼杀杨贵妃。

二位都是无心，闹得满座皆惊，疑惑二位主考不睦，二位明白过来，都不免后悔。待得文恪公做福建学政，是杨石泉做制军，交谊甚厚，结为兄弟。杨石泉自己说了一段笑话，他在浙抚任内，请一位李姓阔老在吴山看戏，伶人送上戏目，石泉样样精明，只不懂戏，看见《大保国》戏名甚好，立时点派。将军、织造都是旗下戏油子，忙附耳说：'这一出，杨家忠，李家奸，点不得的。'石泉大悟，方另点别的戏文。这些小事，大约文恪公也对你说过，我重说一遍，是给他们听，正好做派戏烦难之证。"大家同声道是。

毛十爷又笑道："这一日一夜的戏价，在千元内外，比北京动辄过万，总算便宜。"夜谈至子时方散。

次日毛十爷诞期，墨香等在家里拜过寿，同进城，奔了八旗会馆，看了一日的戏。正是：

升沉应已定，日月不相饶。

滥窃商歌听，人生何太劳。

戏反正是常见的那几出，只福寿班二路花脸叶德凤，也熬到《宛城》的曹操了，足见人离乡，也有贵的时候。

天色已晚，看见茶役用木盘捧蜡，往那挂的锡蜡台上插，大有当年财盛馆的情形，只与保险灯互相辉映，却是财盛馆所无，但是京中现在电灯大兴，保险灯已不吃香。若论京师夜景，近几年以来，比墨香小时到的那个上海，还要风光，不知上海变成什么样子。墨香记得幼年，京中大小人家，都点香油灯，两根灯草，若嫌不亮，便点几支蜡烛，待后来兴了煤油灯和洋蜡，就亮多了，然而比起现在的电灯来，又差好些。闻得唱正旦的吴顺林，至今还用灯草呢，也算是个怪人。幸亏他久不登台，若还在台上摆着时，必然墨守旧规，不稍改变。要知灯草变成电灯，宫熏煤炉变成暖汽管，都与古时巢居改房屋，披树叶改衣裳，是一样的事。尊古贱今，诚然是有魄力，却尊的只是近古，与太古无干，正不妨通融的。这与票友谈京中乱弹，定要说老例以生为主，不知王湘云以前，只谈米喜子以后，是一宗见解。

这日座上客，有八十多岁的张振卿，台上伶，有陈瑞麟，都是墨香十岁以前见过的。只瑞麟已改小生，演的是《黄鹤楼》的周瑜，那扮刘玄德的，是本地一个票友。他的父亲中过状元，在北京时，与小桂凤十分要好，如今早就死了。这票友最爱唱《天雷报》，在台上，只一个状元儿子，台下人想起他父亲是个状元来，无不大笑。毛十爷大怒，把他请来，正色道："你爸爸是个状元，你怎么充起状元的爸爸来了，下次不可。"他才不敢再唱这一出。当日毛十爷因申斥过他一次，给他圆面子，才请了他一出《黄鹤楼》。那扮张飞的，神情极佳，嘴里也好，年纪却不小了。毛十爷问墨香道："你看这个脚色如何。"墨香道："是真正不错。"

毛十爷道："他叫王永寿，在历城几十年了，他是如意班的老脚，曾跟孙永才配戏。他的本领，不亚于北京的钱宝峰，现在北京的花脸，还怕都不及他。他的武功也有根底，年轻时，一出《竹林计》，在戏园子能唱大轴。如今老了，那一类玩艺是不行了，扮上架子花脸，却是真好，手脚磊落，似乎还在黄三以上。"

墨香道："花脸能唱《竹林计》，本领就可知了。京里《竹林计》有准谱的，只剩范四跟他儿子宝亭了。"

说话间，《黄鹤楼》已完，又唱了几出，将到十二钟，戏便打住。毛十爷带了墨香、温大仍回神堂巷，一日夜的劳乏，次日起得甚晚。毛十爷在书房内闲坐，墨香、温大都在旁边，毛十爷说到昨日的戏，又谈到王永寿，毛十爷道："从前还来了一个冯志奎，也是钱宝峰的派头，陪孙永才唱《造白袍》，也尽有好处。后来进京，被老生曹文奎收拾了一下子，一怒出了京城，起誓不吃北京戏饭，老在上海了，很跟上海伶隐汪笑侬，在一处唱过几年戏。他的《造白袍》，北京城内还真没那么一个张桓侯，我从前路过上海，去看过的。"

墨香道："曹文奎最爱收拾人，也不止一个冯志奎，只有一次，与周长山斗智，却没得了意。周长山唱《四进士》，例扮宋士杰，连跟谭鑫培凑在一处，老谭都扮毛朋，不过那是偶尔，至于时常陪长山唱毛朋的，是沈全奎，这一遭不知因何换上曹文奎了。周长山见了他时，早吃了一惊，暗想这是上台爱阴人的，与李顺亭恰是一对，今天倒要提防一二。只是他若阴我的时节，他是从何处下手？哦我明白了，哼，我自有道理。唱到柳林写状，长山已扮好了戏，溜到下场门内，听那毛朋念那状子，听毕，叫声哎呀，幸亏不曾疏虞，险中他人之计。这日扮杨素贞的，叫做陈啸云，他这名字，乍一听，跟瘦云相仿，细按起来，却是不然。待素贞遇着宋士杰，应当宋士杰重念状子一遍，文奎也在下场门内一站，暗想周长山呀，周小子，谅你也防备不了许多，今天我叫你得一个可堂儿的大倒好。待宋士杰把状子念完，文奎也惊异非常，原来长山竟没有上我的当。长山到了后台，向文奎一揖说：'老六，我给你道谢，你是哪科班里学出来的？'曹文奎说：'你可真行，连我的这个路子，你也会，你念状子上的话，和我念的一字不差，要是两样，就不好了。'长山说：'古来就没那们一个路子，明是你当时改变，给我招倒好的，人的名儿，树的影儿，我早知你不是东西，防备上你了。'回头问那扮杨春的樊顺福：'你唱了多年的杨春，可有一个毛朋念的状子，跟曹六今天念的一样？还有张长顺、衡乐亭，也是扮杨春的老手，我也问他，到底曹六的状子，是哪一位伏地圣人兴的！'这一回，文奎总算没阴了长山。"毛十爷听完大笑。正是：

棋逢对手，将遇良才。

并时瑜亮，妙哉妙哉。

温大道："听说宋士杰实有其人，可是真话？"

墨香道："岂但实有这么个宋士杰而已，并且是我们德安的乡亲，虽不见记载，老一辈的，都如此说。又如《打渔杀家》，那件故事也出在湖北，是明朝，不是宋代，现今丁、萧两家都有后人的。"

毛十爷道："前两年，我们这里唱宋士杰的好手，要算李万隆，他小名蔡保，他哥哥玉保，都久在历城，昔年如意班，排《陈塘关》，是万隆的哪吒。玉保早死，蔡保死的很晚，他嘴里尖团分明，很像北京的董文，这一出真唱得不错。"

墨香道："说到宋士杰，我又想起一个笑话。我有个族兄，叫做问曾，工于刀笔，好打抱不平，本地人有两句口号云：前有宋士杰，后有陈问曾，可以知其为人了。"

正说着，瑞麟来了，见着墨香，却不认得，毛十爷道："这是陈大人的少爷，二十多年前，你在萧大爷那里见过的。"

瑞麟道："哎呀不错，我认出来了。那时候萧大爷还是个士子，是府上老大人的门生，后来萧大爷做到藩台，清朝让位，就住在山东。我到历城，全是萧大爷扶持，如今萧大爷死了，他的后辈不回昆明原籍，只怕要在历城落户。我和陈大爷见面，可真不少的年月了，若非十爷提起，我焉能认识。"

毛十爷道："我们正说梨园旧事，不想来了个梨园旧人，只我们说的曹六，比你资格更老。"

瑞麟道："曹六先生，是三庆的老前辈，和我师傅迟韵卿老板、李五先生、沈三先生，都是同时人物，肚子极宽。从前堂会，有个规矩，谁扮的脚色多，谁多拿几个钱。一日某宅堂会，曹六去了，戏规派的戏，有六出有老生的，都是只隔一码。曹六先抢了第一出，别人等着第二出罢，没想到曹六又扮上了，原来他先穿好第二出的行头，再穿第一出的，安心跟人家抢活儿做。抢到第四，是一出靠背，他不玲珑，才让给李五了。他自称文戏不挡，谭老板听见，笑了一笑，没几天，派了他一个《搜孤救儿》的公孙杵臼，他只会赵朔，不会杵臼，赶紧找老谭去说，算他栽了个小跟头。昨天《黄鹤楼》唱赵云的瑞德宝，是曹六先生的女婿。"

温大道："德宝总算很好。"

毛十爷道："我看德宝唱《捉放》《空城计》不行，若唱一出靠背戏，真比已故的刘春喜不弱。"

瑞麟道："《战长沙》，德宝老爷、黄忠都唱，也都不错。"

墨香道："他老爷不弱于凤卿，黄忠不弱于李五、刘春喜，真算好。"

瑞麟道："他扮上老爷庄严之至，决不吹胡瞪眼，浑身乱抖，满台乱跳，够一位古圣的身份，太有传授。但是浑蛋听戏的，反倒说是他瘟，不爱看的。我有一次，和个外行说到德宝上台很稳，扮老爷尤其稳重，外行一撇嘴说：‘稳也算本事么？你给我扮上，我也会慢走慢坐，保管也能稳重。’您说他们浑不浑？德宝是花脸李连仲的徒弟，在京先搭玉成，就很出色。玉成的科徒、生脚李玉奎，也是好手，如今在各码头上，颇负微名，论真本事，可不如德宝。不过德宝只能警行，不能警戾。”

墨香道：“德宝跟谭鑫培唱过《战长沙》的黄忠，老谭安心和他玩笑，‘拖刀计’一场，打完黄忠腰锋，削过头，不往里盖，就抽抢背，德宝没法起范，摔了个盔歪旗斜。过了些时，两人又是这一出，老谭又不给德宝容开起范的地方，依然挡在前头，德宝竟起一个高范儿，从老谭头上窜过去了。老谭下来说：‘这小子用了私功了，从前没此本事。’足见德宝大有心胸，不过前台是不得而知。”瑞麟道：“昨天唱《沙陀国》的佟雨臣，久跑外码头，他说是某省有个道台衙门，那位道台是进士出身，快二十年不升官，唱戏的到了那里，总得这衙门的大、三、四几位少爷说好，才站得住，实在这几位少爷，都没真正戏剧知识，德宝去了准砸。倒是那衙门的外甥少爷，听说姓张，谈戏专讲尖团，倒有些见解。”

毛十爷道：“懂戏本非士大夫所需，不知世人何以谈到‘戏’字，便要予智自雄，做出多少恶模样来，公子哥儿尤甚。他肯承认没念过书，并且肯承认不认识字，可是都不肯承认不懂戏，并且还笑别人不懂。若到戏场之内，你可得由着他胡批乱讲，煤是白的，雪是黑的，人是四条腿的，狗是两条腿的，火是冷的，冰是热的，他爱怎么说，就怎么说，你可别驳他的回，若驳了时，恨你一辈子。他们强不知以为知，见不狂以为狂，脸刻金字招牌，‘大爷懂戏’，我不知他是何肺腑。又如兰芳等后起的脚色，虽不一定是全材，自然有些好处，方能成名，一般自负懂戏之人，偏说他一点能耐没有，只凭运气，于是后起伶人都不下功夫学戏了，专等运气临门，便可做头等人物，这些懂戏名公，害人不浅。”众人都没答言。

少时，瑞麟走了，温大道：“他说那讲尖团的张姓，是我亲戚，嘴里倒是有研究。”

墨香道：“此公诗词的功夫浅，戏曲的功夫深，总想废韵存辙，是行不得的，只他尖团字明白。”

毛十爷道：“唱戏不懂尖团，还说是伶人失学。听戏不懂尖团，连韵书都丢了，岂止不懂戏而已，连本等学问，也没弄清。只戏词用十三辙，根本已错，无怪闹出毛病来。”

墨香道：“现在老伶有个曹心泉，分的二十一韵甚好。一东同，二江阳，三支时，四机微，五归回，六居鱼，七苏模，八皆来，九真文，十干寒，十一欢桓，十二天田，十三萧豪，十四歌罗，十五家麻，十六车蛇，十七庚亭，十八鸠由，十九侵寻，二十监咸，二十一纤廉。”

毛十爷道：“着哇，部首二字，必须一阴一阳，若似通大路的十三辙，‘中东’两字，都是阴平，就不好了。“姑苏”、“灰堆”、“依期”，也犯此病。“怀来”、“言前”、“壬辰”、

"遥迢"、"由求"，又两字都阳。"发花"的'发'字，是个仄声，似不能作部首。"梭拨""捏歇"，索性两字皆仄，却拍作平音。虽然说乱弹的人唱戏用北曲例，入声原不拍平，那不懂拍音的浑蛋，本是戏曲外行，然而戏词用拍音则可，辙口的部首，到底是用不得拍音的，这两道辙，似更不妥。除了江阳没弊，此外是都应该改正。"

墨香道："此论是极。不过做起戏词，真文、庚亭、侵寻，仍可相通，此外类推，便不甚窘，十三辙是鼓儿词用的，上不得台面。"大家听了道是。

正说着，外面有人递进一封信来，毛十爷接到手中，拆开一看，原来是历城的两段古迹。只因毛十爷从前曾与本地官绅编修《山东通志》，久已告成，刷印行世，现在又修《历城县志》，正在提办采访册子，故此有人送这等的信。毛十爷看完，递给墨香道："你看一看，这两段故事，都与戏曲有些关系。一段是关于《三国》，一段是关于《水浒》。"

墨香看时，一段是说汉末董承同死的吴子兰，是济南人氏，至今济南有他的坟，并且还有后人，不曾被曹操杀绝。不错，这个吴子兰，是血诏[1]。

[1] 《三六九画报》此期连载脱漏下文，未见补刊。

第四十四回 尚论心倾陈叔至 闲谈舌战王劲闻

话说温大与墨香同车回京，在车中，墨香买了一本《黑奴吁天录》小说，是闽县林纾译本，墨香道："从前有人把这件故事，编成话剧，登台搬演，那扮女脚的是个男子，叫做李旦旦。演来演去，他竟因演剧，看破浮生如寄，削发出家，即是如今有名的弘一禅师。本来人在世间，与在台上，实无多大分别，悟透台上是个幻境，再稍加思索，便可知世事也不是真了。"温大不答，待到得京都，各自回家。

潘镜芙到来，手提一串佛珠，向墨香道："《梨园外史》不必作了，我到上海，遇着一个朋友，与我畅谈佛法，我已皈依，拜了兴慈上人为师，受了五戒，给我取了个法名，叫做净源。我现在修持净土法门，这些无益的笔墨，我是决意搁起，也是已成二十多回，如废纸一般，到得劫尽之时，任何著述，都归乌有。世人妄想作些文章，名垂不朽，真乃痴迷。我是已经醒悟，不再干这傻事。"

墨香道："净土最为广大，先父做的《大明咒经讲义》，也曾说过。先父当日有《游极乐寺》诗曰：

谁言佛国远无边，极乐分明在眼前。
参罢金仙只一笑，不谈神妙不谈禅。

"看来似没深意，细一琢磨，便知老人家是净土中人了。我每日也念南无阿弥陀佛，不计其数，只不甚勇猛。你今入了这个法门，我们文字之交，可以变为道义之交了。"镜芙坐了半晌辞去。正是：

无禅有净土，万修万人去。
有禅无净土，十人九差路。

镜芙既已搁笔，墨香便独任其劳，把《外史》重新删改一番，拿定主意，多写好事，少写坏事。凡拿太龌龊的人物，大半归了沙汰，好纸好笔犯不着给他们画小照，惹看官们的恶心。从米喜子写起，写了三十多回，写到死长庚，生瑶卿，方算了结。从此《梨园外史》，独著墨香之名，算是一部小说了。正是：

虽无精义，尚属整齐。

梨园故事，只此可稽。

《外史》告成，北京、天津都出版过，吴癯庵和闽人大李将军，都作过序，然而看官们，却也有挑剔的，这是动笔人的常例，不止《外史》为然。

一日墨香在家闲坐，温大之弟温二来了。墨香说起镜芙的行踪，温二道："我也修的净土法门，果然佛法无边，一句弥陀，身世两忘。"

墨香道："府上味秋先生原修净业的，先父曾有记载。若论味秋先生虽是旧学中人，只现在有件新事业，是由味秋先生扩大。味秋先生做温处道时，百姓、西洋人打官司，在上海领事署屡控不胜，味秋先生用了千金，从外国聘来一位律师，一到公堂，便得了上风。以前中国人，只有广东朋友晓得律师，此外各省都还把律师当诉棍，从此以后，大家才改了口吻，中国律师大兴，实由于味秋先生，不过人不甚知。好似汉朝陈浑，首开西湖，历代文人不很在他身上着意一般。又如三国蜀汉大将陈到，字叔至，汝南人氏，随着昭烈帝周旋，名亚赵云，也是忠勇盖世。宋朝周同、陈广，都是岳老爷的老师，岳老爷跟周同学射，跟陈广学枪，周、陈一样的身份，今人只知赵云，不知陈到，只知周同，不知陈广，可见人的传与不传，无甚把握。先父曾作《西湖》诗曰：

士女纷纷载酒来，水光山色映楼台。

西湖胜迹名天下，原是陈浑昔日开。

"又作《观三义庙壁画诸将》诗曰：

诸侯壁上建旗旛，毛发如生拱紫垣。

名亚子龙陈叔至，不随马赵作屏藩。

"万英生先生也有《咏陈将军》诗曰：

统时选士子龙俦，患难周旋起豫州。

讨北投闲屯白帝，征西拜命踵黄侯。

吞吴未必全无策，伐魏应知屡建猷。

季汉辅臣传姓字，英风不仗稗官留。

"'统时选士'四字，出在杨戏《季汉辅臣赞》，陈叔至的事迹，也只杨戏记过一个大略。他是昭烈在豫州得的人材，诸葛出师，他镇守白帝城，诸葛是把东吴的事交付他了，责任不为不重。我这万老师下的'投闲'二字，是说北伐的战场，没用着陈到，并非说诸葛置叔至于闲散。诸葛北伐，无东顾之忧，陈将军之功，也不算小了。他官至征西将军，是代降将黄忠之任。罗氏小说不载他的名姓，不能妇孺皆知，万先生故意反说，结得甚为有力。你看一个人，纵然做到关、张、赵云的事业，未必有关、张、赵云的名望，还有颇倒是非的。即如孔明伐魏，只有大将陈式打破武都、阴平，占了魏国的地土，赵云、魏延都没他的功劳，《演义》偏说他犯了军令，被孔明斩首。南宋江万里，一代名臣，殉节而死，《九更天》说他是昏官，《铡判官》又把他搬入北宋，也骂他糊涂，更不如没人提还好一点儿，倒少挨几句窝心骂。古来湮没多少英雄，夏商名臣将相，不如汉唐绚烂，难道三代人材不如后世？只是无人记载而已。看破此一关，也就不必替味秋先生抱屈。非但人是这般，地亦显晦不同。说一个最小的证据，南下窪子松柏庵，正殿祀奉真武香火，旁有马、赵、温、岳四帅，后面另有一殿，塑着三大士，旁有韦陀与托塔天王，东厢挂一轴关公五十三岁墨拓小像。梨园在那里买了些空地，专葬京中没阴地的伶人，并有梨园先贤祠，已故侍郎明善、师曾，都捐过钱。伶人多半信崇道教，每年九月，都在庵中作九皇会。东大市精忠庙，是梨园议事之所，今人只在精忠庙一边加意考核，不甚理会松柏庵，彼何烈烈，此何寂寂，这就叫人地各有显晦。”

温二道：“何为九皇？”

墨香道：“就是斗姥，佛家称为摩利支天。”

谈了大半晌，温二才起身告辞而去。墨香一人闷坐无聊，拿过一本书来，慢慢翻阅，正是文恪公的笔记，其中一段说那四大天王。东方持国天王管天乐，因此抱面琵琶，南方增长天王管妖怪，因此仗剑，西方广目天王管龙，因此手捏一条小龙，北方多闻天王管鬼神，因此执幢。四王皆乃天人，不是这世界的死鬼，也不是弟兄，这多闻天王，又称托临天王。文恪看的佛书甚多，引据甚详，才知戏上魔家四将与托塔李靖，都错信许白云的《封神榜》了，佛经的势力，也没有小说广大。人知有观世音，不一定都晓得大势至，一样三藏法师，陈玄奘比鸠摩罗什出名，也与赵云、陈到、周同、陈广是一律的。众人知与不知，只看小说写与不写，若要找胜得小说的，只有戏曲，此外都叫做不行。

看毕收起，随手又抽过一个小册子，展开看时，却原来拿的陈人徐陵《玉台新咏》，正翻着古诗《为焦仲卿妻作》那一篇，墨香笑道：“这一首诗太长了，我小时再也念不熟，如今还是不上口，倒要仔细念个几遍。”于是翻来覆去，高声朗诵。正是：

既无他事，且读我书。

正在高兴，外面有人道：“你真成了书呆子了，直肯用功。”墨香抛下书看时，却是王劲闻。墨香忙让他坐定，劲闻且不向墨香周旋，取过那本书来一翻道：“这是最古的一部香奁体诗，你看的是哪一篇？”

墨香道：“我看的是《焦仲卿妻》。”

劲闻道：“此是叙事的诗，《木兰辞》《长恨歌》《琵琶行》，清朝胡稚威《女李三行》、金匏庵《兰陆女儿行》，都是这一派，只不知诗中庐江太守是谁？”

墨香道：“诗题下注着是建安中的事，李术守庐江，在建安初年，孙长绪、吕子明又是建安末年了，建安中的庐江太守，有刘勋、朱光二人，古时禁同姓结婚，比现在还严，刘勋断不替他儿子强娶刘兰芝，只怕是朱光干的。朱光不久被东吴擒住，兰芝若贪富贵，亦不长久，这一死，却招出多少人的眼泪，她也算死得其所。《魏志》当阳之役，曹纯获玄德二女，不曾说如何结果，有人说：曹操赏给吏卒为妻，其中有一个，便是兰芝，却不免过于荒唐，毫无一点凭据。”

劲闻道：“这一首诗，很够个戏料，潘镜芙编过的。”

墨香道：“岂但编过，并且有人唱过了。”

劲闻道：“不错。这话有好几年了，是坤脚们唱的，不是徽调，是梆子腔，地点是中和园。潘爷的手笔，我素不佩服，这一出尤糟，他干了二十几场，一点空气不透，真正笨重不灵。只这一出，唱的时候，倒有一段佳话。那焦仲卿妻叫做刘兰芝，好像那个梆子班的旦脚，也叫刘兰芝，上台下台不换名姓，倒也有趣。”

墨香道：“我对于梆子班的脚色，不甚留心，只那日演这一出的，好像另是一个名字。”

劲闻道：“梆子多半起个别名，往戏报子上写，如侯喜麟写作十三旦，田虎写作响九霄，马林山写作六六旦，都是不用真姓名。而且不止旦脚如此，老生十二红就是薛固久，十三红就是孙佩亭，最出名的元元红，真姓名是郭宝臣。坤脚此例尤多，鲜灵芝、金刚钻、小香水，谁也不露真名实姓。这个刘兰芝，戏报子上面，也另有别名，因此一段趣事，反至湮没。”

墨香道：“你提到金刚钻，我想起来了，好像是她唱的。”

劲闻道：“那是另一次，与这趣事，没甚相干。不过事虽有趣，戏很没趣，你有闲功夫何妨给他另编一本，他的戏名叫做《刘兰芝》，我也以为不妥，也得改的。”正是：

既要作戏，必先正名。

墨香点头道：“此言有理。这个诗题，是‘为焦仲卿妻作’，莫若就叫做《焦仲卿妻》。”

劲闻道：“是极，这个名目，似俗实雅，除非不读此诗的假高眼，才有挑剔。”

墨香道：“你少要骂，留神得罪人。”

劲闻道：“好在我的眼，也不真高，他怪我，便是怪他自己。这都不必细谈，如今我们票房，需用新戏，我知你笔墨甚好，你从前编的一本《秦良玉割袖全贞》，王瑶卿虽然没唱，如今尚小云已经排演，倒唱了一个热闹。你正可再展些才华，在戏曲中出个风头，第一，你是上场票友，大小的局，你走了无数，场上的事，你心里是一本明白账。第二，你多见冷戏，甚么样的穿插，你眼里都有的。第三，你武戏也了然，不像我，说到动刀枪剑就发昏，你能知武戏，自然能编武戏的，不会太不合窑性，不过总是编文戏好。况且你读的书也多，看的小说、传奇，有千百种，这都与编戏有益。你总算有了编戏的学问，又有阅历，岂可湮没。以我王劲闻之见，你不如自编自唱最妙，即如这焦仲卿妻的故事，你正可以唱得。”正是：

已拚针线年年压，只管笙歌日日新。

劲闻说罢，目视墨香而笑，墨香不语，劲闻道：“我的主意如何？这是文戏，容易编，也容易排，你大可着手。”

墨香摇头道：“不行，不行，检直不行。”

劲闻道：“你总是自馁，没一些胆子。你看那程艳秋，仗着顺德名士罗瘿公，又号掞东，给他弄了几出新戏，又找瑶卿给他排练，每唱一出，准卖个大满堂，就是梅兰芳，也让他三分。你的笔下也很来得，你怎说不行，你也太怯弱了。”

墨香大笑道：“我编戏倒是有一隙之明，你叫我自编自唱，我才说是不行。你拿我去比程艳秋，却是大笑话，比骂我还狠，谅我焉能与艳秋同日而语，他是真正干这个的，我们都是票友，人家本领，比我们结实十倍百倍千倍万倍。人家纯熟，我们生疏，人家自然，我们勉强，最乏的脚色，在台上也比我们阅历多，别说是超等名脚，似程艳秋这一流人物，拟人必于其伦，你比拟得太不伦了。”

劲闻道：“你说票友不能和真干这个的争衡么？”

墨香道：“俗语说得好：‘砍的不如镟的圆’，人家有幼功，有根底，有师傅，有传授，我们多半是漂学儿，怎么能跟人家去比。俗语说的好：‘不是撑船手，莫拿竹篙头’，我们唱戏，正是挨骂。”

劲闻道：“不然，票友尽有好手。即如已故礼部尚书延树楠先生，于戏曲一道，最是精通，连大老板程长庚都十分佩服。大老板立三庆科班，一日在延府堂会，一个旦脚念错一个字，你道是个甚么字？原来这旦脚唱的是《金山寺》，把‘许郎’念作‘徐郎’了。延爷一听，哈哈大笑，命家人到后台把长庚唤来。长庚到了前台，见过延爷，问是何事。延爷说：‘玉山，你这科班的徒弟，可不许不说人话。怎么‘许郎’念作‘徐郎’，非改不可。’长庚应了一声退去，少刻带那旦脚到来，当着延爷，打了二十手板。这旦脚就是陈德霖，他受过真教训，才有真本事，他嘴里太好了。后来长庚已死，延爷府中又一次唱戏，刘春喜扮了《风云会》的赵匡胤上去，将念引子，延爷就摇头说：‘狗屁狗屁，尖团阴阳，全都错了。他不要唱给我听，且待我来唱给他听罢。只是仍要他在台上作身段，我在台上坐着唱一次清音。’那一日唱的三庆班，管事人孙二官，听得延大人如此分派，忙叫春喜不要唱了，你且听大人来唱。于是延爷命左右搭座向前，他老先生在台下，连念带唱，过了一出《风云会》的戏瘾，刘春喜在台上，只作哑巴神气，一位阔老，一个伶人，好似徐狗子的双簧。延爷咬字真切，平上去入，一字也不含糊，腔真板稳，慢说前台座客，那些后台老伶们，无人不佩服得五体投地。曹春山嘴里最讲究，挑过长庚的错处，说

‘眉’字、‘争’字都是团字，大老板错念成尖字。只提起延爷，也甚心服，说这个听戏的，真算没白花钱。这是春山之子心泉对我说的，我虽没见过春山，只心泉的话，一定是靠得住，信得准，断不是撒谎的。不止一个长庚钦服延爷的，春喜伺候双簧，累了一身大汗，敢则人家唱，我替动手动脚，很不容易，倒是伺候了个严丝合缝，一点儿也没给延爷弄砸了锅。当时延尚书十分畅快，哈哈大笑，吩咐赏春喜二两银，他伺候的真严，这是春喜常对人说的，你与春喜最熟，大约已经听他说过。你看票友中，果然大有人在，你怎么说票友不如戏班的朋友，未免太重视戏班了。”

墨香道：“延宗伯是先父中进士的房师，他这件事，晓得的甚多。只依我看来，假如刘春喜在台下来唱，我这位延太老师在台上去进，恐怕延爷就进不了。故此春喜当日虽挨了蹶，不许他张嘴，他却甚为得意，说是我姓刘的，伺候延四大人，真算严丝合缝。说到我这位延太老师，人极正直，也敢上折子说话，连左文襄，他老先生都敢参劾。有一年，西太后谒东太后的陵，命礼臣议定礼节，礼臣奏定的行跪拜礼，西太后大怒，将原奏掷下，礼部六堂吓坏了五个。延爷是正堂，第一个应该害怕，谁知他不慌不忙，竟只消三五句言语，把西太后顶了回去，到底是行的跪拜礼。虽是因为这个原故，等他身后，闹了个‘勿庸予谥’，只他的直声大震，不愧一代名臣，李岳瑞曾把此事写入笔记。延爷的少爷东樵侍郎会章，也敢上折子直谏，也很懂戏。延宗伯的短处，就是说起唱戏，便不免要矜才使气，我觉着不足为法。况且《风云会》是老戏，票友或者是真跟老伶们学了五六成来，便拿着去压后台新进，也还可以做得到。若叫票友编出新戏，自己去唱，可就不容易了。然而犯延爷这种毛病的，不止一位。有个旗官，每逢听戏，总要摘毛，用小纸剪成宝剑，不计其数，带在身上，坐在戏园楼中，哪一个唱的不入耳，做的不入眼，就把纸剑往台上丢，说‘飞斩之’。这个闹法，是有疯病。票友混排新戏，也算神经有一点小病的，不易不易。”

劲闻道：“这也不尽然。从前光绪年间，圆明寺的票友，排了不少的新戏，有出《富贵神仙》，是《聊斋志异·西湖主》的故事，票友花旦魏耀亭扮西湖主，正旦陈子方扮使女，小生韩六扮陈生，唱的十分热闹。虽然被李越缦轻薄了，只那李先生向来以骂为能，另是一说。他们又大排其《石头记》，如《摔玉》《葬花》之类，都是子方的黛玉，也很出色，你怎么说票友排新戏不行？莫提老话，且讲眼前。你陪人唱过一出《造蛋盆》，月牙胡同票房，排了一本《交印刺字》，老生票友恩禹之的宗泽，乔荩臣的岳老爷，老旦松介眉的岳母姚太夫人，也走遍京中的局，是露了大脸。”

墨香道：“这一出我很晓得的，他们是用《缀白裘》的曲本改的乱弹，其中岳少保夫人一脚，向例是找赵芝香，有一次，芝香告假，是我替唱的。”

劲闻道：“我觉着禹之他们几人的本领，不见得强似我们，他既可以翻新，我又何必守旧。再说老戏，被戏界老前辈已经唱出一个定而不移的规模，你错一点儿，就有人挑眼，说你玩艺不地道，若唱新戏，可以由着我自作主意。我们总算有了旧戏根底，要唱新戏，谅也不难。我索性再添说一个证据，老生里面，出名的伶隐汪笑侬，也是票友下海，自编自唱，弄了好多新戏。那一年由申来京，在天乐园唱《党人碑》，他自扮谢琼仙，真不含糊，郭春元的傅人龙，似乎稍温，票友何曾都不及内行。”

墨香道：“圆明寺的票友，资财甚厚，其中十有九人，是六部的阔书办，都是前门东住家。北京清朝二百多年，大商家，富吏胥，都住在东，如同仁堂乐家，住在新开路，这是老铺户人家，吏胥如打磨厂韩家、五老胡同邵家，都很有钱，就连陈子方，也住在三里河，他手里也趁几文。西边住的，相国、尚书占了大半，即如孙玉庭住绳匠胡同，曹振镛住半截胡同，潘世恩住米市胡同，翁心存住南横街，赵光住椿树三条胡同，李芝昌住老墙根，我的亲戚万家的上辈，也官到吏部尚书、顺天府兼尹，就是咱们票上唱花脸的万季六的祖父，他家老宅在校场头条，分宅是二条、三条、达智桥都有，故北京［城］里有句俗语，叫他‘东富西贵’。嘉庆时，吟梅居士戴璐作了一部《藤阴杂记》，其中有杭州韩朝衡的曲子云：拜客去，西头路须先到，约债去，东头路须亲造。拜客先拜贵，约债须寻富。他这曲子的‘西’‘东’二字，并不是泛话。圆明寺东富的人多，制得起切末，做得起行头，一切讲究，决不将就。一出新戏，有一出的物件，整千的花银子，真叫做耗财买脸，我们比他不得。《造蛋盆》没走过外局，恩禹之、乔荩臣、松介眉无论本领如何，北京的羊毛们，久已被他们捆住，他们排出来的玩艺，不问好歹，也能抵挡一阵。然而这几处的新戏，也是毁誉参半，不是人人赞美。子方前些日子，重排《摔玉》，自己因为年老，要改扮凤姐，派小杨子来黛玉。小杨子说兰芳没唱过这一出，不肯接本子，闹得子方没法，只好自己把林妹妹扮了，另找茹香配熙凤，你还来了个史太君，包丹亭的宝玉，我的紫鹃，就没有唱好。子方尚且输了，我们越发不可轻举妄动，白给他垫了底，也不大合算。汪笑侬久入戏班，更不能比，虽说郭春元没弄好，换上刘春喜，准不会输的，还是内行有人。”

劲闻道：“大铺大片的戏，我们诚然是没有那一种力量，弄一出小玩艺未为不可。我选的这《焦仲卿妻》，题目就好得很，不必像潘镜芙弄的那个本子，横添枝叶，尽力铺叙，只要就本诗里面，加些剪裁，不必多占脚色。焦仲卿可以派小生，也可以派老生，若派小生，便叫庄荫之唱，他在台上很有表情，不是死木头，若派老生，便是我唱，我念过这一篇诗，自然会揣摩仲卿的个性。你专爱唱苦戏，有个‘披发旦’的外号，扮这刘兰芝，谅必称职。戏名就叫《焦仲卿妻》，这是真正原题，只减了数字，最为雅训。俗呼这首诗作《孔雀东南飞》，只是篇首的起句，不是题目，和场面管着《起布》的【泣颜回】，叫做《羽檄会诸侯》，事同一例，似是而非。况且这件故事，并无孔雀，取作戏名，只怕有多少人不懂，检直的不妥。咱们今日议定，你快些下笔，不要耽延。”

墨香笑道："别人我不管，只无论如何，我是不敢唱刘兰芝的。我敢下断语，唱的好，也有人碎豁，唱不好，更不用说了，这个骂，我挨不起。依我之见，不如把这个题目，保存起来，遇着机会，给他们真干这个的编了，送给他们去唱，倒是个办法。"劲闻听得话不投机，便不再言语，起身而去。正是：

夜静水寒鱼不饵，满船空载月明归。

又过了数日，黄学会跟江西会馆闹别扭，搬到烂缦胡同湖南会馆去了，劲闻备了酒饭，请众票友到湖南会馆庆贺迁移，自然要约墨香前往。这一天，余玉琴也在座，劲闻说起墨香不肯给本票排新戏的话来了，玉琴点头道："陈大爷甚有见识，新戏可不是票友问得动的。依我说，多排几出不通大路、轻易没人唱的老戏，倒是正经。咱们唱过《钓金龟》《荡寇志》，我还有的是老没人动的戏，我有本子，明天拿来您看。"

劲闻看着墨香道："如何？"

墨香道："只怕又闹成陈子方的《摔玉》。"

劲闻道："且看过本子，再作道理。"席散各回。

次日，劲闻拉了墨香，在湖南会馆等候玉琴。正是：

抚弦待知音，怀芳赠知心。

交友得同气，胜贻千黄金。

要知玉琴来与不来，且看下回分解。

第四十五回　玉琴赠戏助票友　劲闻讲字评伶人

话说劲闻、墨香到了湖南会馆，等了片刻，玉琴来了，相见已毕，劲闻道：“余老板，我的戏本子如何？”

玉琴道：“我的本子很多，大半不合用，即如头二本《庚娘》，已被瑶卿唱了，《陈塘关》，除了陈大爷，还能来个刀马旦，别位都不行。《天马山》，得用两个像人的旦脚，我跟陈老大，虽能对付，只旁的配脚，不易凑合。《龙马姻缘》，得位切末，太嫌费事，检直没法办。当初同春、福寿演唱，是我的龙凤，陈瑞麟、郑盼仙、王瑶卿，都来过柳星星，我们票上陈老大，堪当此任。刘春喜的马骏，连仲也行，人倒够了，切末可嫌太难。如今我拿了一本合用的来，不过也得删改。”说着取一个纸包，双手递过。

劲闻拆开看时，是一本极厚极笨的账簿，劲闻道：“余老板，你何不用小本子来写，这个物件，未免太笨。”

玉琴道：“这是我们戏班的诀窍，陈大爷谅必明白。”

墨香点头道：“我略知一二。”

劲闻道：“不知是何原故？”

墨香道：“这粗浅极了，然此不得不如此。从前死鬼李鑫甫家的戏本，都是笨重不灵，我曾劝他换些小一点的本子，鑫甫说：‘你不懂的，后台有一路专偷本子的人，若是小本，被他捞了去，揣在身上的太简便了，咱们就没法子找，不如大本，他不好藏曳，就不能偷。’”

劲闻道：“原来如此，我可算孤陋寡闻，今天又长了见识。”

墨香道：“余老板说的《龙马姻缘》，是由观剧道人《极乐界》摘出来的，却是昙花岛一段，近来程艳秋排的，是龙珠的事，正是那一段中间的一节，是为绚烂，不知同春、福寿何以删去？只艳秋也没排好，唱了一两次，就算歇了。”

劲闻道：“这足见排戏不易，外行少说便宜话。你要不信，可以排一出，试一试手，便知利害。”

当下翻开账簿，只见第一行写着“循环报”三字，墨香一眼看见，便道：“原来是这一出，我晓得的。这不是你们福寿班的戏，这乃是福寿班报散以后，贾洪林重兴洪奎班，编的玩艺，戏名跟四喜班的《奇巧循环报》有些相混。你们第一次演唱，是乙巳年九月二十五日，脚色非常的整齐，算到今年壬戌，有二十七年了。”

玉琴道：“你的记性真好，真记得清楚。”

墨香道：“我也不是记性怎么一个太好，只因那一年，我偶然高兴，听戏回家，我都用笔写了下来，故此记得。”

玉琴道：“你看这一出可排得么？”

墨香犹豫未答，劲闻道：“依我看来，是排得的。”

墨香道：“余老板，这一出，当初是你唱的，如今要排，还得请你加入，不然我们的人不够用。”

玉琴道：“我自然帮忙，今天我就自己占了我的脚色。当年原是我扮金家那个木氏，要是票上没人，我仍占我的原窝，她邻居的女人，也是花旦，你可以扮的，王先生可以扮个金生色，此外你们去斟酌派人就是。”

劲闻一面看本子，一面笑道：“《聊斋》原书，只说邻人之妇是马彪之妹，却没她丈夫的姓名，你们的本子，给他取名叫做吴二横。只前几年各新［闻］纸上，都有白话《聊斋》一栏，若没有时，好像是个缺点，也是一时的风气。故此新闻界中的朋友，作白话《聊斋》的极多，甚至汇集稿件，印刷出来，钉成小册子，在各书铺、书摊售卖，我看见的，不止一种。也有说得好的，也有不好的，竟有说老城隍，‘乱后’二字，硬派作长毛，不知《聊斋》在长毛以前。其中很有几位，写过这一段金生色的故事，也都给马氏的丈夫编造名字，有叫皮子的，有叫乌龟的，有叫王八的，似乎乌龟最妙。这小子原是此道，古人有以龟为名的，莫若本其实而道之。王八虽也显然，只天下姓王的多，如我便是一个，你们不可在我这会里，糟践王姓。他那母亲，你们给她造了个吴郝氏，北方口音，郝好相同，分明说她是无好事。依我说，不如改称乌龟妈。这个马氏，可以称作乌龟婆，提纲就这么写，上台就这么念，保管格外可笑。”

玉琴道：“甚好，就依着你办了。”

又坐了一会儿，玉琴先走，墨香道：“这一本戏，不大吉祥，只能彩排时，唱着玩儿，恐怕不能应喜寿票局的。”

劲闻点头道：“然也。”

说到此处，想起铁城广百宋斋《聊斋志异图咏》里面，有咏金生色的一首七绝云：

剑光跃跃怒如生，静夜惊闻柩有声。

鬼若有灵能雪恨，前因后果最分明。

看这首诗，便知这段故事的凶恶，和前次墨香曾经扮演的那一出《也是斋》皮匠斩妻，正是一路玩艺。只是加了许多迷信，戏的品格，似乎还在《也是斋》以下，不过演到“因果”二字，却比《也是斋》格外显明，检直是《太上感应篇》。当此之时，人心鬼蜮，也可作个鉴戒。况且自南宋以来，男不准再娶，妇人不准另嫁，也不公道，这一出，发挥那勒逼年轻孀妇守节的弊病，倒还畅快。大约蒲留仙老先生，也觉得这件事虽关乎礼教，却要本人情愿，不是勉强得来的，方有这一篇文章，与沈滨渔《谐铎·节母死时箴》，下笔不同，用意则一。不过逼人守节，总比贪财当马泊六好些，因此留仙才写拉纤的恶报。倘经活人在台上演成大戏，又比蒲先生的文绉绉几张白纸，几行黑字，更觉有力，因此主张排演，墨香也不反对。当下劲闻、墨香各自回家。

过了一天，又到湖南会馆，劲闻带来戏本，细看了半晌，向墨香道：“你扮的这个乌龟婆原本子先露一面，似觉画蛇添足。”

墨香道：“他们是两天唱完，头一天，要叫这个旦脚上台，才给她多出见董贵一段来，然而却一点俏头没有，不如删了为是。”

劲闻道：“删是可以删的，只我还有一个见解，要同你商量，只怕你要驳回，不便向你说的。”

墨香道：“当驳者驳，不当驳的我又焉能给你钉子碰。”

劲闻道：“我是替你这乌龟婆想了一个有趣的出场，只是你未免上当，我怕你害羞。”

墨香道：“我久唱这一路的戏，算是久经大敌，何至于害起羞来。你给我扮的这个女人取名为乌龟婆，够挨骂的了，我都答应，就知我并不以此为意。本来戏台上，无一不假，任你扮上圣贤英杰，也不过是个形似罢了，究竟本人到不了圣贤英杰的地位。优孟可称优人之祖，他学孙叔敖，声音笑貌，宛然如生，楚庄王都把他认成孙叔敖了，只孙叔敖的功业，优孟却不能照样去做。后来伶人，今天扮张飞，明天扮曹操，这两个人性情相反，却都得按照《三国演义》，揣摩他的神情，究竟张飞是张飞，曹操是曹操，伶人是伶人，三下里，各不相干。我听得曹心泉说，从前有个唱架子花的陆德山，是陆大肚的哥哥，他生得身量高大，绰号人称‘骑马贼’。一日在博王爷那里唱《下河东》，老生姚增禄扮的呼延寿廷，陆德山扮的欧阳芳。唱到欧阳芳私勾白龙的人马，杀败宋兵，却诬赖寿廷造反，当着宋王，在龙棚之内，拔剑斩之。博王爷生了气，命侍从们：‘把这个奸贼与我拿来重打’。侍从们奔到后台，对陆德山说：‘你唱砸了，王爷要打你。’陆德山说：‘我一点没错，并且十分卖力，怎么招得王爷恼了？’侍从们说：‘你装那奸臣，太装得像，王爷要打奸臣，你快脱了戏衣，去见王爷。’陆德山说：‘我就这么去罢。’你看他头戴帅壳儿，身上扎着硬靠，足蹬厚底靴子，腰悬宝剑，粉白脸，苍满髯，大踏步来至王爷面前，立而不跪，口称‘千岁请了’，念的还是中州韵，不是他台下说话的声音。侍从们连声催他跪下，陆德山说：‘我欧阳芳，乃天子大臣，出将入相，岂肯跪你这小小的藩王。’侍从们嚷起来了，说：‘你是陆德山，你不过是个唱戏的，快给王爷磕头。’陆德山摘下髯口，向王爷跪倒，用本嗓京腔说：‘王爷，奴才是唱戏的陆德山，不是奸臣欧阳芳，求王爷免责。’博王大笑说：‘你真算有一套。’吩咐叫他下去。如今你纵然出些馊主意，叫那女人当台丢脸，也不过是乌龟婆上了人家一个大当而已，与唱花旦的，有甚么相干？你有甚么见解，只管的说，我是个丈夫，决无儿女态的。”正是：

诸优戏场中，一贵复一贱。

心知本是空，所以无欣厌。

劲闻道：“此话不差。我素讲《瑜伽师地论》，颇明佛理，世间一切是假，正不可着相。你这一番议论，倒有些不着女人相的意思，你既不害羞，我可要陈述意见。你最好和你那个丈夫由帐后暗上，在帐内，你们想一点俏头，你将出台才不温，戏已唱过半出，这个时候最为要紧，千万得想法子，拢住前台眼光，不要叫看客仍泄了劲。如若不然，后半出戏，大家便不容易唱了。”

墨香道：“这个脚儿，跟《探母回令》的四夫人一个罪过。正旦吴彩霞曾问我：‘四夫人好来不好来？’我说：‘不好来的利害。四郎、公主，以及太后、太君、六郎、宗保，都闹哄已够，这四夫人才钻出去，要掉在凉水盆里，这一出就显着软了。’彩霞说：‘一点不错。’本来彩霞久唱四夫人，深知其中甘苦，故此从前好脚时小福、吴顺林，都唱四夫人。许荫棠和路三宝唱的时候，瑶卿也扮四夫人。近些年孟小如在天乐园唱《探母回令》，王蕙芳的公主，胡素仙的太后，轮到四夫人，反是梅兰芳，足见四夫人耽的沉重不小。这个王八婆，也是如此。我自问实不胜任，不过本票花旦太少，我勉强承乏。你纵然给我添了俏头，我也未必弄得十分圆满，不过是我也自信不会砸锅。”

劲闻道：“戏本小道，我们比伶人的学问总要高些，伶人尚且能替古人传神，何况我辈。我记得有一年，我跟侗五爷在一处凑着玩儿，侗五爷要排《取南郡》，他自己扮周瑜，王升甫派了鲁肃，我派了陈矫，诸葛亮是沈三，张飞是钱金福。大家对戏的时候，我将说了一句‘陈矫’，钱金福说：‘王先生，这个人叫做陈乔，你别念成‘陈矫’。我这张飞和诸葛亮、赵云、鲁肃、曹仁，嘴里念的，‘陈乔’两个字多得很，你念作‘陈矫’，难道我们都改不成？’我笑了一笑，把李璧回，请侗五爷另派不认得‘矫’字的人，扮这个脚色。其结果，这一出也没有排，然而我从此深知伶人太没文学知识。”

墨香道：“他们不知文字与我们不会唱戏一般。你既知他们的文学浅陋，就应当晓得我们上台，是没有拿手的。你说到伶人不知文墨，我想起前几年，跟些武票走局，唱了一出《殷家堡》，我扮的褚兰香，死鬼刘春喜扮的李公然。‘说亲’一场，春喜问那汪金林扮的褚彪说：‘令嫒兰香，可曾许过字否？’有个念过两天书的票友，在后台摇了一摇头说：'只消念'许字否'就行，何必添这'过'字。'春喜正走下了台，早已听入耳中，他便走来，发怒说：'师傅先生教的是'许过字'，不是'许字'，姓刘的受过三冬两夏的折磨，不能有错。'我笑了一笑说：'刘先生，人家挑的是字眼，不是抬手动脚。论到字眼上面，我们也有师傅，也受过三冬两夏的折磨，我们也不会有错。'春喜才不言语。

"又如谭鑫培唱《火烧连营》，对诸葛瑾说：'叫那孙权洗颈待戳。'有人告诉他，应当念'戮'，不应当念'戳'。鑫培还不深信，在湖广会馆后台，当着王瑶卿，把我找到帐桌边坐定，鑫培说：'《火烧连营》的'戳'字，有人说我念错了。只我看过《金枪倒马传》，那里头写着杨六郎一枪戳番将于马下，现在打戳记，也写这'戳'字，我认得一毫不差，请问我错在哪里？'我答言：'老板，《盗宗卷》可有两句'满门诛戮'？'鑫培说：'有的。只我那出《盗宗卷》，是口传心授，没看过本子，不比《火烧连营》，我年轻时，陪张胜奎先生唱，张先生的刘先主，我的赵四爷。我老了，西佛爷要听这一出，我才拿本子学的刘先主，我却给杨三元说了赵云，出台，马童打着长胜将军的旗号先上，赵云跟着出来，不用两个马童，那扮马童的，也不用大翻活人。宫里是王栓子来的这个脚色，杨老三在外头唱，也用的王栓子，他也不小了，翻活人是不行的，杨老三完全是我的路子。我在这一出里，赵四爷倒玲珑，刘备我不实授，您只说'戳'与'戮'分别就结，不用拉《盗宗卷》作证见，免得越闹腾越糊涂。'他一面说话，一面递过一支笔。"[1]

劲闻道："我们文人的身份，我也不在那些上面留意。若说到唱戏，必须站准地方，也是戏界顽固党的论调，实则无甚关系。老名伶孙菊仙，在台上就随便得很，也自然得很，连我王某这双眼睛，都看着他不寒蠢。戏者意也，原要自展天才，岂可被成法所拘。你看那王福寿，上了台时，错了窝儿不下蛋，四方楞子，太拘得严紧，究竟只能充个配脚，比孙菊仙的声望差了一百多尺。金秀山、黄润甫都比何九、陈三活变，就比何九、陈三的名气大。何九唱《取洛阳》，韵白到底，黄润甫就羼京白，何九笑黄润甫出乎规矩以外，马武与张飞，是一类人物，哪里能说京白呢？然而润甫的这一出，前台看着，比何老九有劲的多。梅兰芳、尚小云都不一定照着老戏样儿，死乞白赖的浑干，都是自出心裁，自己怎么合式，怎么改良。甚至于连念带唱，尽可不用中州韵的字眼，羼上些京音，倒是俏得很。这又跟《取洛阳》的京白不同。《取洛阳》是加一两句京话，这是韵白用京字。本来听戏的懂京话的多，懂中州韵的少，何必咬文嚼字，费了无限的功夫，倒惹得听主儿讨厌。虽然何九、陈三与曹心泉一类老脚，听见准骂，只他们不是花钱的主儿，大可不作理会。你要晓得司马德操有言：识时务者为俊杰。各学校盛行京音字母，要定叫戏班讲究中州韵，未免太顽固了。林四爷等既死，前台没那一路人了，台上因死念中州韵的

[1] 因原稿为作者家人遗失，下文脱漏一节。

字眼，被台下指为错误的，该有多少。依我看来，中州韵实在可以不必深求。后起老生马连良，与现在上海享大名的花旦兼青衣白牡丹即荀慧生，也深明此理，一切都有通融，不钻牛犄角。高庆奎学的是老路，等他扮上戏，把些陈谷子、烂芝麻一齐丢掉，另用新路数，方能独当一面。王凤卿食古不化，就不行了。旦脚里面的陈德霖，循规蹈矩，不敢乱走一步，也只一辈子给人跨刀，顶不了大梁。我在戏园出入多年，眼界算是宽的，不是对你夸口，陈十二都很佩服我，不用说那不如陈十二的人了。我这一出的金生色，要算戏胆，比你那个乌龟婆要紧，我连你的俏头，都顾到了，何况本身勾当，我自然要琢磨一番，断不能上去落人的包涵就是了。我用心全在唱工跟表情上面，只要这两样儿弄得好了，此外都也稀松平常，算不了甚么要事，这正是杜工部'射人射马，擒贼擒王'，最扼要的老主意。"

墨香道："你这一番议论，也另有你的一种见解，不能说你没有道理。"

劲闻道："我自己觉得太有道理了。如今是改良的年头，连儒家传统的孔子、孟子，都要改他一改，区区戏曲，更是可以改的。我虽给你出过主意，你自己也要仔细打算一番。"

墨香道："我已算计好了，只我说出来，你不准笑。"正是：

从今不敢高声说，只恐猿闻笑断肠。

要知墨香说些甚么，且听下回分解。

第四十六回 同商剧本 自作开篇

话说墨香当日出的主意，虽然还算火炽，只嫌略带几分猥亵，不能形之笔墨的。要晓得这一部《活人大戏》，不落《金瓶梅》与《肉蒲团》一切淫书的窠臼，何况墨香是扮的女脚，更不能纵笔大写，自己骂自己，也只好含糊过去。一来保持书的品格，二来也要自占身份。然而有了这几句话，已经够受，不必再加铺张。正是：

少妇今春意，良人昨夜情。

劲闻听了果然大笑。少刻余玉琴到了，又有几个票友跟着进来，劲闻把墨香的话，对他们说了。

早有一人道："此事我倒有些怀疑，莫非不可。戏场演到杀人的去处，除了铡床以外，都只写意而已。《也是斋》都只写意，你想入非非，太嫌像真。要知说书唱戏，描写淫欲，诚然不好，描写残忍，也使不得。人都说《金瓶梅》淫邪，然而《水浒》的残忍，至于吃起人肉来，施耐庵不为无罪，总算笔下造孽。我有点怀疑，觉着你这主意，十分中有九分不大妥当。"

墨香听了，低头一想：我只顾台上不瘟，由着性儿添花头，本来形容的是稍过一点儿。只这一出，不这么唱，我可太不讨俏。他是没唱过这一类戏的人，不知其中的门道，才说这一番话。无奈他这议论义正辞严，实在不差，倒没话驳回。墨香想到此处，便不言语，脸上很露愧悔之色。正是：

何来残忍戏，安得长者言。

此妇非淫荡，堪怜死亦冤。

孟子道得好：无恻隐之心，非人也，无羞恶之心，非人也。墨香想的戏路子，实在既无羞恶，又无恻隐，检直合九州之铁，铸一个大错，被人一言提醒，不觉天良一动，恻隐、羞恶两种心思，都激发起来，好生难过，不得个正经的主意，越想越僵。

余玉琴见墨香脸上僵得利害，便问众票友道："陈大爷的主张，你们以为如何？"

众人笑道:“无非是唱戏罢了，任凭做得怎么凶恶，谁也不敢真宰活人。陈爷的主意，在台上倒也火炽，能博一般人喝彩。况且也暗含着几分警世的意思，叫男子看见女人犯奸，便死得如此之惨。凡那稍具天良的，谁也不肯把心上的人儿，陷害到这个田地，自然不肯做那钻狗洞的勾当，可以保全多少妇女的名节。若叫女人看了，更是触目惊心。想一想自己的苦楚，欢娱只片刻，这挨刀掉脑袋的罪过，可真不好受。你看那某戏中，演的淫妇，披头散发，给自己丈夫磕了多少的头，说了多少求饶的话，丈夫还是不饶，揪住散发，立刻斩首。婆婆还来帮着丈夫行凶，抱住死尸，不能倒地，头已断，心未死，疼得好生可怜。也可作个鉴戒，守身如玉，不蹈那淫妇的覆辙，免遭杀身之祸。又可唤醒无数女人，叫那混账男儿，没缝可钻，于世道人心，也不无小补。一切淫戏，除了昆曲《西厢记》的《佳期拷红》，吹腔《打樱桃》、梆子《遗翠花》一类的荒谬文章，写淫人得志，而且加以‘才子佳人’的美名。还有一出乱弹《双沙河》，无情无理，专写一个‘淫’字，这都是万要不得。似这因淫欲而杀身的玩艺，罪在其次，去其太甚，原可留作警世之用的。”正是：

三千法律八千文，此事如何说与君。

善恶两途君自取，一生祸福此中分。

又有《国风》六句云：

于嗟女兮，无与士耽。

士之耽兮，犹可说也。

女之耽兮，不可说也。

众票友与余玉琴又议论一番，大家各散。

次日，却有朋友给墨香来信，要墨香作几首戏评登报。恰好信到之时，墨香正拿着一本马如飞的《开篇》，在那里看，一时高兴，即仿其体，作了一段云：

《牧羊卷》

多少人儿到戏场，回来闲话在灯窗。《牧羊卷》的“卷”字如何讲，问过十人九茫茫。早有人来逞才藻，改为“圈”字自命高强。后来又改《硃痕记》，再四推详似妥当。只是当初作戏者，取名未必无商量。戏名应改无妨改，里面原由也要详。二十年间黑暗暗，忽然一旦闪明光。无生教内宣宝卷，内有一编号“牧羊”。事迹人名都一样，黄龙造反乱皇唐。朱春登替叔从军去，才苦坏才貌双全赵锦棠。受尽折磨流尽泪，佳人节义万年芳。春登得志封侯爵，夫妇团圆在祖墓旁。宝卷装成梵筴状，头一篇图画甚精良。当中坐着如来佛，左右是太上老君文宣王。马赵温关来侍立，威风凛凛气轩昂。马天君三眼佛老见惯，孔夫子观之要改面庞。怪力乱神吾不语，如何竟自与同堂。玄坛赵师足踏虎，鸟兽同群也改常。温太保獠牙瞪着眼，这容貌难入圣门墙。关爷曾读《春秋传》，四帅惟他算孔家的帮。图画后边是卷文矣，也书题目也分章。非儒非道非佛教，三教原来大串秧。事迹居然同小唱，主人大半是娇娘。编成戏本倒合式，无怪那作戏之人往台上扛。这一出即由宝卷变，留原名只恐是宣扬。多年疑问一朝解，学问从来不在忙，这宝卷是我良朋家里藏。

作完，看了一遍。忽听得邻家有人吹着笛子唱《刺虎》，于是即又作一段云：

《刺虎》

《费宫人刺虎》是昆腔，一直无人唱二黄。昔日小金虎演唱，此人曲子学自南方。京伶后亦有人演，美貌多才梅大王。金虎已亡无人比较，不知谁弱与谁强。翻开《明史》与《明鉴》，此剧原来小有荒唐。费氏手诛是罗姓，贼中小将甚平常。曹寅乃是雪芹父，写作传奇略铺张。从此宫人功更大，一名巨寇被她伤。宫人家住天津地，史册传奇都未详。更有《陆次云小传》，宫人邑里也遗忘。津人倒是常言讲，《县志》之中也写几行。都道明朝出烈女，费宫人即产吾乡。只她名字却湮没，不晓得绿艳红香哪个字儿芳。唤作贞娥是传奇话，不能认做正文章。子弟书京师久已成绝调，《刺虎》全同大戏场。说那宫人去下手，也披头发状悲凉。姓名却是不一样，韩氏桂贞非费娘。此话由来无凭据，令人不解费思量。作书人墓草今已长，何处去寻韩小窗。有个富明说得好，韩小窗族谱要增光，他妄言吾曹妄听也无妨。

作了两段，王劲闻来了，墨香让坐毕，劲闻道："《武昭关》的伍子胥，不知你会不会，你若会时，大可以给我说一说。"

墨香不答，却拿起笔来，写了一段《戏名开篇》，放下笔，把《开篇》递给劲闻去看，劲闻看时，其词云：

武昭关

我披头散发着青衣，扫尽铅华状苦凄。腰系湘裙揣幼子，低头掩面泪歔欷。一员大将披银甲，相貌堂堂骨格奇。他是伍员名震世，天生勇猛似狻猊。只因朝内出谗贼，护定荆王太子妃。一样登场来演戏，或男或女路分歧。荆王之子今已死，寡妇孤儿今受欺。大将卞庄追赶急，扬威耀武展旌旗。那卞庄猫儿得胜雄如虎，这伍员虎落平阳犬噬脐。叹王孙龙困沙滩遭浅水，哀内主凤凰敛翼不如鸡。追兵虽众不敢逼，撞着伍员骨成泥。才得一同逃性命，路旁小庙暂相栖。卞庄吩咐他兵卒，四面围来山野弥。此际伍员真无计，一人难退百千骑。眼前若有八员将，定把追兵尽扫夷。八将今无一个在，君臣恐不望生期。冲锋怎样顾妇女，只好等他来剥皮。况有一端招物议，二人年貌正相齐。伍员舍命来相救，还怕有人来笑嬉。知者知为臣保主，不知者说是夫妻。佳人也自浑呆了，抱起孩儿掩面啼。想去思来计决矣，奋身跳入庙旁溪。香魂已逐水仙去，勇将方能险地离。此事古书不载述，鼓词笑话解人颐，到如今梨园搬演更令人迷。

劲闻道："我当是《武昭关》的戏词，原来是这个玩艺，你何以发此清兴？"

墨香把原因说了，劲闻点头道："这也是个主意，倒是不落俗套。我明晚有个清音局，要陪一位坤票唱《武昭关》，你快给说说。"

墨香细说一遍，劲闻已自了然，取过《刺虎》开篇，看了一看道："周遇吉的夫人，也是明末奇女，你何妨咏她一咏？"墨香一笑，即又作一段云：

周夫人

谁为天帝守天门，马赵温周四天神。末一神原关汉寿，岳爷继任做天君。岳爷又自来升任，换了明朝忠义人。周忠武英名千古仰，崇祯季世一忠臣。守城血战在宁武，杀贼捐生四海闻。虽是祀神多附会，将军忠勇动遗民。他夫人乃是刘氏女，惯战能征勇绝伦。城破犹能来射贼，堪怜玉体竟遭焚。《铁冠图》内虽曾记，事迹全然异史文。他道夫人是白姓，守城被获命遭屯。乌云散乱披枷锁，脱去湘裙换罪裙。推上城楼刀加颈，逼她亲口劝将军。将军杀贼收兵转，不料城中种祸因。忽见夫人狼狈状，铁人到此也惊魂。夫人倒是真慷慨，只为国家不惜身。妾身被擒惟一死，男儿切莫负君恩。可怜巾帼英雄辈，顷刻香魂化碧燐。此事虽然不可信，夫人忠勇未全湮。笑他《虎口余生记》，写得夫人太囫囵。虽是全贞能自刎，庸庸碌碌不足论。梨园亦自来演唱，多少人皆信作真。只道夫人只如此，英魂应自怨曹寅。董恒岩作《芝龛记》，旧曲全翻另作新。周氏家门同正史，夫妻均足享明禋，周夫人当为天后镇天阍。

劲闻笑道："你对于佛道二教的神佛名号太熟，你作这样文字，也要扯上四大天将，你可算习气未除。"

墨香也笑了，放下笔，二人又说些闲话，劲闻才告辞而去。

夜间，墨香取了一本荆石山民作的《红楼梦散套曲子》，看了几段，觉着他的文采，实比红豆村樵强些，便又作了一段开篇云：

黛玉宝云

文彩风流曹雪芹，闲中弄笔写奇文。诌成一部《石头记》，多少痴儿泪满巾。又有文人填曲子，寻寻数调见精神。《潇湘怨》与《怡红乐》，宝黛曲中作主人。不演雪芹原事迹，一为后梦曲翻新。居然宝黛成夫妇，练石补天没缺痕。两部传奇虽刻板，无人演唱已将湮。琉璃厂内也少见，作者灯窗枉自勤。又有名流陈厚甫，也曾把笔写斯文。只书前梦无后梦，似觉词华胜几分。红豆村樵亦有剧，细观也算不足论。不如荆石山民好，散套词章迥逸群。不写全书尤得窍，《石头》事迹太纷纭。别人主意都嫌笨，减减添添总吐吞。红豆更嫌无战阵，横加一折静边氛。大观姊妹都没用，硬把奇功属探春。仔细推敲原可笑，雪芹地下恐眉颦。虽然戏不妨附会，乱扯胡添饭可喷。贾宝玉同林黛玉，居然亲近女将军。人人都不来称许，红豆村樵果是村。黛玉由来最难演，恭王曾派朱莲芬。莲芬推却不答应，也算能知两与斤，老脚色此等存心最挚纯。

顺笔又作了一段《战宛城》的开篇云：

战宛城

菊部流传《战宛城》，曹瞒曾此戏娉婷。晋朝陈寿修正史，在《魏志·张绣传》中叙得明。张绣家门原乱贼，当年他叔父乱过汉京。名为张济董卓党，号作将军是贼星。张绣武威为小吏，曾诛刘隽立功名。后来张济中箭死，张绣方能统重兵。结连刘表声势壮，杀人放火任纵横。宛城地界屯军马，惹得曹公亲自征。张绣自知难抵敌，投戈解甲便归诚。老曹正走桃花运，张济老婆年尚轻。夫死孀居依从子，老曹晓得她态轻盈。纳她作了自己妾，张绣闻知怒不平。给了个迅雷不及掩耳，领兵竟自袭曹营。老曹大败全师溃，长子曹昂性命倾。盖世英豪留笑柄，谁能跳出美人坑。老曹若是丢了命，汉末算他最无能。陈寿不曾入本纪，书之列传不容情。当时不止曹孟德，多少贤豪逐燕莺。汉寿亭侯称正直，秦家美妇缠不清。英雄好色平常甚，不是宋朝理学生。小说戏文有根据，岂能道是本无凭。七分真实三分假，情节稍微有补增。若替二公来回护，官司未必准能赢。古人究竟何恩怨，功过何须抵死争，读史鉴往往不明这一层。

作完，上床去睡，次日差人给那朋友送去。又过几天，王劲闻又请众人到会，商量《循环报》，众人仍是各有主张，纷纷不已。要知毕竟作何结束，且看下回分解。

第四十七回 瞿兆僧谈杨桂云 潘镜芙驳《循环报》

话说众人纷纷议论，这一出《循环报》是否可以排演，又一个票友道："列位不要帮墨香分辩，那位先生的话，实是正论。"

旁边有个张某道："作妇人的睡到夜半三更，竟会错认丈夫，总是看的那件事太重，才迷离迷糊，上了这宗当，可以算得蠢淫妇了。他的丈夫，虽说手辣一点儿，只这宗蠢淫妇也可以杀，不必替她叫冤。香嫂子连这个脚色都肯扮演，也算冶荡到了极处。依咱看来，上台不怕吃亏，便算是蠢，作戏舍得面皮，便算是淫。上台他是个妇女，这'蠢淫妇'三字，香嫂子也当得起。只香嫂子用意，是在警世，也有可取的地方，倒不能把香嫂子看轻。"

劲闻道："这个议论，褒不过情，贬不失体，总算公平。"众人都点头称是。

墨香听了，方化了僵，又高兴起来。正是：

只缘错种因，闹得结差果。

褒贬尽由人，我还是个我。

又一人道："他倒不是冶荡，只太好奇了。"

墨香道："我天性有个好奇的毛病，若非好奇，我还未必唱旦，更未必演这一出。要知那蒲留仙好谈因果，各家劝善书籍，都引他的话。他那《红玉》一段中有云：人知之，丧汝德；人不知，损汝寿。老辈曾道这是戒淫格言，下句尤妙，年轻子弟不可不知。"

一人道："纪文达《笔记》，与留仙异曲同工，只陈义稍高，好讲学问，动不动汉儒宋儒，连篇累牍，肚子里不装古书的人，是看不懂的。文字也稍简古，不合俗人眼光，除了俞曲园，徐拙存也是通品，方知文达的好处。一般不通鬼，明是看不懂，偏要横挑鼻子竖挑眼，说文达的书，作得不好，火气太重，不如留仙。哈哈，这却错了。文达诚然不免火气，留仙又何曾矜平燥释？不过文达争的是学术，骂的是宋儒，与俗人无干。留仙骂的是阔官财主，一般俗人本就忌人升官发财，看了留仙的文章，正合他的心，便赞留仙笔墨高强，议论痛快。因此留仙这部《志异》，比文达的著作容易叫人称许的。”

劲闻道：“这也是见仁见智，你的言语，也未尽然。只留仙意主劝善，他说的故事，编成戏文，自然也是以劝善为主。唱旦脚的朋友，演唱时节，不可专在淫靡地方用心，必须把这失行妇女的惨死，详细琢磨，才能与留仙一鼻孔出气。”

墨香道：“大凡戏上所演的双头案，有是丈夫杀妻的，有是小叔杀嫂的，真正双头案件，究竟是杀妻的多，杀嫂的少。北京风俗，在前几十年，还有一段最妙的趣闻。是杀妻的人，每逢提着双头报官，必先到当铺，那当铺中人，见是这宗事，便称他好汉，他衙门的零钱，统归当铺赔垫。这不知是谁兴的，相沿不改，直到近年，这个风气，才算息了。五道庙昔日有个某甲，娶过五妻，杀过五回，当铺把他都认得甚熟，他一进当铺的门，便听那叫‘好汉’的声音不绝于耳。记得李二曲云：家之兴亡，全系于妻，能齐其妻，方是能齐其家。这个人每次娶的老婆，必要偷汉子，他可算不能‘齐其妻’，如何算得好汉。然而不肯纵妻卖淫，总算要脸。那些被杀的婆娘，据戏中所演，临死时节，都是满面含羞，自知理短，也算天良不昧。李二曲讲《中庸》云：夫妇之愚，可以与知焉，良知也；夫妇之不肖，可以能行焉，良能也。说得甚好，只不知此人的五妻死时，是否戏中人的神情。若从天理良心上面打算，恐怕他不能不合戏中人一般。”

劲闻道：“人人皆有羞恶之心，墨香当然也有羞耻。圣贤千言万语，只是存天理，去人欲。双头案的戏，看他正面，只是人欲的文字，看他反面，却是深合天理，与《金瓶梅》是一种笔墨。张竹坡批评《金瓶梅》，心思总算不差。墨香在台上，现的是妇人身，演的是妇人失节故事。只仔细想来，这一派的玩艺，实能令人惊心动魄，遏欲戒淫。虽有那贾天祥一类人物，正照风月镜，只那能看反面的，也大有人在。他因此不避污秽，肯去粉面油头，作这戏中淫妇的化身，在戏台上面甚么肉麻样儿，都做出来。倘有看不透彻的朋友，骂他无耻，却是错了，他也有他一番见解。这种办法，虽近于索隐行怪，比那无非无刺贼德的乡愿，似乎稍强。”

众人道：“自然胜似乡愿远矣。”谈至天晚，不得一个准主意，大家各散。正是：

谋室于道，三年不成。

王劲闻把这本子收起，展眼半年，早把此事放慢。这时节从外码头来了一个坤脚，唤作碧云霞，在城南游艺园，唱了一出《阴阳河》，这里的票友与劲闻、墨香，都去看了。

墨香道：“这一出听得老辈人说，当初是吴艳芳唱，我没听过的，只看路三宝唱过几回。”

一人道：“吴艳芳小名六儿，某一科同榜进士三百人，没有不认得他的，可惜早死，他儿子吴宝奎，是个老生，现在上海。只艳芳我们都没赶上，不知比这坤脚何如，一定是强些。”

墨香道："三宝唱这一出是安工，上海有个冯子和，听说也是安工一派。这碧云霞可是火工的，本来闹鬼的戏，怎么唱都行。"

劲闻听得"闹鬼"二字，颜色一动，戏散各回。次日，劲闻在湖南会馆黄学会，遍请票友并评议员，又商议那一出《循环报》。评议员中的人，一个是潘镜芙，一个是举人瞿兆僧，这人有七十多岁，久住北京。余玉琴也到，劲闻便把上次讨论《循环报》的话，又说了一遍。正是：

事要三思，行必众意。

那个潘镜芙听了这一番话，合掌道："善哉善哉，这个闹法，是来不得的，墨香何以生此妄念，实是阴魔附体，快些高声念佛，自忏罪过。我每年编戏，亦曾神识偶昧，编了一出《金牛山》，由奎德社排演。在庆乐园初次登台，我自己去看，哎呀，我作错了，这一出'淫杀'二字，太也渲染得利害。虽挂了个警世的招牌，究竟是不应该，似与我佛大慈大悲的法门，太相背驰。要知戏的宗旨，最为紧要，有一般人专在穿插词句上着眼，似可不必。这一出主意太坏，我没有看完，即回了家。我家奉有西方三圣画像，我赶紧跪在佛前，念了几千声阿弥陀佛宝号，忏悔大罪。次日我自作呈文，请教育当局及警察署座上的诸公，发个公牍，给奎德社，把《金牛山》禁止，不再演唱，我才心安理得。如今你弄的玄虚，比我又过了头，况且是你自唱，依我相劝，千万不可如此。"正是：

既要戒杀，又须戒淫。

虽然是戏，莫背佛心。

众人中有那不信佛法的，少不得摇头发笑，瞿兆僧笑得最凶，笑得够了，兆僧道："我生人的那一天，先父不知怎么偶然睡着，梦见一僧人走进大门，醒来时，我已离了母腹，先父便说我是僧家转世，才给我取字兆僧。我幼读儒书，最不信佛，若说我前生从僧道中来，我可以算是如来的叛徒。蒲留仙自称前生是和尚，他作的十六卷《聊斋志异》，对于佛法，疑信参半，我检直呵佛骂祖，比蒲老先生更加了一番。而且我不信天，老天爷待我一点好处没有，因此我取个别号，叫做天负老人。吴江沈太守，是沈老七的老子，他听了不服，给我改成'负天'。我扪心自问，实在我没负天的地方，还是天负了我也，沈太守说的不对，不能由他混改的，虽然他有他的见解，只我也有我的道理。我的官比他小些，不过曾做同知，但现在都不干了，若还同做官时，我若在他管下，那可没法，他说甚么，别管是不是，我都得依。如今我可不怕他的，我偏不听他的话。今年七十多岁了，我在北京住的年代最久，听的戏也多。我认得的朋友，滕县高仲瑊、历城毛稚云、昆明萧大庸、赵子珩，和我们江苏同乡李五瞎子，如今也都是些老头儿，他们也都爱听戏，我等常在戏园出入。我是个包打听，专一会打探戏班的新闻，大庸、子珩都能唱昆腔，李老五会编戏本，我们各有所长。我曾探得一件故事，足证淫戏有时也于人有益，不是只能诱人走上坏道儿。

潘老兄的议论，似觉太过，我敢说他是只知其一，不知其二，他的和尚腔调，比谁都利害，我是不能帮他说话的。”

镜芙道：“依你老先生的话，难道当局官长禁演淫戏，是错了么？”

旁有一人道：“现在的当道诸公，主持风教，焉有差错？淫邪戏文，自然应该禁止。只瞿老翁必然有他一番见识，也可以请他把这件故事，说了出来，我们尊儒教不废二氏，各有所见，原可并行不背。不过说到淫戏，究竟应否演唱，自当以禁令为主，他老先生的话，只可留作参考。他不在其位，偶尔发个议论，也当不了金科玉律，然而未尝不可增人知识的。”众人听了，无不点头。正是：

他山之石，可以攻玉。

兆僧道：“潘君说：戏得问他的用意如何，不必挑剔小节，最为通论。凡那好挑小节的，都是浑虫。只那用意不甚好的戏，也有时救人性命，如我说的这件故事，即其一端。”

众人道：“愿闻。”兆僧道：“你们出世很晚，可知京中唱戏的，有个杨桂云么？”

劲闻道：“虽未识面，颇闻其名。”玉琴道：“我将唱戏时，借过杨先生的行头，一不留心，给他丢了，他也没叫我赔，至今抱歉。”

墨香道：“这位杨老板，我小时看他的戏很多。他是王瑶卿的岳丈，瑶卿的《五彩舆》，就是得他的传授。他儿子小朵，也唱花旦。小朵二子宝忠、宝义，宝忠学的却是老生。我在通州，曾跟他唱过《走雪山》，他的路子，是瑶卿指教。老生出台，先扑出去，旦脚后上，看老生一眼，一洒散发，也往前一扑，一齐站起，再往后一跌，老生先起来，扶起旦脚，开唱，不是二人出台跪下，好像花子叫街一般，宝忠这一出，总算不错。宝忠叔伯兄弟宝森，现搭斌庆社，也学的老生，虽然年幼，本领也不差，他们真算唱戏世家，后台管他们叫做‘杨家将’。宝义现也跟瑶卿学唱正旦，将来成效，却不能预定。桂云四十就歇了，因此在座诸君大半没有见过。”

兆僧道：“到底你在京住的年深，才知桂云家世，只我说的这段事，你也未必晓得。”

墨香道：“老先生比我大了三十多岁，自然耳目更广。”

兆僧道：“桂云没嗓子，唱是一句不行，最拿手的是《双钉》《双铃》《也是斋》等戏，这几出目下也不大唱，不知列位见过没有？”

劲闻道：“我倒都曾见过的。《双钉》看的是路三宝、水仙花和今天在座的余老板，《双铃》也见余老板唱过几回，近年富连成科徒小翠花、仲盛珍，接连不断的演唱，荣蝶仙也曾唱过。至于《也是斋》，我虽没看见戏班人搬演，只本票的陈墨香，颇爱唱这一出，我看他唱过好几次了。”

兆僧道：“你觉着《也是斋》的戏样儿如何？”

劲闻摇头道：“不登大雅之堂。”

兆僧道："这一出，本来戏样儿太坏，然而桂云却曾拿着这不雅之音，救过一个人的性命，正不能把这一出一笔抹煞。只因京中住着一个某甲，是个买卖人，手里很有几文，家里尽有娇妻美妾，他却爱钻狗洞。俗语说得好：妻不如妾，妾不如婢，婢不如偷。这也是人情之常。你看那《金瓶梅》小说里面，那位西门四泉大官人，家里妻妾成群，又有潘六儿、李大姐两个尤物，他还与甚么韩道国的老婆、林太太、贲四嫂，弄得一塌糊涂。虽是寓言，却是至理。这个某甲不及西门四泉的粗豪，却也十分好色。他的邻人的浑家，是个风骚妇人，和某甲一墙之隔，干柴近烈火。男也有心，女也有意，自然有阳谷王婆一流的老猪狗，给他们做牵头，不用'挑帘裁衣'，就沾了十分光，二人早已留下交情。某甲一日到前门有事，坐着骡车前往，待事已办成，仍坐车而回。进了大栅栏，从庆乐茶园门首经过，只见门前长条的木牌，写着'四喜班各样吉祥新戏'，旁贴黄纸，写出本日戏目。某甲忽的戏瘾发作，叫车夫停住了车，某甲跳下车来，昂然直入。过了那个大月亮门，到了戏楼下，也不上楼，直奔小池子大墙，买个座位坐了。猛抬头，只见一人先坐在那里，衣服古朴，腰里系条黄带，他不认得某甲，只某甲却认得他，原来是某部一位已革侍郎。官阶已高，声望尤重，很会作折子参人，却是十分好色，毕竟因女色上面，闹得革了职。他不做官了，才敢下戏园看戏，如若不然，那个年月，二品大员只能赴会馆的戏筵，这个地方，是不能到的。某甲见了他，心中一动：我虽没他的官位，只他的好在女人队里打混，与我差不了多少，他还闹坏了事，我倒要小心。既而一想：我太过虑了，皇上只管束那大官，不准荒唐，我一个买卖地儿，够不上皇上的管，怕些甚么。一面思量，一面举目往台上细看。他看了半天，看到倒第二出压轴子，恰是杨桂云的《也是斋》，江耗子的杨盛公，宋万泰的岳子齐，高得禄的忘八，人很整齐。等唱到奸淫授首，只吓得他浑身乱抖。不好了！忘八的兄弟如此利害，真敢拿刀，硬宰活人，想起爹娘养儿一场，十月怀胎，三年乳哺，好容易长成人了，居然会说人话，拉人屎，岂可不做人事。要是为了个臭娘们，被人宰了，可有点对不起一对供花儿。

"戏散回家，躺在被窝，越想越怕。次日起来，洗了脸，走到财神龛前，烧了一股百速锭，行过三跪九叩的大礼，对着神像，叫声三界伏魔大帝关圣帝君：你老人家，秉烛达旦，不犯色戒，生为正人，没为正神，弟子从前淫恶甚重，今已醒悟，永不再犯，若有虚言，望帝君鉴察，明彰报应。祷告已罢，他果然改了脾气，先前不拉人屎，如今拉人屎了，和那邻妇，就算断绝来往，比岳武穆与太行山的强盗，画地断交，还来得干净。"

兆僧说到此处，年老的人要歇一口气，墨香却想起惠定宇的话来：室有屋漏，天有旦明。审尔动静，及尔出王。事无幽而不显，行无隐而不彰。是以颜回不改容于浴室，蘧瑗不变节于宵行。夫惟莹灵台之方寸，自能止虚室之吉祥。倒与此事相合。那"明"字按古音念芒，"行"字念杭，方能押韵。

只听得兆僧接续前文道："那邻妇另觅情郎，闹得丑名远播，他家的元绪，忍不住这口恶气，黑夜捉奸，把两个一齐杀掉，提着双头报官。这个消息传到某甲耳中，某甲只吓得三五天面无人色。咳，这条命是杨桂云给救下来的，于是逢人便自家诉说一番，连在戏园遇见那位好色侍郎的话，他也说了出来，他若不说，我瞿兆僧焉能晓得。一般听了他的话的人们，个个吃惊，其中也有些浪子，害怕改过。你看《也是斋》的力量，真不在那《不可录》《欲海探源》《戒淫宝训》、一切善书以下，只恐善书入人心之深，还抵不住《也是斋》。若论编《也是斋》的人，用意如何，恐他只是随手写的，未必有甚好意。"正是：

以毒攻毒，其效如神。

砒霜药酒，时亦活人。

兆僧说毕，又歇了一会儿道："我闻陈文恪公评论《双钉记》可以警世，《也是斋》亦是如此。我非文恪门人，可是私淑弟子，不敢忘他老人家的训语。"

镜芙道："文恪发的议论虽高，世人多不能领会。你说的这件事，亦是偶然，并非常理。况且文恪是因当日有人唱《双钉记》，不得已，发此言论，补偏救弊，与墨香和阁下见解不同。依我主意，墨香少唱这路玩艺，方不背先人真正家法。"

墨香道："凡这一类戏，前半是淫，后半是杀，演到后半，倒是一篇遏欲文，因此我唱这些戏的时候，总是偏重后半。"

镜芙道："话虽如此，只你于这女的被杀之苦，形容得太也过火，虽能使淫人丧胆，却引起人的杀机，也与佛门太背，只怕也是造孽不浅，是个大病。"

一人道："金圣叹批《西厢》云：文人见之谓之文，淫人见之谓之淫。这也似乎没关紧要，王渔洋诗云：

曼殊行道处，犹见海螺城。

摩诘无文字，丰干识姓名。

绽衣寒事早，咒钵毒龙惊。

杀活从渠会，依然草一茎。

"释道原《传灯录》，说曼殊菩萨拿一根草，说是此能杀人，亦能活人，淫戏也是这般的。"

镜芙道："淫人世上不乏，岂可再去引诱？即如这一出，前面帐子里一段，正犯了一个'淫'字，后半截乌龟杀妻，他又添得'杀'字太凶，我若不拦他演唱，失了朋友规过之义，是我比他罪过更大，这一出，还是不可排演。草能活人，又能杀人，是良医才用得，我们只是庸医，用不得的。"大家都没言语，至晚各归，便把这本《循环报》，放在一边。

又过些时，墨香究竟好奇的心理太胜，抽出"杀妻"一段，改作一出小戏唱了。正是：

你有你心，我行我法。

要知此戏唱的如何，且看下回分解。

第四十八回 满口闹羊毛 一身翻虎跳

话说墨香排了出《杀妻》，在各处唱过几次，只正乙祠熙春会，一次未演。一日到那会中唱了一出《女斩子》，唱完，将要动身，票头陈痴疯忙拦住道："你由历城回来，快半年了，你的那一出《杀四门》，你唱也不唱？"

墨香道："唱是可以唱的。咱们票上有现成的赵匡胤。两个南唐大将，也不用外找，只出钱找一个女马童、上下手、四个小将，就算行了。不过都得现对一对戏，连打鼓的也得说一说。"

痴疯道："这一出里有个'搬不倒'，是小花脸应行，勾小红脸，跟赵匡胤的脸谱一样，就是范围小，不把脸来勾满。我跟陆大肚学过的，今番捧你一捧，我来个'搬不倒'，你看好不好。"

墨香道："你本是老生跨小花脸，你肯来这个脚色，那更好了。"

痴疯道："会阵时节，我倒底是第一个见你，还是末了一个，我闹不明白。陆大肚说'搬不倒'是在末了，可是我看过九阵风一回，'搬不倒'在最先，是他的头阵。"

墨香道："陆大肚不错，应当第一个先见武生，第二个见武花脸，然后才见'搬不倒'，为的给旦脚缓一口气，好唱慢板二黄。现在的九阵风，是个武旦，不是真正刀马旦出身，本事虽强，这出《杀四门》，却没甚惊人的地方，不及陈德霖、陈桐仙、王瑶卿、张彩麟等有传授。他嫌'搬不倒'在后头，瘟一点儿，才把'搬不倒'提前，好在他末场的慢板，也改成原板了，不然可接不住。"

痴疯道："'搬不倒'在先在后，原没关系，我一向也不爱说老谱，不过你的正脚，得听你的。"

旁有一人笑道："不知这武旦即是刀马旦，有何分别。"

墨香道："武旦是要用跷工的，如《蟠桃会》《泗州城》《青龙棍》《演火棍》，都是武旦应行，朱四十和他儿子朱桂芳、贯紫林即贯增，便是现在老生贯大元之父，还有个靳湘林，搭上九阵风、张七、李九、余玉琴和他儿子余三元，虽前后时代不同，都是武旦。靳湘林是玉琴的徒弟，又跟四十学过几出，余家父子出手不行，湘林的出手是另有传授，他除了扮相太丑，功夫倒是不错。玉琴、四十虽然都是武旦，派别又不一般。玉琴一生有几出向来不唱，朱四十也有几出没见他唱过。即如同是杨排风，玉琴唱《演火棍》，不唱《青龙棍》的，四十跟他相反，可是朱桂芳大唱《演火棍》，余三元也大唱《青龙棍》，都不走老子一路。"

那人道："刀马旦又唱些甚么？"

墨香道："《湘江会》《虹霓关》《马上缘》《杀四门》《竹林记》《穆柯寨》《破洪州》《烈火旗》《反延安》《孤鸾阵》《祥鳞现》《扈家庄》《娘子军》，都是刀马旦应工。从前的杜蝶云，专教这一门，陈桐仙、侯连儿都是刀马旦的好手。现在蝶云的徒弟，还有两个，一是王瑶卿，一是张彩麟。刀马旦不踩跷，这便是与武旦的分别，可是他的唱工比武旦麻烦，得有半条嗓子。瑶卿幸亏学过这一门玩艺，嗓子一哑，便由青衣改作刀马旦了，唱戏还是文武全材稍占便宜。"

那人道："你这不过随口编派，我偏说武旦即是刀马旦，不能听你的话。你说刀马旦不踩跷，余玉琴唱《马上缘》，可踩过跷。况且那只是出花旦哄着玩儿的戏，与《破洪州》倒有些相似，不能跟《娘子军》算作一类。你说的《祥麟现》《孤鸾阵》，我从没听见说有这个戏名，只怕是你诌出吓人的。《烈火旗》即是《反延安》，也不能算是两出，你蒙我是不行的。"

痴疯道："《祥麟现》确是有的。前些年，高腔班常见这个报子，不过韩世昌不唱，总是马凤彩之类的人在那里闹哄，你们专捧韩世昌，便不留意。至于《马上缘》有跷没跷，可是一个疑问，不但玉琴不是天足，我记得水仙花也是踩跷的。《烈火旗》路三宝贴过这个报子，唱的果然就是《反延安》，莫非墨香说的话，有真有假？"

墨香道："《反延安》是《烈火旗》的后部，戏馆子因《烈火旗》久已没有人唱了，有心蒙混，才贴出《烈火旗》，硬唱《反延安》。本票章晓山就学过《烈火旗》的双阳公主，我还预备给他配女贼海飞云呢，不过没有实现罢了。而且海飞云是下手把子，得听双阳公主指挥，不能自作主意，非武艺高强，可是办不了。我没有那么大的能耐，给人砸了，倒糟心，不实现，只算替我藏拙，然而我应的是这一路活儿，不能不预备的。《马上缘》踩跷，是由李紫珊兴的，玉琴、水仙花都是李派，不是旧规。李紫珊因刀马旦穿彩鞋不得样儿，他的跷工本好，才改作踩跷上去。"

那人听了，把头摇得似拨浪鼓一般道："这一路旦脚，总没穿彩鞋的时候，有能耐的踩跷，若像王瑶卿、梅兰芳这些半路出家的无能之辈，也都穿靴子，我见多了，你莫乱言。"

墨香道："刀马旦改了穿靴子，是王瑶卿创始，实比彩鞋好看的多。只瑶卿的靴子，是后面一排钮扣，穿在脚上，再把他来扣好，格外抱脚，便显脚小。现在都做成抓地虎的式样，一个整靴桶，穿时虽是容易，却不及瑶卿的靴样美观了。古人诗词，咏到剑女侠女，常用'蛮靴'字样，瑶卿也算有来历，不能说他混出主意。至于打把子，踩跷的脚尖动处，便可像个女人，大脚片可非得脚下真有步法不行，并不是踩跷比大脚烦难，这些道理，没学过刀马旦的朋友，是闹不清楚的。列位请看章晓山在台上起打，他的上身比我袅娜，瑶卿又似胜于晓山，便是步法的原故。我跟李鑫甫、刘春喜在一处，研究武功，日子太久，脚下串了三分武老生的步法，幸而还会收敛，不至于踢腿、跨腿、站骑马式，检直弄成男人神气。一来我先入手是跟彩麟学习，无论彩麟本事好歹，究竟是个旦脚；二来刘春喜是胡喜禄安义堂的门徒，喜禄青衣兼刀马旦，虽然春喜是老生，没跟他师傅学过，只常看喜禄教别的旦脚徒弟，偷了些诀窍，随时说给我听，我总算还晓得规矩。"那人听了，只是冷笑。正是：

虽然未得真传，究竟强于臆造。

说来人不谓然，却向何方诉苦。

那人笑了半晌道："好大的来头，又拿胡喜禄吓人。我久知胡二老板，是青义正宗，与老夫子陈瘦云一般，不像瑶卿、兰芳、小云、艳秋和屡赴上海、新近快回的那个荀慧生，都是乱抓，就连阁下同章晓山，也爬出范围以外。晓山的《放牛》、《醉酒》、巴九奶奶，连瑶卿都不唱的，他一个'假瑶卿'，抓起郭季香的活儿来了，虽有人恭维他有本事，我却不以为然的。现在戏班，只有吴彩霞、王琴侬，坤脚只有富竹友、白素忱，票友只有杨南英、樊杏苗，能守规矩，此外检直任性妄为，满不是这里头的事。"

墨香道："春喜是安义堂中的人，足下却没在那里学过一出的，自然春喜说那胡二老板的本事，比足下真切。陈老夫子也是文武双全，他唱《杀四门》，是我幼年亲眼得见。我再告诉你一句话，大约你也不信。那一次的赵匡胤，不是老生勾脸，直头是净脚何九扮的。我后来广交梨园之日，听何九说：三庆有个花脸褚连奎，专唱赵匡胤，不但唱这一出，并且唱《斩黄袍》，原来赵匡胤不一定归老生。"

那人道："荒唐荒唐！赵匡胤例用红生，哪有黑头扮演之理！"

后台老伶听他满嘴里又是"红生"，又是"黑头"，一齐发笑，有几个嘴缺的便道："今年少吃烤羊肉，留神闹羊毛痧。"那人不懂，还板着脸与人争论，墨香说声"走哇"，便离了正乙祠。这正是：

但能自己求学问，莫向旁人论是非。

次日，什刹海会贤堂有局，又是墨香的《借圣威》，墨香笑道："这一出福寿班唱时，是李寿山的关胜，张彩麟的一丈青，后来老没人唱，自尚和玉、许德义撒开了一唱《收关胜》，这一出更是冷了，幸亏朱桂芳唱过，才又兴起来了。然而戏不捆羊，没有《收关胜》热闹，怎么票上，一而再的唱起这一出来？我前番大刀撒手，今日倒要留心。”

说话间，戏码已到，梳妆登台，果然没有出错。唱完卸妆，出门雇车，听得几个人议论道：“今天在这里，所看的几出，倒也不差。只《借圣威》的武小旦，竟把大刀丢了，只好是换了双刀，才糊弄住我们耳目，这也可笑。”墨香听入耳中，只好装没听见，想起上次没人摘毛，今番却摘起来，实在都没闹清戏的筋节，可笑已极。上车回家，仍是一睡。

过了一个星期，正乙祠排期又到，是找的于云鹏的箱，行头都穿得，而且齐全，不至于有一件，少两件，扮戏甚不为难。墨香到得那里，写了一张《杀四门》的提纲，派好脚色，跟大家对了戏，与九阵风路子不同。

青衣律佩芳道：“前些年荣蝶仙在三庆园唱过一回，倒有些仿佛。只蝶仙头场西皮，末场二黄，也不唱慢板，只是摇板、原板罢了。那一回的赵匡胤，是李鸣玉。”

一个票友在旁道：“哼！荣蝶仙就不如九阵风，要是跟荣蝶仙一路，矮和尚的徒弟——谅也高不到哪里去。这宗玩艺，非真正武旦，顶不下来。荣蝶仙只是个花旦，陈墨香比蝶仙又差了，蝶仙唱不好，他更唱不好的。咱们想过足瘾，还是去看九阵风，你瞧人家九老板，虽是旦脚，有时踢个腿，真不弱似杨小楼，太好得利害。别说荣蝶仙了，就连梅兰芳超前绝后、戏界大王，那一出《水漫金山寺》，就不敢打出手，比九老板瘟得多。都说兰芳昆腔比九老板唱的强，哎哟，哼哼唧唧，有甚么意思。况且《水漫》是一出武戏，自然是武工要紧，唱一会子昆腔，又算的了甚么。又说兰芳这一出的地方，比九阵风有根，更是捧他的话。反正是上场门出来，下场门进去，在台上，东边走到西边，西边走到东边，信着他的脚步，走过来，走过去，怎见得兰芳有根，又怎见得九阵风没根，这是戏，不是树，甚么叫做根！总而言之，沾着武的，九阵风自然应该比梅大王强，好比谭鑫培武功不如杨小楼一般。凡那说兰芳武戏强过九阵风，老谭武戏强过小楼，都是些混话，听不得的。”

墨香听了，只服了他一句，是说自己不如荣蝶仙。本来自己是票友，焉能与内行比较，此外只好算他是一派胡言，羊毛到十足，却也不消辩白。想到此间，回头看着律佩芳发笑，佩芳也笑而不语。墨香自知不及荣蝶仙一层，旁人都未瞭然，佩芳亦不能尽晓，只佩芳意中，大概也以为墨香的本领，确在蝶仙以下，正自不便说破。正是：

两情知暗合，一意讵相违。

只听得后台纷纷议论道：“脚色有捆羊，有不捆羊，戏也是有能捆羊的，有不能捆羊的。老生的《硃砂痣》，除了捆羊，还有甚么？《定军山》本不捆羊，谭老板添出‘头通鼓’，就算行了。《进宫》虽说难唱，《保国》也不轻省，都是老生、旦脚、花脸并重，然而《进宫》捆羊，《保国》不捆羊，诸如此类，说也说不完的。今天这一出《杀四门》，还有一出

《烈火旗》，都是卖真力气的玩艺，羊毛却看不懂，故此没人愿意唱。”墨香听了，暗暗的点头。

当日的这一出《杀四门》，派在樊杏茁的《宇宙锋》底下，杏茁将扮戏，墨香知《宇宙锋》不甚冗长，便也支起镜奁，擦粉扮妆。结束整齐，红帔白裙，闺阁模样，只额上插着绿绒结子，显出是巾帼英雄，非文弱女流。

早有一个内行武旦，扮好女马童，走来道："方才虽对过戏了，只您的路子别扭，我跟九阵风唱惯，怕有磕碰，您再糙说一遍。"

墨香道："头场，我降香以后，叫丫鬟传话，吩咐马童备马伺候，你不用上，咱们不见。二场，你上去备马完毕，向内场请姑娘上马，我唱倒板，你备马可是得款式，别赶落，容出工夫，我好扎靠。"

那武旦道："这我晓得的。只您头场不唤我出去，跟九阵风两路，我有点犹疑。您将才说戏的时候，先见武生花脸，后见'搬不倒'，您弄翻了场子，我听着纳闷，您何妨改正过来。您虽然是玩票，也得玩出个内行的样儿，您别拗天行事。"

墨香笑道："我也是跟内行老前辈学的，况且我的火候不到家，要给我一改，末场我可一字唱不出来。"

管事人谭春仲道："老路子，'搬不倒'实在是最末了一个，陈大爷说的没错，不是拗天行事，倒是你们的路子，是九阵风改的，不是这一出的原样。你出世太晚，戏园子轻易不唱《杀四门》，你没见别人的，就知道九阵风这一派，你少说话。"

武旦又对了别的场子上的地方，反正一点也不合拢，两人对着冷笑，然而他是配脚，只好凭正脚调度。

谭春仲与墨香站得甚近，一眼看见墨香髻心上盘着散发一绺，春仲道："这可该我来挑大爷的错处了。《杀四门》是不撩洒发的，大爷留发作甚？"

墨香道："刘姑娘虽然没打败仗，只力闯重围，四门杀遍，进城下马，就昏倒在地，难免在阵前杀得盔歪甲斜，我预备进城一场，摘下七星额子去，撩下发来。"

春仲道："您是嫌额子沉重，想早摘一会儿，好让脑袋舒服？"

墨香道："我正是这个主意。好在这个年头，凡事都讲改良，我改一改，也无妨碍。"

正说间，听得催场管事人大喊："刘金锭照场！"墨香赶紧奔往上场门内，《宇宙锋》已完，《杀四门》登台。头场花园降香，大段慢板西皮，用的六字调，唱着不很费力，只嗓音窄细。待二场扎靠出去，换了二黄，虽只摇板罢了，却不及方才舒坦。正是：

男怕西皮，女怕二黄。

伶人旧话，甚不荒唐。

唱到刘金锭领兵行路，女马童出了上场门，在中场一个虎跳，翻往下场外角。自《宇宙锋》起，前台十分悄静，台上唱戏的，恰好似丢在凉水盆里一般，半分热气也是没有，陡的大翻活人，竟把前台座客给唬住了。哎呀，这可得真功夫，要不然，怎么能叫活人翻的如此玲珑。你不信，咱们这些看戏明公，谁也翻不了，打死都使得，翻这玩艺可不行。若不捧他一捧，咱们就露了怯了，透着咱们不懂武戏。要知他们武玩艺，都是假的，甚么扎上靠，横住气，不容易张嘴，甚么打把子得紧凑，甚么闹妖拿贼套子不同，都与我们没相干，只有要下场、打出手、翻觔斗，能给我们一个愉快，这是要叫好的。于是齐声叫好，真似响了一个巨雷，并有人大喝道："好掉毛哇！好抢背哇！好旋子哇！"其实是个虎跳，他说的完全不对，便知他胸中觔斗谱儿是生是熟，看武戏的本领是如何了。然而只这一声好，早把全场振起精神，眼光都往台上直射，不似方才散漫。待刘金锭用刀捞马童的扑虎，待他落地伏住，从他身上跳将过去，墨香毕竟手段生疏，来得迟缓，一个留神，险些脚被女马童绊着，说句行话，叫做"挂龙"。若是果真"挂龙"之时，非躺下不可，倘勉强站立，脚定受伤，当日幸未如此，实在是间不容发。墨香和那武旦，都吓了一身冷汗。座客不但没人看出，还又齐声叫起好来，仍是方才虎跳的余波。自此以后，这一出便顺利了。

刘金锭见那第一员南唐大将周文，一套对刀，见那第二员南唐大将贺武，一套大刀双刀，打到紧凑的地方，都不怎么样。只那刘金锭要起单人的下场来，虽然墨香膀子发酸，眼中发黑，有几分吃亏，前台座客，仍是好声不绝。抽那几小将的抢背，座客都没放过，也给叫了好，这都全仗女马童虎跳之功。你道他这个虎跳，可真翻在接骨眼儿上了，总算没有白翻，今天《杀四门》，得他的气力，真不在少处。他不过是翻了一个通大路的觔斗，并不算难，唱武旦的，要是连一个虎跳都不过了，就不用上台。谁知竟自仗着这一下子，会给满台长起劲头。咳，九阵风手底下的零碎，尚能跟羊毛斗一斗，莫说九老板本身了，人家内行不可小看，确比票友强胜，这碗戏饭，让他们去吃罢。外行会干甚么，去干甚么，该干甚么，便干甚么，千万莫一知半解，就想下海，可不是闹着玩的。从前穆凤山、黄润甫真下功夫，孙菊仙、许荫棠真有嗓子，方能由外行成了内行好脚，真非容易。天料人工，要不及他们，是不下海为妙。倘若下了海，在戏班里面，混得不好，再想去谋别的生计，可就绕住手了，管叫你：

羊肉吃不着，空招骚一身。

一朝轻失足，回首百年人。

要知《杀四门》戏中，还有何笑柄，且看下回分解。

第四十九回 排乱弹腔三折戏 听水磨调《一种情》

话说正乙祠熙春会票友刀马旦陈墨香，演唱《杀四门》，时值冬令，只墨香已经浑身是汗。唱到打败“搬不倒”，叫不开城，又转向北门而去。台上赵匡胤，在那里唱，墨香抽空，叫盔箱上的人过来，给自己摘七星额子、撩洒发，就便拿小镜一照。哎呀，脸上脂粉，被汗冲得十分难看，冬天闹得汗出如浆，真是一个笑话。听那赵匡胤按照《杀四门》原词，一字不减，唱个不休，料得还有功夫，顺手抓过小手巾，索性把脂粉抹去，露出本来面目，要来一支油笔，颊上涂了好些香油。将涂完时，已该蕩马入城了，忙同女马童登台。好在座客们有一大半，晓得墨香常不擦粉，爱涂香油，见惯不怪，莫说没人叫倒好，连发笑的都无一个。

刘金锭下马昏倒，经人唤醒，大唱慢板二黄，才见了宋主赵匡胤的驾，然而都是一团正气，决闹不出虢国夫人的笑柄，不会被轻薄文士们作诗笑骂，道她是：

却嫌脂粉污颜色，淡扫娥眉朝至尊。

唱到此间，这一出刘姑娘杀四门，就算是起了【尾声】。墨香撩发洗粉，正应了后台老前辈的话，叫做“外道天魔”，溢出规矩以外，却是座客们并未曾说一个“不”字，他们是已经承认。至于手中一口绣鸾刀，始终不换梨花枪，实是这一出的正经路子，若是刀枪乱用，便算没准谱儿。墨香这些地方，颇受老伶传授，不会弄差，而且几段唱工，不减不偷，也都尽着力量交代，总算一些儿没砸，座客们也没一个说半句奖励之词。前后台虽然隔膜，只本会票友，好几个在前台与看客杂坐，自然会到后台，给墨香作耳报神。墨香听了，只能记在肚内，凡自己的差处，不必向座客自行检举，只那是处，也不能前去表扬。

墨香卸妆已毕，只听得有人道：“《得意缘》‘下山’，小夫妻见丈母娘，应当丈母归大边站着，小夫妻跪在小边。富连成丈母站在中间，小夫妻两边分跪，可是不对。”

陈痴疯道：“台上的事，爱怎么改都行，你少挑眼。”

那人道："王瑶卿、陈德霖都站大边。"

痴疯瞪眼道："我偏说瑶卿、德霖都错，你岂奈我何？"

墨香听了，不好插口。正待举步，脚下忽见一张毛头纸。检起一看，字迹纵横，原来是那份提纲，不知被谁弄到地下来了。墨香卷成小卷，揣入怀中，带了回家。这件东西，待得他年，程艳秋开设戏曲院，搜求陈列品物，曾经拿去，装裱悬挂，此是后话，表过不题。

且说当日墨香回来，一连数日，没甚要事。忽有几个朋友来访，其中一个姓刘，是外省人，常到北京，也是喜欢在票房出入的，本身习的老生，是说做一派。他的玩法，与众不同，并不设立票会，只纠合一班同志，生旦净丑俱全，每年走南闯北，在各省走局。所到之处，以办义务为名，打通了本地绅商，替他招徕座客。明是消遣，暗地做一宗好买卖，成千累百，往腰里揣，在票友队中，另成一派。只到了京里，便耗财买脸，茶水不扰，规规矩矩，玩几天票走路。即或办义务，也是实心任事，毫无侵渔。他的用意，是因北京乃首善之区，要在此地立名，不在此地贪利。正是：

老谋深算，夺利争名。

计画无误，作怪成精。

京中票友因他如此，便都肯替他帮忙，他和墨香早就认识，今番带着他的同志朋友来了，墨香让他们在书房坐定。

刘姓道："'无事不登三宝殿'，今日造府，有大事相求。"

墨香道："不知有何见教？大约除了唱戏，决无别样事件。"

刘姓道："然也。"

墨香道："不知在何地演唱？还是过排？还是堂会？还是办义务？还是在戏园子里露两天？实不相瞒，我的本领平常，要在戏园子里去露，我可不行，决不奉陪。"

刘姓道："不是戏园子，是上斜街全浙会馆，乃是水灾义务戏，通是三个灯晚，下星期一唱起，星期三完功，有三出戏，来约老兄捧场，千乞勿却。"

墨香道："不知是甚么戏？"

刘姓道："一出是全本《滚钉板》，准带法场典刑，不像通大路的，只唱酱汁中段。"

墨香道："《滚钉板》，我可只会马姑娘，不会陶氏。"

刘姓道："马姑娘有人了，正是来请仁兄扮陶氏的。"

墨香道："我一句也不会，你们得给我本子，不然，就另请高明。"

刘姓道："自然给您本子。"说着取出三张单头，递将过来。

墨香接过一看，一张是这陶氏，一张写着女伍员，注着"吴金妻"三字，墨香便知是《今古奇观》蔡瑞虹故事，一张是《武松》，注着"王婆"二字，墨香道："这只怕错了，王婆是老旦，不是我们花旦应行。”

刘姓道：“一些也不错的。万树《拥双艳》传奇三种内，有一本《风流棒》，其中有个廉婆，也是老旦。现在程玉霜翻成乱弹，改成小旦，不是荣蝶仙，就是吴富琴，有一次，王瑶卿高兴，还唱过的。我们也是照这一条例子，改王婆做花旦了。况且老戏《拾玉镯》刘媒婆，本是小花脸，也有花旦抱演之时。我们那一伙，虽有老旦，只是龚处一派，跟李多奎一般，叫他唱几句，倒是可听，给他一个王婆，准僵死了。王婆也可派丑行的，只这一出，郓哥、武植、县官、皂役，用的小花脸太多，因此变通办法，改派年纪大一点儿的花旦。”

墨香道：“你们说老旦僵，只怕我扮上这一路活儿，也就僵得要命。”

刘姓道：“无论如何，总比他们活动。我这一出，是我武松的正戏，唱到王婆典刑、武松上路，才算完事。末场挨刀的王婆，若用老旦上去，可就大糟特糟，小花脸也不太合格。就没有方才说的前两层关系，也是用花旦火炽。我是老生行的人，唱这武松，也算一半反串，您正可赏脸捧场，来这个王婆。”一面说，一面站起一揖。正是：

人情大似债，礼貌胜于钱。

墨香被他缠不过，脱口答应，刘姓又复作揖致谢，他同来朋友也跟着谢个不了。刘姓道：“唱《武松》的那一天，老兄可以不带梳头东西，我有预备。”

墨香道：“你们可排戏？”

刘姓道：“只《滚钉板》是通大路的，可以不排，此外都是先排后唱。我们久走外埠，照例有提纲，没本子，今番来京，入乡随俗，才攒了总讲，折了单头，明夜在全浙会馆就本台排戏，请驾早临。只我们这一伙，还有几出水磨调，虽是老玩艺，他们为慎重起见，也要过排。”

墨香笑道：“水磨调就是昆山曲，老兄忽然说这个名色，也算好奇炫博。”

刘姓道：“因知老兄博雅，小弟才敢如此说话，若遇不知之人，却是不敢。倘若他问甚么是水磨调，我答是昆腔，就算把他蹶了，他一定要恨我一辈子，我可不跟人种这宗无谓的仇。小弟走南闯北，已经十年，深知一干看戏的人，十人有九位，自负是天字号本领，无所不通，听得别人讲论戏文，定要菲薄。自盘古以来，只有他眼界宽，见识广，若有人说他还欠一分，他恨不得寝皮食肉，小弟碰的钉子有一大车，可不敢再去惹祸。”说毕一笑，同了朋友辞去。正是：

只因多阅历，反倒省麻烦。

墨香送客回来，取过单头细看。只见吴金妻，凡题到姓名之处，都画着圈子，甚是不解。又看那关目，大半与《今古奇观》原文不合，只可惜不是总本，看不出比原文谁为优劣。“船上”一场，只怕不易弄清眉目。要知唱戏，最怕唱船上的事，一不留神，唱成屋里的情形，可就干了杆儿。老伶们遇着这些难题，不知费了几多心血，切莫作寻常看过。

一夜没甚要事，次日天色傍晚，墨香奔了全浙会馆，刘姓等已在那里等候。相见入座，墨香取出吴金妻单头，问那圈子的原故。

刘姓道："这一出，小弟在外埠唱过几次，是小弟扮朱按院。这吴金妻，书上没有名姓，每逢唱的时候，谁扮上，就用谁的台下名字，很是个俏门儿，这一次，要叫他陈墨香了。"墨香哈哈大笑，点一点头。

少刻人已到齐，两出戏排完，又给墨香站了《滚钉板》的地方。他们又排昆曲，墨香排戏的公事，已经交代，告辞而归。

展眼星期一夜间，墨香去唱那《滚钉板》，刘姓扮的马义，虽不免过火，却十分的捆羊，前台好声大起。

这一出，墨香算是配脚，登场时少，在后台时多，便有人问道："你的史书很熟，我记得江万里这个人，好像史书上有的。"

墨香道："此公《宋史》有传，是殉节名臣，谥法文忠。"

那人道："怎么《滚钉板》说他是糊涂县官，未免太冤。"

墨香道："小说戏曲大半荒唐，《紫珍鼎》糟践唐介，也够受的，然而总比杨家将的戏，骂潘仁美好一点儿。"

又一人道："古今同名同姓者多，这个江万里只算与江文忠公名姓偶然相同，未尝不可。"

众人都道："这话很是。"

墨香后半出又复登场，一直演到陶氏给丈夫偿命，墨香又过了一回披发旦的瘾，只骑着木驴跑台，却是初尝滋味。

第二夜，又去到全浙会馆，先到前台看戏，只见台上正跳黑白皂隶，倒跳得很有门路。记得老伶工唐玉喜，会跳这个玩艺。他跳白的，别人跳黑的，都戴高帽子，勾脸，垫方肩膀。白的穿白箭衣，系白鸾带，手里拖条板子。黑的衣带与白的一般，只是黑色罢了，手里拿拘魂牌，真跳得人毛骨悚然。今天这两个不知是谁，跳的可不错，大有传授，只这是一出甚戏，可蒙住了，且待正脚出来，便能知晓。正看呢，他们已经跳毕，四龙套、判官，引着花脸，文阳红蟒，满脸贴金，好像昨天《滚钉板》的文信公，只不挂髯口。墨香早认出是《一种情》里的《冥勘》，这花脸扮的是炳灵公。前些年，赵子珩票房有人演唱，我披发青衣，扮过女鬼何兴娘。这一出，戏场少见，却老有人隔个十年九载唱一回，没有断种。

戏已唱到女鬼出来，旁有一人道："陈大爷，这一出是不是《焚香记》的《阴告》？"

墨香道："这是《冥勘》，神唱鬼不唱，若是《阴告》，该鬼唱神不唱了。昆腔正旦都把

《阴告》怕在心里，这何曾是《阴告》。”

那人道：“《冥勘》是炳灵公哇！”

墨香道：“谁说这不是炳灵公。你没听见头一句，就是‘东岱神祇’么。”

那人道：“我记得炳灵公是小生脚色，太子衣帽。”

墨香道：“你记得不错。只这一出是两行抱着的，小生、花脸都得应活儿。小生是太子打扮，花脸便是这个模样，何桂山唱过，就跟今天这一位扮的一毫不差。近来昆弋班花脸陶显亭也唱过的，戴紫金冠，勾油白脸，穿白蟒，咱们不必说他不对，或者他另有师傅，只今天这一位是北京准扮相。”那人点一点头。

那边一个黑胖子，对他同座人道：“你可听见隔座有人充假在行，这一出实在是《阴告》，不是《冥勘》。我久唱昆腔，又唱的是小生，《冥勘》我是熟的，那是‘南九套’里最难唱的一套南曲，叫做【蝶恋花】。是【急三枪】的引子，【三眼炮】的煞尾，跟《拾画叫画》一样，哪有花脸唱《冥勘》的道理。你要知有昆腔，又有吹腔，不能鱼目混珠，须得分别的清楚，才配听戏。《桂枝写状》《昭君和番》，才是真正昆腔，唱起来，何等细腻。似那《安天会》《麒麟阁》《火判》《嫁妹》，都是吹腔。关公戏有唱昆腔的，却只一出《水淹七军》，至于《训子》《单刀》，又是吹腔了。昆腔南曲是九套，北曲不论套，南曲有乙凡字，北曲没乙凡字，南曲是元曲选一派，北曲是高则诚一派，《西厢》就是南曲，《琵琶记》就是北曲，你们不懂，我是一本明白账。”

墨香一听，敢则全都说反了，回过头来，看着方才问《冥勘》的那人发笑，那人附耳道：“我虽戾笨，只确知‘北《西厢》、南《琵琶》’，他恐怕错了。”正是：

每有这般事，原多如此人。

若同他辩论，枉自费精神。

墨香道：“近来风气，除戏园子以外，凡办堂会或是大小义务戏，总要粘戏名签，不然，座客就要挑眼，说是不把戏名写出，叫我们如何认得？昨天是粘了的，今天怎么不粘？”

话将说完，早有人把戏名签粘出，大写“冥勘”二字，那黑胖子摇头道：“岂有此理，前台不认识昆腔戏，情有可原，怎么后台也不认识昆腔戏了，硬把《一种情》的《阴告》，派作《焚香记》的《冥勘》，实在可笑。”

墨香又向那人努嘴，那人又低言道：“他又弄反了也。”

那黑胖子仿佛看出这里交头接耳，是碎豁他了，正要搭腔，墨香早一溜烟奔入后台。这一夜，大轴是《武松》，墨香待戏码快到，便去扮妆。

梳头人道：“您今天没带应用的东西，就来也没用，刘先生都给您预备齐结了，可是一份新鲜的物件。”墨香看时，是一份苍白大发，连网子线尾，都是黑白两羼。

墨香道："我还擦粉不擦？"

梳头人道："擦粉淡抹胭脂。"

墨香道："好哇！这么一扮，成了活妖精了。"

梳头人给墨香取过镜奁，敷好脂粉，贴了新制苍白水鬓。梳妆已毕，不挽观音斗，留的一绺苍发，叠个小抓髻，用簪子压在大头旁边，戴几枝纸花，穿了青衣白裙，罩一件长坎肩，系了白汗巾，足下樱白彩鞋，是自己带来的。结束整齐，向桌上长圆大镜一照，啐！这宗扮相的旦脚，可真少得很。只听说上海《狸猫换太子》，包公迎得李太后回朝，刘妃自尽，那刘妃也是苍白头发的小旦，老刘久跑外埠，大约是偷人家的。又闻得芙蓉草还扮这刘妃，他是漂亮人物，尚且如此，莫说是我了。

正照呢，一人问道："你上台是用大嗓，还是小嗓？"

墨香道："自然用小嗓。要是大嗓，一来我不玲珑，二来早派老旦跟小花脸了。这是刘先生的调度，很有门道。别瞧这个扮相，倒是有俏头。"

刘姓正扮武松，听了道："着哇！陈大哥可谓知我矣。"正是：

果然识货，毕竟知音。

一语道破，实获我心。

少刻这一出登场，先是西门庆义结十兄弟。这是《水浒》没有的，却是《金瓶梅》第一回，这一出，是按《水浒》编造，这只是借用罢了。

有人在后台道："老本子《金瓶梅》，开头就写武松打虎，跟施耐庵的《水浒》，一字不差，是个笑话。现在一动就骂文钞公，看到此处，文钞公古来就有，不是今日起的。昔人曾夸《金瓶梅》文章似《史记》，申涵光听了，十分不快，说是既爱《史记》文章，你看《史记》就是了，看《金瓶梅》做甚。申先生还只说了一半，要知《金瓶梅》是不能比太史公的。"

又一人道："不然。太史公也是《尚书》《左传》《国语》《国策》，足那么一钞，跟《金瓶梅》钞《水浒》一样，司马子长就是文钞公的头一位。若说他作的这一百三十篇《史记》，别处比《金瓶梅》如何，我不敢下断语，若钞别人的文字，《金瓶梅》可得了《史记》的法门。话又说回来了，只要钞得好，钞亦不妨。今天刘先生这一本戏，钞的老戏就不少，却是十分紧凑，他真算会钞。"

不多时，台上已唱到"戏叔别兄"，武大郎的名儿，用的武植，也是《金瓶梅》所有，《水浒》所无。

又有人道："这一出《戏叔别兄》，梆子、昆腔都是有的。昆腔久没人唱了，梆子可还常见。三乐家的那个荀慧生即白牡丹，就唱得很好，连出名王派票旦章晓山，谈起来，都眉飞色舞。这位章君，叫做善铭，是浙江人，走票多年，常跟王君直、言菊朋唱对儿戏，揣摩王瑶卿，还是真像的利害。新近在赵子仪家里，跟瑶卿唱了一出《樊江关》，真有一气。他说白牡丹好，想必白牡丹是真好。依我说，北京票界有了章晓山、朱琴心、林钧甫，别人及早不要唱旦，反正是给他们垫底。”说着看了墨香一眼，冷笑一声，墨香也笑了一笑，并不答言。

只听得催场管事人大喊：“王婆照场！”墨香忙奔上场门，已经是西门庆见着潘六儿，起了淫念，来找王婆了。墨香掀帘出去，台下看了这个怪扮相，早有一半人笑了起来，加着叫好，哄成一片，倒是热闹。墨香庄庄重重，念的正旦上韵话白，直待王婆贪贿说风情，讲那“潘驴邓小闲”，并那“十分光”，才改花旦式的京白。一头苍发，挽着旦脚式的髻子，面上又有脂粉，嘴里细声细气，身上扭扭捏捏，另成一种风格。有一首乩仙诗句，是咏画竹的，正好作个比喻，诗曰：

不谢东君意，丹青独立名。

莫嫌孤叶淡，终久不凋零。

唱到王婆计啜西门庆、淫妇药酖武大郎，王婆来帮着人谋杀亲夫，那扮潘六儿的花旦，从髻上垂下一绺黑细亮长的散发，穿着小红袄，下边是绿裤。墨香也披散一绺苍发，垂在髻旁，穿着樱白色小袄，下边是青裤，二人收拾那武植的尸首。那花旦做出害怕手软神气，墨香口衔苍白的散发，做出凶恶样子，看客们觉王婆之罪，浮于潘金莲了，只墨香揣摩的不细，只是点到而已。

这一场完，二人都把发挽起，墨香不再戴花，身上也只穿青褶，系汗巾，不罩坎肩，也不系裙。武松杀嫂，全按旧样，只王婆扮相不同。唱到东平府尹陈文昭，审明此案，先把王婆收监，再判定武松擅自杀人之罪，发配孟州。又把王婆问成碎剐，只在陈文昭口中，对武松说明，不用王婆登场，容出工夫，好让墨香去改妆。

墨香到梳头桌上，有那梳头人过来，墨香两手按住网子，梳头人把大发摘下，若不按网子时，必然摠头的。梳头人取过一具苍白洒发，给墨香戴了。不行，还露着后脑勺子呢，用一幅青布，从脑后兜向额前，就算行了。脸上又扑了粉，抹些干胭脂，用笔画得眉眼倒插，脑门子揉些锅烟，弄得印堂黑暗，涂了香油，身上穿了罪衣罪裤，却是毛蓝布的，这也是刘先生的主见。你不信？一头苍发，配了《斩窦娥》的行头，可太难看了。腰下白裙，扎了燕儿窝，墨香又叫梳头人给自己鬓上插一朵纸花，这是按《水浒》妆扮，一些儿不谄，正叫做：一朵纸花摇。

收拾完毕，台上武松还在监中与邻舍叙别，老刘真会磨蹭。唱到武松往法场看剐王婆，墨香取过汗巾拴好的招子，跨上木驴，背了手，低了头，苍白散发前垂，被众配脚扮的差役，推了出去，直奔台口。墨香苍发一洒，被他们推个圆场，扶着下驴跪定。武松走来叫骂，是一大段话白，墨香也有加白的地方，为给武松缓气。时辰已到，推下王婆开刀，武松上路，这一出算是收科。

大家卸了妆，墨香笑道："俗语说'现施现报'，一点儿不错。今天有个黑胖子，看见《冥勘》不认识，他还得意扬扬，眼空四海，目中无人，高谈阔论，大讲昆腔。说的牌儿名，连'三眼炮'都闹出来了，请问哪一本传奇有这个名目？真正怯勺。我嘴里不说，心里把他大骂。没有多大一会儿，我就扮上这个挨骂的王婆了，前台谁不骂呀，这真报应得快。"

一人道："昆腔本来太冷，不懂的也多，至于在戏场充假在行，也是常有，老兄本不该骂他的。若要骂时，骂了一个，还有十个，骂不过来，骂他做甚。老兄在台上装的挨骂的样子，连我也要骂，何况前台看客。"大家说笑半晌，各自回去。

哎呀，好快呀！三天的义务戏，唱过两天，他们排了两出戏，墨香可得算排了三出，因《滚钉板》也是现念的单头，只算新排。如今已唱过两出去了，岁月可真不肯暂停。正是：

前古英雄俱寂灭，黄昏灯火自喧哗。

墨香在家，睡了一夜，次日起床，吃过早饭，看了大半天的书。下午王劲闻、赵子珩来了，才一见面，劲闻便笑道："我昨夜到全浙会馆，看了你们的戏，你的扮相太好。"

子珩道："我也在座，两出昆腔，《冥勘》就不错，《游园惊梦》更高，我没等你出台就走了，只因前台有个熟人，犯了病，坐不住，我送他回去的。"

墨香道："我在前台，坐了半出戏的功夫，却没看见二位。"

子珩道："前台人多，你焉能看见我们。"

劲闻道："你没看见我，可是我把你看够了。你那一头苍发，梳着大头，擦胭脂抹粉，不村不俏，又俏又村，倒是别有风趣。"

墨香未及答言，人报刘先生到，急命请入。原来刘姓与王赵二人也是旧相识，见着彼此道了契阔，坐下一同说话。又谈到昨夜的王婆头上，子珩道："焦里堂《剧话》里面有一段故事，是一个参禅的人，被别人问短了，十分难受，去见一个老和尚，把自己栽的跟头，说了一遍，神气还带着不痛快。老和尚说：你不如木头傀儡。参禅人问此话怎讲？老和尚说：傀儡登场，要招人笑，你却怕人笑，因此说你不如傀儡。墨香实在比这参禅人胜一筹，也是不怕人笑的。"

墨香道："好哇，我成了木头人子了。话虽如此，只我在票房里，只是随人作计，由你爱怎么要，都是使得的，也跟傀儡差不多少。"

子珩道："这也仗着你皮实，给你甚么活儿，只要是旦脚该管的，你就接得住，人才敢这么要你，换一个人，就不行的。"

墨香道："反正唱不好，你说我不怕人笑，我倒心服。"

劲闻道："焦里堂总算有见解，他引这段故事，实在不差。我们上台，谁是怕人笑的？岂但墨香一人。"

墨香道："焦里堂看戏，真有些道理。他作过《花部农谭》，专说乱弹好处。在清朝中叶时节，昆腔的势力正大，谁敢替乱弹拔幢，老焦真不含糊。到了今天，可是里堂占了上风。《花部农谭》篇幅不多，可是现在唱的《进宫》《药茶计》《天雷报》《琵琶寿》《碰碑》，他都说到了，只戏名不得一样。然而曹心泉家有一本《龙凤阁》，正是连头带尾的《进宫》，跟里堂的书可以印证。"

刘姓道："陈大哥肚子真宽，书也能装，戏也容得下。"

墨香道："我连《论语》都背不出来，哪里敢说肚子里有书。陪您唱的三出戏，都是攒缸活，一出也不是实授。那个陶氏，今天已经忘了，再唱还得另说。我唱的戏多，会的戏少，今天唱，明天忘，也没收在肚子里头。"

劲闻道："他是新编的玩艺占了两天，莫怪你不会。我已看见今天的戏报子跟街上撒的传单，知道是《女伍员》了，不知墨香今天的扮相，比昨天如何？"

墨香道："排戏的那一天，我打听过了，不像昨天那么怪，只末场也够挨骂的。我想跟刘兄商量，还是按着别戏的样式，把罪衣罪裤穿着妥当。"

刘姓道："临时再斟酌，好在这一路的戏，是没准谱儿的，穿着也行。只我的愚见，您是披罪衣围罪裤，格外火炽。"墨香想了一想，方不再言。正是：

昨夜老而骚，今宵苦里浪。
墨香是何心，两出都来唱。

劲闻道："不知何故罪衣罪裤不穿？"

刘姓道："这一出是当台往木驴上搭，不是由后台骑了出来。"

劲闻道："穿了衣裤上驴，亦无不可。"

刘姓道："不然。"便把原故说了。这个原故，常听市井小人讲那木驴形式的，自然明白，《活人大戏》嫌其亵秽，不去细表。

劲闻道："此话荒唐！自古没有这般刑罚。"

子珩道："我家两代刑官，深知此话荒谬。国家杀人是不得已，岂有拿死囚开心之理！"

墨香道："宋将曹翰攻打江州，南唐守臣胡则不降，城破遭擒，曹翰把他钉在木驴碎剐，足见木驴，不专是处治女人的。就连《水浒》剐王婆，也只说四道长钉，三条绳索，还没这些混话。不知何人造言生事，说木驴起自明朝，是一个刘刑官的条陈，专治淫妇，才有'驴背上面不干净'的老谣。偏这刘刑官的小姐，嫁给刁南楼，私通王文，谋害亲夫，被按院毛龙拿问。恰值朝廷准了刘刑官的本章，于是这位小姐头一个骑上木驴，受了驴背上的苦，刘刑官算遭了报，实是无稽之谈。”

刘姓听了，站来笑道：“不提刁南楼。我只顾说闲话，把要事忘了。我下星期六，有一个堂会票局，地址是西四牌楼，就在那请局人的家里，有一出《刁刘氏》，还有几出老戏，请三位仁兄帮忙。本想先见过陈大爷，再到二位府上，如今赶巧了，我的帖都已带来，我是先给二位下帖，再到府上面请。”说着取出三份帖子递过。

三人接了，劲闻、子珩齐声道：“我们已经接帖，请不必劳步，只请说出戏码。”

刘姓道：“赵大爷六场通头，比我们票上昆腔场面，高明万倍。这一出《刁刘氏》，是‘风搅雪’，请您给场面帮忙。你们二位，《刁刘氏》里都有事的。”

墨香道：“好哇！你跟我干上了！又是一出不会的。”

刘姓道：“您吃本子，怕甚么的。我还有麻烦您的地方，改天再来奉求。”

子珩道：“《刁刘氏》即《南楼传》，我有曲谱，不知对也不对？”

刘姓道：“一定对的。我们的曲子，都是从老本里摘下来的。”

劲闻道：“我是两门抱演，不知是老生，还是老旦？”

刘姓道：“请您来个老院公王禄，是老生的活儿，原本是净脚，不大合局格，改派老生了。”

墨香道：“幸亏是老生，要是老旦，你可留神他那一头苍白大发。”

劲闻道：“不碍，我们唱老旦的，自然有一定的老旦扮相。他那一头苍白毛儿，别瞧不大顺眼，倒是专给你们小旦预备装老妖精的，弄不到老旦头上。只这一出《刁刘氏》，你倒得留神，那里头的花旦，非杀即剐，保不住又骑木驴。”

刘姓道：“这一次，不请他老兄唱花旦了，要他唱青衣正旦，来一个王娘子。”

墨香道：“您可得给我说一说，我可不会。”

劲闻道：“这个王娘子，虽是贤慧妇人，可惜太贤慧了，假若有狮吼的威风，管束住丈夫王文，不准他胡闹，王文倒可不去挨刀。”

刘姓道：“此论也通。只王文那种人，也不易管。我们不要议论古人了，天已不早，我想约三位到宣武门大街路西忠信堂吃晚饭去，千乞勿却。”三人都应了。

又坐片刻，都向忠信堂而去。要知此去如何，且看下回分解。

第五十回 重游旧地 屡唱新词

话说这宣武门外大街的忠信堂，乃太谷温氏的别业，房屋甚是宽敞。数十年前，文恪公做京官时，就在这里居住，墨香幼年攻书习字，正是这个去处。后来温氏赁给人开了饭馆，气象大非昔比，门前槐树也早枯死了。有唐人刘禹锡的诗，作个比喻，诗曰：

朱雀桥边野草花，乌衣巷口夕阳斜。

旧时王谢堂前燕，飞入寻常百姓家。

四人到了，走入，在前院右厢房坐下，恰是墨香跟着高先生念书的屋子，墨香不由得百感交集，一些精神也没有了。劲闻到京甚晚，莫名其妙，刘姓更不晓得，只有子珩久在北京，深知其故，便道："这里是陈文恪公住过的，墨香可算旧地重游。只我看你神色惨淡，莫非想起前情，有些伤感？你家世代讲究佛法，你应该看得破。"

劲闻道："原来如此，无怪陈大先生像失了魂的。你可记得我佛曾言：浮屠不三宿桑下，是要去掉一个'恋'字。老兄虽非浮屠，却是优婆塞，上了戏台，又是优婆夷，难道还留恋房舍么？况且我听得忠信堂过些时，要搬往西长安街，此地不但与你无干，与忠信堂也毫没关系，你又何必这般留恋。"墨香听了，只点一点头。

子珩道："文恪公只因太看得透了，才赁房住，决不花钱置买房产，你不可忘了先人的用意。"墨香也没回答，只精神稍振，不是方才萎靡的神气。

唤到跑堂儿的，点了菜，大家吃饱。刘姓约赵王二位看戏，取出座票，递将过来。二位都收了，便同往全浙会馆。赵子珩、王劲闻同往前台入座，刘姓便拉墨香到了后台。先看木驴切末，上边只是皮橛，一压就扁，不是木头做的，只是形式难看。

刘姓道："这个东西，虽伤大雅，究竟是惩戒淫妇之物，可以叫人看了触目惊心，胆小的自然因此消了欲念，当场演出，比那扯大帐子，写男女欢娱，一味诲淫，似乎稍强。"

墨香笑道："这倒与我平日主张相合。只潘镜芙曾说，这好比'春秋无义战，彼善于此则有之矣'，都是来不得的。我虽不能依他的话，却服他持论严正。我唱的是花旦，台上因旧戏穿插有一定的，不能全给改正，只遇着扯帐子的时候，得免且免。一出《杀皮》，叫我把亵狎的去处，都改成暗场，我落笔作文字，也向不写污言秽语，总算听了镜芙一半话。”

刘姓道：“我弄的戏本子，也有斟酌，官府聘的管理戏本的人，都很认真，咱们是越小心越妙。”

墨香道：“这话是极。”

旁一人道：“官府不讲穿插词句的多，只越不讲穿插词句，审察戏本，越批得透彻，挑得有理。只因我们专在穿插词句上用心，这是我们干惯了的，自然没多少错。官府却是专讲宗旨邪正，往往我们偶尔疏神，采的材料稍差，官府一眼就能看破，批了下来，真给我们增长见识。若是在穿插词句上着手，反倒于我们无益。有人笑官府不懂戏，连穿插词句，都批不出来，还管理甚么戏曲，这句话却说错了。官府是整理风化的，不是唱戏的，只要分别戏本的邪正，就算行了，穿插词句，人家是管不着的。”

又一人道：“不然。近来穿插词句太坏的本子，车载斗量，都是些略读书、略看戏、倒霉文丐干的，不是才人手笔。又加后出伶人阅历无多，借着改良的名目，混出主意，违背舞台规则，也得官府肃清一下子，才能有好戏本发现。”

刘姓道：“两君议论都通得很，我们编戏，实在不可不慎。我们好比厨子，官府好比吃菜的，厨子调和咸淡甜酸，岂可不知吃菜人的口胃，只吃菜的口胃各有不同，真难伺候。不过菜里有屎，谁也不吃，我们编戏，也是不准放屎的。”

说话间，戏码已到，便去分头装扮，预备着登台演唱，完成义务戏。正是：

放下空言，且求实事。

扮女装男，登台演戏。

《女伍员》头场，老生扮赵大司马，升蔡武为湖广指［挥］使，那蔡武是二花脸脚色。二场，蔡武与正旦扮的夫人、小旦扮的小姐，即戏中要紧人蔡瑞虹，还有两个娃娃生扮的公子、家院丫鬟，同赴任，各乘车马下去。三场，朱生出来，方巾蓝褶，三绺黑髯，是刘姓扮的，表叙家门，浙江人氏，是个举子，上京赶考，唱了一段，又入古门。四场，上四水贼，撑着船，前三个是二花脸，末一个江虎儿，是小花脸，表白是清江地面。蔡武全家上船，他们杀死蔡武夫妻，并两个公子，连仆从都杀了，尸首抛下水中，只留瑞虹，欲行无礼。瑞虹假意应承，用酒灌醉四贼，上岸逃走，不写瑞虹失节，比《今古奇观》原文，用笔忠厚。江虎儿先醒，见那瑞虹已遁，怕她去报官，便取了蔡家细软之物，他也跑掉。三贼又醒，错疑江虎儿拐了瑞虹私逃，留一贼看船，二贼前去追寻，这一场又完。五场，小花脸扮商人吴金，带着一个家奴，也是小花脸，一同出来。照原文，吴金是个船家，如今用他替了卞福，省人省事，倒是得法。吴金表白，是扬州人氏，到清江贸易，连蒙带诈，发了一笔财，想弄个美妾回家，说完起唱下去。前边都是西皮，六场改了二黄。蔡瑞虹云髻蓬松，衣衫破碎，唱着出来，表白到官衙报案，谁知官员讳盗不准，落得沿街乞讨，又唱一段，遇着吴金，用好言欺骗，带回扬州。七场又改西皮，墨香挽着圆髻，敷粉簪花，锦衣绣裙，唱摇板登台。坐下通名，前台凡认得墨香的，一齐发笑。吴金带着瑞虹回来，老婆吃醋，命家奴带出，推下长江。一个老苍头在旁谏阻，这妇人不听，揪了吴金耳朵下去。家奴与苍头商量留瑞虹性命，苍头要送瑞虹往尼庵暂住，家奴假意答应。苍头下，家奴领瑞虹出门，瑞虹看出他不是好人，不肯同行，家奴急了，说出威吓之言，勒逼瑞虹为娼。他赁房，开暗门子，瑞虹正在叫骂，朱生到来，用了好些银两，救了瑞虹，收作姬妾，带往京都。八场，二贼走个过场，同下。九场，江虎儿到吴家卖身为奴，吴金不收，老婆主张收留。吴金与老婆后面去快活，江虎儿在门外，遇着二贼。

此刻墨香在后台改妆，一人笑道："你扮这么混账女的，怎么通出自己姓名来了。"

墨香道："有《滚钉板》江文忠公老例可察，又有何妨？"那人大笑。

场上已唱到二贼与江虎儿定计，抢劫吴金，二贼得财，江虎儿得人，计划已好，即杀了进来，先宰那个家奴，那老苍头躲在桌后。墨香摘了花，在额前带一丛乱发，穿着短衣，与吴金一同逃上，都被拿住，女的情愿跟江虎儿做夫妻，吴金也愿献妻买命。众贼要饶吴金，女的说你们饶的了他，只怕他饶不了你们。众贼杀死吴金，带走女的，老苍头出来，说去告状，便也进去了。十场，朱生已成进士，放了江苏巡按，顶冠束带，领着侍从，瑞虹穿帔坐车，一同上任，唱上唱下。十一场，四贼撑船而上，按院又到清江，与瑞虹上了船，瑞虹看见众贼，早已认识。却另有几个船夫，来找四贼，说是他们的船破，要在这船上暂住，四贼不允，按院的门公，吩咐留下，他们都在船头，按院与瑞虹却坐在舱内。墨香小草帽，蓝布茶衣，由后舱端茶出来，瑞虹又认出是吴家大娘子。正在盘问，吴家苍头来告状，按院就在船上审讯，瑞虹说出船夫是贼，老苍头也认出劝贼杀夫的主母，众男女无可抵赖，都被拿住，也都招认。按院命押往本地县衙收禁，就命收留的船夫替了四贼。这一场与第四场，都是船上的事，最难安置，一不留神，唱做屋里情形，可就大错。十二场，上本地县官，有按院差人押着犯人到来，又审一遍，钉手收监，强盗问斩，女的问剐，县官写禀，通报巡按。十三场，按院与瑞虹接到县官禀帖，按院批了即日行刑，瑞虹要往法场，设起全家灵位祭奠，按院依允。十四场，县官带了差役，把监门打开，抬过一头木驴，先将贼绑出，都挽着发髻，穿了罪衣，插了招子，各有一刀手推在两旁。众差役齐入后台，搭出披头散发的墨香来，披女罪衣，围女罪裤，也是倒背绑，插招子，搭到木驴上面，骑在驴背，用假钉子把腿钉了，喷上血彩。墨香低了头，散发遮面，贼在前，驴在后，官役押定，走一个圆场。四贼都是雄赳赳，气昂昂，只有墨香是个女的，总得带出可怜模样。县官押着四贼先下，差役们叫着花旦台下姓名，说些轻薄话，墨香摇着散发，一语不答，被他们推了下去。十五场，摆设灵桌，蔡瑞虹在后台唱二黄倒板，【急急风】，五名刀手推了四男一女，走个过场，同入下场门。起击鼓锣，家院先上，丫鬟扶了瑞虹，身穿重孝，前来祭奠，瑞虹唱一大段。墨香已卸了妆，站在下场门帘内听唱，待她唱完，按院带了侍从，提着四贼人头，前来助祭，接瑞虹回船，便算收科，墨香也回了家。

过不数日，又去唱了那一出《刁刘氏》里面的王娘子。先是蓝帔素裙，待到法场祭夫，散发青衣，打着腰包，换了扮相，却仍是青衫子通大路的样儿，平平正正，一些也不离奇。只被那扮王文的小花脸，又是“老婆”，又是“浑家”，叫个不了，墨香还得叫他是“官人”“丈夫”，他自居是墨香的夫主，墨香也自命是他的女人，这是唱旦的通例，更不在话下。这一出，墨香不大讨俏，却甚对工。刘姓前部刁球，后部推官童文正，很卖力气。

有些老伶工在那里议论道：“今天一台的旦脚，只陈大爷是我们这里头的事。这几天，叫他唱花旦，可全不很好，惟今天看出他的身份，敢则是不错。倒是劝他别再做花旦的活儿，也别巴结着唱正戏，规规矩矩，来个二三路的青衫子，除了嗓子不很亮，没甚么包涵。”待墨香走出后台，又听得看客们道：“今天《刁刘氏》，用的旦脚不少，除了那扮王娘子的，是个乏脚，此外都够名旦资格，在台上都有叫人满意的地方，都比王娘子高十倍。只他在全浙会馆，唱过王婆，也很活泼，就是《滚钉板》的陶氏，也有点意思，独今天最差。唱青衣旦最难，若没有兰芳的品貌、小云的火炽、艳秋的眼神，大可不必。好在他是配脚，可以不去挑剔，只总觉着他只配唱二路花旦的，连三路青衣都不够。”

墨香这些话是听惯的，倒不介意，这部《活人大戏》，叙的这一类事件，连篇累牍，只怕看官们也看腻了，只都是实事，不能裁减。要知看戏如看诗句文章一般，各有见解，自己只能勤修本业，切莫与人抬杠。正是：

文章千古事，得失寸心知。

墨香到了家，一切睡觉等事，都不必细说。过了一天，正乙祠有戏，墨香开场第三派了一出《大保国》，一个懂得相法的人道：“陈大先生左眉心里有一颗痣，可惜是个男身，若是女人，必主大贵，在帝王时代，定是后妃。”

墨香正在凤冠黄袍，扮李艳妃，便道：“足下可称神相，我此刻正是个女子，也正是个后妃。”

那人大笑道：“真即是假，假亦如真。”

墨香上去唱完，下来卸妆，那刘姓又来了。先向墨香道了乏，又订明日在致美斋便饭，墨香应允，也就回往家中。

次日往致美斋赴约，在座有子珩、劲闻，此外都是他们的人，吃饭时，说到《大保国》，子珩笑道：“戏班怕唱《邯郸梦》的《仙圆》，说是妨班子，一唱就散，我那票房屡唱《仙圆》，倒不碍的。只唱不得《大保国》，每唱票房就有人犯心捣乱，不过不至于散就是了。”

刘姓道："那都是适逢其会，我向来不信这些话的。老人们说《走麦城》最招火灾，上海三麻子、麒麟童、夏月润都唱过了，也没把上海戏园烧绝。"

说话间，饭毕，刘姓道："我快出京了，只有一个月的耽搁，可是还有几回戏唱，十天后，谢公祠有个小堂会，三位都得劳驾。"

墨香道："谢公祠台极小，光绪丙午，同庆班在那里唱戏，杨小楼的《铁笼山》，底下是老谭、瑶卿《打渔杀家》，我去看瑶卿梳头。老谭那两天宫里派下《珠帘寨》来，偏把李克用的本姓忘掉，找不着本子，因我的史书、小说都还记得些，便来问我。正在说话，老谭一听台上锣鼓，说：'杨老三只起半个霸，下剪子了。本来这个台，唱武戏不行，检直转不开，我也快扮罢，他不定怎么个往下减呢，别叫他阴了。'老谭便也忙着扮起活儿来，那座台可真窄。"

刘姓道："我也晓得。不过只晚间六七出小戏，不动刀枪剑，也还无妨。我意欲请赵大爷仍照料我们的昆腔，王陈二位，都在我大轴子新戏里有事。"说着取出两份单头，王陈各给一份。

墨香看那上面写着"吴兴奇案"，下注"潘小莲"，墨香笑道："这恐怕又是花旦，看这名字，是跟着潘金莲来的，必非好货。"

劲闻看了他的单头道："这一回我可逮着老旦了，还是人家的丈母娘。"

子珩道："不知是甚么故事？"

刘姓道："是缪莲仙《涂说》里的《吴兴异闻》，用人不多，倒很滑稽，明天排戏，便知道了。"

当下约定明日往谢公祠，就本台素身过排，大家各散。次日，都到了谢公祠内，也不用锣鼓，仍和上次全浙会馆一般，糙站地方，略对介口，就算行了，大家闹明白了戏中人的性情，再添俏头，这是排新戏的老例。闹至天晚，又各归去，展眼又是演唱之期。正是：

此生曾悟否，不乐复如何。

这日刘姓亲来，拉墨香同往西砖谢公祠。入了大门向西，到江右乡贤殿前，才是戏台。来得甚早，还未开戏，刘姓便与墨香由台右的木凳，走到台上。

墨香道："由前台上来，照例不走中间，因从前城上拿后台的人，才跨当中台栏杆，后台是最忌讳的。"

二人走到上场门边，刘姓道："乡土班不准旦脚坐打鼓的人椅子，京中如何？"

墨香道："也是一样。他坐的地方，叫做'九龙口'，在台上最为尊贵，不准妇女坐的。男人唱旦，上台总是女装，也不能坐。连祭祖师，老例都不准旦脚烧头香，如今旦脚势力太大，才稍有变通。只一般女气重的男旦脚们，偏自轻自贱，人让他先上香，他也不干。"

一面说，一面同入后台，只见折的掌子正在那里扮《赐福》。不多时，开了锣，票友也都到了，陆续登场。正是：

大过其瘾，各奏尔能。

直至倒第三，墨香才去梳妆。敷粉挽髻已毕，头上罩方蓝帕，穿一身毛蓝布袄裤，足下登跷。将扮齐，这一出已上，头一个就该墨香出去，用的念上的体格，与《紫荆树》田三嫂一般。坐下通名，表白配夫武三，是个卖炸豆腐的，上街未回，门前张望。遇着王又潮，是小花脸扮的，问其身家，是个读书秀才，二人弄出暗昧事来，同入后台。武三回家叫门，王又潮逃跑，武三和老婆去尽夫妇之情，颇钞《杀皮》文字，却能令人不觉。这才是刘姓扮了董生登场，与老婆、兄弟饮酒，老婆待小叔殷勤，董生犯了疑心，颇露声色，老婆、兄弟也有戒心，这一段，刘姓做工甚好。董生假意出门而去，老婆不肯与小叔一同在家，叫了车子，去归宁父母，小叔关好门户，自去看书。这底下，紧接武三夫妻同上，墨香却把头上蓝帕解下，武三挑着挑子走了，王又潮又到，与女的同下。武三拿刀走出，说是看破浑家浪荡，夜间前去捉捕，磨了半天刀，才来叫门。墨香披散头发，身穿白布女汗衫，同王又潮出来。武三隔门问了两句，劈门而入，墨香用鸡笼扣他脑袋，武三急用手去摘，墨香一洒散发，由上场门下，王又潮也进了下场门。武三一个没逮住，摘下鸡笼，也下去了。一阵【乱锤】，墨香洒着散发，由上场内角，扑向台口，坐在地下，喘息半晌，见是董家大门以外，即跪着拍门大叫。董家那个兄弟懵懵懂懂，跑了出来，不问是谁，把门开了。墨香低头垂发，爬将进去，向他一跪，洒发叩头，口称救命，他才看见墨香是个披发妇人。问其原故，墨香这一下子可不好办，吞吞吐吐，说不出口，这一段，倒有俏头。他问得急了，墨香用散发遮住脸，低声说了句我丈夫要杀我。他说明白了，你不必细讲，墨香又洒发叩头求救，他说你在我嫂嫂房中躲避，我到邻舍家借宿一宵。墨香叩头站起，进了下场，他做个出门身段，由上场下。王又潮却来了，摸进他家大门，又摸入内室，墨香由下场出来，被他摸着，说声是个娘们，不问皂白，入下场去了。董生拿刀回家，听出声音不妙，砍将进来，王又潮与墨香一齐扑出。董生先斩男的，然后用刀漫妇人的头，墨香衔着散发，抱了他的膀子，两眼看刀，都是这一类戏宰淫妇的老套头。一个圆场，刀往脖子上一抹，墨香吐出散发，向后一洒，趴在地上，检场人用红布替盖了脸，墨香弯腰奔往后台。董生提了男女首级，去找丈人丈母，不想撞着老婆，方知错杀了人。这是要紧关目，真得用心去唱。

墨香在后台卸妆，一人道：“红帕罩首，想是要做新娘子。”

墨香道：“我搭上这一块布，想起王瑶卿一段笑话来了。”正是：

一生心都付旦脚，三句话不离瑶卿。

要知王瑶卿有何笑话，且看下回分解。

第五十一回 《福寿镜》众友纷争 《因果报》一人独乐

话说墨香道："王瑶卿这个笑话，是我听他亲口所说，是宫里闹的。有一次，他和老谭、金秀山同唱《滚钉板》，宫里戏台四面没楼，在当院里边。唱到文信公梦见冤鬼的一场，瑶卿顶着红布出去，一阵风来，吹掉红布。那时都有辫子，瑶卿已掞了头，把辫子盘着，下穿青衣白裙，好一个怪相。"

一人道："老谭在外头戏园，轻易不唱《滚钉板》的。"

墨香道："我听说老谭虽然肚子极宽，可不会《滚钉板》。西太后派下来了，老谭找了戏词，可没有窝，便问同庆本班的老生，谁会这一出。管事人说：'李库玲珑，上了烟台，周长山更高，已经不干这个，在豫王府里教戏，现在本班的刘春喜、沈全奎可都没见他们唱过。'老谭说：'你们问一问。'管事人忙去问。春喜是周长山的干儿子，倒是有谱儿，管事人回报老谭，大家议定，这一天，倒第二派了春喜的《滚钉板》。春喜接到催单，暗想不对：我是老唱倒第四五，怎么派到压轴子上来了？这里头横竖是有块毛病。到了戏园子，扮戏登场，看见老谭在门帘里，走来走去，春喜早已明白。到'滚钉板'的一段，春喜安心起了些别扭觔斗范儿，老谭只皱眉，他算得了个谄谱，摇头说：'这一出不强。'他在宫里唱了，外边决不轻唱，这是春喜对我说的，我也不知真假。"

一人道："生脚的刘春喜，旦脚的路三宝，肚子都可算真宽。王瑶卿唱《福寿镜》的寿春，三宝虽是花旦，可不唱徐金锭，他是真扮上疯妇，足唱一气，比真正唱青衫子的不弱，真是个好手。"

墨香道："春喜、三宝是一年死的，这种脚色，死一个少一个。"

后台说得高兴，前台董生已同老婆回家，他兄弟已归，认出男女首级，是王又潮、潘小莲，找来武三，对他说明，武三提头报官，戏便完了，大家也走了。正是：

又唱一台戏，依然几个人。

次日墨香到一个朋友家去，见他案上有一套上海出版铅印的《戏考》，墨香道："唱昆腔的人有话，‘上场的看不得《缀白裘》，场面上的看不得《纳书楹》’，这部《戏考》收的本子，大半跟台上不合，也与《缀白裘》《纳书楹》是一类东西。《长生殿》的《赐盒》，【古轮台】两支，《缀白裘》删并成一支，用了前一支的上半段，后一支的下半段，有人竟照着这个谬误本子制了谱，曹心泉看了哈哈大笑。拿出《长生殿》原本一对，方知心泉笑得有理，《戏考》也是上台用不得的。”

说着随手一翻，恰是一出《渭南奇案》，那朋友道：“这一出倒不曾见过。”

墨香道：“这也是用缪莲仙《涂说》里面董生的那件事，羼上《元曲十三种》的《张千替杀妻》，改头换面编的，可不及那老刘的《吴兴奇案》紧凑，而且与《涂说》的原文相合。旧戏的毛病，是搬小说上戏台，只搬得好的，也未尝不是一出好戏，老刘就得算搬得好。要讲小说，最容易往台上搬的是《三国演义》，只也得另出手眼。如《古城会》写江湖上的义气，《华容道》写‘恩怨’二字，《战长沙》写打仗还得讲礼，《失街亭》写智者千虑，必有一失，都写得好。《镇�玑》祢衡之鬼骂孙夫人之魂，也可算得史论。孙夫人一生，重母族，轻夫家，勿庸讳言，果真撞见祢生，定要骂的。只这一出，现在没人唱了，当年是吴连奎，或沈全奎，扮这祢衡。陈啸云的孙夫人，因都不是头等好脚，别人不照样去唱，以为唱了他们的玩艺，就不是第一流人物了。假若老谭、瑶卿要是唱过，一定有人千方百计要跟着他们爬的。”

说了半晌，那朋友犯了看戏的瘾，便拉墨香到鲜鱼口天乐园，看王瑶卿、程艳秋合演《乾坤福寿镜》。此刻的墨香虽然改了脾气，对于看戏这一道，没有从前勇猛，只说到看王瑶卿，却还是一团高兴，便一同前往。

入园坐定，恰好这一出将出场，两个名旦都还未露面。不到片刻，瑶卿扮了胡夫人，艳秋扮了寿春，俱已出来了。墨香暗想：当初瑶卿是唱寿春的，因胡氏有大段反二黄，瑶卿彼时嗓音已差，才不唱胡夫人，如今瑶卿嗓子更坏，却扮上这个脚色。他前些年，在中和园跟尚小云唱过一次，就把寿春给了小云，我只看了后半出“马前认子”，没看前半出“失子惊疯”，不知瑶卿改成甚么样儿。瑶卿天资、学力、阅历，三者俱全，魄力又大，谅他必有变通。墨香在台下想，瑶卿、艳秋在台上唱。瑶卿唱到“失子惊疯”一段，完全改成西皮摇板。只见瑶卿披头散发，作出许多疯狂姿态，艳秋在旁烘云托月，二人假事如真，唱得十分火炽，可算一出绝妙的好戏。正是：

坐中莫禁狂呼客，王郎一声声顿息。
移床倚坐看王郎，都似与郎不相识。

又有诗曰：

瞳神双翦水泓清，才发新声四座惊。
莫向长安悲老大，王郎四十尚倾城。

这一出看完，各自回家，晓得明日必然接演后部“马前认子”。过了一夜，再到天乐园，却停了锣，不曾开演。过了几天，正乙祠的票友，想排这一出，章晓山的胡夫人，田五的寿春，派了小杨子一个徐氏。

小杨子大怒道：“你们都是王瑶卿、尚小云、程艳秋，偏我就该给你们配戏？这徐氏一脚，是诸茹香、刘凤林这一路二等花旦扮的，我是票中梅兰芳，少来派我。”

陈痴疯道：“墨香如何？”

墨香道：“你们若照老路子，我扮个观音大士，若依新例，不用大士登场，就算没有我的事了。最早四喜班的徐氏，是杨朵仙，甚为要紧，我可接不住，我只能扮现在律佩芳、唐芝芳扮的脚色，我够不上诸茹香、刘凤林。”

痴疯道：“你能唱潘巧云，怎么这一出不行？”

墨香道：“我穿袄子的戏，近十年只唱刺杀旦，徐金锭跟《四进士》的田氏一工，我向不走这条路的。”

痴疯没法，只好商量花钱去找内行，晓山又怕票友砸锅，好生挑捡，于是一出《乾坤福寿镜》的要紧人材，大半不用票友，通找内行了。

众票友大怒道：“我们难道不配唱这一出不成。”

偏有一位不很会说话的答道：“本来列位本领平常，拿甚去比人家‘赛瑶卿’章五爷。”

众票友更自生气道：“他也不见得就是瑶卿，要知他只得了瑶卿皮毛。”

那不会说话的道：“反正比列位强。这里有列位不多，没列位不少。”

只这一句话，激恼大众，纷纷退出熙春会，痴疯阻拦不住，《乾坤福寿镜》没有唱成，痴疯弄的这个熙春会，竟自报散。正是：

世间好物不坚牢，彩云易散琉璃碎。

众票友不免悻悻之色，忿忿之言，墨香却不一定把这件事放在心上。正是：

冥怀齐宠辱，委顺随行止。

我自得此心，于兹十年矣。

其中惟有小杨子，生的气比谁都利害，一个“梅兰芳”，竟没撑住这个票房，实乃大辱，一口血吐出来，卧床不起，过不些时，竟自死了。此外那些票友，谁与谁都没有交情，票会一散，各奔西东，再也不套拉拢，这才真叫做“以势合，非以义合，其交之不固也，宜哉。”不要掉文，还是说平话要紧。

墨香家本不甚敷余，在票会中虽说用不了多少钱，只有些去处不能减省，近数年以来，也花了够几百大洋，如今黄学、熙春都已了账，便拿定主意，不再入票房。正是：

名教自有乐地，票房真如贼船。

墨香已唱了好多的活人大戏，虽不是上等脚色，却也有人晓得，更加赵子珩、王劲闻都常散约票友，在人家应喜寿堂会，短不了来拉墨香，因此墨香的戏瘾，倒还有地方去过的。

当初墨香在正乙祠熙春会时，年已过三十，面目渐老，偏遇那个年月，因梅兰芳、尚小云、程艳秋的势力盛于北京，荀慧生在上海，又享了大名，南北戏班，都以旦脚为贵。一般年轻的外行，官家子弟也罢，校中生徒也罢，对着镜子一照，只要不麻不黑，五官没有缺陷，便觉自己若是擦粉梳头，定然是个绝色美人，于是纷纷投入票房，习学青衣花旦，登台演唱。他们的主意，一半想唱戏赚钱，先由走票入手，一半是要勾引不端妇女，作那踰垣钻穴之事，借此作个门路。两种心理，羼在一处，万只大牛，拉他不转。还有与这种人心事不一样，另有下贱想头的，存些厚道，不必明言。有了这几种人物，只闹得票中小嗓子，日见其多，年龄稍长，就不好招架。好在他们爱的是名脚，不是戏曲，除了名脚唱过的几出，一概不学，肚子都窄，这也不行，那也不会，才给几个腹笥稍博的，如墨香之辈，留下吃丸子的余地。不过旦脚活窄，总有些碍事，偏墨香另有主意。

正当桃李争艳之时，墨香却有一出戏，谁也不唱，你道是一出甚么，原来是《因果报》。墨香怎么会的《因果报》呢？只因有人说这出《因果报》，现在已无人唱了，眼看就要断种。昔年孙八这一出最强，其次吴顺林，如今竟几乎要成广陵散，也觉着可惜。

这话闹到薄春秀耳中，便笑道："《因果报》是李鬼子李先生到处教人的玩艺，我跟他学过的。他这一出，跟谢双寿谢先生教的不同，谢先生的一派，见糕干铺掌柜一场，改西皮，李先生是二黄，各有传授，谁也别说谁的不对。这一出是连台本戏，现在只剩这一节还有人唱，我就没见过全的。听老前辈说，这出戏里，有个陈桂香，也是旦脚，戴纱帽，穿女官衣，又费力气又挨骂，末了还得披散头发骑木驴，谁也不愿意来这个脚儿，我可不会，我就能教孟瑞云，还只限于'买糕干'。"

墨香天性好奇，闻知大喜，恰好春秀是自己教习，便从他学了《因果报》。在熙春会唱了几次，另换了一个戏路子，免得跟后起之秀岔车。正是：

途歧各驰马，桨密不碍船。

各自有门路，不消一处缠。

又过几年，待熙春会既散，各处来约墨香走局，也都喜派这一出《因果报》，墨香算是作定了女鬼孟瑞云的化身。

一日，墨香见着瑶卿，只听得瑶卿笑道："我唱的青衫子正戏，比谁都多，只比陈墨香少了一出，我一辈子没唱过'卖糕干'的女鬼，只我会是会的。"

墨香也笑道："我扮上这一出时，朱天祥的儿子桂芬，在后台说：'这个恶模样，梅兰芳是不唱的。'我听了暗笑，我想我这王大哥和梅兰芳是一流，唱那《混元盒》的剥皮女鬼韩氏，不穿套子，只披着头发，穿粉红褶子，是那么个意思罢了。王大哥若果然唱孟瑞云，也无妨改成俊扮的，正不必吓得堂客小孩不敢睁眼。”众人听了，都说此话诚然。正是：

恶鬼何难化好女，美伶原本似佳人。

过得半月，墨香家中有朋友来了，说到穿套子的话，便有人问道：“甚么叫做套子？”

墨香道：“是白布做的，上面画出血迹，是没有皮的样子。《东昌府》的女鬼韩翠云、《河间府》的女鬼宋莲英，也穿这东西，不止一出《混元盒》。但是三个穿套子的冤魂，倒有两个姓韩，也不知是有心仿照，也不知是无心暗合，恐怕是摹仿占多一半。”

那人道：“现在富连成唱《东昌府》，女鬼有时穿青衣，不一定穿套子，故此我没见过这宗东西。我见那唐富尧等扮的，都是平常旦脚样子。”

墨香道：“喜连成将排《东昌府》时，是康喜寿的黄天霸，雷喜福的施公，高喜玉的郝素玉，阎喜林的韩佩，律喜云的韩翠云，他还穿套子呢。到富连成改了沈富贵的天霸，曹连孝的施公，方连元的郝素玉，女鬼是唐富尧的，就把套子免了。后台犯迷信，说穿套子倒霉，恰遇福寿班《混元盒》，张凤云穿过套子，短命死掉，律喜云也没活长，大家都觉套子不祥。又因其扎眼，前台卖女座，怕吓着太太小姐跟小少爷们，便都不穿。那一年李春来到京，在鲜鱼口天乐园，唱《河间府》，是赵芝香的宋莲英，他也只穿青衣罢了。有一次票房外约春来唱这一出，武行归春来自带，文配脚归票房。当时一疏神，没找赵芝香，后台折来的旦脚掌子不应，便又挤在我的头上。我也不穿套子，我披着头发，穿件粉红褶子，学了王瑶卿唱《混元盒》的扮相，只怕逢学王派的，都没学他的这一着儿。”

那人道：“瑶卿怎么唱起剥皮女鬼来？”

墨香道：“他这剥皮女鬼，是奉慈禧皇太后懿旨唱的。太后编了一段反二黄的词儿，交派南府当差众旦去唱，就是这《混元盒》的剥皮女鬼了。只因句法不齐整，高矮字眼又很别扭，众旦都说唱不成，只有瑶卿敢应这个活儿，太后大悦，便亲口派他扮演的。人都说这些女鬼能压人的运，从前有个李关保，是老伶李砚农之子，一出《因果报》，唱的走了背运，跑到开封，这一出他仍是唱的，一些女眷都不敢看，并有黑夜从镜中仿佛见他那披发吐舌的鬼形，然而他在开封混的不错。我那地方有熟朋友，向我说过，足见压运的话，也不尽可信。”

说了半晌，朋友告辞。那长春科徒张小山来了，仍有那唱《造蛋盆》的花脸票友同来，约墨香往他家吃饭，墨香即坐了他的汽车，一同前往。到得那里，饭毕，他拿出一本重编全本《因果报》的总讲，叫墨香过目。原来是用同治年间李兆受刻本作的稿子，大加改订，改作郁后用宫女陈桂香之计，绞死孟瑞云，既又令桂香杀害苗凤英，梁主讨贼班师，父子重逢，将一回朝，郁后便死，变大蟒，梁王剐桂香泄恨，省去许多枝节，倒还紧凑。

花脸票友道："只郗后变蟒、孟妃墓中生太子、女鬼买糕干，太嫌迷信，删是不能删，若一删时，正旦就没的可唱了。我想变通一下子，如今还没想好主意，将来这个本子还得再改一回，才能唱得的。

墨香道："据姚思廉《梁书》、李延寿《南史》，郗氏死时，梁武帝尚未即位，'变蟒'一说，却是有的，至今佛教还有志公集的《梁皇忏》，就是为超度郗氏而作，新近谛闲和尚还讲过一次。只《因果报》情节荒唐，苗孟二妃与陈桂香，都是捏造，事本无稽，改之亦可。"

那票友道："小弟近两年来京，唱了不少次的《造蛋盆》，这一次公务稍忙，没工夫唱戏，下一次再来，要唱这一出了，老兄还得帮忙。"

小山道："这个陈桂香，虽然一句唱没有，话白太多，又得狠得出来，可得找一个人，别瞧不起他。"

那票友道："临时自然有人的，只陈大哥务必捧场。"墨香应允。

又坐片刻，正要起身，忽见那个惯走外埠的刘姓，从外走入，要知他从何处而来，且看下回分解。

第五十二回 谈新戏恸哭失声 改旧曲勾心斗角

话说墨香正要向主人告辞，忽然那刘姓来了，便不曾动。刘姓同大家见礼就座，主人问其何来，刘姓答道："小弟出京多日，新近方回，闻得老兄也到京里，小弟一向在外埠，多蒙照应，因此前来请安，不想陈大哥恰也在此，这倒巧得很。"

那花脸票友道："我因有本新戏，是用旧本翻改，正在这里同陈大哥商量，老兄来得恰好，你是大行家，我正要请教。"

刘姓道："不知是自编自唱，还是送给戏班，还是拿到好脚家去卖？要是您自己唱时，我可以略参末议，若是那两项，我不敢赞一词的。"

那票友道："却是为何？"

刘姓被他这一问，早长叹一声，未曾说话，眼泪直流。那票友与墨香都甚诧异，张小山在旁，更是莫名其妙，便齐声问道："你老先生有何委屈，如此伤心？"刘姓听了，索性放声大哭。正是：

双眼每储三副泪，一身常负百年忧。

这几个人见他哭得没头没脑，好生奇怪，又不便问，也不能劝，只好由他去哭。那刘姓哭得已够，向主人作揖道："小弟荒唐，怎么在老兄座间哭起来了，太也不吉祥，该打该罚。"

那花脸票友道："人各有伤心之处，小弟素不信《妈妈大全》，没有忌讳，老兄但哭无妨。只老兄有甚冤枉，何以说到给戏班编戏，便如此悲痛？"

刘姓道："老兄要知给戏班编戏，是干不得的。"

墨香大笑道："这句话似不尽然。你老兄若是因此伤心，勿乃太过。"

刘姓道："难道你老兄真当我哭的不该么？"

墨香道；"也不是说老兄哭的不该，只我见现在的人，有那本不出名，因替老板们编戏竟出了大名，而且因此得了大利，真算是名利双收，怎么老兄说是干不得？"

刘姓道："这一路人我也晓得，只是老板天料太好，运气尤佳，他也活该走运，二人碰到一块儿，彼此得了益处。只老板认得的人不止他一个，他因老板成名，别人也想因老板成名，他因老板得利，别人也想因老板得利，早釀成与他不两立之势。他一面应酬老板，一面扩充自己的势力，一面还得防备别人给他小鞋儿穿，他那背后的凌逼，也就不少，他只是苦乐俱全，而且苦占其七，乐占其三。那别家戏班的人物，恨他们得志，还要把他大骂。况且他编戏以外，凡老板的琐事，一切都管，真个费尽心血、舍己从人，平心而论，倒底图些甚么？他并没十分好处，这一派是干不得的。"

墨香道："又有沦落不遇的才子，功名不能成就，借着戏曲发泄牢骚，又遇老板亲之如父，敬之如师，这似乎可以给老板大卖其气力了。"

刘姓道："这宗人也算无聊。自己功名无望，写的本子，都是才子登科，佳人得个好丈夫，面子是用昆腔旧套，骨子里是暗把老板比个佳人，隐然以毕秋帆自命，用意已经刻薄，大非读书君子的道理，这一派是也干不得。"

墨香道："有那曾居高爵，虽不掌大权，他的位号，却是一人之下，万人之上，然而赋性恬淡，不急功好利，一朝大局有变，借着编戏，自隐其身，这倒是高人一等的。"

刘姓道："身居高位，不能治国，只能编戏，更说不下去了，这种人也似有可以议论之处，刘某不能佩服。"

那花脸票友道："依我看来，倒是我们票房朋友对于唱戏，本有研究，若再读过书，去给老板编戏，倒是合式。"

刘姓道："不然。票友虽然研究戏曲，既非本业，天然欠一萝葡皮儿。读书万卷，不能运用的该有多少。即令你能运用，偏遇着老板自命天生戏中大圣，不在文字上着意，你将说到书本上的话，他早给你驳回来了，他偏要说'书是书，戏是戏'，他另有他的道理。而且老板们大半怕编戏人压倒自己，处处总要露出'本子不佳，是我给唱好了的'，他们一存此心，编戏人可就不大得劲。这里头有这些毛病，我看的人多了，我才有此一哭。你们只为不知利害，便觉我太过，待你们明白的时候，不但不说我太过了，只怕你们也要哭的。你们不经一事，不长一智，俗语说得好：饱汉不知饿汉饥，你们如今焉能知我哭得不错。"这几人听了不答。正是：

丈夫有泪不轻弹，只因未到伤心处。

刘姓道："我这说的还都是显而易见的弊病，若仔细推求，十天也说不完的。"

墨香道："依你说来，弊病如此之多，谁还给戏班做这笨活儿？"

刘姓大笑道："真乃迂腐之见。佛说五戒，天下不受五戒的，究竟多些，何况不出家的。孔子说仁，孟子说义，现在士大夫又有几个真行仁义。圣门羞称五霸，自汉以来，都明尊王道，暗讲霸功。老子讲虚无，又说'以道莅天下，其鬼不神'，现在道士都驱神使鬼。三教圣人的话，还没人肯认真照样去做，我这空议论，又拦得住谁？不过编戏日久的朋友听了，必不以我为非。老兄正是我方才说的不知饿的饱汉，虽不与我辩驳，无论如何，老兄心中一定说我太也过头了，编戏只是文人消遣之一法，何至于此，老兄是不服的。不过事在人为，编戏人若能不在‘利’字上着意，又不一定要作个戏曲名家，认真抱定一个‘消遣’的主义，看见别人在这里头得名得利，自己一点不眼热，既没羡慕心，又没妒忌心，他是他，我是我，两不想争，他未尝不可以编两出闹着玩儿。老兄不知有那好利之徒，自己不会编戏，偷人家的戏本，去觅蝇头微利的。又有好名之士，每编一戏，自己先作些揄扬稿子，写了假名姓，往各新闻纸登载的，完全把赏心乐事，弄成争名夺利的苦境。若闹到这个田地，戏本不编也罢，倒省烦恼。话虽如此，我只能说人家不能约束自己，我的戏还是要编，我编戏仍是贪名图利。”墨香等一齐大笑。正是：

暗于责己，明与责人。

举世如此，数见不新。

那花脸票友请刘姓看过《因果报》的本子，又斟酌一番，墨香与刘姓方一齐告辞。过不两日，那花脸票友出京去了，他这一次，果然没有过戏瘾。

刘姓却到墨香家来道：“我应了本堂会，戏码是《三官堂》，要请老兄帮一个忙。”

墨香道：“这一出戏，我从小就听得老一辈人说过的，是陈世美认前妻，与《铡美案》不认不同，只陈世美是不得已才认了秦香莲，并非不忘糟糠。这一出的陈世美，除了不挨一铡刀，那招前台骂的地方，比《铡美案》利害。这一出是冷活，我见都没见过，又得跟你钻锅。实话对你说罢，我从前在你这一伙里头唱的那几出戏，连《滚钉板》的陶氏，我都忘的一点影子也是没有，更不用说旮的那几出了。换一出生的也好，反正我是得现说现唱，只不知在这出《三官堂》里，你派我来一个甚么脚色？”

刘姓道：“老兄没见过，我倒见过的。这一出汉调，还有人偶尔唱一过，只也没几人唱全本。不差甚么，都是唱香莲在三官堂寻死，蒙三官大帝救护，传与她兵法，叫她投军，没头没尾，正是北京的山东饭馆子做的酱汁鱼一般，只是个中段。梆子腔有一出《琵琶寿》，也是这里头的一节，也是用汉调本子翻的。焦里堂《花部农谭》，又叙过此戏的大概，广东戏也有全本，我羼在一块儿，凑了一出。只我觉着，若写得陈世美太坏，后来不好团圆，若写得全是公主的责，到后一场，这位公主杀也不杀？因此想了个方法，是公主贴身的一个宫娥，巴结公主，闹的玄虚。就劳大哥的驾，您扮这宫娥如何？”

墨香道：“不把陈世美说作忘恩负义，他怎肯停妻再娶？”

刘姓道：“我写作公主染病，钦天监奏称，须配状元，方能痊愈，宋帝爱女情切，硬招陈世美做驸马。待公主下嫁，知他有父母前妻，想劝世美差人去接，被这宫娥从中阻扰。偏公主病势日增，这宫娥用言语惊吓陈驸马，说你若接一家到来，公主倘有不测，你父母也得有罪。陈世美害怕，才不敢去接。不想故土荒旱，闹出《琵琶记》蔡家的事来，父母饿死，香莲带着儿女到京寻夫。世美受了这宫娥的牵制，才弄得成了名教罪人，虽然陈世美仍不是东西，比原文就强多了。也如宋人编的《蔡二郎》杂剧，始终不认赵贞女，还纵马踹她，致受天诛，五雷轰顶，明初高东嘉《琵琶记》，写成书馆相逢，就给伯喈抬了身份。唱到香莲立功，把苦情奏知太后，奉懿旨拿问陈世美，就由香莲亲自审讯。正在一问一诉，公主扶病赶来，并把宫娥绑到军前，公主下跪，替世美求情，香莲的儿女也跪下央告。于是香莲传令，把那宫娥乱刃分尸，才得夫妻完聚。这一出有旧本，也有兑上的水，是个两羼的玩艺。”

墨香笑道：“好哇！你怎么单找这么一个挨骂的脚色来照顾我。只仔细想来，就戏而论，这宫娥诚然可恶，要是往细里寻求，她倒怕有些冤枉。安知不是陈驸马与公主都没法下台，找这一个倒霉的宫娥，完全给她一个人儿栽上罪过，就算囫囵过去。只她素常也必是眼睛太快，心思太灵，凡是都要迎合公主驸马，不敢说一句直话，才落得替他顶缸，叫做‘情稍屈，命不可屈’，也杀得不差。”

刘姓正要回答，赵子珩来了，刘姓和他也周旋了半晌，告辞而去，子珩仍与墨香闲谈。墨香把刘姓痛哭编戏告知子珩，二人相对叹息。

子珩道：“编新戏的病，他还没说尽。要知前台有专给旧戏作护法的，分成三派，遇着新戏亮台，便不痛快，即如我赵子珩，也是其中之一。”

墨香道：“不知是哪三派？”

子珩道：“一派是听得旧戏太熟，见了新戏，有些眼生，虽不爱看，也不指驳。”

墨香道：“您自然是这一派了，还有两派呢？”

子珩道：“那两派的人物，都并不知旧戏为何物，一派只要博懂戏之名，而且要显出他深通此道，比现在编戏人高明，他赞旧戏，正是要显出自己眼界宽，见的旧戏太多，他骂新戏，正是要压编新戏的一头。你不信，咱们把久不演的《重台别》《落雁崖》《闻太师阴谏》《造白袍》，一切老掉了牙的东西，翻出来唱，他决看不出是新是旧，他一定是以旧为新，横挑鼻子竖挑眼，好显他深知戏曲。再一派是自己戏学太差，想往这里头伸腿，伸不进去，因忌生恨，便也夸赞旧戏，来压新戏，出这一口怨气。平心而论，旧戏有得有失，新戏有好有坏，我就是一个醉心旧戏的，只你叫我混骂新戏，我也不干。有了这三派人物，他捧不起旧戏来，也砸不下新戏去，可是对于编新戏的，除去第一派两不相扰，那两派都是苍蝇，总有些讨人嫌。”说毕，不住摇头。正是：

看戏何分新旧，出言各有公私。

子珩说得已够，也就走了。次日，刘姓来约墨香到他住的去处对戏。又过一天，便去走那个堂会票局，地址在后门，道路甚远，请局人备有汽车，管接管送。

这一出《三官堂》的末一场，公主披发穿帔，墨香的头发，也是披散下来，公主尚且摘了凤冠，这宫娥自然去过翘、解珠口、摘云肩、脱花褶，青衣腰裙，去到金甲锦袍的女将军帐下受死。这一出唱完各归，次日，刘姓也就出京，从此这部《活人大戏》，没有这位刘爷的事了。正是：

活不再见面，死何须吊丧。

这一日，墨香接到王劲闻请帖，约后天在广和居吃饭。墨香看了，把帖子放过一旁，却在月份牌上注明饭局。

子珩却又到来，道是："明夜同兴堂有个小凑的局面，原说只有昆腔，并无乱弹。不想有人嫌不热闹，添了三出二黄戏，其中有一出《天雷报》。有人出主意说：张继保背义父，忘恩母，都是他亲娘不好，到'雷打'的时节，要连他娘一齐打。我是没有主意，请你想一想，该怎么给他添改才好。"

墨香道："赵大哥您一向拥护旧戏，今日何出此言？"

子珩道："前后台纷纷议论，都要如此，我叫做一不拗众。"

墨香道："赵大哥真是老而圆通，决非顽固不化，明晚我到后台，见机行事。"子珩称谢而去。

第二天上了灯，墨香赶到同兴堂内，子珩等早到，台上已经开锣，墨香问道："《天雷报》谁的雷公电母？"

早有两个戏班掌子答应一声，走了过来，墨香把连张继保的亲娘都要雷打的话说了一遍，掌了道："依您怎么办？"

墨香道："头一次抓张继保的纱帽，旦脚就一块儿上，三次一般打的时节，张继保改跪在旁边，旦脚跪在中间，小花脸扮的地方，嘴里也添两句挖苦这妇人的词儿，就算行了。"

管事人搭茬道："大爷这么一改，怕这些棒槌扫边旦上台瞎撞，莫若您扮上最妥当。"

墨香还未回答，子珩在旁拍手道："就那么办。"

戏码相离尚远，忙派人到墨香家去取唱戏应用物件，墨香推辞不得，好在与子珩多年深交，没有钻票的嫌疑，便一笑应允。不多时，唱戏物件已经取到了，看那戏规，离《天雷报》只隔两码，墨香便去梳妆。忽的想起这一出从前走外局扮过电母，不料如今改了这么一个脚色。那个时候，陈痴疯、王劲闻等立的票会，何等热闹，如今哪里去了。再往前追想，在中和园看老谭的《天雷报》，我才二十岁出头。只以前还看过周长山的，这位周爷，虽是二路人材，这一出是真好。我初次看时，一毫不懂，后来听后台人讲究，说他看见贺氏死，连人带棍，一个硬僵尸，摔了个四平，他扔出棍去，准在张继保桌子前边，一百回也不差分寸，真有功夫，我再去看就明白许多。这些老伶，都成古人，只有我们看戏的还在，然而不及七十年，我们也就都完了。正是：

此生如寄，凡事非真。

若不参信，即为钝人。

墨香扮齐，等候登台，走了一场下来，忙到梳头桌改妆。待“雷打”之时，墨香披散头发，插着雷标，面抹黑色，斜穿蓝帔，与小生扮的张继保同上，被雷公电母追了三场，只小生抓纱帽、抓官衣，得抓两番，墨香只抓一次帔就行了。母子都被雷打，阴魂押到阴山背后，去受地狱之苦，戏就算完。这一出的票友，便都卸装各回。

墨香睡了一夜，次日起床，到得王劲闻帖子上订的钟点，即前去赴约。正是：

犹有童心，又动食指。

要知这饭局如何，且看下回分解。

第五十三回 畅论老戏 欣逢故人

话说王劲闻约墨香到半截胡同广和居去吃饭，墨香次日乘车而往，他那里的客，都是有戏癖的。入了座，要了些豆腐、潘鱼，都是广和居拿手好菜，恰值隔座有人唱《孟津河》，这里便有人问起全本《钓金龟》的关目。

劲闻道："这一出我与墨香都不轻省，全算是正戏。头场祥符知县张宣，派人接母亲妻室。二场王氏出台，这是墨香的活儿，蓝帔白裙，居然是正经夫人打扮。张宣下书人，不知王氏不孝，婆媳分家，把张宣书信，送到王氏这边，王氏不去禀告婆婆，自己往丈夫任上去了。这底下一整出《孟津得宝》，再上张宣夫妻。我在这一出里，凡要紧之处，无非'坐窑得宝''行路哭灵'，不但龚云甫时常的唱，连小孩、坤脚都唱熟了，倒不必细谈，待我专说墨香费力气的地方。他两人任所相逢，乃是暗场，此时王氏已在衙中了，张宣正要下乡察案，张义来到，王氏想不许他入衙，张宣再三说好话，方把张义放入。弟兄将见面，尚未怎么亲热，王氏便催丈夫快去办理公务，张宣叮咛王氏，千万留下兄弟，出衙而去。王氏不很理张义，激得张义怒极，说嫂子不要势利，我不是穷汉。王氏听他言语有因，才换了面目，跟张义叙起嫂叔之情。张义拿出金龟，卖弄了半晌，王氏起了歹意，让张义饮酒，灌得大醉，命仆人扶到书房去睡。王氏与丫鬟定计，要害张义的性命，一同下去。'行弦'，仆人扶张义出来，入帐安眠。起个更，和丫鬟，【九锤半】羼【阴锣】，捆好张义，塞他的嘴。又改了锣鼓点子，那王氏唱二黄倒板，又该墨香披散头发，露他披发旦的本相。身穿青衣，腰系丝绦，手使钉锤，跑上了台，再唱三句摇板，收住。命丫鬟去钉活人，丫鬟不能下手，王氏自己向前，只一钉，张义就算了账。演到此间，墨香口衔散发，作出悍妇恶状，我从台帘向外一望，倒是得神。一来他学过刺杀旦，二来天生眉目含有煞气，活该是唱这一路脚色的。若是小杨子那宗秀媚人物，这一出反大不合局格的。"

墨香道："非但此也。人缘好的旦脚，怕因扮这种恶妇，挨前台的骂，丢了人缘，谁也不干，只好我这人缘平常的人才上去。"众人听了都没答言。

劲闻接着说道："王氏搜出金龟，叫丫鬟去砸，偏砸不出一点金子。王氏有了气，打了丫鬟一钉锤，应手而毙。王氏忙亲自洗了张义血迹，唤到仆人，说二老爷中酒暴亡，丫鬟失足跌死，叫仆人去备棺木。那个仆人明知其不然，却不敢多言，只得遵命办理。张宣此际回衙，看出情形，隐忍不敢发作，他夫妻同入后台去了。张义揪起丫鬟，说到阴间打官司，起哄而下，这一场算完。下接包公拿获刘响马，十三棍立毙杖下，一段闲文。紧跟着是'行路训子''哭灵托兆'，老太太到庙，迎着包公喊冤，包公唤出王氏诘问。从'训子'起，墨香把散发叠个抓髻，用小簪压在大头之旁，又穿了帔。这一场王氏与包公顶撞，花脸旦脚都有西皮快板。包公开棺相验，并无伤痕，打了仵作退堂。仵作回家，老婆备酒给他解闷，说出顶门可以用钉子害人。仵作次日回明包公，验出铁钉，王氏招认实情，钉手收监。包公问起仵作，知是他老婆叫他验的顶门，命他唤老婆来见，仵作高兴而去。包公安慰老太太，痛责张宣治家无法，打本进京参他功名，摇板快板，唱个不了。他母子已走，仵作老婆到堂，包公一根钉断出来两根钉。原来仵作老婆曾经谋害亲夫，嫁了情郎，偏那情郎病故，改嫁仵作。包公又命开棺验尸，审明此案，与《双钉记》关目虽同，穿插各异。包公定了两个婆娘罪名，仵作老婆凌迟，王氏还她一钉，吩咐打道法场。我说的草率，这可是好几场的戏了。墨香又披开头发，罪衣反缚，与仵作老婆，同被些碎催推至场上跪定。包公升堂，大唱西皮，骂了王氏一顿，王氏接唱四句，倒是自悔自怨的话，比那《双钉记》的白金莲到死不悔，似乎好一点儿。唱完这一段，包公方命把仵作老婆行刑，众碎催推她入了后台，包公又唱四句，当场钉死王氏。墨香散发一洒，向后跌倒，众碎催搭尸走了，包公上轿而回，起了【尾声】，这一出就算交代。只王氏犯的是斩罪，给她一钉，可是出乎法律外。这一出，我们只在四郊走局唱过，城圈里头可没唱一回的。"

有一人笑道："劲闻此话，莫非不实？依我看来，恐是左氏浮夸。大凡你们说到郊外的局，都似难信。"

劲闻正色道："我说瞎话做甚！你倒不必多疑，我们连通州的局都走到了，何况四郊。城内票友，一来就是十几位，这宗笨重不灵的玩艺，是唱不开的，我们只好出城去唱。你先以不诚待人，天下事哪一件又不可加以揣测，这也非待朋友之道。"那人无言可答。

又一人道："《钓金龟》也有一本曲子，不专是乱弹。"

墨香道："这一出是乱弹先有的，后才填作南北曲，与《一捧雪》各剧相反，请看他的序文，便知明白。"

大家从入座开谈，席散方毕，只说的都是《钓金龟》，没说别的。这王氏虽则不孝，只她的死，却是死在一个"财"字儿上面。正是：取非义之财者，譬如漏脯救饥，鸩酒止渴，非不暂饱，死亦及之。

王氏谋得金龟，连暂饱都不曾，便算死了，更足为贪人之戒。大家说得已够，吃得已饱，各自回了寓所。

这个时节，那往上海的荀慧生、曹心泉，都久已回京。慧生住棉花二条胡同，心泉仍住椿树三条胡同，不久搬往上斜街。墨香与慧生虽是近邻，又曾来往，因是新交，踪迹甚是疏远，倒是心泉时常见面。

光阴似箭，又到新春。墨香自从走票唱戏以来，已经过了十来个年头了，嗓子更退，年龄日增，唱戏的兴致，一天比一天冷淡，只久和戏班人交游，成了朋友，丢他们不下，也还是照前来往。

这一日，偶到曹心泉家中，忽遇张姓叔侄二人在那里拍曲将毕，彼此交谈，那姓张的阿叔笑道："陈大哥不认得我了，小弟番禺张慕蝶，这是我五家兄的长子，人呼'小张大'。从前万福居是我们的买卖，如今久已关闭。我的先伯延秋太史，与府上文恪公，同放福建主考，交谊甚厚。我小时，大哥正在工部屯田司做官，我曾得见芝颜，屈指一算，已是二十余载，也不怪大哥不认得的，本来久违了。"

墨香道："哎呀！原来是你！我记得你那位五令兄，与我同岁，今年也过四十。只他是六月十九日，观音菩萨成道之期，他出的世，我是九月十六日生人，还是'九'字、'六'字，只月日互改，他大我差几天不到三个月，我叫他五哥。他底下还有个老六，你排行第八，我与你不客气，只好叫你八弟。"

慕蝶道："这是应该的。大哥常在各处走票消遣，我看了大哥不少的戏，因此我认得大哥的。我如今也学了几出，学的是小生一工，六家兄先学老旦，后改小花脸，舍侄却是大花脸，兼武花脸，只有五家兄，仍旧不行。今年六月家慈生辰，我们打算唱戏庆祝，正好约大哥赏音。"

墨香道："我的本领有限，而且近来提起'唱戏'二字，十分惶愧，我吃了人家的丸子，反叫人家耳朵眼睛受罪，我太对不住请主儿了。"

慕蝶道："大哥太谦，我是一定奉约。"

心泉道："既是旧交，陈大爷更可无须客套。"墨香点一点头，没有答言。

当下又坐了好半天，慕蝶先带着侄儿走了。

墨香道："他们老太太，娘家姓樊，他的外公，叫做樊鹤龄，好手笔，有一部《江湖纪闻》，可惜没有刻板。"

说完，又饮过茶，墨香也就告辞。次日，慕蝶在松树胡同本宅，备下酒饭，亲自上门，约墨香前往。他弟兄久不同居，张五父子和那张六，也都来了，都与墨香是旧识，相见之时，少不得说些旧日的老话儿。正是：

白发有先后，青山无古今。

张五道：“我壬寅到京，才十九岁，如今过了四十。我曾在令岳万太史家居住，那时阁下也住在万家，足下一迳好研究戏曲，我可只爱看传奇，不很听戏。万家有一套石印绘图的洪昉思《长生殿》，甚是精美，我瞧过一遍，真是绝世妙文，我从此更喜曲子，现在才命小儿跟着心泉先生讲求昆腔。不过乱弹亦有佳处，小儿也学过几出，足下是位大法家，还望时常指教。”

墨香道：“我自己还没学好，怎敢胡乱批评别人，况且一旦一净，相差太远。俗语说：隔行如隔山，这‘指教’二字，我是不敢担任的，若讲到同在一处消遣起哄，我不能推辞。五哥说的那本石印《长生殿》，我也见过的，前面绘图，大概集的同文《聊斋》人物，很有匠心，也实在印得精工。”

张五道：“阁下说到此处，我也想起来了，果然是集的《聊斋图咏》。”

墨香道：“心泉曾评清人传奇优劣，说孔云亭《桃花扇》，词藻虽好，不合工调。《寄扇》是缠绵关目，填了【新水令】，要知【新水令】是利于雄壮之词的，因此《寄扇》唱出来，不受听，倒是《长生殿》没病，在《桃花扇》以上。我曲学疏浅，不敢下断语，只可存以备考。”

说了半晌，摆上饭来吃过，大家散席，各自坐定，慕蝶道：“离家母生日，还有好几个月，我们正好乘此机会，订好戏码，倘若不会，或是会而不实授，都有工夫去学习。”

张六道：“我唱一出《送亲演礼》，小儿新跟曹先生学的《北诈疯》，可以在那日露演。”

慕蝶望着墨香，先笑了一笑，才说道：“大哥我可不是占您的便宜，谁叫你学的行道不好，我是小生，您是花旦兼青衣、刀马，咱们二位拴一出，反正是夫妇的戏，您看是唱《得意缘》好哇，还是再想别的。”

墨香也笑道：“我知你武功有些意思，耍双锤谅必能行，你唱一出《岳家庄》，我扮一回岳夫人，咱们就不唱夫妻戏了。”

慕蝶道：“大哥的嘴真利害，一点亏也不吃，您想唱岳夫人可不成，那一出您太歇工了，您想一出累赘点的，您别检轻省的挑。”

墨香道：“我十三年前，倒是唱过几出风流的玩艺，现在也短不了唱《杀山》等戏。这出《得意缘》里的狄云鸾，我也唱过，可太不对工，完全是个闺门的派头，我办不了，检直稀糟，就不是那里头的事。再说，年龄已经过了四旬，要去揣摩新婚夫妇、闺房情态，未免肉麻，还不如大拉大扯，来一个大娘们，倒有躲闪。况且听戏的，对于这个狄云鸾，责备太多：太板了，他说是泥人；要稍为活动，又说不像闺人身份。《得意缘》有几句定而不移的介口，只没甚深刻的用意，又是科学时代的口吻，现在念出来，人不甚懂，又不能减，这一出不是好吃馍馍，这个小姐，太不容易唱了。你要晓得，大凡唱戏，得自己度德量为，死鬼沈华轩[1]，武戏倒能对付，他偏想唱文戏，制了一双鞋，要拉瑶卿跟他唱《走雪》，可是始终没有唱成。谁听见华轩犯老生的瘾，谁也要笑，我若扮这云鸾，与华轩扮曹福无异。华轩在历城唱《挑华车》，萧大庸都夸他好，一到文的就不行，可见人各有所短，我别挨骂了。好在我青衣也能对付，你要必定唱《得意缘》，可以另找云鸾，我来一个郎霞玉，虽唱不到好处，我自信也决不至于弄砸，比云鸾总像的多，只不可拿看王瑶卿的眼光来看，便没包涵。”

慕蝶道：“郎霞玉也是歇工，您不唱狄云鸾，咱们的《得意缘》歇了罢，您愿唱甚么，就依着您。”

墨香道：“我究竟刀马旦有根，我跟你唱一出《马上缘》如何？”

慕蝶道：“我可不会，得现找人去学。”

墨香道：“我家里有总本，我钞一张单头给你。”

慕蝶道：“一客不烦二主，您连地方都得给我站出来，并且劳驾，您再给我说把子。”

墨香道：“交给我了。”计议已定，墨香辞归。正是：

相逢都道休玩票，十载终难见一人。

墨香坐在人力车上，心中暗想：前些年在刘春喜工房的时候，遇着票局，人家派我唱《马上缘》，我因为没女靠，不敢答应，改了一出《长阪坡》的糜夫人。后入正乙祠，仗着于云鹏那份箱，他的女靠还新，我才跟袁泽如唱了几回这一出。只没道姑的东西，我自制道姑冠，穿褶子，套长坎肩，也就凑合过去。今天我自告奋勇，要唱《马上缘》了，这头上脚下，一切樊梨花应用之物，得弄一身好的，我却是去借谁的为妙？正在算计，车子忽然停住，要知为了何故停车，且看下文，便知分晓。

[1] 1928年11月病故，23日伴宿。

第五十四回 酒后说六朝 茶余谈三国

话说墨香此刻住在棉花五条胡同，前往张家，雇的是来回车，那车夫认得大门，他已拉到，自然停住，墨香下车走人。一夜无话，次日叫女儿宽霞、宽云姊妹二人，把《马上缘》薛丁山的单头写一份，二人都是十来岁的大姑娘，当下领命，轮流去写。偏她们有个最小的妹子，年方六岁，叫做宽雯，甚是淘气，直跟两个姐姐打搅，她搅她的，这二人却是拿着笔，仍写个不休，字数甚少，一会儿就算写出来了。

又过一天，慕蝶果然来到，墨香把单头交付慕蝶带回。只消三日，已经念熟，又来找墨香给他站了地方。墨香看戏多年，《马上缘》《穆柯寨》《破洪州》一类的玩艺，都久已贯串，不止专会刀马旦，便给慕蝶说了个详细。

又迟一两日间，慕蝶来学把子，有个朋友同来。墨香拿出用功的木头刀坯来，自己绰在手内，又将一根没贴锡的木枪，递给慕蝶，同到院内，说了半晌。

“是小生唱倒板，从下场门出城，小生在大边，旦脚在小边，架住，扯一个整圆场，我背朝你的脸，你扎我的马腿，左右三枪，我用刀杆搪开，大翻身，捞你枪，抓你头，脸对脸，亮住。台上那两个小花脸斗一句笑话，咱们拉开，你唱西皮摇板，一磕，一个犄角，两磕，两个犄角，都在唱里。你唱到末一句，迎面硬三枪，我搪开，一绕，压住，我唱倒板，咱两人对掉眼线，斜过合，刺脖回来，上搭，下叉，我亮一个高相，你骑马势，亮矮相，我唱西皮摇板。照老路子，应该是唱原板的，嫌其太瘟，又跟《虹霓关》太也重复，才改作摇板了。自李紫珊以后，郭季香还是旧派，路三宝就改了样子。”

慕蝶道：“我知大哥跟三宝学过戏，这一出，想必是三宝传授。”

墨香摇头道：“不是。我这一出，是跟你们小生行的人学来，不是我们旦脚行的前辈教的。”

慕蝶道：“不知哪一位小生给大哥说的？”

墨香道：“是徐三才给我说的。”

慕蝶道："原来是他，此人我也晓得。"

墨香道："咱们连唱带做身段，我归中场里边，你归外边，脸对脸，我打你蓬头，架住，唱一句，我漫你的头，你归里，我归外，我横刀架住你的枪，再唱，男左女右，双进门，大翻身，肩靠肩，亮住，又唱。你漫我的头，女左男右，你的枪打在我的腰里，我的刀来个钓鱼儿，你往上场下犄角退，我向前赶，亮住，又唱。剜萝葡，我仍归右，你奔往左边，我再唱，这一套，就算没甚么了。底下一场，两人说翻了，我在大边，你在小边，一个合，两个合，三绕，你打我的背工，又扎我的马腿，一盖，挑你下马。待得上马再战，一个合，我打你的蓬头，你用枪盖下我的刀来，一个剖肚，四个腰锋，又挑你下马。又放上马去，你刺我三枪，我用刀连盖带走，一连三盖。我曾见高秋蘋唱这樊梨花，他闹不清三盖是为替代过合的，他竟跟小生半个合，再往外三盖，那叫没谱。我由三盖里，归下场门，你往里一盖，打上扎下，这一出的把子，算是交代。底下无非一磕，大走，没甚要紧。这出《马上缘》与《破洪州》，各有各的难处，外行不懂筋节，只认作玩笑戏，未免冤哉枉也。"

那同慕蝶来的朋友道："这还不足怪。有个出名花旦，比高秋蘋资格深一点儿，本身也唱这些玩艺，学的太不结实，更不如秋蘋。他连拿刀都没样式，照例刀是右手向前，左手向后，他把左手放在前面，当作长枪拿了，只此一端，其余可想。他看老辈唱这一路的戏，他竟敢摘毛，他也说不出老辈的武功好歹，只笑老辈没有他风骚，说句糙话，是不如他浪。一干浑蛋羊毛，因他是名脚，而且只会看旦的脑袋，别的不懂，听了他的话，便跟着附和，真是岂有此理，气死他们的活爹，外带不偿命，我可真气着了。古人说：坏孔门的是状元宰相，坏佛教的是大法师，坏道教的是真人，依我看来，坏戏班的，就是这宗好脚，都不与外人相干。"说着扑嗤一笑。正是：

骑马须认镫，对牛莫弹琴。

那朋友骂够了人，告辞先行。墨香、慕蝶又打了两遍，慕蝶心领神会，这出《马上缘》，见刀马旦的几下子，他算会了，墨香又给他说了鞭打樊龙、樊虎，慕蝶辞去。这是正月的事，过不了几十天，就入三月，有郑板桥词曰：

春气晚来晴，天淡云轻，小楼忽洒夜窗声。卧听潇潇还淅淅，湿了清明。

节序太无情，不肯留停，留春不住送春行。忘却罗衣都湿透，花下吹笙。

入了四月，慕蝶来得比前勤了。这日请墨香在煤市桥泰丰楼吃早饭，席间说到《马上缘》的话，待席散，各自回了家。

天时不过两点钟，太阳还正照得人身上发汗，墨香坐在床上，暗想这一出《马上缘》的行头，非同小可，他们内行的东西，也好借也不好借。前次马宅《翠屏山》，诸茹香的袄裤，明是中间有人弄鬼，使的架秧子的手段。我若挑眼，他准给换一身新的，可就无情无理，跟我要钱。不料撞着我，不动声色，就糊弄过去。这宗事都是底围子干的，茹香一定不知，今番我可得亲自出马，去找人借一回，免生挂碍。我近来虽不常见荀慧生，只觉得他很跟我套拉拢，且待到了日期，去找荀家，借这一出的应用东西，当中不羼别人，最为上策。

正在打算主意，忽然有人拜会，看那名片，也是姓陈，名字生疏得很，素不相识，吩咐挡了不见。谁知次日又到，并有薄春秀同来，只得请入。听他口音，是个秦晋地方的朋友。当下分宾主坐定，问其来意，那位陈君道："我在各学校当教习，讲得《孟子》最熟，曾有著作。只我生平喜欢演唱戏曲，跟着李宝琴学过花旦，又跟薄先生学青衣，没有嗓子，青衣是不能唱的，只好归入花旦行里。下半月某学校要开游艺会，有几出国剧，要请先生帮忙，去消遣一出《因果报》。"墨香应了，陈君与春秀起身告辞。

过不十几天，游艺会日期已到，墨香前往，在那去处，披发吐舌，又现了一回女鬼身。正是：

薄命轻如叶，残魂转似蓬。

练拖三尺白，花谢一枝红。

墨香唱的正第三出，那陈君约了一个花脸票友，非唱大轴不可，陈君果如其言，把他的戏码写在末一出。待唱到中轴，人已渐散，那花脸同压轴的人商量，要先唱，压轴的人道："您先消遣，我们算是送客戏，您先扮罢。"花脸怒道："我是大轴，我的码移前，你的码取消，你还想唱么！"那压轴人听他说话不讲理，不肯让码，抢先唱了。大轴登场，天色太晚，众人道："好个南瓜花脸，不必听了。"一哄而散。花脸忿怒而归，当时没人不笑。墨香当日唱完即走，次日方知此事。

五月间，王劲闻、赵子珩约在煤市桥泰丰楼吃饭，大家饮酒，墨香用茶替代，座中有人说到《因果报》。

劲闻道："这是六朝梁武帝的故事。武帝东宫爱妃孟瑞云，身怀有孕，武帝去征北魏，正宫郗氏把瑞云害死，西宫苗妃命人把她尸骸葬在荒郊，墓中生了太子，没有乳食，瑞云的鬼魂拿着纸钱，去买糕干，喂养孩儿，待到百日，武帝班师，达摩指引，才得父子团圆。墨香减去头尾，只唱'买糕干'一段，因此人不明白。"

子珩道："岂但墨香一人，近四十年，此戏京师无人演过全本，吴顺林也只演这一段罢了。"

墨香道："新近有人修改一本《因果报》，与旧本不同。旧本武帝收回太子，交苗妃抚养，武帝去征侯景，郗后的心腹宫女陈桂香，探出真情，告知郗后，定计谋害太子、苗妃性命，达摩把太子救去，苗妃却被郗后弄杀，偏武帝被侯景杀败，饿死台城，大将陈霸先、王僧辩灭了侯景，达摩送太子回来登基，郗后死变大蟒，幼主剐桂香报仇。他却改作瑞云将死，便杀苗妃，武帝班师，郗后即堕蟒胎，倒比旧本紧凑。”

子珩道：“劲闻虽没说到此处，只已能谈瑞云一人的本末，总算博雅。”

旁边一个朋友笑道：“他哪里配说‘博雅’二字，阁下说京里四十年没唱《因果报》的全本，也靠不住。前两年，坤脚碧云霞在大栅栏庆乐园，唱过一出《墓中生太子》，就是全本《因果报》，不过小有删改。他去听过的，才能说出戏中关目，他焉能配说博雅。”

劲闻笑道：“沈滨渔《谐铎》，有一段《骡后谈书》，叙的是一个李姓，得了半本吴震方刻的《说铃》，便在人前混充博学，我今日也和李姓一般。”

那朋友道：“好哇！你还有一点人味。目下的文钞公到处都有，而且极多，他们整篇的钞别人的文字，遇金钞金，遇铁钞铁，眼面前的书籍，他都没见，只从别人在新闻纸上登过的作品里面，检人家的剩话，拾人牙慧，却不肯提出人家名姓，惟恐被那人知晓，瞧自己不起，见了人家，还要夸一膀子：咱们学问一般，你晓得的，我也晓得，足这么一装孙泥，这路人太没人味了，比你可差了十倍。”

劲闻道：“谬赞谬赞，多谢多谢。倍者辈也，我比孙泥长十辈，你只怕长他九辈了。”

那人道：“岂有此理，倍字从没作‘辈’讲的，你这话大错。”

子珩道：“我今日方知《因果报》是六朝事迹。”

墨香道：“六朝的戏，昆腔《禅真逸史》《祝发记》，都是梁陈时代，梆子《云罗山》，皇帝是刘裕。这一出最是好笑，皇帝错斩大臣，满朝文武都辞官不做，皇帝亲自上门认错，求他们出山，古来就没那种事。何况宋武是个英雄，更惹不出这宗乱子来了，检直瞎聊，可是既栽上宋武，也得算是六朝的。”

子珩道：“连《因果报》算上，数出四出来了，六朝人材也还不弱，只戏台上六朝人毕竟少见。”

墨香摇头道：“不少。”

子珩道：“也不见多。”

墨香道：“请问所谓‘六朝’，是哪几个朝代？”

子珩省悟，哈哈大笑道：“不错，实在不止少数，还多得很。”

座上明白的也都点头，有那不明白之徒，少不得要问其底里，子珩道：“六朝是吴晋宋齐梁陈，东吴人物，戏台上差不多天天都有，因此说是不少。周公瑾、鲁子敬、诸葛子瑜、张子布、陆伯言、黄公覆，都可以算是六朝名人，只是跟三国搅在一处，人便分不清楚。”

一人道：“《南北史》才算六朝，怎么扯上吴晋？”

墨香道：“《南史》宋齐梁陈，不够六朝，若算上《北史》，又多出元魏、高齐、周、隋，不止六朝，凡说六朝的，专指在建康定都的帝王，从孙吴、东晋，直到陈后主，唐人许嵩作过一部别史，叫做《建康实录》，通为二十卷，便是专叙六朝兴亡。”

那人瞪着眼道：“墨香你太别扭了！张飞的表字是羽翼之‘翼’，你偏写作损益之‘益’；中牟放曹，明是陈宫，你偏说是杨原；蜀汉六将，关张赵马黄以外，加着一个老将严颜，与黄汉升是一对儿，你偏说是关张马黄赵，硬把常胜将军赵子龙挪在末一位；你又说张飞义释严颜以后，严颜没给刘玄德立功，你却竭力揄扬一个陈到，说他忠勇亚于赵云，可在蜀汉六将之列。我也看过金圣叹批的《三国志》，从‘宴桃园豪杰三结义’，一直看到‘降孙皓三分归一统’，通部一百二十回，并无陈到这个人。石广元、孟公威都是高士，才配与诸葛老先生做朋友，你偏说他日后做了曹家的官；参军王甫与周仓同守麦城，闻知关公父子归神，王甫坠城而死，周仓自刎而亡，你偏说周仓史无其名，王甫随先主征吴，死在秭归，难道一百二十回的《三国志》，不是史书？分明有周将军的名姓；孔明六出祁山，你偏说诸葛出师，止有五次，而且不都走祁山一路；周瑜度量最小，你偏说他量大；鲁肃忠厚有余，才干不足，你偏说他很有豪气。你最岂有此理的，是毁骂忠孝马孟起，硬说他不忠不孝。你谈《三国》，总要说陈寿，那陈寿是大将陈式之子，孔明斩了陈式，陈寿怀恨在心，作书痛骂孔明，你偏说陈式颇有将才，诸葛伐魏，不能得人家寸土，只有陈式夺了武都、阴平，功在魏延之上，是病死的，不是被杀，而且陈寿也不是他的后人，你太也不通大路了。你可知陈寿的书，被乾隆爷锁在四库里，不给人看了，你是从何处看见的？再说《三国志》是金圣叹批本，大家公认，你偏说是毛序始批的，谁不知圣叹因批《三国志》，得罪老爷，叫周仓把他斩了，何尝是毛序始手笔？再说古来就没有这么一个毛序始，分明是你捏造的。一部《三国志》，已经被你胡批乱讲，弄的七颠八倒，你怎么又把东吴扯到六朝里去？要知六朝是元魏、高齐、宇文周三朝在北，宋齐梁在南，连陈带隋都不算，你不要自作聪明。”墨香低头不答，劲闻、子珩忙用别话岔开。

少刻饭毕各散，回到家去，少不得各睡各的觉。正是：

槐香归枕席，世界到轩羲。

过了两天，墨香到子珩家小坐，仆人献上茶来，却是清茶，子珩道：“有人专喝红茶，有人专喝清茶，也如听戏，有人爱听昆腔，有人爱听乱弹，不能一律。”

正说着，又进来几个朋友，都是票房人材，少不得要谈戏的，一人道：“黄三唱张飞勾绿脸，真正别致。”

又一人道：“没有的话，黄三不挨那个骂，他勾的张飞脸谱，跟大路一般。咱们京里有座姑子庙，正殿南海圣主，前殿老爷，旁边周将军，脸是蓝色，蓝脸周仓倒有，绿脸张飞实无。”二人互相争辩，打将起来，便都走了。

子珩道：“不错，是有个蓝脸周仓，好像是在兵马司前街，只此二人肝火太旺，这又何必打架？”众人都笑了。

又闲谈了半晌，其中有个姓薛的，能拉胡琴，便叫墨香唱一段。

墨香道："我的唱工，不见甚好，你何必叫大家耳朵受罪。"

姓薛的道："你上台还唱一出，怎么在台下倒拿起乔来。"

墨香道："一定要我唱，咱们有言在先，我唱的难听，你可不准丢下胡琴逃跑。"

姓薛的道："古来没那么跑过，你唱西皮还是唱二黄？"

墨香道："随你的便，反正我是唱不好。"

姓薛的道："你真有胆子全敢蒙，我也不开西皮，我也不开二黄，你只给我唱一段《因果报》的反二黄何如？"

墨香道："巧了，我除了《因果报》，还是一句反二黄不唱。"

姓薛的从身上摘下胡琴道："我向来带着家伙，别人的我用不惯，我给你定软六字，再高一点，你准得拉屎无□。"于是拉起胡琴。

墨香唱完，姓薛的道："你倒懂得作眼。"

墨香道："不作眼就算没板，还唱个甚么劲儿。"

姓薛的道："你唱的笨，我的胡琴花梢，我往好听里带你，谁知带不过来。"

墨香道："一来我的耳音不好，听不出你拉的甚么巧着儿，我只能怎么学的，怎么唱；二来是你伺候我，不是我伺候你，若叫我去跟着胡琴爬，我是不干的，宁可唱的不很好听，不能叫你拿住我。"

姓薛的道："你真别扭。"

子珩道："说起'别扭'二字，我想起昨天的话来。你说的三国，似乎都有根据，还有人说你别扭。我记得《蜀志》张飞实是字益德，不［是］字翼德，唐人李义山的诗'益德冤魂终报主'，还没弄错，《朱子纲目》错写'身是张翼德也'，自此以后，十人九错了。关公本字长生，俗传本字寿长，也是错谬，好在后改云长，本来的表字，没人提起。杨戏《季汉辅臣赞》，实有陈到。又说王甫字国山，广汉郪人，为荆州议曹从事，随先主征吴，死节于秭归，都与你说的相符。《吴志·孙权传》，与关公同遇害的，是关平、赵累，果然没有周仓。关公手下之人，死于东吴的，在争三郡时，有中郎将袁龙，到得荆州失守，又有武陵从事樊伷，也是《吴志》与小注有的，樊伷并且名见《资治通鉴》。唐子西论潘濬降吴，砧斩樊伷，是为不知事君之道，却都把周仓搁起不提。《鲁肃传》，单刀聚会，座有一人曰：'夫土地者，惟德所在耳，何常之有？'不曾叙出此人名姓，《演义》便把这两句话，派在周仓口中，因此前人如金桧门作那《观剧诗》三十首，其中咏周仓的一首云：

抚士恩高史笔昭，漳乡同难亦何寥。

周仓名在传奇著，居里原邻豫让桥。

"近人皮锡瑞也有诗曰：

麦城殉难古无闻，从会单刀合是君。

土地何常归有德，能言公理只将军。

“许奉恩《里乘》说：吴亭之会，关圣麾下偏将，手持大刀，厉声责备鲁肃，定是周仓，也找不出真正凭据。看此诸家的话头，史无周仓可知，只怕周仓这个名姓，是由关汉卿《单刀会》杂剧而来。近日上海有个王姓，作了一部《三国演义考证》，虽然引的书籍不少，却犯了明代杨升庵的毛病，有些事迹，古书没有，是他编造出来闹着玩的。他看得世上不读古书的人太多，因此有这英雄欺人的笔墨，只王姓也不敢硬造出周仓名见汉晋古籍的话头，只给关公帐下造一无名壮士，影射周仓。也是因纪文达《滦阳消夏录》说周仓之名不见史传，王姓才绕着脖子，另用方法捏造，可算巧极。大约找周仓的出处，不能比关汉卿年代再远了。”

墨香道：“周仓名出《单刀会》杂剧，周耕崖《关帝事迹徵信编》，曾有此一说。孙玉堂《考古录》，直钞耕崖的文章，无怪我们湖北同乡杨惺吾对于玉堂颇有微词。现在关汉卿《单刀会》杂剧原本，已有人搜得印出。第一折，东吴君臣议事。第二折，鲁子敬去见司马德操问计，乱弹唱的《乔府求计》，便是因此敷演，只把司马徽改作乔玄，若考正史与《世说新语》，到这时节，二人已早死了。第三折，云长接东吴的书。第四折，单刀赴会的正文，也是没有周仓名字，耕崖的话似不确。只现在印的这一本《单刀会》，残缺没字的地方太多，或者周仓正在残阙脱佚的里面，我也不敢断定周耕崖弄错。耕崖又说宋人马远画《关公像》，旁边已有周仓侍立，此话确与不确，我也不敢下断语的。”

子珩道：“看书原应该这般，方不至于古人无差，我倒弄错了。只戏台《刀会》，据说是汉卿原文，却是有周仓的，难道不足为凭？”

墨香道：“戏台的这一出，虽是本之汉卿，只他们用的是《荆州赋》传奇零出，未必没有删改。他们戏中，诚然是有周仓，却不敢承认是汉卿原文。”

子珩道：“你考究三国事迹，甚是详细，正史杂传，小说曲子，都熟得很，无怪人说你是‘《三国志》专家’。”

墨香道：“‘专家’二字，我也不敢当。清人陈景云、杭世骏、赵一清、侯康、潘眉、沈钦韩、梁章钜、尚镕、章陶、汤承烈，与近来的杨晨、刘咸炘，才够《三国志》专家呢。我十岁在琉璃厂，买了一部金陵书局翻汲古阁板的陈寿《三国志》，十六岁在火神庙，买了一部张澍辑的《诸葛文集》，十五岁在昆相府，借了一部杭世骏《三国志补注》，十九岁买了一部周广业《关帝徵信编》，二十岁买了一部梁章钜《三国志旁证》，都看过了，便敢蒙事。”

子珩道：“明人廖道南《楚纪》、周圣楷《楚宝》，都说将军习珍，不降东吴，甘心为关帝殉难，古书无其人，恐与周仓一般。”

墨香道："不然。习将军名见《襄阳耆旧记》，此书是晋人习彦威所作，虽已散佚，宋初李昉撰的《太平御览》，四百十七卷引过的，比周仓可有根。"

子珩道："你说《御览》，把卷数告诉人作甚？"

墨香道："我为的叫人家容易察勘，方见我不是捏造冤人，与那作《三国演义考证》的不同。"

子珩道："《御览》部头太大，必须如此，若是少一点的书籍，也可不必。我记得陈宫是曹操部将，反投吕布，不曾作过中牟令，只《魏武本纪》，并无中牟令名姓，你说是杨原，出于何典？"

墨香道："杨原名见《魏志·任峻传》，他在中牟，正当董卓弄权，放曹操的定是杨原了。"

旁一人道："曹操可曾杀过吕伯奢一家？"

墨香道："实有其事，并且有刘备跟着曹操。"

子珩道："怎么这里头竟会羼上刘备？"要知曹操杀吕伯奢与先主何干，且看下回分解。

第五十五回　驳纸上谈　逢梦中友

话说赵子珩问到杀吕伯奢一案，怎么羼上刘玄德，墨香道："曹操路杀吕伯奢全家，陈寿一字不曾写的。六朝刘宋时，西乡侯河东裴松之，字世期，奉宋文帝诏，作《三国志》小注，遍引汉晋人杂史，添补陈寿遗漏事迹，开注家未有之列。虽然，唐人刘子玄作的《史通·补法篇》内，说他'喜聚异同，不加刊定，恣其击难，坐长烦芜'。只裴注语多可喜，也大有关于劝戒，即如赵顺平的功高有识，在关张以上，陈寿叙得甚略，幸得裴注补出。关公通《左氏春秋》，也是裴注的文章。赵宋司马光修《资治通鉴》，采的裴注就不少。现在戏上演的，《赵云截江》《空城计》，也是罗贯中按照裴注编入《演义》之内，又由《演义》转入戏曲。这吕伯奢的事，也出在裴注里面。裴世期记这一段，引了三部书：一是王沈《魏书》，说伯奢之子打劫曹操，被曹操杀死；二是郭颁《世语》，三是孙盛《杂记》，都说曹操疑心忒大，错杀吕家，与戏中大致相同，只都不曾说是连伯奢一齐杀掉。孙盛记曹操的两句话，是'宁我负人，无人负我'，小说戏曲也都有的，只改成'宁可我负天下人，不叫天下人来负我'，不及孙盛原文老练，用意却是相同，与《演义》记周仓对鲁肃云'土地惟有德者居之，岂必东吴所有耶'，是一路笔墨，都是用正史文字，稍加润色。"

子珩道："说了半天，仍与汉昭烈无干。"

墨香道："这就要在无字句处读书了。王沈《魏书》：曹操到吕家时，有数骑相从；《蜀志·先主传》，裴注引《英雄记》：刘备与曹操俱还沛国，起兵讨董卓。两处记载，汇在一处，仔细推敲，从曹操的'数骑'，定有刘备在内了。"

子珩道："虽未尽然，倒比《演义》说的陈宫，有些凭据。"

那人笑道："既有玄德，必有关张，依我看来，老瞒奸雄，人很仔细，张桓侯性如烈火，杀吕氏八口，未必不是三老子干出来的。"

子珩道："这也是'莫须有'，然而存此一说，倒也醒脾。张飞杀吕伯奢全家，闻所未闻，只编了戏，又费一个花脸。”

墨香道：“史书本就不真，既如曹操杀吕家的人，王沈、郭颁叙的不同。当日王郭两个大约都没出世，并不曾眼见，不过各据所闻，笔之于书，只成纸上虚伪之谈。若问实在情形，王沈、郭颁也是不得知晓。”

旁有一人道：“你方才说，习珍名见《太平御览》，你家文恪公笔记里是有的，只《单刀会》、陈寿《吴志》与裴松之小注引的韦昭《吴书》，话头不很一样，不知又是何道理？”

墨香道：“韦昭是东吴之臣，便尽量骂刘玄德，陈寿生于蜀地，又作过刘家的官，便把‘愆德堕好’一切言语，都给减去。只关公说的‘乌林之役，刘将军亲在行间，寝不脱介，戮力破贼’一段，是刘家应得荆州的理由，而且是韦昭记出来的，足见天下事难逃公论，陈寿既袒护玄德，这却应该载入。到了清朝，朱轼、蔡世远、张江修《历代名臣传》，《关公传》内，收此数言，不为没理。元朝的文士们，关汉卿姓关，刘宣化姓刘，一个作《关大王独赴单刀会》杂剧，一个作《三国策》，各护各的远本家。又写得云长十分英雄，骂得鲁子敬不成个东西。李渔是浙人，在三国正是吴地，因此又作《小江东》传奇，替子敬出气。依我看来，只怕都信不得，不过流传既久，谈起三国故事，不能不说当日有此单刀赴会罢了。专信《演义》杂剧，诚然孤陋寡闻，专信正史，也未免迂拘，焦弱侯《关公传》，采用刘宣化是□题格，未可厚非的。”

子珩道：“畅论确论。只你说石广元作了魏臣，此事我倒记得。《蜀志·诸葛亮列传》，裴松之的小注，引鱼豢《魏略》，叙那徐庶生平，诸葛随刘先主而去，徐庶、石韬都入曹营，石韬即是广元。你又说孟公威也降了曹操，我可不能记忆是出在哪一篇传记里面了。”

墨香道：“公威唤作孟健，事在《魏志·温恢传》。石韬、孟建不过功名之士，并无庞德公与司马德操的高节，只因是卧龙之友，小说就把他胡乱恭维。又如孔明得妇，只娶阿承丑女，近来荀慧生、王又宸在上海唱《诸葛亮招亲》，竟把黄夫人改成绝色美人，与此事同一例。即如关平、关兴、马岱、张苞，史书寥寥数言，都是因父兄而成名，受人赞美。关平在唐宋□称为‘关三郎’，香火还在关公以上。范摅《云溪友议》、张商英《玉泉庙碑》，都说过的。只马纬云《唐代丛书》的《云溪友议》，却无此条，须看卢雅雨刻本。古人身后千年，白骨已朽，毁誉是非，付之后人，爱怎么说就怎么说，岂不可叹。”说了一回，大家各散。正是：

作者本为虚幻，看官可免拘牵。

古人未必情愿，大谎何妨瞒天。

墨香到家，翻了一翻抽屉里的乱纸，却翻出自己作的一篇《周仓考》来。周仓的事迹，觉罗石麟《山西通志》、刘沅《史存》，都曾采入，墨香也都引作证据。又引着纪晓岚的话，道是元人鲁贞《汉寿亭侯庙碑》，已有周仓之名，只鲁贞的原文，不曾见过，心甚闷闷。后来墨香有个内侄万鸿年，在某图书馆中，访着鲁贞的《桐山老农集》，借了出来，送给墨香看了，墨香便把这篇文字钞将下来了。他赞颂关爷的话头，是元明人都曾说的，没甚新奇。其词曰：

和州李侯为开化之九月，令行禁止，百里之内，恩威兼济，囹圄生尘，人复旧业，百废并举，于是始作武安王庙于县之东。隆栋凌空，飞檐缭雾，高堂爽垲，二亭对峙。西曰三义，所以明神之与刘张友善也；东曰一览，所以览山川之胜也。庙之两旁，翼以屋二间，庙之后，种桑百株，开田五亩，命邻人收其岁入，以为朝夕香灯之资。神像既设，俨然若临，工不及民，费必己出。求记于予，余闻君子之用其勇也，有义存焉。视敌国若匹夫，刀剑如林，直前而不顾，可谓勇矣。委身于人，择其可事者而事之，所谓义也。东汉之末，天下大乱，豪杰并起，曹操最强，孙权次之。蜀之先主，屡战屡败，孰不以为不如曹与孙也。故荀彧、司马懿、周瑜、吕蒙之徒，委身事之，为致其勇，英雄之见则不同，若关张氏是也。关张之意，以为大丈夫不出则已，出则必择其主，苟非其主而事，是不义也。曹操汉之逆贼也，孙权汉之叛臣也，彼荀马周吕之徒，以之为主而致其勇，而不知事非其主之为非义也。先主虽弱，事之则中兴汉室，岂非义哉？此其所见甚大，而非荀马周吕之徒之所及也。神姓关，字云长，河东解人也。与涿郡张飞从先主于平原，寝则同床，恩若兄弟，稠人广坐中，侍立终日，相与周旋，不避艰险。守下邳，为操所擒，杀颜良于万人中以报操。复归先主，攻襄阳，威震华夏，操欲迁都以避其锐。其为勇也，其为义也，视荀马周吕之徒，何啻神龙之与蝘蜓也，蜀人往往立庙以祀之。宋祥符七年，解州盐池水干，召龙虎山张天师治之。天师符神往，数日盐池水赤，神斩蛟，持其首，出水中，盐池复故。诏立庙坚泉山，赐额曰义勇，封武安王。兹土每遇盗贼临境，水旱疾疫，祷辄应。惟神生而义勇，没而为神，助国救民义也，斩盐池蛟勇也，惟义与勇，死生以之，其庙食也宜哉。今李侯之立庙，岂曰为神，亦所以为民也。侯名大芳，字名远，和州人，廉而明，刚而决，故能为政如前所云。既论其事，复作迎送神词，使歌以祀神。歌曰：

东风兮吹雨，芳草兮靃靡。极目兮千里，思夫人兮信美。设芳馨兮以俟，登平皋兮远望。驰情兮浩荡，髯未来兮何所，聊踌躇兮延竚，髯之来兮变阴阳。兰佩下兮桂旗扬，乘赤兔兮从周仓。据金鞍兮以腾骧，击鼓兮其彭。考钟兮其镗，五音奏兮铿锵。玉盏兮琼浆，牲牢兮毕张。币帛兮盈筐，盍将进兮中堂，神之享兮降康。（右送神）

会中兮享灵修，幨剡兮淹留。折桂枝兮山阿，采杜蘅兮中州。冀少延兮龙辀，睠兹土兮夷犹。灏气兮四浮，神倏返兮白雾收。令险路兮无颇，使风波兮安流。表高举兮山之上，祯祥纷兮而来下。云霏霏兮承宇，电闪闪兮旁午。轰雷兮迭怒，降甘霖兮膏黍。稌岁既成兮神之功，仰灵佑兮冲融。（右送神）

墨香得见此文，还得十余年，不是此刻的事，预先叙出，也是小说旧有之例。这一篇文人作正经文字，说到周仓，最古的了，周仓是戏中人，才录入《活人大戏》。正是：

事亦有因由，文非无断限。

墨香看过桐山老农的文字，又隔了一年，有人得着钱曾家里的《单刀会》杂剧全本，其中果有周仓名姓，墨香道："早是不曾直说周耕崖弄错，只存了个疑案，如今有这证见，究竟耕崖眼界宽，是没说错的。这考据之学，可太不容易，原来周仓仍是出在关汉卿《单刀会》里。"

有人听了道："钱家这本，跟那残本的穿插字句，不很一样，或者残本是没周仓，也未可知。"

墨香道："罢了，已经闹得头晕眼昏，不必再追求了，只怕越追越远，越求越深，越发糊涂，为了一个周将军，太费了事。"那人方不再言。这更是后话，搁下不题。

翻回来再讲墨香由赵家回来，又过一日，有个朋友约墨香到鲜鱼口，去看程玉霜的戏，玉霜仍按旧规，是白天演唱。墨香同那朋友，两点钟进了戏园，买了座位，一同坐下，场上恰是老旦李多奎的《望儿楼》，多奎调门甚高，那配李渊的，是八十岁的刘景然。他年轻时候就不吃高调门，四喜龙长胜唱《让成都》《伐东吴》，总是沈三或王四来刘先主，景然上去，就有哈哈，如今老了，更叫不行，一句也没在调里。这一出完，是武生周瑞安的《莲花湖》，底下是贯大元、郭仲衡的《战长沙》。大元扮的黄忠，带刀抢背，倒还玲珑，似在李五之上，此外不见十分精彩，只比仲衡的老爷还强得太多，仲衡检直可以说是不会。

正唱得热闹，那边有人向墨香点头招呼，墨香也向他欠了欠身。看他面目甚熟，又带几分女气，一时想不起他姓名，却敢断他是个旦脚，并且决是票友，与自己同行同伙，不是戏班人物。《战长沙》完，玉霜唱了出《玉堂春》，戏便打住。墨香同那朋友到煤市桥天成居吃饭，又遇着那个人，彼此一笑，各吃各的，并未交谈，只听他对人道："那边坐的是挨刀旦陈墨香，也是个母的。"墨香看了他一眼。

饭毕归家，长春科徒张小山同他教的那花脸票友来了，那票友递过一个本子道："小弟改的《因果报》，又改了一次，请老兄过目。"

墨香接过看时，他把孟瑞云墓中生太子，改成郗后的梦境，郗后变蟒，也改成梁武帝梦里的故事，却用志公说出"大地山河，皆由心造"佛家的妙理，倒是改得高超。正是：

陈义太嫌高妙，众人都费推敲。

虽然不背佛教，看去有同訾赘。

墨香道："改得不错。只应赴庸僧和斋公们，是不喜这一说的。"

那票友道："从前就说这出的陈桂香，不易找人，如今经这一改，更加麻烦，然而我已有人了。"当下辞去。

次日，在他家约了一桌饭，商量这出《因果报》，墨香自然在被约之列，只昨天戏园见的那个人，也在座间。墨香陡的想起，他是京西某票房的一个青衣旦，他常在京登台，彼此见过无数回了。那年梦见到他们票房走局，还在梦中与他相见，只他不晓得罢了。不料今日大晴白天，又和他凑在一处。

墨香在饭桌上道："这一出，我猜着一个哑谜，不知是与不是。"

那花脸道："愿闻。"

墨香道："我虽久唱《买糕干》，你们今番定不派我的孟瑞云。"

那花脸道："老哥真正高明，这一猜被你猜着了也。"

墨香道："这是明摆着的事。我在票房里不占超特一的地位，费了半天气力，要叫我扮了戏胆，谁也不干。"

那花脸道："去年新买的小妾，很爱唱着玩，孟瑞云她想唱的，还要求老哥给她下刮。"

墨香道："客气。如夫人想必唱得甚好，大约我连苗凤英都不够。这位京西票友，比我年轻，而且素唱正脚，一定是他，我大半是来郗后。"

那花脸摇头道："这可猜错了。这位京西老弟，已经说好了，他来郗后的，苗凤英另有一个小妾，我本身反串老生，来个梁武皇帝，奉求大哥赏脸捧场，来一个陈桂香。"

张小山抢过来道："这个脚色，非常要紧，非大爷不可。"

墨香笑道："你们似乎欺人太甚。"

那花脸道："大哥，我们可不敢。实在因为陈桂香，不是好吃的馍馍，没资格不行，才冒昧请大哥劳音。大哥说出此言，岂不罪杀小弟。"说着站起作揖，又请了一个安。

旁有一人道："这陈桂香又披发，又挨刀，正对你的工，而且陈桂香、陈墨香，只差一个字，天然是你的活儿，你不必推辞。"

墨香道："这是我平常作成的行市，我已吃了你的饭，你又看得这个脚色郑重，我反正是哄着玩，向不闹习气。我说你欺人，是句笑话，你不必介意，我来陈桂香就是。"那花脸大喜，再三致谢。

饭已吃饱，取出单本，墨香带回，看了半夜道："这出若不如此一删，莫说票友，连戏班都排不起来的，原本的毛病，只是笨重不灵。"

第二天，去站地方，对介口，又吃了一顿。第三天，便是演唱正期，大家齐集，同吃过晚饭，在后台又彼此研究一番，眼看已到戏码，各自扮戏登场。

先是梁武帝升殿，与群臣商量去征北魏，退殿下去。四宫女、孟瑞云上来，梁武帝驾临，别宫出征，瑞云说出身怀六甲的话，武帝走后，郗后派陈桂香来到，墨香方才登台。只见墨香戴一顶软翅纱帽，露着鬓角，擦粉涂脂，穿件淡青女官衣，系着软玉带，下面白裙，足下踩跷，是一个宫中女官打扮，画儿上面是常有的。见了瑞云，行礼叩头，传郗后之命，今年皇后生辰，因瑞云有孕，免其往贺。瑞云打发桂香回去，苗凤英来了。瑞云是东宫，凤英是西宫，一样的嫔妃，见面平起平坐。瑞云说出皇后旨意，若说不去，又怕她说自己骄傲，若果前往，定要说是抗旨，进退为难，凤英也无计可施，二人分手，这一段就算交代。

早见四宫女，陈桂香（墨香饰）引皇后出来坐定，道是今日已是生辰，桂香云："启奏娘娘，前月圣上出兵，奴婢定好计策，无论如何，今日定害孟瑞云性命，她来与不来，都有罪名，娘娘不可轻恕。"皇后连说："你真是我的知心。"说话间，凤英前来祝寿，却不曾见瑞云，郗后命陈桂香捉瑞云问罪。瑞云披发青衣，跪来求饶，凤英也替讲情。皇后还在犹豫，桂香云："娘娘，捉虎易纵虎难，娘娘要有刚断。"瑞云云："宫中无有斩妃剑。"桂香云："杀人只在绞练亭。"皇后即命把瑞云绞决，武士暗上，推了下去，皇后命桂香监刑，凤英讨祭，皇后应允，同入后台。上一个小花脸扮的太监，提着一壶酒，说："这里头有蒙汗药，且到法场，灌醉陈桂香，纵然救不了孟娘娘，也让她多活一会儿。"他说完，旁边一站。四武士引着桂香出来，纱帽上加绣花红风帽，官衣上加斗篷，监斩官的扮相。大模大样，昂然高坐，好似只许陈桂香杀人，不许人杀陈桂香的一般。桂香威风凛凛，坐在大边，中间摆那绞练亭的切末。太监献酒，陈桂香饮毕昏迷，伏案而睡。太监扶出瑞云，恰好凤英赶来祭奠，瑞云生下太子，凤英命太监抱出宫去躲避。武士都是武帝擢用，本不服皇后，谁也不来拦阻，任那太监逃走，凤英也回了宫。桂香酒醒，绞死瑞云，前台女客大半流泪。桂香命把尸骸抛弃，自己去回复皇后，当场见皇后缴旨退出。

皇后入帐安寝，帐子扯在中场，上梦神，引皇后出帐，站在下场外角桌上，望见送子娘娘，由上场前来送子。瑞云阴魂由下场上，演出墓中生子之状，送子娘娘归位，瑞云也下。皇后唱几句，跳韦驮，瑞云又上表白，说出自身无乳，去买糕干，唱反二黄。当场见糕干铺掌柜，现出鬼形，两边分入场。皇后下桌，做出惊讶神情，大叫"桂香何在？"桂香散着头发，身穿小袄，拿刀来杀皇后，吓得皇后躲入帐中，桂香往后台一溜。皇后梦醒，猜疑半晌，这一场又完。上那太监，换了罗帽海青，抱着太子，正没去处，两只狼，一雄一雌，把太监、太子拖往狼窝，却不伤害，雌狼还给太子乳吃，太监有些滑稽话头，并骂陈桂香连狼都不如。他是小花脸，百无禁忌，索性不说"陈桂香"，检直骂起"毒心恶妇陈墨香"来了，用的台下姓名，可也凑巧，只差了一个字，现成而又自然。他君臣在狼窝暂居。四宫女引郗后上，宣召桂香问话。桂香大头，戴花，穿帔，前来朝见，给皇后圆梦。人报太监逃跑，桂香奏说苗妃恐有情弊，皇后命桂香捉到凤英审问，凤英披发大骂，皇后又用桂香的毒计，把凤英乱箭射死，前台更是怜惜，也骂得桂香更甚。皇后当场得病，扶着下去，墨香背工云："且待万岁回朝，我先替二位娘娘申冤，以保自身无祸，一切阴谋，我都推在郗氏身上。"前台听到此处，更恨桂香入骨。

这一节事交代，便演那梁武帝得胜班师，雄狼犯跸，引入狼窝，遇着太监，得回太子，武帝把二狼加封，携子回朝。底下是皇后病房，也是青衣披发，武帝来问孟妃何在，皇后正在支吾，桂香鬓旁垂着散发一绺，青衣腰裙，来给二妃申理冤枉，武帝方知苗妃之祸。桂香口如悬河，说皇后狠妒，一大段科白，颇不好念。皇后一怒，呜呼哀哉。太监仍穿内臣服色，到武帝驾前，证出陈家贱婢的奸险。武帝命武士拿去收监，且待改葬二妃之日，把这贱人碎尸万段，以祭亡灵，大家同下。上工部官员，去修皇后并二妃坟墓，皇后另葬，却把二妃埋在一处。两边执事，对抄个过场，三个小黄帐子，算是棺罩灵柩，也是对抄，再上刑部官员，奉旨处决陈桂香。待他下去，一棒锣响，墨香披散头发，脸上抹了油黑，穿着女罪衣罪裤，倒背绑着，插了白纸斩条，骑着木驴，被那些碎催扮的刽子差役，推了出来，竟自要杀陈桂香了。墨香低了头，散发前垂遮脸，做出要挨剐的可怜模样，凡那绞孟瑞云、射苗凤英，两次的威风，一旦扫地。刽子等又持刀威吓，做出要宰这女人的神情。前台已恨透这个恶女，都嚷“快开刀罢！别饶了这个贱丫头！”墨香暗想：“这一出可真不该唱，敢则这么没人缘。”

到得中场，大家把墨香扶下木驴，刑部官员由下场走出，大叫：“陈桂香，快些谢恩领死！”墨香面向外跪云：“死罪贱妾陈桂香，叩谢万岁天恩，愿吾皇万岁万万岁。”带哭连喊，起了牌子。墨香洒着散发，叩头已毕，被他们推入下场门内，起了击鼓锣，就算剐讫。前台拍手称快，都说：“该杀！可惜太晚了！”

下边一场，是武帝哭坟入梦，墨香知道陈桂香梦里有事，忙挂了白纸鬼发，脱下罪衣罪裤，换了画着刀痕血迹的白布裤袄，脸涂血彩，在后台等候。武帝第一梦，是郗后变蟒。第二梦，是鬼卒押了桂香戴锁上去，洒发叩头，押往地狱受罪。第三梦，是二妃仙妆现相，许多童子跳莲花灯。武帝梦醒，请出志公，说法点化，这一出算完。

《因果报》大约是用的宣卷的材料，可算是十足迷信的玩艺，如今改成一种哲理派，这动笔人，心思不差。只这戏名好似专指陈桂香挨剐而言，因此给她加了分量，只互相比较，仍是瑞云最讨俏，凤英次之。郗后已经是个配脚，更不必说挨刀旦了，她的俏头，虽也不少，只是招骂。

此刻墨香已早卸了妆，同那京西青衣坐着歇息。墨香把从前梦见到他那里的话说了一遍，那个青衣道：“那虽然是梦，今天却是真。”

墨香笑道：“今天唱过，便归乌有，也可以算做梦的。”

那青衣点头道：“一些不错。昔日渔丈唤伍子胥是芦中人，我们可以彼此唤作梦中人了。”正是：

世事原如梦，人情未必真。
相逢只一笑，俱是梦中人。

要知二人怎样出这后台，且看下回分解。

第五十六回 青云阁品茶 留香馆赴席

话说墨香唱过那一出大删大改、全失原意的《因果报》，主人道谢，不消细表，那京西青衣便与墨香一同走出。

那青衣道："您猜怎么着，要真派我一个陈桂香，我是真来不了。"墨香一笑未答，各自回家。

次日，瞿兆僧约墨香到前门吃了一回小馆。吃毕，同走到大栅栏西头，墨香往西，进了观音寺的东边路口，兆僧往北而去。正是：

大路有歧途，各人寻去处。

墨香信步走至青云阁，便跨将进去，在书摊子上看了半晌，见有一部缪莲仙选的《文章游戏》，问过价目，不甚昂贵，便出钱买了。又顺手买了一部《邯郸梦》，是臧晋叔刻的《六十种曲》的零种。口中焦渴，顺着扶梯上楼，在茶座内坐定。

茶博士问道："您带了茶叶没有？给您泡上。"

墨香道："我没带茶叶，就用你们的茶叶罢。"

茶博士道："您还是喝龙井，还是喝香片？"

墨香道："我喝香片。"

茶博士便去泡了些香片，端将来，墨香一面喝着，一面展开《文章游戏》翻阅，暗想：这部书，我小时在我从伯父润生公家见过的。我家有几个作骈文的，是我的弟兄，我另有一位从兄质甫，看了笑着说："他们都是《文章游戏》的门弟子。"这句话，把那几个骈文家说得甚为减色。要知缪莲仙选的文字，虽有风趣，文格却不甚高，落入这一部书的窠臼，就算砸了。

这里头还有些游戏的时文，我记得族兄柷方，曾对亲族们说："作时文与唱戏无异。唱戏是替古人说话，时文也是替古人说话。只唱戏还与说平话小说、唱鼓棒词，是一个格式，一半是拟古，一半是后人口吻。故此唱戏的，男人可以自夸才华，女人可以自夸容貌，英雄可以自夸威武，小人可以自命奸顽。不过小说弹词，界限划得清楚，古人自是古人，后人自是后人。唱戏的穿了古人衣冠，又替后人说起话来，一般台下的拘泥朋友，就要摘毛。即如《华容道》，云长出台引子，张嘴就是'亘古英雄'，《战长沙》张嘴就是'义气冲霄汉'，《失街亭》孔明嘴里有一句'两代贤臣'，都不免招人指摘。虽是这些人没闹清戏的体裁，是后人演说古人，他扮成古人模样，是与小说、画像、绘图一宗用意，不是他们便算古人，却是这个体裁，实不算甚好，才招出碎豁来，不能专怨人家拘泥。至于时文可就没此弊病了，一句后人口气，是不准有的。若把时文与戏来比较，似乎场中作时文易，台上唱戏难。场中时文只给试官看，试官不论如何，总是学过时文的，是个行家。戏是唱给千万人看的，十成之中，又有九成九没学过戏，试官还有时走眼，屈抑真才。即如某相国做修撰的时候，分房校阅，点错了士子的文章句读，批了'不通'二字，打在落卷里面。那士子榜上无名，设法领出落卷一看，心中大怒，带了落卷，闹到修撰宅中，捉住他，用戒尺打他的手心，说：'难为你中过状元，连我的文章，都点破了句，你说我不通，你才真不通呢，你这状元是怎么蒙来的。'打得修撰磕头认错，送了好几百银子，才算拉倒，算留了个大笑柄。何况看戏人都没坐科学戏，更不好伺候了。我们作时文的，究竟比唱戏人好办，总算货卖识家，不像唱戏的得卖给不识货的看。"这都是已故族兄枧方大令的议论。仔细想来，实在不差。

又记得有个族侄叫做宽佑，是个秀才，听了我这位老兄的话，便笑着说："大叔拿时文比唱戏，诚然比得不错。只我们作时文的，生净丑都唱，只差不唱旦脚。"

我那位枧方兄说："不然。若作《孟子·齐人章》'讪其良人'的题目，也得摹妇女语气，与旦脚是一条路。"若这样看时，我陈墨香十几年在票房之内，也不过作了篇"讪其良人"的时文，原没甚可笑。正是：

作文尚有妇人气，演戏何妨女子腔。

墨香正在翻书，只听得隔座有人道："我不懂你们唱戏，为甚么要讲派别。"

又一人答道："我们是学内行的玩艺，要没有派别，就有人笑我们是票友羊闹、学问没根了。"

墨香急抛下书本看时，先说话的是个老者，后答言的就是《因果报》扮郗后的那个京西票友。

只听那老者道："你错极了。你们学戏班玩艺，只能学人家的规矩，不必摹仿一个名脚，顶某派老生、某派青衣花旦的招牌。即如你在京西玩票，你们票房的几位有派别的，你看他们糟到甚么田地了，你何必再学派别。"正是：

做人须看千秋鉴，求学莫抱一先生。

又听那老者道:“你们学那一派,就算把那一派骂苦,人家好脚们并不愿有你们这宗徒弟。”

那票友道:“此话怎讲?”

老者道:“你们学派别的几位,我都看过。你是唱旦的,且待我先由旦脚说起。学王瑶卿的不过是用鼻音念话白,走起来成心要胸脯微挺,腰却略弯。我见过一个唱《十三妹》的,一着一式,全是瑶卿的稿子,只浑身的劲头,都与瑶卿两样,越看越不像瑶卿,这便是骂瑶卿,真比指着他的脸当面骂他一顿,还要利害。还有学梅畹华的,偏着脑袋,歪着胯骨,举着手,比着一个小忘八形儿,彆横了嗓子,故意叫他逢高不起,这就是骂畹华。学尚绮霞的,指手画脚,连窜带迸,检直的要飞,非拿鸡罩扣住不可,这就是骂绮霞。学程玉霜的,十有九个唱起来惶调,眉毛在满脸上跑。并且还有学那在上海的荀慧生的,都低着脑袋翻白眼,出台用手摸头上的花,横着身子走路,这把程荀二人也就骂苦。不过慧生的那一派,现在除了你们票房的南方朋友,京票学他的还少,梅程两派最多。你们可真骂苦了他们好脚了,因此我才说他们不愿有这宗徒弟。俗语说‘一个徒弟一只狼’,你们闹成‘一个徒弟一只狗’,你们急早少拿‘某派名票’四个字吓人,我真替你们肉麻。”那老者说完,哈哈大笑,那票友竟不敢辩驳,看那神情,一定是他的长辈。这老者的话,虽则太不留余地,却能说透派别的弊病。正是:

万事当求神髓,百般莫效皮毛。

那老者说得够了,要了一盘萝葡饼,吃毕,那票友付过钱,老者笑道:“我虽然扰了你的点心,茶钱也归你给,只茶叶是我的,你却不晓得。我这茶叶是上好雪萝,在前□十年,价目就不便宜,如今更了也了不得,贵的不像话,合算起来,你还拐着我的。”那票友诺诺连声,老者已经起身下楼而去。

那票友回头看见墨香,便走过来笑道:“我跟陈先生可算有缘,又遇见了,只我还没请教,您府上现在哪条街上。”

墨香道:“我住在棉花五条。”

那票友道:“改日到府请安,恕不奉陪。”便也下了楼。

墨香又坐了片刻,也把茶钱付清,拿着书离了青云阁。回到家中,睡了一夜。次日吃过午饭,坐在房里,又看《文章游戏》,早看见施美斯作的《妆楼记》,叙的刘金锭故事。据他这篇文字,刘金锭的丈夫,虽是姓高,却非高琼,这个老高,是周将赵匡胤的部曲。赵匡胤清流关之战,已被南唐兵打败,幸得刘金锭率众来救,才转败为胜,擒了南唐大将皇甫晖、姚凤。只金锭是战死了,后人敬其义勇,才把她的妆楼,算作古迹,施美斯才有这篇记文。

墨香暗想：不错。宋人王铚作了一部《默记》，是说太祖清流关，先打败仗，因用赵普之谋，方能破敌。大约出主意的是赵学究，卖力气的是刘小姐，两说倒是不相违背。刘姑娘立此大功，正史一字不题，如今她的名姓，不但未曾湮没，而且妇孺皆知，实在是小说、戏曲之力。甚么《盛世宏图》，甚么《下南唐》，甚么《双锁山》，甚么《杀四门》，甚么《竹林计》，都替刘姑娘极力铺张，连耍皮影的，还有出《五毒法》呢，也演的是刘金锭，这位刘小姐做了戏中人，才出的名。只我曾见过一本《阴魂阵》的鼓词，说是金砖打死刘金锭，与施美斯的话竟自相符。各说部写金锭成仙，不过是《补天石》一路心思。

墨香坐着看书，时当盛暑，好热的天气，只因心静，便不甚烦躁。正是：

何以消烦暑，端居一院中。
眼前无长物，窗下有清风。
热散由心静，凉生为室空。
此时身自得，难更与人同。

墨香正在看书，张慕蝶来了，拉墨香到公园，逛了半天，方才回来。墨香将到家，早接到一封小柬，拆开一看，原来是荀慧生约明日下午六点钟，在棉花二条本宅便饭。墨香笑道："运气来了，城墙也挡不住。我正为了《马上缘》的行头，想去找慧生，不料慧生竟来约我，天从人愿，这倒巧得很。这一次，张家堂会我是穿定了荀老二的行头了。"

咳，我这些日子对于走票唱戏，久已冷淡，从前是十分兴头，如今只剩五分。但是仔细一想，我做的事，那些头巾气重的老先生们自然是瞧我不起，要骂我甘心下流。好笑我幼为书生，长做官僚，死乞白赖，往戏曲里面伸腿，而且须眉男子，偏要假充妇女，擦粉梳髻，满口"奴家""妾身"，更兼不专唱贞洁的人儿。有时在台上自居淫妇，还是极没才具，每逢犯奸，必遭杀身大祸，装出许多肉麻的神态。演到《也是斋》《翠屏山》等类的戏文，末了的那一场，总是我披发毁容，磕头如捣蒜，人家毕竟不饶，定要把淫妇杀掉。二本《虹霓关》死在负心郎王伯当之手，戏样儿大变，只我披发短衣，满台翻跌，也是一般。我改编的《错杀妻》，也是这一道汤，可是戏样儿更不好。我在那一出里，没露面，先上小花脸的当，通戏我除了趟，就是跪，不站不坐不走，叫丈夫杀了，还揪着我的散发耍脑袋，真不成体统。《造蚕盆》，虽是另一工，跟这些不可同日而语，只跑了半出宫女，又闹了个蛇钻七窍。那唱桀王的票友，这一出是真有瘾，来了十一次北京，唱了九次，还有时连演三天，我真叫长虫钻够了，我的戏瘾真过得太妙。全本《乌盆记》的赵娘子、《因果报》的陈桂香、《钓金龟》的王氏，台上受刑，台下挨骂，更不合算。只便宜我的跟人，我一钱不要，给人家白唱，这些戏他都足赚黑钱。我学的玩艺真不高超，枉落下"嫂子我""披发旦""挨刀旦"的头衔，我倒底图些甚么。古人云：名教中自有乐地，何必乃尔。似乎说的就是我了，只我也有我的是处，不能一笔抹倒。一来我不受境遇的拘管，一个念书做官人，说声要往旦脚里面去钻，任你甚么阻碍，我都不管，我是真有□气。二来我真肯认□，甚么苦都耐得住，甚么气都按得下，反正我得学玩艺。明朝唐文恪公说得好：越读书，越不中，唐皋其如命何；越不中，越读书，命其如唐皋何。我也是如此，凡是一个人，生在世上，想去求一宗学问，只要耐烦，无不成功。三来我能看得贵贱男女一切平等，流俗毁誉，不足为凭，才肯这般的做将下去。我自唱旦以来，有七八不是，只这三分，却自信是不差的。正是：

可怜此道人皆见，但要修行功用深。

当下墨香心如野马，想了半天，已到夜十点钟了，脱衣上床去睡。次日下午，往慧生家中而来。他那里请的客，一个是曹心泉，一个是吴菱仙，一个是先唱花旦，现改小生，跟慧生屡赴上海的陈桐云，一个是慧生的朋友，从上海跟到京中的杨心词。他是无锡人氏，他的老翁，是光绪乙亥举人，与万太史是乡闱同年，只万太史是北闱，杨老翁是南闱，不同榜罢了。心词诗词歌赋，词章之学，比墨香差不多少，不算十分当行，只也颇懂考据。与宁波沙抱一，都在上海某银行做事，因看慧生的戏，着了迷，钻头觅缝，都和慧生交了朋友。此番慧生北还，沙抱一有要紧事务留在上海，不能同行，只杨心词一人随着慧生往北京来了。墨香先也不知，此刻心词自己说出，墨香方才明白。然而心词只说的家世来历，至于他的学问，是异日考验出来，不是他自己说的。吴菱仙与墨香多年不见，少不得要谈林四爷昔日之事。

杨心词替慧生招呼了一切，居然是半个主人，慧生笑道："杨仁兄竟是我的忙子。"心词也点头承认，面上并无怒色。

墨香因此不觉又发了一个感慨，口中不言，心中暗想：人家与慧生便交得如此容易，又弄得十分亲热，我和那王瑶卿，同住一城，怎么二十余年还互相隔膜，来往得甚不亲密？哦，我晓得了。一来我着的台上瑶卿的迷，不必台下亲热，只时常看他上台便已满意。二来是当初我还做官，一般老先生们深以与伶人交游为耻，我被他们掣肘，不敢公然去找瑶卿。他的名望太大，不比二路脚色，可以私相往来，不至于招摇，可以瞒得老先生们的耳目，惹不出闲话。三来待我做了票中旦脚，瑶卿那里票友不少，却有几个气量褊窄的，只许他与名脚亲近，不准旁人向前，我怕惹闲气，又不敢去。有这三层原故，我才跟瑶卿老弄不到一块儿，只是淡焉漠焉。话虽如此，总是我过于畏葸，不及心词等做事有魄力，才与瑶卿久相疏阔。然而越交得难，倘若订交，必然长远，我交瑶卿，自有日期，如今也不必放在心上，当下入座吃饭。

吴菱仙说出慧生要跟他研究唱腔，凡以前所会的，都要下刮，不会的补学，墨香方知慧生请菱仙之意。菱仙道："梅大爷是我开蒙，现在成了戏班首领。荀老板因我有这么一个好门生，才肯赏我的脸，也跟我学习。"

心泉道："兰芳真有天料，只底子打得不好，嘴里字眼太欠讲究。瑶卿嘴里就不行，兰芳更差，慧生更不用题了，侉的利害，倒得仔细摆治。不过教不好别人的教习，也休想教好慧生。倒是凤卿的少子幼卿，小时唱老生，现在改了青衫子，还没出台，嘴里很不错，比名脚强些。"

菱仙一听，连他也碎豁在内，只心泉嘴里是真有一下子，怕吃眼前亏，没有言语，大家也都没回答。正是：

迂哉老曹，持论过高。

莫与争辩，且为老饕。

记得陆放翁诗云：

尔来世俗好变古，凿空饰诈无根株。

愀然抚几三叹息，力薄抱恨何由祛。

曹心泉的心事，若往好处一边说，也就是如此罢了。

不多时，大家酒足饭饱，心泉、菱仙都先告辞而去，这里墨香、心词、慧生还坐着闲谈。

心词道："心泉同我们在上海，我与他天天相见，他一个梨园中人，倒很能读书。"

墨香道："心泉本号沁泉，只因不识字的人太多，略识得几字，知其一不知其二的，亦复不少。沁字本是所锦切、思林切都可以念得，只不识字的，止认半边，念作思林切，略识字的，又只知所锦切，听见人念思林切，便歪着嘴发笑。但是你笑你的，他念他的，仍是十人有九，念作思林切。便常有些书呆子当着心泉，讨论这个字音，心泉嫌他絮烦，有些讨厌，索性把三点水去掉，改作心泉了。当年僧格林沁，满朝文武百官，就是所锦、思林两念，谁也不说谁错，足见彼时诸公，倒是真识得字。心泉方改了号，王凤卿从琉璃厂火神庙买了一副对子，给他送来。上款恰是'心泉上人'，下款是'炳成'。心泉说：'这是'炳半聋'给龙泉寺心泉和尚写的，我的号已改得与那和尚一般，就算他写给我的也可。'便挂在墙上。心泉自己说过，他少年的情性，好酒喜欢赌钱。一日在南下窪子一个小酒馆里，喝得大醉，乘着酒兴，去爬城玩耍。爬城是要背贴城的，心泉却面对着城墙。爬不了几步，手脚不得力，掉将下来，被风一吹，喝的酒往上翻腾，早已不省人事。还亏有熟人从此经过，才把他唤醒，送了回家，也是一个笑柄。他在护国寺仓夹道里，设立宝局，聚众开赌，有位贝勒正不得志，也来羼入。到得夏天，这位贝勒光着脊梁，手拿藤子棍，坐在门首，做一个宝局拦门的。不久进封王爵，入了军机，才不和心泉赌博，也是一个不拘小节豁达人物。这也可作《清史》某王列传的材料，也可作梨园掌故、曹心泉佚事中的波澜。"

心词道："原来心泉少年也很风趣，不似如今方板。"

墨香道："心泉平生好讼，跟人年年打官司，现在也不出入官衙了。心泉事亲很肯尽孝，他的老翁春山，晚年二目失明，性子急躁，心泉服劳奉养，克尽子职，也是常人做不到的。心泉没当过升平署的差使，因此档册无名，只他常给宫里制谱，名达御前。那年大内演《伏虎韬》，这一出的工尺，就是心泉制造。末场大雌殿改大雄殿，心泉说怕太后生气，给同人惹祸，硬给删去，也算工于揣摩，却不失为明哲保身之智。前些年，京中立了礼制馆，心泉到馆当差，专制乐谱。那作乐章的，一个李云庆，一个李映庚，都是清代官僚，文笔均可观，都和心泉相好。馆中同事还有个杨慕时，写了付对联云：红豆词人初宫协律，青莲学士并据骚坛。"

心词道："这副对联现今在心泉书斋挂着，我到他家是见过的。"

墨香道："这杨老先生本是读书人，却投军得官，累立战功，位至提督，晚年又到礼制馆，仍是文士的本来面目，也是奇才。同时杨石泉亦由秀才从军，只做的是文职，未为武将。石泉在浙江，审杨乃武一案，现在有人编戏。"

心词道："石泉做了戏中人物，这位杨提督却与戏班人同事，也算得对偶。杨提督人奇字也奇，足为心泉的书斋生色。"

墨香道："曹家的斋名，是知不足斋。当年曹春山本是'知足'两字，因请大司空蒲圻贺云甫尚书给他写匾，贺尚书说自称知足，稍嫌矜誇，给他添了一个'不'字。谁知与鲍廷博重复，又有人给他改作'知足知不足斋'，偏又与梁章钜雷同，起个斋名倒不容易。王瑶卿是古瑁轩，梅畹华是缀玉轩，程艳秋是玉霜簃，尚小云是芳信斋，倒还没与别人犯重。"

心词道："慧生的斋名，专切荀姓，戏界姓荀的极少，大约在梨园中是重不了。"

墨香道："慧生的斋名，我还不知。"

心词指着屋内一块横匾道："老兄请看。"

墨香的眼睛有些近视，忙取出眼镜戴好，抬头看时，只见匾上四个隶字，是"小留香馆"。写得十分古雅，下款题着吴昌硕姓名。

墨香道："这用的'荀令熏香'故事，果然别人用不得的。只我因此想起一个笑话儿来。昔者东汉末年，陈太邱去访荀朗陵。因太邱虽曾做官，太清廉了，弄得十分贫寒，用不起仆人，便叫大儿子方元，给他老人家赶车，小儿子季方，拿着拐杖，在车后跟随。元方的孩儿长文，是太邱最喜爱的一个孙子，年龄甚小，爷爷把他抱在车中。待到荀家，朗陵有八子，唤作'八龙'，于是命叔慈看门，慈明行酒，其余六龙，都到厨房做饭。朗陵也有个孙子文若，也是个小娃娃，与长文恰是一对，朗陵抱他在膝上坐定。汉朝的太史令，便是后世的钦天监，专司天文。这个时节，正值夜半，太史令站在观星台上一望。哎呀，只见德星聚在一处，大吃一惊，摇着头说：'原来今夜有真人东行。'即上了一个小疏，奏知大汉皇帝，说是此时‘五百里贤人聚’。檀道鸾作《续晋阳秋》，征引汉末典故，曾经记载。刘宋临川王义庆作《世说新语》，卷一《德行篇》，也收入这一条。梁刘峻《世说新语注》，又引檀道鸾之文，作个旁证。檀道鸾的书，虽已散佚不传，后人因看刘峻的注释，方知临川王是采檀氏之说。当初太邱、朗陵相聚，二公都是硕德耆儒，元方、季方，一个难为兄，一个难为弟，也不含糊。荀氏八龙，一个赛过一个，长文与文若，一个魏之大臣，一个魏之才臣，更是出色，方能感得德星聚会，若似我和慧生，恐怕要感得妖星聚了会。”

说毕，彼此一笑，连慧生也笑个不休，说道：“咱们若能感应妖星，还倒不错，只连妖星也不够。”

墨香道：“不然，但凡名伶都有异禀。曹霑《石头记》，借贾雨村口中，在开书第二回，说得明白。你若说《石头记》荒唐，恐那《世说新语》的话头，也只是荒唐罢了。”

心词拍手道：“是极。”

又说些闲话，墨香向慧生说出六月间要借他的行头，前去走票。正是：

工欲善其事，必先利其器。

未知慧生借与不借，且看下回分解。

第五十七回 留香馆逢故人 庆丰堂演大戏

话说慧生听得墨香要借行头，问是哪一出用的，墨香道:“是《马上缘》全套。”

慧生道:“您干甚么唱起这一出来？您可是安心找别扭，这一出没甚俏头，我就不爱唱的。”

墨香道:“我唱讨俏的戏不行，倒是这一路保险。”

慧生道:“我虽不爱这出戏，但是头上脚下，我可齐备，您要用时只管来取就是。”墨香称谢而别。

展眼到了六月，张宅演戏之期，他订的富连成科班，地址是崇文门外长巷胡同庆丰堂。墨香请万太史给他写一副寿联，是太史自家撰的，联句却写的是墨香名款。你道那联句是些甚么话头，原来是：彤管扬徽金石寿，莱衣戏彩子孙贤。墨香先派人送去，然后亲到荀家来催取行头。

进了小留香馆，只见慧生在那里会客，那个客人见了墨香，站起笑道:“陈大爷，咱们又久违了。”正是：

踪迹去飞燕，交游聚散萍。

浮生原是客，不必叹飘零。

说话的声音甚熟，墨香看时，原来是陈瑞麟。当下同落了座，墨香问他是几时到京，瑞麟道:“我到了好几天了。我在历城商埠戏园子里弄了一局事，要请慧生去帮几天忙，才亲来拜访。当初慧生未往上海以前，我请他去过的，他在那地方唱过《赵五娘》，倒很受人欢迎。”

慧生笑道:“再不要提起，我那一出是现钻的锅，一句准词没有，我算砸了。”

瑞麟道:“只要前台爱听，甚么叫做准词。从前萧大爷听戏，爱挑剔，有个武生高福安，在历城唱《挑华车》。‘大纛旗’的‘旗’字，念成尖字儿，萧大爷大生其气，说不懂尖团，不算唱戏的。只是高福安有个勇劲，人都赞成，算萧大爷白说。现在梅兰芳够出名啦，萧大爷到京里来，听了一次，待回到历城，谈起来大不作兴，说兰芳扮上青衣旦，太也轻佻，嘴里也不讲究。还有个尚小云呢，也是趋时的一派，都不是老路子。总而言之，青衫子一行，被王瑶卿弄坏，再想复古，是不容易，兰芳、小云也都被瑶卿所误。萧大爷说便如此说，然而这些年兰芳、小云的名望，日见兴隆，谁也不听萧大爷的那一套。萧大爷把兰芳、小云能捆羊的地方，都说成坏处，太顽固了。唱戏不过赚钱，要依了萧大爷，可就太受罪了。其实萧大爷也有羊的地方，无奈他自己是不晓得。我们从小是挨板子、棍子，费了事学会的，我到山东时，已过了三十岁，叫我趋时，我也办不到，才不受萧大爷的大碎豁，只小有责备而已，萧大爷也算叫我蒙着了。只不过我见了时下好脚，我也佩服，不敢说人家不对。我虽受过萧大爷的好处，为了生意，我可不能专听萧大爷的，要是专弄些老古董，前台每天口万斤，后台老拍巴掌，不给钱可受不了。”

墨香道：“我那位萧大哥听戏有些怪癖。黄胖儿、冯黑灯唱《四平山》，黄胖儿的裴元庆，黑灯的李玄霸，那时周长山正在他们班里，扮了个徐勣。黄冯都是梆子话白，萧大哥在台下听着别扭，周长山念了两句对儿，字字都合了中州韵，萧大哥大声叫好。他一生听戏的赏鉴，总是与人不同。我舅父毛十老先生，听戏虽也讲究，比我这萧大哥就宽恕了许多。现在北京，大李将军十分的捧梅兰芳，庄清逸十分的捧尚小云，这二人也是戏油子，却与我那萧大哥宗旨两样，若在一处谈论，必然抬杠的。萧大哥议论太高，也嫌太旧，是行不开的，只好由他去说。还有个陈十二，和已故的林四爷都是一路，他们的话虽也有理，我却不附和。人都说兰芳、小云好，自然有他的独到之处，焉能一笔抹倒。他们捧的老伶汪桂芬、谭金福、余紫云，要安心摘毛，谁也不敢说全没毛病，他们只是崇古灭今罢了。陈老板既与慧生有公务相商，我也有要事，我不坐了，兰芳小云的好处，容我有闲功夫慢慢细谈，今日只请荀二爷吩咐贵介，给我拿东西。”

慧生忙命跟包取出《马上缘》应用之物，又命梳头人叶春荣：带了头面，跟陈先生往庆丰堂。正是：

铠甲鲜明饶杀气，钗环精巧整容妆。

英雄儿女千秋事，此日权归陈墨香。

陈瑞麟看见行头，问道：“陈大爷替谁借的？”

墨香道：“是我自己借去一用。”

瑞麟道：“敢是照像？”

墨香笑道：“我一生就是不照戏装的像，我们外行照出来，定不好看。那《戏考》上面印的河南票友赵自强、陈荔峰的《宝莲灯》小照，太不像干这个的了，我未必比他们强，不照为是。今天我是到庆丰堂走局，要串一出，才来借慧生的东西。台上好与不好，一霎眼就过去了，不比照个像片，留给别人垫舌头板子，至少得受一万人的碎豁。”

瑞麟道："我今日才知陈大爷还有这本事，能唱刀马旦。我今年五十一岁，虽是唱了几十年的戏，这一工玩艺我可不行，反不如您这外行宽绰。"

墨香道："我只是多而不精，烂杏儿一筐都吃着不香，何足道哉。"正是：

笑我赢卒数万，输他精骑三千。

荀慧生笑问道："这近些年逢是好脚，都自置桌帏椅垫，是由梅兰芳兴的，连老生也都是一般，就别说咱们唱旦的了。桌帏椅垫我有好几份，您用不用？若要用时，我吩咐他们取来。"

墨香道："我不够好脚，别找麻烦了，我不用那些东西。"

瑞麟道："陈大爷倒是旧派。"

墨香看那屋中不见杨心词，便问："杨仁兄何处去了？"

慧生道："张慕蝶昨天给我下了个帖子，我今天还要到庆丰堂拜寿，托心词去办寿幛，我跟陈老板说完公事就来，咱们少刻再见。"

墨香笑着应了一声，出门雇车，奔了庆丰堂。荀家跟包抱了圆笼，拿了提盒，背的包袱，绰了把子，在后跟随。

到得那里门首，下得车时，恰好墨香之子宽骅由家中到来，也正下车，墨香拉了他同走进去。只听得锣鼓喧天，早已开戏，墨香陡然记起三十年前，随着父亲往各亲友家拜寿看戏的情景，今天倒有些仿佛，只自己作了老子，身后也带着个儿子了，光阴真去得迅速。咳，想当初父亲是位通儒，连董觉轩等一干名流，都是佩服我父亲的。觉轩曾说孔子是周人，我们既尊孔教，应当讲周学的，甚么汉学、宋学，都可不问。父亲笑了一笑说：'没有汉儒传经，连程朱也不知孔子是谁，何况你我又在程朱以后。'觉轩也没话可答，足见父亲果有真知确解，如今自己学问毫无长进。孔子曰：后生可畏，四时五十而无闻焉，斯亦不足畏也已。王阳明说这个'闻'字，不可当作'闻名'讲解的，圣人是不好虚名，这句言语，是说人若活到四十五十，还未曾闻知圣贤的道理，便不足畏。我现今是四十了，慢说是圣贤，就连个乡曲善士，都够不上，岂不可笑。正是：

寒来暑往似催梭，百岁光阴能几何。

富贵功名休挂念，学成业就值钱多。

墨香父子同入寿堂，拜寿已毕，都入座看戏。这里的戏台，是可以拆卸的，与聚贤堂一般，虽不及万年台坚固，比那住户人家，板凳上面搭板子，却好得多。自这两处以外，金鱼胡同的福寿堂、取灯胡同的同兴堂、骡马市大街的宾宴春，也事同一律。这几处唱戏的买卖，都还兴旺，倒是那有万年台的饭馆，俱已不行。不但财盛馆久改作福建人的会馆，连那遥遥相望、斜对门的文昌馆，也改安庆会馆，并且只留铁门的一门出入，宣武门大街路东的那个门，是改修作墙。打磨厂福寿堂、孝顺胡同燕喜堂、西珠市口天寿堂，二十年前都还极盛，比文昌、财盛两馆气脉稍长，如今也一齐拉倒。天寿堂是梨园会馆，各部书吏，从前每年在那里演戏祭科神，却照例不唱《当锏卖马》，因秦叔宝是科神里面的一位上圣，不能演他落魄的光景。听得人说：有一次祭科神，后台人没到，姚齐山要垫《卖马》，管事人说出忌讳，才改了别戏。后来清朝用了长沙张文达公百熙的条陈，裁掉吏胥，这个会场便算罢休。梨园人田虎，又与天寿堂的卖酒诸人，争夺房产，打了官司，戏班大败亏输，永不向天寿堂去唱，那地方只闹得十分冷落，远不如这几家活台饭馆热闹了。正是：

人情多变幻，世事有推移。

墨香看了几出，慕蝶走来道："咱们的戏码快到，该去小扮着了。"

墨香正待起身，只见寿堂又有客来，慕蝶忙去招呼，让来入座，正是荀慧生，见着墨香，便问道："您唱过没有？"

墨香道："再隔一出《生辰纲》就是，我要去扮戏了。你来得恰不好，你再晚来一步，等我唱完，省的您犯恶心。再不然，你此刻就走，也免了看我挨骂，你快回去，同陈瑞麟商量历城的事，倒是正经。"

慧生道："历城我决计不去的，已向瑞麟再三推辞，他已改邀别人，一两天他就出京，没有我的事了，我正好在此瞻仰您的玩艺，您是赶我不动。您说怕挨骂，倒不必存这个心，您是高乐，不论唱的好歹，是不赚钱，与我们不同，我们是挨不起骂的。"

墨香道："我刚学《马上缘》的时候，路三宝劝我勤打把子，可惜我没依着他办。"

慧生道："旦是讲做工细腻才行，专打把子成不了大名。我的把子就生疏，检直说句实话，我不好习武，我唱靠背戏就是勉强。"墨香一笑，奔入后台。

哎呀，我太荒唐，别样借慧生的都使得，怎么连自己的靴子都不带来。人的脚各有大小，他的靴子，未必合我的脚，忙问荀家跟包带了老板的靴子没有，跟包道："带着呢。"

墨香道："快拿出来我试一试，大了不碍，能打包脚步，倘若小了，我请本家把戏码挪后，我赶紧取我的靴子去。"

跟包急忙递将过来，墨香往足上一登，不大不小，将将合式，索性不脱了。卸去纱衫，只穿汗褂，叫跟包打水洗脸，坐下对镜理妆。擦好脂粉，贴好水鬓，戴好网子线尾，插好扁簪，安好水发，梳头人叶春荣在后动手挽髻，从镜中一照，女人气十足。

正打扮呢，忽的有一人大踏步走至身边，用手把墨香肩头一拍道："你多年看我扮妆，我今天也要看你扮妆一回。"

墨香看那人时，面似芙蓉，身如杨柳，年龄虽长，丰韵犹存，怎见得他的模样：

全不见半点轻狂，启朱唇言语的当。

可喜庞儿浅淡妆，穿一套缟素衣裳。

看他虽是一身男衣，只那女人气，比这正妆扮的樊梨花加了十倍。这个人正是名旦王瑶卿，墨香知他的那个嫡母郝氏新近亡故，因此他穿这般衣履。

墨香道："王大哥你怎么来了？"

瑶卿道："我侄儿幼卿，由老生新改青衫子，还没出台，今天是心泉转约，到这里唱一出《女起解》，我是给他把场子来的。"

墨香道："他由老生改旦脚，我正想丢下旦脚不唱，去改老生呢。我虽然是哄着玩儿，不能和令侄幼卿去比，只我年已四旬，扮上女的，有点差劲。我跟沈全奎、刘春喜、李六、李四凑了多年，老生的文戏，我虽没嗓子，决唱不了，只《截江》《表功》一类玩艺，我都清头。我不定哪一年，是要改靠背老生的。"

瑶卿道："票友都是爱唱甚么就唱甚么，你想唱老生就唱起来，跟我们内行各有专门不同，你何必说个'改'字。"

墨香道："我一向是走内行路子，决不乱抓，该唱甚么才唱甚么，我要改了老生，决意不再唱旦，咳，我也就是这么说罢了。我本不是干这个的，我也玩腻了，不久就要收篷，改与不改，也无关紧要。"

瑶卿道："越是票友，戏瘾越大，'收篷'二字，谈何容易，我的主意，票友只能叫他玩一辈子。你没看见陈子方么，六十岁还唱《乌龙院》的阎婆惜，他越老越有兴致，你怎么四十的人，却敢说要收。"

墨香道："我正是有鉴于此，才说此话。陈六爷脸上有了皱纹，每逢扮戏的时候，先贴两块胶布，绷紧了脸，再贴水鬓，那罪过可受不了。再说陈六爷年轻是票上好脚，张子青相国最爱看他的戏。与他同时，有个魏耀亭，唱的是花旦，又有个正旦票友沈蓉卿，是孙驾航京兆重待的人，都负盛名。待得二人歇手，子方还唱个不休，可惜年纪已经老了，不大吃香。我本是二路的人材，二三十岁时还没人十分作兴，万比不了陈子方，我若不仗着肚子杂项，比子方会的多好几倍，文武我都能蒙，敢保没丸子吃。我更不经老，我急早歇手为妙。同伴的票友真不好对付，你们内行新出好脚，看见谁都说不好，前台更难伺候，他可以随口褒贬。这三项人物都另有他的见解，与戏班老辈说的'好坏'，南辕北辙，我碰的冤枉钉子没有数儿，我是真有些玩够了。"正是：

样不趋时合便休，却将往事付东流。
眼看浮世自今古，迹与孤云同去留。

墨香说完这番话，瑶卿笑而不答，往外走去。墨香梳好了头，勒了水纱，戴好结子，髻上挂了道姑巾，一总是慧生的东西。还没穿衣裙，只见一个戎装打扮的女子走了过来，怎见得"她"的俏丽，有词为证：

蝉鬓金钗双压，金莲凤履斜踏。

玻璃软甲衬红纱，绣带柳腰端跨。

生就朱唇玉面，长成杏眼银牙。

天然美艳一枝花，真个难描难画。

这是《马上缘》戏中女将薛金莲，他台下姓名唤作仲盛贞，是富连成有名花旦，自从于连泉——人称小翠花——出科以后，就要算他第一了。墨香见了他，又喜又惊。喜的是配搭齐整，惊的是仲盛贞前台人缘太好，与他唱戏，未免受敌。只他已扮齐，不能脱换，也只好尽力抵挡。

墨香认得盛贞，那仲盛贞却不甚认得墨香，只见他笑着问道："您贵姓台甫？"

墨香道："我叫做陈墨香。"

盛贞看了墨香两眼道："我听得票房有位'香嫂子'，便是您么？"

墨香笑道："不错。别人和我闹着玩儿，我是有这么一个外号。"

盛贞道："听说您外号又叫'尤三姐'，可是有的？"墨香笑着点一点头。

盛贞道："又听说您爱扮散头发的女人，又常唱《杀嫂》《杀惜》《杀山》等戏，人又称你是'披发旦'，又叫'挨刀旦'，可是实话？"

墨香道："难为你，真摸着我的底了，一些也不假。"

盛贞道："跟您是初会，就说这些话，我透着冒失，您可别见怪。好在到了台上，我也是个女的，我可不敢跟你开心，我也是'披发旦'，我也是'挨刀旦'，你是嫂子，我还是小妹妹呢。我是久闻大名，说出您的外号来，更见我景仰之意。"

墨香道："好说好说，岂敢岂敢，我也久已爱惜你台上的本事。"

盛贞道："您过奖了，咱们对一对这一出的介口与把子。"

墨香道："这是通大路的玩艺，不对也行。"

此刻富连成出科老生阎喜林，是本班管事人，正站在旁边，便插嘴道："我们的戏，虽然是姚增禄姚先生、蔡荣桂蔡先生、萧长华萧先生几位老辈教出来的，姚先生资格又比蔡、萧老得多，教的自然都好，只路子两样。这里的徒弟满了科，搭外班都得另拜先生，重新再学，您还是跟他对一对妥当。您难道没看见姚先生教的《断桥》，白蛇【山坡羊】头一句在后台唱，又如今天王盛意唱的《能仁寺》，一下子跟外头没有合拢，你倒别疏忽，怕台上撞。"

墨香道："阎老板真慎重，人都叫你'老饭桶'，你可真不'饭桶'，咱们就对一对，我也正好借此和盛贞多亲近一会。"于是二人对起活来。

反正没有多少介口，那把子是一扯两扯，一个合，两个合，樊梨花打薛金莲的一二三四，往外一盖，压住，薛金莲叫嫂子，再往里一盖，把金莲打下，倒一点也不差。

墨香笑道："我说过的，不对也行了，果然没有磕碰。"当下这仲盛贞走向那边而去。

荀家跟包过来，给墨香穿戏衣。先穿彩裤，再穿小袄，穿好红裙，系好下甲，再穿白裙，上面罩道帔，又系丝绦，左穿一件，右穿一件，预备赶场，这是扮《马上缘》的老例。穿好了，手拿云帚，上去唱过回府的一场下来，赶紧扎靠，戴额子，拿刀，再去唱后半出。

慧生的额子，是盔头曹制的，衣甲是三顺制的，刀是把子许制的，靴是靴子高制的，都是上选。墨香这一出戏，居然一点没错，总算对得起慧生的这身行头。打鼓人曹三是心泉之子，他虽常和墨香在一处，今日这一出，预先并没细说，来了一个“台上见”，因此不十分严。好在墨香是个大路活儿，没有新鲜花样，只要你会，他决不能有多大的磕碰的。

这一出唱完，墨香卸妆，来在前台，荀慧生问道：“那扮薛金莲的我倒不认识，不知他叫做甚么？”

墨香道：“他叫做仲盛贞，是本班头等花旦，很有人缘，今天总算大材小用。我这樊梨花扮上就不十分像，人家倒真够一个薛金莲，太好了。”

慧生道：“的确是个好材料，我看着也爱。我今天是专为您这一出《马上缘》来的，您已经唱完，我可要走了。”说着起身告辞。

慕蝶给了荀家跟包等十块大洋，打发他们出门，墨香道：“梨园行开脑门钱，是近二十年兴的新例，以前没听见说过。目下票友走局，也兴起脑门钱来了，比内行还得贵，因此人们不很愿意请票。我玩了多年，不敢开这条路，没有跟本家要过脑门，开发我的跟役。没想到今天因借的荀家的人，竟自闹出十大洋的脑门来，若给我留下规矩，往后走局，我可多了一层麻烦，都是今大给我招出来的。”

慕蝶道：“十元已经很省的了。哪位老板和有名的大票友，脑门不在几十元以外，大哥不必介意。况且也为是荀老板的面子好看，并不是破您的例。”

说话间，王幼卿的《女起解》已经登台。正是：

一曲新歌响入云，人间能得几回闻。

幼卿不愧王家子，学有渊源果逸群。

要知《女起解》唱完又是何戏，且看下回分解。

第五十八回 畅谈捆羊 不教《戏凤》

话说《女起解》唱完，底下是富连成的武戏，墨香父子辞了主人，雇车而回，一连数日，不曾出门。这一天，荀家来请，墨香即约前往，见面之后，慧生道："我从明天起，要往南下窪子喊嗓子，请阁下与心词陪我同去，不知您可能起早？"

墨香道："十数年前，我跟着票友们用功，哪一天不老早的起来，既慧生有志上进，当得奉陪。"

正说着，慧生的头目人王松龄来了，他是亡故小生王楞仙之子，是个梨园世家，提起墨香，自然晓得。当下松龄说有后台公事，墨香站起便走，慧生送至门首。

心词也跟在后面道："怎么走得如此匆忙？"

墨香道："我是与别人不同。大凡外行与内行老板来往，第一是爱干预后台的公事，混出主意，说得的也说出来，就是万不能说的，他也百无禁忌，于他捧的这位老板，一毫益处也是没有，白招一身箭眼。这宗举动，我极不谓然，因此我在内行家里，只要听说'公事'二字，我是一定要走的，山东爷们有话，叫做'拔臀'，咱们明天一大早儿再见。"

慧生道："明早我来找您，只是搅了您的早觉。"

墨香道："好说。"转身回家。

到了夜分，上床去睡。一觉方醒，看着窗棂发白，忙披衣下床，洗脸漱口。早听得有人敲门，知是慧生、心词来到，忙去开门看时，果然不差，于是同往南下窪子而来。天虽才亮，来往的人已经不少。正是：

瓦雀鹑衣燕紫领，纷纷弄语各争喧。

虽然无数同飞鸟，贵贱高低不一般。

到得南下窪子，过了窑台，早到陶然亭下，望见香塚、鹦鹉塚。这个香塚，有人道是清朝乾隆时，香妃埋在此处，毫无凭据，只算是一句谣言。前几年，坤脚金少梅在城南游艺园大唱《香妃恨》，竟有人听完了此戏，到此凭吊，也是笑话。三个人又走几步，地方甚为幽僻，慧生便喊起嗓子来。

心词道："昨天王松龄来说，杨小楼要约慧生搭小楼的班子，慧生已经答应了，日内就要唱戏，地点是西珠市口开明戏院。慧生自上次来京，挂头牌不很顺利。尚小云在中和园，是头目人梁得贵、号叫华亭弄的事，小云奔了上海，慧生接着在中和园出演，卖的座儿，太也平常。一出《黛玉葬花》，真比梅兰芳不弱，在上海每逢贴出，准关铁门，在此地也只卖个半堂人，并且有一个叫倒好的，大声说'别糟踏兰芳'，有人认得是久听兰芳的座客。又一次，唱《玉堂春》，竟有人说他不及程艳秋，又说慧生有件大毛病，是'会浪不会唱'，恨不能把慧生踹下去，还要放在朱琴心、徐碧云以下。一切颠倒是非的议论，我说也说不尽，真气破肚子。这一次，杨小楼来邀慧生，人家是梨园前辈，自然有两只好眼睛，一双好耳朵，慧生若没些本事，谅小楼决不肯找个无能之辈，搅他的局。况且他那班子里头，旦脚并不缺乏，现放着一个黄润卿呢，小楼还要拉慧生搭入，足见慧生不是不行，实是京里听戏，成见太深。"

慧生、墨香都笑了一笑，心词忿忿不已，只听得那边有人朗吟：

漫教嗤饼画，况复审竽吹。

墨香道："这下句是东郭吹竽的故事。'竽'字下半是'友于'之'于'，不是'支干'之'干'，比'竹竿'的'竿'字，多了一个小钩，识字人自然认得，不识字人也可不必管他，只一般半通不通的先生们，往往弄错，倒是一个笑柄。"心词点了点头。

当下三人在南下窪子盘桓了好半天，顺路逛了龙泉寺，各自回归，自此日以为常。慧生搭入小楼班中，他那里专用的老生是杨宝忠，一个前辈，两个后进，凑了个十分热闹。

一日慧生演了一出《银空山》，演过以后，有个自号铁叟的，在报上作了一篇文字，挑剔慧生不通大路：第一，应当头场高思继起霸，二场才上公主，慧生头场就出来了，却把高思继的起霸一段放在后头。第二，公主应当扎大靠，披黄蟒，慧生只穿玻璃肚子，披斗篷。第三，公主接着鸽子，应当钥匙头会阵，当场见高思继，慧生接鸽唱下，高思继上，通名表白，二龙出水会阵，见公主。第四，高思继与公主说翻，对枪双收，两边下，上下手打一荡，再上高思继，公主追出，用枪漫高思继的头，打他的蓬头，高思继架住，大推磨，兵卒过场，公主才把高思继打败，慧生一场干，就把高思继打跑了。这是大过节，人都看得出来的，此外小去处，与众不同的更多，陈德霖、王瑶卿、梅兰芳都不是这般。

墨香来在小留香馆，杨心词道："老兄看见铁叟的文章了么？"

墨香道："看见了。"

心词道："只怕他满纸都是胡言。"

墨香道："不然，他说的没一句不是。上一次有人评《铁笼山》，看完起霸，便算没事，而且杨小楼还不如别人。铁叟驳正云：《铁笼山》四套单刀枪，丢刀攒，打八件儿，都可观，小楼末场大洒发，插结子，任凭怎么跳迸，洒发不乱，真有功夫。老一辈有戴小洒发，还曳在网子底下，用水纱拢住，就比小楼差多。看这番议论，便知铁叟有些见解。他虽专评姜维一脚，没说全出的套子新奇紧凑、不落窠臼，也没说此戏是老伶邹大定、邹三定弟兄创造，已经看出他不是戾笨，今番评《银空山》，也很切实。”

心词道：“难道慧生不会《银空山》？”

墨香道：“‘十戏九不同’，怎能说慧生不会，况且慧生久在上海，或者慧生这一派是由上海学来。”

心词摇头道：“慧生这些戏，都是张彩麟教的，决非海派。”

墨香大笑道：“彩麟是我开蒙的先生，我跟他学过《银空山》，虽学的不很结实，大地方可闹清楚了。彩麟给我说的，也和陈老夫子、王大爷、梅缀玉一样，怎么慧生会另一路？陈王是前辈，梅畹华没跟彩麟学过，与慧生派别不一，或者有之，我可也得的彩麟传授，他一个人竟教出两个派头来，未免岂有此理。”

慧生瞪眼道：“不用说了，既是我不通大路，算我不地道，从此我永远不唱《银空山》就是。说句不要脸的话，我也有一点小名，叫我改了可不成，我还想叫他们都改成我这路子呢。”

墨香摇了摇头，半晌才笑道：“好哇，慧生也算有志气，唱戏的只要成了好脚，怎么办都行。老生戏被谭老头子另唱成一派的，该有多少。”

心词道：“只怕慧生的玩艺，在北京不行。京里人看戏的眼光太也别扭，像铁叟这一类的，不计其数，实难伺候。慧生能够在京立脚与否，还在两可，怎能比得谭鑫翁。”

墨香道：“铁叟这种挑剔，还是这里的事，无一字不在行，这一类的人材，太也罕有。此外都只混说，且无定见，我们不必畏缩，只放开手去做，我料慧生必定成功。”

慧生道：“您别捧我了，我连一出《银空山》都砸了，叫他们听梅兰芳去罢。我是外江派，准不行的。”

墨香道：“我不是捧，实在确有把握。”

心词道：“怎见得？”

墨香道：“慧生新近走外串，唱《拾玉镯》，可有此事？”

心词道：“有的，是城里一个堂会。”

墨香道：“那一天我不在场，却有耳风，我也因此知慧生必定成功。”

慧生道：“别提了，您这是一句反话，我多年没唱《拾玉镯》了，词不上嘴，随唱随想，只臊得我满脸绯红，抬不起头来，我算砸了。想必有人碎豁，闹得您知道了，您料定我准不行，才跟我反说。”

墨香道：“不但没人碎豁，还是赞不绝口。说你真像个小姑娘，娇羞憨态，这种做工超人一等。”

慧生道：“怕没有这话。”

墨香道：“一点不假，我耳朵里灌满了，都夸你实在好，我实是一句正经话，并不是反面文章，你不要认错了。你须知唱戏捆羊最要紧，你这一次虽非有心捆羊，只你天生的一种风头，捆羊有余，不在兰芳以下。你先前惟恐行家挑眼，不肯十分的洒，你可太胆小了。看戏人十有九是羊毛，你只管撒开了专往捆羊一边琢磨，你一定是行的。像铁叟这种人，见解虽高，倒可不必理他，若专怕他们指摘，唱戏的一步也走不开。况且他说的话，羊毛先要反对，不能附和的。你只要捆的羊多，纵然不能迈那‘捆羊大王’梅兰芳的毛儿，你也必能独当一面。凡以前骂你糟踏《葬花》，和那说你不配唱《玉堂春》的，另是一种羊毛，他们见个面生的脚色，总得要吹毛求疵，好显他听戏在行，实则他更是大戾笨头。只要你耗上几年，他们把你看熟了，知你已经立定脚根，他们自然会向你这一边倒的。”

慧生道：“听您这句话，明是说我的戏只配给羊毛去看，您够会骂人的了。”

墨香道：“非也。话不是这样讲，你莫把捆羊当作坏话，只要是个唱戏的，就得设法捆羊，倘然羊不叫你捆，你就算不行。老生从汪桂芬、谭鑫培，到现在的余叔岩，旦脚从瑶卿，到兰芳、艳秋、小云，各人有各人根底学问，然而成名，都不在此，还是仗着会捆羊罢了。”正是：

名士本来如画饼，古人原不好真龙。

慧生却没回答，只墨香一人坐在那里，说了半晌才走。次日，墨香到曹心泉家，又说起捆羊的话来，心泉只是发笑。

墨香道：“前台的爷们只有两种人物，不算是羊。一种是逢场作戏的老先生，自知于戏曲不深，淡焉漠焉，不是自夸懂戏，只昆腔乱弹，他也大致晓得。这一派，前三十年我倒见过的，如今是孔子赞颜回的话，‘今也则亡’。一种虽是外行，可真跟内行学过玩艺，起初也犯骄傲，自命不凡，待得年深日久，学得多了，越学越知道其中甘苦，越不敢自负懂戏，自然他不羊毛，此外只能都打在‘羊’字号里。最羊得利害的，却有三种。”

心泉道：“愿闻其详。”

墨香道：“一是学过几出，也算精通，只沾染习气，他在台上也有相当的好处，于是看得内行都不及自己，狂妄无知，自称前辈。唱戏人们，遇着这种羊，不能在台上捆，任凭上台如何的卖力，他总说你不行。只他们常与戏班来往，倘若遇见他们，有人恭维他几句，说您的本领真高，还要求您指教，他们一定乐的撮不住粪，自然到处替这个人吹嘘，这叫做‘黑地单手牵大尾巴活羊’，管叫他服服帖帖，只凭口角春风，就捆他一个结实，决跑不脱。一是只凭在台下多看了几回戏，见的戏虽不少，实不知戏为何物，便胡乱批评，颠倒是非。走在那里，满脸带出懂得戏的神气，外带不虚心，有人对他说真正戏中诀窍，他不但不听，还要恨入骨髓。他的主意，除了申明他的谬论，此外别无道理。藐视梨园祖师爷，罪比谤圣毁贤，他却以祖师自命。这种羊闹儿到处都是有的，要捆他时，也非容易，只他那不通的言语，也颇有人附和，势力很大，非捆住他不可。以前的好脚不必细谈，现在的脚色，要是捆这一种的羊毛，梅荀程尚倒是行的。只因这种羊毛看戏，专取风头，恰恰四人，风头太好，捆他易如反掌，检直我敢写包票的。三是顽固派的羊毛，依他说起来，甚么都是过去的好，现在的坏。这一派的人是跟他缠不清的，只好由他罢了，且等到不唱的日子，归入过去人物，他们也就会说此人好处的。这都是大羊毛，还有些专跟这几种羊毛爬的，只好算做小羊毛，若能把大羊毛捆住，小羊毛自然受捆，倒不在话下。”

心泉道：“陈大爷太挖苦了，说得羊毛穷形尽相，您可也得真算敢说话的。”

墨香道：“我也是个过来人，现在追悔不及。依我看来，不论是谁，能唱一出也罢，不能唱也罢，看得戏多也罢，眼中没有见过几出戏也罢，只要到戏场里面，张牙舞爪，看得谁也没他懂戏，便是天字第一号的羊毛，这三种人，都包括其内，若稍有心得，谁也不敢随口乱说。并且有内行教徒弟，他在一旁帮着指示的，又有见了内行就比较这行的，都是所得甚浅，‘一瓶不摇半瓶摇’，看戏人切忌这毛病，免遭讪笑。只更有一种羊毛，自己也学过戏，最恨名脚，不但名脚唱戏，他不赞许，而且名脚教徒弟，他有隙可乘，就给踹掉，这又在方才说的羊毛以外。他纯是忌刻，却没法捆，好在这种羊毛最少，不必介意。”心泉点头称是。

墨香见天已不早，告辞而回。正是：

唱戏无他巧妙，只消着力捆羊。

捆羊若不得法，焉有许多声光。

墨香过了多日，又到荀家，知慧生这一夜在开明戏院唱《玉堂春》，杨小楼大轴的《别母乱箭》，慧生约墨香前去看戏，墨香应诺。坐了片刻回家，用过晚饭，雇车向开明戏院而来。慧生先派人给墨香找了座位，墨香坐下，看那台上正唱《失街亭》，杨宝忠的诸葛孔明，侯喜瑞的马谡。那扮王平的叫做曹连孝，是富连成的徒弟，在科班时，与马连良并驾齐驱，出了科，马连良挑起大梁，他可不行了，只落了个二路脚色。这一出的赵云，虽是三四路的老生，因是第一将，非起整霸不可，王平倒可半霸。这一夜赵云半霸，王平整霸，甚不合式，好在前台不在这些地方着意。

《失街亭》完，《玉堂春》登场，陈桐云的王景隆，刘景然的藩司潘必正，张春彦的臬司刘秉彝。慧生披发囚服，鱼枷银锁，扮像果然出众，那妩媚之处，比起昔年的王瑶卿不差上下。唱的腔儿，与王瑶卿一派不同，王派出台，“举目往上观”，“观”字提高，慧生却唱矮腔儿。诸如此类甚多，检直太也别致，只慧生唱来，也有动听之处。此刻慧生回京，唱了多次，台下已和他稍熟，慧生又天生的能捆羊，放开手施展出捆他们的手段，这出《玉堂春》，没落多少包涵，只一两个人坐在那里摘他毛儿，却都不曾说到真正好歹的上边。

只听得他们道："这一出'两旁刀斧手'，应当是梆子味儿，现在听不见了，都是兰芳、瑶卿给改的，哈哈。"他这话说王、梅二人，诚然不错，只慧生这去处，实有南梆子韵味，他竟没听出来。况且《玉堂春》也不一定以羼梆子见长，足见他不是真行家，然而也不能同他辩白，只可付之一笑。

底下便该杨小楼的戏了，墨香想起一桩笑话。记得从前在虎坊桥湖广会馆看戏，座中有一位翰林，一位名士。那翰林的住宅，挨着明末死节大学士范景文跳的那口井甚近，他偏说是范希文。不知范希文名仲淹，是北宋名相，北宋建都汴梁，北京是辽人之地，范希文是不会到这里来的，他枉为翰苑，连范希文、范景文都没闹得清楚。那日谭鑫培唱的是《别母乱箭》，那名士问这扮的古人是谁，有人答言是周忠武公，名士又问周忠武公叫做甚么名字，又答出叫做周遇吉，名士又问周遇吉是哪一朝的，又告诉他是明末忠良。少时翰林、名士都已走了，江夏傅君大笑道："我今日得了一副对子。"人家道："不知是何妙对？"傅君以手拈髯，说出这副对子来，却是十四个字：名士不知周遇吉，翰林错认范希文。引得满座也都大笑，足见翰林、名士也有蒙事的，也和戏班说的羊毛一样。

周忠武的夫人刘氏，据正史上面是一员女将，《铁冠图》传奇，改其名为白素贞，可也写她武勇。不知曹寅何所见而云然，作这《虎口余生》的曲子，写得周夫人只是寻常文弱女流。如今戏台却都依曹寅的路子演唱，未免令周夫人减色。老将王好智，人称"王铁鞭"，然而正史无名，汪有典《史外》也不叙入，曹寅等也把他漏掉，未免可惜。

墨香想了半天，杨小楼的《别母乱箭》唱完，戏便打住。墨香随着众客来在门前，耳中只听得淅沥哗啦的响，抬头一看，不知甚么时候，下起雨来了。正下得甚紧，只得站在台阶上，看那有车的人登车而去，没车的人花两三倍的车钱，在那里雇车。

墨香心里正慌，忽见一人由门内出来，身后带有跟役，拿有雨具，那人一眼看见墨香，大声道："陈先生还没走么？"

墨香看时，却是荀慧生，墨香道："你先已唱完，何以在此流连？"

慧生道："我在台上，雨已下起来了，我指望等雨过去再走。谁知秋雨是连绵的，不像夏天的雨，来得虽暴，去得却快，我越等雨越大了，幸而我有马车，咱们一同回去罢。"墨香应允，同上了车。

慧生先送墨香到家，他才回了棉花二条胡同。那雨次日还不曾住，这秋雨另有一番景况。怎见得，有昔人诗句为证：

桂院浓青滴，梧庭淡绿生。

淋铃摇九子，曳屐话三庚。

“庚”字是“年庚”之“庚”，“三庚”是有古典的。畅怀书屋《诗韵合璧》，“庚”字底下注过“三庚”二字，有人疑心这句诗的“庚”字儿，当作“更鼓”之更，却是弄错。

闲话勾开，且说当时雨声滴沥，闹了好几天，待得雨住天晴，陈痴疯来了，说道：“有个票友吴碧涵，年只二十多岁，长的极像王蕙芳，学过几出戏，可都是青衣，是内行何喜春教的，如今要学花旦。我说不必内行，票上尽有前辈，他叫我荐人，我保举了阁下，改日我叫他来，请阁下给他教一出《戏凤》。”

墨香摇头道：“不行，我不会这一出，我是教不了《戏凤》的。从来‘票教票，瞎胡闹’，我例不教戏，只给小杨子随便说过几出罢了，而且都没说到好处，请他另找高明。”

痴疯道：“怪哉，你肚子极宽，怎么通大路一出《戏凤》，你竟自不会？”

墨香道：“人都说我胡唱乱唱，那才是戾笨头的议论，我才一步不乱走呢。我自入熙春会，应的是青衣、刀马、刺杀、玩笑四门，我未入熙春会以前，只多跨一门武旦，熙春会里有彭涤凡、杨爱慈，我连武旦都不唱了。我向不唱闺门，《醉酒》《戏凤》都是闺门应行，我管不着，因此我没有学过。”

痴疯道：“你既不唱闺门，你年轻时何以唱《得意缘》的小姐？”

墨香道：“狄云鸾我只蒙过一次，太不对工，我才改唱郎霞玉，况且云鸾还算玩笑旦，不一定是纯粹闺门。”

痴疯道：“你不教《戏凤》也行，只吴碧涵是一定要跟你学的，你爱教甚么教甚么。”说着辞去。

次日，有几个票友约墨香吃饭，说起旧话，有人道：“前十几年，来了一个外路花旦，叫做周蕙芳[1]，在天乐园唱他新编的《梅女》，小生可是北京的一个老脚，唤作陆杏林，为人很有些古道。他族中有个女孩，被人卖入勾栏，杏林在前后台见了同行有钱的和外行富户，磕头作揖，求人帮忙，弄了一笔财，把这女孩赎出来了。他台上的本事也很好，嘴里也讲究，只年龄已长，钻锅不行了，周蕙芳给他的本子，又写得含糊。戏中梅女将现鬼形，小生应当害怕，待变成美人儿，小生才念‘妙得紧’，向前勾引。杏林一时疏忽，方一看见女鬼就说是妙，便引逗起来，太也好笑。如今杏林久死，周蕙芳也没再来，只这笑柄可留下了。”

墨香听着也觉有趣，席散自归。又过十来天，痴疯又通信替碧涵说项，要知墨香教戏与否，且看下回分解。

---

[1] 周蕙芳，本是上海丹桂第一台的杂役，因眉目韶秀、嗓音清润而下海，民国四年来京，搭天乐园，系在京演出南派新编本戏之第一人，除泡戏《梅女》外，尚有《看看谁先死》《不到黄河不死心》等，以贾洪林、张文斌、陆杏林等为配，戏码列大轴，王瑶卿兄弟唱压轴、倒第三，风头甚健。有人言其艺名为小桃红，不确，小桃红后改名张润秋，乃梆子花旦出身。

第五十九回 潘镜芙进正言 张慕蝶翻旧戏

话说过不数日，吴碧涵来了，再三说要学戏，墨香推辞不得，只得应诺。碧涵辞去，明天又来，从此二人时常相见，这年荀慧生又往上海去了。正是：

娟娟一片月，清夜清如水。

明日月还圆，行人行百里。

荀慧生将走了一月，却从上海来了个旦脚，唤作黄玉麟[1]，人称“绿牡丹”，是海上老脚色戚艳冰的弟子。他父亲也是个做官之人，生性憨直，觉得宦海风波，不大好受，决意不许儿子在官场混饭，把这娇儿送入梨园，他却是□□道□也。诗曰：

只知伶事强官事，那晓伶人亦是人。

只要是人都一律，戏场花样更翻新。

官场是大官压小官，黄老头子是明白的，戏场是好脚压乏脚，黄老头子却没尝着滋味，要他这位少君前来领略。做官的发财，只是过眼空花，这手抓进来，那手丢出去，不容易积下。唱戏的也是这般，谭鑫培身后，家里虽有官司，家资并不十分的富足。王瑶卿为要配搭整齐，一动便是三十六个傍脚的，又耗财，又生气。那时好脚正赚戏园的“转银子”，逢年按月，大批送到，好似买东西的定钱。又不按旧例拿戏份，赚的是加钱，每座加几文，归这好脚使用。这两项瑶卿赚的不少，都存不住。此外脚色们谁赚的钱，也不舒坦。俗语“官场如戏场”，只算说了一半，要知戏场也是如官场的。世人有一半羡慕唱戏发财，又有一半忌恨戏班，见了伶人就咬牙，说他生财之道，比自己容易，非毁他不可，都是不明真相。只人心都是吃那一行，便觉那一行事事碍手。黄老头子既然是个官僚，自然看得官场险恶，却也是对于戏班摸不着底细。认做戏班是安乐窝，能挣太平钱，而且利息不比做官的微少，是羡慕一派。只望儿子强似自己，谁知大谬不然。玉麟自唱戏

[1] 黄玉麟 1923 年 11 月 26 日来京，次日，王瑶卿、程艳秋、郭仲衡等在大马神庙古瑁轩设宴招待，席间黄请拜王为师，瑶卿欣然同意，于 12 月 3 日正式行礼。

以来，也受了些磕碰，幸而成了好脚，还有人架弄，黄老头子总算十分中还有五分趁了心愿。只与他的初意，两眼只看着梅兰芳，已经不符，他更不知兰芳也有难处，何况其余的人。

玉麟在上海唱了几年，那时京里曾约申江名脚。数载以前，王瑶卿约过一个唱旦的小杨月楼，在中和、天乐两园唱过数月，只因他原是老生改行，才用已故名伶杨猴子的旧名，只是已改唱旦，仍袭用这个名字，闹得许多人疑惑。小杨月楼走后，申脚来京的不多，如今姚佩兰正办香厂新明戏院，便约黄玉麟北上。玉麟拜在王瑶卿门下，择日登台，座客倒是颇有捧他的。有人说他比白牡丹强，又有人笑道：岂但比白牡丹强些，似乎还在梅兰芳以上。这虽不为定论，足见黄玉麟在当时人缘不错，口碑甚好，除了欺负生脸的老棒槌们，不在其内，吴碧涵约墨香去看了几次。

展眼年底，各戏班唱过极硬的戏，扮了灵官，放过爆竹，就封了箱，等明年元旦再开。过不得十日，已是大年初一，有真山民诗曰：

画角声中旧岁除，新年喜气满屠苏。
阳和忽转冰霜后，元气更如天地初。
晚色催诗归草梦，春光随笔上桃符。
闭门贺客相过少，静对梅花自看书。

一切年景不提，初三日，墨香到一家去吃春酒，听得人言："杨小楼年轻时唱《铁笼山》，谭鑫培看见，哼了一声，小楼当夜到谭家，请老谭给他下刮，可算精益求精。现在好脚，人要说他不是，他就恼了，再找像小楼那样虚心的，可就少见。"

墨香听毕，暗想此言不差，如今的好脚，实在不免护短，也不止一人为然。墨香饭罢归家，夜间偶看隋人颜之推作的《颜氏家训》，见其中有几句话头云：

心及口敌，性与情竞。
夜觉晓非，今悔昨失。

后面又总断两句云：

自怜无教，以至于斯。

墨香不觉面带愧色。咳，我近二十年也恰是这般，颜之推自言是早丧父母之故，也正与我同。沉吟半晌，息了电灯去睡。

次日起床，一天没甚要事，将吃晚饭，吴碧涵买了四只肥鸭，亲自提来当做年礼，墨香道："我是好佛的人，你送此等礼物，我的心甚不安。"我只不受，碧涵坚执要送，闹了半天，毕竟是留下了。二人无事，仍去听黄玉麟的戏，连日不休，甚么《女起解》《玉堂春》《乌龙院》《翠屏山》，也有瑶卿教的，也有他早在上海学的，都已听过。不久玉麟回了上海，碧涵也往天津谋事，他好似专来与墨香看黄玉麟一般，差不多日而来，又差不多日而去。从那一年直到《活人大戏》起稿，又是不少的日月，台上不曾再见黄玉麟，台下不曾再见吴碧涵，倒也好笑。

玉麟、碧涵才走，慧生又回，这番相见，格外亲热，只杨心词在海上有了公务，慧生这里帮忙的朋友，换了沙抱一，倒也得他力气不少，好似刘邦之有韩信，慧生却搬向棉花七条胡同去了。

三月间，张慕蝶又来找墨香，不由通报，直入书房坐定，墨香正拿着碗吃东西，慕蝶道："原来大哥也吃拈转。"

墨香道："此物连陆放翁都吃的，何况是我。放翁诗云：拭盘堆连展，'连'读如'辇'，王渔洋《池北偶谈》：今山东人用新麦作条，唤作'连展'。现在咱们说的'拈转'，乃字音之讹。"

慕蝶道："如此说来，宋朝人就吃这东西，而且放翁是南宋人，那时还怕不止北方吃这个呢。"

墨香道："渔洋只说山东，其实这在北几省是常有的。"

慕蝶道："东坡、放翁，是两宋的二大名公，戏上只见东坡，没见过放翁。"

墨香道："桂未谷《后四声猿》，演过放翁沈园题壁的事，不过没人唱罢了。"

须臾墨香连展吃完，取水漱口，取巾擦脸。

慕蝶道："今年六月家母生日，依然在庆丰堂唱戏，仍是订的富连成，还请大哥去消遣一出。只大哥唱哪一出合式，可得您自家规定，最好是咱们哥儿两个拴在一块。"

墨香道："去年《马上缘》，今年唱出《破洪州》，你看如何？要据《宋》《辽》两史，这个地方，应当写作弓旁厶的'弘'字，方是辽宋可以交兵之处，水旁的'洪'字，在江西，辽兵杀不到的。"

慕蝶道："大哥可能知小生的地方唱白？"

墨香道："我这一出抱总本，果二、包大都是我说的。"

慕蝶道："他二位都是武生，丹亭倒是还兼演小生一工，我见过他唱过《雅观楼》的李存孝、《闺房乐》的赵子昂，虽然一昆一乱，都是小生的活儿。仲予却不相干，怎么学起这一出来了？"

墨香道："我听得老伶们说，戏班本无武行，近数十年间才添出武行来，是从春台班兴的，至今不够一百年。当初北京各大名班，小生、武生原不分家，我听福寿班时，曾在后台看大水牌，写着脚色名姓，各分门类，那著名武生俞润仙，确是写在小生门内，跟陆薇仙兄弟在一处。彼时已有武行，润仙仍依旧规，不另列武生一门，足证老伶的话不谬。谭鑫培唱《招贤镇》，王楞仙来过黄天霸，并且王楞仙唱过《长阪坡》《挑华车》，小生、武生原是一门，果二、包大学《破洪州》的杨宗保，正合老例的，不算管外活儿。"

慕蝶道："我正想唱《青石山》的关平，经大哥这么一说，我也不算跨其外了，只不知大哥肯唱九尾玄狐不肯？

墨香道："那是武旦应行，我自入熙春会以来，只管青衣、刺杀、刀马、玩笑四种旦脚的戏，他那里的《青石山》关平，便是小生袁泽如，连久作戏评的文豪张聊子，都扮了马童。这个人在报馆里资格最老，作的与兰芳有关系的文字最多，只那时会中武旦另有人，这个九尾玄狐，我没在那里唱过。然而从前我实曾唱过武旦，九尾玄狐我倒清头，在赵子珩、顾七两处票房，我曾经唱过几次。而且武旦的活儿，我还不止应这一出，我连《蟠桃会》的龙女、《殷家堡》的褚兰香、《攻潼关》的余金凤，都曾唱过的。说句泄气的话，我为这几出，跟人家借行头，很呕了些气，不过已有十年不动这些了。好在九尾玄狐不很累赘，除了跟关平对刀不能减，此外可以由着性儿，偷工减料，我还可以对付。比不得《泗州》，真得有两下子，我学都不敢学，慢说是唱了。就连《无底洞》，见完孙猴子，接着见哪吒，再跟二郎神对刀，一口气招架三个人，后边见猫神，得真摔，太不容易，我也是不行的。"

慕蝶道："我的武戏教习通是两人，一是姚喜成。他这名字好像喜连成的人物，只他久已出台，资格甚老，与喜连成无干。他父亲姚增禄，却是那个科班的教师，从喜连成教起，直到改了富连成，还是姚增禄拿戒尺，真教得长远，也教得好，一直教到烧了倒头纸，才算圆满。喜成的兄弟富才，倒是富连成坐科，也是武生，与父兄一样。他家既是世代干这营生，姚喜成教出来的玩艺，谅必不差。一是张增明，也是个梨园世家。改天请大哥对一对把子，咱们别闹个不严。"

墨香道："姚家的传授焉能有错，改一天我到你家对把子就是。"

慕蝶欣喜，告辞出门，上车去了。正是：

一年一度唱新歌，宾主交欢情谊多。
只惜光阴如逝水，催人头白奈如何。

慕蝶已去，便又有朋友来，拉墨香到一家戏园看戏，墨香再三推辞，那朋友一定苦邀，只得同往。看了极乏的戏，只听得有人道："今天的座儿大约有一万斤。"

那朋友不懂，墨香笑道："这是损话，拉扯平了，每人一百斤，该是多少人？"那朋友方才明白。

戏还未散，墨香告辞出来，独自去看了程玉霜一出《玉堂春》，方回了家，估计玉霜的座儿，总在"九万斤"内外，比那一家真是天地悬隔，好脚色的力量，是真个不小。

过了数日，墨香到松树胡同张宅而来，见姚喜成、张增明和武花脸刘砚亭，都在那里，慕蝶道："舍侄要唱《青石山》的仓子，请刘先生来用功，舍侄功已用毕走了，刘先生却还在此。"便给墨香引进。

墨香久知砚亭本领不弱，是杨小楼一条膀臂，他排行第八，还有个行九的，就是小楼女婿刘砚芳，武生、老生都唱，现给小楼管事，弟兄二人，都是戏班里站得起来的人物，并且听得包丹亭说过一段故事。

砚亭在承平班时，曾跟着吴和吉学戏，一日正学《青石山》的周仓，被何九一眼看见了，大喊："吴松泉你怎么没准谱哇，像你这么拿宝剑，一不留神就扎了别人的眼睛。"

和吉生了气，说："何先生，您虽是比我早出来几年，您是文行，我的武戏，您少搭茬。"

何九说："松泉，你是行家，别说戾笨的话，戏班老例，文武是不分行的。何某人在三庆班里，也唱过《青石山》的仓子，大老板的毹氍子，李小贞的关平，小叫天才只能来个马童，姓何的敢说比你会的地道。"

和吉大怒道："咱们别斗口，请您教个样儿，给我瞧一瞧。要教得到比我强，我永不教这一出了，要教的不如我的好，你该当怎么办，你检直是打算踢我的场子。"

何九也恼了，瞪着眼说："吴和吉，我是好意告诉你，叫你自己去给学生改正，你怎么说我踢你的场子，红眼王四才踢人场子呢。可是踢过几回刘春喜，都没踢动，足见他也不是真正高手，我何老九向不干那宗事。你叫我教个样儿，你是打算蹶我，你可认错了人了，我怕甚么的，我就教一回，叫你这不知好歹的浑小子也学个乖，我要教得不好，永不吃戏饭。"

和吉便命砚亭跟何九学这一出，大家都替何九捏一把汗，吴和吉是个老资格，非同小可，本事很高，不在钱金福以下，连唐永常他都教过，要想压他，谈何容易，何九未免冒失，这个跟头可栽不起。谁知何九心有成竹，真个是会者不忙，登时给砚亭教起《青石山》来。

和吉在一旁看他的路数，才教了一半，和吉一跺脚说："我可输了，何先生可真高，实在比我在以上。"

何九哈哈大笑，拍着胸脯说："如何，我决不是蒙事。"

好和吉，真个拿过戒尺，放在祖师爷神像面前，叩了三个头，从此吴和吉不但不教《青石山》，连别的戏也不教了。他二人一犯肝火，倒便宜了刘砚亭，本跟吴和吉学的就地道，又被何桂山给一下刮，刘砚亭可以算是得了真传。这都是丹亭说的，谅必不假，如今张家这个教习找的不差，准教得好的。

墨香坐了半晌，想了一回，慕蝶就拿出刀坯子来，对了《青石山》的把子，喜成、增明、砚亭都说不错行了，二人辞去，慕蝶才学《破洪州》。正是：

好学不厌，小道可观。

有慕蝶一个朋友，走来看见道："二位原来在这里说《双挂印》。"

墨香道："我们说的《破洪州》，与《双挂印》没干。"

那朋友道："《双挂印》即《破洪州》，怎么说不相干？"

墨香道："《破洪州》北将是白天佐，穆桂英产子破阵，《双挂印》北将是耶律休格，他的夫人爱上宗保，被桂英看破，将计就计，把休格夫妻杀掉，久没人唱，已故小生江耗子家有总本。戏班为戏名新鲜，报子上硬把《破洪州》写了《双挂印》，实在是两出戏。"那朋友不答。

墨香到晚才走，次日慕蝶却来找墨香，一连十数天，慕蝶就算会了，从"点卯"到"破阵"，学得纯熟。又给他侄儿小张大说了一个白天佐，这一出《破洪州》的要紧人，都已齐备。只打阵时墨香给小张大说的把子，是白天佐在大边，穆桂英在小边，白天佐打穆桂英的上下左右，打过这两下子以后，漫桂英的头，桂英归大边，白天佐归小边，背对背，穆桂英反打白天佐的后蓬头，白天佐横刀，穆桂英竖刀，一同向内转身，来一个刺肚，白天佐递出刀杆去，穆桂英向他的走马腰锋，打鼻子，抓头，就把白天佐打败。末场，穆桂英由下场门，接白天佐的蓬头，刺肚，转往右首，不从上场门勾上，仍是前次《打渔杀家》的路数，虽寥寥几下子，不很繁难，倒还紧凑。张家叔侄都学过武戏，一听便也了然。

到得六月，墨香仍借荀慧生的东西，去了却这一个应酬的局面。《破洪州》杨宗保搭桥以后，穆桂英荡马，应当抱着旗剑，王瑶卿还遵旧规，可是旗剑碍手，容易出错，非有功夫不可。墨香可不冒险，不求有功，但求无过，便把旗剑暂时放下，只拿马鞭出去，好在前台都不在此等处着意，倒是没落甚么包涵。墨香昔年是因唱《破洪州》弄砸的锅，被票友和看客加上内行，三下夹攻，受过大窘，便专在这一出上面，格外留心，用了一番刻苦自励，目下总算挣回一点儿面子来。而且墨香谈戏，不敢十分自夸，也是由这一出弄砸长的阅历。谁知一干人见墨香不甚虚矫，反赞墨香懂行。正是：

但能行好事，何必问前程。

这一天白日唱的《破洪州》，晚间唱的《青石山》，墨香扮那九尾玄狐，却没上跷，只穿女靴，前台也没挑剔，唱完回家。

第二天潘镜芙来了道："你学佛多年，怎么还唱戏，这可行不得的。"

墨香道："我不过应酬朋友，我也腻烦这件事了，除却张慕蝶这一局，别处的帖再也不接，只要有三次不到，人家自然不请。先莫谈我佛的出世大法，即就世间法而论，这走票的营生，真不是应该干的。除了生气，就是花钱，费了气力，装男扮女，还要听人的抱怨，太不合算。有个旗人桂三，号叫月亭，他哥哥桂荫，做过安陆府的知府，我们安陆县是德安府管，与安陆府没干，只他总算我们湖北一位太尊。后来是替大清朝殉难的，也称得起是个忠义之士，与我族兄做白水令的问绅是一类人物。桂三戏曲之学，不很精透，爱跟梨园来往，他有一句话，最为好笑，他说人要不去得罪清议，不作害人的事，却想挨骂，只有玩票一途。招骂容易，也有把握，凭爷是谁，一入票房，自然有人骂的。这些年我姓陈的是挨够人的骂了，我离去挨骂的日子，大约已经不远。前几年江西王韵卿在太平湖，给他老太太做寿，他兄弟颂臣是谭派老生，也算出名票友，自己登场，请了许多名票，侗厚斋、林钧甫都在其内，此外的亲朋能上场的，虽然很多，一概不派戏码，这些人大怒，连寿都不去拜。我也是王家朋友，也没找我唱戏，我却去了，吃面看戏，跟不会唱的一样，这也看得出我的戏瘾，是真没有多大了。”

镜芙道：“咄！你怎么贡高我［慢］起来。听你说的话，似乎平和，实则傲的利害。你分明自抬身价，说那一干票友的气量褊窄，只有你的量大，你不夸而夸，完全钞袭讲学家，以自责为自炫的墨卷。外似解脱，内实著相，你沉迷已到十足，若不速醒，保你没有长进。”

墨香道：“依你之言，难道那些因不请他唱戏，就忿恨不已的票友们，反比我有理不成？”

镜芙道：“你著的是有学问的相，他们著的是不学无术的相，你错他们也错。古人云：善不可为，何况作恶，你怎么不明白？总而言之，凡一著相，善恶都使不得的，你快些忏悔。”

墨香怔了半晌道：“我理会浅了，万法皆空。”

镜芙道：“又差了，空相也著不得的。你可记得龙树菩萨有偈云：

大圣说空法，为除诸见故；

若复见有空，诸佛所不化。

“你家觉分老居士的大善知识，曾采入《大明咒经讲义》，何以你说出此话。”

墨香恍然大悟，向镜芙合掌致谢道：“多谢老兄提撕。”

镜芙道：“‘提撕’二字，我不敢当，你也不必作谢，我只是尽朋友规过之道罢了。你有你的大病痛，你自己不知，我却看得明白得很。你一向最爱文饰过错，你做错了，总找些圣贤佛祖的深奥道理，来硬装在你的头上，做个门面。你唱旦已经是坠落，你偏要借观世音菩萨现女人身而说法，来作招牌，你扪心自问，你还是醉心戏曲？你还是想普渡众生？作的虽是不背菩萨的事，存的却是大背菩萨的心。我以前所得太浅，被你蒙了，觉得你行事不差，如今我虽止进了一步，只你的差处，我却看出来了，你快些回头，莫走差了路。”墨香听毕，汗如雨下。正是：

翻了前车千百万，后车到此照前翻。

分明指与平川路，莫把忠言当逆言。

镜芙辞去，墨香仍与戏班票友打混，并未能听镜芙的话。只这些年戏班风气大变，“转银子”又不兴了。

又过半年，慕蝶又来商量明年的寿戏道：“是要翻一出老戏来唱。”

墨香问是甚么，慕蝶道："近日我得了一本《凤凰台》，孙策招亲的本子，打算排演一回，烦大哥来一个大乔。"

墨香："这一出可太僻冷，我在刘春喜家见过总讲，我倒略知大概，可以排得的。"

此刻另有一个朋友在旁便道："翻老戏倒是省劲，要是排一出新的，凡台步身段，都要另想法子，未免繁难。"

墨香笑道："新戏只能编新腔儿，然而用旧腔亦可，惟有地方得现站。至于台步身段，都是定而不移的，生旦净丑自幼揣摩，一下子也错不了，何用另起炉灶。"

那朋友还想强辩，慕蝶忙打岔道："我是见着《凤凰台》的本子了，大哥既也说见过，我倒要盘大哥一盘，这一出是何穿插？"

墨香道："这一出戏的关目，硬派大乔是一员女将，在凤凰台招兵，孙策前去借粮，二人打了一仗，孙策被大乔擒住，大乔爱他才貌，自愿嫁他，检直是樊梨花、穆桂英，不但谬于正史，并且《演义》也没此一说，只明高青邱有题《二乔观兵图》的一首七言绝句云：

共凭花几倚新妆，越女兵书读几行。

铜雀安能锁春色，解将奇策教周郎。

"虽没说她姊妹骁勇，已经说她姊妹知兵，这出戏大约是因此附会。二乔，陈承祚《吴志》写作'二桥'，'乔'与'桥'通，自唐人杜牧的诗，便写'乔'字，不用木旁。她姊妹是汉太尉桥玄之女，桥玄的儿子，被黄巾捉去，要桥玄拿钱去赎，桥玄一钱不给，黄巾一怒，把他儿子杀掉，从此桥玄绝嗣。剩此二女，待桥玄死后才嫁，一个归了孙伯符，一个归了周公瑾。后人编戏，刘先主入吴，桥玄还在，是靠不住的。桥玄，范晔《后汉书》有传，《吴志》只称桥公，未署其名。他是梁国人氏，二乔却住在潜江，那去处有梳妆楼、胭脂井，都是二乔的古迹。王渔洋有诗云：

修眉细细写春山，疎竹冷冷响环佩。

霸气江东久消歇，空留此地在人间。

"这一出《凤凰台》，刀马旦没俏头，人不爱唱，我倒不挑剔。"当下议定，慕蝶与那朋友都告辞回家。

这一年，杨小楼班里又添了一个叫座的脚色，正是余叔岩，次年正月，移入新明大戏院。

一日票友老生太谷温大到墨香家中来拜年，说话之间，提起一个去处。要知温大说的这去处如何，且看下回分解。

第六十回 白云观再作游人 《宝莲灯》永辞票友

话说温大道："今天正月初九日了，西便门外白云观很是热闹，咱们何不去逛一逛，不知大叔有工夫没有，能否前去？"

墨香道："我没要紧公事，我的笔债虽忙，却不忙在正月里，我就陪你走一趟，况且我已二十年没到白云观了。那庙在唐朝叫做天长殿，元朝邱长春真人在此大阐玄门，弟子栖云子王志谨，接传道法，明末被李自成毁坏，幸亏本朝第七代祖师王常月复兴，至今还说是邱长春真人的道场。俗传《西游》平话，是真人作的，其实不然。邱真人《西游记》，另是一事，叙的真人的事迹，是真人弟子李志常所撰。阮元因《四库》未收，曾经补进，张穆刻入《连筠簃丛书》之内。至于通大路、妇孺皆知的唐僧、孙猴子那一部平话《西游》，是明朝吴承恩编出来闹着玩的，吴老先生假作一篇邱真人的序，因此连蒲留仙、尤西堂都受他哄骗。后来《淮安府志》给他揭穿，坊本《西游》平话，才把这篇假序撤掉。《西游》平话里面，动辄写张葛许邱四大天师，张是张道陵，葛是葛孝先，许是许旌阳，邱是邱长春。若平话果出邱真人之手，断不把自己写在天师之内的。《西游》平话目录，有四字，有五字，与《三国》《水浒》，例用七字八字不同，也不似后出的《石头记》，都是八字，这也是《西游》特别之处。晚近小说有九字十字回目，只算另成新格，非古人的老例。白云观有一份'西游灯'，每逢正月必然悬挂，却是长春西游，与唐僧无干，和那琉璃厂吕祖祠'吕祖圣迹灯'、东四牌楼老爷庙'关公事业灯'，都是宣扬本庙神圣功德的东西。当年清德宗西行，'吕祖灯'毁了，东四牌楼慢说是灯，连庙都已土平，只有白云观的灯还在。从前庙中当家老道高仁侗，号云溪，河北人氏，名望很大，能写会画，善于扶乩，皇太后都称他老神仙。皇太后六旬万寿，他进贡了一座黄玉王母像，比宫里一切玉人子都强，太后十分高兴。浙人王家瑞、余涛、郑子元，都深明道法，高老道很跟他们套拉拢。我也算与老道认识，老道送过我一把扇子，写画是他一个人干的。他颇收梨园人作徒弟，孙菊仙、杨小楼都是他的门下。前几年杨小楼、王瑶卿在第一舞台，五月节唱《混元盒》，还借过庙里的龙袍，给天师法官穿上，那庙是龙门派，没料到正乙派的戏，会穿他们的衣裳。彼时舞台老板，是小楼和姚佩秋，还有个外行殿阆仙。小楼排《楚汉争》，原定瑶卿的虞姬，还没有唱呢，瑶卿辞了买卖，改了尚小云，倒是唱了。后来梅兰芳搭入，才改《霸王别姬》，年代不多，前台已不知虞姬是尚小云先唱的。现在小楼等已不当舞台的老板了，也没人再去借白云观的道袍等件，只小楼跟白云观交情更厚。白云观后有一座台，很像戏台的样子，那是老道们受戒的地方，比戏台小，又没后台，唱戏可别扭。我曾看见道士们受戒，台上挂天尊王元帅画像，高老道坐在前面，众道手执象简，立在台下，有好些头磕呢，也算热闹可观。那庙离天宁寺不远，天宁寺在清朝时，也有戏班人出入，现在可没了，不像白云观还是照旧。今天咱们要去，可以走了，到那里还得盘桓一会儿，隔着一道城圈，晚了可不得劲，早一点去为妙。”

温大应了一声，两人即出门雇车，往白云观而来。到得那里，下车进去，怎见得好座庙宇：

青松屈曲，翠柏阴森。门悬敕额金书，户列灵符玉篆。老律堂畔，蒲团坐稳全真；邱祖殿边，峭壁灯图圣迹。金童玉女，参随太乙天尊；力士天丁，簇捧灵官元帅。披发仗剑，北方真武踏龟蛇；扶杖顶冠，南极老人伏龙虎。星辰列二十八宿星君，帝释统三十二天帝主。三清殿上，击金钟道士步虚；四御堂前，敲玉磬真人礼斗。石桥下，并无流水潺湲；粉墙内，却有假山环绕。早来一带祥云现，不见天师朝玉清。

墨香道：“我幼年来时，玉皇殿曾经重修，金碧辉煌。当中昊天金阙玄穹高上天尊玉皇大帝，即儒教、耶教说的上帝，佛教说的协利天王，又称释提恒因，泥塑的法身，并旁边三十二位天子，通是三十三天圣像。还有案前翊圣、佑圣、天篷、天佑四才站班，都贴了金。翊圣即是玄武，又称真武，巫师们如今连翊圣、佑圣都分不清楚，硬说这二位，一是真武，一是玄武。刘青园曾作过一部《常谈》，驳巫师们不该分真武、玄武为二，却也不晓那翊圣、佑圣的分别。前些年这庙里的玉皇，好生庄严威肃，只东院真武殿最为冷落，今日重来，玉皇法身已旧，金色都发了黑，东院真武却十分兴旺，不但圣像有人彩画，连旁立马赵温岳都焕然一新。案前设了签筒，烧香的善男信女往来不绝，磬声不断，与昔日大不相同，‘盛衰’二字，真令人测度不透。”

温大道：“唱戏岳夫子使枪，怎么这个泥塑的岳天君，手里拿把大刀，是何原故？”

墨香道：“岂但戏上岳少保使的是枪，《宋史》列传也有‘丈八铁枪’的字样，只先父曾经考证，岳珂作的《金佗粹编》，岳少保实在使过刀的，一朝名将，自然十八般武艺件件精通。赵云在戏里总是一条枪，独《凤鸣关》要起刀来，金刀杨令公，偏《七星庙》使枪，刀马旦的穆桂英，《穆柯寨》是用枪的，《破洪州》就改用刀了。唱戏是为变一变路子，别落熟套，塑像为的好看。马天君是火尖缠蛇金枪，或拿画戟，猛然看去也和枪差不多。赵天君拿鞭，温天君拿蒺藜，岳天君是拿刀得样儿，若拿枪时，便与马天君重复。后世神像都有戏曲意思，戏曲也揣摹神像，关公最甚。我从小看戏，又常入庙烧香，我跟先父往浙江，一路之上逛的庙没数儿，赴长安，也进了不少的庙宇，这个道理，我是久已了然。”温大点头称是。

二人逛了半天，在茶摊坐下，有个游人走来招呼，正是张慕蝶，便在一处坐了。慕蝶、温大也甚熟识，彼此都是好唱的，谈得甚为相投。正是：

风虎云龙古话留，同声相应气相求。

三人都是登台客，自必相逢情意投。

只见隔座一个满身俗骨、假作文雅的人道：“现在人不懂戏的甘苦，只会看情节，才闹得满京新戏。又不懂老生，只能看旦脚的姿色，旦脚才挑大梁。要找我这样一个高明人，只怕没了。”

一个老者道：“非也。旧戏也是当初的新戏，昔人可编，今人也可编，不为太过。老生没人，旦脚才出了头，这也是一时风气，终久也要变的。”

那俗人冷笑道：“你分明说我不真高明，岂有此理。”即拂袖而去，老者笑而不言。

这里的三个人坐了半晌，一同进城。慕蝶约在一家饭馆用过饭，温大约他往新明戏院看戏，慕蝶道：“我还有事，不必客气。”登车而去，温大拉着墨香同到新明戏院。

进去买了座位，是第三排，离台甚近，得听得瞧，遇见武戏又不吃土。这一夜，荀慧生唱的《棒打薄情郎》，小生已换了金仲仁，余叔岩唱的《骂曹》，花脸裘桂仙扮的曹操。叔岩本来只能唱六字调，如今却唱到工字调了，嗓音比从前更好。不过调门一高，音声不免稍细，一般座客反说叔岩嗓哑，不及以前响亮。温大听了，好生有气道：“听戏不懂调门，花钱可太冤。”

大轴杨小楼的《安天会》，他这一出是老伶张淇林，即张长保给他说的，曾在第一舞台唱过。一招一式，都有精神，除了“盗丹”一场，桌子上的提觔，翻在底锣以外，不如长保拿的筋节恰好，此外都不弱似长保，无奈前台没几人看得出来，闹了个费力不讨俏。小楼看透这个毛病，于是大加裁减，快减得任甚么也没有了，前台也不介意。正是：

摔破瑶琴凤尾寒，子期不在向谁弹。

春风满面皆朋友，要遇知音难上难。

孙悟空闯出天门，有跳风雨雷电的，有跟着发点上天王的，他们这一班是跟着发点一派。四大天将，刘天君有不勾脸的，有画红三块瓦的，这一班是红三块瓦。悟空有大起霸的，小楼是淇林的传授，只做滑稽神气，不大起霸。这一班照例是钱金福的天王，一条嗓子不很玲珑，比当初何九可差得多。方秉忠吹笛，鲍桂山打鼓，总算不错。

戏完，墨香、温大怕挤，站着不走，看着别人乱纷纷在那里争路，温大道："这一出《安天会》我是看过的，好像至少得唱四五刻，今天怎么两三刻就完了？他们一场不缺，并非减头去尾，其中定有猫儿溺，我可看不真切。"

墨香道："大处不减小处减，逢细腻的地方，都草草一表，自然不耽延时刻。"

温大方才省悟，笑道："我还笑别人不懂调门高矮，原来我也不在行。"

墨香道："看戏各走一工，你行我不行的去处也就不少，只你究竟比那些胡发议论的强了十倍，有疑必问，就是你的长处了，你倒不可太把你自己看小，我也是由不懂戏的堆儿里爬到这懂而不懂的队中来的。这个玩艺，谁也不能全都通晓，然而有不懂，方有真懂，若是十八般武艺件件皆通，管保你十八般武艺件件稀松。我看《安天会》比你明白，只因小时看了多次，并且我扮过那浑身缟素、孀居打扮、拿着双剑、今天武旦朱桂芳扮的那个月孛女星，只我没学过孙猴子和托塔天王，你要叫我揉碎了细说，我也是办不了，我也算是戾笨。岂但咱们，就连后台老板，隔行如隔山，也没一位件件在行的，有时戾笨起来，比外行还加十倍。我听得他们的怯话多了，而且现在讲究嘴里的太少，余叔岩、王凤卿都算肯在嘴里用功的，然而叔岩并没因嘴里好，受前台的捧。戏者意也，好坏只凭前台用他的意思去定，没有甚么真是真非，你又焉能算不在行。"

温大笑道："大叔见解不差，只讲这'戏者意也'四字，未免附会。"

墨香道："汉宋儒者解经，早留下这一条例，我是照办。依我之见，大凡看戏，最好只在情节上面着意，可法可戒，当一面镜子方能有益，似我们这种看法，敢是错了。看戏如此，论戏又何独不然。挑剔穿插，改正词句，只是末节，最要紧是看他宗旨邪正，此外大可不问。我作的戏评文字，十有九犯这毛病，实不足为训。"

说话间，人已散得不少，有了走人的路了，墨香、温大同出戏院，各自回家。次日，慕蝶约墨香、温大到三庆园看了一天程艳秋，这日他和郭仲衡唱的《宝莲灯》。又过半月，慕蝶约在本宅吃春酒，墨香、温大都在座。慕蝶的朋友有会拉胡琴的，温大乘着酒兴，唱将起来，恰唱的是《宝莲灯》慢板二黄，学的是余叔岩的灌片[1]，倒是唱得不错，嗓音也甜，满座都给他叫好。

墨香道："他这几年真肯用功，前些日子，缪四约了他一局，他唱的《捉放》，缪四本人唱了出《探母》的杨延辉，缪四的资格比他老，却压他不住。"

那拉胡琴的道："他可惜出来的晚，要早出十来年，准打得过王君直。"

---

[1] 余叔岩未灌过此片。

慕蝶道："今年家母生日，我仍在庆丰堂，找富连成凑一天。只因这饭庄子是票友小生兼武生赵汉卿开设，他内弟黄老五也在票房唱旦，预备下海，因此汉卿欢迎票友。温先生唱得如此之好，到了日期，我一定请您赏音。"

温大道："只要我唱完了，您不叫我打水刷台，也不掐着脖子，叫我吐丸子，我就挨一回骂，也没甚么不行。只是要陈大叔来那个王桂英，我生疏一点儿，有我这位老长辈，是台上的老手，好给我兜着。"

慕蝶道："陈大哥在我这一局里唱过两次，真还没动青衫子呢，你们二位唱一出更妙。"

墨香道："《宝莲灯》是最老的戏，我听得老伶们说，张胜奎即张奎官，和时小福唱过的，我可没赶上。我见过刘桂庆、陈瘦云的，又见过龙长胜、吴顺林的，周长山和李棣香也唱过，他二位都会磨蹭，拉胡琴的沈福海说得好：'周大爷的慢条斯理，连我都头疼，别说听戏的了。'后来鑫培、瑶卿在中和园唱过几次，瑶卿的路子与众不同，别人是老生唱完，旦脚倒板，他却是老生留一条腿儿，旦脚接腿上。别人一直慢板到底，温的利害，他'猜心事'唱快三眼，是紧的多。后头王桂英揪住秋儿不放，老路子刘彦昌推桂英一下，就是一脚踢倒桂英，瑶卿是彦昌一推，桂英、秋儿往里翻身，揪住一哭，彦昌用手一分，桂英、秋儿再往外翻，再揪再哭，彦昌才踢桂英，也比老路子似乎细致。这一出自谭王以后，十几年没人唱了，瑶卿才教给艳秋，于是兰芳也补学出来，又复兴盛。只票上一直没断，老生票友续伯之在光绪年间，专唱刘彦昌，后来的恩禹之、王劲闻、陈痴疯，已经下海的言菊朋，都唱这一出。旦脚可归了二路，除陈子方、章晓山还够个头等好脚，此外都只算配角。我是票房二路青衣，这个王桂英倒还清头，不过黄学会的这一出，是陈子方唱，熙春会的这一出，是章晓山唱，我轻易唱不着罢了。我学的本是老路子，因新派紧凑，我也改了新路子了。"

温大道："大叔的这出戏我看过的，一半天您再跟我对一对介口，我要有不地道之处，您可以给我大下刮，我只是听会的，没跟人学习，检直没根，只算蒙事。"

墨香道："你蒙的圆全就行，我又何尝没几分蒙劲。人家是《宝莲灯》，咱们可以称得起是一出'宝莲蒙'了。"众人大笑。

那拉胡琴的道："这一出目下艳秋最唱得热，有些座客偏说兰芳好，似乎他真见解，这种座客都以顾曲周郎自负，也可以叫他做'蒙事'周郎。有个内行旦脚，连沉香、秋儿都没认清楚，就把王桂英扮上了，那才真是蒙呢。然而'蒙事'周郎们坐在台下，也和兰芳、艳秋一样的看，并不知他是蒙。只这旦脚也有他的好处，不能一笔抹倒。你道他的好处何在？他能沉住了气，不慌不忙，上台蒙事，并且蒙的出精彩来，能弄得有人叫好，这就是火候，这就叫本领，非内行无此功夫阅历，咱们票友是办不到的。话又说回来了，谭鑫培、梅兰芳也有蒙的时候，只内行与票友不同而已。”大家连吃带说，饭罢各回。

展眼六月，墨香又去找荀慧生，借《凤凰台》《宝莲灯》的行头，慧生道：“这一出《宝莲灯》，上海加头加尾，用老本子改造，添了些灯彩，又名《神仙世界》唱过一阵子。那时候北京正不唱这一出，我正在上海，就是我来的王桂英。梅尚程虽是正工青衣，他们的唱王桂英，反都在我之后。”

墨香笑道：“你虽唱在他们以前，只我唱王桂英时，你还一出青衣不会，不过我是闹着玩儿。我自知本事太差，一出戏能完全掉在凉水盆里，唱不出一朵花儿来，不敢与你们比资格的。”

慧生道：“您又不指着唱戏吃饭，怕甚么凉水盆子，要是我们可不行的，非火炽不可。这个王桂英，老前辈愣说唱不热闹，我看也不尽然，我就能叫他热闹。”

墨香道：“此话不差。你是捆羊圣手，我远不如。”

慧生叫跟包取行头，随墨香同行。这日天气甚热，怎见得，有诗为证：

五岳翠乾云彩灭，阳侯海底愁波渴。
何当一夕金风发，为我扫除天下热。

墨香到得庆丰堂时，看见寿堂不由有些难过。前两年我岳父万先生还替我写寿对，如今我岳父不在人世，我再也不能请他动笔了。我五舅早歿，我十舅父七十生日的寿文，也是我岳父作的，不料没过三个年头，我十舅父也成古人，想起来不大好受。正在那里伤感，早有打鼓人松文明走来，拉墨香到一间厅内坐定。

文明道：“《凤凰台》是程春禄程先生去打，早跟张爷说好了。可是《宝莲灯》的活儿是该我的，您给我仔细地说上一说，免得台上去砸。拉胡琴的姓徐，是徐立棠徐先生的少爷，也请您费心，告诉他一个谱儿。”

墨香道：“你们真算慎重。”

文明道：“甚么话，我们理当如此。”

墨香给他说了，文明道：“咱们别嫌犯，越说的遍数多越好。”

墨香又念叨了一回，说到王桂英揪秋儿，不按老路子，另是一工，旁边早有人道：“您说的王桂英与秋儿对着往里翻身，可得跟本班扮秋儿的说明白了，不然，怕他来个溜下，您可没抓挠。”

墨香道：“那自然是要跟他去细说的。”

文明一连说了三遍，墨香道：“这可万无一失了。”文明等方才退去。

墨香悄向温大道：“桂英揪秋儿时节，秋儿项上已拴绦子，照王派桂英揪秋儿朝里翻身，彦昌不揪绦子的，今天你可把他揪住，他想溜也不行。”温大点头会意。

墨香找不着秋儿，只把自己这个路子告诉阎喜林，叫他给扮秋儿的去说，阎喜林满口应诺。正是：

万事俱备，一心甚劳。

第一日，墨香白天唱的《凤凰台》，扮起来虽不十分扎眼，却不像个闺秀，上去开打，觉得四肢发软，好生费力。唱完在前台坐着看戏，一个票友花旦道：“我近来拜了田桐秋为师，他给我说了出冷活儿，只怕现在的内外两行全都不会，我可以卖独份儿。就连陈大爷听戏最多，唱的也不少，还怕没看过这一出呢，不必说是别人了。”

大家问是甚么，那花旦道：“说出来列位也不知道的，陈大爷谅也不晓，只我不能不说，就是《也是斋》，又叫做《杀皮》，你看冷也不冷。”

众人将要答言，墨香丢个眼色，众人方不言语。吃过晚饭，眼看《宝莲灯》戏码快到，一声雷响，下起雨来，台顶上面盖有铅板，却是不碍，墨香、温大都冒雨到后台扮戏。墨香从镜中看见自己容颜，扮这中年妇人王桂英，似乎比扮大乔要像一点儿，然而也只是将就凑合罢了。

扮好登场，前半出墨香紫帔白裙，是个夫人打扮，后半出墨香披头散发，是个难妇神情。唱到揪秋儿时，那温大果把绦子揪了个结实，秋儿走不脱，只好与桂英对翻。待得唱完，那雨已住，墨香便回了家。有秋云居士诗曰：

红氍毹上拥仙装，舞袖歌衫列画堂。

华烛影摇金绰约，珠帘花拂绣衣裳。

古人梦醒还登榻，转眼更阑即散场。

豪竹哀丝谁谱出，沁人心处是文章。

张家这一局，一年一次，才唱了三次过去，次年慕蝶出京，张家这一局又算结束，从此墨香下了决心，再不走票。

墨香自《破洪州》穆桂英演起，到《宝莲灯》王桂英收科，两个戏中妇人，一文一武，芳名都叫做桂英，天然成了章法，倒也有趣。墨香在票房里头整干了十五年，甚么滋味，都算尝到。当初其热如火，落后其冷似冰，先不热到极处，也决没有后来的冷淡，热与冷只是一气呵成，并非两橛。墨香既不登台，所会的戏，渐渐搁的忘了，似那《借圣威》《凤凰台》，本不实授，忘的连影子都是没有，然而于从此心安意泰，而且落个急流勇退的美名。正是：

唱戏何如看戏乐，下场更比上场难。

记得昔人有诗曰：

路本羊肠形，折转多他歧。

误识为直道，偶陷深蒺藜。

又有诗曰：

顾我本俗材，百事无一长。
文字虽幼学，钝庸今废忘。
不能温旧习，汗下如流浆。
徒然日饱食，出入随群行。
又不耐羞耻，但欲归沧浪。
恨无一稜田，可以足糟糠。
莽不知所为，大叫欲发狂。

墨香这一年恰是四十三岁，记得陆放翁诗曰：

采得黄花作枕囊，曲屏深幌閟幽香。
唤回四十三年梦，灯暗无人说断肠。

倒与墨香此刻心境相合。墨香丢下票房，不久林钧甫等一干比墨香漂亮十倍的票旦，也都陆续歇手，只有章晓山年近六旬，还傅粉登台，老当益壮，大有陈子方之风，墨香却是学他不来的。要知墨香自此以后，还弄些甚么可笑的把戏，且看下回分解。

第六十一回 心泉制宋词谱 瑶卿歌唐诗篇

话说墨香跳出票友的樊笼，再不去登场演戏，却与荀慧生打成一片，每日必到小留香馆，虽仍离不开一个“戏”字儿，却另是一回事了。这正是：

痴顽久不去，常恐遭诮让。

皇天怜其狂，择地令自放。

这一年慧生又到上海去了一趟，临行之时，墨香赠了他一出全本《玉堂春》。在上海排演，十分叫座，墨香在京闻知，也甚高兴。慧生北返，自己在三庆园挑大梁。那著名老生余叔岩，从离开兰芳以后，他拉的二牌旦脚是尚、程，后来又跟荀家凑了些日子，如今都挂头牌。叔岩自唱了不够一年，便歇了手。荀慧生唱了些时，程艳秋搬入天乐园，又值这个地方重修，改名华乐，罗掞东死去，一切后事都是艳秋料理，落了个‘义伶’的名色，也不枉了。他们各编新戏，艳秋是浙人金君给他帮忙，慧生便约墨香主笔。不久慧生入了开明戏院，声誉日隆。正是：

三条九陌花时节，万马千车看牡丹。

当日北京城里的一般座客，称梅、尚、程、荀为四大名旦，与昔年前四大名生余三胜、程长庚、张二奎、段景荃、后四大名生汪、谭、孙、许，是一样的名望了。从前墨香在曹心泉座间，论捆羊的门道，曾以四旦并称，如今竟众口一词了。若论四人扮相，神仙妆束，兰芳第一，小云最宜女将，慧生最宜艳装，艳秋披头散发，越苦越好。正是：

洛水巫云是耶非，莫争燕瘦与环肥。

桃花梅实匆匆过，忙煞金针作嫁衣。

一般文人道：“看四旦的戏，如看清初四位名人的诗，梅如渔洋，专讲字面好看，尚如查初白，力求通俗，程如吴梅村，语多凄艳，荀慧生是王次回，一部《疑雨集》，专作香奁体，各有所长。”

大李将军也深赞他四人的本事，曾道：“梅缀玉雍容华贵，尚芳信袅娜刚健，荀留香蕴藉风流，程玉霜哀感顽艳。”又给四人各下一个字的考语：兰芳曰艳，小云曰健，艳秋曰峭，慧生曰隽，众人听了，都服他批评公允。只那慧生还有他的长处，真个是妙得紧。你道他那长处如何：

托腮兼咬指，无故整绿衣。

坐立频摇腿，含情不语时。

此是慧生特长，三旦都不能及得他的。四大名旦各显神通，从此北京旦脚，再也不能超出他四家之上。

这一年从上海来了个刘三[1]，是个老生，学的余叔岩一派，玩艺很瞧的过儿，搭入慧生的班子，登台演唱。头一天在中和园唱《定军山》，有人送些花篮匾对，刘三结束登场，扮相甚好，嘴里还算讲究，不一定轻飘。耍大刀，弹髯口，都像干这个的，一下子他也没错。嗓子虽只中平，比老脚色刘春喜只有强的，根底似不如春喜深厚，可是外面光，比春喜漂亮的多了。偏前台欺负生脸的座客来得太多，待他唱到“黄罗宝帐”的二六，虽有一点告干，还可对付。不料拉胡琴的瞅冷子给他由六字调长到工半调，这是手里没准的原故，不是成心跟他下不去。然而人嗓子是肉的，这一段尺寸又快，刻不容缓，刘三可有些招架不住，声音稍带嘶哑。却也还没敢像当年刘春喜，到了紧关接要之处，一个嗓子来不及，便慌着调门，任意乱嚼。不过他是头天出台，与刘春喜的资深格老，不能并论。墨香正与老生陈喜兴、《实事》报馆经理戴兰生同座看戏，听他嗓音一变，三人各吃一惊。

墨香道：“不好！刘老三这员大将，怕要阵亡，这可不是闹着玩的。”一言才毕，兰生、喜兴还未及回答，那些欺生的座客们早叫起倒好来，加着“通”声不绝，满园四面喧呼，连二十年前谭鑫培得的正好，也无此热闹。正是：

今朝唱的戏，没兴一起来。

要知这一出《定军山》，看的是身份，不是专听唱的戏，只座客早已不是这种心思。谭鑫培看得清、拿得准，添出“头通鼓”几句唱来，别的戏这种音节甚少，座客听着新鲜，才把老谭的这一出大捧特捧。老谭得了志，还笑你们是伙生羊毛，未免可叹。

这一出黄忠头次讨令，将一进帐，应当站大边，那小边是严颜讨令站的，虽不同场，可是有准窝。黄忠拉弓，起二六，应当对前台拉山膀。后来有那没准谱的浑小子，扮上黄忠，头次进帐，错站严颜地位，起二六，面对后台，拉起山膀来，那才真值倒好。座客倒容得住，却不容这一切实授的刘三，也算一件天大的怪事。

当夜刘三大败亏输，就算砸了个土平，戏完各散。自此前台认准了他了，每次只要

[1] 刘叔诒，即刘天红，1927 年 4 月搭庆生社。

他扮上戏出来，总给他无事生非，叫几个倒好。哎呀，这一碗戏饭可真卡嗓子眼儿，真不容易吃。究竟刘三少年气盛，志大心高，几次倒好，只叫得他意懒心灰，一跺脚离了北京，辞了戏班，另谋生计。比起昔年米喜子，必得想尽方法，扭转人缘，成了一代名伶，可就相差太远。只米喜子也才有几十年兴盛，身归黄土，与没有兴旺一般。刘三纵不成名，也可混过一生，拉扯平了，仍与米喜子没有上下。正是：

堪叹人生天地中，百年岁月一朝同。

彭殇齐论非河汉，莫使机心莫逞强。

刘三已去，慧生还照旧唱他的戏。只这几年，戏价又增，好一点儿戏班，都卖到八九毛，甚至闹到一元。各园都有人先买离台近的好座，再去增价出卖，借此生财，其名唤作“挡手”，这可是从前未有。一干好抖阔的看客，又专喜买挡手的座，戏园没有给看客去报戏名的，挡手若遇好戏，倒常去报，益发得了看客的欢心，挡手的买卖，倒也兴隆。戏园与戏班有包儿的，有分帐的，计算起来，分账的居多。新戏亮台，时常加价，因此大家都在新戏上着力，四大名旦更叫做一日千里。

早有人不忿道：“戏是老生为主，旦脚挑了大梁，真乃岂有此理。”

齐如山道：“不然。王紫稼、魏三儿都是旦脚挑班，这不是由今天兴的。”

那些人道：“齐二原是兰芳的忙子，他的话信不得，我们总觉捧旦的都不懂戏。还有票友公然唱旦，罪更在齐二以上。”说着不由怒目横眉，义形于色。

四旦知有这种人物，反更努力前进，不稍退缩。

一日，大家在慧生座上，谈起宋朝陆务观休妻故事，一人道：“务观之母唐氏，给务观娶了她娘家侄女，夫妻甚是和睦，唐氏替儿嫌妇，逼着务观把媳妇休弃。这妇人嫁了个宗室，唤作赵士程，一日同游沈家花园，与务观相遇，务观在壁上题了一首《钗头凤》的词，这妇人不久死了，周密《齐东野语》、陈鹄《耆旧续闻》，都载此事。陈鹄并叙及此妇是曾和作的，可惜全首残佚，只存六字，目下各笔记却载全首。只《钗头凤》前后两半阕，末句三个叠字，例用入声，他却闹出平声来，是戾笨干的。务观原词，‘东风恶，欢情薄’，不是起句，陈鹄记的‘世情恶，人情薄’，也一定是中间的话头，既称和作，必步原韵。如今把这六字放在开首，也是绝大一个笑柄，还有人信以为真，可算浑到极处。清朝桂未谷有《题园壁》杂剧，也没收这伪词，恐此词在未谷时还没发现。这节事迹，倒有戏料。”

墨香道：“桂未谷的曲子，名曰《后四声猿》，一是《放杨枝》，演的白乐天，二是《题园壁》，演的陆放翁，三是《谒府帅》，演的苏东坡，四是《投溷中》，演的李长吉。那《题园壁》即是‘钗头凤’这段公案，就是阁下说的周密、陈鹄记的这□情节，果然没收唐氏和词的。”

又一人道："我记得《后四声猿》是张韬作的，怎么扯到桂馥？"

墨香道："张韬作的那一部，唤作《续四声猿》，演的杜默哭项王、戴宗耍李逵、王播木兰院题诗、李白赋清平调，与桂馥不同。只我小时，随先父到过山阴，那是务观故土。乡下老人、城中秀士，谈起此事，情节与宋人记载不符，都说务观之妻叫做唐蕙仙，在陆家只是养媳，并未成亲，老太太错信妖尼，才逼子休妻。蕙仙却被妖尼弄去，幸得大侠宗士程、独孤策相救，到了宗氏家中。士程字子常，是留守宗汝霖胞侄，建炎皇帝航海，士程正做卫士，保驾有功，赐姓赵氏，不是真正大宋宗室。因不知务观真心，却哀怜蕙仙贞节，故意命独孤策拉务观游园，又叫蕙仙前去，使他夫妻相见。务观拾了蕙仙丢的手帕，题了此词。士程知他也是情痴，正要叫他破镜重圆，不料蕙仙病亡。他们讲得有声有色，似乎比周、陈二人说的热闹，若要编戏，不妨用作蓝本。"

慧生拍手道："就这么办！我听着是比前一说合乎台上的穿插，也有波澜，不至于干枯无味。"

墨香想了想，便道："此话不差。乡村传言，虽不免荒唐，周密、陈鹄也未必便实。譬如编诸葛公、关云长的戏，若丢下《三国演义》去钞正史，可就没有精彩，不如依慧生的主意，最为上乘。桂未谷的《题园壁》不甚流传，就是专信周、陈的毛病。"当下议定，墨香便回去起草。

此刻瑶卿的侄儿幼卿久已搭班，只因不会捆羊，落了个二牌脚色。瑶卿却收了个徒弟，唤作程玉菁，是瑶卿带着幼卿往上海唱戏，在那里收的。通收了三人，一是王芸芳，一是毕秋芳，一个便是程玉菁了。玉菁是写有字据的徒弟，与寻常拜门的不同，瑶卿回京，玉菁随着同来。瑶卿在开明戏院给他起班演唱，老生找的是言菊朋，那票友老旦松介眉也已经下海，一并约来帮忙。这日玉菁唱《缇萦救父》，墨香去看，遇着瑶卿，谈了半天。待玉菁登场，也是捆羊不行，与幼卿差不多，戏散各归。没多时玉菁不向瑶卿告辞，出京而去，这个班子便算完事。

又过些日子，《钗头凤》编成，墨香与慧生商量，须要把陆务观原词唱出，若念话白，便没精彩。此事非找曹心泉不可，便同往韩家潭心泉家中，托他给谱出工尺，羼些昆曲唱法，不用宋词旧谱。心泉给慧生唱熟，慧生在开明、中和屡次搬演，座客很是赞赏，女宾多半落泪，大李将军也作了一首《钗头凤》词云：

余寒悄，新蟾小。逼帘钗影银灯绕。哀音作，欢悰索。傍人娇鸟，蓦逢恶姑。虐虐虐。

情空厚，恩何有。沈园肠断宫墙柳。三生约，当时错。命丝垂绝，泪珠难络。落落落。

又题一首诗曰：

陈令词章荀令香，小留香馆斗新妆。

新编一折《钗头凤》，恼乱长安士女肠。

又有个署名雁字的在新闻纸投稿云：

放翁此段情史，散见于各笔记，其传说不一，事复单简。□高明如瘿公，思为程玉霜编此，卒因不易铺排而罢，陈墨香终将此惝恍空洞之事，编成佳剧。予曾谓旧剧中之关于家庭者，有许多好脚本，能无中生有，自然合于人生。此中奥妙，予与蘋秋皆知之，而墨香早用此法，作出一部《钗头凤》矣。

这些话墨香一句也不敢当。只慧生这一出，叫座的力量甚大，每次演唱时，到得唐蕙仙临危，满场流泪，慧生自己也是真哭。又有人说慧生灌的唱片，也有听了哭起来的，倒也是个话柄。

慧生这年又到上海，他的好友舒舍予、鄂吕弓、杨心词给他出了一份《钗头凤》专刊，大李将军的诗词，都列在其内，也添了些声势。

北京的朋友看过专刊，并且有人考究独孤策是否真有其人，墨香道：“独孤策字景略，河中人氏，是陆放翁好友，事见《放翁诗集》。放翁有两首为他作的诗，其一云：

忆昨骑驴入蜀关，旗亭邂逅一开颜。

气钟太华中条秀，文在先秦两汉间。

宝剑凭谁占斗气，名驹竟失养天闲。

身今老病投空谷，回首东风涕自潸。

“其二云：

富贵世间元不乏，此君才大独难成。

喑呜意气千人废，娴雅风流一座倾。

韬略岂劳平大敌，文章亦足主齐盟。

荒山野水涪州路，肠断西风薤露声。

“此人是入蜀不返的，怎说没有？”众人取陆集一看，果然不差。

墨香一日无事，偶然翻阅岳鄂王的《满江红》，便钞了一篇，来找心泉，托他也制个谱，心泉应诺，墨香自回。过了几天，又到心泉那里，心泉笑道：“岳老爷究竟是马上英雄，填词是个外行。《满江红》有两调，一是正工，一是南吕引子。若填雄壮话头，应当用正工，岳老爷却填作南吕引子了，这是缠绵的韵调，岳老爷砸了，可不如陆务观合式。”墨香词学未精，不敢多加议论，听之而已。正是：孚占盈缶吉，义协括囊精。

墨香由心泉家回来，接着一封小柬，是王瑶卿亲手写的，约墨香明夜到他家中有事相商。这一晚，慧生在开明戏院演唱，墨香去听，见着金仲仁，又替瑶卿传话代邀。次日，上了灯，墨香奔了王家。此刻凤卿的儿子少卿、幼卿都已娶妻，少卿与凤卿住在后院，幼卿住了从前的客厅，瑶卿住在正院上房。若有客来，面生的不见，熟人便到卧房去坐。他那位夫人杨恂，素来大马金刀，只有人怕她的，她是谁也不怕，一点儿女态没有，凭你是谁，见又何妨。他女儿铁瑛，还是个小孩儿，未满十岁，更兼大有母风，也是从不怕的。

当下墨香与王家夫妇都见了礼，坐定茶毕，说了些没要紧的话。瑶卿才拿出一本传奇，唤作《江天雪》，递与墨香，瑶卿道："有个旦脚王灵珠，久跟老生周信芳在上海，也来过北京，如今二人裂了锅，灵珠要想自立。他知现在旦脚非新戏不可，拿了这个本子来，托我翻改乱弹。台上的事，你不如我，笔下的事，我不如你，这是各人幼年学问不同，不能勉强。我有意转托你，替他翻改一回，你谅不推辞。"

墨香道："大哥的话不差。我们给戏班出力，只能是一枝笔，至于戏中诀窍，我们天然是不行的。但凡你们的人要跟我们翻驳文义，我们的人要跟你们较量台上的玩艺，都难保必胜，谁也不肯似大哥一口说破，大哥真有见解。《江天雪》是明朝人手笔，杨心词给慧生翻过一次，因太像《临江驿》，故此没唱，只怕翻不好的，但是大哥见委，我是当得效劳。"

又坐了一会儿，带着传奇自回。墨香现已移居椿树二条胡同，妻室万氏送长女宽霞到上海出嫁，那女婿唤作亢为栋，是苏州人，在温州作事，娶了亲还回温州的。陈家目下，只墨香带着几个小孩儿过日子。便是这个时节，戏园兴了楼下男女合座，风气又是一变[1]。

这日大李将军坐着汽车来了，要拉墨香一同去找瑶卿，墨香的本子恰已改好，便同大李将军前去。交代完毕，瑶卿又托墨香把《烛影计》改定一番，自此墨香无一夜不到瑶卿家中。正是：

昔之遇兮何郁骚，今之遇兮心陶陶。

惠而好我兮招我游遨，情耿耿兮天月高。

看官们听说，墨香自十来岁看瑶卿的《祭塔》，被他迷住，才努力向旦脚一面作了许多可笑的事业。虽与瑶卿算是朋友，却不十分亲密，如今跳出香粉地狱，不再去钗光鬓影，粉腻脂香，揣摩古之女流，倒与瑶卿越走越近，越交越深。当初墨香乍见瑶卿，还有几分慕色之意，待二人凑到一处，却改了一团正经，连句玩笑话都不肯说，也得算是出乎自己意料之外，这叫做"至庸至奇"。正是：

饮酒须饮醇，结交须结真。

饮醇代药石，交真类松筠。

这是就墨香、瑶卿两面说话，若单看瑶卿的一边，叫做：

---

[1] 男女合座、男女合演在 1928 年 8 月即有人提起，未能实现，1929 年 10 月华乐园首创男女合座，次年旧历元旦起，广德楼、吉祥园开始男女合演。

墨香浓淡里，春色有无中。

王陈的交情，久而始密浓。

这是天造地设的关目，并非捏造，倘若有人编造小说，凭空写这么两个人，只怕早写得两个人合在一处，如胶似漆，甚至于弄些亵秽话头，断不会如此耽延，也未必如此正大。

不久万氏已回，墨香家里有人，越发要放心出来，找朋友闲坐。荀慧生也由上海归京，墨香白天荀家，黑夜王宅，终年跑个不休。墨香虽然跳出票友的苦海，却又撞入真正伶人的阵中来了，抛得下登台演戏，抛不了替他们编戏的文字障，比做票友，也只五十步笑百步罢了，仍算是一个魔头。从前是看戏忙，中间改作了唱戏忙，如今是编戏忙了。正是：

一生哪有真闲日，百岁仍多未了缘。

墨香好动不好静，自然不会闲的，只墨香内行里多了一个亲近的王瑶卿，外行里却少了一个交厚的潘镜芙。原来镜芙先已回了吴县原籍，临行还赠了墨香一部实叉难陀大师译的《华严经》，对着墨香说道："人不可有偏爱，也不可有偏长。你于'戏'字一道，可算偏爱，也由偏爱之欲，学出偏长，这可于你本身生死大事有碍，你千万要自已明白，勿入迷途。《圆觉经》云：众生种种幻化，皆生如来圆觉妙心。你的偏长，也可印证佛法。你家世学佛，《华严》谅也读过，只我此番行路，不携巨帙，这一部送给你了。"

墨香唯唯答应，珍重而别，已有两三年不曾相见，只是信札往来罢了。那潘镜芙一心修持净土，日念阿弥陀佛，定要求佛接引，往生极乐，与墨香悠悠忽忽，似勤似怠，始终还着戏曲相，大不相同，那潘镜芙真个是：

我今念佛佛念我，我佛一体非去来。

杨心词从上海来信，道唐人张文昌的《节妇吟》，可以编剧，墨香想了一想，此话有理，即对慧生道："张文昌《节妇吟》，又名《还珠吟》，原是文昌的寓言，本无其人，亦无其事。只唐朝有个玉英，嫁与符凤，守节而死，不妨硬装在他夫妻身上。玉英的姓氏失传，宋景文修《唐书》收在《列女传》内，也没闹清她的姓，如今只有援乌有先生之例，派她姓乌。张文昌作这首诗的时候，还在文懿公马总幕中。这马总是唐代名流，作过一部《意林》，清朝周耕崖曾给他作注，只湖北崇文书局仍刻马总原书，周注崇文却没刻。周耕崖一生替古人出力，作过《关帝事迹徵信编》二十卷，又注马文懿的遗籍，关老爷久在戏台闹得太熟，马文懿则轻易台上看不见，我们可以连马总拉扯进去，戏便有了波澜，也表章了一个不入戏的古贤。张文昌的诗也要唱的，只不可再钻笛眼，又落了《钗头凤》的窠臼，莫若改唱四平腔。王瑶卿最能琢磨新腔儿，程艳秋《文姬归汉》，名震一时，与剧中关目毫不相干，都是仗着新腔儿罢了。题目太雅，设想太高，看戏的焉有许多雅人。

前番有人问这个戏里的曹操，是否《长阪坡》《阳平关》的那个曹孟德，足见俗人俗到十足，他连《三国演义》曹操过蔡文姬的庄子，看见曹娥碑一段故事，都不晓得，他焉能赞赏《胡笳十八拍》，不过因程艳秋唱的好听，他们就跟着说好。那文姬哭昭君墓一段，称昭君是‘明妃’，是个大错。‘明妃’是个头衔，是晋朝才有的，只因晋朝的祖宗有个司马昭，晋人避他的讳，方改昭君为‘明妃’，与汉朝人避武帝讳，改蒯彻为蒯通，又避明帝讳，改庄子陵为严子陵，事同一例。他们作戏词有许多的讲究，不知怎么单把此处弄错。别的戏班有演昭君故事，起名就叫《汉明妃》，却没妨碍。因为戏曲从元人以来就不讲考证，可以任意编撰，只这出《文姬归汉》，是处处都有来历，似乎不准有一字之差，这就叫做文章各有体裁。然而听戏的谁也不管这些，足见他们志在看好脚，不是看戏本。另有一般趾高气扬、久经看戏的人们，对于《文姬归汉》的穿插，很有砸词，甚至于张嘴就骂，怒目横眉，犯那无所谓的肝火。说这一定是个生戾笨、大羊毛、三代不看戏的人弄出来的，检直不是这里头的事，跟从前在各票房骂我们票友，一样的话头，也是一样的心思，无非自命懂行，可是程艳秋的唱，他也爱听的利害。艳秋是找瑶卿帮忙，这个忙帮得太好，我们何妨去找瑶卿呢。”慧生应诺。

二人到晚便往马神庙古瑁轩而来，见着瑶卿，墨香说明此事，瑶卿也答应了。墨香便要了纸笔墨砚，钞出张文昌原诗，交付瑶卿，然后同慧生回去，编辑戏本。不数日，瑶卿的新腔是造好了，这里墨香费了两月工夫，才把本子编成，慧生钞下单头，一面同墨香念诵，一面还得到瑶卿家去唱那张文昌的诗句。慧生每天三下钟，定与墨香同往，偏瑶卿起得甚晚，那得那里，十有九次，瑶卿还在高卧。慧生、墨香便在对面小房坐候，有时慧生不大耐烦，墨香便讲《三国演义》刘玄德三请诸葛的故事给他听，慧生大笑。

一日有人来问道：“那刻本唐诗，这一首结句，实是‘恨不相逢未嫁时’，怎么写作‘何不’？”墨香笑道：“足下只看了小孩子念的选本，我是照《张文昌集》和姚铉《唐文粹》写来的，不会有错。”

大李将军闻知，取出《文昌集》一对，果是“何”字。他们一面究文章，慧生一面学歌唱。费了些水磨工夫，耗了些穿梭日月，算是熟了。在东安市场吉祥园夜间开演，虽不及《钗头凤》动人，也还博得座客赞叹。正是：

芳姿不合并常人，云在遥天玉在尘。
因事爱思萏奉倩，一生闲坐枉伤神。

慧生的这一出，就唤作《还珠吟》，这与《钗头凤》都是一定而不可移易的戏名，若要改动，便不好了，不比以前翻的吴笠翁《意中缘》，可以改作《丹青引》的。至于梆子《三疑计》，原是通俗的名目，况且墨香给慧生修订，把戏中绣鞋，改作带子，更可改作《香罗带》了。这《丹青引》《香罗带》，都是沙抱一的朋友郑生替起的，也漂亮的过儿。

这个时节，墨香屡到瑶卿家中，看见瑶卿昔年几张戏装小像，不觉想起中和园的景况。回到家里，又搜出一张瑶卿的《梅玉配》旗妆像来，是墨香从报纸剪下来的。墨香看了半晌放下，回手取过一本黄冶山诗集，顺手一翻，有一首绝句云：

皤然两鬓各成丝，旧梦重寻定是痴。

只有画中人不老，相逢犹似少年时。

恰与墨香、瑶卿今日之事有些相似。墨香叹息一回，也便搁过一边，仍与慧生作戏。正是：

于世竟何益，此身终不闲。

墨香又采《史记》上故事给荀慧生编了一本新戏，唤作《鱼藻宫》，演的是吕太后人彘戚夫人，也是瑶卿帮同料理。第一次在中和戏院出演，戚夫人是慧生自扮，赵桐珊即芙蓉草此刻久由外码头北返，正搭慧生的班，他扮的吕太后。二人一狠一悲，狠的可恨，悲的可怜，形容古人十分入神。

唱完，有清朝一位翰林道："汉高帝也是明君，不听周昌之谏，容或有之，何至于骑着周昌殴打，这一场戏似乎编得不通。"一人道："这是《史记》有的，不是编戏人捏造。"

翰林道："四皓安刘，戏中写这四个老儿，是吕后叫人假冒，这可荒唐。"

那人道："这是杨廉夫的议论，戏中写成当日实事，虽非《史记》所有，只也是有来历的。"那翰林方不再言。又有些老古董们看了这一出，互相评论道："这要是前三十年好脚排演，瑶卿来戚夫人，三宝来吕后，凤卿来汉高帝，贾大狗来周昌，赵宝琳来假四皓的第一人，朱素云来如意，岂不更好么。"

大家闻知，也不能说他是，也不能说他非，然而时过境迁，他们只算说了废话，慧生、墨香都不理会，就是瑶卿听了也只付之一笑。自慧生、桐珊以外，高帝只好是陈喜兴，周昌只好是张春彦，如意只好是金仲仁，也不见得不及老伶。闲话休提，且说这荀慧生的新戏，唱在梅、尚、程以后，却努力求多，数年间他的新玩艺竟有三十余出，都是墨香给他动笔，有许多是瑶卿的助力。正是：

温故而知新，可以为师矣。

又有诗曰：

我惯作歌尔善歌，奏来无乐不云和。

从今岂遂无新谱，唱出周郎顾者多。

要知荀慧生此后还有些甚么新戏亮台，且看下回分解。

第六十二回 大会留香馆 初入芳信斋

话说慧生致力新编戏本，十分勤苦，都是墨香一人笔墨，虽然不见得都有精彩之处，只作得太多，总有蒙着了的时候。不知哪一本被程艳秋看见，他竟夸墨香够一个作手，便向曹心泉商量，要找墨香给他帮忙。心泉向墨香说知，墨香一口应诺，心泉自去回报艳秋，待时来约。偏艳秋接连着出京，此事早已放得慢了。

这一年，国都已经南迁，北京改作北平。到了十二月初五日，慧生三十整寿。他妻室吴春生是吴彩霞胞妹，长子令香，还未满十岁，先跟着吴菱仙学青衣旦，菱仙死了，改请陈啸云，此刻正随啸云用功。令香之弟令文，是本年四月生的，还在怀抱，一家子倒过了一个热闹。慧生不爱铺张，做寿的这一天，没很请客，除了常来的外行，只本班老生贯大元、时慧宝、张春彦、陈喜兴、曹连孝、常少亭、旦脚赵桐珊即芙蓉草、吴彩霞、高秋蘋、小生金仲仁、大花脸时玉奎、二花脸蒋少奎、小花脸马富禄、老旦孙甫亭，还有彩霞之子彦衡，是本班武生，加上头目王松龄、管事人李玉安、沈福山、谭春仲、开明经理张仲直、吉祥经理郝锦川等，前来祝贺，他那里的客人也就不少了，墨香与大李将军也都前往。有人替墨香作了一副对联，写了送去，其辞云：

苟鸣鹤本有倩才，陈元龙未除豪气。

众人有的夸对仗工稳，句子雄健，有的摇头道："这只是□赠联罢了，不是寿联。"墨香听了，觉得两边的话都有道理。

慧生找了一班弄皮影的人，在院中隔着纸窗耍弄，只这玩艺是要对灯取影，白天是没多大意思。正是：

若个灯窗闲磕牙，摹神绘影不争差。
莫言台上衣冠假，也算须臾锦上花。

墨香久在北京，看的皮影甚多，并且看过他们好些剧本，其中有一本《出师表》，演的严嵩害沈炼故事，把沈青霞写成一员大将，威震边庭，检直是岳老爷，他们不但不照

《明史》说话，连《今古奇观》他们都没理会，其余的本子，大概也是这般。北京叫此物是滦州影[1]，若照苏东坡的《尺牍》、孔平仲的《珩璜新论》，各种书上说来，实在是汴梁人兴的，后才转入滦地。只永平府另有一种活人大戏，唤作奉天落子，俗呼蹦蹦，才是滦人成兆才创造。此刻永平戏不怎的，待慧生快四十岁时，永平戏坤脚名旦喜彩莲、白玉霜，前后来京，她们的势力日张，几乎与梅荀程尚抗衡，那才真是滦地戏曲。墨香是后来听喜彩莲的丈夫李小舫说的，方知平戏源流，今日还差此一门学问，只晓皮影兴自汴梁罢了。正是：

年有老时，学无止境。

座中有一个七十多的老者，正是那瞿兆僧，他曾教过慧生娘子吴氏的书，因此到来。只听兆僧对众人道："京中自大戏以外，有两种戏，在前三十年最唱得热闹。一是皮影，一是傀儡，各名伶家里从前是常找他们唱的。傀儡有提线的，有三根棍的，京里轻易看不见提线，是三根棍居多。我听得比我更老、现在到坟地里去作土馒头馅子的人说，活人登台演戏，一切举动，都与台下不同，原来学的是提线傀儡。这一节虽然不见文人们记载，只怕倒有五七分可信，不然，伶人在台上何必如何。"

墨香道："提线傀儡，我小时在福州曾经见过的，如今已整四十年，那时我才五岁，今年四十五了，我可记不很清楚。只记得是七月三十日，地藏菩萨圣诞，本地人找了一班提线木头人子，大唱《目莲救母》。他们没看过《地藏王本愿经》与《盂兰盆经》，不知地藏与目莲是两个人，地藏救母现的是圣女身，如今陶然亭地藏图像，毘卢帽下露着云鬓，倒有来历，目莲救母，现的阿罗汉身。若依着戏上的老例，地藏是女救母，目莲是男救母，实是两件事。他们的戏本，是照着宝卷上的关目编造，硬说目莲即是地藏，才在这一天唱起这一出来，名曰宣扬圣化，实不相干。那一出戏神鬼太多，我有些害怕，没看完就走了，至今没再见这个东西。那年新世界来了一班，听说耍得很好，我正要去看，他们已走，没多少日子那个新世界关了门，提线人也没再来。三根棍京里最盛的是金麟班，是个姓于的弄的，常走堂会。只因明朝万历年间，宫里好弄这个物件，故此有'大台宫戏'之称，各家笔记里面，是曾经叙过的。清朝宫中耍的少了，外边却总算时兴。我在东四牌楼吴英家里，和舍亲新开路同仁堂乐家，都看过的，花脸最得样，旦脚最不顺眼。"

瞿兆僧道："湖南、四川都讲究唱目莲，可是活人，不是傀儡，都是还愿的神戏，满街跑鬼，热闹得很，也都说目莲就是地藏。我不信佛，也不看佛经，也不听和尚、尼姑宣卷，目莲、地藏是一是二，我也闹不明白。"

墨香道："我虽看佛经，却也不听宣卷，只有个黄毓栴作了一部书，考证宝卷的来源，

[1] 《世界日报》1935 年 11 月 21 日至 12 月 3 日，有《滦州影的艺术》一文连载，可资参考。

最是详细，骂的个不吐核儿。我是看过的，因此知宝卷把地藏、目莲混合为一。戏台上的《牧羊卷》《药王卷》，都是由宝卷翻改，因此还用原名，宝卷□事迹□戏，不止一本《目莲》。”

大李将军道：“我是福建人，很知道我们本地风俗。他们提线傀儡，派地藏、目莲是一个人，是实有其事，不必管他。只提线和三根棍分为两种，古今诗人动辄说到‘傀儡’二字，不知他们老先生咏的还是提线，还是三根棍呢？可能给他加个考证。”

墨香道：“我记得诗句太少，只这种物件，倒都有人咏过的。明朝王阳明先生诗曰：

处处相逢是戏场，何须傀儡夜登堂。
繁华过眼三更促，名利牵人一线长。
稚子自应夸笑说，矮人亦觉浪悲伤。
本来面目谁能识，莫向樽前效楚狂。

“《王阳明全集》曾经编入，他咏的便是提线。看他第四句便可以晓得的。清朝宣瘦梅《粉铎逸韵》里面有一首七绝云：

竿木随身小竖儒，赚人掩口笑胡卢。
如何傀儡棚中物，不入花之鬼趣图。

“看他‘竿木随身’四个字儿，一定咏的是三根棍，与阳明大有分别。只浙江还有一种手耍的傀儡，长只三寸，戏台上有一块雕花板儿，人躲在后边耍弄，台不甚高，甚是玲珑小巧，比京里的三根棍，那台比活人还高些，活人躲在台底下，两手举着假人，高过于顶，尽力去耍，就有巧拙之分。我在浙江因穿着先母的服，没有看过活人大戏，只这个玩艺我却看过一眼的。记得那年某月，学台衙中的吏役上了个禀帖，要祭本衙土神文明天王。先父正做学台，看了大笑，说这是《后西游记》的麒麟精，怎么跑到学台衙门来了，按住禀帖不批。把我叫到跟前，吩咐：‘你快到土地祠去察勘一回，务要察出文明天王脚根，若说得下去，便批准他们的禀帖，倘太荒唐，不成事体，即下令拆毁神像。前番到栖霞岭祭岳忠武王庙，祭完正殿去祭翊忠祠，内有陆登牌位，这是《八大锤》陆文龙的老子，是小说戏曲捏造的人物，而且与岳忠武王一点干系没有，立刻札下县令撤去正祭。那不是本衙庙宇，尚且要釐正那不经的祀典，何况本衙？你要知百官各有所司，学院是风宪衙门，督抚上折子说到这一类的事，都要学政会衔，这是学台的专责，不能不留心的。你快些去罢，立等回报。’我赶紧出了宅门。那浙江学院地势宽阔，差不多二里地才到大堂，东边偏院就是土地祠，我走到里面一看，三间正殿，门外站着个泥塑符官，金冠雉尾，身穿黄马褂，手执令字旗，殿内极大神龛，坐着这位土地爷，可跟戏上扮的土地大不一样。头戴文阳，身穿黄蟒，白脸膛儿，五绺黑髯，检直是《大赐福》的上元一品赐福天官，梁上横匾写着‘文明天王’四字。这位天王虽跟戏台天官长相一般，可惜是泥塑的，不是人扮的，空有一张嘴，一句话也说不出，连神话都不行的，慢说是人话了。我是来察他脚根，不能当面诘问，我可有点坐蜡，好在院子里竖着一块碑，我忙到碑前看了一看碑文。原来这位天王是宋朝宰相范希文，谥号文正，不是那个麒麟精。我得了这个证据，忙跑回去禀报先父，才把禀帖批准，发了下去。到了祭祀正期，又派我去烧香，我又到祠内，见那神殿的对过儿正唱傀儡戏呢。我烧了香，磕过头，见是有戏，我穿重孝的人将满一年，不敢久停，赶紧走了。若在一年之内，连神也不能敬，香也不能烧，更莫说看戏了，当日习俗如此，我没多大魄力，不能违拗风俗的。然而我虽没有看得详细，已经晓得浙江傀儡的模样。"

瞿兆僧道："我们天天只讲大戏，今日说到傀儡、皮影，倒也有趣，本来都与大戏有关系，也应附带讨论。"

墨香道："这两件东西都在活人大戏以前。傀儡据段安节《乐府杂录》，是汉朝曲逆侯陈平丞相造的，虽不一定可靠，只北朝颜之推作的《颜氏家训》，也写到傀儡，足见其来甚古，比北宋的皮影更早，现在的活人大戏似乎应当从南宋的戏文算起。以前春秋楚庄王的优孟，假作孙叔敖，三国魏小优郭怀、袁信，弄辽东妖妇，唐范传康、上官唐卿、吕敬迁，弄假妇人，怕都是杂耍一派，与今日活人大戏不同。"

座中一人道："杂剧起于金，你怎敢料那南宋的戏文在先？"

墨香道："杂剧在金末，戏文在南渡初年，前人都有记载，因此我敢妄下断语。明初的戏文体格，已与后来传奇相仿，只还没有兴南北合套，目下看得见的，有高则诚《琵琶记》。宋人戏文，金元杂剧，都是明朝弄丢的。明朝兴的昆腔，又名水磨调，另是一个东西了，唱法完全改变，所以明人称为新声，足见戏曲这个玩艺，没有几百年不变的，清朝乱弹盛过昆腔，又何足为怪。"

一客道："元人作的叫做曲本，明人作的叫做传奇，这是定而不移的。前两年杨心词作戏评，写了句'《混元盒》曲本'，《混元盒》演的明朝嘉靖年间的事迹，一定不是元人作的，如何能叫做曲本？心词的戏曲之学太浅了。况且《混元盒》是二黄班里造的，连传奇都算不得。我久看俞振庭的斌庆班，他那里《混元盒》最为整齐，我看得最熟，杨心词硬说这一出是曲本，太也荒唐。"

大李将军笑道："明人作的传奇，也是些曲子，叫做曲本不为错误。"

墨香道："元人杂剧，也可叫做传奇，明人朱有燉是说过的。朱有燉把关汉卿的《关大王独赴单刀会》，列在传奇之内，足见传奇的名目，不专指明人的作品。《混元盒》原底子是南北曲，又叫做《阐道除邪》，上海商务印书馆藏书楼还著一份，曹霑《石头记》也说过《混元盒》这个戏名，那时二黄西皮不大时兴，他说的一定是曲子。二黄班的《混元盒》，是春台班排的，福寿班也唱过，杨小楼、王瑶卿在第一舞台还唱了一回。除了春台，我没赶上，此外似乎都比斌庆强些。”

那客人摇头道：“你们有你们的主张，我有我的见解，你们的话纵然说得天花乱坠，我只当没有那么一回事，你又能把我怎么样呢。”

另有一位上宾怕打吵子，便笑道：“咱们且看皮影，不说这些如何。”

众人还未答言，大李将军向外一看，喊道：“尚绮霞来了！”

众人也都举目看时，果然见尚小云身披大氅，缓步而入。怎见得他的丰采，有诗为证：

休话如皋一笑时，金觞中臆锦离披。
陋容枉把雕弓射，射尽春禽未展眉。

这正是：

君最风流堪自喜，人生大抵如萍寄。
今朝试向镜中看，盛年略与荀郎似。

这个名震一时的正旦尚小云，是三乐科班出身，又曾从王瑶卿学过几出，在他未出科时节，荀慧生正搭在三乐班里，二人齐名，可算一时瑜亮。前台有一伙专捧小云的，称为云党，又有陈优优等专捧的是慧生，那时慧生还叫做白牡丹，因此称为白党。那年杨小楼、谭小培与小云、慧生同到上海，人称“三小一白”，也因慧生彼时戏报子不用真姓名，故此唤他是“一白”，与白社用心正同，海上名流给他一块“白也无敌”的匾，也是此意。不多时，“三小”回京，上海只剩“一白”了，又过七年，方才北返，于是京里才有梅、尚、荀、程四大名旦。小云与富连成的青衣李连贞，打过对台擂，各报馆纷纷作些文章，捧尚的压李，捧李的压尚，唤作“尚李之战”。毕竟尚胜李败，李连贞不久也便病亡，富连成的旦脚，刻下只有于连泉还站得住。连贞既死，后起的吴富琴、王盛意，都归了二路，那个风头十足的仲盛贞，也害病死了，远不及三乐的尚小云兴旺。小云喜做善事，唱二路老生的张鸣才，是张二奎的后人，由上海回京，在船中得病死了，他与小云没甚深交，小云也正出外，闻知鸣才的凶讯，便替他办理身后事务，人说向小云，都很称赞。

当下小云向慧生贺过寿，又与大家周旋，墨香也和他相见礼毕，只听得小云笑道：“荀慧生的新戏，都是陈先生手笔，只陈先生的本子，是我先唱的。陈先生编过一本《秦良玉》故事，要给王瑶卿先生排演，王先生没有排，倒是我唱了，我早已认得陈先生的，陈先生也认得我。”墨香道：“我的本子不佳，绮霞唱着却是对工。”

此刻皮影正唱《樊金锭骂城》，小云看了一眼，笑道：“这一出翻成乱弹，也够个小戏。”说笑半晌，入席用饭，同看皮影，直到夜深才散。

初七日是小云三十整寿，慧生自然前往祝贺，墨香因与小云是近邻，又新见了面，便也备了一份寿礼送去，并亲身前往，这是墨香初到芳信斋。虽然这房子是已故票友彭晓峰旧居，却已经翻造，不是从前规模。只见他正厅挂着“管领群芳”匾额，满壁字画，富丽堂皇，很像二十年前旗下大老厅房的气派，与小留香馆又自不同。大李将军也来作贺，送了小云一首七律，可惜墨香匆匆看过，一句也没有记住。尚小云接待殷勤，开筵同饮，有诗为证：

此是闲中安乐窝，从渠忙处自奔波。
人心少似秋胡归，世事多参春梦婆。
但把功名齐蚁蛭，定无融入到渔蓑。
醉乡世界偏宽阔，天地都归一浩歌。

要知这席酒筵几时吃完，且看下回分解。

第六十三回 富察氏赠曲文 李将军倡寿戏

话说尚小云张筵，请那拜寿的客人，座中有个小生朱素云，是墨香小时在各会馆后台见过的，提起墨香家世，他很晓得；又有个张彩麟，是墨香初作票友说戏教习；又有个李寿山，是小云的丈人，却是李鑫甫的胞兄；还有管事带拉胡琴的赵砚奎、唱老生的杨宝忠，都与墨香相识，大家少不得说些旧话，吃完各散。

次日墨香夜间到王瑶卿家，谈起两家做寿的情景，瑶卿道："我太懒了，两家都是'礼到人不到'，好在他们二位，决不会挑我的眼。"

墨香道："再过两年，就是大哥的五十岁，明年铁姑娘也十岁了。"

杨恂道："看不见我们老，只看见她们长，她们长一岁，我们就老一岁。"

墨香道："人就是这么一回事，用不了五十年，我等之辈都挤到祖宗龛上坐着去了。"王氏夫妻都点头叹息。正是：

城外许多土馒头，城中俱是馒头馅。

墨香正在闲谈，忽听脚步之声，原来是大李将军走了进来，杨恂笑道："李三爷身躯雄壮，真像一个唱大花脸的。"

大李将军道："我这就叫做'雄壮'么？只怕还有比我伟大的。"

墨香道："各佛寺的四大天王，便比阁下大。"

杨恂道："那是泥塑的，若在活人里头，去找比李三爷的可不容易，只咱们的熟朋友中，却有一个。"

大李将军道："你说的准是江苏原籍、久在北京的那位庞大夫，他果然比我生得大了一号，只也比不上四大天王的。"

杨恂道："不错，我说的正是此公。他也行三，你们两位都是三爷，一位庞三爷，一位李三爷，都爱听戏，只庞三爷会上台唱一出。他那个身量只能唱花脸，别的不行，他的嗓子，我听的最熟。有一次我正在天津，有一家子做寿唱戏，请昆腔票，有庞三爷在内，我跟女徒弟杜丽云同去拜寿。这一家子我们是头次上门，他那门前又冷清的利害，不像庆寿的样儿。忽然听得里边有人唱，我说没错儿，是这一家子，这不是庞三爷唱么。下车和丽云进去，果然不差。”

大李将军道：“后年稚廷的五十大庆，我打算领头起哄，给他凑个热闹。从前梅畹华祖母作整生日，同行给他唱了一天一夜的戏，都是反串，连程继先是唱小生的，都勾上《艳阳楼》的高登。你们这里用不着找外人，只叫你们徒弟和跟稚廷学过戏的票友，每人唱一两出，可就行了。”

瑶卿道：“早呢。还有两个年头，临时再说罢。”闲谈一回各散。

次年，墨香搬在烂缦胡同，慧生搬在南半截胡同，两人住得越近，见得也更勤。慧生的新戏，仍是接着编下去，只是墨香一年长似一年，虽然不老，精神也远不如前，一切只能对付，没有从前的勇气了。正是：

鳀鱼苦笋香味新，杨花酒旗三月春。

风光百计牵人老，争奈多情是病身。

有两个旗人是同胞兄弟，姓富察氏，与清朝兵部尚书乌拉喜崇阿是一家，他们收藏的传奇甚多，因常到慧生家中，便认识了墨香。

一日说到《玉堂春》，富察氏的老大道：“我们收得一本《破镜圆》的曲本，正演的是玉堂春的故事，只可惜剩了一折，不是全书。好在剩的《三堂会审》，是戏中最要紧的一段，也是各位老板唱得最熟的一折，只我们乱弹不很熟，不知两下的异同如何？”

墨香道：“这桩公案是明人《警世通言》里面的，冯犹龙《情史》也记其大略，却不及《警世通言》说得仔细。《情史》说是有人作过传奇，却没人见过。”

富察氏的老二道：“我们这一本《破镜圆》，也未必是《情史》说的那一种传奇，我们改天钞一份奉送，务望陈先生替看一看，与乱弹演的有何异同，乱弹是否由此脱胎。”

墨香道：“这我倒是办得到。”富察氏弟兄别去。

过了些时，果然钞了一本差人送来，墨香看时，是一套北曲【石榴花】，穿插与乱弹差不多，词句的意思，也有些相近。只写那臬司是王三公子的姐夫，郎舅素来不和，这却是乱弹所无，然而乱弹是从这里脱胎而成，却毫无疑义。墨香即写书寄与富氏弟兄，叙明此意。正是：

两家各有所□，一曲惜非其全。

墨香与富察氏兄弟正研究《玉堂春》，不料正当这个时节，有一个伶人与一个坤伶在天津演戏，却因《玉堂春》闹了别扭。你道伶人是谁？就是程继仙。坤伶又是何人？前文却还未曾表过，少不得铺叙一番。

此人唤作章遏云，本是客串出身，后来搭入戏班，正值京中男女不能合演，除了阔老堂会不在禁例，戏馆子里是不行的，遏云才入了城南游艺园演唱。当日城南游艺园这地方，最能给坤脚旦行起楣，金少梅、琴雪芳都是此地捧起来的，遏云的本领，比这两个只有强的，今番进去，自然也声价日增。慧生曾约墨香去看过一次，那夜遏云与老生李桂芬唱的《宝莲灯》，李桂芬虽及不得那曾与梅兰芳在堂会颠倒男女、扮《探母》杨四郎的孟小冬声望更隆，只女人唱生脚的，桂芬也算上等人材，她和遏云也算棋逢对手。戏完之后，墨香、慧生都对到后台，与遏云说了些闲话方回。不久俞振庭斌庆社的架梁武生李万春不干了，振庭知坤旦黄咏霓即雪艳琴，叫座力量甚大，即递禀帖，请官府除掉男女不能合演的禁令，官府批准，振庭约了咏霓，自此男女各伶又能在戏园同台，与十数年前将兴坤脚时一般。坤脚的戏路子，有与男班不合之处，坤脚不愿受“不通大路”的名头，便都拜男伶，重新学戏，行话叫做“下刮”，遏云拜的便是古瑁轩主清江王瑶卿。

遏云一面随着瑶卿学习，一面又到各戏园遍观名伶，作个参证，登台演唱的时节，也不一定纯依瑶卿的路子。这一次到津出演，小生约的是程继仙，一日同唱《玉堂春》，介口砸了。只因遏云爱学程艳秋，继仙与艳秋久经搭在一班，谅不会砸，不料竟自闹到两下里去了。

遏云大不愿意道：“我这是程艳秋一派，他跟程艳秋合栊，怎么会跟我闹的不对碴儿，他这是阴我。上了堂我跪在那里，小生应当问‘为何不抬起头来？’他怎么不问？将看见旦脚，他就吩咐‘掌起面来哇！’我不能由着他，我总得把‘有罪不敢抬头’念出，招了前台廠笑，罪不在我的身上。”

继仙也大怒道：“古来就没那么问的，我跟程老四唱过够九百多回，我就不问，他也没甚么‘有罪无罪’的回答，遏云检直不会，下一次另请高明，不要找我这个颜色的老棒槌。”

两人各说一理，各不相下，传到外行耳内，不免纷纷议论，也有护遏云的，也有护继仙的，彼此也不容让。虽是一点小事，倒闹得十分热闹，各新闻纸有了材料，也接二连三登载不已。

富察氏弟兄来问墨香，究竟谁是谁非，墨香道：“我虽晓得通大路没此一问，只此中我还有一点儿含糊，待我问过王瑶卿，再下确实断语。”

夜间便往古瑁轩来，见着瑶卿，说起此事，瑶卿道：“本来没有这么问的，继仙不错，只别的小生跟艳秋唱时，瞅冷子是这么问过的，艳秋因他已经问出来了，好在戏上俗套，照例是那么回答，便冲口而出，答了一句‘有罪不敢抬头’。遏云听到耳内，而且那个小生也跟艳秋唱的日子甚多，总有那一问，也总有那一答，将错就错，另成一派。遏云认作是准词儿，才跟继仙闹不到一处，遏云也有来历，也不是她的诌谱儿，也可以算她不错。我最公道，决不偏向，这是一个小节，我的主意，现在的戏大半走了稿子，正不必单研究这一出的。”

墨香听毕，算是找着了真正根底，改日又去告知富察氏，完结这桩公案。

光阴似箭，早已腊尽春回，老实不客气，逢人不论老少都给他长了一岁。正是：

一年又是等闲过，百岁只消如此看。

慧生已是三十二岁，他家的令香也十岁了。这个时节，瞿兆僧要回他的江苏原籍，他与瑶卿也是相识，于是瑶卿、墨香、慧生在泰丰楼给他饯行，慧生带了令香同往。

墨香笑道：“瑶卿不常唱了，虽还登台，只算过来人物，你父子一个现在，一个未来，今天在座三旦，倒也有趣。”

兆僧扰了饭，作些留别诗而去，不在话下。

慧生一日找墨香到小留香馆去，慧生道：“小儿先跟吴菱仙、陈啸云学青衣，又跟荣蝶仙、李宝琴、诸茹香学花旦，现在换了郭季香，即水仙花，给他教戏，他已经会的不少。我因自己不很识字，给他请了几个教书先生，也念了几年的书，今年先生缺人，我打算请您替我教一教小儿，乞勿固却。”

墨香道：“我教书是不行的，我没有耐性。前七年有一家子是清朝旧官僚，要找我教他们的子弟，跟我说明白了，功课是《十三经》《资治通鉴》、各大家的诗文集，每月五十元的束修，在他那里住，每天管饭。那时我正给你帮忙呢，要这么一办，把你这里的事就全耽误了，我力辞不干，我教书是不行的。”

慧生道：“在我这里教书，情形不同，一不用住在我家，二误不了我的事，只我不送那么贵的束修，您可也莫怪。”

墨香又推辞了半晌，实在辞不掉，只得依允。

说话间，郭季香来了，慧生道：“待我给二位介绍。”

季香笑道：“这一位是陈大爷，二十年前是我们同庆班的老主顾，每天必到，我早就认识的。”

墨香道：“我认识季香时，你家令郎还没生人呢。”说着彼此一笑。正是：

相逢何必多开口，俱是龙华一会人。

墨香问起季香这些年的景况，季香道：“我自从同庆班散了炭以后，闹了一场疯病，好容易治好。我兄弟老九在文明园弄了一个班子，他自挑大梁，唱武生，贴报子叫做小花猴，旦脚是赵菊芳，老生是陈福寿，还有老脚色吴和吉，唱了些日子，检直不行。福寿是瑞德宝的徒弟，能耐不错，不会捆羊，打入二路，往上海去了。和吉害病，见鬼见神，医治无效，呜呼哀哉。这个班子，就算拉倒。我教了回子朱琴心，现在琴心也没有站住，也收了篷。我的光景很窘，恰好慧生辞退王松龄，另换吴堃芳当头目，堃芳是彩霞的胞弟，跟我有个好儿，荐我来给令香教戏。前些时有人要叫我在开明戏院唱一回《马上缘》，一来我年纪太老，二来我的行头都已出售，我不能唱，婉言谢绝。我唱了多年的戏，任甚么没赚下，到今天还得出来往家里赚。”

墨香道：“你的女靠卖给裕丰协了。”

季香道：“您怎么晓得？”

墨香道：“我走票见过的。我在中和园，认准你的这一身靠了。”

慧生道：“只怕非但见过，而且扎过的。”

季香道：“您走过票么？既然扎女靠，定是唱女脚色。”

墨香道：“不然，我是唱靠背老生的，只我洗手不干有好几年了。”

慧生道：“您少说假话，我亲眼看见您唱《马上缘》的樊梨花，您何曾是靠背老生。”

季香道：“您的身量也不够个靠背老生，您比我还矮呢。”闲谈一回，季香自去与令香用功，墨香也便告辞。

过了数日，令香亲自来请墨香，到了他们家里，因他家没立大成至圣牌位，便在后院奉祀的梨园祖师驾前烧了香，给墨香磕头，拜作老师。每天学完了戏，跟着墨香攻读，念的无非《龙文鞭影》之类。

一日，慧生在东安市场一个饭馆请客，季香、桐珊、墨香都在座，桐珊拉过墨香悄言道：“听说今天有郭五先生，他是花旦前辈，我赵桐珊可不认识，烦陈老夫子介绍。”墨香即拉桐珊与季香相见，当下尽欢而别。

过得半月，墨香又到古瑁轩，大李将军再三提议，要给瑶卿作五十岁的整生日，瑶卿道：“三爷不要哄，我们唱旦脚的到了五十，就算吃回头戏饭，我这个小生日不作也罢。”

大李将军道：“不然，你的名望一天高似一天，徒弟一天多似一天，外人给您起了一个绰号，称你是‘通天教主’。你过了四十，嗓音诚然不如陈瘦云，只扮相神情比他强了好几倍，你的名望始终在他以上。你前次到上海，一出《雁门关》的萧太后，每天卖满，总算真不含糊，你实在够个名宿。你这生日，也不必十分大做，只叫你这些门弟子，和常来的票友，每人唱一出，小加点缀，就很热闹了。我再去找些名士，每人送你些诗词对联，他们心目中都很佩服你的，必然尽力铺张。人生一世，草生一秋，你已经五十岁，难道还有第二个五十岁不成。大家也该在你头上尽一点人心，你倒不必推辞。”

瑶卿道：“既三爷如此的说，我就叫徒弟们唱几出，并请几位票友消遣，我借此请一请客，未为不可。”

墨香道：“若要举办，得先算一算人数。”

瑶卿道：“我的徒弟南北都有，男女俱全，如今只能算眼前的几个。”

大李将军道：“还是都写出来好。”即取了纸笔，写出人名：

荀慧生、程艳秋、程玉菁、李凌枫、王芸芳、黄玉麟、毕秋芳、戴衍万、杨宝义、郭效青，以上男伶；黄咏霓、章遏云、华慧麟、杜丽云、李砚香、李吟香、新艳秋、李慧琴、毛剑佩，以上女伶。

写完，递给瑶卿看过，瑶卿道：“不止这几个，还有的是。”当下又想出几人来，大李将军一并补入。

墨香看了半晌，摇着头道：“还漏了一个最要紧的人物，似乎不能不列入的。”

大李将军道：“敢是梅畹华？再不然就是尚绮霞。”

瑶卿道：“二人虽都跟我学过两出，不算正式弟子，又不像荀慧生，虽也没磕过头，至今还找我说戏，我可不敢硬列梅尚是徒弟，不必写入。”

大李将军道：“是极。”

墨香道：“我说的偏不是这两个人。”

大李将军忙问是谁，要知究竟把谁漏了，且看下回分解。

第六十四回 王瑶卿做寿 荀令香拜师

话说墨香道："这个人现在北京，而且常到古瑁轩来，我们差不多是每天必见，怎么你们会忘记了？"

大李将军还在思索，瑶卿道："你说的莫非是赵桐珊？"

墨香道："正是。他和我近日往来甚密，他住在南柳巷，跟田桐秋同院，他的号又叫同山，我送他个斋名，叫做双桐馆。他家所藏的戏本，我曾见过，每一册的面上都有'古瑁轩弟子'的字样。他对于我这王大哥十分钦佩，虽没给大哥磕头，实曾跟大哥学戏，若不把他写入，实是遗漏。"大李将军听了，才补了赵同山名姓。这正是：

群英大会，莫漏一人。

况彼赵氏，艺本绝伦。

原来赵同山是武清人氏，幼年学的是梆子青衣，曾在天桥演唱，人称他作芙蓉草。一日在后台与一个花旦话不投机，伸开巴掌打了那花旦一下，同山虽是童年，又是个旦脚，没甚气力，只那挨打的也是个莺声燕语的人物，却也经不起，早已"哎呦"一声，哭将起来道："今天我不唱了。"撒腿就跑。原订戏码，那花旦是《翠屏山》的潘巧云，如今被同山把他打走了，《翠屏山》少了一个淫妇，眼看这一出要唱不成，老板大怒。此刻同山还在师傅门内，老板便找他师傅，不依不饶的大闹，定要叫芙蓉草打补子，扮潘巧云。同山一句不会，只事已至此，没奈何只得答应，好在同山习过跷，他师傅在后台把戏词、地方都说了个大概。待戏码已到，给他妆扮，推上台去，晓得准砸，不免捏一把汗。谁知同山沉住了气，越是生疏之处，越不露惊慌之色，装成烂熟样子，介口随机应变，蒙了一个花团锦簇，前台彩声不绝道："芙蓉草的这出戏，至少已经下过三年功夫，不然，焉得有这般的纯熟。你看他一切举动，全都叫咱们瞧着满意，今天这几个钱花得不冤。"连他师傅带老板在场门内向外一看，也十分欢喜道："怪不得狗咬成一片，这个孩子天生的会捆羊，行了行了。"次日，他师傅便给他多教花旦玩艺，他的人缘一天好似一天，离了天桥戏棚，搭入各班，又在东安市场丹桂园自挑大梁。变了嗓子，改习乱弹，曾跟瑶卿用功研习，本事日强，现与荀慧生作配脚，又是程艳秋的副手。他曾入过正乙祠票房，因此和墨香熟识。

前话表过不提，且说大李将军写完了王门弟子，又计算票友，也是男女都有。男的是南铁生，他是蕲水人氏，在汉口走票有名，后来到京。他和同仁堂乐元可是连襟，元可的老翁咏西，人称十五爷，是票友武生，元可在票房唱的是青衣，跟瑶卿学戏，铁生也就归入王家一派。那太谷温大的老太太，就是咏西的叔伯姐姐，去年六十正寿，在兴隆街药行会馆唱了一天戏，咏西、元可均曾登场，瑶卿还去给他把过场子。咏西唱的《青石山》的关平，松介眉反串王道士，郭仲衡的吕仙，元可唱的《跑坡》，墨香在那里看了一个够，不免动了程明道“见猎心喜”的念头，好容易自己压住，总算有几分横劲。还有个周二爷，也跟瑶卿学过几出，文武不挡，功夫很纯。再便是多年走票的章晓山，女的是瓣萝轩主方剑霞等，也不止一人，算了一算，人已够了，专等跟他们商量戏码。

大李将军道：“方才计算内行，忘了赵同山，可算忘了跟前人。如今票友中，又忘了一个最热的。”

瑶卿道：“又忘人哪一个？”

大李将军笑道：“《跑坡》有话，‘远在千里，不能相见，这近呢……’”

杨恂在旁道：“我明白了，说的一定是陈先生。”

墨香道：“李公你怎的把我当了王三姐。”

瑶卿道：“你本来也是一个王三姐，这又何妨。”

大李将军道：“你是必得唱一出的。”

墨香道：“你饶了我罢，我好容易从这里头打出来，决不再打进去了。扪心自问，我一生没有甚么过处，只走票是一大过，如今知过必改，我是不唱的。”

瑶卿道：“你不唱也妙，我的主意你歇手为是。”

墨香道：“我三年不提嗓子了，也不用武功，我已经跟不会一样，我想唱都唱不了，别说我本就不想唱。”

大李将军道：“都是闹着玩儿，你何必认真，你就是唱得不好，谁又给你打通，你何须固执。”

墨香道：“我的戏瘾一点儿也没有了，打不起精神来，你叫我如何能唱，纵然勉强扮上，我一定僵的张不开嘴。要在前些年你不叫我唱戏，我是还要生气，如今我另是一个人了，可不敢再去上台，白招碎豁，得不了一分乐趣的。”说着大笑。有纯阳仙师偈子为证：

扯破瓜囊摔碎琴，如今不恋汞中金。

自从得见黄龙后，始悔从前错用心。

大李将军见墨香一定不唱，方不再说。当日计算人数，已经够了，即刻差人给大家送信，请他们一星期内来商酌戏码。其中有几个常到古瑁轩的，次日即来了，商酌了几出戏码。大李将军与墨香拉了慧生也到，慧生道："程玉霜现往上海，他纵然在此，未必登场，我也可以不唱。"

瑶卿道："这个局面是小凑着玩儿，唱与不唱可以随意。我相好的票友，连包丹亭、章晓山、陈墨香都不唱的，你更可不用劳音。"

慧生道："小儿令香戏也会的不少，正好借您这里的台演习。我打算叫他来唱一两出，就便请□□给他指正。"

瑶卿道："最好。"

慧生道："他的《女起解》《戏凤》都算熟的，莫如就派这两出。"

瑶卿道："小花脸朱斌仙和我有亲戚，可以叫他来一个《女起解》的解差，你看这个配脚如何？"

墨香道："朱斌仙也是梨园世家，他是斌庆坐科，先唱老生，梅兰芳唱《汾河湾》，本是李洪春来小孩，后来洪春长大，扮不上相了，才换斌仙。如今斌仙又不小了，而且改了小花脸，光阴可算迅速。"

慧生道："好极。我这小儿的《起解》，已有人捧他了，《戏凤》再请哪一位给他捧场？"

王瑶卿想了一想便道："我也有人。那出《戏凤》的老生，我可以派我内侄杨宝森跟他唱去。他的场面，定是你的人，我可以送钱，不能叫他们白干活的。"

慧生道："我给他们开份，您不必管。"

瑶卿道："万无此理。"

王铁瑛在旁道："爸爸，我也唱一出。"

墨香笑道："莱衣戏采，你也应当唱的。"

杨恂道："你会唱甚么？你又不曾正经学过，反正都是听会的，你别去挨骂。"

铁瑛道："大家都是凑着玩儿，又不是买卖，我唱又何妨，我要唱出《贺后骂殿》，大概不至于砸锅。"

大李将军道："你要肯唱时，更为有趣。"便给铁瑛、令香都把戏码派定。

此外还有陆麟仲的那位夫人方剑霞，订了出《奇双会》，是陆麟仲来赵宠，麟仲乃元和人氏，是已故大学士陆文端之子，在票房扮演小生，又派了内行老生吴铁庵扮个李奇。那南铁生、乐元可拴了一出《能仁寺》，铁生的十三妹，元可的张金凤，花旦王蕙芳新改小生，派了他一个安公子。铁生加演一出《得意缘》，周二爷的郎霞玉，金仲仁的卢昆杰。元可加演一出《玉堂春》，天津一位潘医士来王三公子，本是西医，改入梨园，汪派老生郭仲衡来臬司，兽医庞三爷来个官医生，加上元可又是药铺生意，这一出的人材，倒凑得十分有趣。黄咏霓、章遏云、杜丽云、新艳秋、华慧麟、李砚香、李吟香、李慧琴同拴一出《八五花洞》，乐咏西来一个大法官，内行老生高庆奎反串一个包拯，言菊朋扮一个张天师。陆麟仲加演一出《黄鹤楼》，庞敦敏来个张飞，地址定在织云公所。商量已毕，方才各自回家。

过了两日，听得有两个票友因此起了争端。这二人，一唱武生，一唱青衣兼刀马旦，那个武生高兴，想反串一回《扈家庄》的一丈青，那刀马旦大怒，说他抢人的丸子，二人都不快活，此事便着勿庸议。二人都负盛名，武生用心，本是要露一手，表示自己全都能唱，却忘了投鼠忌器，这是票房常有之事，大家亦不介意，只极力筹办王家祝寿的正务。正是：

种得门前桃李荣，称觞介寿半门生。

座中多少江湖客，一片欢声满凤城。

墨香因有别事要到宣武门大街，离了大马神庙，往西而行，从十间房经过，望见朝邑会馆，陡的想起当年走票不得志，站在这里发呆，如今再没那一种傻想头了。记得陈瑶英女士诗云：

转眼惊陈迹，铭心订后缘。

良辰自珍惜，无计驻华年。

果然天下事，展眼即为陈迹，当初热心走票，未免可笑。墨香办完那件事回家，次日仍到古瑁轩，办理王家庆寿事务。只瑶卿这里忙做寿，墨香家中却忙起喜事来了，便把王家的事放慢。原来墨香的次女宽云，就是这几天嫁给巫姓，书外之事，无须细表。

到得八月，瑶卿生日，众人陆续往织云公所而来，墨香嫁女事完，便也来到。天黑开锣，将唱了两出，有华慧麟的跟包前来告假，慧麟染病不能来了。哈哈，她一不来，《五花洞》就少了一人，却叫谁去补？大家商量了半晌，派了瑶卿内侄而又徒弟的那个杨宝义。这一群真假潘金莲都是妇女，只他一个是男子，他不能推辞，只得应允。这一出派在大轴，离唱还远，便去另印戏单，去掉慧麟，换了宝义。因他们都是纯粹义务，戏单上面，男的都写某君，女的都写某女士，印刷局闹不清底里，加着忙中有错，竟印了一个“杨宝义女士”，大家看了，无不大笑。

这一夜，王铁瑛、荀令香都是初出茅庐，铁瑛逗前台叫好的本事，却在令香以上，瑶卿看了，也甚高兴。待她唱完，瑶卿亲入后台，不多时只听得笑声大作，瑶卿把个将卸妆的贺后，由后台抱出来了，众客人也笑不绝声。正是：

乍观舞态真如鹤，初试歌声便掴羊。

此外的众票友、伶人各奏其能，唱得十分热闹，直到夜深方散。正是：

明月不解老，良辰难合并。

回头座上人，聚散如流萍。

尝闻此宵月，万里同阴晴。

天公自著意，此会那可轻。

明年各相望，俯仰今古情。

这几年的新台，都没格扇场门，须用绸缎做一幅挡子，上面做成台帐门帘模样，唤做“守旧”，挂在那里。此处是老式戏台，倒可不用，而且场面桌居中，不在两旁的。便是这一年，慧生叫令香在他班中演唱，名父之子，前台责备太过，又搭上令香天生不会捆羊，循规蹈矩，公事公办，甚是呆板，前台的人缘只落了一个土平，不算大红大紫。

过了残冬，艳秋回京。这一天，墨香正在家闲坐，有程艳秋的上客金君坐着车来了，说道：“现在立了一个戏曲音乐研究院，要拉阁下帮忙。”

墨香道：“我前一年在古瑁轩见着程玉霜，曾经对我说过的，我已答应，只是戏学不精，没有多少裨益，跟着起哄未为不可。”

金君道：“我们请的都是专家，阁下也是久在戏场之人，必能匡其不逮。”

墨香又谦谢了几句，就算应诺，金君告辞而去。不久接到聘书，他们那座院设在中南海福禄居，墨香包了一辆车子，每日乘车前往。正是：

劳劳为过客，碌碌总因人。

有味青灯旧，无情白发新。

听残春夜雨，踏遍落花尘。

壮志[今]何许，昂藏负此身。

那个院中，果然专家不少，内行却只王瑶卿、曹心泉，都是程、金二人亲自上门请来的。大家议定，各有责任，心泉是曲谱，瑶卿、墨香是戏本，当下各散，明日再去，墨香在戏曲里面又算添了一层魔障。他们又设了一座戏曲戏校，收些男女生童，习学戏曲，带着研求中外学术，规模甚大。校中人都实心任事，不辞劳怨，又能集思广益，决不自以为是，一力延揽贤才，毫无忌刻之意。偶有小错，旁边只要有人说一句，他们登时改正过来，于是戏剧学校蒸蒸日上，只还未出来演唱。

墨香在福禄居担了改编戏本的责任，想起从前王劲闻的言语，便对艳秋等说出一个材料，可以编成戏曲的。若问这段材料如何，有杨铁崖《复古集》咏史乐府第十九首为证：

生为仲卿妇，死与仲卿齐。

庐江同树鸟，不过别枝啼。

原来就是古诗《为焦仲卿妻作》的那一段故事。艳秋觉得这个材料不错，便请墨香动手编撰。

这个时节，梅兰芳立了一个国剧学会，坐落虎坊桥路北，是前多少回书说的那个刘寿芙的旧宅，会中也约了墨香帮忙。不久兰芳离京，这个会没有十分扩充，只存虚名罢了。

一日到院，艳秋拿出一个戏本，交墨香删改。墨香看那关目，是演的《石头记》里面尤三姐一段公案，翻了数页，留在院中。次日到慧生家，慧生道："有位丁先生送了一本戏来，是他自己编撰，请墨老改订。"

墨香接过看时，也是演的尤三姐，其中场子和艳秋的那本完全两样，墨香道："这可不好办，你们四大名旦向来不排相同的玩艺。昨天玉霜拿出本《尤三姐》，今天你又拿出一本，场子不同，事迹相类，又都托我改编，我帮了他帮不了你，帮了你帮不了他，这可是刺儿头的事。"

慧生道："他若要唱，我不唱也可。"

墨香道："别忙。我看这一出他不对路，待我去用话砸上一砸，把他主意砸结实了。他若一定要唱，你再打退堂鼓不迟。"慧生没有答言。

次日墨香到院，见着艳秋，取出本子，彼此讨论一回，艳秋问道："陈先生看这一出，我可对工？"

墨香道："这个脚色是个花旦，不像青衣。"

艳秋道："我也觉着是如此，我不唱了，您也不必去改，我看这一出荀先生倒比我唱着合式。"

他这一句话正中墨香的机会，便趁势把荀家也有一本的话说了。

艳秋道："既是荀家已有一本，我更可不唱。陈先生连这一本拿去，算我送给荀先生了。"

墨香称谢而归，便把两本羼合，删繁补漏，给慧生排出搬演，慧生还请艳秋吃过一顿饭，谢他情谊。墨香当着慧生面前，无心给艳秋道了一个谢，旁边有人悄言道："老路子《磐河战》，后面有'界桥'一场，刘玄德听得赵云单枪匹马救了公孙瓒性命，玄德忙向赵云磕头，张飞道：'公孙太守还没给他磕头呢，怎么大哥磕起头来？'这叫做两面做好人，陈大爷也差不多。"墨香听入耳中，向那人一望，那人方不言语，墨香也只付之一笑。但那戏的煞尾，增入尤二姐吞金，又与《石头记》原文不合，都是慧生自己的主意。

过了半月，慧生与墨香闲坐，慧生道："我家的令香，我有意叫他拜程玉霜作老师，跟他学几出，您看如何？"

墨香道："甚好。古人易子而教，这倒是个主意。"

慧生道："事不宜迟，咱们就去找玉霜商量。"

墨香道："玉霜今天有戏，定不在家。"

慧生道："咱们就到戏园子找他，不知他是占哪个园子？"

墨香道："他先占那个天乐园，久改华乐，现在是高庆奎占了，玉霜挪到中和里，已有多日。"

慧生道："咱们这就雇车。"

于是叫跟包刘玉海雇到车子，慧生坐了，墨香自有包车，二人直奔中和戏院而来。车子进了大栅栏，慧生的车在前，墨香的车在后，慧生忽然回头问道："这大观楼人说就是《双铃记》马思远的茶馆旧址，可是真的？"

墨香道："一点不错。我小时马思远茶馆还有呢，庚子以后改了茶楼，内有饭馆，如今改了这电影了。我三十年来，看见这地方换了一个样子了。"正是：

朝市几迁改，白云无古今。

说话间已到粮食店，□望见中和戏院了。这座戏院，就是从前谭鑫培、王瑶卿久占的中和园，本是薛家的产业，数年前□换了主人，重加修理，改名戏院，如今转卖到梁得贵手中，他是程艳秋的领班头目，因此艳秋在这里演唱。

陈荀二人到了戏院门前，下车进去，同入后台。上了楼，往好脚扮戏的屋中来找艳秋，只见艳秋正在那里敷粉涂脂，化男为女。从镜子里面看见陈荀，忙含笑招呼，慢条斯理地问道："二位从何处来？"

慧生道："从我家里一同来的。"说着慧生转身出去。

墨香道："玉霜，我们不是来看你这一出《花舫缘》来的，我们有事相求。荀慧生的儿子，要给你磕头，求你教育，你万勿推辞。"

艳秋道："我年轻，只恐不够老师资格，而且没收过徒弟。不过荀先生出台在我以前，算是前辈，他既瞧得起我，要叫他令郎给我磕头，又是陈先生介绍，我也只好是答应。"

墨香道："既蒙金诺，你挑个日子，好叫他下帖请客。"

艳秋说了一个日期，墨香出来，见慧生正在屋外张望，墨香道："荀老二，我给你说成了，你快再去面说一遍。"

慧生又进屋内道："玉霜，我的小儿全仗你栽培。"

艳秋道："我那里够得上当老师，令郎又是家学渊源，何必另找外人教授。不过您既有命，我可不敢不遵。"

慧生道："笑话笑话，我是不行的，你的本事强得多，小儿全仗教训，改日我送帖子到府。"

艳秋道："也不用普请本行，只请几位要紧的朋友就是了。"慧生应诺，与墨香同出戏院而回。正是：

雪忆门前立，风从座上迎。

过了数日，在煤市街丰泽园雇了酒筵，艳秋与慧生父子都到，程氏朋友金君、刘君等同来贺喜，内行中也来了好几个。在屋内设起九天翼宿星君梨园祖师神位，点了一对大蜡，由介绍人陈墨香举着一股百速锭，插在香炉里面，退了下去，艳秋转上来，磕过头，荀令香先拜过祖师，墨香拉艳秋在椅子上坐了，令香跪下行礼，又给慧生叩下头去，然后拜了介绍人，并朝上叩头谢了众客，大家给两家作揖贺喜。找了相馆的人来，拍照相片，令香站在中间，师在左，父在右，立在他的身后，令香虽是照相，也带出依依膝下之神态。金君站在慧生肩下，墨香暗想：这是要表出破除门户，拉荀程作一家。我向无门户之见，自瑶卿以外，四大名旦都有关系，谁也是朋友，谁也跟姓陈的不含糊。但他们总说是荀留香的心腹，我也只得承认，其实我与留香隔膜之处，也就不少。我的主意是要叫伶人与我同心考正戏曲，不是我们投降伶人，甘心受他的指挥，党同伐异，替一个伶人尽忠。今天你们肯把门户打破，这也甚妙。于是向金君一笑，墨香便靠着艳秋身旁站定。照相已完，入席同饮，尽欢而散。正是：

执修非薄物，设醴岂虚文。

要知令香如何学戏，且看下回分解。

第六十五回 屡遇故交思往事 重排旧戏仗名伶

话说荀令香拜了程艳秋为师，艳秋给他写了一张《贺后骂殿》的单头，叫他学习，不在话下。

过不多时，墨香编的《焦仲卿妻》戏本已经成功，交给艳秋看过，艳秋甚喜，拿到古瑁轩请瑶卿替他研究唱腔、身段，戏名定为《孔雀东南飞》，又名《焦仲卿妻》，在中和贴了报子，择日开演。不想有人道："这一出没有意义，写的家庭琐事，无关军国，可以缓唱。"艳秋便散漫了，不久艳秋往外国游历，院中人忙把这个戏本送了戏曲学校。

此刻学校请了曹心泉做戏曲主任，昼夜给学生们用功。次年正月，在本校挂衣排演，曾请大家去看，都夸他进益甚速，心泉也甚高兴。九月间在吉祥园出台，上座甚好。院中有人去看过一次，回来摇头道："学校错了。他这办法，一点良也不改，专唱旧戏，恐有不妥。"校中的人闻知，笑道："凡事有个次序，这是我们的初步，且待学生们技艺纯熟，我自然有第二步办法的。"院中众人方不再言。正是：

旁观只持高论，当局亦是苦心。

这一年戏曲音乐研究院添聘了一人，唤作杜绿依，天津人氏，乃已故方伯杜子丹之子，年才三十余岁，生得十分肥胖，好似画儿上的一团和气仙童模样。有词为证：

清白传家藩伯子，天生异样形容。眉浓面阔更颐重，翻开《三国志》，丰采赵云同。

短小横宽宋字体，看来又似莲蓬。抬身拳足欠玲珑，洋车拉不动，何惧卷入风。

古人笔记常有大风吹走人的事，大半吹的是女子，戏中也有这宗穿插。《桑园寄子》的金氏、《牧羊卷》的赵锦棠，墨香都曾扮过，也是旦脚，大约女人身轻，容易吹得起的。若像杜绿依这般笨重，好似戏台上周仓、钟馗一般，不是沙漠能吹倒千年大树的怪风，焉能动得他分毫。而且这个人的肚子比平常人大了□倍，走到那里，不见人先见肚子，只他那肚中装的中外古今书籍，倒是不少，不是党太尉一流的负愎将军，这肚子虽然大，却大得不冤枉，绿依与墨香谈得甚是投机。

又有几个宜兴姓徐的，都是徐学士的家属，有他的侄儿，有他的侄孙[1]，还有他一个嫡派曾孙，没想到"陶然三友"的后裔，这院中有了两家。

一日在一处宴会，内外两行都有，主人指着座间一客道："此君家里长辈，做过清朝的尚书，与陈文恪公同时，谅墨香与他定有世交。"

墨香问道："贵姓贵省？"

那客人道："姓李，是贵筑人。"

墨香听得是贵筑李姓，忙问道："阁下莫非与李苾[园]老宗伯是一家么？"

客人道："那是先伯父，只我生也晚，没有侍奉这位先伯父的。"

墨香问了他的年龄，比自己小了，便拉着他的手道："如此说来，你是我的兄弟了，你我虽然异姓，与一家人无二。"

那姓李的也问墨香家世里居，墨香道："我是安陆陈家的，先父与君家宗伯公情同骨肉，宗伯公待我与子侄一般，你不曾在他老人家身旁伺候，我倒是伺候过的。"

主人道："如何，我便料二位定有交谊，不料如此深厚。"

那姓李的也便和墨香亲热起来。内行又有人说起李宗伯讲究昆曲，墨香想起旧事，几乎下泪，又是"三友"中的一家，却不道在这时节都能聚会。宴毕各散，这是当时一个小小奇遇。待再过上六七个年头以后，有一位朱先生[2]开个报社，约墨香去作小说，墨香写到"李御史洪谟"，他那里恰有李家后人，也算奇遇了。墨香又写到"陈六舟"，恰恰这李某之母，是六舟孙女，岂不更奇。正是：

岁华来无穷，老眼久已静。

春风如系马，未动意先骋。

此是后话不提。且说荀慧生的戏班，已换吴堃芳主持，又叫老生常少亭给荀令香起了一个娃娃班子，他父子分开演唱。

这一日，那荀令香到广兴园演戏，墨香同慧生前往，慧生奔向后台去了，墨香坐在楼上。忽见一个老者，满面皱纹，颔下白须，步履迟慢，带出龙钟之态，走了过来，叫声："陈大爷，咱们又多年不见，一向可好？"

墨香定睛细看，才认出是本园东家，四十年前久负艳名的旦脚余玉琴。墨香想起小时在财盛馆，随着先父看戏，李宗伯、徐学士都在座，那日玉琴演的《能仁寺》，这一出戏是新编，满座都不认识，玉琴也正在妙龄。后来在昆文达公府内演唱，他□□□旬，只那扮张金凤的王瑶卿□□□年轻漂亮，如今瑶卿五十出头，他大约有六十了。他这《能仁寺》在通州唱过一次，是我扮的张金凤，我又陪他唱过好些戏。他已渐老，只我今日还

[1] 徐凌霄、徐泽义。

[2] 朱复昌。

少嫩得多，追念前情，真正可叹。

当下二人坐定，谈些旧话。玉琴道："你可还走票消遣？"

墨香道："不干那宗事了，我歇手已经五六个寒暑。我已经快五十岁，本来扮相就没多好，脸子一老，更不像个模样，我又不是真干这个的，不指着戏份儿买米下锅，我歇了罢。票上的朱琴心，声名很大。等我快歇手之时，出了一个黄桂秋，排行第五，是赵汉卿的内弟，他也是票中好脚色。先由章晓山介绍，想拜瑶卿，不想晓山丁内艰，王琴依给他引进了老夫子陈瘦云，他便给瘦云磕了头，算陈门弟子。与朱琴心一前一后的下海，真搭了班，都混的不大很好，只算中平，没到梅、尚、荀、程的地位，足见票友是不行。他二人下海无功，似我这在票房就不出名的，不如连票都不走，免得受人的碎豁。我在万福居上了你的当，早知走票也得呕气，我可不搭这个跳板。"

玉琴道："说话在我，听不听在你，我又没强拉你玩票，你自己入的票房，怎么是我给你当上？再又说回来了，票友像你的能有几位？只要旦脚应唱的戏，指到你那里，你全敢答应。你那一出《下河东》的呼金锭，手里脚下都有，'闹营'你摘额子、撩洒发，跟老生一对儿，扮相也合式。'三见面'，你刺肚上，不照大路勾出来，你在大边花脸漫你的头，你归小边，也比勾过去，稍为紧凑。你的身上不羊，肚子很宽，大小脚色都会。你连《双钉记》的仵作老婆、《荡寇志》的刘慧娘，并不实授，都扮上了，也没弄砸，你算行了，你还抱怨甚么？咱们同过几次场，我知道你的能耐。"

墨香道："你说的是干这个的话，你没听见票房和前台的口风，我耳中早已满了，说我不好的是真不少。"

玉琴道："前台与票友有说你好的没有呢？"

墨香道："也有，就是你才说的《下河东》，汪雅轩在前台看了，说不像外行，秦椴庵是票友著名老生，也说我是用过功的，潘质忱、张慕蝶更肯捧我，就连侗五、陈十二并清逸也给我说过好话。"

玉琴道："有一个人说好就算是你混对了，何况不止一人。你除了太洒不开，说到戏上的本事，总算有你这么一号儿。"

正说间，一个少年走来，先与墨香见礼，墨香叫他向玉琴作揖，玉琴道："此人是谁？"

墨香道："他叫刘艳云[1]，是老花旦某人的徒弟，现在又拜了荀老二的门。"

玉琴道："那老花旦年轻虽是名脚，能压桂云、三宝，实没本事，他会教甚么？连一出通

---

[1] 即刘凤缘，北平大学艺术学院学生，1930 年春，经王琴依介绍，拜田桂凤为师。

大路的《虹霓关》都不玲珑。他唱《战宛城》，管着雷夫人叫‘驴’夫人，世上哪有姓驴的？真正满嘴放屁，不说人话，跟他可学不出来，改拜荀家为是。”

楼上一面闲谈，台上已是大轴，荀令香的《荀灌娘》已经登场了。有某名流题荀灌诗歌曰：

十三娇女侍亲闱，匹马孤城解困归。

可笑当时传谢蕴，青丝只解小论围。

又有袁子才先生咏那荀灌救父的故事一首诗，也是七绝，其诗云：

闺阁英雄荀灌娘，十三救父解戎装。

后来只有浑公子，乳媪相随到战场。

玉琴看那打鼓人不很认识，便问墨香：“此人是谁？”

墨香道：“他是慧生的打鼓的，带来给令香打，与胡琴钟剑秋一样。他叫做刘玉竹，是田虎科班徒弟，先唱梆子老生，后改场面，现拜汪子良为师，他的舅舅提起来大名鼎鼎。”

玉琴道：“他舅舅又是何人？”

墨香道：“就是玉成、小吉祥各班管事的‘红龙套’。”

玉琴笑道：“他这舅舅，前台不知，后台倒是有名，谁提起来也要笑的，总算留了个古迹。咳，现在上台的，我十有九位不认得了，别说场面先生。余叔岩的打鼓杭子和、胡琴李佩卿，都是后出来的，连杨香翠的长子双喜，都□打鼓队里□了几天老前辈，也就了账，别说刘顺了。鲍桂山、汪子良现在都成了老资格，唐平、纪不住也老的过儿。吹笛子的陈嘉梁、方秉忠，也都完事，只剩一个曹心泉，大约他也没十年的活头了。我是滋味都已尝够，我任甚么也不贪，每天专念阿弥陀佛，忏除罪业，我算在这个世界上混腻了。”

墨香道：“你说到念佛，我想起一个人来，你可晓得潘镜芙？”

玉琴道：“晓得的，他与梁巨川是近来的编戏家，都给奎德社坤班作了活儿，梁巨川跳在积水潭淹杀了，潘爷回了江苏原籍，他念佛可真至诚，我比不上人家。”

墨香道：“潘爷殁了已经四个年头。他的好友吴圣常给我来信，说潘爷临殁之时，看见大势至菩萨前来接引，潘爷往生净土了。”玉琴合掌念佛不已。正是：

事事都随他去，死生不罣心肠。

天天念佛万遍，定可往生西方。

墨香道：“我小时看戏，中年唱戏，如今编戏，各有乐趣，也各有烦恼，实不及镜芙看得开，也不及镜芙抛得下。虽然有人说我是戏剧家，我实受之有愧，而且我纵然真够一个戏剧家了，也不过一场春梦。”玉琴却不回言。

戏完，荀家父子与墨香同坐汽车而回。次日，墨香见着戏曲学校的人谈起慧生，校中人道："我正要请荀先生，给学生们教一出《盘丝洞》。"

墨香道："这是一出旧戏，我小时就看过小荣椿演唱，那时郭季香将坐科学徒，他的大蜘蛛。这出戏不是昆曲，是有牌儿名的吹腔，杨桂云同他儿子小朵，都曾搬演。慧生从曹心泉家得的总讲，改作西皮，瑶卿另有一本《七情迷本》，被我拿来羼合为一，便是如今的《盘丝洞》了。要找慧生前来教授，待我跟他说去。"

于是即往荀家，向慧生说知此事，慧生满口应承，墨香去报知学校诸人。即日派下学生，到荀家去学，选的都是学生里的尖儿，慧生教着也就容易。他们教戏有几句话云："铁打房梁磨绣针，功到自然成；铁打房梁磨棒槌，磨成个铁棒槌。"这是说学生天资不足为凭，全看老师怎么用功，如今学生既不是铁房梁，慧生给他用功也真切，决磨不出铁棒锤来。

约计一月，学生的《盘丝洞》都已纯熟，订了日期在校中台上排练，慧生自来把场。时值隆冬，北风大作，那座台搭在院子里头，四面一无遮挡，其冷无比，慧生冻得面白如纸，还在那里指挥。校中管事人沈三玉待他下来，再三致谢，让到屋中坐了片刻，慧生、墨香各坐人力车而回。慧生虽是名脚，算计极精，除了上戏园子轻易不坐汽车。只还不如程艳秋，动辄步行，北京兴了电车以后，他有时还和大家在电车上面杂坐，比慧生又多了一算，然而两个人都可以算得是俭德可风。

过不数日，戏曲学校的《盘丝洞》出演，卖了一个满座，戏曲学校精神愈振，大家与墨香商议，要排《儿女英雄传》。

墨香道："这一出不必麻烦荀家，依我之见，莫如去烦王瑶卿。"

校中人道："就这么办。"便往大马神庙第二十八号古瑁轩面见王瑶卿，说明此事，瑶卿笑着答应，校中人辞去，忙着选派学生，到王家来学这一出好戏。

就在这几日里，墨香耳中听得有人说道："《儿女英雄传》戏本，是个旗人编的，忘了他的称呼，是文是铁，又好像是费。通戏有四十多本，从乾隆年间就有的，近五十年只有十三旦唱的最好。十三旦叫做田虎，又名小桂凤，本事高强，是二黄班好手，比王瑶卿可高出十倍。"

墨香不觉大笑道："这真是'齐东野人之语'，只好不去理他。"

又有人道："这一出是余玉琴的拿手戏，又名《十粒金丹》，是费莫文康编撰，只有十六本。余玉琴在内廷演唱，光绪皇帝大为赏识，传旨叫他不必卸妆，就来参驾。余玉琴遵旨而来，西太后见他腰挂木刀，立刻大怒，吩咐御前侍卫拿下，推到菜市剐了。那余玉琴临死，还穿女人衣裙，剐的真正冤枉。因闹了这个乱子，此戏多年不唱。王瑶卿出世的时候，余玉琴已死了十年，这一出瑶卿不但不会，就没有见过的。"

又有人道："这是靠不住的话。这一出戏，是光绪年间江苏李钟豫编的，从庚寅、辛卯直到甲辰、乙巳，何玉凤只有余玉琴一人唱。王瑶卿虽也唱过，可是在宣统辛亥，不过在玉琴唱得正热闹的时候，瑶卿扮过张金凤。待瑶卿改扮何玉凤之后，张金凤是王蕙芳、梅兰芳、尚小云、程艳秋都扮过的。兰芳在天乐园，即今日华乐园，和路三宝唱了一两次，是三宝的何玉凤。郭季香到历城，有一位毛十爷和一位萧大爷，都到过北京，看过这一出，指名派季香演唱。其中的第三本《能仁寺》，季香一句不会，几乎挨蹶。幸亏陈瑞麟正在历城呢，他跟玉琴唱过的，手里有本子，给季香说将出来，蒙了一回事，季香可仍是不清头。余玉琴五十岁时，通州唱戏，是陈墨香扮的张金凤，也就《悦来店》《能仁寺》罢了，不是全本。玉琴至今尚在，白发苍颜，一点也不漂亮了，何曾挨剐。至于《十粒金丹》，另是一出戏，与《儿女英雄传》无干。这一出的二本，稍为紧凑，从前各堂会派过了多次，只比那《悦来店》与《能仁寺》少些。二本卖的黎素娘，跟瞎子、哑叭，当年是瑞麟的素娘，唐玉喜的哑叭，刘春喜反串小花脸来个瞎子。后来春喜在票房唱过一次，是墨香的素娘，没有花园切末，又没大喜神，瞧着差一点。三本玉琴扮的高梦鸾，才露面就松下去了。王瑶卿在第一舞台曾经重排，瑶卿扮的高梦鸾，张彩麟将改小生，扮的寇云龙，虽也有可看之处，只关目、穿插都不如《儿女英雄传》火炽，用人可比《儿女英雄传》要多，故此行不开。近来荀慧生也唱《儿女英雄传》，删繁就简，原是八本，改成一夜演完，戏名也改了《十三妹》。慧生是跟王家学的，现在凡是唱这一出的，内行芙蓉草、荣蝶仙，票友章晓山、南铁生、乐元可，谁不是由古瑁轩掏换来的？怎么说王瑶卿不会。"

那些人听了笑道："这一番话似乎很有凭据，只与我们先说的不合，我们自命百事通，凡我们的文章，和口中言语，如帝如天，不能由着旁人驳斥。你就把文康、李钟豫、余玉琴、王瑶卿都拉到我的面前，和我质证，我也拍着桌子把他们叱退，宁可得个刚愎自用的头衔，决不向你们输嘴。"

墨香又听入耳内，叹一口气道："此之谓'以不狂为狂'，这种人只可叫他'终身不识太行'了，正不必和他掏心窝子说真话。"正是：

牵匹瞎马，给此盲人。

与作驳辩，枉费精神。

过了些时，学生们的《儿女英雄传》从《红柳村》到《能仁寺》都已学得纯熟，在吉祥园出演。那扮何玉凤的男生宋德珠，前台都错认是个女生，足见他的扮相秀媚。

次年，程艳秋回国，改名砚秋，改字御霜，仍占中和园。砚秋嫌场面锣鼓调门高矮不一，并且近来戏班，好用奉锣，打起之时，高而难听，有鳌正之意。心泉、墨香、绿依闻知，都十分赞成，于是砚秋托心泉给购买合式锣鼓。哈哈，这事看来容易，却太难了。目下锣鼓制造不良，没有一件合式的，只好搜求旧物。心泉费了不少的事，凑了一份，还是将就着用，并不十分完善，只已比别家东西高得多了。砚秋本班的小生，约了南方的俞振飞，陪他演唱，上座甚盛。

一日墨香到戏曲音乐研究院与杜绿依等闲谈，说到陈杜两家的交谊，原来绿依的上辈子丹方伯，是觉分居士文恪府君的门人，墨香笑道："如此说来，我还是你的老世叔。"

绿依道："我在这里研究戏曲，墨老是此道老手，我也可以叫你老师。"

墨香道："不敢当，咱们还是交朋友罢。只你我两家的世交，是从宋朝就有的，也是师生，咱们倒不可不知。"

绿依道："不知是宋代何人？"

墨香道："我们同族的黄门官陈最良，教过你家丽娘小姐，难道你不看《牡丹亭》？你的曲子是比我熟的。"

绿依笑道："我的曲子也不算甚精，只好看传奇罢了。"谈了半晌各散。

次日到院，早有院中管事人金头领拿了些戏本请大家改正，内有一本《游武庙》，杜绿依道："我记得这件事是宋太祖，怎么演作明太祖了？"

墨香道："一些不差。在武庙内逞威、撤了好些名将从祀，是宋太祖做的，正史说得甚详。明太祖是游孔子庙庭，因孟夫子有'臣之视君如寇仇'之言，开弓要射孟子，尚书钱唐拦住，编戏人要把二事合一，不足为据。只相传清高宗因看伶人演《鼎峙春秋》，才把赵云列在帝王庙配享，也与宋明二祖游文武二庙相同，却羼上戏曲了，足见曲子大有力量。"

时有黄冈张君在座道："戏曲音乐研究院的人应当懂得曲子，兼晓乱弹，我却一概不知，也是个笑话。好在我只管账目，不研究戏曲。"

有人道："西皮虽是由梆子变化而来，二黄却出在你们湖北，难道你也不知么？"

杜绿依道："不然。二黄、西皮都是江西黄伶与他女儿翠娘兴的，与梆子何干？也与湖北没有关系。"

墨香道："不要叫我老师了，我倒要叫你老师，请你把黄伶父女的事迹细说一遍。"

当下绿依把黄伶与翠娘的始末，并他根据的书，都一齐说明。正是：

昔日黄家有翠娘，清歌妙舞冠群芳。

可怜姓字将湮没，幸有多闻杜氏郎。

要知黄翠娘的生平，且看下回分解。

第六十六回 黄翠娘歌创新声 梁文士笔述佚事

上回书说到杜绿依谈起黄家父女的生平，并二黄、西皮的源流，这回书却要从黄家一面说来。正是：

木有根兮水有源，从头细溯莫言烦。

黄家遗制流传遍，名不传时也太冤。

自宋元以来，南戏北曲盛行，到得明朝，太仓出了一个伶人，唤作魏良辅，习的是旦脚，每一登场，倾动座客。昆山文士梁辰鱼字伯龙，自幼在歌场出入，也很会歌唱。向来文士们对于伶人，最喜与旦脚来往，梁魏二人也跳不出这个圈儿去，便凑在一处。梁辰鱼也真有三把神沙，竟想出法子，将南北曲文都另改了腔调，兴出南北合套的玩艺。当时因辰鱼隶籍昆山，便唤这种唱法做昆腔，从此宋元旧曲应该是唱成甚么味儿，没人知晓。昆腔的势力，遍于各地，只嫌词句过于高雅，不能通俗，文人墨客闻之，能解愁烦，走卒贩夫听了，反生气闷。此外的各种俚歌，又嫌太也鄙俗，不登大雅之堂。正是：

质胜文则野，文胜质则史。文质彬彬，然后君子。

早有一人看出这个情形，他要自出心裁，另创一种腔调。你道此人是谁？原来是个老伶姓黄，行五，乃江西吉安西皮镇人氏，他也生在明朝。

那个时节江西戏曲最盛，只缘宜黄有位阁老，唤作谭纶，官至总制，在边疆立过汗马功劳。明朝皇帝最为昏庸，执政大臣也多半忌刻。皇帝觉着朕的臣工，都有才具，都可以担当大事，那能立功的，不过是借朝廷的洪福，他并无过人之才。大臣们见有人立功，便以为占了自己的面子，形容出自己不济，把那能立功的恨入骨髓，处处给人家小鞋穿。谭总制资深格老，又是久历戎行，虽然是个书生，却与行伍出身的无异，眼中不免看不起这些纸上谈兵的庸鄙小人。

一日有个阁老对众人道："近来边上用兵多胜，虽是将勇兵强，老夫帷幄之谋却也深中机宜。老夫素不读孙吴之书，却能有良平之计，足见用兵甚易，诸公不可不勉。"谭总制恰也在座，笑道："我却久跟将官在一处，一生不冒昧用兵的。"那阁老变了颜色。谭总制待这些人是如此，这些人们也就不喜谭总制，虽然面子上是一样为国家宣劳，心里却猜防得紧，如同水火，闹得个谭总制意懒心灰，还加着惧祸。究竟君子没有小人利害，任你用心防备，他也有害人的计策，哪个得了好结果。即令他们没有秦桧、徐有贞的手段，不能要人的命，只随时掣肘，叫你立不了功，也没趣味。想了一想，三十六计走为上计。谭总制偶然坠马，摔的并不算甚重，却乘此机会装起病来，闭门不出，有一百多天，然后写下章奏，告病回家。朝中大臣正看得谭总制没甚紧要，我们这里有你不多，没你不少，你是人望，难道我们不是人望么？你会用兵，难道我们不会谈兵么？你走了更显得出我们来，即劝朝廷准了。

那谭总制既不做官，便以声伎自娱，遍招海内名伶到江西演唱，因此江西地方戏曲盛兴，各省都不及的，江西的戏曲人材，也就应时而起。有人在谭总制面前说道："梨园专一诲淫，如今旦脚势力太强，似更不妙。"谭总制笑而不答。恰值家宴，谭总制吩咐家伶搬演《琵琶记》，那副末开场唱了一段【水调歌头】，其词云：

秋灯明翠幕，夜案览芸编。今来古往，其间故事几多般。少甚佳人才子，也有神仙幽怪，琐碎不堪观。正是不关风化体。纵好也徒然，论传奇，乐人易，动人难。知音君子，这般另作眼儿看。休论插科打诨，也不寻宫数调，只看子孝与妻贤。正是：骅骝方独步，万马汝争光。

谭总制听了，掀髯笑道："好个'不关风化，纵好徒然'。"

待唱到牛氏规奴，谭总制道："这也是旦脚，而且是贴旦，请问这是诲淫还是戒淫呢？"

那人道："戏中旦脚动辄便哭，导欲增悲，罪无可逭。"

谭总制道："赵五娘琵琶写冤，为的是舅姑，她该哭不该哭？"那人方不言语。

谭总制对于戏曲一道，可算竭力提倡。这个黄五是他同乡，自然闻风而起，晓得大人先生好喜这个玩艺，越发用功。只明朝各省没有戏园，除了承应官府，便做路歧生涯。昆曲有相宜的去处，便有些地方大不相宜。黄五曲子既熟，更加生性聪敏，眉头一皱，想出一个变通的方法，编些戏本，都用七字、十字成为一句，自己在家研究歌唱的腔调。

黄五有个女儿名唤翠娘，生得容颜美丽。怎见得，有《浣溪纱》一阕为证：

蝉翼裁成称体衣，妍和风日燕交飞，远山泓黛一行低。

雨滴樱桃随泪落，心缄豆蔻怯人知，残莺新絮断肠时。

又有诗曰：

乐营门外柳如阴，中有佳人画阁深。

若是武陵公子见，买时应不啻千金。

又有长短句云：

忆眠时，春梦困腾腾。展转不能起，玉钗垂枕稜。

忆行时，背手挼金雀。敛笑慢回头，步转阑干角。

忆去时，向月迟迟行。强语戏同伴，图郎闻笑声。

慢来，翠娘是个真正清贞女子，此刻尚未出嫁，何言有郎？原来黄五有几个女弟子，其中有唱生脚的，翠娘习的正旦，女伴们在一处玩笑，说她们是夫妻，翠娘笑而不答。此只是台上的郎君罢了，实是假凰虚凤，不相干的。

这翠娘生得聪慧过人，年只十余岁，已是满腹曲子，一般老伶都不如她，还有时要向她请教，翠娘也大马金刀，教给他们。翠娘年轻气傲，出言不甚谦逊，众伶人不免怀恨，常想出些计策，抵制他父女唱戏，谁也不料黄五另有推翻旧曲的算计。黄五创造唱法，翠娘也帮着琢磨，非止一日，早创出两种声调。

黄五认识一人，唤作梁异，是个文士，天生的性情怪僻，不与士大夫交游，曾道：这些缙绅先生习气太重，他们开口就说孔子，却没一人真照着孔子言语行事，只拿孔子作招牌，压制天下奇材。你有一句话比他们说得高些，他便找出古书里面孔子的话语，断章取义，务必附会□和他的见解一般，和你捣乱，总要他占了上风，才算拉到。他们的真正祖师，乃是杨子居，叫做‘拔一毛而利天下不为’，只知有我，不知有人，骄蹇自大，万不可亲近。若是有些才华会作诗文，更了不得，居然眼高于顶，看得天下人个个不通。倘若有一个通的，他早生了忌妒，千方百计，害得你一塌糊涂。这都还是读过书的缙绅，至于那些暴发户，更是可鄙。除了摆架子、富贵骄人以外，甚么也不懂。我梁异才不惹他们呢，倒不如市井粗汉、戏班优伶，虽也有他们的习染，究竟稍为可耐。

黄五年轻时也是个旦脚，梁异看他的戏看入了迷，便和他来往。此刻交情越厚，听他这两种腔调，一种缠绵，一种激昂，甚是娱耳，便道：“你父女姓黄，这一种声调缠绵悱恻，是你父女二人苦心制造，可以取名‘二黄’，你看如何？”

黄五道：“那一种又该叫做甚么？”梁异想了一想道：“你父女住在西皮镇，可以取名‘西皮’。”黄五大喜称谢，于是招些生童，教他歌唱。正是：

另翻新乐府，不唱古宫词。

他这戏班的脚色，略用昆腔旧意，稍加变通，只名目仍与昆腔一样，分作十门：一末，二净，三生，四旦，五丑，六外，七小，八贴，九夫，十杂。小是小生，夫是老旦，因他常扮夫人，才有这个名号。杂是副净，与昆腔的杂脚甚么都扮、只是个杂抓不同。

黄五弄了这个班子，先在吉安应了几次庙内还愿的神戏，然后到各地出演。人情厌故喜新，昆腔早已听腻，如今换了耳音，本就高兴，词句又不艰深，人都能懂，也不至于鄙俚得可笑，算得雅俗合中。加上翠娘色艺双绝，唱□到□年，声名大噪，连昆腔带各种俚歌，都算输了，眼看着他父女的买卖一天好似一天，只剩些自称文人的书呆子，还在竭力保持梁魏遗音，其余倒有十分之九倾向黄家。

这边黄五见翠娘年已十九，即许给本班一个男伶小生，虽未成亲，名分已定。那时男女原是合演的，直到清朝，一班名公拿着朱文公的道理去节制戏班，才给分开。黄五父女生在此前，却是不曾受过这种限制。他父女不只在江西演唱，南方各省都曾去过，曾经到过湖广地面。怎见得？那里的形势有张俞诗为证：

城上新开百尺楼，白云人伴白发留。
山川半倚三吴胜，江汉常吞七泽流。

那里的土人听了二黄西皮，比别处格外喜爱，便留下黄五几个徒弟，给他们拴个科班，聚些儿童学习，因此这宗玩艺，湖广大盛。黄家父女到处唱戏，曾在杭州吴山关王庙登场，那去处有朱一是诗曰：

雕甍碧瓦曲朱栏，玉砌蟲碑文半残。
湖隐重楼朝雨散，江横独塔暮潮寒。
吴山庙食消吴恨，汉寿威仪见汉官。
东去忠魂招伍相，云旗风马路漫漫。

他父女在杭也露脸而回，只不及湖广隆盛。这年到一处江边上演唱，也是祭神，看那神明是尊女像，有诗人潘果七言古风曰：

江神踏浪朝灵宫，灵宫夫人下幽穹。
女官贯甲拥前后，宝刀烂若银芙蓉。
阿兄虎视霸南国，玉颜小妹饶家风。
天教帝子作之偶，明珠斗帐藏真龙。
赤壁战后老瞒惧，不敢南下驰艨艟。
如何婚姻失前好，忍教与国连兵戎。
臣服魏庭亦豚犬，仲谋那足称英雄。
蜀帝复仇猇亭败。永安遗诏苍黄中。
夫人有家归不得，九嶷梦断寻无踪。
蟂矶自沉灵魂在，于今遗庙留江东。
庙中传芭女巫舞，报赛神鼓声冬冬。
江流有尽恨无尽，疑有泪竹斑斑红。

又有诗曰：

霸气江东久寂寥，永安宫殿莽萧萧。
都将家国无穷恨，付与浔阳上下潮。

这些诗都在黄翠娘以后，也有人写在庙内，只是说平话的文字波澜罢了。

这庙正殿匾额，大书“敕封脂粉都巡使蟂矶孝烈元君”，柱上有一副对联，是个名流作的，也是他手书。你道此人是谁？原来是山阴徐渭。其联语只十四个字，却作得甚好，联云：

思亲泪落吴江冷，望帝魂归蜀道难。

徐渭字文长，别号青藤老人，作过四种曲子：三国祢衡在阴司骂曹、木兰从军、黄崇嘏中状元、玉通和尚红莲案，名为《四声猿》，是个戏曲名家，翠娘倒是晓得的。又到后殿，只见塑着刘关张、诸葛孔明、赵子龙神像，也有后人的联曰：

将相岂还谋鼎足，君臣犹似议荆州。

这庙内女神，正是三国时的孙夫人。她的名字失传，罗贯中说她唤作孙仁，实则陈寿《三国志》里说，孙仁是吴主孙权之弟，并非夫人之名，唱戏叫她孙尚香，更没来历。

翠娘瞻拜过神像，起来暗暗叹息：孙夫人也不过三绺梳头，两截穿衣，是个巾帼女流，只因事到临头，舍得一死，成全了自身的节义，便能受后人香火，虽然不能遍地立庙，只在江南一带，也就有不少的庙宇。我没读过多少书，只我父亲编的戏文演过孙夫人遗事，我曾唱过的，因此我深知夫人的生平。我黄翠娘身虽伶工，心如铁石，自干这个以来，从未有一点卑污，可称卖嘴不卖身，今日对了神明，自觉无愧。记得有一次到杭州岳夫子庙唱戏，见那门洞一块巨碑，写着严嵩名姓，这是昆腔《鸣凤记》里的奸臣。从前我们江西有位抚台何迁，是湖广德安人氏，官声很好，作了许多有益于民的事业，却和严嵩来往，弄坏了官，足见严嵩混账。我虽是一女流，拜孙夫人就要学孙夫人，决不学那严贼，一面恭维岳夫子，一面杀害忠良。那杨继盛没有岳夫子的功劳，却与岳夫子死的一般。何抚台正做京卿，想尽方法替杨继盛申冤，严嵩一定不依，只此一端，如何对得岳夫子，我可不能与他双提并论，既给孙夫人磕了头，就算是孙夫人的门生了。

想够多时，退入戏房，即是后世戏园的后台，结束起来，预备登台献技。他那一班的脚色，个个都是好手，装男扮女，各奏尔能，真唱得热闹。看的人挨肩擦背，都站在台下，举头而望，侧耳而听。昔年都是方台，连墨香唱戏时节，圆台尚少，莫说黄翠娘这一伙是明代人了，自然是在方台上面，清歌妙舞。有【鹧鸪天】一首，单道唱戏的好处：

一曲清歌酒一巡，梨园风月四时新。

人生得意须行乐，莫使飞花减却春。

今即古，假为真，评红品绿奉知音。

歌动阳春飞白雪，舞余霓羽绝飞尘。

又有一诗单赞那戏房中的黄翠娘云：

国色从来不易逢，休将花眼辨花容。

饶伊素日施高论，眼到花前自解慵。

又有一支曲子，道那黄五的心事云：

声容两擅当场美，赚缠头，复多长技。

撞烟楼有女更娉婷，只愁未识家传秘。

那翠娘的心事，却又不然，也有曲子为证：

登场原未忘羞耻，遍思量，出身无计。

只除非借戏演贞操，面惭可使心无愧。

台上还是别人的戏码，究竟差一点，压不住说话。台下有些吊古之士，早议论起来道："吴王既把妹子嫁给玄德，却又私地迎回，怎么给他儿子去求关武安王的女儿？推其用心，是要借着婚姻，勾引关武安王背蜀归吴，决非与刘氏结好，关武安王不肯应许，也不为过。关武安王虚内攻外，将材原嫌稍欠，只后人的责备也不都可信。"正说得高兴，翠娘已经登场，他们看好脚色的心盛，方把话头打住。

翠娘演完了戏，看客都散，翠娘随着黄五就在庙中歇息。翌早翠娘正在梳妆，忽见两个矮方巾走了进来，黄五认得，一个是柳隆卿，一个是胡子转，都是本地富户赵钱孙的帮闲。黄五连忙让座，问二位何来。柳隆卿板着脸道："姓柳的夜猫子进宅，无事不来，特地寻你商量一件事，答应也得答应，就是你满心不愿答应，你也得乖乖地给我答应。赵钱孙大相公看见你家翠娘长的可人意，命我二人带来一百两银子，买她作妾，限定今日今时，咱们人财两交。"黄五道："赵相公既有怜惜我家的好心，二位又是高明之士，我有下情，不敢不当面禀明。我这小女已是许给本班小生某某了，此事望二位善为说辞，非是黄某不识抬举，只因事出两难，万难从命。"

胡子转怒道："你少要胡言，赵相公有钱有势，我们已带有打手来了，谅你是个伶人，怎能抗得乡绅。你再若牙缝里露半个不字，叫你死无葬身之地。"说着便叫打手快来。

只听外面应了一声，涌进十几条大汉，来抢翠娘。那翠娘披散着头发，向外就跑，众人随后追赶。出门便是大江，翠娘站在江边，把散发一洒，来了个台上的身段，喝声："慢来！奴有话讲。"柳胡二人欺她是个女子，谅她走不脱，忙叫打手站住。

翠娘道："奴是黄翠娘，今日唱烈女捐躯，明日唱节妇殉难，唱来唱去，唱到自己头上来了。咳，我黄翠娘呵，要学当年孙尚香，祭江死节见刘王。我在江内把命丧，未嫁也当报夫郎。"

众人急向前时，她早洒着散发，跳入江中去了。那黄五与赵钱孙自有一场官司，不在话下。此事传到梁异耳中，叹道："不意梨园有此奇女。"提笔在手，给黄翠娘作了一篇文字，要叫她留传后世。正是：

水在海，石在山，海水不缩石不刊。

衔石向海女，口血离离海同干。

这段古话已完，下回书仍说戏曲音乐研究院并诸名伶之事，列为看官们稍安勿躁，容说书的歇一口气再讲。

第六十七回 座上作闲谈 梦中闻妙论

话说杜绿依讲了黄翠娘的故事，并说是出在明人梁异文集里面。这梁异文名不甚显著，此外当时文士，又坚持昆腔局面，不肯给西皮、二黄的脚色去作文字。后世的捧脚家各有门户，不是他捧的好脚，决不形之笔墨，他若办刊物，也不登别家好脚像片，一味的给一个人去做孝子贤孙，明人也犯此病，因此这多才的黄翠娘，姓名几乎湮没。新化魏崧，于道光丁亥年辑了一部《壹是纪始》，凡廿二卷，又附一卷补遗，专纪事物源流，却也没谈西皮、二黄一字，是魏崧不知有黄翠娘。华亭张诗舲，是个见闻极广的名公，还说二黄是黄梅、黄陂两处的土歌，足见张诗舲也不知有黄翠娘了。

众人听毕，都道："西皮、二黄的来源，各家讲的不同，只怕这一说最确。那加个'竹'字头写作'簧'字的，最靠不住。他们说是因昔年唱用双笛，故此叫做'二簧'，不是'二黄'，你若问他西皮是何取义，他也与张一般的，答应得不大明白。况且昆腔也用双笛，若是二黄加'竹'成'簧'，扯到笛子上去，昆腔也早该有这名目。又听得老一辈的人说，乡土二黄久用胡琴，京中才用双笛呢，后来也究竟也依了乡土，废掉双笛不用。由此看来，二黄的'黄'字儿不加'竹'字头为是。"

大家纷纷议论，墨香早作了俚诗一首曰：

高唱西皮与二黄，问他来历尽茫茫。
若非梁异留文字，湮没多才黄翠娘。

正说得高兴，忽听电话机响亮，却是戏曲学校要排《得意缘》，托墨香去找瑶卿。墨香由电话里应诺，便把那些戏本搁起，出了戏曲音乐研究院，上了人力车，往古瑁轩而来。见着瑶卿，对他说了，瑶卿也便答应，仍依原例，学校派人到王家去学，不日学成唱过，不在话下。

此刻戏曲研究院搜罗有关戏曲的书籍，墨香把家藏《粉铎图咏》《梨园百咏》，检出送去。曹心泉在院看见笑道："这本《梨园百咏》注的唱戏脚色，却有个错缝子。《镇檀州》《群英会》都注着一个‘金四宝’，我们戏班近几十年只有景四宝，没有‘金四宝’，‘金’‘景’字音相近，这位先生是错了。原书虽不能改，可以给他批出来，免误后人。”众皆称是。

又过些时，戏曲学校中人又去见瑶卿，商议要排《孔雀东南飞》，瑶卿又复应允，只生徒须由瑶卿挑选，校中人自然无甚驳议，一口应承。瑶卿挑了几名上等学生在古瑁轩教将起来，墨香是原编人，也跟着起哄，还冒了一个帮同照料的名色。瑶卿顺手给学生们教了一出《琵琶缘》，虽是《混元盒》内一段，却非老本所有，是瑶卿按照皮影增入。那《孔雀东南飞》尚未教成，这一出已经出场。瑶卿、墨香一齐去看，这一天还唱了一出《磐河战》，是汉末公孙瓒与袁绍交兵的故事。

次日，墨香到院，金头领道："我编了出《春闺梦》，要给御霜演唱，演的无定河边战攻之迹，取材是陈陶的《陇西行》，其诗曰：

誓扫匈奴不顾身，五千貂锦丧胡尘。
可怜无定河边骨，犹是春闺梦里人。

"这个本子，我自信很有价值，比那儿女私情，家庭琐事，强了十倍。原定大将是李广，只李将军戏台上不熟，想改一个在北平一带用了兵，又是戏中常见的，你们诸君替我想一想。"

墨香随口道："莫若就用刘虞与公孙瓒。虽然刘虞冷一点儿，公孙瓒熟得利害。"

金头领道："其中交战，原用明写，只是中国旧戏演到打仗，如儿戏一般，不免被西洋明公们耻笑，我想改作暗笔，应当如何改正？"

墨香道："《白马坡》宋宪、魏续去战颜良，留曹操在场上，仍坐帐中，后场‘三通鼓’罢，探子来报：宋魏二将都被颜良刀劈落马。这个穿插可以借用。"

一人道："我记得是关公、曹操同坐山上，宋宪、魏续在后台被杀，不是曹操一个人儿坐帐。"

墨香道："待关公上场时，颜良已与曹家众将明场交锋，何必再用暗场斩将，你记错了。我们只依他的暗场，管保精彩。"金头领欢喜而去。

不日改正好了，也给瑶卿看过，便由砚秋拿去排练，挑选配脚，昼夜用功。

过了些时，程砚秋的《春闺梦》、戏曲学校的《孔雀东南飞》，都已演唱。那程砚秋久负盛名，无论唱甚么戏本，都有人看的，何况《春闺梦》是金头领用全身力气，并且集思广益，仗着群策群力、众星捧月，跟这一出干上了，连墨香都替他出过主意，加以程砚秋细一改正，又和瑶卿商议，自然出台就卖好座了。那《孔雀东南飞》是墨香一人捏造，虽是瑶卿也曾帮忙，怎奈是些孩儿们，在那里串弄，与砚秋分量太差，谁知也唱得不错，居然上座甚盛，与砚秋仿佛。《春闺梦》立意极高，金头领累次向墨香等讲说，实与《孔雀东南飞》不同。偏偏前台座客，竟不细为分晰，壶卢提作□例观，未免负了金头领一番心血。但是墨香不能遍找座客，替金头领分诉，只心中代他抱屈罢了。正是：

文章真小技，声望只空谈。

说也奇怪，待得到了后来，这一出焦仲卿、刘兰芝的杂剧，竟自通了大路，王铁瑛、王玉蓉一干坤旦，无不演唱，永平戏喜彩莲也唱将起来，卖了好座，此话表过不提。

且说墨香这日到院，大家又说到《春闺梦》，墨香道："金头领这一出是由一位神仙家里得来的，焉得不好。"

众人道："此话从何说起？"

墨香道："他采用神仙的诗句，编成戏曲，岂非从神仙家里得来。"

众人道："他用的是陈陶的诗，与神仙何干？"

墨香道："陈陶就是神仙。"

众人道："这又出于何典？"

墨香道："陈陶是位仙家，妇孺皆知，而且画儿上常有的，泥人、绢人、铜人、木人、面人、纸人，最贵的金人、银人，也常制造陈陶的像，与张果老、云房先生、纯阳真人等，凑在一处，难道列位不曾看见么？"

众人道："这是八仙人儿，只没有陈陶。"

墨香道："可有个篮采禾？那就是陈陶的别号。'篮'字应写'竹'头，不应写'草'头，陆放翁《南唐书》里面载陈陶有歌曰：

篮采禾，篮采禾，尘世纷纷事更多，争如卖药沽酒饮，归去深崖拍手歌。

"足见篮采禾便是陈陶。只宋人已经有给'篮'字改'竹'为'草'，'禾'字旁添一'口'，写成'蓝采和'，在放翁以前，李昉等修的《太平广记》，有一歌曰：

蓝采和，世界能几何？红颜一春树，流光一掷梭。古人混混去不返，今人纷纷来更多。朝骑鸾凤到碧落，暮见桑田生白波。长景明晖在空际，金银宫阙高嵯峨。

"金人元遗山在放翁以后，有《题蓝采和像》诗云：

长板高歌本不狂，儿曹自为百钱忙。
几时逢着蓝衫老，同向春风舞一场。

"'篮'字也写'草'头，'和'也有'口'字，与放翁不同，他依据的是《广记》。他又有两句诗云：

自惊白鬓先潘岳，人笑蓝衫似采和。

"后来传奇、小说都不和放翁一般。龙衮《江南野史》，'陶'字又改'丝'旁，写成'陈绹'，不是'陈陶'了。然而陈陶即蓝采和，又即篮采禾，却毫无疑义。篮采禾既另有姓名，"陈绹"也罢，"陈陶"也罢，反正姓陈，他的名可改，姓不可改，不是姓蓝，似乎放翁写出来的讲义为长。金头领用他的诗编戏，我才说他‘得自仙家’，这是极确实的话，并非瞎扯，也没有冤枉了金头领。”

众人道：“原来如此，我们今日才知篮采禾仙师是贵本家。”

一人道：“戏现在经文人动笔是进化了，如老戏《王三姐花园降香》，坐场诗云：闺中少妇不知愁，春日凝妆上翠楼。忽见陌头杨柳色，悔教夫婿觅封侯。全不是闺秀口气，岂不可笑？”

墨香道：“我作票友时曾另用一诗替代，似乎稍妥。诗曰：新妆宜面下朱楼，深锁春光一院愁。行到中庭数花朵，蜻蜓飞上玉搔头。”

又一人道：“《阳平关》曹操诗云：三台入虎帐，九列冠朝缨。今朝僭鸾舆，何日九五登。‘缨’字八庚，‘登’字十蒸，‘今朝’应该用仄，‘何日’应该用平，好与前两句岔开，方是绝句格调，这四句未免失占走韵。”

墨香道：“编戏的大概是错了，只我能替他回护。你们都看过杨小楼、梅兰芳的《霸王别姬》，其中诗歌，都非杜撰，虞姬诗云：汉兵已略地，四面楚歌声。大王意气尽，贱妾何聊生。五言诗有此一格，庚、蒸古韵相通。曹操是汉末奸雄，五绝起自唐人，曹操口中倒是用虞姬的格调，压古时的诗韵，比用五绝妥当，这个编戏的总算闹了一个歪打正着。”

一人道：“《阳平关》刘备的引子，‘非孤劳形，怎敢辞疆场辛勤’，似乎上下文不联贯。”

墨香道：“沈全奎扮刘备，是大引子，‘非孤劳形’底下还有一句‘只为汉将倾’，词意便明畅了。如今改成小引子，三句只留两句，弄成晦涩难解，恐非编者之罪。”

一人道：“曹操嘴里‘双手独擎天’，也有语病。”

墨香道：“恐原本是‘只手’，被伶人念讹，也未可知。”

一人道：“曹操封的武平侯，有人唱《战宛城》，念成‘武烈’，似乎大错，汉朝没有名号侯，武平是地名。”

墨香点头道：“然也。只那时的人有一个封过武烈侯的，唱戏也是花脸行，却非曹操。”

众人道：“汉朝既无名号侯，怎么出武烈侯来了？”

墨香道：“这位武烈侯不是汉朝封的，是明朝封的。”

众人道：“想必是神明的封号，不知是谁？”

墨香道：“大将周仓。宋朝曾封关平为武灵侯，明朝也封了周仓一个侯爵，万历四十二年，关平封王，周仓也晋封忠勇公了。”

一人道：“莫谈神号，仍说戏词。《失街亭》中‘空城计’一场，孔明唱‘恨马谡失街亭令人可恨，这件事倒叫我难以调停’，似乎太不像话。”

墨香道：“那也是后人改坏。我听得刘春喜说，卢胜奎原词是‘恨马谡失街亭精锐丧尽，好一似马服君兵败长平’，岂不甚佳。这一出后边的‘演阴阳如反掌’，底下应该是‘博古通今’，‘东西战南北剿’底下应该是‘保定乾坤’，现在也给唱搬了家。孔明斩了马谡以后，唱反西皮摇板，现在唱的词儿没一句不是哭的马谡，却告诉赵云，‘老夫非哭马谡，哭的先帝’，自相矛盾，也与旧本不合。旧本未见得便好，被他们这么一改，更改得一塌糊涂。只春喜给票友说戏，想依旧本，票友不允，说那么一唱不像近来的某名伶了，万不可改，春喜只得将错就错，按照某名伶的路子，教给他们，方才博得他们的高兴。他们真爱骑瞎马，没法儿拉住他的。”谈了半晌，各自回家。

墨香夜间将脱衣上床去安睡，忽见数人坐在那里高谈戏曲，一人叹口气道：“今日名脚专制达于极点，泰西各国虽也不能尽无此病态，只吾国要算最甚。如今要想在艺术界放一异彩，开辟新纪元，恐非吾人所能担负。这些研究戏曲音乐的同志诸君，千万要努力工作，革除积习。鄙人觉得旧戏根本与潮流不合，环球戏剧都有时代性，惟中国旧戏是没时代性的。第一是中州韵与一般人们的言语不是一样，非打倒不可，最好改用京话，方能使一般民众了解。第二是台上的一切举动，都与常人不合，整冠抖袖、女人掐兰花指，看着俗不可耐，非得一律改良，演员们各凭天才，逞露自然态度，才能成功，才算得艺术。第三最好少用唱词，多加道白，方能[传]达得出戏中情绪，若能一句不唱，更算进步。第四，一切合着手便算关门、分开手就算开门、拿条马鞭就算骑马、拿把船桨就算坐船，一切简陋的办法，都该打倒。第五，唱时何必用板，若把板来废除，演员们可以自展歌喉，不受限制，并且锣鼓喧天，最能使观众耳中不感觉愉快，废除锣鼓为是。第六，脸谱纵横，极不美观，也应当改善。第七，男人何以要扮女人，似乎旦脚应用女演员充当。泰西艺术最高，我们若不摹仿，决无进步。”

一人道：“你的洋气十足，可以算个尊洋派。旧戏虽然不好，只能说二黄，不能说梆子。人家梆子的玩艺，生砍实凿，处处有真精神，不像二黄瘟的要命。现在要改良戏曲，非将梆子的英华提了出来，灌输给二黄不可，而且二黄原是由梆子变化而来，实在梆子高得多。”

一人道：“梆子更俗于二黄，只能蒙你这一路的土脑袋，不能惊动高人，你可称一个尊梆派。依我看来，现在要提倡戏曲，最好是用昆腔。”

又一人道：“你只是个尊昆派，请问你尊的是南昆是北昆？还是京昆？你尊南边昆曲，可问南方昆曲大家，如赵子敬、吴霜崖一流；你尊北昆，可问韩世昌；你尊京昆，可问侗厚斋、钟秋岩。”

那人道：“听你的话，你原来是昆腔外行。昆腔始自昆山，自然是南边来的，哪有甚么北昆京昆。”

这个人道：“你少说我外行，自古就有南北曲之分，你怎么说没有北昆？”

那人大笑道：“南北曲的唱法多半失传，现在只有昆腔和高腔了，昆腔只是南北曲的一种唱法而已，昆腔也唱北曲。《水漫》《赐福》都不是南曲，高腔的《扫松》，可是南曲，你检直没闹清楚，少要插嘴。你可知只有‘南昆北高’，没有北昆的，你说的那个韩世昌，原来的唱法太怯，后由赵子敬改正，他也是南方一派了。”

又一人道：“无论梆子、二黄、昆腔，非好脚色演唱不能生色。即如清初昆腔盛行，也亏了王紫稼，吴梅村先生曾作《王郎曲》，篇幅颇长，一时背诵不完，只龚芝麓尚书有首七绝云：

蓟苑霜高舞柘枝，当年杨柳尚如丝。

酒酣却唱梅村曲，肠断王郎十五时。

“咱们如今只看了龚尚书的诗，也就晓得紫稼的身份，不必再念诵吴梅村的《王郎曲》了。此外陈紫云、聂小玉哪一个不是好脚？后来《燕兰小谱》《雨村诗话》《扬州画舫录》《花间笑语》、杨掌生四种，也多记好脚事迹。二黄米喜子、余、程、张、段、汪、谭、孙、许、胡喜禄、陈宝云、王瑶卿，与行时当令的四大名旦梅、程、荀、尚，也都不含糊。大李将军《题瑶卿小像》诗曰：

凝碧池头旧总持，内家妆束更清奇。

阿谁橐得传神笔，画出王郎十五时。

“大李将军的结句，直钞龚尚书旧诗，只改二字，直把瑶卿比作紫稼，因此又看出二黄与昆腔都是好脚的世界，一切乏货总不相干。我一生只是尊脚派，梆子的侯喜麟、郭宝臣、崔德荣，我也尊敬的。”

一人道：“哼！脚色是老的好，我不尊脚，只能算尊老派。老的零碎也高，小的好脚也乏，若是已死，我更觉着比活得更好。”

这几个人越说越不投机，先是斗口，后是挥拳打将起来。正是：

只因争意气，故此弄拳头。

若问谁高下，原来貉一丘。

要知打到几时，谁来给他解劝，且看下回书中自有交待。

第六十八回 翻阅旧文字 推敲新剧名

话说他们正打得热闹，墨香早已惊醒，原来是一场幻梦。墨香披衣下床，天已大明，不觉想起庄盘珠女士的一首词云：

得晴几日天难料。月照金樽，且赏今宵好。梧叶不堪秋吵闹，五更声比三更少。

问舍求田人易老。若有轮回，忙到何时了。怪煞霜钟催不觉，满城人在邯郸道。

墨香将洗完脸，一个朋友来了，墨香把梦中议论向他说了一遍，那朋友道："现在谈戏的大约出不了这几派，尊洋、尊梆、尊昆、尊脚、尊老，各有所尊，各有各的见解，还是牢不可破的，你要说他不是，他一定瞪着眼不服。细想起来，他并非尊的洋梆昆脚老几样，他只是尊他自己罢了，只因看得自己太尊，才不肯容别人说话。到了那里，先把懂戏的金字牌挂起，拿定主义，压人一头，只争自家的虚名，与戏曲毫无相干。只你若把这些议论一齐删掉，恐新闻上戏评文字就太也少。"

墨香道："去掉不得的。即如我陈墨香也深犯尊脚的毛病，我也不必笑这梦中人了。而且梨园旧俗，本有些可以匡正之处，他们虽是隔靴搔痒，也可留作参考的。"

少刻那朋友告辞而去，墨香吃过早饭，忽的心又一动：哎呀！我岂但是尊脚，只怕尊昆尊老也都不免。记得我从前作过一部《梨园外史》，畅发我这尊昆尊脚尊老的意思。我近来又有一篇追叙梨园古人的文章，用意也是这般，待我取出一看。于是检出一本册子，只见皮子上面写着"歌台留影"，内有一篇是《故人第十一》，也是白话，与《梨园外史》体裁不大一样。其文曰：

我出进戏班四十余年，不知认识多少伶人，如今身故的已有大半，想起来真觉光阴迅速。我于老生行最先认得的是迟韵卿，小名喜儿，他曾掌过荣椿、同春、福寿各班，人称迟老板。他的肚子宽，嗓子坏，好排新戏，甚么《儿女英雄传》《十粒金丹》《粉妆楼》《荡寇志》《施公案》，都是他领头排演，又重排老戏《德政芳》十六本，这几出堂会总爱点派。他娶胡喜禄之女，无子，抱了一个孩儿，唤作笛云，习学花旦，长孙大和，也习生脚，次孙莲和，也习旦脚。我和韵卿虽没十分交谊，只小时在各会馆后台常见面的，他极赞我《三国演义》太熟，现在小花脸迟子俊是他侄儿。

那时后台属于福寿班的脚色，老生自韵卿以外，贾丽川和他侄儿洪林、李顺亭、刘春喜和三路的李春福，我都认得，后来春喜最厚。春喜曾改编《武松杀嫂》，用《金瓶梅》里面的关目，少不得又是我扮潘金莲了。头场武松带着士兵行路，二场吴月娘先上，蓝帔白裙，是正经妇人打扮。唤到王婆领走金莲，我青绸袄裤，穿章不甚华丽。三场小生扮陈经济，到王婆家要娶金莲，王婆索要彩礼，经济往京中取钱。四场武松到了清河，知潘金莲在王婆家里，提刀去杀，他那士兵和侄女迎儿都阻不住。五场路遇宋江，由郓城到此，扯他回来定计杀嫂。二人同到王婆家，假说武松要娶金莲为妻，王婆十分刁难，金莲自己答应。宋江、武松走后，金莲却与王婆之子王潮叙旧。这一段添出宋江，实有见解，武松为人刚直，决不用这般诡计。六场宋江、武松派花轿迎得金莲来到，旦脚搭盖头，穿红帔红裙，由轿内走出，王婆扶着同入。七场武松摆设亡兄灵位，王婆又扶着金莲出台，宋江喝令下手，武松挑盖头，抓了帔，我披散头发，面涂香油，身穿青褶，洒着散发跑掉。八、九两场武松追金莲两次，宋江护住迎儿，士兵捉住王婆。十场武松把金莲捉住，我垂发低头跪下，武松审问谋害武大的情由，二人的问答都用干牌子【蛮牌令】，倒是紧凑。武松刀落，金莲身死，旦脚的责任就算交代。这正是：

堪悼金莲诚可怜，衣裳脱去跪灵前。
早知武二行杀戮，悔与西门结业缘。
往事直如一场梦，此身不值半文钱。
从来一命偿一命，报应分明上有天。

底下士兵带走迎儿，宋江、武松逃走，这一出算完。春喜认得字，能看四大奇书，因此能编戏本。这一出编得总算不差，可惜在票上没怎么演唱，不过试了一次新鲜罢了。我曾集唐诗赠给春喜，徐鞠主先生笑道："竟是活画一刘春喜。"诗曰：

初奏繁弦调更高，二年空被酒中消。
半醒半醉游三日，何必珍珠慰寂寥。

这些人只有李春福还在，他儿子洪春、洪福，也都是人材了。直到庚子以后，才认识江夏谭鑫培。他唤作金福，小名望重，他父亲志道，唱老旦，搭三庆班，有个叫天的外号，因此鑫培唤作小叫天。这个人文武双全，昆乱不挡，越老越有名望，只不大识字，常闹笑话。正是：

世间有奇士，天下无全材。

有人说过一段故事，道鑫培事父至孝。谭志道晚年丧妻，需人伺候，有个仆妇对于主人十分忠心，只她是有家的，她儿子赶车为生。这年来接母亲，鑫培晓得父亲非这仆妇伺候不可，即给了车夫许多的钱，没放这仆妇回家，当时有“车夫卖妈”的笑谈。此事虽小，也看出鑫培善体亲心。鑫培长我快三四十岁，有时向我问那不明白的字义，如此虚怀，无怪能成大名。

与鑫培久惯配戏的浙人沈全奎，又名林祥，小名三元，后台称为沈三先生，是武生沈小庆之子。凡那《施公案》中的戏文，除后来迟家排的不算，此外，多半是小庆编辑。他有“八大拿”最是出色的，你道这“八大拿”是些什么？乃是：《青草凹》《霸王庄》《独虎营》《东昌府》《双盗镖》《殷家堡》《骆马湖》《淮安府》，都是小庆自编自唱，直到今日，各戏班差不多每天总要唱黄天霸，你若问他是谁先兴的，保管十人有九说不出来。只乱弹旧戏，多半不知编者名姓，不似今日出了无数编戏大家，各新闻纸上面，常给吹嘘，容易出名。然而《施公案》的玩艺，居然有二三人知是小庆手笔，还算便宜。只后来又出了个“小八大拿”：《五里碑拿吴老道》《白莲寺拿王士玉》《瓦官城拿飞天豹》《鄚州庙拿一枝桃》《薛家窝拿薛金龙》《河间府拿一撮毛》《侠义英图拿万雄》《招贤镇拿费得功》，却不都是小庆编的。其中安的套子，远不及小庆紧凑，真可谓是鱼目混珠，也算是毁辱小庆，只识货人甚少，无可奈何罢了。全奎虽没成大器，却是二路里的上选，和我甚熟，曾说我扮起戏来，身材确是个女人。全奎和鑫培是一年死的，他儿子福山是个花脸，福海是场面。我唱《破洪州》，福山扮过白天佐，“打阵”一场，刀还玲珑，如今也已死去。正是：

都是樽前客，今成坟内人。

沈全奎常讲野台情形。据说有一种十头网子的戏班，一出《定军山》，赵云得带扮夏侯尚，韩浩得带扮刘备，严颜得带扮夏侯渊，诸葛亮得带扮下书的兵丁，别戏也是一人带扮两脚，不然人便不够。只除人少的戏不算，但《落园》止用四人，老旦还得带个小鬼。他们台上只一桌三椅，演那《定军山》，张郃、夏侯德、韩浩、夏侯尚见面一场，夏侯尚没有椅子坐了，把手中锤竖在地下，就当座位，那夏侯德却是陈式带扮的。他们一切从简，比京申各班，动辄百人，大不相同。正是：

先进野人，后进君子。

野台鬼话最多，沈全奎说过一段故事。道是那乡下有个梆子班，忽然来了个老者，投入班内，做文场琴工，大家先还不愿用他，后因他的手艺甚高，才肯留用。这老者好劝人行善，说到阴曹地府，好似曾经去过一般。最奇怪的，永远不见他睡，大家睡了，他一人独坐。有那夜半睡醒之人，偷眼一看，只见他双目有光，胡须倒竖，十分可怕。有人背地作了恶事，无论如何严密，他早晓得，板着脸正言训教。大家料得是个奇异人物，都待他格外恭敬。他年纪料必甚大，从班主以下，都称他一声老大爷，当作伯父看待，没人敢跟他论哥儿们。这老者到了佛寺，必要磕头，若是天神庙宇，他便不到神像跟前，仿佛害怕一般。地祇最重东岳天齐，其次炳灵公，见着必要下拜。他走到阎罗、都城隍案下，便作个大揖，府县城隍拱手而已。进了土地祠，他早摆起架子，大模大样，甚至于搬过小鬼，当凳子坐，一毫敬神之意没有。大家心内纳闷，却不敢问。大家熟看《封神榜》，说东岳天齐是武成王黄飞虎，有时称一声“黄老爷“，老者必然驳道：“天齐是尊地祇，不是这世界的人死了成神，你们少信谣言。你们又说碧霞元君是赵天君之妹，也是瞎话。元君是天齐之女，与天君何干？元君庵内塑四天王镇守山门，也使不得。四天王份位极尊，只比玉皇大帝小一级，都是天上生，天上长，不是我们这世界的人。你们说他是魔家四将，当作灵官、玄坛一路的神明，太不恭敬。佛、菩萨乃天人之师，可以在门洞里边塑天王，元君果位在天王以下，岂可与佛一样。元君庵只塑马赵温岳四帅，也就够了。”大家听毕，只能答应，谁也摸不清神道底细，不能回言。

有一日，到一个村中唱戏，唱完以后，同住旅店，将一进房，便觉阴气森森，老者道：“此地原是有这东西。”大家问是甚么，老者笑道：“不消细问，夜间便见。好在有我在此，包你们没事。”大家道：“莫非有鬼？”老者笑而不言。大家虽有些惊慌，只素日信服老者，便都有九分放心。此刻天还未黑，大家吃过晚饭，待到初更，各自睡倒。正还不曾睡着，陡的一阵风，窗外有人道：“是谁大胆，乘我出去，敢来占我的房。”大家听她娇滴滴的声口，是个女流。急坐起看时，见个女鬼披发吐舌，站在窗前，不由得魂飞魄散。老者向来不睡，忙向众人摇头。女鬼已奔入屋内，老者道：“怨鬼慢来，见了吾神，还不速退。”女鬼大怒，便向老者扑去。转眼间早不见了老者，却有一个判官，黑面胡须，身高九尺，轮开大椽，“啪”的一声，打得满屋青烟，女鬼踪影全无。判官向众人道：“我乃东岳案前判官是也。因东岳定例，每逢三百年，我们放假一次，准其游戏人间，今与汝等相遇，亦是夙缘，吾神形迹已露，不能永留了。”说毕化道火光，不知去向。

这番话十分玄虚，全奎却讲了个活龙活现，然而放在袁枚《子不语》、方濬颐《梦园丛说》各种笔记里面，倒是绝好材料。正是：

文人好异，说鬼搜神。
取其绚烂，莫问假真。

全奎没跑过野台，只是得自传闻。若找那真到野台唱过的，我却认得一人，唤作衡乐亭，人称衡二，又叫做衡子，据他说到野台的罪业，恨不能要哭。野台有时搭在露天之处，四面没棚，不拢住音，任你甚么好嗓子，也是听着不响。唱完了，有时不到旅店歇息，就在野地睡觉。虽不一定有老虎，只狼是少不了的，常有武行拿着木棍打狼，也很不怕。野台凡唱闹鬼戏文，似那《铡判官》之类，总在夜间，吹息香油灯，照得满台发绿，十分阴惨。他们后台，没有梳头人，旦脚须得自己妆扮，因此往往扮出来不顺眼。夏天日照，冬天风吹，遇着雨露，更不好受，若非京里弄不出一个钱来，谁不愿意在京安坐，决不受那洋罪。他这番话，虽不及沈全奎说得热闹，却够一段戏曲掌故，与搜神志怪不同。正是：

闻弦歌之声，贤者亦乐此。

见羽旄之美，乡人皆好之。

李寿峰、寿山、寿安、寿臣兄弟四人，寿峰、寿臣是老生，寿山是昆旦，后改花脸，寿安是武行，都和我认识。另有一个李家，人称“清音李”，和他们同姓不宗。这一家有个老生李顺亭，和我相处多年，他哥哥顺奎也是老生，兄弟顺德是武花脸。顺奎早死，我没见过，顺德也还算相熟，不过不似顺亭亲近，只顺亭又不及寿峰兄弟更加亲热。寿峰、寿山都是文武昆乱不挡，寿臣即李鑫甫，居然名脚，不是二路，两个李家要算他出色，只是他死的早，年不过三十，那李顺亭独活到七十，其余都只五六十罢了。顺亭长子定安，也是文武老生，十三岁陪王楞仙唱《镇潭州》，楞仙夸他很好，没到二十就死了。顺德之子玉安，现给荀慧生管事。寿山之孙宝奎，也是二路人物，老生、老旦都能演唱，两个李家的后人，都算不含糊。玉安、宝奎见着我，都常谈到他们的上辈。有人说花脸李春恒，是顺德之子，却是错了，正应俞五的话，“混给人认大东西”，似乎不可。

此外陈福胜、汪金林、冯金寿、陈联桂，并金寿徒弟甄洪奎，都是老生行的中下人材，都有个来往。福胜晚年常到熙春会帮忙，有一次我扮《打金枝》的公主，嫌箱上宫妆云肩不好，穿了件红帔，不搭云肩。待得唱完，被福胜看见，板着脸道：“穿破不穿错。”我只得认了错过。如今福胜之子丽芳，唱青衣，是程砚秋弟子。丽芳胞侄盛荪，也是旦脚，能耐都还好。又有个谭春仲，曾在熙春会与长春出科弟子张小山一同管事，算我用的得力辅佐，如今都已不在。

又有好脚汪桂芬，我在昆相府和他相识，他虽是伶人，不爱登台。田虎有一年，在打磨厂福寿堂找他唱戏，留他在家上宾相待。第一日，给他出了报子，他早溜了，遍找无踪。座客都是为他而来，田虎几乎急死，毕竟被座客们砸坏壶碗而去，从此戏班，都不惹他了。他将到五十，便患病而亡，四大名生他最短寿。

孙菊仙曾在一个票局内，唱《逍遥津》，我扮的伏后。许荫棠见面之时最多。张毓庭是李顺亭女婿，王又宸是谭鑫培女婿，因此也都有个见面情。刘鸿升是只在后台相见，不算交谊。

最后有个吴铁庵，见了我自居晚辈，十分恭敬，一口一个“陈伯父”叫得山响，我也喜他上台捆羊，洒起狗血来没完没散，非得有人叫好才算了手，合乎台下不管技术，专说表情的偏锋议论，知他必成大器。谁料人寿无常，他才活到二十几岁便呜呼哀哉、伏惟上飨了，可惜一个好人材，没能和马连良并驾齐驱。正是：

多才偏短命，无用却长生。

前辈二路老生周长山，我在福寿后台和他见过的。他一生好道，自称黑狐转世，临死戴了道冠，穿了道衣，身背宝剑，腰挂葫芦，留下遗言：如此装殓。也是一段话柄。他有全本乱弹《蝴蝶梦》，送给王瑶卿了。

比长山晚出的有个郭春元，我在票局唱《牧羊卷》，他扮过朱春登。比春元又晚出三十年的后辈，有个李鸣玉，也和我唱过这一出。那时我已经兴出不擦粉不梳头、我披散头发、脸抹香油、青衣白裙、上台唱苦戏的路子，这个赵锦棠我没叫她漂亮过一次。春元五十多岁，脾气不好，后台不要，幸亏有个票友姓金的跟他学戏，养他终身。鸣玉正唱得起劲，各班都约，只三十上下，便得病而亡，两人结局大不相似。又有个朱天祥，是昆旦朱莲芬之子，也唱老生，与郭春元资格相仿，我也跟他凑过一出《武昭关》，只是我的调门太矮，郭、李、朱三人跟我唱戏，都压得不能施展，他们当面就说我不行，倒不客气。晚出的郭仲衡是由票友下海，曾给程砚秋配戏，也是熟人，只也成了古人了，这都是老生行的人物。还有鲍吉祥，此刻却还活跳新鲜，总算是个老人儿了。

花脸何桂山、黄润甫、钱金福、金秀山、刘永春、吴和吉、韩二貂、高得禄、范福太、方德恒、赵寿臣、朱德康，武生俞润仙、陈春元、姚增禄、张淇林、茹莱卿、黄九、艾秃，小生王楞仙、陆小芬、陆华云、朱素云、徐宝芳、德珺如，小花脸高士杰、陆金桂、王长林、张文斌，老旦谢宝云，都是认识的，不过交情有深有浅，见面的时候有多有少，到得今日，掉句文说话，这些人“墓木已拱”了。其中惟何桂山十分的守旧，自从文明园内，场面桌改到旁边，不再在中间，他便犯过牢骚，不必说到各家的圆式戏台了。刘永春的儿子小衡，在外码头唱旦脚，一日正与老生杨瑞亭唱《杀惜》，忽然有了刺客，幸而瑞亭把他救了，宋江反救阎婆惜的性命，大家传为话柄。

场面曹沁泉交情最厚，方秉忠、梅雨田、李得胜、刘顺、沈宝钧也都熟得紧，那几个都先死去，只有沁泉至今健在。他是名宿曹春山之子，本领极其高强，并且学问很好，能看《老》《庄》《列》并《楚辞》一类的书，能与文人谈论，至于律吕音韵，文人还不及他清楚。他作过一部《剧韵新编》，我曾给他作序云：

沁泉精于周德清、范昆白音韵之学，不乐鼓棒词所谓十三辙。谓姑苏之类，举阴遗阳，遥条之类，举阳遗阴，则部首二字，其一为赘。索拔以入统平，尤失古意，而西皮、二黄袭之陋矣。因根据周、范及清代官修《音韵阐微》，参以梨园老宿口说，部以二十一韵，加以釐正。凡庚青、真文、寒删，仍可通用，犹十三辙也。而于北方上口字，各为标识，反切从其尽善，或竟改易，得此一编，梨园庶可知所从违矣。沁泉讷于言，独论律吕音韵，得其要。香与沁泉交有年，喜其书之成，序之如此。[1]

[1] 以上乃序言之大概，全文见《剧学月刊》第一卷第五期。

有个仁和邵茗生看了，硬夸我言中有物，实在我只是敷衍。

我小时随先人到陶然亭，认得了时小福，后来正旦陈德霖、陈瑞麟、杨韵芳、吴彩霞、陈啸云，都是我的熟人。彩霞相处最久，他兄弟老生堃芳，也常在一处。彩霞先跟谭鑫培配过戏，后来和刘鸿升搭伙计，唱得不错，比那朱幼芬强得多。当日有人提议青衣正宗，不许掺花旦路子，要推德霖为宗主，不想德霖连《挑帘裁衣》都会，比瑶卿、兰芳更花得凶，这个议论，算是拉倒。德霖门人王琴侬，才和彩霞一般，除唱以外，一无所长，若是倡正宗的，推了彩霞，反可成立。彩霞虽也扮过《斩子》的穆桂英，只这一出是青衣照例抱演，不算跨外，除了少所见而多所怪、不懂戏的羊毛，觉着新鲜，实则是青衣分所应为。本来《斩子》只是卖唱，没嗓子不行，虽只几句，可是凡唱六郎的老生，十有九人是高调门，花旦怕经不起的。彩霞年长于琴侬，只琴侬却是先死了好几年，彩霞至今还在，儿子彦衡先唱老生，后改武生，能耐很看的过儿。

又有个薄春秀，本是陈宝云的徒弟，陈宝云死后，才拜胡喜禄，入了安义堂。他与唐秀亭都曾给我说戏，究竟得他的力量居多，如今他也死去了。

昆旦我认得孙藕香、乔蕙兰。藕香五子毓坤，现唱武生，蕙兰长子玉琳，在各班管事，三子玉泉，打鼓，都是好手。

花旦杨小朵、郭季香、李宝琴、张彩麟，都是戊申、己酉年间，陆续相识。宝琴久唱《得意缘》，老年教徒弟，忽要改正，凡戏中云鸾称祖母是婆婆去处，都改作奶奶。唱到“婆婆哇”那一个哭头，敢则“奶奶”二字不受唱，方知改不得。

这些人相识在后，与我从小就熟的，得算那个武旦兼花旦的余玉琴、花旦兼青衣的胡二立，即胡素仙，后来二立掌长春科班，我在那里认识了武旦朱文英。他少年在四喜班打女兵，因和武行头姚增禄怄气，改搭三庆班，应正工武旦，善打出手，成了大名。《取金陵》的凤髻公主、《夺太仓》的张秀莲，最是出色。《取金陵》开出手一场，是公主一人先上，再续明将。《夺太仓》是秀莲与扮常遇春的武花脸，打一套大刀枪鞭，才开出手，起得不同。《夺太仓》末场，应当父女陷阵，有时扮张虬的老生卸了，便是武旦一人招架，更比有老生吃力，只能说老生懒，不能说武旦偷减。文英演时，刘春喜、李鑫甫都是出来帮着打的，文英之子桂芳、女婿阎岚秋，演唱这一出，遇着老生爱跳进的，也是同去陷阵，懒人也是先卸。若是老生资老，那个武旦也不能逼着懒人不犯他的懒毛病。张虬李顺亭最熟，也是懒。王福寿不很清头，比顺亭生疏的多。福寿好说大话，搭班时，曾自称戴髯口的不挡。管事人朱四龙，是素云之弟，也唱老生，给他派了个张虬，福寿不会，四龙唱了，福寿挨了一蹶，现找张虬的本子，才对付着略知大概。福寿曾跟岚秋演唱，他摸不着懒的门道，反给岚秋垫了劲，竟比顺亭火炽。

岚秋与路三宝，都跟着王瑶卿当过副手，管事人段友明给岚秋的戏份，比三宝充足，三宝问其原故，段友明道：“阎老九年轻，你已老了。”三宝大怒，又哭又骂，揪着段友明就打，多亏瑶卿劝住。这阎岚秋也唱《杀四门》，他这一出，不很实授，不及陈德霖地道，德霖真算文武全材。正是：

阎氏虽名旦，陈家更异才。

这个怕说老的路三宝，是历城人，字玉珊，少年出过大名，曾在一个票局看我上台演戏，无意间摘了一个毛儿。次日，我便到他家请他指正，他一时高兴，给我糙说了出《英杰烈》，又说了出单头枪的《虹霓关》，改正了一出《马上缘》，也算是我的一个教师，却也殁了十个年头了。

这些伶人，与我的交情有深有浅，有常在一处，有偶尔相逢，有和我同过台的，有给我教过戏的，如今大半是没了，只陈瑞麟、曹沁泉、余玉琴、鲍吉祥、阎岚秋、吴彩霞、李春福、朱桂芳还在。我已快五十，离死也不远了，反正不能再活四十多年。昔日黄梨洲作《思旧录》，王渔洋作《感旧集》，写的是儒林文苑人物，都是和他本身一个路数。我虽不是伶人，也和伶人差不多少，写这一篇也是窃取梨洲、渔洋之意。至于瑶卿、荀、程、尚、梅、赵同山等，另有记载，不在此篇，这一篇中是鬼多人少。写到此间，我忽的想起古人作的两句诗云：

纵有千年铁门槛，终须一个土馒头。

又有唐朝陈伯玉的古诗云：

前不见古人，后不见来者。

念天地之悠悠，独怆然而出涕。

我谈起这些人来，虽然没有出涕，却也有些怆然的。这篇文字到此算完，墨香自己看了一遍，也就丢在一边，仍到戏曲音乐研究院与众人研究戏曲。却又抽出工夫来去给荀慧生编了一出新戏，演的是明朝陈智巡按浙江，审的一件冤案。因是在两只玉钏上面，弄出事来，也由玉钏被巡按得去，才审得明白，即取名《勘玉钏》。

脱稿以后，给慧生送去，便有人道：“《勘玉钏》嫌这‘勘’字非读书人不认识。戏是唱给民众们听的，二黄辞句已经犯了太文的毛病，不能十分通俗，即如称皇帝是陛下，谁又懂得陛下的讲义。女人自称奴家，请问现在的密斯们，谁又这么说话。称丈夫是官人、相公、郎君，也都不免酸溜溜的，不用说别人了，我听着就不大甚懂。你要晓得，无论作甚么文章，总要先替一干不甚在文字留心的朋友，叫他一目了然，不必向那些文人去问，才是正理。戏曲说明书宁可麻繁累赘，哪怕文人说是不通都使得，不可学古人笔记文法，讲究简练，反闹得不能通俗。我是最恨简略文章的，除了街上卖的小人书，虽然也是简略一派，还不讨厌，此外都是文人读品，练字练句，酸气熏天，万一也要不得的。他的毛病只是一个不明白、不痛快，太不能通俗，戏名更是越明瞭越好，千万掉不得文。

这一出的韩臣，诓骗了张少连的聘妻俞素秋，后来素秋自尽而死，韩臣的妹子玉姐却嫁了张少连，替兄赎罪，莫若取名《诓妻嫁妹》，写在戏报子上边，虽然还不如天桥大棚贴出来的《锯碗丁》《引狼入室》，能叫民众一望而知是件甚么故事，已经比你旧有的《丹青引》《香罗带》《埋香幻》好了万倍。最岂有此理的是《钗头凤》，世间本无凤凰，就是真有那宗鸟儿，也不会落在钗头上的，何况明是簪子，为甚么绕着弯子要说是钗？不通已极。这一出快不要又走那一条路，莫用冷字吓人。"

于是戏名改了《诓妻嫁妹》，作了说明书，未唱以前，拿往各新闻纸去登载。有个别号古雪[1]的写了一段，也在那新闻纸上揭出道："荀留香所排新戏，大半命名甚雅，何以这一次粗俗万分？戏名一俗，其内容可想而知。"

这一篇不打紧，别处也有人附和起来。慧生见新闻纸攻击得利害，便想仍用"勘玉钏"原名，偏遇着那一位极力主张戏名要通俗的人，又十分坚持，弄得慧生丈八和尚摸不着头，只好两不得罪，戏的正名仍唤作《勘玉钏》，却用小字注着"诓妻嫁妹"，才算护弄过去。正是：

百事难求一句好，一人不称百人心。
看他两下相争语，古雪当然雅意深。

慧生此戏在哈尔飞戏院初次演唱，一般座客们连男带女，果然有许多不认得这个"勘"字，古雪不免坠入字障，与墨香犯了一样的毛病。正是：

英雄何必读书史，笔墨之外有主张。

一日墨香来在戏曲院，众人谈起戏中穿插并词句的雅俗，墨香不觉滔滔不绝，发了许多议论，且待下回说出便见分晓。

[1] 指景孤血，文见 1934 年 1 月 19 日《京报》第八版。

第六十九回 登场显伶人 执笔仗文士

话说墨香道："戏都是人编的，李笠翁《一家言》，很谈编戏方法，只戏场风气久变，如今早不是笠翁讲的那一套，却是子不离母，水必有源，笠翁的话，不尽没用，凡编戏人还得去看一看才好。戏最要紧的是立意，若是立意一差，总然关目新奇，也不成东西。高则诚《琵琶记》事迹不免荒唐，还有许多没法补正的漏洞，只他立意甚高。你看他第一出有段【水调歌头】，便知他的高处，他是不专取佳人才子的。正是：

斯文如女有正色，此意前贤已道之。
岂肯轻提南董笔，替人儿女写相思。

"这是蒋士铨的诗，只是编旦脚戏，免去佳人才子，谈何容易！蒋君《藏园九种》，也写儿女，只用情尚正，总算不负其言。笠翁各曲也常说明意旨，可与《一家言》同看。至于编戏取材，能由自己幻想一个故事最好，如办不到，只能从小说里找料子，或是写一件实事。汤显祖《四梦》，《牡丹亭》是幻想，《邯郸》《南柯》《紫钗》都是取的唐人小说。孔尚任《桃花扇》、洪升《长生殿》、曹寅《虎口余生》、董氏《芝龛》、黄氏《桃溪雪》、徐氏《梨花雪》，都是真实事迹。南北曲如此，乱弹也是一样，不过乱弹幻想、写实，都只十分之一，倒有九分是搬小说上戏台。《三国》事虽不假，编戏却是搬的《演义》，要紧关目快搬完了。三庆班全本连台《三国志》，从《马跳檀溪》，直唱到《取四郡》，你道他给搬走多少。有人说他从《宴桃园》演至《降孙皓》，却是无稽之谈，我久听得谭鑫培、陈德霖一般三庆旧人辩白过的。还有那各家编的《三国》戏文，也有几百出，《三国演义》可算戏曲的好材料。正是：

唱尽《三国》，总须十年。

"穿插是编戏最当讲求的，不能不守旧例，不可直钞旧文。《百凉楼》，'赴宴'像《太平桥》《金沙滩》，后半出检直《火烧连营》，又掺《战宛城》的'破火牌'，七拼八凑，无一场不与别戏雷同，可算穿插得最坏。《珠帘寨》《破洪州》两个'误卯'也有些重复，

《珠帘寨》钞的有《清河桥》的'擂鼓'、《战长沙》的'接箭'，这一段是钞《破洪州》无疑。这个编戏人拼凑本领，比编《百凉楼》的略高，凡钞袭去处，还不生硬，但已落了下乘。其中李克用'昔日有个三大贤'一段唱词，检直是无聊，唱完没了交代，和程敬思窝着下，尤其松懈，也是毛病。《汾河湾》前半出像《武家坡》，进窑以后，无中生有，演出不少文章，钞旧而翻新，真是好手，不能和那些笨伯同日而语的。正是：

只要有新意，无妨借旧文。

"戏忌出头多，近人编的《信陵君》，蒙骜、魏王、公子无忌、侯嬴、朱亥、如姬，都是单场登台，总计六个出头了。实则无忌可由魏王坐朝，宣召登场，或是无忌上殿奏事，待无忌与侯去访朱亥，又可把朱亥用侯路遇，或是叫门唤出，都可把出头免去，便觉紧凑。老戏无论如何没有不问主客，用六七个出头的规例。《八大锤》四将催车，兀术发兵，陆文龙启行，岳帅对敌，虽也是单场，只离前面四个出头已远，便不觉松懈。《荡寇志》陈丽卿先不露面，希真离家只嘱养娘，'玉仙观'一场，范大喜先说丽卿才貌，引起看戏人兴致，旦脚才出来，纯用原书方法，极为得窍。一般笨伯定要叫旦脚先露，可惜一个好穿插，不知迟韵卿等费了多少推敲，竟被后人改坏。正是：

过出后世，罪非前人。

"《斩窦娥》是由关汉卿《窦娥冤》翻改，本是苦戏，写作窦娥法场遇救，反觉没劲。我编《钗头凤》时，曾想演作陆放翁夫妻重圆，荀慧生不以为然，才改作将要团聚，唐女病亡，给他一个苦到底，反成了一折有精神的玩艺，慧生不算没见解。《钗头凤》专写家庭琐事，极难下笔，《焦仲卿妻》也是事同一律，我这两个本子，写得很吃力。《焦仲卿》不用浮场，一夜的事迹占了大半出，全用的无中生有方法，又不似《钗头凤》，撇开原来事实，另造关目，还易着手，这得顾住本诗词句，不叫十分相背，总算遇着个难题。'织绢'的唱词多取本诗，王瑶卿一看局格，便知用的慧生《杜十娘》'夜间自叹'路子，便也用了二黄腔调。我的文字虽差，自问胜似瑶卿，我戏中经验，慢说不能与瑶卿去比，就连二路旦脚我也不及。正是：

伶人善戏，儒者知文。

"《进宫》是全本《龙凤阁》的一节，只重唱工，穿插的好坏可以不必谈。这一出完全是伶人唱好了的，编戏人不能居功，正叫做'人保戏'，不是'戏保人'。《定军山》的穿插却费手的多，黄忠、严颜的场子有心相犯，却是黄忠总在先，严颜总落后，配脚跟不了正脚，有这怯话。只这两出的局格，都与现在编戏不甚相宜。编戏、唱戏，都非揣摩前台的习尚不可，只前台见着女人问斩，便想叫她唱反二黄，却有时怕瘟，不能依他的。正是：

事各有当，理非一律。

“起兵穿场，先上将官起霸，倘是唱【点绛唇】，元帅升帐，只能引子，敌人那一边或也用引子，或另用别的曲牌。元帅口中若想给他留【点绛唇】，将官便各念诗一句，将官用诗，元帅用引子，倒是使得。大引有二十多字的，小引只限十来字。曹操例用大引，旦脚除《金光阵》‘职授威宁’是大引，此外例用小引，因樊梨花是帅，非闺阁可比，故此要用大引，壮她威势。皇帝虽尊，却不准火炽，只取庄重，不得用大引。此脚已经露面，再上不得用引，除分作几本的戏不算。《虹霓关》原是两本，东方夫人擒了王伯当，再换文装出台，是二本了，因此又可用引子。大引句法繁多，或首句四字，次句七字，三句五字，末句七字，如《失街亭》孔明、《金光阵》樊梨花；或四句五言诗，如《阳平关》曹操；或四句七言诗，如《水淹七军》关公；或数人分念，如《阳平关》刘玄德念头几句，孔明、子龙等各接一句，只是若用此格，定场诗亦须分念。《水淹七军》周仓，在关公引子中间出台，格式也算新奇。小引首句四字，或五字，次句三字，末句四字、五字，或两句都用四字，或都是五字、七字。场上有人中坐，续上的人，应念两句对，或四句诗，不用引子为宜。《黄鹤楼》玄德先上用引，次孔明用对，次赵云用诗，次张飞用唱，各不相同，安插的真好。正是：

不重不杂，有理有情。

“有了好戏本，还得会排戏的去排，若是排戏人本事平常，便减了精彩。戏本是文人能办的，排戏却得伶人。我编戏不甚高，排戏也劣蹶，只编戏似乎比伶人强些，排戏有我能插手的地方。演唱之日，后台还得有一个把场子的，玉霜用的高登甲，是把场子的头把交椅，慧生用的吴堃芳、李玉安，也算不错。堃芳、玉安文武兼通，只把文戏不及高登甲眼明手快。目下排戏，瑶卿是个好手，玉霜、小云、慧生也不含糊，不怕本子稍差，经他们去排，便能敷衍。若遇超等戏本，自必震动南北，只玉霜太慎重，小云、慧生太求速，真叫做过犹不及。编戏、排戏、唱戏三种人合作是离不开的。正是：

互相助力，各自用心。

“京派《战长沙》，韩玄敌楼观阵，疑心黄忠与关公暗中勾结，当场回营绑了黄忠下去，魏延催粮行路再上，黄忠与魏延相见再下，然后是魏延闹帐，斩玄救忠。外江韩玄回营，把黄忠上绑，魏延即到，问明原故，就闹起帐来，外江似较紧凑。《战长沙》关公拖刀计是临时起意，因此要念白云：黄忠老将倒有几合勇战，再若追来，用拖刀计挑他下马。《凤鸣关》赵云亦然。《定军山》黄忠早有计画，夏侯渊追了两个过场，便可漫头一磕，用拖刀计了。鑫培、鑫甫、凤卿、春喜都是如此，竟有人也要念‘再若追来’等语再漫头的，未免累赘。编戏、排戏、唱戏都应留神这宗毛病，省得正紧的时节，忽然松一大块。正是：

免去枝蔓，只取英华。

“唱要安置得自然，不可突然唱起来。戏本只写唱词，凡二黄、西皮都不必写明，由排戏人去安放。至曲牌更可付之场面，本子只写‘牌子’二字，便可了事，除非有词儿的，非连词句、牌名写出不可。干牌子，【扑灯蛾】、【蛮牌令】、【四边静】、【滴滴金】之类，要分别明白，不能糊里糊涂，都写【扑灯蛾】。武场子只写谁胜谁败，谁生谁死，不必写出样式，怕文人幻想，台上行不开锣鼓，另打提纲，扮相也是另纸写明，不必混在本子之内，若自己不懂，便请老伶斟酌。戏中情绪，须由唱白穿插中间写明白，不要用眉批另加解释。套用别戏场子，老伶一望而知，不消写出此场按照某戏身段。科介不必太详，老伶看了本子，自会安插。凡这些琐碎，都是羊毛办法，老伶看了，不论文字如何，先说你怯杓，费力不讨好。

“戏中脚色标识，用戏中古人名最妥，免得同场两生两旦两净，眉目不清。要紧人登场不宜太早，也不可太迟，总上三四场为妙，老戏《探母》先出四郎，不必仿效。末场应当要紧人吃力，老戏《昭关》到了‘过关’一段，伍子胥没有正经唱作，容易叫听戏人散了精神。行路若遇路远，必须进去再出来，当中还得隔个别人的过场。此人下必须彼人上，不论是何情节，不能此人将下，即顶场又上。暗场须交代明白，多用人补述，免得看戏人一不留意，糊混放过。《白马坡》曹操坐帐，人报颜良讨战，曹操派宋宪、魏续出马，起两个【冲头】，人报二将阵亡，只因场子明瞭，可以不屡用补白，别戏不能一律而论。《长阪坡》简雍报赵云不反，张飞嘴里先唱一遍，见了赵云，再用话白补叙，虽不多却甚瞭然，空灵已极，能与《白马坡》争胜。《天水关》赵云将败，姜维已经收兵，待赵云见过孔明，派魏延骂城以后，姜维才到城下，似乎应当添姜维先缴令，太守马遵再派他出城，再插魏延来骂。《截江》孙夫人、赵云、张飞接连上船，何以赵云和夫人磨了半天，张飞才到？似乎张飞上船，可改暗场，或应明而暗，或应暗而明，稍一错讹，便是疵累，下笔切须有个算计。正是：

明笔暗笔，须要揣摩。

“大气派的戏，头场要铺张，如《铁笼山》迷当草上坡打围，便是规例。《青石山》气派也大，头场应当先上九尾玄狐，那从出王道士唱起，止是半出罢了。《武家坡》等戏，气派便小，不在此例。《蟠桃会》头场似乎冷静，不像热闹戏的出头，只吕仙身份高，他先出来，便压得住。曹操出兵，例用八将，孔明减半，《失街亭》《战北原》都是四将而已，是要描写他兵微将寡，不及北兵强盛，写出孔明才干。曹操、关公老例不唱二黄，曹操止《捉放》末场接陈宫的两句，关公止《青石山》成神以后，此外凡他二人都是西皮，《逍遥津》一类晚出戏文，另当别论。看来似没道理，仔细推详，他二人身份是西皮合式。关公尤利钻笛眼，方见儒将风范，这是由关汉卿《关大王独赴单刀会》传下来的习尚，掉句文说话，叫做‘其所由来者渐矣’。二黄、西皮，编戏人可以不管，南北曲却是编戏人的责任，必得明写曲牌，不和乱弹一例。正是：

人各有身份，文各有笔法。

“旦脚的唱词，真文、庚青、侵寻，最为便利，苏模、歌罗，最不合式。无论生旦，反二黄都忌阴平字多，因其发音太高之故。浣纱女的西皮，谁也唱不好，是受苏模、歌罗的病，《祭江》唱着吃力，是阴平太多的病，编戏人不可不知。《击掌》‘千里寻夫到疆边’，把‘边疆’二字倒用，唱快板却好听，文人嫌不通，改作‘九边’，便不能唱，依我看来，不会唱的不必编戏。有人曾道：编戏必须眼中有一千出戏，听人说过未曾目见的，再有百十出，自己能唱的还得几十出以外，肚中的书，除经史子集，都得通透，小说传奇，也得装他一万本，方可下笔。虽说得过火，如今绝少这种人材，只凡编戏人不可不勉。正是：

其能者勉之，不能者学之。

“戏曲二十一韵，鼓棒词十三辙，编戏若遇词句太多，那二十一韵，支时、机微可通用，其余凡音相近的，如居鱼、苏模两韵，真文、庚亭、侵寻三韵，也可相通。定场诗却是不许，归里包堆四句两韵，若是必得通假，未免可笑。仄韵入声可以拍平，那说不能拍的直是外行。上去两声却不能拍平，《彩楼配》的‘花园’一场，旦唱‘斗大红星坠落房里’，上声拍平，也是怯闹儿，未免贻笑大方。两人对唱，似乎不换韵为妙，引子、定场诗也应当一韵，《探母》‘坐宫’，通是监咸、纤廉，《金光阵》‘斩子哭尸’，通是真文、庚青、侵寻。一段唱词中间，忌用重韵，《武家坡》名脚的唱谱，第一段除了‘怀’字，就是‘来’字，实是老生行的笑话。正是：

戏可失占，不宜走韵。

“编戏老例，先写定提纲，分好场子，派好脚色，谁与谁相见，谁该说甚么，谁该念话白，谁该唱，心里有个草稿，然后下笔。我却不懂这一套，只是抓着一件故事，信笔写去。王瑶卿说你这个办法太打如意算盘了，还是先立提纲，统筹全局，再下笔为妙。我答云：‘编戏譬如用兵，宋朝宗留守见岳老爷喜欢野战，心中老大的不以为然，便把岳老爷唤来，对他道：你的智谋勇敢、人材武艺，古来良将不过如此，只好野战，不是万全之计。老夫有许多阵图，你可拿去，再若出兵，还是先布阵后打仗，才是道理。三国廖立笑云长作军无法，直以意突，便是因云长好野战之故。岳老爷不答，宗留守又说了一遍，岳老爷道：摆了阵然后打仗，是兵家寻常之事，只小将觉得运用之妙，存乎一心，若被阵式限住，反有施展不开之处。你的主意是宗留守阵图，我的办法是岳老爷野战。’瑶卿摇了一摇头，没说甚么。平心而论，我编戏本领，哪里配比岳老爷用兵，这只是一句戏言。正是：

须听他正论，莫信我狂言。

“戏中人有换衣服的时节，或是当场换，或是后台换。当场换的，如《也是斋》旦脚在帐子里面解散头发，脱下大袄，便算了事。后台换的最怕扎靠，如《马上缘》樊梨花，只隔薛仁贵和丁山一个小场子，就得扎靠出台，真赶落得人手忙脚乱。不但扎靠讨厌，卸靠也很麻烦。《破洪州》白天佐骂城，也是个不大的场子，穆桂英卸靠，换玻璃肚子，也不从容。编戏人这宗去处，似乎要留一点神为妙。如今各脚色换衣的风气极盛，有不该换硬换的时节，或是奇装异服，出于规矩之外，换着费事，编戏人也得想得周到，台上替他想法。若是脚色进去换衣，这里随便垫一场，待他换好，这一场算完，却是大笑话，编戏人太也无能了。前台看来显鼻子显眼，知是脚儿换装，这如何能算是戏。正是：

越弄越糟，愈趋愈下。

“戏中小孩突然长大，先抱木孩，便是后台所谓‘喜神’，隔不十来场换了小生，这小生出去，必闹个开锅满堂的廠笑儿，编戏最好不用这宗材料。小花脸的诙谐，太雅人不懂，太俗村气又重，总得雅俗共赏。只遇着小孩要长大的时候，先用小花脸嘴里垫一番，把廠笑儿挪到小花脸一边，少刻喜神改小生，前台心目中已经有了成见，或者笑得好一点，若是要他不笑，却没万全之计。正是：

事虽是假，情要逼真。

“编戏遇着话白多的去处，便少写唱词，若是唱多的去处，也应少写话白。我的女弟子王铁瑛，也在戏园自挂头牌，唱了几回，我给她翻改李笠翁《怜香伴》，末场旦脚一段唱词甚多，铁瑛的老翁瑶卿，却又添了一大段话白，念完就唱。我长安戏院看她演唱到了这个接骨眼儿，吓了一身冷汗：念劈了嗓子，可怎么唱哇！虽然铁瑛家学渊源，话白有功夫，唱也会缓劲，这可不是玩的。铁瑛随我读书，我格外关心，见着瑶卿，少不得抱怨他几句，瑶卿笑而不言，这一出却还没有唱［砸］过，我总觉瑶卿好奇弄险。伶人说的好，‘千斤话白四两唱’，话白比唱要难，前台却只以唱为重。大凡专重话白的戏，如《赵云截江》《秦琼表功》，都受累不小，不见甚么功效，倒是旦脚的《得意缘》《荀灌娘》，还有人爱听。《得意缘》不但云鸾，连她母亲郎霞玉也是重白轻唱，只云鸾是京白，霞玉是韵白。《石头记》的文章利于京白，《三国演义》的文章利于韵白。凡京白不宜掺太村野的话，只求通俗，韵白不宜有太古奥的话，只求近雅。正是：

原非雅音，须入俗耳。

“戏专能与鬼神作难，《庆阳图》《玉玲龙》用土地开心，《奇冤报》《打城隍》《双铃记》，借城隍起哄，《紫荆树》辱骂灶神，《康王庙》又把康王糟践得极苦，《安天会》写天上的反叛，《普天乐》写地下的徇私，《蟠桃会》写神仙的酒色财气，《青石山》先写吕仙的徒弟被妖怪打了一顿，后写平、仓二将耍不得圣帝的刀，都极深刻。自从后来扮关平的武生，拿青龙刀去与武旦对刀，又减去周仓接吕仙宝剑一场，原戏用意算湮没了。戏里鬼神越多，越看出世上说的鬼神不很靠得住，近三十年一片声破除迷信，戏也有些力量。有人见戏词内用真武四帅头衔，便说不可耐，不知是戏中人疯狂口吻，这个人自命高雅，恐怕比我也高不了几分。正是：

愈说鬼神，愈破妄诞。

“高则诚说‘乐人易，动人难’，只算说了一半，要知乐人也不是易事，有时比动人还要费手。我编《护花铃》，用的心思不在《钗头凤》以下，《钗头凤》要人哭，《护花铃》要人笑，《钗头凤》动人，《护花铃》乐人，《钗头凤》的声名在《护花铃》以上，足见动人虽难，乐人也不易了。李笠翁诗曰：

传奇原委消愁设，费尽杖头歌一阕。
何事将钱买哭声，反令变喜成悲咽。
惟我填词不卖愁，一夫不笑是吾忧。
举世尽成弥勒佛，度人秃笔始堪投。

“人要人皆笑也不容易。朱佐朝作的那一部《艳云亭》，诸葛暗起的名字，便滑稽之至，此外沈滨渔也是起哄的好手。乱弹《汾河湾》，正生正旦，板着脸诙谐，手段也不弱。正是：

动人固甚难，乐人亦非易。

“我今天讲的编戏法，想起甚么来就说甚么，仍是我那编戏不立提纲的老法子，检直算是无法罢了，不过也有一知半解，可以备诸大编戏家作个考证。我说的是处，请诸君留一点意，我说的不是处，诸君只可付之一笑。诸君若真要找编戏门径，慢说我说的不算数，就是李笠翁《一家言》，也不能拘泥。诸君还得从多看戏、多读书下手，待得真摸着头脑，连看戏读书也不用了。”正是：

渡河须用筏，到岸不须船。

众人听了，一齐点头，墨香又道：“我见过一本《奇异传》，是《聊斋志异》陆判公案，其中朱生之妻，是用旦扮，先在脸上抹些黑色，待陆判给她换了美人头，才把黑色洗去，本子上注得明白。只这个办法不好，依我主意，朱妻检直用小花脸，待换美人头时，藏在帐内，便用那扮美人的旦脚抵换，岂不有趣？那美人本非这件公案的主脑，何必在《志异》原文以外，添出借尸还魂，弄成画蛇添足，这也是编戏的人错了。”众人也道是极。

墨香又道：“说起《聊斋》来，我近来做了一梦，可以入得《聊斋》的。”便把那个梦说了，众人都笑，墨香却又想起一桩事来。要知是甚么事，且看下回分解。

第七十回 偶对《一两漆》 高谈《十万金》

话说墨香说起近日梦兆，想起一件事来。前几年给荀慧生编过一出《陈丽卿夜战扈三娘》，慧生却把扈三娘扮了，赵同山扮的陈丽卿。只因武场子太多，在吉祥园演唱的时节，瑶卿、墨香都去照料，墨香见那赵同山虽是配脚，真有过人的长处。心中一动，回到家中，夜间竟梦见自己扮上陈丽卿了，醒来对人说知，早有一人号叫蘋秋作首诗云：

倦贴花黄叠舞衣，脂痕粉色尚依稀。

夜深忽梦少年事，总逐霓裳队里飞。

墨香拿给瑶卿看，瑶卿笑道："你少年曾作甚么事来，究竟梦得还是梦不得。你是个唱旦的，你倒得仔细想一想。好在我也是个旦脚，我说这样的话，你定不多心。"墨香大笑。正是：

善戏谑兮，不为虐兮。

当下墨香对众人说了，众人也笑。次日又到院中，有人正看梁绍壬的《两般秋雨庵随笔》，见其中有些戏名对子，甚是工整。又有人从《梨园外史》里面也翻出这类对子来，也作的不错。

一人道："我从前看了萧长华、诸茹香一出玩笑戏，叫做《一两漆》，对个什么？"

墨香道："可以对《十万金》。"

众人道："甚好。"

墨香道："说到《十万金》，我又想起一件事，也与做梦有些关系。"

众人道："愿闻其详。"

墨香道："说起这件事，玄中又玄，虽非鬼话，却上得《聊斋志异》的。原来这一出《十万金》，是梆子班的玩艺。我癸卯年在北京大栅栏庆乐园，看宝胜和的戏，见那梆子青衣正旦马林山，人称六六旦的演过一次，只唱'望乡台'一场，我看了一个莫名其妙，也不知这女鬼姓名，是怎么身死，戏名又怎么叫做《十万金》，也便搁过一边。我不常看梆子，过了十几个年头，听得人说三乐班有两三个唱旦的小孩，极有出息，我去看了一次，这个班子梆黄一锅熬，闹了个挺热闹。那日又看了一回《十万金》，仍是当初看的那一场，那个旦脚不像马林山傅粉涂脂，他却七窍流血，拖着长舌，方知这女鬼是缢死的，只还不知是怎么一件故事。我梆子的学问可算荒疏已极，唱梆子的遇着我这外行，虽有奇才异能，我也是看不出来了。谁说我懂戏哇，我检直不懂，我只算略知西皮二黄罢了，不够个通材。又过了些时，北京城里的戏改了路子，作兴全本。我在三庆园门首经过，只见门外左右摆着两个切末鬼形，都戴着一尺五高帽，眉眼倒垂，舌头吐出，身子都穿极长褶子，身裁有两个人高。二鬼模样一般，只衣帽的颜色一白一黑，阴气逼人，十分可怕。向内一看，摆些刀山剑树，石碓油锅。，这座戏馆子要变森罗殿了。再看门口挂了木牌，大写'特烦真正小香水准演全本十万金'，我动了好奇念头，走进去要想买座位看戏，大喊几声，看座儿的竟没一个拢来。我是久在戏场出入，从十来岁到如今，已不少年了，见的局面极多，看此情形，他们卖了满座。记得谭鑫培在中和园初演《战长沙》，就是这般，不过那一日我去得早，不至于没有坐处。今番我来得晚，纵然找着看座儿的，恐怕也不易对付座位了，不必和他费话。于是转身走了出来，仍是没察出这一出戏的来历，我算白走了一趟。

"一日，我在街上游走，偶不留神踢了地下一个小摊的书，那摊旁一个老头子正是卖书的。这人倒甚和气，一言没发，低头去检那些小本书籍，我有些心里过意不去，便也帮他检拾。那老头子反陪着笑脸，连声向我道劳驾，我说是我误撞宝摊，怎么向我道起劳驾来了？老头子说：'看先生是个念书的人，若肯赏脸照顾，比帮着检东西格外给咱增光。'我说我走到那里，又不买书，你也是个老实买卖人样子，我便和你作个交易。当下两人把书检得整齐。我低头看时，都是些小本子，慢说经史子集，连□字弹词的大部，似《天雨花》《十粒金丹》一路玩艺，他都没有，只有些甚么《林香保双钗记》《大破孟州城》《孙继皋卖水》，最俗的唱本，挑也没法挑。顺手抓起一套约有四册，问他要多少钱，他说二十枚铜板。我想了一想，他果不十分要谎，我并没还价，给了钱拿着书回家，才看见签上写的是'李翠莲舍金钗'。打开一看，居然纸张还细，画图不劣，事迹是刘全进瓜、李翠莲还魂这件公案，吴少阳《西游记》是说过的。吕叔清给《聊斋志异》作注，遇着'地狱'字样，不引佛经，却写个'见《西游记》'。到了刘全进瓜，又注个'未详'，不引《西游记》了，叔清自称详注，实在多不注明。曲本里面有一种《钓鱼船》，也是演的刘全，只他的老婆是翻船，不是负气悬梁，与《西游记》不同。这本小唱本倒与《西游记》仿佛，只有增添之处，我反疑心小唱在前，吴少阳是借用，不过没有证据，不敢武断。看过之后，丢向一边，也没十分着意，不过对于刘全一案，又添了些见解。

"这时节我久走票唱旦，并且已经三十九岁，凡那些杀妻、杀嫂太花梢的玩艺，自知年齿已长，扮了出去，未免肉麻，都给搁下，只剩一出《错杀妻》，又不常唱。我专在青褶子的戏上面用功，跨演刀马旦，又爱扮个女鬼，本来模样儿有三分像鬼了。这一日唱了一出《因果报》，回来暗想：这一本《李翠莲》若是编出戏来，我倒可以演的。还有梆子的那一出《十万金》，若是西皮二黄，也可唱得。哎呀，慢来，我并摸不清《十万金》的关目，那个女的既是个缢死鬼，未必不就是李翠莲，只这戏名从何而来？想他们演的或者另是一件故事，我既不曾弄清戏中人物名姓，倒不必硬往李翠莲身上扯。我的心这般一动，不料竟自和李翠莲生出关系，虽然镜花水月，只戏场原是幻象，不妨来一个幻中幻。只说到此处，少不得要用小说的俗套，绕弯子说话，好在明眼人一望而知。正是：

未能免俗，聊复尔尔。

“这一夜我看书看得累乏，脱了衣服上床去睡。将才合眼，人报有位孟先生来拜，我糊里糊涂穿衣而起，吩咐道请。一言将毕，他已进来了，袍子马褂穿的甚是整齐，看他面目，却不认识。正要问时，他早说是兄弟姓孟名焕，字仲任，在邯郸卢生祠立了一个极有规模的票房，要请老兄前去帮忙。我欣然领诺，孟仲任大喜，即拉了我出门，上了骡车，奔卢生祠而去。说也奇怪，一展眼间竟自到了地点。仲任道：‘到了黄粱店了，我们同去拜见纯阳祖师。’我忽想起梁芷林《楹联丛话》，有黄粱店纯阳祠内有百龄一联云：

万井烟浓，人间正熟黄粱饭；

四山云起，天上应开白奈花。

“词句都好，抬头看时，这副对联恰在那里悬挂。又有两首诗刻在石上，嵌入壁内，其前一首云：

四十年来公与侯，虽然是梦也风流。

我今落魄邯郸道，愿与先生借枕头。

“后一首曰：

梦里荣华能几时，仙人应笑世人痴。

自知身少封侯骨，愿借先生笔一枝。

“哎呀，这前面的四句，是清朝初年秀水陈天裔的笔墨，他因此诗结识河臣靳文襄公，袁枚、余金各笔记都曾记载，久已脍炙人口。后面的四句，是我父亲觉分居士作的，没几人见过原稿，谁给拿来刻石？我莫非是做梦不成？”

杜绿依在座道：“原来文恪公曲子甚熟。这诗中第二句用的《邯郸梦》，众仙说卢生是痴人的典故。”

“墨香当时瞻仰一回，孟仲任让我同入票房。曲曲弯弯，不知走了多少歧路，方能走入，看那座票房，规模果然宏大。票友甚多，大家相见已毕，都到一面镜子跟前去照。说也奇怪，凡唱旦的，镜中都现出女像。孟仲任说：‘你常自命：上台是女，下台是男，今日也现出个女相来了。’我摇头说不然，你这里是票房，自然照出的是我台上的影子，只我与你初次相逢，你怎晓得我平日的议论？孟仲任说：‘不但我晓得，恐怕晓得的太多了。’当下大家坐定，商量戏码。孟仲任向我说：‘本票排了一本《节孝奇闻》，一本《十万金》。《节孝奇闻》是花旦应行，《十万金》是正旦应行，久知老兄两门都来得的，这两出请你担任。’我听了《节孝奇闻》倒不着急，听了‘十万金’三字，好似从天上掉下来的一般，多少疑团，今番要探个明白。忙答道：‘既蒙见委，当得效劳，只不知这《十万金》是哪一朝故事？’孟仲任将要答言，旁有一人说：‘这位老兄懂戏的名望遍传北京，怎能不知《十万金》？纵令他闹不清楚，就没人告诉他么？’孟仲任说：‘他既负了懂戏的名，好容易有他不知的，谁去告诉他？倘若告诉他时，他一声不响，谢字都不说一句，他就算自己早就明白，又可到处长他多知多能的声价。今日若非用着他，咱也是不告诉他的。’说毕大笑。我猛一翻身，早已惊醒，原来是南柯一梦。”

杜绿依道：“墨老说故事也按小说穿插，倒是说得有声有色，而且人名也起得有趣。‘孟焕’者，梦幻也，‘孟仲任’者，梦中人也。”

墨香道：“当下我披衣而起，桌上有人送来戏本，上面写着‘蔡瑞虹’，下注‘又名节孝奇闻’，我大吃一惊，这正是梦中戏名。急取过看时，原来是《今古奇观》蔡小姐忍辱报仇公案，正是我唱过的《女伍员》，再看那本子也是张吴金老婆的单头，与我当初唱的大同小异。正要问是哪里来的，眼前一亮，我还睡在床上，敢情仍然是梦里的事情，不然这本子如何来得这样的凑巧。”正是：

谁识梦中梦，还疑身外身。

绿依道：“这一段匪夷所思，真够小说上品，比以前说得更好。”

墨香道：“我当真的下了床，看了看太阳已高，这可不是梦了。待等吃过晚饭，这一天又算混过去了，脱衣又去睡觉。有常在一处的几个票友来了，我一觉醒来，睁眼见他们坐在床前，我的衣服不知几时被他们给我穿好。”

绿依道：“这只怕又是做梦，不然不能如此的恍惚。”

墨香道：“我忙跳下床去，陪他们说话。他们说是有一出新戏排演，给我递过单本，上面恰也写着‘十万金’三字，下面注着‘李翠莲’，另一行写着‘陈墨香先生’，我不觉满心畅快。哎呀，《十万金》果然是李翠莲的公案，便问这剧名是何取义。票友们说：‘唐皇借了相良十万冥金，散给孤魂野鬼，方起这戏名，只因关目大不吉祥，方起最吉祥的名儿。原是梆子，如今改了皮黄，要从‘打经堂’唱起，唱到李翠莲游地狱，还是去了头尾，不唱魏征斩龙、刘全进瓜，算你一人的正经戏，只是不唱相良的那一边，想把戏名改为《李翠莲》，这不过照着原本写来，不算定名，请你斟酌。’我说宋朝的话本还有个《快嘴李翠莲》，清平山堂刻过的，若以此为名，恐怕两个李翠莲相混，莫若改作《舍金钗》

妥当。票友点头称是，即提笔在单头上面改了。当下给我站好地方，原来颇有些烦难。我一面站地方，一面念戏词，好生费力，一连十来遍，倒是心内有了根。票友们登时拉我到一个去处演唱，我恍恍惚惚跟着他们到得那里，也不知是谁，把我扮戏应用的东西都已拿到。我坐了片刻，戏码将近，忙去扮妆。忽的一惊，我又转醒，原来又是一场梦，我这些日子，可算跟梦神大有缘分。”

绿依道：“只怕是墨老的文章，未必便是梦神干的。”

墨香道：“过不些时，竟有人从戏园带回《十万金》的说明书，我取过看时，可不就是李翠莲的故事，我的梦不曾白作。恰好那几日荀慧生拉我到第一舞台看女伶金刚钻演《十万金》，不是‘望乡台’一场，源源本本唱了一整出。次日，又到广德楼看山西梆子，又演的是《十万金》的全部，我二十年的闷葫芦算是打开，好生高兴。不免取出那部《舍金钗》，翻了一翻，见那书里的词句，不是弹词，不是鼓词，另成一格，仔细考察，原来和蒲留仙作的《磨难曲》有些相仿。只留仙写明曲牌，什么【耍孩儿】【罗江祭】【叠断桥】，满纸都是，这《舍金钗》内却阙了这一番注明，因此乍一看去，不知是有牌名的玩艺。留仙演的是他自作《聊斋志异》里面的张鸿渐，还另起炉灶，别开门径，就无怪《舍金钗》与《西游记》各造各的老谣，弄不到一处。正是：

言虽各异，意亦相同。

“我过了四十岁，看那票中许多旦脚老了不肯歇手，惹人厌恶，我虽未老，已不是年轻，便歇了不唱，只票友们却常来找我商量戏中事务。一日，他们拿了一本老戏《火龙牌》，一本新戏《杨乃武》，要我帮他们排演，我说：‘杨乃武和山阳葛毕氏有染，害死她亲夫葛品莲，是五十年前的事。杨乃武一场人命官司竟滚了出来，他老年我在浙江还见过他的，似嫌年代太近，可以不必。《火龙牌》演的是唐朝睿王李旦起兵讨武则天，拜马周为帅，李旦假娶陶秀英，智盗火龙牌，大破轩辕镜的故事。陶秀英一脚，我们人不行，不能排的。’票友们口虽不言，都带着不欢之意而散。

“到得晚间，我已上床睡觉，他们又来了，扯我披衣坐起，嚷着说：‘好容易找了四出老戏，你都说不好，如今我们已把梆子的《十万金》改成西皮二黄，要排演的，烦你来个李翠莲，你不要推辞。’我说：‘我过了四十三便不登场，岂能再作冯妇。’他们不依，再三纠缠，我没法子，只得允诺。他们便拉我到一座票房里，给我总讲看毕，站了地方，都和梆子差不多，我早已明白。当下他们同我到城外一座庵里去唱，我想起当初梦兆，暗暗好笑。

“这一出前两个码儿我扮好了妆，对镜一照，倒还像个良家中年妇人，扮这李翠莲甚是相宜。舍钗盘道，我头挽观音斗，蓝帔白裙，登场打完经堂，夫妻反目，我在后台暂歇。场上鬼魅垫了半天，我拔去抱头莲，折了观音斗，从髻上披下散发一绺，面抹香油，额上戴些散发，簪环尽卸，换了青褶子，带着一儿一女，上去接连滚板、摇板唱个不休，都是反西皮。哈哈，说到反西皮这宗玩艺，老生是调底，旦脚是调面，王瑶卿嗓子好时，最有拿手。荀慧生的《斩戚姬》，末场就是这种腔调，也是瑶卿给他琢磨的，也唱得很好。我是半条嗓子，勉强得很，幸而不过爬字调，再高半个调门，管保张不开嘴。

“儿女睡熟，缢鬼讨替，李翠莲先已愿死，后又恋儿反悔，被鬼逼着悬梁，全是梆子原样。旦脚身带铁丝，高挂台中，脸儿朝里。丈夫到来，解下尸首，赶紧用白纸蒙脸，由家丁搭进古门，不叫前台看见那副活人面目，台上他们又有一番敷衍。我卸大发换女蓬头，擦去香油脂粉，眉梢眼角，画作倒插样子，七窍抹了红脂，水耳拴极细丝线，挂红缎长舌，垂在口边，眼上戴了核桃皮、玻璃纸作的眼珠。收拾停当，前台灯光尽息，点起烧酒，照得满台阴惨，台上摆起望乡台切末，台的对面挂起穿衣大镜。我在后台一句二黄倒板，大锣响处，众配脚扮些鬼卒，牵了上去。只见我披头散发，双眉下垂，瞪着两眼，突出眶外，七窍都有血迹，嘴里耷拉出鲜红的舌头，长有九寸，垂直胸前。项绕白色汗巾，身穿青衣白裙，手戴铁锁，穿衣镜中照出影子，好一个凶恶女缢鬼，连我自己都有些害怕。我唱段慢板二黄，在望乡台上又是一大段唱，先是摇板，后是原板，又改摇板，才进后台，不带返魂了，忙去卸妆洗脸。这一份眼睛、舌头，是壬戌冬天在正乙祠唱《因果报》制的，只因我看上海同文书局石印《聊斋志异图咏》，霍生的一段，画的女鬼惨淡可怕，我一时好奇，照着画中女鬼模样，制这一分东西，不想又用着了。”

旁边一人道：“这一出唱到此处最妙，本是悲剧，何必还魂团圆。”

“我有些乏倦，向一张板床上倒下睡去，一翻身又醒了，原来仍是一梦。”众人听了无不称奇。正是：

姑妄言之妄听之，豆棚瓜架雨如丝。
料应厌作人间语，爱听秋坟鬼唱诗。

要知墨香还说什么梦话，且看下回分解。

第七十一回 瑶卿告老结前文 作者留余开后部

话说众人听墨香说梦，都觉奇怪。墨香道："我一梦醒来，偏这一夜我是独宿，睁开眼，满屋里漆黑，我想起梦境，满眼是鬼，又想我披发吐舌，也是女鬼模样，并且十分凶恶，不由得害怕，只好默念《准提咒》，翻来覆去，总睡不着。好容易盼到天亮，我的胆子才壮起来，仔细一想，真是一场大笑话。"众人又笑了半晌，天已不早，各自出院。

又过了些时，王瑶卿在吉祥园唱了一回《雁门关》的萧太后。正是：

绝代容华照眼明，几年声价重金城。
莫言霜鬓垂垂老，一到临风百媚生。

瑶卿这一次唱完，他自己觉着半老，便不再到戏园演唱。他从十几岁，唱到过了五旬，整干了四十多年，总算有始有终，到歇手的一天，仍是好脚，声望更隆，也非容易。从前湖南人彭述，曾替瑶卿揄扬，那时瑶卿还是个雏伶，有人听了不服，如今彭述是占了上风。诗曰：

妙舞清歌本自工，性情也与道相通。
冤亲平等佛家法，富贵不淫豪士风。
强项不为挨打虎，抗颜岂作可怜虫。
丹青妙笔兼能擅，为我曾图不倒翁。

这首诗是墨香作的，只因瑶卿不甚计较恩怨，虽有上当之时，也见出他的豁达。他的性情不甚随和，向来不作黑眼的事，颇有傲骨，决不是挨打的老虎，叫人看个恶心，因此这首诗内，替他揄扬。

有人道："作诗用字，不可附会，这'挨打虎'是没来历的，怕用不得。"

杜绿依看了笑道："'挨打虎'三字，出在《钟馗斩鬼传》里，拿来对'可怜虫'，倒也工整。"

瑶卿能画□花，偶然也画人物，曾给墨香画过一张寿星式的搬不倒，暗寓褒贬，故此用作结句。至于墨香与瑶卿的交谊，也有诗曰：

每逢佳夜两盘桓，话到更阑兴未珊。

花屿拍肩曾一笑，桑田留眼与同看。

羡君能擅开元曲，愧我空弹贡禹冠。

喜得掌珠称弟子，灯前问字语声欢。

瑶卿之女铁瑛是墨香弟子，她与墨香少女宽雯十分要好。宽雯行四，比铁瑛长一岁，铁瑛每到墨香家中，入门总是先找她的，只要听得院中有人大喊“四姐”，便是铁瑛来了。墨香又作了一首诗云：

君家阿铁我家雯，对贴花黄对理裙。

携手楼中观壁月，倚肩窗下织囊云。

俨如姊妹情何暱，博得爷娘意也欣。

莫笑娇痴非解事，看她礼貌甚殷勤。

铁瑛不曾见过墨香上台，一日墨香在王家闲坐，在座的都是女子，铁瑛笑道：“今天除了吾师，尽是女的。”

墨香道：“令尊须是男人。”

铁瑛道：“我爸爸唱旦，也可算作女流。”

瑶卿大笑道：“你这老师也唱过旦的。”于是大家都笑，墨香也含笑而回。

此时墨香之子宽骅，已经长大成人了，在青岛大阜银行内作事。瑶卿弟子程玉菁往青岛演戏，正要起身，恰值墨香来在古瑁轩，瑶卿道：“玉菁前者未曾满师，不跟我说一声，就出了京，在外码头混了多时，才又回来，我们仍是好师徒。现在他要往青岛，那个地方熟人甚少，你的令郎现在青岛银行，请阁下给令郎写一封信，叫他招呼。”墨香应诺，回来即修书一封，给儿子寄去，待程玉菁到了，宽骅十分给他帮忙。墨香后来也有一诗写送瑶卿，追记此事曰：

忆昔儿曹蓬岛边，逢君高弟与周旋。

客中亦自开樽酒，楼上曾来听管弦。

同话沧桑情切切，各忘形迹意绵绵。

把杯细论从前事，秋月清光几度圆。

瑶卿师徒毕竟闹得不甚合式，程玉菁乘醉大闹古瑁轩，事在瑶卿六旬以后，乃《活人大戏》书外的话，不消细表。

且说当日有人道：“瑶卿一生大节，莫过于废司坊，岂可不作首诗，表扬一番。”墨香又作一诗云：

力挽狂澜正议持，片言曾废教坊司。

莫随紫稼填冤海，尽拔青莲出火池。

国色天香人尽赞，冰心铁面那能知。

登场莫笑甘雌伏，才脱湘裙便不雌。

墨香不会作诗，粗调平仄而已，这几首七律，也只可算是山歌，不过搁在平话小说里面，倒是使得的。

墨香平生是专喜瑶卿的戏，如今瑶卿歇手，更兼近年墨香笔债太多，无甚闲暇，戏园更去得少了。记得宣瘦梅有首绝句，用的十三元的韵，其诗曰：

自到任城时闭门，寓庐咫尺即名园。

懒随裙屐观新剧，恐听哀弦欲断魂。

瘦梅少年看戏甚多，老年便不爱看了，大约也与墨香此际的心境相同，都是由绚烂趋于平淡。

瑶卿此刻虽不再登场，却是专与人教戏。他那一本《女儿国》给了杜丽云，唱过几次，前台舆论尚好，华慧麟便到古瑁轩，也想找一出新鲜一点戏文。

瑶卿向墨香说了，墨香道："杜老六唱的是《西游记》，我仍给她编一出《西游记》的故事如何？"

瑶卿道："不知是哪一段？"

墨香道："铁扇公主的事可以唱得的。这一段关目，在昆腔里面有《铁杈峰》四折，韩世昌唱过《借扇》，连唱带打，真不轻省。梆子有出《芭蕉扇》，就差得多，人都说梆子火炽，昆腔太瘟，独这一出不然。我向不尊昆，况且是韩世昌我更不捧，只他这出《借扇》真好，我也不能灭着良心说话。我如今用《铁杈峰》作底子，稍加改变，给慧麟编来，请大哥斧正。"

商议已定，墨香便去动笔。不日编成，给了瑶卿，拿去转交慧麟，排演纯熟，要在吉祥园演唱。早有慧麟的义父庞敦敏，人称"大个庞三爷"，出了一个主意道："向来新戏亮台，只写唱戏人名姓，不写教师与原编人，似乎不合，今番都要写出来的。"慧麟应诺。

到得出演之日，印出的戏单，写着"主演华慧麟"五字，排在中间，上首是"导演王瑶卿"，下首是"编剧陈墨香"，下面横着"铁扇公主"的戏目，都是隶体，有核桃大小。又印了华慧麟几幅戏装小影，也都是本日的铁扇公主，从来戏单没此款式，可算精彩。

这一夜王氏夫妻父女、敦敏、墨香俱去看了，上得座儿甚多，与杜丽云《女儿国》的力量差不上下。你道铁扇公主如何打扮？有那吴少阳的《西江月》为证：

头里团花手帕，身穿衲锦云袍。

腰间双勒虎筋绦，薇露绣裙偏绡。

凤嘴弓鞋三寸，龙须膝裤金销。

手提宝剑怒声高，月孛凶星姿貌。

这赞的是铁扇公主，不是华慧麟。今夜的慧麟不踩跷，便不是三寸弓鞋了，只慧麟容颜美丽，也不减《西游记》里的女妖。其中铁扇公主受了孙大圣的戏耍，羞忿自尽，被本夫牛魔王救护活命一段关目，是墨香捏造，慧麟却唱得甚是入神，妖怪讲贞操，墨香自命有些想头。慧麟唱完便打住，大家各回，这一件事就算交代。

此刻墨香的寓所在烂缦胡同，即是懒眠胡同，又名烂面胡同，每往王家，出门先过湖南会馆，再走南大街，必须从虎坊桥经过，看得见湖广会馆与越中先贤祠，都是从前歌舞之地，如今没有人去唱了。墨香每走到此处，心中不无感慨，有时向瑶卿说起，瑶卿也叹息不已。正是：

时光潜去暗凄凉，酒兴诗情大半亡。

不管相思人尽老，后园青草任他长。

展眼间又过了半年，天津某报馆约了许多人替他作稿，墨香也在其内，即作一文谈京师戏园。中间一段说到第一舞台，是京中最大的戏馆子，一切好脚自故伶谭鑫培以下，都去唱过。京师旧用方台，从此地始改圆式，总算得风气之先。如今却自家弄坏，凡戏班都不去唱，只大义务戏还在这里罢了。又说电影改演大戏，是真光为始，开明还在其后。自电影院演大戏以来，一切设备都有些新意思，各戏园也多照办，凡那食古不化的买卖都已不振。又作一篇专谈周信芳，说信芳不但演戏紧凑，从无松懈，而且中州韵甚是讲究，来京出演，内行每日去看的不计其数，只一般座客认定他是久在上海，沾染海派，并嫌他嘴里过火，这是京中晚出座客，不懂中州韵之过，信芳实不可厚非。众人看了不免疑信参半，墨香只好由他，本来看戏各有所好，是不能勉强的。正是：

焉能强忍就己，亦不舍己从人。

墨香一向作戏评文字，偏重旦脚，此次谈及信芳，竟论到老生，也算破例。不觉想起信芳幼年，曾在北京演唱，占的是广和楼，贴出报子，一天《连环套》，一天《翠屏山》。鑫甫看了笑道："这岂是小孩子唱得的。"即拉墨香去看。待得看完，吓得个李鑫甫目瞪口呆，摇着头一跺脚，叹了一口气说道："这个孩子真是干这个的！等他长大，定开过我姓李的去。太好太好！"这件事去今已快三十年，李早已作古，周信芳果然成名，李若在世，未必不输给他的，这李鑫甫也真有眼睛。那王瑶卿当荀慧生正哑嗓子之时，看了他一出《战宛城》，也说荀慧生将来不可限量，虽不似李把周信芳怕在心里，只也甚为赏识。到得如今，荀慧生列入四大名旦，是梨园超等人材，王瑶卿也算有知人之明。正是：

梨园前辈也知人，好歹从来认得真。

不比羊毛无见识，偏锋议论只招瞋。

自信芳以外，申伶到京的，老生汪笑侬、武生盖叫天、专唱老爷的三麻子，和谭家娇客夏月润，各有所长，各有胜似京伶之处。旦脚赵君玉、黄玉麟、金碧艳，却都输了，足见北京近来只旦脚是好的。

墨香在那里作稿，展眼过了三个月，戏曲学校又找瑶卿，给他的学生排了《雁门关》。只在这个时节，戏曲学校的校长，受了人的挤对，心中大怒，说道："人生一世不求名，便求利，我办这学校，既发不了多大的财，还要听人的闲话，我图的是甚么？"于是告知大家，要出洋游历，携着他的夫人往外国去了，戏曲学校换了那位金君去做校长[1]，从此又是一番局面。墨香的次女宽云嫁给巫姓，正从德意志国游历而归，这位后任校长约她入校帮忙，管领女生。校中经费支绌，心泉久已辞了不干，校中教戏的一天比一天少，没几人给学生用功了。好在这一位后任的校长，年纪虽老，天生本领高强，他听了十来年的程艳秋，虽不往别家看戏，只他的阅历学问已经不浅。他又做过知县官，是一位百里侯，公事都办得了，何况戏曲小道。而且明白西洋戏剧，不专墨守旧规，每逢发出议论，真个四座皆惊，有此一人也就一以当百。更加戏曲学校根基尚厚，自古道"百足之虫，死而不僵"，故此还能支撑，虽然后来戏校究竟一蹶不振，只是天时，不关人事。正是：

项籍拔山力，刘邦何所长。

可怜垓下祸，一败是天亡。

只是当时局外的人责备太多，局中的人也就难于替他分辩。正是：

一片缁尘浼素衣，斑斑驳驳使人疑。

纵然洗尽西江水，争似当初未浼时。

看官们若问这戏曲学校是怎么弄散的，情节甚多，这部《活人大戏》，并非不敢言，只是不忍言。如今不必细表，留待后人自有评论，或毁或誉，听其自便。

且说墨香一面在戏曲音乐研究院办事，一面仍给报馆作稿。这一次偶尔习气未除，作了一篇谈《也是斋》文字，署名"嫂子我"。寄到天津报馆[2]登出，就有那个蘋秋写信前来，自称"小妹"，与墨香认起姑嫂来了。仔细探听，方知蘋秋也是票房花旦，只没在京出演，因此墨香不知。墨香不由好笑，从前做的台上女人，如今又做纸上女人了，便回了他的信，用的"嫂子我"的口气，这也算文字场中一段风流话柄。

此刻上海报馆有人要把各新闻纸的投稿人物，分作十门脚色，各按性情给他分配门类。生、末、外、净、丑、小生、副净、老旦俱已全备，只差正旦、贴旦，怕本人不承认，不便胡乱派人，好容易得着墨香、蘋秋，谁肯轻易放过。于是墨香填了正旦，蘋秋填了贴旦，揭载出来，墨香看过，又付之一笑罢了。只墨香那"嫂子我"一类文章作开了头，便

[1] 1935年4月，焦菊隐、林素珊辞去正、副校长职务，改聘金仲荪、李伯言，于5月14日办理交接。

[2]《中华画报》。

不能歇手，报馆有时指名索要，墨香只得作了，给他天长日久，积得稿件甚多。墨香自家看了一看，虽然口吻肉麻，倒也别有风趣，于是贯串成篇，撰成一部平话小说，取名就唤作《嫂子我》，描写近十年来戏场故事，分为二十回，寄到天津，由报馆印行。只姓名都是捏造，年月不免参差，算是一篇小玩艺儿，若在那里面去找梨园史料，却没多少。只叙那《百草山》是由《钵中莲》胎脱，王大娘是僵尸不是狐怪，旦脚“锯缸”一场，唱的是告昌腔，这一段却可以作考证的。正是：

郢书燕说，不过如斯。

刍荛之言，圣人择之。

男人提笔自序生平，写得本身十足的女人气习，是墨香开始。只墨香并非以女人自居，仍是旦脚气重罢了，而且不止墨香一人是这般，大凡久惯唱旦的朋友，都犯这毛病。墨香只是笔下带出脂粉字样，别人却行动坐卧不留神，就露了女态，这正是他们技艺精纯的原故。不过只能认作旦气，万不能认作女气，就连真女人唱了旦，有时无心流露上台的丰姿，与人家闺阁不同。墨香曾将此言，说与王铁瑛，那铁瑛也点头称是。

墨香今日作这一部《活人大戏》，写《也是斋》，写王八杀妻，写《双钉记》的仵作老婆，都好似骂得自己不堪，仍是“嫂子我”的故套，自家觉着仍算上台唱了一回旦脚，实没甚关系，正不必当作笑柄。正是：

男亦人兮女亦人，戏中幻境更非真。

男儿唱旦何足异，卸下云鬟仍我身。

这个时节，从上海来了一个旦脚，唤作林秋雯，是应二块牌青衣来的。金仲仁觉他为人甚好，便给他说了杨小朵的女儿，聘作妻室，秋雯与瑶卿成了杨家老少两辈的女婿，常到古瑁轩。谁知上台微有不足，二块牌顶不住了，只得改入三路，他倒成了三路的好手，各班都约，当时有“无林不成班”的话头。可见人各有材，不能勉强，妄思高位，决无侥幸。正是：

知足常乐，守分为高。

墨香也与秋雯熟识，他待墨香则以师礼。

一日墨香到戏曲音乐研究院中，见有人看石印小说，写着“都市新谈”四字，料他写的京师故事，取过来看时，原来是陈石函的《品花宝鉴》。

墨香道：“陈石函写这些伶人的风义，却也不假。从前四喜班有个时小福，是现在老生时慧宝之父，小福习的是正旦。我们湖北同乡有个柯介叔，到京得了个知县，分发某省，他却不动身，只在京里听戏。这日到四喜班看了一出《汾河湾》，是时小福扮的柳迎春，柯介叔不看便罢了，看了是只佩服得五体投地，千方百计与小福交了朋友，来往得十分亲热。柯介叔久恋京华，小福屡次催他走，他只不听，待他银子用完，小福给了他纹银一千两，叫他上路，他走向宝局全赌输了。小福闻知，即拉介叔一同去赌，本钱都是小福的。原来小福赌钱本事甚高，介叔下注，小福观局，只用眼色行事，竟赢了好几千，小福通本带利都给了介叔。于是介叔方能出都到省，后来补了缺，官声甚好，大为上宪器重。介叔解饷北来，要还小福的账，小福不受，待小福身死，介叔作了一篇祭文，叙得此事甚详。介叔官虽不大，实有才学，正是陈石函书中的梅、田一流人物，小福这宗举动，也不在十旦以下。”

谈论一回，各自归家，早是上灯时候，墨香独坐房中，想起这些年的情景，有诗为证：

信知尤物必牵情，一顾难酬觉命轻。
欲把禅机消此病，破除才尽又重生。

想够多时，脱衣就寝。次日起床，黄安人李霖青来了，他是文恪公的门人，与墨香早就熟识，如今七十多岁，因墨香作的剧本，他看着入眼，益发和墨香亲密。他是个诗人，便作了几首诗，单道墨香生平，诗成亲手写了，自己送来。其中有一首云：

尚书清节世无伦，处士风流久耐贫。
操畚每随莱子妇，卜居频买吕家邻。
听来李委吟边笛，话到张徽乱后身。
欲向横流谋大隐，卿门多少愧斯人。

墨香看了，谦逊不遑，霖青坐至天晚方去。不久，墨香忽然接了滕县高先生一封信云：

吾弟方为乐人制曲，汤玉茗《牡丹亭》、孔东塘《桃花扇》，奚不可哉。弟所制者花部曲耳，要亦风尚使然。犹夫玉茗、东塘，虽曰雅部，不尽同于关、白、马、郑，且自吾曹视之，花雅皆俗乐耳。分门别户，以昆山为雅，以乱弹为花，奚为者耶？焦里堂《花部农谭》，曾抉其弊，李雨村且为花部制曲矣，弟踵雨村之后可也。古乐之不作花部，犹可转移人心，弟下笔宜择题，宁为高东嘉，勿为王实甫。东嘉云：无关风化体，总好也徒然，旨哉斯言。兄老而好佛，日诵《观音经》，故叶宪祖《北邙说法》杂剧，劝人持弥陀名，求生净土，兄有取焉。

墨香看毕，摸着自己的鬓角笑道：“我这老师真是我一个知心。”便将这封信，遍给朋友观看。正是：

坚绪千秋续　微山一脉传

墨香近些年来作戏曲的事业，心中总有些放不下这位老师，惟恐他说几句儒家正论，不好回答。昔年走票不大出名，也不是天天去唱，容易隐瞒，如今常有文章拿出来问世，就不能瞒了，不想这位老先生竟有这一封书，自然喜出望外。

一日，偶翻《香山集》，其中有首七律云：

穷途自此心常别，世事从今口不言。
岂止形骸同土木，兼将寿夭任乾坤。
胸中壮气犹须遣，身外浮荣何足论。
还有一条遗恨事，高家门馆未酬恩。

墨香是早别宦途了，以上七句，白文公倒似替墨香今日作的。

墨香这部《活人大戏》，前集写到此间，暂告结束。凡后来之事，另作后集，补叙其中要紧关目：

是时四大名旦以后，又凑出四小名旦来，王瑶卿收了女弟子王玉蓉，尚小云起荣春科班，王铁瑛在长安戏院唱《怜香伴》等戏，荀慧生开留香旅社，又有个翰苑名流花隐翁作了一部《石头后记》，送给墨香编戏，写在书中，只怕比前集还要热闹。到那个时节，墨香结识李小舫、喜彩莲，所作剧本，竟入了永平戏班内，更是自己意想不到。若论墨香半生行为，与陈石函所写的杜琴言，可算背道而驰。琴言出了旦党，入了士党，墨香出了士党，入了旦党，琴言没真作官，墨香没真唱戏，两相比类，似相背实相同，倒也有趣。正是：

痴聋唤醒费精神，说法何妨屡现身。
偌大乾坤都是戏，解人还得个中人。

墨香这一篇无颜话，通是四五十年的往迹，只算自责之词，好似正定王椒园《讼过记》一般，不过不说神鬼，又与椒园不同。若有人当做墨香自鸣得意，撰出此书，想争"戏曲家"的招牌，可就算他看错了。

当时可记之事，还不止于如此，只不关墨香本身的，便都忽略过去，题目虽是"活人大戏"，却成了墨香一人的自序，好在墨香也是戏中人，不算文不对题。墨香看的宋元话本太多，笔下被古人拘管住了，似觉挥洒不开，与本身上台的戏料犯了一个毛病，这部小说不足为文，只可存备戏班的掌故，前集到此脱稿。

几上恰有彭羡门词一部，随手钞他一首附在卷尾，好与开卷的俚词作个前后的照应。其词曰：

忙里弹棋击稍，闲时酌酒鸣筝。奇服居然人不识，高冠短后长缨。寄语里中儿子，何妨谓我狂生。

中国戏曲艺术大系

COMPLETE COLLECTION
OF CHINESE OPERA

“十一五”国家重点图书出版规划项目——《中国戏曲艺术大系》，旨在将中国丰厚的戏曲资源加以全面开发、整合、包装、营销，使之规模化、系统化，进而产业化，融文献性、学术性、典藏性于一体，以图书和音像等载体的形式出版发行。这套丛书作为展现中国戏曲艺术魅力的窗口，彰显传统戏曲文化博大精深底蕴的平台，将被打造成为一个独具特色而又规模宏大的民族出版品牌。

基于上述宗旨，中国戏剧出版社设定“整理国故、填补空白、建构体系、承前启后”的《中国戏曲艺术大系》出版指导原则，通过全面系统的资料挖掘、遴选、整合，对正在消失或散佚的戏曲资源进行抢救和整理，对已有的文献资料进行系统优化，力图构建广阔、全面、深入、系统的戏曲文化大体系，从现代与传统、民族性与国际性相结合的角度，书写中国戏曲文化新的历史篇章。

这套大型丛书最初拟定“史论卷”“京剧卷”“昆曲卷”“地方戏曲卷”和“少数民族戏剧卷”，但是，通过对戏曲资源的整合和优化工作深入过程中，大系编辑部逐步形成了“大戏曲”（Chinese Opera）观，即无论是京剧、昆曲，还是越剧、梆子、豫剧、晋剧等地方戏曲，在表演、音乐、文学、装扮艺术等领域是共通的。因“史论卷”无法涵盖现有的成果，将增加“戏曲文学卷”（集录古今各种戏曲珍本）、“音律卷”（囊括戏曲音乐和音韵学著述）、“口述历史卷”和“演习卷”等，这些陆续出版的图书将不断刷新戏曲典籍出版的种类和数量，填补中国戏曲传承创新和研究领域的空白。

《中国戏曲艺术大系》出版目录

序号	书　号	书　名	出版日期	卷　别
1	978-7-104-03266-3	王国维论剧（精装）	2010.11	史论卷
	978-7-104-03267-0	王国维论剧（软精装）	2010.11	史论卷
2	978-7-104-03282-3	中国戏曲通论（精装）	2010.11	史论卷
	978-7-104-03283-0	中国戏曲通论（软精装）	2010.11	史论卷
3	978-7-104-03325-7	中国戏曲文化（精装）	2010.11	史论卷
	978-7-104-03326-4	中国戏曲文化（软精装）	2010.11	史论卷
4	978-7-104-03336-3	说杨小楼（精装）	2010.12	京剧卷
	978-7-104-03337-0	说杨小楼（软精装）	2010.12	京剧卷
5	978-7-104-03338-7	说谭鑫培（精装）	2010.12	京剧卷
	978-7-104-03339-4	说谭鑫培（软精装）	2010.12	京剧卷
6	978-7-104-03344-8	说侯喜瑞（精装）	2010.12	京剧卷
	978-7-104-03345-5	说侯喜瑞（软精装）	2010.12	京剧卷
7	978-7-104-03347-9	周信芳传（精装）	2010.12	京剧卷
	978-7-104-03346-2	周信芳传（软精装）	2010.12	京剧卷
8	978-7-104-03364-6	说马连良（精装）	2010.12	京剧卷
	978-7-104-03365-3	说马连良（软精装）	2010.12	京剧卷
9	978-7-104-03369-1	说萧长华（精装）	2011.01	京剧卷
10	978-7-104-03380-6	说王瑶卿（精装）	2011.01	京剧卷
	978-7-104-03379-0	说王瑶卿（软精装）	2011.01	京剧卷
11	978-7-104-03390-5	刘奎官表演艺术（精装）	2011.03	京剧卷
12	978-7-104-03403-2	说程砚秋（精装）	2011.03	京剧卷
13	978-7-104-03404-9	说余叔岩（精装）	2011.03	京剧卷
14	978-7-104-03406-3	京剧长谈（精装）	2011.03	京剧卷
15	978-7-104-03452-0	说裘盛戎（精装）	2011.05	京剧卷
16	978-7-104-03400-1	说周信芳（精装）	2011.06	京剧卷
17	978-7-104-03377-6	京剧名伶艺术萃集（精装）	2011.06	京剧卷
18	978-7-104-03562-6	忆江南——李紫贵口述历史	2011.09	京剧卷
19	978-7-104-03491-9	说梅兰芳（精装）	2011.12	京剧卷
20	978-7-104-03531-2	马连良艺事年谱（1901—1951）（精装）	2012.01	京剧卷
21	978-7-104-03554-1	京剧花脸唱腔百年品鉴（上下，精装）	2012.01	京剧卷
22	978-7-104-03559-6	我的操琴生活——徐兰沅口述历史（精装）	2012.01	京剧卷
23	978-7-104-03617-3	清末宫廷承应戏（精装）	2012.02	京剧卷

24	978-7-104-03621-0	英秀堂谭——谭门七代画传（精装）	2012.02	京剧卷
	978-7-104-03624-1	英秀堂谭——谭门七代画传（软精装）	2012.02	京剧卷
25	978-7-104-03622-7	粉墨春秋——盖叫天口述历史（精装）	2012.02	京剧卷
26	978-7-104-03816-0	精忠庙带戏档考略（精装）	2012.09	京剧卷
27	978-7-104-03851-1	中国戏曲发展史（四卷，精装）	2012.10	京剧卷
28	978-7-104-03971-6	民国文人的京剧记忆（精装）	2013.04	京剧卷
29	978-7-104-03974-7	清万寿庆典戏曲档案考（精装）	2013.04	京剧卷
30	978-7-104-04093-4	中国京剧编年史（精装）	2013.09	京剧卷
31	978-7-104-04115-3	说李多奎（精装）	2013.10	京剧卷
32	978-7-104-04150-4	梅兰芳传（精装）	2013.11	京剧卷
33	978-7-104-04151-1	戏曲旦行身段功（精装）	2013.11	演习卷
34	978-7-104-04181-8	荀慧生文集（精装）	2013.12	京剧卷
35	978-7-104-04216-7	修竹庐剧话	2014.10	京剧卷
36	978-7-104-04215-0	梨园外史	2014.10	京剧卷
37	978-7-104-04212-9	活人大戏	2014.10	京剧卷
38		中国剧场史（外 2 种）	待出	史论卷
39		中国戏曲电影百年史述	待出	史论卷
40		中国京剧史（1790—1949）（插图本）	待出	京剧卷
41		于连泉花旦表演艺术	待出	演习卷
42		中国京剧装扮艺术	待出	京剧卷
43		清内府戏曲人物画	待出	京剧卷
44		荀慧生日记	待出	京剧卷
45		荀慧生艺术评论集	待出	京剧卷
46		杨门女将的表演艺术	待出	演习卷
47		元明散曲小史	待出	史论卷
48		戏曲文学研究三种	待出	史论卷
49		南北戏曲源流考	待出	史论卷
50		曲学入门	待出	史论卷
51		曲艺论丛	待出	史论卷
52		中国戏曲论丛	待出	史论卷
53		国剧浅释	待出	京剧卷
54		国剧韵典	待出	音律卷
55		南北词简谱	待出	音律卷
56		曲学通论	待出	音律卷
57		曲韵举隅	待出	音律卷
58		敦煌曲初探	待出	音律卷
59		曲韵探骊	待出	音律卷
60		昆曲折子戏大辞典	待出	昆曲卷